Our glowing nights

Biographie

Margot D. Bortoli a une spécialité : faire passer le lecteur du rire aux larmes ! Sa capacité à faire vivre à ses personnages des émotions d'une rare intensité n'a d'égale que son imagination, qui nous entraîne sans relâche d'un rebondissement à l'autre.

De la même autrice aux éditions Addictives

Too Young

MARGOT D. BORTOLI

Our glowing nights

addictives

Trigger warning : violences domestiques

PROLOGUE

Jamie

Je relève les yeux vers ma sœur qui pleure et croise ceux de Leah qui m'observe sans bouger.

Parce qu'elle sait, elle vient de comprendre. Leah est tout sauf idiote.

Et je fixe sans sourciller ses yeux verts brillant de larmes contenues. Merde… Je vais peut-être crever. Je vais sûrement crever. J'ai vécu trente ans sur cette terre, et pourquoi ? Pour finir avec une balle dans la tête d'ici cinq minutes. Devant elle…

On raconte que lorsqu'on est sur le point de mourir, toute notre vie défile devant nos yeux, mais c'est faux. Moi, je vois ce que je n'ai pas vécu. Tout ce que j'aurais pu vivre si j'avais agi autrement, si j'avais réfléchi, si j'avais fait plus attention à ce qui se passait autour de moi.

J'entends les sirènes de police se rapprocher de l'immeuble et j'inspire par saccades, la peur au ventre. Je croyais être un gros dur, mais face au mur, je suis terrifié. Alors je me raccroche à *elle*. À son visage grave. À la fine traînée humide qui dévale sur l'une de ses joues. Elle pleure pour moi, alors qu'il y a quelques mois, elle m'aurait certainement laissé crever la bouche ouverte sans même lever le petit doigt.

Je suis sûrement égoïste de faire ça, mais c'est mieux comme ça. Pour tout le monde. Pour Liz et Lorenzo, pour elle, pour mes parents…

Je ne suis qu'un mec parmi tant d'autres. Personne ne me regrettera sur cette terre, à part ma famille. Leah appartient à un autre monde. Elle laissera une empreinte sur ceux qui la croiseront alors que je passerai toujours inaperçu.

Pourtant, j'aurais voulu être *ce* type, celui dont elle aurait eu besoin. J'aurais voulu lui donner ce qu'elle mérite, une famille, des gamins qui courent dans tous les sens, la sensation d'appartenir à quelqu'un. Parce que c'est le cas pour moi. Je lui appartiens. Je ne pensais pas laisser quelqu'un s'approcher aussi près de moi au point de foutre en l'air tout ce que j'avais prévu. Elle m'a retourné, elle a chamboulé ma vie, mes projets, mes envies. Je pensais naviguer tranquillement dans mon coin, mais elle a mis un grain de sable dans les rouages et maintenant je regrette de ne pas avoir été assez intelligent pour comprendre plus tôt que je voulais être l'homme qu'il lui fallait.

Même si je sais qu'une histoire avec elle aurait été vouée à l'échec. Nous sommes trop différents, et pourtant elle me ressemble plus que toutes les personnes que j'ai pu croiser. Mais nos vies, nos parcours et nos caractères butés auraient fait exploser toute possible relation entre nous.

J'aurais aimé lui offrir ce qu'elle méritait, mais je ne le mérite pas moi-même…

Et putain, je ne sais pas comment j'en suis arrivé là. Je la détestais. Je l'aurais abandonnée à son sort sans aucun regret il y a quelques mois, alors je ne comprends pas comment j'ai pu en arriver à ce stade. Au point de regretter de ne pas avoir vécu juste pour *elle*.

Les bruits dans les escaliers s'intensifient et je serre les dents en bombant le torse et en crispant les doigts sur le revolver. Il pèse une tonne dans ma main ; il représente tout ce qui ne va pas dans ma vie, les mauvais choix, les regrets… Et pourtant, si je meurs aujourd'hui, je sais que je le fais pour une raison plus importante que tout le reste.

Je suis déchiré entre ce que je pense être mon devoir envers les miens et celui que j'aurais voulu avoir envers Leah. Les cris dans l'immeuble deviennent plus forts, plus puissants, ils inondent mes oreilles et font vriller mon crâne si violemment que je ferme enfin les yeux pour rompre le contact avec les siens. Je bande les muscles de mes bras et je contracte mes abdominaux en mordant l'intérieur de ma joue quand je l'entends inspirer entre ses dents et que ma sœur continue de pleurer en se faisant retenir par Leah. C'est maintenant. C'est là que tout se joue.

– *Ti amo*, Liz.

Je regarde Leah une ultime fois.

– Je te déteste… murmure-t-elle.

Je manque de flancher. Elle sait exactement ce qu'elle dit. Je ravale la boule qui enfle dans ma gorge et serre les dents jusqu'à me faire saigner, pour ne pas me dégonfler et abandonner.

– Pas autant que moi, Duchesse…

1

Leah
Quelques mois plus tôt

– Voici les clés, le double du bail et les codes de la porte d'entrée de l'immeuble.

Je tends les bras et récupère précautionneusement ce que me donne l'agent immobilier.

– Vous allez être bien ici, le quartier ne paie pas de mine mais il est calme et près de votre travail.

– J'en suis certaine.

Je me force à lui sourire pour qu'il prenne congé et ma tentative pour le faire partir fonctionne sans problème.

– Très bien, je vous laisse prendre vos marques, mademoiselle Robertson. À bientôt. Et n'hésitez pas à m'appeler si vous avez des questions !

J'acquiesce et ferme la porte derrière lui.

Enfin seule.

Pour la première fois de ma vie. J'inspire profondément et balaie du regard le petit studio dans lequel je vais vivre. C'est la première fois que j'ai un logement à moi, et j'hésite entre me sentir excitée, soulagée ou paniquée. Je crois que pour l'instant, je ferais mieux de ne pas tenter de faire le tri dans mes émotions, ça me demande trop d'énergie. Je dépose les papiers et les clés sur le comptoir de la kitchenette, et avance au centre de la pièce. Je tourne sur moi-même pour prendre conscience que je suis seule, que je n'ai plus de comptes à rendre à personne. Une voix au fond de mon cerveau me susurre bien que je n'aurai personne pour m'aider si j'ai un problème, mais le sentiment de liberté mêlée de culpabilité me prend aux tripes et l'efface assez vite. Je n'ai pas à culpabiliser. Laly m'a encouragée à partir et m'a toujours soutenue. Je sais qu'elle est fière de ce que j'ai fait alors je me reprends.

Nouvelle ville, nouvelle vie, nouvelles opportunités.

Ici, personne ne me connaît, personne ne sait qui je suis, d'où je viens et ce que j'ai bien pu faire avant. Et malgré la sensation amère dans ma gorge, c'est le sentiment le plus libérateur que j'aie jamais ressenti.

Je me force à sourire et avance d'un pas décidé pour ouvrir la porte-fenêtre qui donne sur mon petit balcon. J'ai à peine de quoi placer une petite table et une chaise, mais pouvoir profiter de l'extérieur en plein centre de Boston est un plaisir que je ne boude pas. De plus, je donne sur le square devant l'entrée du bâtiment et non pas directement sur la rue principale, à l'angle, qui est beaucoup plus passante. Un terrain de basket pile sous mon balcon est actuellement occupé par une bande de jeunes qui font une partie. L'ambiance est décontractée mais cosmopolite.

Bien loin de celle de Montgomery, où j'ai grandi.

Ici, les cultures se mélangent tandis que dans les États du Sud, c'est la généalogie qui prime. Comme si nos anciens laissaient sur nous une trace indélébile. Quels que soient nos actes, nous serons toujours la « fille de » ou le « fils de ».

C'est ce qui m'a fait venir dans cette ville.

Ici, je ne suis *personne*.

Je m'accoude à la rambarde en regardant dehors les jeunes en train de se jeter le ballon ou de dribbler pour éviter les joueurs de l'équipe adverse. La plupart ont dans les 15 ou 16 ans, mais quelques adultes font partie du lot, et j'aperçois une bande d'enfants qui les encouragent sur le bord du terrain. Ils me font sourire à hurler des prénoms, inconnus pour moi, comme si ces jeunes étaient des dieux. Je prends un peu plus de temps à les détailler. J'en aurais sûrement quelques-uns dans ma classe à la rentrée. Alors que je souris de plus belle en les voyant hurler quand l'un des joueurs met un panier, une brise légère soulève ma robe. Je me redresse légèrement pour regarder autour de moi et inspire à pleins poumons quand l'odeur iodée de l'océan vient de nouveau faire jouer le tissu sur mes jambes.

Nous sommes en plein mois d'août et la température avoisine les trente-quatre degrés, mais l'air frais qui provient de l'océan rend le tout plus que supportable. Et les nombreux arbres qui bordent la cour en face de moi apportent une touche de fraîcheur non négligeable.

À Montgomery, l'air était tellement lourd que j'en suffoquais parfois, mais j'attends de connaître les hivers du nord des États-Unis avant de regretter mon Sud natal. Il faudra que j'investisse dans un bon manteau en prévision. Mais avant de penser à refaire ma garde-robe, il va falloir investir dans des meubles, et notamment dans un lit et un bureau. Voire une chaise. Mon petit budget ne me permet pas de faire des folies, mais j'ai largement de quoi acheter ce qu'il faut. Je regarde rapidement l'heure avant de décider d'y aller pour prendre définitivement possession des lieux en installant de quoi dormir dès ce soir.

Alors que je me détourne pour rentrer, je me fige en découvrant une jeune femme qui me fixe depuis l'autre côté du petit paravent en fer forgé qui sépare nos deux balcons. Elle fume une cigarette en me jetant un regard goguenard.

– Nouvelle dans le quartier ?

Je reste immobile quelques secondes avant de me reprendre et de me rapprocher pour lui tendre la main. Les restes de mon éducation sont encore difficiles à oublier et je refuse de ne pas me présenter correctement.

– Pardon, oui, je suis Leah Robertson, la nouvelle voisine.

Elle ne prend pas la peine de saisir la poignée de main que je lui offre et recommence à parler d'une voix morne.

– J'habite pas là, chérie… JAMIE !

Je sursaute quand elle hurle d'un coup sec.

– Quoi ?

Une voix masculine lui répond depuis l'intérieur de l'appartement qui jouxte le mien, mais je ne vois pas la personne à qui elle appartient.

– Ta nouvelle voisine vient faire les formules de politesse ! reprend-elle aussi fort.

– Ma « quoi » ?

Je remarque alors qu'elle porte seulement une brassière et un microshort qui s'apparente plus à un boxer qu'à un réel vêtement. Ses longs cheveux blonds sont ébouriffés et avant que je ne me pose plus de questions sur la situation qui l'a mise dans cet état, un grand brun sort sur le balcon.

– Qu'est-ce que tu racontes comme conneries, Sofia ?

La blonde ne parle pas et se contente de me désigner du bout de sa cigarette quasiment finie. Il tourne la tête et je rencontre une paire d'yeux gris qui me fixent avec surprise. Il hausse les sourcils et me regarde comme une extraterrestre.

– Sans déconner, je pensais avoir définitivement fait fuir tous les voisins à cet étage. Vous êtes venue quand j'étais absent ou quoi ?

Quoi ?

Je reste abasourdie à sa réflexion et plisse les yeux pour tenter de deviner s'il est sérieux ou s'il me fait une mauvaise blague. Quand il éclate d'un rire sonore, je réalise que je me suis fait avoir comme une débutante.

– Oh, la vache ! Cette tête que vous avez faite !

Je ris nerveusement pour éviter de passer pour une idiote, mais je me sens ridicule. Heureusement pour moi, il se calme et me tend la main par-dessus la séparation en fer forgé.

– Jamie Selvaggio. Enchanté !

– Leah Robertson…

Sa poignée de main est ferme et un peu agressive, mais je préfère ça à la réaction dédaigneuse de sa copine. Et au moins, son sourire est contagieux.

– Vous emménagez aujourd'hui ?

– Si je trouve un lit et que je réussis à le monter, oui.

– Si vous cherchez des meubles à bas prix, mon cousin Lino tient un dépôt de meubles d'occasion un peu plus loin sur Salem Street, environ cinquante mètres après la pizzeria Tony's.

Je réfléchis rapidement.
– Il fait les livraisons ?
– Ça dépend de ce que vous pouvez payer.
– Comment ça, « ce que je peux payer » ? Si je n'ai que la moitié du prix de la livraison, il me les dépose à mi-chemin ?
Ma remarque le fait rire de nouveau. Honnêtement, je ne vois pas ce que j'ai pu dire de si drôle. Et toute cette histoire de « cousin » à consonance italienne me fait me demander si je ne viens pas de tomber sur une branche de la mafia de Boston.
– T'inquiète, Bella, dis-lui que tu viens de la part de Jamie et il te fera un prix d'ami.
– Oh ! Selvaggio ! hurle une voix depuis le terrain de basket-ball.
– Quoi ?
– Tu te sors les doigts du cul et tu viens jouer ?
J'écarquille les yeux. Génial. Si je récupère une partie des enfants qui les écoutent, je vais avoir pas mal de boulot pour leur apprendre les bonnes manières.
– Ils n'étaient pas dans le mien, connard !
Je tourne brusquement la tête vers mon nouveau voisin. Non… Il ne peut pas avoir dit ça devant tout le monde avec sa copine à côté ? Si ?
Eh si.
Apparemment, il peut. Et le pire, c'est que tout le monde éclate de rire, y compris la fameuse Sofia. Je crois que je suis dans la troisième dimension…
– Sofia, tu connais la sortie ? lance-t-il de façon anodine en rentrant dans son appartement.
Alors là, la mâchoire m'en tombe ! Il la congédie comme ça, juste après avoir fait une allusion plus que douteuse sur la présence de ses doigts dans son anatomie ? Ce mec a l'air d'un sacré mufle, finalement. La blonde opine du chef comme si cette réflexion ne la touchait pas, et l'instant d'après, le fameux Jamie ressort, casquette vissée à l'envers sur la tête, puis saute par-dessus le balcon avant de se rattraper à l'échelle de sécurité.

– Attention !

Il s'immobilise, suspendu d'une main à l'un des barreaux, et me regarde en souriant, l'air sincèrement étonné.

– Tranquille, voisine, j'ai l'habitude.

Puis il descend les barreaux sans même y poser les pieds, saute souplement sur le sol et rejoint les joueurs en trottinant sous les hurlements d'encouragement du public. Oh, mon Dieu, je viens de tomber sur l'abruti le plus irresponsable de la terre. Non seulement il jure devant les enfants, mais en plus il saute d'un balcon juste sous leurs yeux.

– Tu vas t'y faire, chérie. Jamie est un électron libre.

Je fais de nouveau face à Sofia.

– C'est pas pour rien qu'c'est un Selvaggio.

– Un Italien ? Je croyais que Boston était la ville des Irlandais… marmonné-je pour moi-même en regardant mon voisin retirer son tee-shirt pour rejoindre l'équipe des sans-vêtements.

– Pas ici, ma belle. T'es dans le North End. Ce sont les Ritals qui font la loi. Alors si tu veux t'intégrer, évite de te le mettre à dos.

Elle accompagne son conseil, ou plutôt sa menace, d'un clin d'œil et rentre dans l'appartement. Je regarde de nouveau l'équipe de joueurs au moment où mon nouveau voisin fait un *dunk* qui fait hurler les enfants à côté de lui.

– J'essaierai de m'en souvenir…

2

Jamie

– C'est qui, cette fille dans l'appartement voisin du tien ?

Je relève les yeux vers le balcon que je viens de quitter et secoue la tête.

– Ma nouvelle voisine apparemment. Leah quelque chose…

– Elle a l'air bonne !

Je ricane. Nolan est un obsédé du cul. Tout ce qui a deux jambes, un vagin et des seins est une opportunité… Un queutard. Un vrai !

– Sans déconner, je crois que tu devrais voir un psy…

– Mais regarde ses jambes, bordel ! OH, LEAH !

Il l'interpelle en criant, avec ses mains en porte-voix. Je me marre en voyant ma nouvelle voisine regarder autour d'elle pour vérifier qu'il s'adresse bien à elle.

Ouais, ma jolie, désolé pour toi, mais il t'a en ligne de mire maintenant. Ce qui veut dire que tu es dans la merde.

Elle hausse les sourcils d'un air interrogateur.

– OUAIS ! TOI !

Quand il est certain d'avoir son attention, il fait mine de recevoir une flèche en plein cœur et s'affale par terre d'un air dramatique. Elle sourit en secouant la tête, visiblement amusée mais certainement pas convaincue. Puis sans un mot, elle rentre dans l'appartement et ferme la porte vitrée derrière elle. J'éclate de rire avec les autres joueurs.

– Putain, mec, elle vient de te ghoster !

– Bah, c'est qu'une question de temps avant qu'elle se

rende compte qu'on est fait pour s'entendre. Surtout ma bite et sa chatte.

Je lui file une savate derrière la tête avant d'arracher le ballon des mains de Lorenzo, mon neveu, en lui ébouriffant les cheveux au passage.

– Allez, Roméo, joue au lieu de sauter sur tout ce qui bouge.

– C'est toi le Rital ici, connard, rétorque-t-il en attrapant au vol la balle que je lui lance.

– Putain, et moi qui croyais que c'était un Anglais qui avait écrit cette pièce !

Comme prévu, Nolan plisse les yeux.

– Ne me compare PLUS JAMAIS à un de ces cons d'Anglais, OK ? *IRELAND*, mec ! hurle-t-il en se désignant des deux pouces, visiblement fier de ses origines.

Si Nolan O'Connor est fier d'être irlandais d'origine, comme sûrement un gros tiers des habitants de Boston, j'aime lui rappeler que dans le North End, ce sont les Italiens qui règnent.

– C'est pas ce que je t'ai entendu dire la dernière fois que ma mère t'a fait des cannoli.

– Ouais, mais les cannoli de ta mère feraient changer de religion un Irlandais…

– Jusqu'à rater la messe du dimanche ? Putain, mec, t'es vraiment accro !

– Voilà autre chose qui me ferait rater la messe dominicale…

Je suis son regard et le vois fixer ma nouvelle voisine qui sort de l'immeuble. Et on est reparti pour un tour…

– LEAH !

Elle sursaute et se tourne vers nous.

– Viens jouer au lieu de draguer, le sermonné-je.

En vain. Quand Nolan a une paire de seins en vue, plus rien ne compte.

– ON SE MARIE QUAND ?

Elle ferme les yeux en riant, incrédule.

– Quand vous connaîtrez mon nom de famille ! répond-elle d'une voix pleine de défi.

Nolan se tourne vers moi, le regard suppliant, mais j'ai beau chercher, je ne me souviens pas.

– Putain, Jamie ! gémit-il.

– Désolé, mec…

Tout le groupe se tourne vers ma nouvelle voisine qui sourit largement en lui lançant :

– Dommaaaaaage…

Je m'en étouffe de rire. Elle hausse les épaules l'air de dire « c'est le destin » et s'en va sans un dernier regard pour mon copain. Sans déconner, ses vêtements et son attitude crient « je suis prude », mais elle a du répondant ! Moins d'une heure dans le quartier et elle envoie bouler le plus gros queutard du coin.

Elle me plaît déjà, ma nouvelle voisine.

***

– *Cosa stavi facendo?* (Tu faisais quoi ?)

Mon oncle me tombe dessus à l'instant même où je passe la porte de la cuisine de la pizzeria.

– *Niente che ti riguarda.* (Rien qui te regarde.)

Il grommelle une réponse incompréhensible entre l'anglais et l'italien, et retourne à sa pâte à pizza alors que j'attrape le tablier pour l'attacher autour de ma taille.

– *Porco Dio…* (Putain de merde…)

– Eh ! *Non bestemmiare nella mia cucina!* (Ne jure pas dans ma cuisine !)

Je ricane quand ma grand-mère entre dans la pièce et apostrophe mon oncle. On dira ce qu'on voudra, mais à 75 ans passés, Carlotta Selvaggio fait encore la pluie et le beau temps dans la pizzeria de feu son mari.

– *Ciao amore mio.* (Bonjour mon amour.)

– *Ciao nonna.* (Bonjour mamie.)

Elle vient se caler à côté de moi et tend la joue comme à chaque fois que je la vois. Je pourrais la voir cinq fois dans la même journée qu'elle continuerait à exiger son dû.

– *Dammi un bacio.* (Fais-moi un bisou.)

On ne refuse pas un bisou à Carlotta, et je me penche en souriant pour embrasser le petit bout de femme qui m'arrive à peine au menton. Ma grand-mère est un vrai roc. Veuve depuis dix ans, elle est une figure emblématique du quartier depuis la création de la pizzeria par son mari, Antonio Selvaggio, mon grand-père, dans les années soixante-dix.

Reprise depuis par mon oncle et mon père, la pizzeria Tony's continue de faire manger les familles du quartier six jours sur sept, et ce depuis trois générations. Je m'attelle à ébouillanter les tomates pour les peler et ne garder que la chair alors que, dans mon dos, mon oncle pétrit sans discontinuer les boules de pâte. D'aussi loin que je me souvienne, j'ai toujours travaillé dans cette pizzeria. Depuis que j'ai l'âge de me servir d'un canif, en fait. On m'a posé un jour dans cette cuisine et je ne l'ai plus quittée.

Je ne saurais pas dire si ce travail me plaît, mais c'est tout ce que je sais faire et les gestes machinaux de couper des champignons, préparer la sauce tomate, ou bien étendre les boules de pâte à pizza ont un côté réconfortant. Je suis dans mon quartier, là où j'ai grandi, et je ne me vois pas encore le quitter.

J'ôte ma casquette pour m'éponger rapidement le front avant de la visser de nouveau sur mes cheveux, visière sur l'arrière de mon crâne. Cette casquette est un de mes trésors. J'ai réussi à la faire dédicacer par Larry Bird, surnommé Gold Hand, lors de sa dernière saison chez les Celtics en 1992, et depuis, j'y tiens comme à la prunelle de mes yeux. Elle fait partie intégrante de ma personnalité et je l'enlève rarement. Je me souviens qu'à l'époque, je n'avais pas de casquette des Celtics mais juste un vieux gant en mousse, et mon père avait ôté la sienne pour me permettre de la faire dédicacer avant de me l'offrir.

– *Hai finito il ragù?* (Tu as fini la sauce?)

– Bientôt.

Je viens remuer la casserole fumante et passe le doigt sur la spatule pour goûter avant de rectifier l'assaisonnement.

Je souris quand la sauce correspond enfin à mes attentes. Je suis le préposé au *ragù*. Si mon oncle râle constamment de mes retards et de mon attitude désinvolte, il sait pertinemment que je suis le seul à réussir aussi bien l'accompagnement des pâtes, alors il se contente de me gronder sans me virer. Et ça m'arrange.

Je fais ma petite vie tranquille dans mon coin à cuisiner, jouer au basket avec mes potes et coucher avec mes plans cul quand j'en ai envie. Pour ça, Sofia est parfaite. Pas d'attaches, pas de romantisme. Elle débarque et se dénude direct pour qu'on passe aux choses sérieuses. Bref, je fais ma route sans encombre et sans ambitions non plus. Sincèrement, qui irait se faire chier à faire des études pour finir dans un job miteux au milieu d'un million d'autres cons qui ont eux aussi espéré devenir riches en se foutant un putain de prêt étudiant sur le dos ?

Mon père entre dans la cuisine alors que je transvase le *ragù* dans un contenant en plastique et le filme au contact.

– Eh ! *Ciao figlio ! È una sorpresa, lavori qui ?* (Bonjour mon fils ! C'est dingue, tu travailles ici ?)

Je ricane à sa petite pique et me contente de lui faire un baiser de loin tout en continuant à cuisiner. Mon père est plus jovial que mon oncle et se contente de se moquer de moi quand il entre dans la cuisine.

Julio et Cesare se partagent le restaurant. Chacun sa partie. Quand mon oncle gère la cuisine, mon père règne en maître dans la salle et le bar. Ils ont bien essayé de changer de place de temps en temps, mais le caractère ronchon de Julio ne convient pas à la relation clientèle. Je suis un peu comme lui. J'aime être peinard dans mon coin à éviter de faire des ronds de jambe face à des abrutis qui ne sont pas capables de faire la différence entre des linguine et des spaghetti.

Ma grand-mère s'empresse de lancer « That's Amore » avant de s'installer sur une table pour vérifier la comptabilité. Je souris en la voyant pointer ligne par ligne les recettes de la journée d'hier.

À la retraite, mais pas tout à fait… Le programme de ma grand-mère est réglé comme sur minuterie ; elle descend le matin avant le service et l'après-midi également, pour vérifier les recettes du service qui a précédé, avant de remonter chez elle pour regarder ses soap operas préférés. Je crois qu'elle les regarde depuis plus de vingt ans.

– Eh ! *Lavora invece di sognare !* (Travaille au lieu de rêver !)

Je fais un bruit de bouche disgracieux à l'intention de mon oncle avant de reprendre le boulot et m'attaque à la pâte à pasta. Un bruit de porte me fait relever les yeux dix minutes plus tard et je souris de plus belle en voyant ma sœur entrer avec mon neveu.

– Lave-toi les mains et va dire bonjour à tout le monde, le presse-t-elle en déposant ses affaires sur une banquette en bout de salle.

Ma sœur est aide-soignante à l'hôpital public de Boston et vient déposer son fils ici pour qu'on le surveille quand elle est de nuit, jusqu'à ce que mon beau-frère sorte du boulot et vienne le chercher.

– Eh ! Lorenzo ! l'interpellé-je depuis la cuisine. Viens ! Je fais les pâtes fraîches !

Sa petite bouille d'imbécile de 9 ans sourit jusqu'aux oreilles et se dépêche de se laver les mains avant de me rejoindre.

– Tu restes sage, compris ! lui ordonne Liz avec un regard angoissé.

– Relax, je m'occuperai bien de lui.

– C'est bien ce qui me fait peur…

Je ris et lui fais un discret doigt d'honneur auquel elle répond en plissant les yeux.

– *Ti ho visto…* (Je t'ai vu…) menace ma grand-mère sans lever les yeux de son cahier de compte.

Je lève les miens au ciel, alors que ma sœur me sourit de façon triomphale avant de quitter le restaurant au pas de course dans son uniforme coloré. Lorenzo me rejoint et se jette sur les chutes de pâte pour les engloutir sans même prendre le temps de respirer.

– Eh, tranquille ! T'inquiète, il y en aura d'autres.

J'adore ce môme. Il est comme moi, pas forcément doué, ni élève modèle à l'école, mais curieux de tout. Il me suit presque comme un petit chien et ça me fait marrer. En plus, il me ressemble énormément. Plus qu'à son propre père. C'est pour dire ! Il possède les cheveux brun foncé et les yeux gris typiques de la famille Selvaggio. On pourrait presque penser que c'est mon propre gamin. Il ne tient quasiment rien de son père qui est blond aux yeux bleus.

– Y a ta nouvelle voisine qui est revenue avec des meubles de chez Lino tout à l'heure, m'informe-t-il entre deux bouchées.

Je hausse les sourcils en continuant à étendre les tagliatelles sur le séchoir.

– Elle a réussi à tout monter toute seule ?

Il mâchouille une grosse chute de pâte et l'avale dans un bruit de déglutition prononcé avant de me sourire jusqu'aux oreilles. Je souris en retour en voyant une de ses dents en moins…

– Lino l'a aidée.

Je suspends mon geste. Mon cousin n'aide personne. Il vend, il encaisse et il dit *« ciao »*. Rien de plus.

– Tu déconnes !

– Non ! Il y avait même Colin avec lui.

Là, je suis sur le cul. Mon cousin et son unique employé ? Il ne serait pas allé jusqu'à fermer le magasin, quand même ?

Bordel, je dois en avoir le cœur net.

– *Yo zio !* (Yo tonton !)

– *Che ?* me répond mon oncle d'une voix bourrue.

– Je prends ma pause. *Vado a fumare una sigaretta !* (Je vais fumer une cigarette !)

Il ronchonne dans son coin avant de parler de nouveau dans sa barbe.

– *Ti avvelenerà ! Figlio d'idiota…* (Ça va te tuer ! Fils d'idiot…)

– Eh ! s'exclame mon père depuis le comptoir. *È mio figlio !* (C'est mon fils !)

– *Quello che ho detto...* (C'est ce que j'ai dit...)

Je ricane en ébouriffant une nouvelle fois les cheveux de Lorenzo.

– Essaie de ne pas tout manger avant que je revienne, lui chuchoté-je en m'éloignant. Ou alors fais-le discrètement...

Il me sourit quand je recule, et je lève les yeux au ciel en dépassant mon oncle et mon père qui s'abreuvent d'injures en italien, avant de sortir par la porte de service qui donne sur la ruelle adjacente. Je fais sauter mon paquet de clopes de la poche arrière de mon jean et en sors une avant de l'allumer rapidement pour prendre mon portable en main. Après deux sonneries, mon cousin décroche.

– *Pronto* (Allô), Jamie !

– Salut Lino. On m'a raconté un truc de fou : tu as aidé ma nouvelle voisine à porter ses meubles jusque chez elle ?

Il hésite et produit un gémissement hésitant avant de soupirer, vaincu.

– *E cazzo !* (Et puis merde !) Tu as vu ses jambes ? On a juste croisé les doigts, avec Colin, pour qu'elle passe devant nous dans les escaliers !

Il monte dans les aigus comme s'il cherchait à se dédouaner, alors que j'éclate de rire.

– Putain, Maria serait ravie de l'apprendre ! me moqué-je en lui rappelant qu'il est marié avec ma cousine. Elle ne devrait pas tarder à arriver au restaurant, d'ailleurs...

– *Basta Jamie !* (Arrête, Jamie !) Tu sais aussi bien que moi que tu ne lui diras rien, sinon qui te refilera les bons plans sur le matos électronique ?

Je ricane en tirant sur ma clope. Lino vend beaucoup de choses dans son magasin. Des meubles, des objets de décoration, mais aussi des fournitures électroniques qu'il a obtenues de manière plus ou moins légale. Et il sait que je suis le premier à profiter de ses « prix » sur l'électronique. J'ai une enceinte Bose chez moi et deux Mac que je n'aurais jamais pu m'offrir sans lui.

– *Figlio di buona donna*[1]... (Fils de bonne dame...) ricané-je en souriant jusqu'aux oreilles et en rejetant la fumée. Je ne dirai rien, espèce de gland.

– Eh ! N'insulte pas ma mère, OK ?

Je lui fais un bisou sonore avant de raccrocher.

Alors comme ça, la nouvelle voisine a même réussi le tour de force d'embobiner mon beau-cousin ? Ça fait deux personnes dans la même journée qui s'extasient sur ses jambes alors qu'honnêtement, j'ai vu mieux.

Je finis tranquillement ma cigarette en réfléchissant à l'ovni qui a emménagé à côté de chez moi. Il va falloir que j'en sache un peu plus sur elle. Si elle est capable de mettre Nolan et Lino à genoux, je dois pouvoir m'en servir comme arme contre eux.

Et pour ça, je vais devoir faire copain-copain avec elle.

Quand ma cigarette est finie, je reviens en cuisine sous le grommellement de mon oncle, me lave les mains, sauve les dernières pâtes de la bouche de Lorenzo et commence à préparer les desserts. Je suis en train de remplir les verrines de mousse au mascarpone, tout en repoussant la bouche affamée qui me sert de neveu, quand ma mère fait irruption dans la cuisine avec une boîte en carton.

– Eh, maman !

– Nonnaaaaaa ! s'écrie Lorenzo en se jetant sur elle.

Je souris en coin. Je connais la raison première de son engouement. Ma mère apporte la fournée journalière de *cannoli* et il réussit toujours à en piquer un ou deux. Mais je ne me fais pas de soucis, ma mère en prépare toujours un peu plus pour contenter les bouches affamées qu'elle croise sur la route entre son appartement et la pizzeria.

– *Ciao piccolino mio ! Renditi utile : aiutami con i cannoli !* (Bonjour mon tout-petit ! Rends-toi utile : aide-moi avec les cannoli !)

Elle lui tend un des cartons qu'elle porte et il s'empresse

1. Une façon détournée d'insulter un Italien sans toucher à sa maman.

de le prendre avant de la précéder lorsqu'elle vient les poser sur le comptoir libre à côté de moi.

– *Ciao mamma*, l'accueillé-je avec un grand sourire.

Ma mère est extraordinaire. Je ne me lasse pas de la voir quand elle arrive tous les jours du service, dans sa robe à fleurs, été comme hiver, avec son brushing parfait et son maquillage soigné. Une madone. Elle a pourtant 50 ans, mais elle est toujours aussi belle et fraîche que dans mes souvenirs d'enfance. Je suis loin d'être impartial, j'aime ma maman comme un fou. Je suis son unique fils – et son petit dernier, au passage. Je sais qu'elle aime ma sœur autant que moi, mais je resterai éternellement son bébé, et j'en joue à mort. Surtout quand ma frangine est dans les parages. J'embrasse ma mère avec plaisir quand elle tend sa joue, puis entreprends de finir la confection des desserts. Je ricane quand elle se met à houspiller mon neveu en voyant qu'il a déjà volé trois cannoli dans les cartons.

– *Basta !* Sinon il n'en restera plus pour les clients !

– Baaah ! la contredis-je en arrivant derrière elle et en enfournant un *cannolo* dans ma bouche. Qui se soucie des clients ?

Mon intervention fait rire mon neveu et un nuage de sucre glace se forme devant lui alors qu'il retient tant bien que mal la grosse bouchée qui remplit ses joues tout en se retenant de rire. Ma mère écarquille les yeux en voyant la catastrophe arriver et nous repousse vertement.

– *Basta voi due !* (Ça suffit vous deux !)

Elle nous houspille en battant des mains comme elle a l'habitude de le faire pour éloigner les bouches voraces de ses desserts et j'éclate de rire en entraînant Lorenzo avec moi.

– Allez viens, bonhomme, on va préparer les *torte*.

– Je pourrai manger de la pâte crue ? me demande mon glouton de neveu alors qu'il n'a pas encore fini les *cannoli* qu'il a dans la bouche.

Je lui fais un clin d'œil complice et il se précipite vers le poste à desserts en piquant au passage une tomate cerise à mon oncle, alors que celui-ci organisait les différents condiments au millimètre près sur son plan de travail.

– Eh! *Finirò per farti pagare!* (Je vais finir par te faire payer!) râle ce dernier.

Je secoue la tête, amusé, et m'apprête à le rejoindre quand le bras de ma maman s'enroule autour du mien et qu'elle m'empêche d'avancer en souriant comme le chat d'Alice au pays des merveilles.

Oh, non… Je connais ce regard…

– J'ai croisé Simone en allant au marché hier matin, et devine ce que j'ai appris…

Merde. Un potin. Mais pas n'importe quel potin, si je me fie à son regard acéré sur ma personne. Je suis un éternel célibataire, et elle désespère de me voir me caser et lui donner des petits-enfants. Chose que je n'ai pas foncièrement envie de faire à l'instant T.

– Qu'elle allait acheter du fromage? demandé-je, incertain, en essayant de dégager mon bras de ses griffes.

– Non! J'ai appris que Jessica, la nièce de Louisa, venait de revenir en ville… Tu te souviens sûrement d'elle? Une jeune fille, charmante et très jolie!

Si je me souviens de Jessica? Oui. Dans plusieurs positions, d'ailleurs. Et la dernière fois ne s'est pas super bien finie, surtout quand je lui ai annoncé que je ne cherchais rien de plus et qu'elle pouvait partir faire ses études tranquillement, je n'allais pas l'attendre.

Elle ne l'a pas bien pris. Ma joue s'en souvient encore.

Je retiens tant bien que mal un sourire en me mordant l'intérieur de la joue et réussis à sortir petit à petit mon bras des ongles flamboyants de ma mère.

– Oui, mais désolé, maman, je ne pense pas que ça fonctionnera entre Jessica et moi…

– Mais… mais pourquoi? gémit-elle en acceptant de me lâcher, visiblement à contrecœur.

– Disons que… nous ne sommes pas sortis de notre dernière rencontre en très bons termes…

– James Selvaggio, tu es impossible ! Ce n'est pas en brisant le cœur de toutes les jeunes filles de la ville que tu trouveras une femme avec qui te marier !

– Mais si… murmuré-je pour la calmer en lui tapotant le dessus de la tête. C'est elle qui me trouvera, *mamma*, tu le sais bien.

C'est ma réponse toute trouvée depuis quelques années, mais je sens bien que ma mère ne me croit plus et commence à vraiment désespérer de me voir la corde au cou, en costume trois-pièces, à l'église.

– Et comment ? En venant au restaurant ? Tu te caches constamment dans la cuisine ! À l'église ? Je ne t'ai pas vu y mettre les pieds depuis plus de deux ans ! Dans le pub de Nolan ? Les jeunes filles qui vont là-bas ne sont pas de charmantes jeunes filles prêtes à se marier, Jamie !

Et c'est *justement ça* qui me plaît ! Le pub familial de mon meilleur pote est un vivier à filles prêtes à se taper un petit road trip en Italie avec moi !

– Mamma…

– Elle ne viendra pas non plus directement te chercher chez toi, mon petit !

Je soupire en tentant de dévier la conversation quand la voix de mon neveu vient jeter un pavé dans la mare. Un gros.

Un énorme.

– *Si, è possibile !* Oncle Jamie a une nouvelle voisine ! Et elle est très jolie !

Je m'immobilise et lui fais les gros yeux ! Il vient de me vendre, putain ! D'ailleurs, il comprend très vite son erreur et baisse les yeux en marmonnant un « oups… » alors que ma mère se rapproche de lui tel un serpent.

– Une jeune fille, tu as dit ? Comment est-elle ?

Lorenzo me regarde, anxieux de savoir s'il a le droit de répondre. Je secoue fébrilement la tête pour lui faire comprendre de ne plus parler, mais ma mère s'interpose entre nous deux et me soustrait à sa vue.

– *Lorenzo, guardami !* (Lorenzo, regarde-moi !) Cette

jeune fille… comment est-elle ? susurre-t-elle en lui souriant de toutes ses dents.

Je ne la vois pas mais je le sais. Elle utilisait la même technique pour m'hypnotiser quand j'étais jeune. Je tiens mes yeux gris d'elle et c'est elle qui m'a appris à m'en servir pour obtenir ce que je veux en les utilisant contre moi. J'essaie d'attirer l'attention de mon neveu, mais c'est déjà trop tard quand je le vois se recroqueviller sur le tabouret qu'il a poussé contre le plan de travail en Inox.

– Elle est… euh… elle avait une robe bleue et un chignon…

– Une robe et un chignon ? *Ma che felicità !* (Mais quel bonheur !) Une jeune femme bien élevée ! s'écrie-t-elle.

– Pardon ?

En quoi une femme qui porte des robes et des chignons est forcément bien élevée ? Personnellement, je les préfère les cheveux détachés. J'ai un truc avec les cheveux longs, ça me fascine. Une fille aux cheveux longs et avec un mini short = combo mythique. Ou alors une robe, mais un peu moins couvrante que celle de la voisine. Elle me fait presque penser à ma maîtresse d'école.

– *È italiana ?* (Elle est italienne ?) demande ma grand-mère depuis sa table.

– Nonna ! m'écrié-je en la voyant prendre part à ce manège.

Elle se contente de hausser un sourcil quand je hausse le ton et me fusille du regard.

– Euh… non. Je crois pas… répond Lorenzo.

Ma grand-mère fait un bruit de bouche disgracieux et retourne à son cahier de compte avec un regard blasé.

– *Quindi non mi interessa.* (Alors ça ne m'intéresse pas.)

Amen ! Déjà une de moins dans l'affaire ! Mais ma mère, elle, s'en fiche royalement qu'elle soit d'origine italienne, russe, serbe ou mexicaine. Tout ce qu'elle veut, c'est me caser, peu importe la provenance de la marchandise.

– Jamie ! Tu vas l'inviter à venir manger au restaurant, que je puisse voir cette charmante jeune femme de plus près, déclare ma maman d'un ton autoritaire en claquant des doigts.

– Quoi ? Hors de question, mamma ! Je ne la connais pas, cette fille ! En plus, elle a l'air un peu…

– « Un peu… » ? répète ma mère en me regardant.

– Euh… un peu… baragouiné-je, mal à l'aise devant son regard perçant.

– Oui ?

– Euh…

– James Selvaggio, si tu comptes dire du mal d'une jeune femme que tu connais à peine devant nonna Carlotta et ta mère, tu ferais mieux de trouver rapidement une façon élégante de le faire.

Je pince les lèvres pour me retenir, mais voir ma petite maman d'à peine un mètre cinquante lever son doigt menaçant sous mon nez me donne envie de rire. Elle est tellement minuscule que je l'ai dépassée rapidement et depuis elle me sermonne quand il lui semble que je la regarde de haut.

Putain !

– Elle regarde les gens de haut ! m'écrié-je, soulagé d'avoir trouvé une bonne formule.

– *Si, nonna !* renchérit Lorenzo. Elle n'a pas voulu répondre à Nolan !

Bien joué, crapule ! Je lui fais un clin d'œil discret alors que ma maman se fige, puis cligne plusieurs fois des yeux avant de faire une petite moue attristée.

– Oh…

– *Un' italiana non lo farebbe…* (une Italienne ne ferait pas ça…) marmonne ma grand-mère en enfonçant le clou.

Je soupire discrètement. Bien. Tentative de me marier avec la voisine visiblement tuée dans l'œuf. Comme ma mère ne répond pas et semble perdue dans ses pensées, je recommence à travailler en empêchant Lorenzo de manger tous les cannoli apportés par sa grand-mère. Je lui tape sur les doigts et tente de lui écraser de la crème à la ricotta sur le bout du nez en le faisant rire, quand ma maman reprend brusquement la parole.

– Ça devait être de la timidité ! déclare-t-elle d'une voix décidée. Tu l'inviteras quand même au restaurant.

– QUOI ? m'étouffé-je presque en avalant le reste de ricotta sur mes doigts.

– J'ai dit : « Tu l'inviteras quand même au restaur… »

– J'ai compris, réponds-je, agacé. Mais pourquoi ? Je viens de te dire qu'elle était hautaine !

– Elle ne connaît personne, enfin ! Elle doit sûrement se sentir seule, donc pour y remédier, tu l'inviteras au restaurant.

– Mais mam…

– Basta Jamie ! Farai lo che ti ho detto ! (Ça suffit Jamie ! Tu feras ce que je t'ai dit !)

Je lève les yeux au ciel. Je n'ai pas envie de me caser, putain ! Et encore moins d'aller inviter cette voisine au risque de voir ma mère tenter de me jeter dans ses bras.

Je me tourne vers ma grand-mère pour tenter de trouver du soutien, mais elle s'écrie d'une voix forte à l'attention de mon père :

– C'è un errore ! (Il y a une erreur !)

Mon père soupire depuis son bar et pose le verre qu'il rangeait pour venir la voir et vérifier ce qu'elle désigne du doigt.

– Mais maman, j'ai juste débordé du tableau ! s'écrie-t-il en levant les mains au ciel.

– Ed'è un errore ! Eppure ti ho insegnato a lavorare meglio ! (Et c'est une erreur ! Pourtant, je t'ai appris à mieux travailler !)

Je retiens un rire en voyant mon père marmonner. Il soupire, mais va chercher de quoi corriger sa minuscule bavure tandis que ma grand-mère se redresse, fière comme une reine. Voilà pourquoi je ne veux pas me caser. J'aime les femmes de ma vie, mais, bordel, qu'elles sont chiantes ! Entre ma grand-mère qui tire encore les oreilles de mon père, ma mère qui tire les miennes, ma sœur qui tire celles de mon neveu, je pense qu'il est temps de casser ce cycle infernal.

Qu'est-ce que je disais sur le fait de devenir « copain-copain » avec ma nouvelle voisine ? J'ai changé d'avis. Mais connaissant ma mère, il va falloir trouver une excuse béton pour expliquer pourquoi elle ne viendra *jamais* manger au restaurant.

Pas tant que je serai vivant.

3

Leah

– Mlle Robertson.

Je m'applique à écrire mon nom de famille en scripte sur le tableau blanc devant la classe, avant de me tourner vers mes élèves. Ils sont vingt-sept de *4th Grade*[1] rien qu'à moi pour cette année.

– Bonjour les enfants, reprends-je en m'avançant vers eux. Je m'appelle Mlle Robertson et je serai votre professeure cette année.

Quelques « bonjour, mademoiselle Robertson » brisent le silence en réponse à ma phrase, mais pour la plupart, les élèves restent silencieux. Sauf quelques chahuteurs qui se battent au fond de la classe.

– Un peu de silence, s'il vous plaît ! asséné-je d'une voix plus forte pour leur faire comprendre que je les ai vus.

Ils rient sous cape mais se calment à ma réflexion.

– Bien. Cette année, nous allons travailler ensemble mais avant de commencer, j'aimerais vous connaître, alors je vais vous demander de sortir une feuille de papier et de me noter les informations suivantes.

Je leur laisse le temps d'obtempérer, mais je suis obligée de fixer l'un des chahuteurs du fond quand je remarque qu'il n'obéit pas et continue de distraire ses camarades de classe. Mon regard sévère le calme et il sort une feuille, non sans continuer de rire. Bien. J'ai trouvé mon premier élément perturbateur. Quand ils ont tous ce qu'il faut, je leur dicte

1. 9/10 ans, équivalent du CM1.

ce que je veux savoir en avançant entre les rangées de la classe : nom, prénom, date de naissance, profession des parents, nombre de frères et sœurs, ainsi que leurs âges respectifs. Puis quand j'ai fini de donner les informations, je reviens à ma place et leur fais face.

– Maintenant, je vais vous laisser un plus long moment parce que je voudrais que vous preniez le temps de répondre à cette dernière question. Je ne veux pas de réponse toute faite. Je vous demande de réfléchir et de m'écrire exactement ce que vous voulez ou avez envie de répondre. Je ne jugerai personne et cette réponse restera entre vous et moi. D'accord ?

Ma dernière phrase a le don d'attiser leur curiosité et la classe devient silencieuse alors qu'ils sont suspendus à mes lèvres. Même mon élément perturbateur au fond semble avide de savoir ce que je vais dire. Quand je suis certaine d'avoir assez fait durer le suspense, je m'appuie contre le bureau et leur souris.

– Que feriez-vous à ma place ?

Des froncements de sourcils accueillent ma question et je souris de plus belle en voyant qu'ils n'ont pas forcément compris.

– Si vous étiez le professeur, dans cette classe, que feriez-vous ? Quels cours vous feraient envie ? Quels changements aimeriez-vous apporter dans la disposition des tables, des chaises ? Est-ce que vous changeriez la décoration ? Est-ce que vous organiseriez des ateliers ? Des sorties particulières ? Je veux savoir ce que *vous* feriez si vous étiez à *ma* place.

Leurs grands yeux s'écarquillent et je vois déjà quelques élèves sourire puis se précipiter sur leur feuille, pressés de me lister toutes leurs suggestions. Petit à petit, le bruit des stylos qui raturent les feuilles à carreaux emplit la salle et j'inspire profondément, impatiente de lire leurs réponses. Laly sera fière de moi quand je lui dirai que j'ai tenu ma promesse. Comme toujours, penser à ma petite sœur me fait sourire mais me rend un peu triste. Elle me manque et je m'en veux d'être partie. Mais j'en avais besoin. C'est elle qui m'a confié un jour qu'elle aimerait que ses professeurs lui posent cette question. Elle avait 12 ans à cette époque. Je souris en la revoyant à cet âge. Une petite boule de douceur mais emplie de détermination.

Je m'assois et sors mon bloc-notes pour me rappeler de lui raconter cette journée dans ma prochaine lettre. J'en profite pour lister des idées d'ateliers et des choses à acheter en repensant à mon arrivée ici. Les autres professeurs ont tous été adorables avec moi lors de la prérentrée la semaine dernière.

Surtout Niall, l'un d'entre eux.

Je n'ai pas de type d'homme en particulier mais disons que si j'en avais un, ce serait lui. Il semble doux et charmant. Et j'ai bien vu que je lui avais tapé dans l'œil. Il s'est immédiatement proposé pour me faire visiter l'école et a réussi à caser dans la conversation qu'il était célibataire.

Je n'ai pas spécialement prévu de sortir avec des hommes, mais je pourrais peut-être me laisser tenter avec lui… Grand, blond aux yeux marron et un sourire contagieux.

Je me secoue mentalement. Pour l'instant, toute relation reste dans le domaine du possible mais pas du « prévu ». Je dois commencer par vivre seule et apprendre à me débrouiller. Je ne veux pas dépendre de quelqu'un. Je veux pouvoir réussir à réparer mes propres problèmes. D'ailleurs, je note « aller acheter une boîte à outils » sur ma liste de choses à faire. Je n'ai rien et je me trouverai bête si un jour j'ai un problème qu'un simple tournevis pourrait régler.

Je pourrais demander à mes voisins mais pour l'instant, le seul que j'ai croisé m'ignore royalement. Je l'ai vu deux fois la semaine dernière et j'ai voulu le remercier pour le bon plan des meubles chez son cousin, mais il n'a pas répondu quand je l'ai appelé. Pourtant, je suis certaine qu'il m'a entendue…

Un bruit de chaise qui tombe me sort de mes pensées et je relève les yeux pour découvrir le petit chahuteur du fond, debout, en train de faire l'imbécile.

– Dis donc ! m'empressé-je de le gronder. Assieds-toi tout de suite !

Il ricane à ma voix sévère mais se rassoit. Une tête forte, donc. Je baisse les yeux pour vérifier les noms des élèves et j'ai à peine enclenché le mouvement que je le vois recommencer à chahuter dans la limite externe de mon champ de vision.

– Ça suffit ! prononcé-je plus fort. Tu viens ici !

Il sursaute à mon ordre et me regarde sans comprendre.

– Viens. Ici ! reprends-je fermement en désignant mon bureau. Tu apportes ta chaise et tu t'assois à côté de moi pour finir de noter ce que je vous ai demandé. Peut-être que tu n'auras pas envie de m'embêter comme tu embêtes tes amis.

Ma phrase provoque un « ouuuh » que j'espère impressionné au sein des autres élèves et je vois quelques-uns de ses amis se moquer de lui. Il ne se démonte pas et prend sa chaise en souriant, en filant quelques petites tapes à ceux qui le charrient au passage. Je lève les yeux au ciel. OK, donc même quand je le punis, il réussit à continuer de me défier. Je le regarde avancer vers moi, le sourire provocateur, et je ne baisse pas le regard.

Tu peux essayer de me pousser à bout, jeune homme, j'en ai connu des plus coriaces que toi.

Je lui désigne le côté de mon bureau sans un bruit quand il me rejoint et il obtempère en riant sous cape. Je ne le laisse pas aller chercher sa feuille et avance jusqu'à sa place pour la récupérer. Je regarde rapidement. À part le prénom et le nom, il n'y a quasiment rien de noté. OK. J'ai donc un cancre, doublé d'une tête brûlée.

– Bien… « Lorenzo O'Donnel », lis-je à voix haute en revenant vers mon bureau. Tu vas reprendre et noter les informations que j'ai demandées.

Je plaque la feuille quasi vierge sous ses yeux et pose un crayon à côté de lui en le fixant du regard. Il sourit en coin et pendant un court instant, je me demande si je n'ai pas déjà vu ce sourire quelque part. je sens qu'il ne m'est pas totalement inconnu mais impossible de me souvenir d'où. Mais avec tous les enfants que j'ai croisés dans mon quartier, j'ai pu le rencontrer sans m'en rendre compte. De plus, son prénom italien ne laisse aucun doute sur ses origines : il vient sûrement du quartier où je vis. Le quartier des Italiens. Mais le nom de famille, « O'Donnel », lui, est bien irlandais.

Je lui liste de nouveau les informations que j'ai demandées sans le lâcher des yeux. Il soupire mais m'obéit au bout d'un moment. Je le vois écrire à contrecœur et je regarde par-dessus son épaule. Parfois, certains élèves en décrochage scolaire chahutent pour éviter de faire face au travail scolaire. J'ai vu des élèves qui faisaient exprès de se faire exclure de leur classe pour éviter de devoir lire car ils avaient encore du mal à déchiffrer un texte et ne voulaient pas devenir la risée de leurs camarades de classe. Parfois, il vaut mieux passer pour le gros dur plutôt que pour un idiot. Mais je suis surprise quand je remarque qu'il ne fait aucune faute et n'hésite pas en notant ce que je lui demande. Quand il finit d'écrire la question finale et commence à répondre aux informations, je l'abandonne enfin et en profite pour passer silencieusement entre les élèves et observer leur travail. Le rythme est relativement uniforme. Ils en sont tous à peu près à la même question et arrivent à la dernière, celle où je leur demande ce qu'ils feraient à ma place.

– Fini.

Je sursaute à la voix qui m'apostrophe depuis le tableau.

– Pardon ?

Lorenzo me regarde, le visage dénué d'émotions, et me montre sa feuille du doigt.

– J'ai fini. Je peux retourner à ma place ?

Mais bien sûr… Je soupire et reviens vers mon bureau pour vérifier. Il a dû bâcler son travail. Je m'empare de sa feuille et parcours rapidement les lignes pour découvrir avec stupéfaction qu'il a effectivement répondu à tout. Je découvre donc que sa maman est aide-soignante, que son père travaille dans un garage automobile et qu'il est fils unique. Je baisse les yeux pour lire la question qui m'intéresse et écarquille brièvement les yeux en découvrant sa réponse. À la question « que feriez-vous à ma place ? », il n'y a qu'une phrase :

« Je demanderais au Président de promulguer une loi pour rendre l'école illégale. »

Je ne sais pas ce qui me choque le plus : la réponse en elle-même, l'écriture claire et concise ou alors l'utilisation du mot « promulguer ».

– Alors ? s'impatiente Lorenzo à côté de moi. Je peux retourner à ma place ?

Il enclenche un mouvement pour se lever sans attendre ma réponse mais je l'en empêche d'un mouvement de bras.

– Tu restes ici, déclaré-je en continuant de fixer sa feuille.

Ma réponse le fait gémir de dépit mais il se rassoit, les bras croisés et les sourcils froncés, non sans continuer de bouder et marmonner dans sa barbe. Je me rassois à côté de lui et je range correctement le papier sur mon bureau. J'attends sagement que les autres élèves finissent de leur côté et sors le bilan de la maîtresse de l'année dernière pour en savoir un peu plus sur ce jeune Lorenzo. Je comptais le faire ce soir en comparant les réponses des feuilles de chacun de mes élèves, mais la curiosité est trop forte le concernant, et j'ouvre le classeur à sa fiche. Je parcours rapidement les appréciations de ses anciens professeurs et je suis surprise de la véhémence de certains.

« Bon à rien », « n'ira pas loin dans la vie », « élément perturbateur », « enfant en futur décrochage scolaire », « ne travaille pas et ne travaillera jamais en classe ».

À part quelques appréciations de professeurs qui avaient encore quelques espoirs, depuis sa première année de classe, Lorenzo a toujours déçu le corps enseignant. Ses notes ne sont pas en chute libre mais dépassent à peine la moyenne. Avec des commentaires aussi peu élogieux, je m'attendais à une véritable catastrophe, et pourtant il n'a jamais redoublé une seule classe. Comme s'il ne travaillait que pour être certain de passer et de finir l'école au plus vite.

Je tourne discrètement les yeux vers lui pour l'observer et je les écarquille de surprise quand je réalise ce qu'il a fait pendant que j'observais son dossier scolaire. Je possède plusieurs casse-tête que je pose souvent sur mon bureau pour attiser la curiosité des élèves et leur faire travailler leur logique. En l'espace de cinq minutes, Lorenzo vient de résoudre deux de mes casse-tête.

Et il est en train de finir le troisième.

– Qu'est-ce que…

Ma phrase le fait bondir, et il s'empresse de le lâcher en rougissant d'embarras.

– Pardon, bafouille-t-il en se renfrognant de nouveau.

Je ne réponds pas et récupère mes casse-tête pour les remettre en place.

Plusieurs élèves viennent me déposer leur feuille sur le bureau et j'en profite pour noter leur nom sur la place correspondante sur mon plan. Les réponses semblent disparates. Certains ont répondu de façon concise à la dernière question, d'autres m'ont écrit l'équivalent d'un mini roman, tandis que quelques enfants m'ont même fait des listes de suggestions. Je souris à chaque fois qu'un enfant me tend sa feuille et la range proprement. Quand je récupère la dernière feuille, une petite voix me parvient du côté gauche de mon bureau.

– Est-ce que je peux retourner à ma place maintenant ?

Je me tourne vers Lorenzo. Il semble plus calme que tout à l'heure, voire assez gêné de s'être fait prendre en train de résoudre les casse-tête sans mon accord.

– Est-ce que tu vas te tenir tranquille ?

Il soupire fortement en faisant rire ses copains, mais hoche imperceptiblement la tête quand je le fixe de nouveau en fronçant les sourcils.

– Bien, tu peux y retourner.

Il se lève précipitamment, mais s'immobilise quand je l'apostrophe une dernière fois.

– Lorenzo ?

Il reste planté sur place un bon moment avant de se tourner vers moi, visiblement à contrecœur.

– Si tu recommences, je te place à côté de moi jusqu'à la fin de l'année. C'est compris ?

Il fait la moue mais hoche de nouveau la tête en fonçant ensuite à sa place sans demander son reste. Je souris en coin quand je le vois éviter une tentative de chahut de la part de son voisin de classe en levant anxieusement les yeux vers moi, avant de détourner aussi vite le regard quand il réalise que je l'ai vu.

***

La matinée se passe plus calmement, mais je ne peux m'empêcher d'observer l'énigme Lorenzo au fond de la classe. Cet enfant m'intrigue. Vraiment. Lors de la pause déjeuner, je questionne rapidement mes collègues à son sujet et quasiment tous le connaissent, pour l'avoir eu dans leur classe ou seulement de réputation. Sa maman travaille en tant qu'aide-soignante de nuit, son père travaille la journée mais finit tard. Apparemment, il passe le plus clair de son temps dans le restaurant familial quand ses parents ne peuvent pas le garder. J'arrive petit à petit à dessiner un enfant sans cadre parental régulier. Il semble ballotté entre chez lui, le restaurant, de nouveau chez lui quand son père le récupère, sans réellement avoir le temps de se poser pour travailler au calme. J'imagine que sa famille n'a pas forcément l'occasion de lui faire faire ses devoirs. Pour autant, il ne m'apparaît pas comme un enfant en décrochage scolaire, au contraire de ce qu'affirment mes nouveaux collègues. Ils semblent même tous avoir abandonné l'idée de tirer quoi que ce soit de ce garçon. Et ça me fend le cœur.

– Laisse tomber, cet enfant n'écoute rien, me conseille même Niall.

Mais rien n'y fait. Ce garçon m'intrigue et je n'arrive pas

à me sortir de la tête ce que j'ai vu ce matin. Il a résolu les casse-tête tellement rapidement que je me demande même s'il ne les a pas déjà faits chez lui. Mais s'il en avait eu chez lui, je ne l'aurais pas vu loucher sur les autres pendant le reste de la matinée. J'ai réellement senti une envie irrépressible de jouer avec. Mes casse-tête provoquent souvent ça chez les élèves, à dose plus ou moins élevée. Mais je sentais qu'il voulait vraiment toucher ces petits jeux de bois.

Je repense à Laly. C'est d'elle que me vient cette collection de casse-tête. Elle a commencé à y jouer depuis sa plus tendre enfance. Nos parents ont réussi à déceler très tôt son haut potentiel grâce à sa passion pour ces jeux de logique, jusqu'à lui en offrir de plus en plus complexes. Sa collection est devenue gigantesque, et elle m'a offert ses premiers casse-tête quand j'ai décidé de me lancer dans l'enseignement en m'assurant qu'ils seraient bénéfiques pour stimuler mes jeunes élèves.

Cette comparaison entre ma jeune sœur, surdouée, et ce Lorenzo ne me quitte pas de la journée. Et j'observe régulièrement mon élève fixer mes jeux de logique durant le reste de l'après-midi. L'heure de mathématiques me semble être la bonne occasion pour vérifier ce qui me trotte dans la tête depuis des heures.

– Allez, aux mathématiques maintenant !

Ma déclaration provoque un soupir collectif doublé de plaintes étouffées, ce qui me fait rire. Je distribue des exercices du programme aux élèves, comme un petit test pour tenter d'évaluer le niveau global de la classe, et de chaque élève. Comme je le pensais, Lorenzo ne cherche pas à répondre aux questions et recommence même à chahuter un peu, mais s'arrête quand je lui montre le côté de mon bureau en haussant un sourcil. Il se recroqueville sur sa table et fait mine de se concentrer sur son devoir alors que je sais pertinemment qu'il s'en fiche. Je le surprends même à ricaner en regardant un de ses amis répondre à une question.

Bien. Tu sembles avoir besoin d'un peu plus de challenge, Lorenzo. Qu'à cela ne tienne. J'ai ce qu'il faut.

Je pianote sur mon ordinateur pour récupérer des programmes de maths d'un niveau plus élevé. Rien de trop complexe mais plusieurs séries de calcul mental assez longues et tortueuses. Quelque chose qui demanderait de la réflexion, même à un adulte. Je profite d'un nouveau désordre en fond de classe pour me lever et récupérer la feuille que je viens d'imprimer. Mon mouvement provoque un silence instantané dans la classe et j'ai le petit plaisir de voir mes chahuteurs se concentrer de nouveau quand je m'approche d'eux. Bien, je ne suis peut-être pas la meilleure institutrice du monde mais j'aurai eu le plaisir de sentir que j'ai réussi à instiller un minimum d'autorité lors de mon premier jour. Je m'avance lentement vers Lorenzo et m'arrête un instant pour aider une élève qui semblait bloquée. Je lui donne un indice en murmurant pour éviter de déranger les autres élèves, et vois Lorenzo lever les yeux au ciel dans le coin externe de mon champ de vision quand la jeune fille me répond qu'elle ne comprend toujours pas. Je lui explique de nouveau, différemment, et une lumière s'allume dans son regard quand elle comprend enfin. Je fais ce métier pour ça.

Cette *lueur*.

Cette sensation grisante de savoir qu'ils apprennent grâce à moi.

D'ailleurs, en parlant d'élève, je quitte le bureau de la petite blonde qui me sourit chaleureusement et me remercie de l'avoir aidée pour rejoindre le bureau du brun aux yeux gris qui me regarde arriver avec appréhension. Je ne dis rien et me contente de glisser la feuille que j'ai imprimée sur son bureau en le regardant droit dans les yeux avant de revenir m'asseoir à ma place pour l'observer. Il fronce les sourcils et semble ne pas comprendre ce qui vient de se passer. Je le vois baisser les yeux et regarder furtivement la série d'exercices. Il marque un temps d'arrêt, observe les feuilles de ses camarades de classe autour de lui et je le vois écarquiller les yeux quand il comprend enfin qu'il est le seul à avoir ces exercices. Il semble interdit, mais la curiosité l'emporte et il se penche un peu plus sur sa table. J'observe son doigt glisser le long d'une ligne alors qu'il découvre le niveau du calcul mental.

Puis il se penche un peu plus.

Encore un peu.

Soulève la feuille des deux mains.

Attrape un stylo.

Puis sourit.

Et je sais à ce moment-là que j'ai gagné mon pari.

Un sourire fleurit sur mes lèvres, mais je le cache rapidement derrière ma main alors que je l'observe se concentrer et répondre aux exercices que je lui ai donnés.

En fin de journée, je récupère le travail de mes élèves et leur souhaite une bonne soirée. Ils se lèvent tous avec entrain et bonheur de quitter enfin la classe après ce premier jour d'école, mais quand Lorenzo passe devant mon bureau, je l'interpelle.

– Lorenzo, attends un instant, s'il te plaît. Je voudrais te donner quelque chose.

Il s'immobilise à côté de moi, visiblement pressé de retrouver ses copains qui l'observent depuis la porte. Ces derniers semblent paniqués à l'idée que je les fasse rester aussi. Je souris quand je leur demande :

– Vous voulez rester aussi les garçons ?

J'ai à peine le temps de finir ma phrase qu'ils ont détalé dans le couloir, le visage effrayé. Je ris doucement et fais signe à mon petit perturbateur de se rapprocher.

– Ma maman m'attend, s'impatiente-t-il en serrant convulsivement la lanière de son sac à dos.

– Je ne te retiendrai pas longtemps. Je voulais juste te donner ça.

Je lui tends une dizaine de feuilles imprimées un peu plus tôt. Des séries d'exercices de calcul mental comme celle que je lui ai donnée un peu plus tôt.

Il fronce les sourcils en attrapant le paquet.

– J'ai des devoirs en plus des autres ?

– Non, le rassuré-je en secouant la tête. Tu n'es pas obligé de faire ces exercices. Mais si jamais tu en as envie, je te les donne. Et je ne te reprocherai rien si tu décides de ne rien faire, d'accord ?

Il m'étudie un court instant, en cherchant apparemment à savoir si j'essaie de lui jouer un tour, puis acquiesce en rangeant le paquet de feuilles dans son sac quand il semble comprendre que je ne tente pas de l'escroquer. Puis, alors qu'il s'avance vers la porte, je le retiens une dernière fois.

– Encore un instant, s'il te plaît.

Il soupire puis se tourne vers moi, désireux d'en finir enfin. Je me presse d'ouvrir le dernier tiroir de mon bureau pour en sortir un casse-tête. Mais pas n'importe lequel : le cadenas en métal, beaucoup plus complexe que ceux que je prête à mes élèves. Je le lui tends et il hésite brièvement avant de tendre la main pour le récupérer. Il l'observe un long moment avant de lever les yeux vers moi.

– Vous… vous me le donnez ?

– Je te le prête, le corrigé-je gentiment. J'ai remarqué que tu avais rapidement résolu mes casse-tête en bois. Celui-ci est beaucoup plus complexe, et il te demandera un peu plus de réflexion. Il s'agit d'un cadenas en quatre parties. Il faut réussir à les séparer, et ensuite il faut réussir à les remonter ensemble.

Il tourne le cadenas en métal dans sa main et l'étudie. Je le laisse faire, puis reprends la parole.

– Entraîne-toi avec, et je le récupérerai en fin de semaine prochaine. D'accord ? Ça te laisse deux semaines pour tenter de percer son secret. Je te demande juste d'y faire attention car c'est un cadeau qu'on m'a fait.

– Je vous le rendrai à la fin de la semaine, répond-il avec aplomb en me souriant jusqu'aux oreilles.

J'éclate de rire devant son air résolu et lève les mains en signe de paix.

– Très bien, je te le laisse jusqu'à vendredi alors.

Il sourit un peu plus fort puis referme les doigts dessus

avant de le ranger. Je me lève et le suis quand il quitte la classe, désireuse de savoir si je peux tenter de discuter un peu avec sa maman avant qu'il ne parte. Je n'ai pas eu le temps de corriger tous ses exercices de maths mais j'ai pu vérifier les deux premiers calculs et ils étaient justes. Je sors d'un pas rapide en le voyant presque courir, de peur de ne pas réussir à voir qui est sa maman. Mais j'ai le temps d'atteindre l'entrée et de la repérer tout de suite. Elle a les mêmes cheveux bruns et yeux gris que son fils.

– Madame O'Donnel ! m'écrié-je en courant vers eux.

Elle sursaute à mon injonction et semble nerveuse en me voyant approcher. Je la vois même réajuster les mèches folles qui se sont échappées de sa queue-de-cheval. J'ai à peine le temps de la rejoindre qu'elle prend la parole.

– *Che hai ancora fatto ?* (Qu'est-ce que tu as fait encore ?) marmonne-t-elle en italien à son garçon avant de se tourner vers moi. Bonjour. Écoutez, je sais que Lorenzo n'est pas facile, mais je vous jure que ça va s'arranger. Hein ? Tu vas arrêter d'embêter la nouvelle maîtresse, d'accord ? reprend-elle en s'adressant directement à son fils.

– Je ne voulais pas vous parler du comportement de Lorenzo, tenté-je de la rassurer.

– Mais… mais de quoi d'autre alors ? bafouille-t-elle en réponse, visiblement stupéfaite.

Je réalise alors que les seules conversations qu'elle a eues avec les enseignants qui m'ont précédée dans l'école de son fils ne lui ont sûrement fait part que des bêtises de son enfant. Et aussi que je fais face à une maman débordée. Ses vêtements enfilés à la va-vite, sa queue-de-cheval dont les mèches folles s'enfuient sans cesse, son sac qu'elle tient d'une main fébrile et son pied qui tape nerveusement contre le sol en témoignent.

– De son travail, expliqué-je.

– Lorenzo travaillera plus ! me coupe-t-elle. Hein, Lorenzo ?

– Je ne dis pas que Lorenzo ne travaille pas, mais seulement que je pense qu'il…

– Écoutez, tous ses autres profs m'ont dit la même

chose. Mais mon fils n'est pas bête, d'accord ? Je sais qu'il n'est pas facile à vivre en classe, mais le pauvre ne peut pas vraiment se poser à la maison pour les devoirs, et puis il est souvent livré à lui-même avec nos deux emplois, à mon mari et moi. Je fais attention et j'essaie de l'aider pour ses devoirs, mais je n'ai pas toujours le temps de vérifier derrière lui quand je dois aller travailler, et son papa rentre tard et est fatigué. Mais je vous jure qu'il se tiendra tranquille cette année. On va en discuter lui et moi, d'accord ?

Elle articule toute sa diatribe tellement vite que je n'arrive pas à l'interrompre et me pétrifie en la voyant partir sans même avoir eu le temps de lui dire ce que je voulais.

– Votre fils est très intelligent ! m'écrié-je pour la faire réagir.

Elle s'immobilise quelques mètres plus loin et je m'empresse de la rejoindre avant qu'elle ne tente de s'enfuir de nouveau.

– Écoutez, je pense que votre fils est à haut potentiel. Je ne peux pas l'affirmer sans l'avoir fait tester par du personnel compétent en la matière, mais je le crois sincèrement capable de sauter une classe et j'aimerais savoir si vous seriez d'accord pour me laisser étudier ça de plus près.

Elle fronce les sourcils et jongle du regard entre mon visage et celui de son fils, qui reste impassible.

– Je pense aussi que son comportement en classe toutes ces années est dû à l'ennui. Il comprend vite. Plus vite que les autres élèves de sa classe.

– Tu fais ça, toi ? murmure-t-elle, effarée, en observant son fils.

Lorenzo se contente de hausser les épaules, mais je sens que l'étonnement de sa maman le vexe un peu car il baisse ensuite les yeux pour taper sur le sol avec le bout de ses baskets usées.

– Je pense que Lorenzo a besoin d'être stimulé, de travailler sur des devoirs plus complexes…

– Je… Écoutez, mon mari et moi travaillons tard. Je

n'ai pas vraiment le temps ni les capacités pour le faire travailler plus. Je n'ai déjà pas le temps de vérifier s'il a fait ses devoirs alors en faire plus, et des plus compliqués…

– *Je* le ferai ! m'empressé-je de lui indiquer. Je veux juste savoir si vous m'autorisez à travailler un peu plus avec lui, et à lui donner parfois des devoirs en plus. Il ne sera pas obligé de les faire, et si jamais il décide de travailler dessus, *je* les corrigerai. Je ne vous demande absolument pas de fournir plus d'efforts que vous ne le pouvez, juste de me donner l'autorisation pour le faire à votre place.

Elle pince les lèvres, indécise, et semble peser le pour et le contre.

– C'est tout ce que je demande, ajouté-je pour tenter de la rassurer.

– Je ne sais pas… Je dois d'abord en parler à mon mari avant.

– C'est tout à fait normal. J'attendrai que vous reveniez vers moi. Il n'y a pas d'urgence. Mais je tiens juste à vous préciser que j'ai prêté un casse-tête à Lorenzo car il semble avoir apprécié de jouer avec ceux qui sont exposés sur mon bureau. Pour faire travailler sa logique… ajouté-je en la voyant froncer les sourcils.

Elle a encore l'air d'hésiter et je recule de quelques pas pour lui faire comprendre que je ne la retiens pas plus. Elle saisit l'opportunité de partir et articule un rapide :

– Je dois déposer Lorenzo avant d'aller travailler, je… j'y réfléchirai.

– Prenez votre temps.

– Merci. Au revoir, mademoiselle…

– Robertson, réponds-je en souriant.

– Robertson ! Oui, voilà ! Excusez-moi, je ne sais plus où j'ai ma tête, s'excuse-t-elle en riant nerveusement.

Elle se passe une main agitée dans ses cheveux rebelles et mon cœur se serre en voyant cette maman à bout. Elle est vraiment belle, mais les cernes sous ses yeux témoignent d'une grande fatigue et son pantalon a des taches qui datent sûrement de plusieurs jours. Elle semble porter le poids du monde sur ses épaules et pendant un court instant, je me demande s'il n'y a pas plus en jeu que le comportement de son fils et ses horaires décalés.

– Pas de problème, vous avez sûrement beaucoup de choses à gérer au quotidien. Je ne vous dérange pas plus, madame O'Donnel, conclus-je d'une voix douce.

Elle me sourit d'un air las, puis prend rapidement congé en entraînant son fils avec elle. Je les regarde s'éloigner en plissant mes yeux. La barrière pour permettre à son fils d'évoluer sera mince. Car je connais parfaitement la pression que peut ressentir un enfant dont les parents en attendent trop. Mais concernant un enfant dont les parents n'en attendent plus rien ?

Je connais aussi.

4

Jamie

– Eh ! Le gamin !

Lorenzo sursaute à mon injonction et lâche ce qu'il tenait dans les mains. J'entends un bruit métallique quand les pièces tombent sur le Formica de la petite table.

– Tu fais quoi, le mioche ? lui demandé-je en haussant les sourcils et en m'accoudant sur le rebord de l'ouverture qui donne sur la salle du restaurant.

Ça fait quelques jours que je ne l'ai pas vu et je pensais qu'il serait collé à moi, comme d'habitude.

– Rien du tout ! répond-il.

Je retiens un sourire et désigne du menton ce qu'il tente de cacher.

– C'est un truc que t'as piqué ou quoi ?

– Non !

Je ris et lève les bras pour me rendre.

– OK ! OKKKKKKK, tout doux, là ! Je posais juste une question, mec.

– Je ne l'ai pas volé ! On me l'a prêté !

– Je te crois, morpion, OK ? tenté-je de le calmer.

Ma phrase a déclenché une colère en lui et je comprends pourquoi. Il n'apprécie pas que je pense qu'il ait volé ce truc. Je ne dis pas que mon neveu est une petite frappe, mais avec ce que j'entends de ma sœur concernant son comportement à l'école, je ne me fais pas trop d'illusions non plus. Ce gamin est aussi une vraie teigne, parfois. Ma sœur s'est fait convoquer un nombre incalculable de fois pour des bagarres ou des comportements qui gênaient les profs.

J'étais pareil à l'école. Mes enseignants me traitaient de bon à rien et d'élément perturbateur. Et honnêtement, je ne les ai pas déçus. Je foutais le bordel dans la classe juste pour le plaisir et je n'ai pas fait d'études, comme ils l'avaient prédit. Ces putains de profs à la con…

J'observe, sans parler, mon neveu qui recommence à étudier les pièces de métal étalées devant lui. Ça m'intrigue. Mais je n'ai pas le temps de lui demander ce qu'il fait, j'ai une sauce à préparer. Je repars aux fourneaux, mais je regarde régulièrement dans la salle. Et, putain, au bout de plus d'une heure, quand je laisse enfin le ragù mijoter, Lorenzo est toujours au même endroit, silencieux et concentré. Même ma mère me regarde avec de grands yeux depuis la salle en le voyant aussi calme. À cette heure-là, il a normalement déjà englouti la moitié du plat de cannoli sous les hurlements de sa grand-mère, rendu folle ma cousine en mettant le bordel dans la mise en place de ses tables et bouffé toutes les chutes de pâte que je mets de côté pour lui.

Mais là, rien.

Je regarde le tas de morceaux de pâte qui l'attend sagement, comme à chaque fois qu'il vient ici le temps que son père vienne le chercher, mais il n'a pas été touché.

La curiosité l'emporte et je sors de la cuisine pour aller regarder de plus près. Lorenzo ne lève même pas les yeux quand je m'approche et continue de manipuler les pièces en essayant de les emboîter les unes dans les autres. Je m'appuie d'une main sur la table et de l'autre sur le dossier de la banquette sur laquelle il est assis.

– Tu fais quoi ?

– J'essaie de recomposer le cadenas, m'explique-t-il alors que je saisis une des pièces en métal pour l'observer de plus près.

L'ensemble est composé de quatre parties, deux sortes de crochets et deux demi-cercles. Il y a des encoches partout. Bordel, je serais incapable de faire un truc pareil. Je n'aime pas les casse-tête. Je tiens vingt secondes à tout casser avant de balancer le tout. Et encore, vingt secondes si je suis dans un bon jour.

– J'ai réussi à le démonter mais impossible de tout enclencher de nouveau… soupire-t-il en s'affalant dans le siège.

J'attrape l'une des pièces dans ma main et la retourne dans tous les sens en faisant mine de l'étudier. Lorenzo se redresse à peine et me regarde avec espoir, mais j'ai beau tourner le bordel dans ma paume, je ne vois pas comment ça peut fonctionner.

– Désolé, mon pote, je ne peux pas t'aider, là…

Il soupire de déception et se renfonce dans son siège.

– Ça fait deux jours que j'essaie de le remettre en place… Je dois le rendre vendredi et je ne veux pas lui redonner sans avoir réussi à le résoudre.

– À qui est-ce que tu dois le rendre ?

– À la maîtresse.

– C'est ta maîtresse qui t'a prêté ça ?

– Oui…

Ah ouais ? Carrément. Donc, en gros, maintenant, on se permet de filer des putains de casse-tête impossibles à réaliser à des gamins de 9 ans à l'école ? Pour faire quoi, sérieusement ? Pour leur apprendre la déception de ne pas réussir à les réaliser ? Parce que c'est ce que je vois en ce moment. Mon neveu qui est d'habitude une boule d'énergie est devenu une loque juste parce qu'il n'arrive pas à résoudre ce problème.

– Tu n'es pas obligé de le réuss…

– Si ! me coupe-t-il en criant presque.

– OKKKKKK, mon pote, capitulé-je en reposant la pièce. Pas la peine de t'énerver. Je voulais juste te rassurer.

– Je veux y arriver !

Et il se penche de nouveau sur le problème en m'ignorant totalement. J'écarquille les yeux en le voyant repartir dans sa bulle et me rapproche de ma mère.

– C'est quoi cette histoire de maîtresse qui file des trucs impossibles à réaliser ? grogné-je presque à son intention.

– Je ne sais pas. Liz m'a dit que la nouvelle maîtresse

de Lorenzo lui a parlé à la fin du premier jour de cours, mais je n'en sais pas plus, me répond-elle en continuant d'essuyer les verres, tout en regardant anxieusement son petit-fils. Il est là-dessus depuis des heures maintenant, le pauvre loulou…

– Putain d'enseignants à la con…

– Ton langage ! me sermonne-t-elle.

Elle fronce les sourcils et plisse les yeux vers moi pour me rappeler que j'ai beau être un adulte, elle continuera de me gronder si je deviens ordurier. Je m'éloigne d'elle et retourne dans la cuisine pour vérifier l'heure. Avec un peu de chance, Liz doit être en pause repas. Je tente le tout pour le tout et l'appelle en espérant tomber sur elle.

– *Pronto*, Jamie !

Bingo !

– Eh, frangine !

– Qu'est-ce qui se passe ? Quelque chose ne va pas avec Lorenzo ?

– Tout va bien, détends-toi. Je voulais juste te demander : ton gamin joue avec un truc bizarre, là. Il a l'air perdu avec. Il dit que c'est sa maîtresse qui le lui a filé, c'est vrai ?

Elle ne répond pas tout de suite et soupire.

– Oui, sa nouvelle maîtresse. Elle est venue me voir à la sortie de l'école lundi.

– Elle t'a reproché quoi encore ? Le comportement de ton fils ? commencé-je à m'énerver. Ça se permet encore et toujours de donner des leçons depuis leur petit bureau dans une école miteuse juste parce que les mecs ont des diplômes plus importants que nous !

– Non… me contredit-elle en soupirant. Elle m'a dit que Lorenzo serait… Attends, qu'est-ce qu'elle a dit ? Haut… potentiel, voilà. Surdoué quoi.

J'en reste sans voix.

– Lorenzo ? Notre Lorenzo ?

– Selon elle, mon fils est très intelligent et pourrait sauter une classe.

– Comment ça?

Elle soupire plus fort et j'entends des voix dans son dos.

– Écoute, Jamie, je dois retourner travailler, mais ce qu'il a entre les mains est normal. C'est censé le stimuler et j'avoue que depuis qu'elle lui a prêté ce machin, il est beaucoup plus calme à la maison et… ça… ça m'arrange en ce moment, qu'il soit calme…

Je tique à sa façon de parler, surtout dans sa dernière phrase. Je sens que quelque chose la perturbe.

– Tu me caches un truc, Liz.

J'en mettrais ma main à couper. Je connais ma sœur comme personne, et depuis quelque temps, je la sens effacée, beaucoup moins pétillante qu'avant. Ça ne fait pas longtemps, deux semaines tout au plus, mais je sens depuis plusieurs jours que quelque chose se passe sous mes yeux et ça commence à me gonfler de récolter des indices sans avoir la solution. J'ai déjà essayé de lui tirer les vers du nez dimanche dernier pendant le repas de famille, mais rien. Mon beauf avait sacrément picolé, d'ailleurs. Il avait fallu le ramener chez eux parce qu'il foutait le bordel dans le restaurant. L'avantage, c'est qu'on habite dans le même immeuble. Ma sœur loue l'appartement sous le mien, et il n'est qu'à quelques mètres du resto.

Mon père et moi l'avons aidée à transporter son mari presque ivre mort jusque dans son lit avant de repartir bosser. Ma sœur n'était pas contente, mais quand j'ai rigolé en lui disant qu'elle allait lui mener la vie dure, son visage s'est fermé immédiatement. J'ai supposé que je l'avais vexée à m'imaginer qu'elle devenait une connasse quand elle était énervée, mais j'ai *grandi* avec elle! Je sais qu'elle devient une connasse quand elle est énervée.

En témoigne une belle cicatrice sur mon dos le jour où elle m'a traîné sur toute la moquette du couloir chez nos parents, quand elle a appris que j'avais balancé aux vieux qu'elle avait séché l'école pour aller bécoter Gianni Berlotti sous les gradins. J'ai été brûlé par le frottement de la moquette et j'ai encore des traces sur les endroits où les cloques ont éclaté.

Donc je sais ce que je dis.

Alors pourquoi je la sens s'affaiblir depuis plusieurs jours ? Elle enchaîne d'ailleurs les gardes de nuit et les heures sup.

Cette information allume une lumière en moi.

– T'as des problèmes de thune, frangine ?

– Quoi ? Mais non !

Mouais, sa façon de répondre est beaucoup trop coupable à mes yeux.

– Tu sais que je peux t'aider, si besoin ! Nolan pourra sûrement me trouver un ou deux combats pour ramasser du fric si jam…

– Non, Jamie ! Tu as promis que tu arrêterais les combats. Rappelle-toi comment le dernier s'est terminé !

Je m'en souviens très bien. J'ai fini dans le coma pendant presque une semaine. Je me suis réveillé à l'hôpital où travaille Liz, et je ne suis en vie que grâce à l'intervention d'un médecin qui a empêché ma sœur et ma mère de me tuer en apprenant comment j'avais fini dans le coma.

– Ouais, je sais… Mais, Liz, je suis sérieux. Si tu as besoin d'aide, tu sais que je suis là, OK ?

Elle ne répond pas immédiatement mais je l'entends soupirer dans le combiné. Encore. Depuis combien de temps ma sœur soupire-t-elle autant ?

– Je sais, Fonzie[1]…

Je ricane en entendant le surnom qu'elle me donne depuis l'enfance. J'ai toujours été fasciné par ce personnage. Sérieux, le mec porte un Perfecto, roule à moto et pète carrément la classe. À tel point que je faisais tout comme lui. J'ai tenté de taper sur tous les jukebox ou distributeurs de boissons pour avoir des chansons ou des canettes gratuites comme lui pendant des années.

Sans succès.

---

1. Personnage de la série *Happy Days*. Un Italo-Américain à moto et veste de cuir qui était le personnage « cool » de la série.

– Je te laisse, je dois retourner travailler. Embrasse Lorenzo pour moi, m'interrompt dans mes pensées ma sœur avant de raccrocher.

Je lève les yeux au ciel quand la communication se coupe. Liz adore faire ça, raccrocher au nez des gens sans leur laisser le temps d'en placer une. Je retourne travailler en continuant quand même de me demander ce qui se passe dans mon dos, quand j'entends un bruit de métal et une personne qui court dans la salle.

– MADEMOISELLE ROBERTSON ! hurle mon neveu en ouvrant la porte du restaurant en grand.

Il en fait sursauter ma mère qui lâche un verre au passage. Celui-ci éclate en petits morceaux sur le lino et ça fait jurer mon oncle dans mon dos.

– *Porco Dio !*

– Doux Jésus, Lorenzo ! s'écrie sa grand-mère en se baissant pour ramasser les éclats de verre.

Je me précipite pour l'aider et lui éviter de devoir trop se baisser.

– *Lasciami fare, mamma.* (Laisse-moi faire, maman.)

Elle ne se fait pas prier et se redresse en tenant son dos endolori. Je ramasse rapidement le tout alors que mon neveu hurle de nouveau.

– MADEMOISELLE ROBERTSON !

– Putain, Lorenzo, arrête de gueuler ! m'écrié-je en le voyant faire de grands gestes à quelqu'un dans la rue.

Je jette les morceaux de verre à la poubelle et attrape le balai et la pelle pour rapidement passer un coup par terre quand une voix féminine retentit depuis la rue.

– Lorenzo ! Comment tu vas, mon grand ?

Cette voix ne m'est pas inconnue. Ce nom non plus, d'ailleurs… Mais impossible de retrouver d'où je les connais ! Je ramasse la poussière de verre et les derniers morceaux avant de jeter une nouvelle fois le tout dans la poubelle et vérifie rapidement si ma maman va bien avant de rejoindre le petit à la porte. J'avance d'un pas rapide et me poste dans le dos de Lorenzo pour vérifier à qui il parle et je…

Oh, merde !

C'est ma voisine.

La voisine.

– Oncle Jamie ! C'est ma maîtresse ! s'écrie Lorenzo, tout excité.

Sa quoi ?

Attendez. Ma voisine est aussi la maîtresse qui file des casse-tête aux mômes ? Merveilleux.

– Qui est-ce ? demande ma mère en me rejoignant dans l'entrée.

Oh, non ! Tout sauf ça ! Maintenant, Lorenzo va cafter que sa maîtresse est aussi la voisine que ma mère tente sans succès de rencontrer depuis presque trois semaines. Je tente de faire les gros yeux à mon neveu pour lui faire comprendre de se taire, mais c'est un échec.

– C'est Mlle Robertson, reprend Lorenzo en souriant. C'est ma maîtresse et la nouvelle voisine d'oncle Jamie !

Putain, il a balancé la bombe.

– La voisine ? La nouvelle voisine ? s'écrie ma mère en sautillant sur place.

Elle frappe même plusieurs fois dans ses mains de satisfaction en gloussant.

Ça y est, elle a enfin posé un visage et un nom sur la proie qu'elle convoitait, et visiblement la vue lui plaît. Je lui laisse. Je ne tape pas dans les prudes[2].

Je croise les bras en la jaugeant du regard. Robe à fleurs jusqu'aux genoux, talons basiques et chignon. Heureusement que ce n'est pas un chignon ultra strict, laqué, parce que là, j'appelais directement le couvent pour être certain qu'une de leurs pensionnaires ne s'était pas fait la malle en douce. Le sien ressemble plus à… un chignon de membre royal… Comme la meuf du prince William. Kate-duchesse-machin-trucmuche.

Bref, la femme que j'ai en face de moi a un air de royauté collé sur la tronche. Elle se tient droite comme si une

2. Je conseille d'écouter « White Flag » de Bishop Briggs en fond sonore.

baguette était enfoncée dans son postérieur. Pas de décolleté ni de talons aiguilles, juste des escarpins beiges aussi chiants que les sous-vêtements de ma grand-mère. Quitte à me faire abîmer le dos par une paire de chaussures, autant que ce soit un minimum sexy. Mais la duchesse en face de moi ne semble pas faire partie de la population féminine qui s'éclate au lit. Je la croirais même encore vierge. Elle doit être le genre de tarée qui attend de se marier pour sauter le pas.

La duchesse devant moi me sourit aimablement.

– Vous êtes l'oncle de Lorenzo ? Quelle coïncidence !

– Ouaip', une putain de coïncidence... réponds-je en grinçant presque des dents.

Ma voix dure fait vaciller son sourire de dentiste et elle cligne plusieurs fois des yeux avant de reporter son regard sur mon neveu.

– J'ai réussi à le démonter ! s'écrie ce dernier, tout excité.

– C'est vrai ? Bravo ! Il faut réussir à le remonter maintenant !

Mon neveu se calme en entendant la réponse de la prof-duchesse, et ses épaules s'affaissent.

– Ben justement, là, je n'y arrive pas... gémit-il en faisant la moue.

– Ce jouet n'est peut-être pas adapté pour un enfant de son âge, non ? interviens-je en la fixant, un sourcil relevé.

Elle fronce rapidement les siens en relevant les yeux vers moi.

– Je vous demande pardon ?

– Le jouet. Ça n'a rien à faire dans les mains d'un enfant de son âge, reprends-je plus fort.

– Jamie ! s'écrie ma mère, scandalisée de me voir hausser le ton sur une jeune femme.

– Et vous avez certainement une qualification quelconque pour avancer un argument aussi péremptoire ? rétorque-t-elle en relevant le menton.

OK, Duchesse a l'air coincée du cul mais n'a visiblement pas peur de moi. Par contre, putain, je pige que dalle à ce qu'elle vient de dire.

– Je dis juste que le gamin se casse le crâne à reformer votre putain de truc depuis des heures ! reprends-je sans me démonter.

– C'est le but d'un jeu de logique.

– Quoi ? Se faire chier ? crié-je presque.

Ma réponse fuse et je vois ma mère et mon neveu sursauter.

– Jamie ! *Basta !* intervient ma maman. Je vous prie de bien vouloir l'excuser, mademoiselle…

Pour sa défense, je hausse un peu plus le ton, plus que je ne le fais en général face aux femmes. La duchesse en face commence à sacrément me chauffer, et sa façon hautaine de me répondre me donne envie de lui faire peur pour qu'elle rentre bien vite dans sa petite vie de coincée du cul.

– S'excuser de quoi ? rétorqué-je. Elle file un truc trop compliqué au môme et il perd courage face à ça !

– Non, reprend-elle. Le but, c'est de faire fonctionner sa réflexion.

– Ben tiens…

– Oui, « réfléchir », ça vous dit quelque chose ?

Ma mère tique à sa phrase mais je réponds du tac au tac. OK, Duchesse, tu vas trop loin, là.

– Vous me traitez de con ou quoi ?

– Je n'ai jamais sous-entendu quoi que ce soit sur votre quotient intellectuel.

– Mais bien sûr…

– Non, en revanche, j'ai effectivement sous-entendu que la patience et la réflexion ne semblent pas faire partie de vos qualités premières. Vous en déduirez ce qui vous sied le plus concernant vos facultés mentales, répond-elle tranquillement mais d'une voix ferme.

Que… Quoi ? J'ai rien pigé. Sérieux, elle fait exprès d'utiliser des putains de mots de riche, j'en suis sûr, juste pour me faire me sentir con. Je suis pris d'une violente poussée d'adrénaline. Je déteste les profs, putain ! Et encore plus ceux qui se croient plus intelligents que les autres ! Je fonce sur elle et m'arrête à quelques centimètres de son visage.

J'ai la satisfaction de la voir reculer et écarquiller les yeux de panique. Je la dépasse d'une bonne tête quand je reprends la parole.

– JAMIE ! *Mio Dio*, arrête tout de suite ! s'écrie ma mère en saisissant mon bras.

Mais je ne bouge pas d'un poil et fusille du regard la petite chose en face de moi. La surprise passée, elle se redresse et relève le menton en signe de défi. Tu veux jouer ? Tu vas vite déchanter. Je suis en terrain connu alors que tu es toute nouvelle dans le coin, et je peux faire de ta vie un enfer…

– Tu vas te calmer, Duchesse. Tu n'es pas chez toi ici, alors redescends d'un étage, grincé-je à son intention.

– « Duchesse » ? reprend-elle en fronçant les sourcils. Attendez… Vous me menacez ?

– Je te donne juste une information, tu en déduis ce qui te *scie* le plus, reprends-je, en utilisant ses paroles pour me moquer d'elle.

– Vous voulez dire ce qui me « sied » le plus ? demande-t-elle avec un léger sourire moqueur en penchant la tête.

– Ça suffit, enfin ! Tous les deux ! tente vainement de nous interrompre ma mère.

– Me chauffe pas, gamine, sifflé-je.

– Vous vous chauffez tout seul comme un grand, mais désolée, vous n'êtes pas mon genre d'homme.

– *BASTA !* Lorenzo, va chercher ton grand-père !

J'entends vaguement mon neveu partir en courant mais je reste concentré sur les grands yeux verts qui se foutent ouvertement de ma gueule. Pas son genre d'homme ? C'est réciproque.

– Comme si les profs hautaines et coincées m'intéressaient…

– Trop de matière grise pour vous, j'imagine ?

– C'est certain qu'avec ton manque d'atouts physiques, il ne reste que ça pour réussir à choper un mec un jour… réponds-je cruellement en jetant un coup d'œil sur son corps.

Ma réflexion a le mérite de la faire réagir et elle expire brutalement, vexée, en me fusillant du regard.

– Jamie ! *Fai un passo indietro ! SUBITO !* (Recule d'un pas ! TOUT DE SUITE !)

Je n'ai pas le temps d'entendre une possible réponse que mon père me force à reculer en appuyant sur mon épaule. Je vacille un peu, contracte mes abdominaux et mes biceps pour garder l'équilibre et accepte de reculer, mais je ne la lâche pas des yeux.

Je la connais à peine, donc j'imagine bien que mes parents sont horrifiés de me voir l'agresser comme ça. Mais cette merdeuse m'a pris de haut. Comme tous mes anciens profs. Et si elle s'imagine pouvoir décourager mon neveu comme je l'ai été, elle se fourre le doigt dans son putain d'œil. S'il y a bien une chose que je ne permettrai pas, c'est de voir le petit se faire rabaisser comme je l'ai été.

Plutôt crever.

– Mademoiselle Robertson, je suis vraiment, vraiment désolée, répète ma mère en boucle.

Je n'ai pas le temps d'entendre la suite de ses excuses car mon père me chope par le col pour me tirer de force dans le restaurant et m'éloigner d'elle. Je serre les dents mais je me laisse faire, conscient que je leur ai mis la honte devant la prof de leur petit-fils.

– Ça ne va pas ! Qu'est-ce qui te prend, enfin ? explose mon père quand nous rentrons dans la cuisine.

– *È un idiota*… (C'est un idiot…) marmonne mon oncle depuis son plan de travail.

– Ça vaaa… râlé-je en me dégageant de sa poigne. Elle va survivre, non ?

– Ce n'est pas une raison pour agresser cette jeune femme !

Je lève les yeux au ciel et avance vers mon plan de travail pour reprendre là où je m'étais arrêté.

– Jamie !

– C'est bon ! *Ho capito !* (J'ai compris !) éructé-je en me tournant vers lui.

Il secoue la tête en sortant de la pièce alors que je reprends mon travail. J'essaie de faire abstraction de la voix étouffée de ma maman qui continue de s'excuser auprès de la duchesse dehors.

Putain, elle m'a carrément insulté et traité de con, et c'est à elle qu'on vient faire des courbettes ? Je regarde par le passe-plat sans pouvoir m'en empêcher et je vois ma mère entrer, livide et surtout furieuse contre moi.

Elle ne dit rien mais me montre du doigt pour me faire comprendre que je vais passer un sale quart d'heure, comme lorsque j'avais fait une bêtise, petit. Je reste impassible et elle lève les yeux au ciel en soupirant avant de foncer vers l'entrée de la cuisine. J'allais la suivre du regard pour me préparer à l'attaque en règle qui va suivre quand je croise celui de la prof depuis la rue.

Elle est immobile dehors et me fixe, le visage dénué d'émotions, mais ses yeux sont presque noirs quand elle réalise que je la regarde en retour en haussant un sourcil ironique. Elle me ferait presque rire.

Laisse tomber, Duchesse, tu viens peut-être d'un monde plus élevé que le mien et tu as beau avoir effectivement une jolie paire de jambes, ça ne suffit pas avec moi. J'ai appris à me battre dans la rue, et crois-moi, tu n'es pas tombée dans le bon quartier.

Je souris en coin et réussis à lui faire un rapide doigt d'honneur juste avant que ma mère ne me tombe dessus.

5

Leah

Je vais commettre un meurtre.

Et la victime s'appelle James Selvaggio.

Si j'ai tenté au début d'être magnanime et d'oublier l'incartade qu'il y a eue entre nous au sujet de son neveu, j'ai rapidement compris qu'il n'en ferait pas de même. Cet abruti est le pire voisin de la terre. Je ne compte plus les heures où il met la musique à fond juste pour me rendre folle, et le nombre insupportable de fois où il ramène des filles. Je crois qu'il les briefe, ce n'est pas possible autrement ! Elles crient toutes comme des chèvres qu'on égorge !

J'ai essayé de lui demander gentiment de bouger son lit avant d'y emmener ses conquêtes via un message dans sa boîte aux lettres. J'ai commis une erreur ce jour-là. Car le soir même, il tapait encore plus fort contre le mur.

Je suis un zombie. Depuis qu'il a entamé sa guerre sonore, je ne dors plus une seule nuit entière… Et ça se ressent sur ma patience avec les élèves. Qu'il veuille m'emmerder, soit. Mais les enfants en pâtissent et ça, je ne l'accepte plus. D'autant que son neveu est en première ligne. Je ne comprends pas son comportement, d'ailleurs. Je ne pense pas avoir fait quoi que ce soit de mal en prêtant ce casse-tête à Lorenzo. Le pauvre me l'a rendu le lendemain, tout penaud. J'ai dû insister un bon moment pour qu'il le garde, en lui assurant que j'avais mis plusieurs jours avant de réussir à le remonter moi-même. Le fait qu'il ait déjà réussi à le démonter aussi vite est impressionnant.

Je suis certaine de ne pas m'être trompée sur lui. Sa maman ne m'a toujours pas donné l'autorisation de travailler un peu plus avec lui, mais je n'ai pas réussi à tenir ma promesse d'attendre. Toutes les semaines, je lui donne un fichier de maths un peu plus complexe, des exercices de logique, des calculs mentaux plus longs… Je le laisse y répondre à sa guise, mais seulement s'il finit son travail en classe. Et il aime tellement ça qu'il se dépêche de finir ses devoirs pour pouvoir faire un ou deux exercices avant la fin du temps imparti à l'ensemble de la classe.

D'enfant turbulent, j'ai maintenant un as des mathématiques. Et surtout, un enfant plus calme en cours.

Bon. Pendant les pauses, ce n'est pas la même chose. Et quand il décide d'asticoter ses camarades, je retrouve sans aucune ombre d'hésitation son oncle en lui.

Je sais que je marche en terrain miné, j'ai outrepassé mes fonctions en décidant seule de faire travailler un enfant différemment. Mais ça me tue de voir que ses parents ne cherchent pas à revenir vers moi à ce sujet ! Leur enfant est tellement intelligent ! C'est du gâchis de le laisser dépérir dans un niveau qui n'est pas assez psychotonique pour lui.

Je suis d'ailleurs assise à la petite table de mon minuscule appartement pour tenter de trouver les bons mots afin de donner aux parents de Lorenzo l'envie de revenir vers moi pour le travail de leur fils. Je suis concentrée sur ma tâche quand des basses violentes me font sursauter au point d'en faire voler mon stylo à travers la pièce[1].

Je fais un bond et mords mon poing pour me retenir d'aller frapper comme une hystérique à la porte de mon voisin pour lui hurler peu poliment d'aller se faire faire une gâterie chez les sodomites.

Je me lève en me mordant l'intérieur de la joue. Je dois être plus intelligente que lui. Craquer reviendrait à m'abaisser à son niveau et ça, je le refuse. Je me saisis de ma panière de linge sale et trie rapidement mes vêtements

1. Je conseille d'écouter « Bad Guy » de Billie Eilish en fond sonore

en trois tas : clair, foncé et quelques couleurs.

Je ne porte quasiment pas de couleurs voyantes, je suis trop habituée à porter des vêtements neutres depuis mon enfance. Question d'image familiale. Mais bizarrement, je possède quand même quelques pièces rouges, dont une paire de chaussettes ridicules que ma sœur m'a offerte à Noël.

Je rentre tant bien que mal mes affaires dans trois sacs en toile, avant de me saisir d'un livre, de pièces pour les machines, de mon baril de lessive, puis je quitte cet appartement de malheur pour rejoindre la buanderie commune dans le sous-sol de l'immeuble.

Les portes de l'ascenseur s'ouvrent et je m'avance tranquillement quand les bras m'en tombent en voyant qui est déjà en train de faire ses lessives.

Mon voisin !

– Mais…

Ma voix le fait se retourner et je le vois sourire d'une oreille à l'autre tandis qu'il fait rentrer son linge dans le tambour. Mais pas un gentil sourire. Non, un sourire satisfait. Voire machiavélique…

Et je comprends rapidement qu'il se fout de ma gueule depuis le début ! Il met la musique à fond mais se débrouille pour quitter son appartement en me laissant subir seule le bruit !

– Tiens… la duchesse, ricane-t-il. Ça va la musique là-haut ?

Je le fusille littéralement du regard. Je jure que si je ne faisais pas appel à toute ma volonté, je serais déjà en train de l'étrangler avec un de mes collants…

– Merveilleusement… grincé-je entre mes dents serrées.

– PARFAIT ! J'essaie de ne pas mettre trop fort, mais parfois je ne sais pas…

Il bouge les doigts d'une main en fronçant les sourcils comme s'il ne maîtrisait plus leurs mouvements puis m'observe à nouveau.

– C'est bizarre mais mon doigt… *ripe* sans le vouloir

sur le volume quand je quitte l'appartement… reprend-il. C'est con, hein ?

JE LE HAIS !

Ce n'est même plus de l'animosité, c'est une déclaration de guerre en bonne et due forme. Adieu, bonne éducation et politesse. S'il veut une rixe, il l'aura. Je regrette déjà de ne pas avoir versé de vitriol dans sa boîte aux lettres.

Il sourit de nouveau et hausse un sourcil de défi à mon intention.

Mon Dieu, tout me hérisse chez cet homme ! Sa manie de se balader torse nu partout dans l'immeuble et aussi cette vieille casquette immonde qu'il porte H24. Je déteste aussi sa façon de lever ses sourcils pour se moquer ouvertement de moi.

J'inspire un bon coup en me retenant de le griffer au visage et l'ignore superbement en rejoignant une des machines vides.

– Pas celle-là, je vais en avoir besoin après, déclare-t-il d'une voix calme.

C'est bon, je perds patience et pose violemment mon sac dessus sans m'éloigner.

– Pour faire quoi ? Laver votre honneur ? sifflé-je dans sa direction. Pour ça, il faudrait déjà en avoir un minimum.

– Ouuuuuh, on sort les griffes, Duchesse ?

– Je ne fais que répliquer à vos attaques basses et mesquines.

Ma réponse le fait sourire et il se relève de la machine sur laquelle il s'était appuyé d'une hanche pour se rapprocher de moi. Je décide de faire comme s'il n'était pas là et ouvre la machine pour vider l'un de mes sacs dedans. Mais j'ai à peine le temps d'engouffrer toutes mes affaires qu'il se saisit d'un de mes soutiens-gorge et le soulève devant lui en écarquillant les yeux.

– Ouuuuh… Mais c'est qu'on tape effectivement dans les sous-vêtements de grand-mère ! J'avais encore un léger doute, mais il s'est envolé devant ce truc dégueulasse.

Il commence à jouer avec mon vêtement couleur chair

en le faisant tourner autour de son doigt. Je lui arrache mon soutien-gorge des mains et l'enfourne sans délicatesse dans la machine.

Ignore-le, Leah. Cet abruti n'attend qu'une chose apparemment, c'est que tu t'énerves contre lui.

Je dois ruser et établir des tactiques dignes de James Bond pour lui pourrir la vie autant qu'il pourrit la mienne. Mais pour l'instant, j'agis comme s'il n'était pas dans la pièce. Je verse une dose de lessive dans le récipient prévu à cet effet et je suis sur le point de mettre la machine en route quand je remarque quelque chose d'anormal à l'endroit où j'ai posé mon livre dans le coin externe de mon champ de vision.

Il n'y a plus rien.

Aucun roman.

J'inspire et serre les mâchoires pour ne pas hurler avant de me tourner vers le seul suspect possible de cette pièce : mon voisin.

Qui lit tranquillement.

– Ça ne vous dérange pas de voler mes affaires ?

Il m'ignore et sourit en coin en feuilletant plusieurs pages.

– Rendez-le-moi, murmuré-je d'une voix rendue sourde par la colère qui enfle en moi

– Chhhhut… Je lis.

Comme si c'était concevable. Ce crétin ne doit pas savoir déchiffrer plus de dix mots à la suite et je pense que ses lectures principales sont les jeux pour enfant notés derrière les paquets de céréales…

– Rendez. Le. Moi, reprends-je plus fermement en m'approchant et en tendant la main vers lui.

Il s'éloigne en me bousculant sans m'accorder un seul regard et continue de faire crisser les pages parfaites de mon roman, à mon plus grand désespoir.

– Vous l'abîmez ! m'écrié-je en le voyant ouvrir et plier la tranche.

– « *Je ne peux définir aucun lien entre son être de femme et mon désir. Je ne peux même pas dire à coup sûr que je la désire. Mon comportement érotique est entièrement indirect : je rôde autour d'elle, lui touchant le visage, lui caressant le corps, sans la pénétrer, sans trouver en moi l'impulsion qui m'y inciterait...»* lit-il en riant.

Je lève les yeux au ciel. De tout le livre, il faut qu'il tombe sur un moment pareil. Je lis *En attendant les barbares* de Coetzee, sûrement pour la millième fois, et c'est tout sauf un livre érotique.

– Et alors, Duchesse ? On se chatouille sur des trucs de cul ?

– C'est une dystopie, me justifié-je. Pas un roman érotique ! Et l'auteur a reçu le prix Nobel de littérature !

– Ah ouais ? Donc même les intellos lisent du cul ?

– Ce n'est pas « du cul » ! m'écrié-je, exaspérée par sa mentalité étroite.

– Pardon, c'est du « cul intelligent », répond-il en se moquant ouvertement de moi.

Je ne réagis pas et lui arrache le livre des mains quand il recommence à le plier sans délicatesse. Je me dépêche de détendre les pliures et les pages abîmées. Si je le presse sous du poids, elles retrouveront peut-être un aspect plus lisse...

– C'est pas beau d'arracher un livre des mains de celui qui le lisait... ricane-t-il dans mon dos.

– « Lire » ? Ça m'étonnerait, il n'y a pas assez d'images pour vous dedans... marmonné-je sans pouvoir m'en empêcher en continuant de réparer les dégâts.

Je voulais rester calme et ne pas réagir. C'est raté. Il me fait sortir de mes gonds.

Ma pique le fait rire de plus belle et je l'entends se déplacer alors que je continue de vérifier l'état de mon roman. Quand son souffle effleure mon oreille, je me pétrifie.

– Pas besoin de lire, Duchesse, susurre-t-il. Je *pratique*. Et crois-moi, c'est plus intéressant que la théorie.

Le duvet sur mes bras se hérisse. Il ne va quand même pas abuser de moi ?

Un arrière-goût de bile se déverse dans ma gorge et une sueur froide dévale ma colonne vertébrale quand je réalise le pétrin dans lequel je me suis fourrée. Je suis seule avec un voyou, dans une pièce au sous-sol d'un immeuble. S'il décide de me faire du mal, je n'aurai sûrement pas la force nécessaire pour m'extirper de son emprise.

– Éloignez-vous ou je hurle… murmuré-je.

Un silence accueille ma menace et je le sens s'éloigner dans un grand éclat de rire.

– Sérieusement ? Tu crois que je voulais t'agresser ?

Il éclate de nouveau de rire et la honte me submerge. Je n'ose même plus me retourner, embarrassée d'avoir mal interprété la situation.

– Désolé mais je préfère les *vraies* femmes.

– Pardon ? m'écrié-je en me retournant, le feu aux joues.

La colère vient de prendre le dessus sur la gêne et je le fusille du regard.

– Regarde-toi, mamie, avec tes sous-vêtements de prude, raille-t-il en croisant les bras.

– Vous êtes répugnant…

– Tu veux pas plutôt dire « doué au pieu » ? Je crois que c'est un synonyme de « répugnant ».

– Je suis étonnée que vous connaissiez le sens du mot « synonyme ». C'est votre neveu qui vous l'a appris ou vous l'avez découvert dans un épisode des *Télétubbies* ?

Ma phrase fait mouche et ses yeux deviennent noirs. Il décroise les bras et se rapproche de moi, l'air menaçant. Mais je n'ai plus peur de lui.

– Tu me traites de con, là ? me menace-t-il en se désignant.

– Oui.

Pourquoi mentir ? Il *est* con.

Il a peut-être un physique avantageux, mais c'est tout ce qu'il a pour lui. Le reste est aussi attrayant qu'un tas de défécations animales.

– Tu te sens supérieure, c'est ça ? Vous êtes tous pareils, les profs. Toujours à vous penser meilleurs que les autres avec vos diplômes de merde !

Ouuuuh… J'ai touché un point sensible apparemment, comme la dernière fois devant le restaurant. Visiblement, mon voisin souffre d'un complexe d'infériorité et je sens que je vais prendre un malin plaisir à appuyer là où ça fait mal.

– Je ne me *sens* pas supérieure. Je le *suis*, asséné-je avec un léger sourire.

Je sursaute presque quand il fonce sur moi, s'arrête à quelques centimètres de mon visage et me surplombe comme lors de notre première altercation. Mais je me reprends bien vite et relève le visage pour lui montrer que je n'ai pas peur.

– Tu vas te calmer, Duchesse, ou crois-moi, je vais faire de ta vie un enfer… gronde-t-il d'une voix sourde.

– Les mêmes menaces que la dernière fois ? C'est un manque d'originalité ou seulement un manque de vocabulaire ? le défié-je en me rapprochant de lui.

– Arrête de me prendre pour un con… siffle-t-il en se collant presque à moi.

– Pour ça, il faudrait que vous arrêtiez de vous comporter en con, mais visiblement, ce n'est pas gagné… réponds-je en le regardant droit dans les yeux.

Il ouvre la bouche et est sur le point de répondre alors que je me tends dans l'attente de sa réplique, quand une voix enfantine nous parvient depuis la porte de la buanderie.

– Tonton Jamie ?

Il s'écarte brutalement de moi et je détourne le visage en voyant Lorenzo dans l'embrasure de la porte. J'ai découvert quelques jours après la rentrée qu'il habitait dans le même immeuble, à l'étage en dessous. Et malgré l'animosité évidente entre son oncle et moi, je ne souhaite pas le mêler à nos problèmes. Ce qui me soulage, c'est de savoir que mon abruti de voisin pense pareil car il se calme à chaque fois que son neveu arrive.

– Eh, microbe ! s'exclame-t-il d'une voix rieuse. Qu'est-ce que tu viens faire ici ?

Je n'entends pas de réponse et je tourne la tête vers eux, intriguée. Lorenzo me sourit timidement mais il nous regarde successivement d'une manière anxieuse. Je ne sais pas ce qu'il a à lui dire, mais visiblement, ma présence le coupe dans son élan. Je suis sur le point de préciser que je vais prendre l'air quand Jamie l'interpelle :

– *In italiano*, Lorenzo.

Stupide.

Il ne sait même pas si je parle ou pas l'italien. Et manque de chance pour lui, je l'ai appris au lycée. Je n'aurai donc aucun mal à comprendre leur discussion. Mais je préfère me taire et ne pas lui faire savoir que je comprends. À la place, je fronce les sourcils en faisant mine de ne pas comprendre ce qu'il vient de dire pour rassurer son neveu.

– *È papà...* (C'est papa...)

– *Che passa con papà ?* (Qu'est-ce qui se passe avec papa ?)

– *Non riesco a farlo entrare in casa...* (Je n'arrive pas à le faire entrer dans la maison...)

Je me retiens de froncer les sourcils une seconde fois en l'entendant parler et continue de me concentrer sur mon panier en faisant croire que je trie mon linge sale. Pourquoi est-ce que son père a besoin d'aide pour rentrer dans leur appartement ?

– *Che ?* s'exclame Jamie, visiblement aussi perdu que moi sur les causes qui poussent son beau-frère à avoir besoin d'aide.

– *Non sta... non sta molto bene...* (Il... il ne va pas très bien...) bégaye le garçonnet.

Il semble presque sur le point de s'évanouir et son visage devient livide quand il prononce la dernière phrase. Il y a anguille sous roche. Aucun enfant ne devient aussi gêné de devoir parler s'il ne se sentait pas honteux. Qu'est-ce que son père peut bien avoir ? Je sens même que c'est sûrement une des raisons pour lesquelles ses parents ne reviennent pas vers moi.

Voire une des raisons qui expliquent l'état de fatigue apparent de sa maman...

Je me mords la joue pour ne pas intervenir dans la discussion. Ça ne me regarde pas mais, nom de Dieu, je brûle d'en savoir plus...

– *È malato?* (Il est malade ?) lui demande son oncle.

– *Sì... Un po'...* (Oui... un peu...)

Je sens l'embarras couler à travers le son de sa voix et ça me brise le cœur. Mon voisin soupire puis je le vois lui frotter affectueusement le crâne.

– OK, j'arrive.

Je profite d'ailleurs de ce qu'il ait le dos tourné pour sourire gentiment à Lorenzo. Ses joues se colorent de rose mais il me rend mon sourire. En forçant quand même un peu.

Je pense que j'ai vraiment eu un coup de cœur pour ce garçon. J'ai une tendance à tomber amoureuse des causes perdues. Laly se moquait toujours gentiment de moi quand je lui parlais de mes élèves pendant mes stages. Surtout de ceux qui semblaient perdus au fond de la classe, comme abandonnés en plein naufrage par leurs professeurs. Ce sont ces enfants qui me donnent encore plus envie de me battre dans mon métier. Je suis du genre à vouloir sauver la terre entière. Je lui fais un clin d'œil complice juste avant qu'il ne disparaisse dans le couloir, bientôt suivi par son oncle.

Mais ce dernier s'arrête juste avant de sortir et me jette un regard mauvais sur le pas de la porte.

– Sauvée par le gong, apparemment...

Finalement, je pense que je vais revoir mes ambitions quant au fait de sauver la terre entière. Je pense pouvoir faire une exception pour cet abruti.

– Je n'avais pas besoin d'être *sauvée*... craché-je presque en secouant la tête.

Ma réflexion le fait marrer et il réajuste sa casquette en me détaillant de la tête aux pieds.

– Sauvée, non... Sauf peut-être par la police du style.

– Allez vous faire foutre ! éructé-je sans pouvoir me retenir.

Il sourit d'une oreille à l'autre.

– Bientôt... Et crois-moi, tu n'en perdras pas une miette. Je vais taper tellement fort contre le mur que tu regretteras d'avoir emménagé ici.

Il fait mine de m'envoyer un baiser et je me retiens de faire semblant de vomir. De toute façon, il disparaît aussi vite dans le couloir et je me mords le poing pour ne pas crier de rage ! C'est ça, en fait, son objectif ? Me donner envie de déménager ?

Il ne sait pas à qui il s'attaque, car je peux être aussi mauvaise que lui ! Et il est hors de question que je m'écrase devant un gangster de bac à sable !

Mes mains se crispent sur le rebord de la machine à laver et j'inspire profondément pour me calmer.

Souffle, Leah…

Inspire… Expire… Comme lors de tes crises de panique.

Sauf que là, ce n'est pas de la peur que je dois enrayer, mais de la fureur ! Et c'est aussi difficile à calmer… Je me force à fermer les yeux et à respirer en respectant le décompte que m'a enseigné mon psychologue.

Inspire sur trois temps… Souffle sur quatre temps…

Inspire sur trois… Souffle sur quatre…

Inspire… Souffle…

Mon cœur se calme enfin et j'expire longuement pour conclure. C'est fini.

J'ouvre de nouveau les yeux en me sentant plus sereine. Je tends le bras pour finir ma lessive, mais mon doigt s'immobilise à quelques millimètres du bouton ON quand je remarque un détail non négligeable.

Mon voisin non plus n'a pas lancé sa machine.

Je ne peux m'empêcher de me pencher légèrement pour apercevoir ce qu'il y a dedans à travers le hublot. Du linge blanc.

Une idée illumine alors mon lobe frontal et je ris d'incrédulité en y réfléchissant.

Un sourire mauvais fleurit sur mon visage quand je me décide à passer à l'action. Tu veux la guerre, Selvaggio ?

Tu vas l'avoir.

6

Jamie

Je suis Lorenzo dans l'ascenseur. Je ne sais pas exactement ce qui se passe, mais à la mine gênée de mon neveu, je devine que ce n'est pas super beau à voir. Et mes craintes se confirment quand j'arrive dans le couloir devant la porte de ma sœur.

– Qu'est-ce que…

Putain ! Mon beauf est allongé par terre, dans un état lamentable. Malade, mon cul ! Cet abruti est ivre mort et sent la gerbe à plein nez ! Je me dépêche de le soulever en me retenant de vomir avant de faire signe à Lorenzo d'ouvrir la porte.

Je dépose le paquet brutalement sur le tapis. Je ne me fais pas chier à l'emmener dans son lit ou sur le canapé. Il ne le mérite pas.

Ce connard devait surveiller mon neveu pendant que Liz travaillait ! Son fils, merde !

Je n'ai jamais senti ce type. Quand Liz a commencé à sortir avec lui, je le trouvais trop mielleux. Et surtout, je ne reconnaissais plus ma sœur. Mais j'ai préféré fermer ma gueule. Puis ils se sont mariés et ont eu Lorenzo, et ça a été une des plus belles réussites de ce mec. Mon neveu. Mais à côté de ça, je reste toujours méfiant vis-à-vis de ce gars.

– Est-ce que ça arrive souvent ? demandé-je abruptement.

Lorenzo baisse les yeux, gêné.

– Lorenzo ?

– Quelques fois… Depuis qu'il a perdu son travail en tout cas…

– Quoi ?

Il sursaute, conscient d'avoir lâché une information qu'il n'était pas censé partager.

– Mitch l'a renvoyé ? reprends-je en saisissant mon neveu aux épaules.

– Je… je ne devais pas le dire… bredouille-t-il en regardant son père anxieusement.

– Lorenzo… reprends-je pour attirer son attention sur moi plutôt que sur la poche à alcool qui ronfle dans son salon. *Guardami !* (Regarde-moi !)

Il obéit non sans une certaine réticence. Ça me crève le cœur. Il a 9 ans, bordel ! Personne ne devrait essayer de faire rentrer son père ivre mort chez soi à cet âge-là.

– Depuis quand ?

– J'ai promis de ne rien dire… Ils vont me gronder s'ils savent que tu es au courant…

– Qui ça ? Papa et maman ?

– Oui… souffle-t-il en baissant les yeux.

Je soupire en le chopant par le cou pour le serrer contre moi.

– Eh, je te promets que je ne dirai rien, OK ? C'est entre toi et moi, d'accord ? le rassuré-je en lui grattouillant l'arrière du crâne.

– Promis ? renifle-t-il dans mon tee-shirt.

Je l'écarte de moi pour le regarder et je me sens tout merdique en voyant ses yeux remplis de larmes. Je donnerais ma vie pour ce gosse.

– *Promesso.* (Promis.)

Je lui tends mon petit doigt et il le crochète avec le sien en souriant, un peu rassuré.

– Bon. Depuis quand ?

– Un peu avant la rentrée, avoue-t-il.

– Quoi ?

Mais bordel, ça fait plusieurs semaines ! Qu'est-ce qu'il foutait tout ce temps ? Il était censé bosser quand Liz déposait Lorenzo au restaurant avant d'aller au travail ! Mon beauf choisit ce moment pour marmonner dans son sommeil alcoolisé et je me retiens de lui foutre mon pied au cul !

– Va récupérer quelques affaires et des jouets, je ne vais pas tarder à aller bosser. En attendant, tu viens à l'appart et ensuite, je t'emmène. Je vais laisser un message à ta mère pour qu'elle passe te chercher au restaurant à son retour.

Son visage s'éclaire d'un sourire et il part en courant dans le couloir pour m'obéir. Quand il disparaît de la pièce, je perds mon propre sourire et fixe durement mon beau-frère en croisant les bras sur mon torse. J'hésite vraiment à le laisser vomir sur le tapis dans le salon. Mais maintenant que je connais le secret de Liz et que j'ai promis de ne rien dire, je suis bien obligé de porter ce crevard dans son lit. Si ma frangine le découvre par terre en rentrant, elle comprendra que je suis au courant de l'alcoolisme de son mec.

Et j'ai promis à Lorenzo de ne rien balancer.

Je tiens toujours les promesses que je fais à mon neveu.

Je souffle bruyamment et me penche avec réticence pour soulever la poche à alcool qui gît à mes pieds. Je retiens une insulte quand il me souffle son haleine dégueulasse au visage.

– Putain, Calvin, merde ! grogné-je.

Heureusement pour moi, et pour lui, il se laisse faire et je réussis à le jeter sur son pieu. Je grimace quand je réalise qu'il m'a bavé dessus. Merde, c'est dégoûtant ! Je vais dans la salle de bains adjacente pour me laver les mains et me passer un coup rapide sur l'épaule, là où la vinasse qui ronfle dans la pièce d'à côté a décidé de baver. J'ouvre le placard au-dessus du lavabo pour chercher une lingette ou un morceau de coton et je m'immobilise en voyant la collection de tubes de gel à l'arnica. Bordel, je savais que ma sœur était fan de ce gel contre les bobos de son fils, mais pas à ce point.

– *Sono pronto !* (Je suis prêt !) s'exclame Lorenzo en apparaissant dans l'encadrement de la porte.

Je sursaute à son arrivée et éclate de rire.

– Putain, tu m'as fait peur, microbe !

Il porte un sac rempli à craquer et sa casquette à l'envers sur la tête, comme moi. Ce gamin fait tout comme moi. Je l'adore ! Il ne répond pas et observe ma main qui tient un tube de gel contre les bosses et les bleus.

– Et alors, le taquiné-je. On se fait tant de bobos que ça à l'école ?

Il rougit à ma question et déglutit difficilement. Je souris en coin en haussant un sourcil moqueur.

– Je suis… maladroit, répond-il enfin en avançant dans la salle de bains.

Il me prend le tube des mains et le remet tant bien que mal à sa place avec les autres dans l'armoire trop haute pour lui. Je le soulève en souriant et il rit un peu en se détendant. Je le repose ensuite et referme l'armoire à pharmacie.

– Allez, gamin, on va chez moi.

– Tu me laisseras jouer à la console ? S'il te plaît, s'il te plaîîîît…

– Ça marche. Allez, avance.

Nous quittons l'appartement et en montant à l'étage du dessus, le bruit des basses résonne fort dans le couloir.

– C'est quoi ça ? demande mon neveu.

Je ricane en me rappelant que j'avais laissé « I'm Shipping up to Boston » des Dropkick Murphys à fond pour faire chier Madame-la-Bêcheuse. Je baisse le niveau sonore en rentrant chez moi et allume la console pour poser mon neveu devant. Il jette littéralement ses affaires par terre avant de s'affaler sur mon canapé dans l'attente de jouer. Je lui lance une partie et il se rue sur la manette que jc lui tends.

Je le laisse jouer et lui prépare du pop-corn. Je dépose le bol à côté de lui sur la table quand la musique est interrompue par un appel sur mon téléphone. Je vois le nom de Sofia s'afficher et je souris.

– *Pronto !*

Je fais signe à Lorenzo que je sors sur le balcon pour discuter et il hoche la tête d'un air absent. J'en profite pour m'allumer une clope quand Sofia parle.

– Eh, Jamie Sticky Dicky ! Tu vas bien, beau gosse ?

Je grogne en entendant le surnom qu'elle me donne. Elle m'appelle « Jamie à la bite collante ».

– Putain, t'es chiante avec ça, Sof'. Si tu continues à te foutre de la gueule de ma queue, tu vas finir par t'étouffer avec la prochaine fois qu'on se verra !

Elle répond par un rire. Ce qui est cool avec elle, c'est que je peux être vulgaire. Pas besoin de jouer les romantiques à la con, elle s'en balance. Ça me fait gagner pas mal de temps ! Elle arrive, on se désape et on baise. Ensuite elle fume une clope et se casse sans que j'aie besoin de lui demander de dégager.

Meilleure pote de baise *ever*.

– C'est toi qui finiras étouffé dans ma chatte, abruti !

Je ricane à sa réponse, comme si ce genre de menaces pouvait me faire peur. Ce serait plutôt l'inverse. Je ne connais pas un seul mec hétéro qui flipperait à l'idée d'enfouir sa tête entre les cuisses d'une meuf. À part les puceaux, peut-être. J'aspire une bouffée de tabac avant de parler de nouveau.

– C'est pour ça que tu m'appelles, Sof' ? Ta chatte te démange ?

– Non, connard. Je t'appelle pour t'annoncer un truc.

Je sens une sueur froide dévaler ma colonne vertébrale.

– Putain, t'es pas enceinte, j'espère… chuchoté-je dans un élan de panique.

J'aime mon neveu comme mon propre gosse, mais je ne suis pas prêt à devoir assumer un enfant H24 !

– Tu m'as regardée ? Tu penses que je suis assez conne pour finir en cloque ? Et de toi, en plus ? Désolé pour ton ego, mais je ne rêve pas de pondre des mini Selvaggio, j'ai plus de fierté que ça, quand même.

Je manque de m'étouffer en riant. Sofia vise plus haut, elle est en fac de médecine.

– Non, ducon. Je t'appelle parce que j'ai eu la réponse pour ma spécialisation, reprend-elle.

Je me redresse du fauteuil de jardin sur lequel je m'étais avachi, subitement attentif.

– Balance !

– J'ai eu la place à Johns-Hopkins ! s'écrie-t-elle, surexcitée.

Je pousse un cri de joie, sincèrement heureux pour elle !

Même si d'un autre côté, ça signifie que je perds ma pote de cul. Baltimore, la ville où se trouve son nouvel hôpital, se trouve à six heures de route de Boston. Un peu long quand on veut tirer un coup rapidement.

– Tu sais ce que ça veut dire, mec ? déclare-t-elle, comme si elle avait lu dans mes pensées.

– Que je vais devoir me trouver une nouvelle copine de cul ?

Elle éclate de rire.

– Bingo ! Mais t'inquiète, quand je reviens en ville, je t'appelle et on pourra se faire un coup rapide en souvenir du bon vieux temps.

– Merde, Sof', tu parles de nous comme si on était vieux et séniles !

– Tu le seras sûrement quand je reviendrai dans le coin !

– Ta gueule, sinon je m'arrange pour te rappeler *qui* t'a si bien servie pendant tout ce temps !

– Ah ouais ?

Sa voix baisse d'une octave et je sais que je viens de titiller son intérêt. Je me cale confortablement dans la chaise sur mon balcon, en vérifiant rapidement que Lorenzo ne m'écoute pas et est toujours aussi hypnotisé par l'écran.

– Tu pars quand Sof' ? murmuré-je en utilisant ma voix grave.

Je sais qu'elle kiffe ça.

– Dans quatre jours… Pourquoi ?

Je souris. À l'intonation de sa voix, je sais déjà qu'elle a la main plantée dans sa culotte. La simple idée de la savoir en train de se doigter me fait bander.

– Parce qu'il va falloir qu'on se voie avant que tu partes, histoire de garder un bon souvenir…

Elle gémit à l'autre bout du fil et je sais que j'ai gagné.

***

Une heure et une petite partie de *phone sex* plus tard, j'enfile un tee-shirt et je presse Lorenzo de se préparer pour aller au restaurant. J'envoie un texto à ma sœur pour la prévenir et ferme la porte derrière nous.

– C'était qui au téléphone ? me demande mon neveu alors que nous entrons dans l'ascenseur.

– Une copine.

– Une copine ? Une vraie copine ou une de tes *copines spéciales* ?

– Quoi ? m'écrié-je en reculant, sonné. D'où tu sors ça, toi ?

– C'est maman qui dit ça.

Je gronde en découvrant la discrétion légendaire de ma frangine quand elle parle de moi. Bien joué, Liz…

– Ouais, c'est une copine… *spéciale*, avoué-je en appuyant sur le bouton qui descend au sous-sol.

Sans donner plus de détails. Il n'a même pas 10 ans, merde ! Mais il semble s'en contenter et ne dit rien pendant quelques instants.

– Tu vas te marier avec elle ? me questionne-t-il de nouveau.

J'éclate de rire.

– Non, je l'aime bien mais pas à ce point-là !

– Est-ce qu'un jour tu vas te marier et avoir des enfants, oncle Jamie ? reprend-il sans même me laisser le temps de digérer la première question.

– WOW ! C'est nonna qui t'a demandé de me harceler ou quoi ? m'exclamé-je en fronçant les sourcils.

Ma remarque le fait rire et je craque en voyant son visage rieur. Les portes de l'ascenseur s'ouvrent au sous-sol et je l'invite à me suivre dans la buanderie.

– Tu sais, reprend Lorenzo, je pense que tu ferais un bon papa.

Je pouffe presque en le voyant si sûr de lui, parce que j'en doute. Un super oncle, ouais, mais un père ? Putain, non !

– Tu penses que je serais un bon père si j'avais des mômes ? lui demandé-je néanmoins.

– Oui, j'en suis certain. Tu serais un bon papa.

Je secoue la tête en souriant et avance vers la machine dans laquelle j'avais mis mon linge. Le cycle est fini.

– Toi, au moins…

Le murmure de Lorenzo dans mon dos me fait tiquer. Je pense qu'il ne voulait pas se faire entendre mais il n'a pas été assez discret. Et je ressens de nouveau la colère enfler en moi en pensant à mon connard de beau-frère vautré chez lui à dessoûler pendant que je m'occupe de son gamin… J'inspire un bon coup pour me calmer et m'agenouille pour sortir le linge du tambour et je…

Putain, c'est quoi.

Ce.

BORDEL ?!

– Euh… oncle Jamie… Tes caleçons sont roses…

Je ne réponds pas et reste comme un con à observer ma lessive, plus du tout blanche. Toutes mes chaussettes et tous mes calbuts sont devenus roses ! ROSES, MERDE !

– Qu'est-ce que…

Je vide entièrement la machine et trouve très vite l'origine de ce merdier. Une chaussette rouge. En plein milieu. Sauf qu'il y a anguille sous roche. Je n'ai pas de chaussettes rouges.

Alors, soit un connard a oublié la sienne dans cette machine, soit…

OH, PUTAIN ! Il n'y avait qu'une seule personne dans cette pièce quand je suis parti. Mais j'avais déjà lancé le cycle, non ? Je réfléchis et me rappelle avoir versé la lessive, mais pas avoir appuyé sur le bouton de départ. J'ai été distrait par le livre à la con de ma voisine, posé à côté de moi, et je l'ai piqué pour la faire chier. Ensuite Lorenzo est arrivé et j'ai quitté la pièce avec lui. Ce qui veut dire que quand je suis parti d'ici, le cycle n'était pas lancé, et elle était seule avec mon linge…

Mes mains se crispent sur le tas de vêtements humides que je tiens. J'ai compris.

Et je vais la tuer.

7

Leah

JE VAIS LE TUER !

OK, l'idée de teindre ses vêtements en rose n'était peut-être pas une bonne idée, mais ça n'est pas aussi grave que de forcer ma boîte aux lettres !

Je viens de rentrer du travail, épuisée et réticente à l'idée de la soirée en approche. Niall, mon collègue, devenait de plus en plus insistant et j'ai enfin cédé à sa demande de rendez-vous parce que je ne trouvais plus aucune excuse pour botter en touche. J'ai rendez-vous pour dîner avec lui ce soir, j'ai mal au crâne après avoir passé la journée au milieu du bruit, nous sommes en octobre et il a plu toute la semaine. Toute la semaine !

Je n'ai jamais vu autant de pluie de toute ma vie !

À Montgomery, les orages d'été sont fréquents mais peu rapprochés, tandis que cette ville ne cesse de me dégouliner dessus non-stop depuis sept longs jours ! Les enfants étaient surexcités aujourd'hui avec l'arrivée du week-end, et il pleuvait tellement que je n'ai pas pu les laisser sortir à la récréation. Résultat des courses, je me suis retrouvée avec une vingtaine d'enfants bruyants qui ont couru partout.

Et pour finir cette journée en beauté, j'ai remarqué en arrivant que le loquet de ma boîte aux lettres était anormalement tordu. En l'ouvrant, j'ai découvert mon courrier en miettes !

EN MIETTES !

Il a déchiré mon courrier ! Quel sauvage peut bien faire

ça, si ce n'est Jamie Selvaggio, hein ? Il n'y a que lui pour s'abaisser à un tel niveau de médiocrité !

Prise de panique, j'ai récupéré les morceaux de papier et j'ai foncé chez moi pour tenter de reconstituer mon courrier ; et, bien entendu, c'est à ce moment-là que j'ai découvert que l'ascenseur était bloqué…

Je me retiens de hurler comme une hystérique. Vraiment, je me retiens, mais je serre tellement fort les dents que je sens le goût du sang dans ma gorge. Après quatre étages montés en tenant tant bien que mal le paquet de confettis qui me sert de courrier, je grogne en rentrant dans mon studio. Je ne perds pas de temps et jette les bouts de lettres sur ma table. Je me débarrasse ensuite de mon manteau dégoulinant en le laissant traîner par terre, puis m'assois pour reconstituer tant bien que mal les enveloppes et tenter d'identifier les expéditeurs.

Ma banque, une pub pour des assurances et… mon logeur.

Je tombe presque de ma chaise en soupirant et en retenant mes larmes. Je plonge le visage dans mes mains tremblantes.

Calme-toi, Leah. Il n'y avait pas une des lettres de Laly.

Je pense que je l'aurais tué de mes propres mains s'il l'avait déchirée…

Je ravale la boule qui vient de se loger dans ma gorge, file sous la douche pour me préparer. Je me lave en cinq minutes et coupe l'eau, puis j'enjambe la petite baignoire et me frictionne avec énergie pour me donner un coup de fouet. Je choisis rapidement mes vêtements pour ce soir : jupe en velours prune jusqu'aux genoux, pull noir à col roulé, collant opaque et bottes droites avec des petits talons. Rien de bien extravagant, mais je ne veux pas que Niall se fasse des idées. Ce n'est qu'une soirée entre amis, rien de plus. Je sèche rapidement mes cheveux et les attache en chignon, comme j'ai l'habitude de le faire depuis des années pour cacher la petite plaque vide sur le haut de mon crâne. J'ai une pelade. Un cercle de peau sans le moindre cheveu. Ils sont tombés un jour, sans aucune raison.

Enfin, selon le médecin, c'est sûrement dû au stress. Mais à cette époque, ma mère a nié en bloc et a presque menacé de le poursuivre s'il continuait à proférer des mensonges à notre égard. Je n'ai pas osé demander à voir le médecin en privé cette fois-là. Pourtant, j'aurais pu… J'aurais même dû… Si je l'avais fait, peut-être que les choses se seraient passées autrement.

Ma main se met à trembler de plus en plus fort, comme à chaque fois que je repense à elle, si bien que je suis obligée de poser l'épingle à cheveux que j'allais mettre dans mon chignon, pour serrer le rebord du meuble vasque. Ma maman. Un bien grand mot pour décrire cette femme…

Je ne connais rien de la maternité, même si j'espère un jour devenir mère à mon tour, mais je sais déjà ce que je ne ferai pas. Et c'est elle qui me l'a appris.

Je me gifle mentalement pour chasser mes souvenirs et relève la tête en fixant mon reflet dans le miroir. Comme à chaque fois, je la cherche. Les mêmes yeux verts, même s'ils virent noisette en hiver. Les mêmes cheveux châtains. La mâchoire un peu carrée, ce nez trop fin et légèrement pointu que je n'aime pas et la bouche pulpeuse, trait commun entre ma sœur, ma mère et moi. C'est sûrement une des rares choses que j'aime chez moi. Je me trouve trop dure. Mon visage n'est pas doux, et ma silhouette non plus. Je suis un peu comme une baguette. Droite et rigide. C'est ce que l'on m'a appris à être.

Je sais que si je lâchais mes cheveux, j'aurais l'air moins sévère. Mais je n'arrive pas à montrer cette plaque de peau nue. C'est pour moi à chaque fois le même rappel. J'aurais pu… J'aurais dû…

J'inspire profondément en fermant les yeux et en stoppant cette introspection désagréable.

C'est du passé. Rien ne changera le passé. Sûrement pas des regrets et encore moins des « et si ? ». Alors il faut oublier, et aller de l'avant, vers l'avenir. Et l'avenir pour moi se joue ici, à Boston, avec mes élèves. Je n'ai pas encore vraiment eu l'occasion de me faire des amis, mais je ne désespère pas d'y arriver. Même si pour ça il va falloir que je m'ouvre un peu plus. Comme ce soir avec Niall… Je soupire en repensant à cette soirée. Je n'ai pas envie d'y aller… Mais je me fustige et reprends mon chignon, avant de me maquiller légèrement.

Vingt minutes plus tard, je suis prête et j'ai le plaisir de voir le soleil apparaître enfin entre deux nuages sombres. Il éclaire la ville de reflets d'or et fait ressortir les briquettes rouges des bâtiments autour. Je souris en me disant que c'est peut-être un signe.

Après la pluie vient le beau temps…

J'enfile mes bottes, mon trench ainsi qu'une écharpe, et attrape mon sac. J'ai donné rendez-vous à Niall un peu plus loin. Je ne suis pas encore prête à lui donner mon adresse, et vu son insistance, je me dis que j'ai fait le bon choix. Je sors sur le palier et ferme soigneusement ma porte à clé. J'avance sur la moquette sombre du couloir quand des bruits étouffés me parviennent d'en dessous.

Qu'est-ce que c'est…

On dirait des éclats de voix. Une dispute ?

Je fronce les sourcils et grogne en me rappelant au dernier moment que l'ascenseur est en panne. J'ouvre la cage d'escalier un peu plus loin et rejoins le palier sous le mien quand les bruits de dispute se font plus forts. Mon duvet se hérisse quand une foule de souvenirs surgissent en moi et me gèlent sur place. Je n'arrive plus à avancer.

Les voix, les cris, la peur… Toutes ces fois où j'ai prié pour ne pas me faire gronder… Ma main recommence à trembler sur la rambarde de l'escalier et mon souffle se bloque dans ma gorge.

J'essaie de respirer, mais je n'y arrive plus alors que les cris se font de plus en plus forts. Ils résonnent dans ma tête et se confondent avec ceux de mon passé. Ils percutent les parois de mon crâne et m'étourdissent, ils me font perdre l'équilibre, encore une fois…

Je me jette contre le mur derrière moi en suffoquant presque.

Je m'y appuie avec l'énergie du désespoir en posant

une main sur ma gorge qui me brûle. Je ferme les yeux en retenant les larmes de panique qui menacent de jaillir et me brûlent les paupières…

Respire, Leah. Respire…

Inspire sur trois temps… Souffle sur quatre temps…

Inspire sur trois… Souffle sur quatre…

Inspire… Souffle…

Inspire…

Quand ma poitrine retrouve un rythme normal, je presse mes mains sur ma bouche en me mordant la langue le plus fort possible pour ne pas éclater en sanglots. Et la lutte est longue, difficile… Je finis toujours au fond du gouffre après chaque crise de panique.

Je deviens une loque humaine…

Je me calme enfin, le bourdonnement cesse et je devine que les cris aussi ont disparu. Je pose une main plus sereine sur ma poitrine, mais fais un bond et retiens un cri de terreur quand la porte de la cage d'escalier s'ouvre brusquement et claque contre le mur à côté de moi. Il s'en est fallu de peu. À quelques centimètres près, je la prenais en plein sur le crâne ! Une silhouette masculine fonce dans les escaliers sans me remarquer car la lumière s'était éteinte pendant ma crise de panique.

– Une pute ! Juste une putain de pute ! Tout est de sa faute ! grogne une voix en descendant les marches.

Je fronce les sourcils face au langage grossier et vulgaire de l'homme qui a disparu dans les étages inférieurs. Mais qu'est-ce qui se passe ? J'hésite à le suivre, peu rassurée, quand un bruit attire mon attention depuis la porte de la cage d'escalier restée ouverte.

Des pleurs. Mais pas n'importe quels pleurs.

Des pleurs d'enfant…

Mon sang ne fait qu'un tour et je me rue dans le palier pour vérifier. Je connais l'enfant qui vit ici ! C'est un de mes élèves ! Je me précipite en priant pour qu'il ne soit pas blessé et je manque de tomber en freinant des pieds quand je découvre la scène en face de moi.

La porte de l'appartement est encore ouverte et le spectacle inquiétant qui s'offre à moi m'éclate aux yeux.

Tout s'explique.

Mon Dieu, tout s'explique…

Je ne retiens pas un hoquet de stupeur en découvrant Lorenzo qui aide sa maman à se relever. Son corps vacille sous l'effort alors que celui de sa maman tremble, sûrement à cause du choc de la douleur. Je me précipite pour l'aider et rentre sans même demander la permission. Lorenzo sursaute en me voyant saisir sa maman sous l'épaule et l'aider à se relever.

– Laissez-moi vous aider, expliqué-je rapidement en réussissant à la remettre debout et à l'appuyer contre le meuble derrière elle.

Elle frissonne tellement fort que je crains de la voir s'évanouir.

– Madame O'Donnel, tout va bien ? Vous vous sentez de rester debout ? la questionné-je en tentant de focaliser son regard sur moi.

Elle me fait un vague signe de la main en gardant les yeux fermés et je sens qu'elle lutte contre l'étourdissement qui suit un choc violent. J'en sais quelque chose. Je l'ai vécu assez souvent pour me souvenir qu'un malaise suit souvent une douleur vive. Elle chancelle un peu et je la rattrape alors qu'une de ses jambes lâche.

– Ça va… articule-t-elle d'une voix râpeuse. Ça va…

Elle écarte mes mains d'elle et se retient au meuble dans son dos avant d'inspirer profondément plusieurs fois d'affilée.

Comme moi il y a quelques instants.

Je l'observe avec attention pour tenter de savoir où elle a mal, quand je remarque que son nez se met à saigner.

– Vous êtes blessée ! Lorenzo, où est la salle de bains ? demandé-je sans préambule à son fils.

Il sursaute et me désigne un couloir un peu plus loin. Je ne perds pas de temps et saisis le bras de sa maman pour l'emmener, mais je me stoppe immédiatement quand elle gémit de douleur. Elle a un mouvement de recul et je desserre les doigts en réalisant que je lui ai fait mal. Mais je ne la lâche pas entièrement.

Parce que pendant quelques secondes, la manche de son tee-shirt s'est relevée et j'ai vu.

Je les ai vues.

Les marques violacées sur sa peau.

Elle dégage son bras de mes mains comme si je l'avais brûlée et descend le tissu jusque sur la main pour cacher ce que j'ai eu le temps de voir. De toute façon, je recule d'un pas et ne tente plus de l'emmener dans la salle de bains. Sa réaction vient de m'en dire plus que ce dont elle a conscience.

– Votre nez… lui indiqué-je d'une voix calme.

Elle essuie rapidement le sang d'une main sans chercher à vérifier dans le reflet d'un miroir, et les dernières traces d'hémoglobine dessinent une traînée diffuse sur sa joue.

Je la laisse reprendre peu à peu conscience de son environnement tandis que les spasmes de douleur s'atténuent. Je le vois à son corps qui recommence à se tenir, à ses mains qui tremblent moins et à son dos qui se redresse jusqu'à me faire face.

– Qu'est-ce que vous faites chez moi ? demande-t-elle enfin d'une voix rauque.

Je l'observe en penchant légèrement la tête.

– Je suis venue aider Lorenzo à vous relever car il n'y arrivait pas tout seul, expliqué-je avec calme.

– Lorenzo… murmure-t-elle en cherchant son fils des yeux.

– *Sono qui, mamma…* (Je suis là, maman…)

Elle pleure presque de soulagement et le serre dans ses bras quand il vient s'y réfugier. Je l'entends lui chuchoter en italien que tout va bien, que maman va bien, qu'il ne doit pas avoir peur, que papa ne voulait pas lui faire mal. Et je bous.

Intérieurement je hurle, même !

On ne devrait jamais mentir à un enfant, surtout dans ce genre de situation ! C'est en ignorant la gravité de ce qui vient de se passer qu'on normalise la violence aux yeux des jeunes enfants. *Non*, ce n'est pas normal, *si*, il a le droit d'avoir peur, et *non*, maman ne va pas bien !

J'en déduis avec ce qu'elle lui dit que l'homme qui descendait les escaliers était son mari, et que c'est *elle* qu'il traitait de pute et accusait d'être à l'origine de… je ne sais quoi.

La mère de son fils.

Mes yeux se posent involontairement sur Lorenzo et je cherche le moindre signe de maltraitance chez lui. Je creuse dans ma mémoire pour me souvenir d'un détail qui pourrait m'indiquer qu'il est brutalisé, mais je me rappelle l'instant d'après qu'il a passé toute la période de récréation à sauter de table en table et à se bagarrer avec ses amis en riant à gorge déployée. J'imagine que s'il avait eu des blessures ou des bleus, je l'aurais vu grimacer ? Non ? Au moins une fois…

– Écoutez, commence sa maman en me sortant de mes pensées, je ne sais pas ce que vous pensez avoir vu…

– Ce que j'ai vu. Et entendu, la contrecarré-je.

Elle déglutit difficilement mais soutient mon regard et redresse le menton.

– Ce n'est rien.

Je hausse les sourcils en la fixant délibérément.

– Ce n'est rien, OK ? C'était la première fois, reprend-elle un peu plus fort.

– Si vous le dites.

Ma remarque a le don de la rendre furieuse et elle me fusille du regard.

– Écoutez, d'une, vous ne connaissez pas ma vie, et de deux, vous êtes entrée chez moi sans mon autorisation, m'assène-t-elle sèchement.

– Oui. Mais dans le cas d'une assistance à personne en danger, ce n'est pas considéré comme une entrée par effraction. De plus, la porte était ouverte.

– Sortez de chez moi… murmure-t-elle d'une voix menaçante.

Je l'observe un court instant avant de reculer d'un pas, mais je m'arrête sur le pas de la porte.

– Lorenzo, ça va aller ? questionné-je l'enfant en ignorant sa mère.

Elle ne lui laisse pas le temps de répondre et le place derrière elle dans un geste inconscient de protection.

– Il va bien, répond-elle à sa place.

Je quitte l'enfant des yeux et la regarde, impassible.

– Vous en êtes certaine ?

Je sens que ma question la blesse car sa main se crispe, mais pas celle qui tient la main de son fils. Je sais reconnaître beaucoup de choses en étudiant les gestes. Et là, ce que je vois m'indique une chose : elle le protège.

De son père sûrement.

– Tant que je suis là, il va bien, énonce-t-elle plus fermement.

En confirmant ce que je pense avoir deviné.

Je la fixe quelques instants avant de battre en retraite et sors dans le couloir pendant qu'elle me fusille du regard, mais je retiens la porte d'une main quand elle la ferme derrière moi.

– Quoi encore ? éructe-t-elle.

J'ignore son agressivité et la regarde droit dans les yeux.

– Ça ne durera pas. Un jour, il sera trop violent et vous n'aurez plus assez de force pour prendre tous les coups. Ce jour-là, il s'en prendra à lui.

Elle inspire avec force et ses yeux me lancent des éclairs.

– Je ne le laisserai pas faire. Plutôt mourir !

– Très bien, alors ça se passera après. Quand il vous aura tuée.

Mes mots sont violents et je la vois encaisser le coup. Je ne lui laisse pas le temps de répondre et reprends :

– Vous n'y arriverez pas éternellement. Je sais ce que c'est de vouloir protéger quelqu'un…

– Mais bien sûr…

J'ignore sa voix sarcastique et continue.

– Un jour, il aura le dessus, et vous pourrez prendre tous les coups que vous pensez pouvoir encaisser, il sera trop fort. Le corps humain a ses limites, et même avec la meilleure volonté du monde, vous ne pourrez pas vous relever à chaque fois pour le protéger.

– Qu'est-ce que vous en savez ? grogne-t-elle en essayant de fermer la porte.

Je l'en empêche en y mettant toute ma force. Et je profite de son état de faiblesse pour l'empêcher de mettre fin à la conversation.

– J'en sais plus que vous ne le pensez, expliqué-je sans me soumettre. Toutes les cicatrices ne sont pas physiques. Mais vous ne le comprendrez que lorsque vous aurez réalisé qu'il faut partir et emmener votre fils.

Je lâche enfin la porte et elle perd presque l'équilibre alors que je m'éloigne dans le couloir.

– Comprendre quoi ? demande-t-elle dans mon dos.

Je me fige et me tourne lentement vers elle pour la regarder droit dans les yeux.

– Que les *survivantes* se reconnaissent entre elles.

8

Leah

Oh.

Mon.

Dieu.

– Viens, entrons vite ! C'est un des meilleurs restaurants du quartier ! Il paraît même qu'on y sert les meilleures pâtes de Boston ! s'exclame Niall d'une voix enjouée.

Il se saisit de mon bras et me tire de force vers l'entrée d'un restaurant que je connais déjà. À mon plus grand malheur. L'enseigne lumineuse luit dans la quasi-obscurité et je freine des quatre fers pour ne pas entrer dans le restaurant que je souhaite éviter.

– Niall, attends ! tenté-je de le retenir.

Mais il ne m'écoute pas et tire un peu plus fort, ce qui a le don de me mettre en colère. Je n'aime pas être dirigée.

Et l'homme avec moi n'en a rien à faire de mon avis.

– Allez, viens ! reprend-il en tirant fort sur mon bras, si bien que je trébuche et tombe presque sur lui.

Il me rattrape et serre ses bras autour de ma taille en me souriant.

– Et alors ? On a déjà la tête qui tourne ? La soirée ne fait pourtant que commencer…

Il me faut moins d'une seconde pour reculer, comme si j'avais vu le diable en personne. J'ai un souci avec les contacts physiques, du moins ceux que je n'ai pas déclenchés moi-même. Je ne supporte pas d'être touchée sans qu'on m'ait demandé la permission. Et là, c'était le cas. Je sens Niall surpris de ma réaction, mais il ne commente pas.

Je me sens mal à l'aise à l'idée de l'avoir repoussé aussi violemment, alors je choisis de détourner son attention en désignant l'entrée du restaurant. Finalement, je préfère me retrouver dans le restaurant de mon abruti de voisin plutôt que de devoir expliquer à Niall pourquoi je l'ai rejeté brutalement.

Et ça en dit long sur mon embarras.

Parce que je devrais fuir cet endroit au lieu d'y aller et de me jeter dans la gueule du loup.

La seule chose qui me rassure, c'est que si je croise Jamie, je sais d'avance comment je réagirai. Il a le don de me faire sortir de mes gonds et de me rendre furieuse au point où je ne mesure plus le danger autour de moi, alors qu'avec Niall, mes anciens démons ressurgissent et mon inconscient me dicte de me méfier de lui.

Pourtant, Niall est la douceur incarnée, bien qu'un peu trop autoritaire et insistant à mon goût. Alors pourquoi je me sens plus confiante à l'idée de m'opposer à la grosse brute qui me sert de voisin de palier qu'à celle de rester avec mon collègue ? C'est un mystère…

Je dois être masochiste.

Je refoule cette idée en pénétrant dans la pizzeria. Une chaleur douce et une délicieuse odeur m'accueillent, si bien que je sens mes membres crispés par ce qui vient de se passer se détendre peu à peu et j'en ai l'eau à la bouche.

– Mademoiselle Robertson !

Je me retourne et souris en découvrant Mme Selvaggio, suivie de son époux. Cette femme m'évoque beaucoup de choses : de la douceur, une empathie naturelle, une tendance à materner la terre entière. Autant de qualités qui me font fondre pour elle. Tout comme pour son mari qui est toujours en train de sourire. Je les ai parfois croisés à la sortie de l'école quand ils viennent chercher leur petit-fils, et à chaque fois sa grand-mère se confond en excuses pour le comportement de son fils lors de ma dernière venue dans leur restaurant. Ils m'ont invitée un nombre incalculable de fois pour s'excuser, mais j'ai toujours réussi à poliment décliner leurs invitations. Leur fils serait capable de verser de la ciguë dans mon plat, alors très peu pour moi.

Mais apparemment, ce soir, je fais d'une pierre deux coups : je sors avec Niall et je retourne dans leur restaurant.

Tout ce que j'essayais d'éviter depuis des semaines…

Bien joué, Leah.

– Monsieur et madame Selvaggio, les salué-je en leur souriant.

Je n'ai pas besoin de me forcer, ils me sont réellement sympathiques.

– Vous venez enfin manger chez nous ?

– Tu connais ce restaurant ? me demande Niall, surpris.

Je pince les lèvres en comprenant son étonnement. Il y a quelques instants à peine, je refusais d'y entrer…

– Pas vraiment, expliqué-je succinctement, mais voici M. et Mme Selvaggio, les grands-parents d'un de mes élèves. Comme je n'habite pas loin, nous nous sommes déjà rencontrés une ou deux fois, mais je n'ai jamais eu le temps de venir manger chez eux…

– Ou l'envie ! intervient le restaurateur derrière sa femme.

Je rougis violemment, même si son sourire aimable dément toute méchanceté dans ses paroles.

– Cesare ! le gronde sa femme. Tu mets Mlle Robertson et son ami mal à l'aise, enfin ! Ne l'écoutez pas. De toute façon, c'est ce que je fais depuis plus de dix ans et je m'en porte bien mieux, me rassure-t-elle sur le ton de la confidence avant de me prendre la main pour m'entraîner dans la salle.

Je me laisse faire, rassurée. Son contact ne m'est pas désagréable. Ses mains sont douces et chaudes, et elle ne me tient pas vraiment. Ses doigts légers ne font que me guider jusqu'à une table.

– Installez-vous ici, vous serez à la meilleure place ! D'ici, on peut apercevoir la cuisine en ébullition, et surtout, c'est toujours le premier endroit où regarde Maria, ma nièce, quand elle entre dans la salle. Parce qu'il est juste en dessous de l'horloge et qu'elle compte littéralement les minutes avant la fin de son service. Donc si vous avez besoin de quoi que ce soit, vous serez les premières personnes qu'elle verra !

J'éclate de rire, imitée par Niall. Cette femme est un rayon de soleil. Nous nous installons donc à la meilleure table de la pizzeria et la fameuse serveuse vient poser deux cartes devant nous. Je prends le temps de l'étudier tout en me cachant derrière. Je ne sais pas quoi dire à Niall et ça me met de nouveau mal à l'aise. Je me maudis une nouvelle fois d'avoir cédé à ses demandes incessantes, d'autant plus qu'après l'épisode dont j'ai été témoin tout à l'heure, j'ai tout sauf envie de sortir et faire comme si de rien n'était… L'image de Lorenzo et sa maman me hante. Mais je ne peux rien faire pour l'instant, à part espérer qu'elle prendra elle-même la décision de quitter cette relation violente.

Je sais malheureusement que parfois, cela prend du temps de réaliser qu'il faut partir, et je sais aussi que certaines personnes n'ont pas le temps d'arriver à cette conclusion et se font tuer.

– Tu es avec moi ?

Je sursaute quand Niall claque ses doigts juste sous mon nez. Plus la soirée avance, plus je réalise que, finalement, je ne pourrai pas aller plus loin avec lui, aussi bien en amitié qu'en amour.

– Tu étais perdue dans tes pensées !

– Pardon, murmuré-je en me replongeant dans l'étude du menu.

– Aloooors… Quelque chose en particulier te tente ?

Je fais mine de réfléchir, mais les lignes se brouillent devant mes yeux alors que l'image de Lorenzo et sa mère revient sans répit dans mon esprit. Je me sens impuissante. Et désarmée face à la situation. Je soupire et lève les yeux de mon menu quand j'entends vaguement la voix de Niall à travers mon cerveau engourdi, puis je me fige.

Une microseconde.

Juste avant qu'un flot de rage sourde ne dévale dans mon corps.

Il est là.

Il m'observe depuis le passe-plat, un sourire goguenard plaqué sur le visage.

Mes yeux se plissent à son intention et mon corps se raidit, prêt à parer la prochaine attaque. Je réagis à la vitesse de la lumière quand il est dans les parages. Le salaud décide même d'enfoncer le clou en me désignant un morceau de papier plié en enveloppe, juste avant de le déchirer en souriant jusqu'aux oreilles.

Un hoquet féroce s'échappe de mes lèvres alors que je le fusille du regard. Il me répond par un doigt d'honneur et je me mords l'intérieur de la joue pour ne pas répondre à l'identique. À la place, je serre tellement fort le menu que je sens la feuille de papier crisser sous mes doigts alors que je la froisse.

– Euh… ça va, Leah ? me demande Niall, inquiet de mon revirement.

– Très bien, grondé-je sans quitter mon ennemi des yeux.

Dans ma tête, je suis en train de lui faire subir un million de sévices et je me délecte de le faire souffrir… Je dois être finalement beaucoup plus sadique que masochiste, à bien y réfléchir. En tout cas, quand il s'agit de mon voisin…

– Bonsoir, vous avez fait votre choix ? m'interrompt la serveuse en venant prendre notre commande.

Je quitte enfin Jamie des yeux pour les fixer sur la jolie rouquine qui vient de me parler.

– Euh… moi, oui. Je vais prendre les tagliatelles Alfredo. Et toi, Leah ?

Je ne peux m'empêcher de jeter un rapide coup d'œil à Jamie, qui tend l'oreille en passant sa tête par le passe-plat pour écouter ma commande.

– J'ai une question sur les plats, demandé-je abruptement à la serveuse.

– Je vous écoute.

– Quels sont ceux cuisinés par Jamie ?

Ma question surprend Niall qui fronce les sourcils vers moi alors que je reste concentrée sur la serveuse souriante.

– Une connaisseuse, à ce que je vois, s'exclame-t-elle en

souriant largement. Jamie cuisine toutes les pâtes et les plats en sauce, ce sont ses spécialités ! Et si je peux vous conseiller, les pâtes aux palourdes sont vraiment div…

– PARFAIT ! lui coupé-je la parole en fermant le menu d'un geste sec. Je vais prendre une pizza quatre fromages.

Elle cligne plusieurs fois des yeux en me regardant, sans comprendre.

– Merci, conclus-je en lui tendant mon menu.

Elle ne répond pas et s'empare également du menu de Niall avant de s'éloigner, le regard perdu. Plutôt mourir que de prendre quoi que ce soit de cuisiné par ce psychopathe. Je l'ignore délibérément et souris à Niall en face de moi, qui bombe le torse en voyant que je m'intéresse enfin à lui. Il se met à déblatérer sur le charme de l'endroit et les bons commentaires qu'il a lus sur Internet. Mais je l'écoute à moitié et surveille du coin de l'œil ce qui se passe un peu plus loin. Ne jamais quitter son ennemi des yeux, c'est mon nouveau mantra. Je vois d'ailleurs Jamie s'emparer de la note que vient de déposer la serveuse devant lui et lui poser une question. Elle me regarde rapidement puis lui désigne quelque chose sur le bout de papier, avant de s'éloigner. Il hausse un sourcil ironique et ricane avant de reposer le papier. Puis il me regarde de nouveau et sourit quand il réalise que je le fixe franchement. Je ne regarde même plus mon compagnon. À la place, je le toise, lui, ouvertement.

Tu n'es qu'un abruti, Selvaggio…

Il plisse les yeux vers moi et fourre un cure-dent dans sa bouche avant de s'éloigner, le visage toujours moqueur.

– Leah ?

Je sursaute presque en reprenant pied avec la réalité. Je sors de ma transe vengeresse et fixe de nouveau mon attention sur mon compagnon d'un soir.

– Pardon, je pensais avoir vu une connaissance. Je te prie de bien vouloir m'excuser. Tu disais ?

Il se rengorge et recommence à parler sans s'arrêter des changements apportés dans l'école grâce à lui. Je l'écoute consciencieusement, du moins les cinq premières minutes.

Ensuite, je décroche et je laisse mon esprit vagabonder en hochant régulièrement la tête pour lui faire croire que je suis fascinée par ses histoires. Mon Dieu, cet homme est d'un ennui… Au bout de quinze minutes, je suis sur le point de m'endormir et je lutte pour ne pas fermer les paupières, quand une silhouette apparaît à côté de moi.

Je me tends immédiatement quand je comprends qu'elle n'a rien à voir avec la silhouette de la serveuse.

– Les pâtes Alfredo ? questionne une voix grave et un brin moqueuse.

– C'est pour moi ! répond Niall.

Je baisse les yeux en tordant la bouche. Je me suis fait avoir. J'ai baissé ma garde et je ne l'ai pas vu arriver…

– Donc la pizza est pour mademoiselle…

Je lève le visage vers lui et l'observe d'un regard torve. Il me sourit de toutes ses dents, le cure-dent toujours coincé entre elles, et pose la pizza devant mes yeux.

– Où est notre serveuse ? demandé-je calmement.

Bien que le mouvement saccadé de ma jambe sous la table démente mon indifférence de surface.

– Partie prendre une pause, je la remplace, répond-il en souriant plus largement.

Il se penche ensuite vers moi, beaucoup plus près que ne l'exige la bienséance. Il fait exprès d'empiéter sur mon espace personnel comme il a l'habitude de le faire, mais je ne recule pas et soutiens son regard.

– J'espère que vous apprécierez votre repas, j'ai exceptionnellement aidé à sa confection… murmure-t-il.

Je soupire en baissant les yeux et regarde Niall qui a déjà commencé à engloutir voracement le contenu de son assiette.

– Ne mange pas, Niall, il y a sûrement de l'antigel dedans…

Il s'étouffe en réponse à ma phrase et recrache le tout dans son assiette en toussant.

– Qu… quoi ?

– Ne le mange pas, c'est tout.

– Ooooooh, enfin, mademoiselle Robertson, vous me jugez

mal ! me singe mon voisin en se redressant et en adoptant un accent bourgeois.

Je penche la tête vers lui, peu convaincue par sa défense. Il m'étudie avant de se pencher de nouveau en s'appuyant des deux mains sur la table.

– Ce sont des trucs de riche, ça. Chez nous, un bon gros mollard suffit.

Je lève les yeux au ciel devant sa vulgarité.

– Je vous demande pardon ? s'écrie Niall, outré.

– Ignore-le, lui conseillé-je. Il est comme un organisme unicellulaire. Si on ne bouge plus, au bout d'un moment, il n'aura pas assez de connexions neuronales pour ne pas nous confondre avec un mur…

Je finis ma phrase en chuchotant d'une voix de conspiratrice, parce que je sais qu'utiliser des mots un peu plus complexes que « putain » et « merde » dépasse de loin ses compétences lexicales et l'énervera. Jamie souffre d'un complexe d'infériorité si évident que je vais prendre un malin plaisir à appuyer dessus pour le rabaisser. Mais à la place, il éclate de rire et se redresse en croisant les bras sur son torse et en jouant de nouveau avec le cure-dent qu'il a dans la bouche.

– Oooooh, mais c'est qu'elle sort les armes, la duchesse…

– Ce n'est pas une façon de s'adresser à une dame ! s'indigne Niall.

– Pardon ?

Jamie l'observe avec de grands yeux et je sens l'entourloupe arriver. Je n'avais pas tort…

– Ah, mais c'est une *dame*, en fait ? s'exclame-t-il en me désignant et en se penchant vers moi, l'air faussement étonné. Non, parce qu'à première vue, on dirait pas plutôt un pot de fleurs ?

Ben voyons…

– Veuillez présenter vos excuses immédiatement ! éructe mon cavalier du soir en se levant et en devenant aussi rouge qu'une tomate.

– Niall… soupiré-je.

Cet imbécile ne fait qu'aggraver la situation.

– Vous n'êtes qu'un gueux à côté de sa classe naturelle ! reprend-il en gonflant le torse.

Oh, Seigneur.

Je vois Jamie tiquer et se redresser avant de s'approcher de Niall qui fait une tête de moins que lui, et sûrement dix kilos de moins aussi. Je suis peinée de le constater, mais mon voisin est musclé.

– Tu m'as traité de quoi ? gronde-t-il en plissant les yeux vers lui.

Niall devient livide en le voyant plus grand qu'il ne le pensait et me jette de nombreux regards apeurés, me suppliant d'intervenir. C'est donc ça la galanterie moderne ? Inviter une jeune femme avec insistance, prendre sa défense pour ensuite lui demander de vous sauver la peau ? C'est affligeant. Tout ce simulacre de soirée, ce pseudo-rendez-vous, tout ça est affligeant.

– Bon, ça suffit, interviens-je en jetant ma serviette sur la table.

Je ne cherche pas à m'interposer entre eux et me contente de me lever pour enfiler mon manteau d'un air las. J'ai juste envie de rentrer chez moi, ce soir. Entre la découverte de tout à l'heure sur les parents de Lorenzo, la soirée avec cet idiot qui me sert de chevalier servant et les attaques de mon voisin, je n'ai plus la force d'intervenir.

– Mademoiselle Robertson ! s'écrie Mme Selvaggio en accourant vers moi. Quelque chose ne va pas ? Jamie, qu'est-ce que tu as fait ?!

– *Niente !* Je leur ai juste apporté leur commande pendant la pause de Maria ! se justifie-t-il en levant les bras devant lui.

– Votre employé a fait preuve d'une grossièreté sans nom ! l'accuse Niall en retour.

Non mais sérieusement ? Qu'est-ce qu'il ne comprend pas dans « ignore-le » ?

– *Jamie, BASTA ! Qualunque cosa stai facendo, basta !* (Jamie, ça suffit ! Quoi que tu fasses, ça suffit !) s'énerve sa mère en le menaçant du regard.

– Ce n'est pas grave, madame Selvaggio, mais je préfère quitter votre restaurant plutôt que de subir l'animosité de votre fils, énoncé-je calmement en prenant mon sac à main.

– Eh, c'est pas moi qui ai commencé à traiter les gens d'organisme unicellulaire, Duchesse. Alors calme-toi, me menace-t-il en quittant sa mère des yeux pour les plisser vers moi.

Je ne réponds pas et me contente de soutenir son regard. Je refuse de me soumettre face à lui. Il ne m'impressionne pas et ne me fait pas peur. Et il serait temps qu'il le comprenne enfin.

– Jamie… gronde sa maman.

Il ne répond pas non plus et nous continuons de nous observer en chiens de faïence. Je sens mes ongles rentrer dans la paume de mes mains et je serre les dents si fort que le goût du sang éclate sur ma langue. Mais je ne lâche pas !

– Leah… s'inquiète Niall.

Je ne réagis pas tandis que je fusille du regard l'homme en face de moi. Je sens bien que le restaurant devient silencieux alors que nous tentons de nous tuer par la pensée, mais je n'arrive pas à me résoudre à tout arrêter.

Pourtant, la logique dans mon cerveau me hurle d'arrêter ! Je vois bien qu'il est furieux. Le tic sur sa mâchoire contractée, les muscles de ses bras qui sont bandés, ses yeux gris qui tentent de me faire plier. Mais rien n'y fait.

Si je pouvais, je lui ferais mal, physiquement parlant. Mais je n'aurais jamais la force nécessaire pour avoir le dessus, alors il me reste le plaisir de le rabaisser et de lui faire comprendre que je vaux bien mieux que lui, parce que c'est vrai.

– *Jamie ! Fermati ! Subito !* (Jamie ! Arrête ! Maintenant !) reprend sa maman plus fort, provoquant un silence général, aussi assourdissant qu'une bombe.

Car l'absence de bruit fait ressortir avec violence le bourdonnement qui emplit mes tempes et manque de me faire partir en vrille, quitte à me jeter sur lui pour lui planter les ongles de mes pouces dans les yeux ! Mais Jamie abandonne enfin notre duel de regards en premier pour se tourner vers elle, et j'ai le plaisir malsain de le voir digérer difficilement le fait de se faire reprendre par sa maman devant moi. J'en souris presque de victoire. Mais je me reprends bien vite quand je sens les yeux intrigués de Niall sur moi.

– *Ho fatto niente*… (Je n'ai rien fait…) frémit-il d'une voix basse et menaçante.

– *Non prendermi per un idiota*… (Ne me prends pas pour une idiote…) murmure-t-elle en réponse, visiblement peu impressionnée.

Bien, je n'ai pas le temps pour observer des disputes de famille. J'ai eu mon lot de disputes de familles, je n'ai pas envie de supporter celles des autres.

– Viens, Niall, on s'en va.

– Mademoiselle Robertson, s'affole Mme Selvaggio, laissez-moi vous proposer de revenir un autre jour !

J'ouvre la bouche pour lui répondre que je doute que ce soit une bonne idée quand Niall m'en empêche.

– De toute façon, nous ne reviendrons pas tant que ce grossier personnage travaillera ici ! N'est-ce pas, Le…

– ÇA SUFFIT, NIALL ! me fâché-je une bonne fois pour toutes.

Il recule, légèrement sonné par ma colère.

– On y va maintenant, grondé-je d'une voix basse avant de partir vers la porte d'entrée.

Il me suit enfin et j'entends le rire narquois de Jamie derrière nous.

– Ben mon gars ! Va falloir apprendre à mettre les couilles sur la table un jour ! Faut les mater assez vite, sinon elles se croient tout permis, et tu vas avoir du boulot avec celle-là !

Ma main s'immobilise sur la poignée de la porte quand je l'entends rire. Je me mords l'intérieur de la joue pour ne pas renchérir devant son mépris des femmes, mais c'est extrêmement difficile ! Il n'a aucune estime pour la gent féminine ! Il utilise les femmes, les jette ensuite comme de vulgaires mouchoirs et laisse sa propre sœur vivre dans un climat de peur et de violence !

Il n'a aucun respect, alors finalement pourquoi j'en aurais pour lui ?

– Pourquoi ça ne m'étonne pas venant d'un homme de Neandertal comme vous ? le raillé-je en riant presque d'hystérie. C'est sûrement comme ça que vous prenez votre pied, non ? Avec des femmes soumises ? Remarquez, c'est peut-être pour ça qu'elles vous font croire que vous êtes doué au lit : parce qu'elles ont peur de *se faire mater*.

J'entends des hoquets de surprise s'élever autour de nous quand le public ne perd pas une miette de ma réplique. Mais je sors sans attendre de réponse, talonnée par Niall qui bégaye d'incompréhension.

– Mais… mais qu'est-ce qui s'est pass…

– EH !

J'accélère le pas quand sa voix retentit avec force dans notre dos en plein milieu de la route.

– Tu te calmes, Duchesse. J'suis peut-être pas un gentleman mais je frappe pas les femmes, OK ?

Je m'immobilise si brusquement que Niall manque de me percuter. Je me retourne comme une furie sans chercher à voir s'il tombe et fonce pour me planter sous le nez de Jamie en le fusillant du regard.

– Ben voyons… sifflé-je. Mais les laisser se faire battre sous votre nez, ça, par contre, ça passe ?

– Descends d'un étage, Leah, et rentre chez toi prendre un rail de Lexomil parce que tu vires hystérique, se moque-t-il en croisant les bras, un sourire goguenard planté sur son visage de connard.

– C'est ce que vous dites à votre sœur quand son mari la passe à tabac et qu'elle finit le visage en sang ? asséné-je, sans pitié, en secouant la tête, sans réussir à cacher mon dégoût.

J'ai un plaisir malsain à le voir devenir livide.

Et alors, Selvaggio ? On a du mal à assumer sa médiocrité en public ? Bien fait pour ta gueule, sombre merde…

Je suis sur le point de lui renvoyer une réplique bien sentie dans les dents quand il me saisit le poignet alors qu'il me surplombe comme il a l'habitude de le faire quand il veut m'impressionner. Mais je n'ai pas peur de lui, et il est temps qu'il comprenne qu'il ne gagnera pas en essayant de me menacer ou de m'intimider.

– Lâchez-la tout de suite, s'écrie Niall dans mon dos. Sinon j'appelle la police!

J'ignore la voix légèrement paniquée de mon compagnon pour continuer de maintenir la joute visuelle avec mon voisin qui bout lui aussi; je vois même un nerf se contracter sur sa mâchoire alors qu'il doit faire face à sa bassesse. Parfait, on est dans le même état de rage apparemment. Sauf que moi, j'ai une bonne raison pour être furieuse tandis que lui est seulement incapable de se regarder dans un miroir!

– Tu ferais mieux d'arrêter de dire des conneries... gronde-t-il en ignorant lui aussi Niall.

– Lâchez-la! reprend ce dernier un peu plus fort.

– Sinon quoi? réponds-je à Jamie. Vous allez me frapper comme votre beau-frère frappe votre sœur?

Il serre mon poignet à peine un peu plus fort mais assez pour que je remarque la tension dans son corps. Je soutiens son regard tandis qu'il me fusille du sien.

– C'est pas beau d'accuser les gens sans preuve, Duchesse...

– Voir un homme frapper sa femme, c'est assez flagrant pour vous ou vous voulez que je fasse des photos la prochaine fois que je suis témoin et qu'elle finit le nez en sang?

Je parle à voix basse mais j'espère bien que notre public n'en perd pas une miette. Je veux que tout le monde sache à quel point ce type est odieux...

– Si tu mens... me menace-t-il sans finir sa phrase.

J'avance d'un nouveau pas, assez pour me coller mon nez sous le sien et lui murmurer d'une voix écœurée:

– Demande à ton neveu la prochaine fois. Il aura sûrement plus de couilles que toi pour assumer la vérité...

J'en laisse même tomber le vouvoiement que je m'efforce

de maintenir avec lui pour garder une distance et surtout un élan de supériorité parce que je sais que ça le rend fou. Mais là, c'est moi qui suis folle. Je ne contrôle plus rien quand il aliène mon impassibilité. Je veux seulement lui faire mal, et que la vérité éclate.

Nous restons immobiles, à nous défier du regard. Je vois les narines de son nez se dilater sous l'effet de la fureur, et les pupilles de ses yeux s'agrandir tellement vite que le gris de ses iris se confond presque avec le noir.

Sa main se crispe plus sur mon poignet tandis que je refuse de baisser les yeux.

– Tu vas faire quoi, Selvaggio ? Me frapper ? le provoqué-je délibérément.

Mais contrairement à ce que je pensais, il ne me frappe pas. À la place, il me repousse brusquement et part en courant dans la rue alors que je me retiens de tomber en m'accrochant à la première personne qui passe.

– Tout va bien ? me demande une voix féminine inconnue alors que je me redresse tant bien que mal en fronçant les sourcils.

Je reconnais la serveuse du restaurant, mais je ne lui prête pas attention et retourne bien vite les yeux vers l'endroit où Jamie disparaît peu à peu.

– Leah ! Tout va bien ? s'écrie Niall en me rejoignant.

– Oui… oui, bégayé-je, totalement perdue.

Mais où est-ce qu'il va, ce con ?

– On va tout de suite au poste de police pour porter plainte. Je témoignerai ! Il ne va pas s'en tirer comme ça. J'espère qu'il sera arrêté et jugé pour violence !

Les mains qui me tiennent se crispent sur mes avant-bras et je sors de ma transe pour voir le visage livide de la serveuse devant moi. Ses yeux gris s'agrandissent à l'annonce des intentions de mon collègue. Je sursaute quand ses ongles se plantent dans ma chair et elle retire ses mains aussi vite.

– Pardon, pardon ! Je ne voulais pas vous blesser ! s'excuse-t-elle précipitamment.

– Ça va… murmuré-je en frottant mes avant-bras endoloris.

Niall continue de baragouiner sur l'avenir carcéral de Jamie alors que je continue de réfléchir à ce qui vient de se passer. Je ne comprends pas… Je ne comprends rien…

La voix de Niall me sort néanmoins de mes pensées.

– … croupir en prison pour le reste de ses jours !

– De quoi ? l'interromps-je d'une voix perdue.

– Ton voisin ! Je connais le procureur. Crois-moi qu'il ne s'en sortira pas aussi facilement ! continue-t-il de déblatérer en sortant son portable et en composant un numéro sur l'écran tactile.

Je rougis quand je réalise que la serveuse l'écoute parler, le visage livide. Il n'a aucun respect pour la famille de Jamie. Je ne cautionne pas le comportement de mon abruti de voisin, mais Niall ne se rend pas compte qu'il menace un homme devant ses proches…

– S'il vous plaît… murmure-t-elle enfin en me suppliant du regard. Jamie est un vrai abruti parfois, mais je vous jure qu'il ne vous aurait jamais frappée… Il ne ferait pas de mal à une mouche…

J'en doute… Mais face à elle, je suis mal à l'aise. En partie parce que j'ai du mal à ajuster le portrait qu'elle peint avec l'image que j'ai de Jamie, mais surtout parce que Niall n'arrête pas de parler à côté de moi.

– Niall… Du calme… tenté-je de le stopper.

Mais il ne m'écoute pas et porte le téléphone à son oreille, visiblement dans l'attente que son ami réponde.

– *Per favore*… me supplie de nouveau la serveuse, les yeux paniqués. Je vous jure que Jamie n'est pas méchant. Il ne battrait jamais une femme, et encore moins devant sa famille…

Elle saisit mes mains et ses yeux s'emplissent de larmes d'angoisse ; je fronce les sourcils en l'observant. Je ne suis pas certaine qu'on parle du même homme.

– Pas même sa sœur ? la questionné-je en crachant presque.

Ma phrase est délibérée. Je veux observer sa réaction pour savoir s'ils sont tous au courant de ce qui se passe et font comme si de rien n'était.

– Quoi ? s'écrie-t-elle, sincèrement étonnée. Liz ? Jamais il ne toucherait Liz !

– Vous êtes certaine de ce que vous avancez ? reprends-je pour creuser plus profondément.

Et surtout parce que sa réaction n'a rien à voir avec ce que j'espérais. Je ne sais pas vraiment ce que j'espérais, mais je pensais sincèrement qu'elle aurait une légère hésitation ou du moins un temps d'arrêt. Voire qu'elle fuirait mon regard. Mais à la place, elle a réagi instantanément en me regardant droit dans les yeux. Et sa ferveur à le défendre commence à glisser dans mes convictions et à insinuer une odeur de doute…

– Certaine ! Liz est tout pour lui ! Elle l'a sauvé de la noyade quand il était petit. Il ne lui fera jamais de mal !

Une sueur froide dégouline dans mon dos quand j'assimile un détail significatif. Et qui change beaucoup de choses par rapport à la situation actuelle et m'explique brutalement les raisons de son comportement d'il y a quelques minutes.

Il lui doit la vie.

Et je viens de lui annoncer cruellement que celle de sa sœur était en danger.

Ce qui peut vouloir dire…

– Je vous assure que Jamie ne s'en prendra jamais à Liz, ni à Lorenzo, reprend la serveuse alors que le sang quitte mon visage quand je comprends ce que je viens de déclencher.

Ma respiration se fait plus laborieuse alors que je devine enfin la direction qu'il a prise en partant en courant. Il a foncé vers notre immeuble. Celui où sa sœur vit aussi…

– Au contraire, il tuerait pour eux ! conclut la jeune femme.

Sa phrase balaie mes dernières hésitations et déclenche un violent tsunami dans mon ventre.

Oh, mon Dieu…

La bile remonte dans ma gorge. Je viens peut-être de

signer l'arrêt de mort d'un homme. Celui du mari de Liz. Le sang bourdonne à mes tempes alors qu'une violente envie de vomir me prend aux tripes. Je plante mes ongles dans les mains de la serveuse.

Elle sursaute en réponse à ma réaction, mais je ne lui laisse pas le temps de parler et chuchote d'une voix angoissée en la fixant enfin :

– Je crois que je viens de faire une monstrueuse erreur…

9

Jamie

– Liz ! LIZ !

Je frappe si fort contre la porte de l'appartement de ma sœur que les murs vibrent autour de nous. Je ne me souviens pas d'avoir été dans un état de rage aussi profond. Si ce que cette connasse affirme est vrai, alors ça veut dire que je n'ai rien vu… Que je n'ai pas vu que ma sœur était en danger, merde !

Je me suis promis de la protéger, de tout, de quiconque lui ferait du mal, de toujours être là pour elle comme le jour où elle m'a sauvé de la noyade quand j'avais 8 ans. Je pensais sincèrement que j'allais mourir ce jour-là, jusqu'à ce que Liz me sorte de l'eau et se batte contre les vagues pour me ramener sur le sable. Elle m'avait pourtant dit de ne pas aller dans l'eau, que le vent était trop fort. Mais je ne l'avais pas écoutée et je voulais lui prouver que j'étais assez grand et fort pour plonger dans les vagues. Mes parents travaillaient au restaurant et elle était censée me surveiller, mais je savais qu'elle en avait marre et voulait juste discuter avec ses copines.

Je les avais abandonnées en train de cancaner sur la plage et j'avais décidé de me baigner. Je croyais sincèrement que Liz ne me prêtait aucune attention, ce qui avait motivé l'idée que j'allais mourir… Mais en réalité, elle ne m'avait jamais quitté des yeux. Et quand elle m'a vu disparaître, emporté vers le fond, puis lutter pour réussir à sortir de l'eau avant d'être de nouveau sonné par les vagues qui s'abattaient les unes après les autres sur mon corps fatigué et surtout beaucoup trop frêle, elle avait hurlé à ses amies d'aller chercher du secours avant de plonger pour venir me chercher.

Je lui dois la vie, putain...

Elle ne m'a jamais lâché.

Depuis ce jour, je me suis promis de veiller sur elle et j'ai merdé. J'ai failli à ma promesse !

Je frappe comme un malade sur la porte en hurlant son prénom. Je sais qu'elle est là ! Et j'espère que ce connard aussi est là. Si elle se fait vraiment battre, je n'aurai aucune pitié pour cette ordure et je le buterai de mes propres mains.

– LIZ ! OUVRE !

Le bruit du loquet qui s'ouvre me calme momentanément et le visage blanc de ma sœur apparaît dans l'embrasure. J'inspire violemment en remarquant tout. Tous ces détails qui me faisaient tiquer depuis des jours sans réussir à s'assembler. Le puzzle se reconstitue enfin devant moi. Les cernes, ses vêtements qui flottent sur son corps devenu plus frêle, la fatigue visible, ses épaules affaissées... Putain, c'était là ! LÀ ! Juste sous mes yeux !

Je ne lui laisse pas le temps de me questionner sur les raisons de ma venue et j'ouvre la porte d'un coup d'épaule avant de saisir ses mains pour remonter les manches de son tee-shirt.

– Jamie, non ! s'écrie-t-elle, prise de panique.

Mais je ne lui laisse pas le choix et le choc est plus violent que ce que je pouvais imaginer quand je vois enfin la preuve de ce qu'avance ma voisine.

Elle a des bleus sur les bras. Sur les poignets... Je les vois enfin, cachés par les manches longues et les bracelets épais...

Le sang bouillonne en moi et je sens monter une fureur sourde et létale dans ma poitrine tandis que les yeux de ma sœur s'emplissent de larmes. Sûrement de honte.

– Depuis combien de temps... grincé-je entre mes dents serrées.

Je pourrais broyer un tronc d'arbre avec mes molaires.

Je pourrais le broyer lui. Briser chacun de ses os pour avoir osé toucher à ma sœur !

Liz ne répond pas et baisse les yeux en laissant les larmes couler le long de ses joues. Putain, je devrais être plus doux et la prendre dans mes bras, mais j'en suis incapable. La douceur m'a quitté, la compassion m'a quitté, remplacées toutes deux par une envie de meurtre si puissante que je ne suis plus en mesure de lutter contre ça.

Je vais le tuer. Lui faire mal.

Je vais.

Le…

TUER !

– COMBIEN ? LIZ ! hurlé-je en la faisant sursauter.

Ses sanglots résonnent dans la pièce et une voix enfantine déchire la brume qui m'entoure.

– Oncle Jamie… Ne lui fais pas de mal…

Un poignard me transperce le cœur quand je découvre Lorenzo en larmes dans l'entrée du salon. Si ce connard a aussi touché mon neveu, je sens que je n'arriverai pas à m'arrêter avant de l'avoir démembré entièrement.

Il les a traumatisés. Au point où ma sœur refuse de parler alors qu'elle ne me cachait rien. Au point de rendre mon neveu méfiant envers les hommes, moi compris. Pourtant, je ne fais pas de mal à ma sœur, je lui tiens seulement les poignets, mais ma voix est sourde, enragée. Et ça suffit pour faire paniquer le petit garçon qui nous observe.

– S'il te plaît, ne fais pas de mal à maman… me supplie-t-il en pleurant.

Ce n'est sûrement pas la première fois qu'il dit cette phrase. Je le vois à son corps tendu, à sa poitrine gonflée, à ses poings crispés mais tremblants. Il est prêt à la défendre, à sauver la femme qui l'a mis au monde, quitte à se mettre en danger face à un homme plus fort que lui.

– Est-ce qu'il s'en prend aussi à lui ? murmuré-je en baissant les yeux vers ma sœur.

À cet instant, je ne sais pas à qui je m'en prendrais en premier. Je connais ma sœur, mais si elle a laissé mon connard de beau-frère faire du mal à Lorenzo, je lui en voudrai jusqu'à la fin de ma vie… Je ne pourrai jamais lui pardonner ça…

Heureusement pour moi, elle relève la tête avec violence et arrache les poignets que je maintenais encore emprisonnés dans mes mains avant de me gifler. Mon visage pivote violemment sous le choc et j'ai à peine le temps de bouger la mâchoire pour la soulager que Liz se met à me hurler dessus.

– Comment oses-tu ? s'écrie-t-elle en me fusillant du regard. Jamais je ne le laisserai toucher mon fils ! JAMAIS ! Je préfère qu'il s'en prenne à moi plutôt qu'à lui !

Je manque de vriller à sa phrase. Elle se laisse battre à cause de ça, putain ! Elle le fait pour empêcher son mari de frapper son fils. Liz recule de quelques pas et Lorenzo se précipite vers elle. Elle le serre dans ses bras et je fais un pas en arrière. Mon neveu tremble de tous ses membres mais sans me quitter du regard. Il me surveille encore. Au cas où…

– Combien. De. Temps.

Ma voix est basse mais déterminée. Je veux savoir depuis combien de temps je suis aveugle. Combien de fois il a bien pu la battre sous mes pieds sans que je m'en aperçoive. Je veux alimenter cette rage qui enfle en moi sans pouvoir s'arrêter. Je veux la nourrir, lui donner de quoi grandir, enfler, prendre possession de mon corps en entier, assez pour me rendre aussi violent qu'une bête sauvage.

Personne ne touche à ma famille. Personne…

Et celui qui aura osé le faire mourra de mes propres mains.

– Pas longtemps… murmure-t-elle.

C'est déjà trop…

– Pourquoi tu n'as rien dit ?

Elle baisse de nouveau les yeux et j'aperçois furtivement un retour de larmes. J'aimerais la prendre dans mes bras. J'aimerais tellement… Mais j'en suis incapable, je lui ferais du mal, à la place. Je suis tellement tendu que je n'arriverais pas à contrôler ma force. Il n'est pas là, alors je bous. J'aurais tellement voulu lui péter la gueule, le faire saigner, lui broyer le visage sous mes pieds…

– Pourquoi, Liz ? reprends-je calmement.

Ce n'est qu'une façade. À l'intérieur, je rugis de colère, de fureur mortelle.

– Tu ne comprendrais pas…

– ALORS EXPLIQUE-MOI, PUTAIN !

– IL ME LE PRENDRA ! hurle-t-elle en réponse.

Je recule d'un pas, sonné.

– Quoi ?

Elle serre Lorenzo contre elle un peu plus fort et je pige enfin ce qu'elle vient de dire. Il a menacé de lui prendre son fils.

– C'est ridicule ! m'emporté-je. Il ne peut pas te prendre ton fils !

Elle rit amèrement en levant les yeux vers le plafond. Quand elle les baisse de nouveau vers moi, son visage est résigné.

– Tu crois ? C'est ce que je me suis dit… Mais il connaît du monde. Et beaucoup de personnes qui travaillent aux services sociaux.

– Et ça suffit pour retirer la garde d'un enfant à sa mère et la confier à un connard violent ? m'exclamé-je, abasourdi. Nous aussi, on connaît du monde, Liz !

– Pas ce genre-là…

Elle n'a pas besoin d'expliquer. Calvin connaît des gens louches et traîne apparemment avec la pègre de Boston… Contrairement aux idées reçues, il n'y a pas que les Italiens et la mafia. Les Irlandais de la ville aussi ont leur réseau criminel. Mais je n'en ai rien à battre. Je connais assez Calvin pour le savoir capable de vendre son âme au diable, mais j'ai aussi déjà assez traîné avec ce genre de mecs pour savoir qu'ils n'en auront rien à foutre si je bute une merde comme mon beau-frère. Je n'aurai pas de représailles. Ils s'en foutent.

– Je ne laisserai pas Lorenzo avec lui… reprend ma sœur d'une voix un peu plus affirmée.

Je l'observe enfin. Elle a le menton relevé, le regard décidé et résolu. Elle ne laissera personne faire du mal à son enfant. Ça, c'est la Liz que je connais. Celle qui mourrait pour son fils. Et c'est ce qu'elle fait. Elle se laisse tuer à petit feu.

– Et qu'est-ce que tu feras quand il t'aura tuée ? demandé-je d'une voix cruelle.

Le coup est violent et je la vois vaciller avant de déglutir avec force. Je vois également Lorenzo écarquiller les yeux et resserrer les bras autour de sa maman, en proie à la panique à la simple évocation de la mort de ma sœur.

– Ça n'arrivera pas, affirme-t-elle enfin après un léger silence.

J'ai un rire cruel en la voyant si certaine d'elle. Elle fait quoi ? Cinquante-cinq kilos ? Face à un homme comme son mari qui en fait quarante de plus, elle ne tiendra pas longtemps, surtout si elle encaisse tout pour protéger son fils.

– Tu as raison, reprends-je.

Elle papillonne des cils, incertaine de ce que je sous-entends.

– Parce que je le tuerai avant… annoncé-je avec calme.

Son visage devient livide et elle ouvre la bouche pour me hurler de ne pas faire de bêtises, mais n'a pas le temps de parler que des bruits de pas précipités résonnent dans le couloir de l'autre côté de la porte laissée ouverte. J'entends la voix angoissée de ma mère quand elle rentre en courant et se jette dans les bras de sa fille pour la serrer contre son cœur.

Ma voisine n'a pas pu fermer sa gueule visiblement. Je n'aurai pas le plaisir de tuer ce salaud moi-même. Mais en croisant le regard entendu de mon père, je comprends que de toute façon, il ne m'aurait pas laissé faire.

Il ne m'aurait pas laissé le tuer seul.

Il entre lentement dans la pièce sans parler, le visage sombre et indéchiffrable. Venant d'un homme jovial comme lui, l'absence de parole est la preuve absolue qu'il est furieux.

Mais je ne l'ai jamais vu aussi silencieux qu'aujourd'hui.

Il prend les bras dénudés de ma sœur avec douceur et les tend vers lui pour mettre au jour les bleus qui les assombrissent.

Pas un mot. Un silence pesant plane autour de nous alors qu'il observe chacune des traces. Une par une.

Sans prononcer un seul mot.

– Papa… murmure piteusement ma sœur.

Il lui fait signe de se taire puis baisse délicatement les manches pour cacher aux yeux du monde les preuves que sa fille se fait battre. Je comprends son geste quand d'autres pas dans mon dos se font entendre. Je regarde furtivement derrière moi et découvre ma cousine, ainsi que ma voisine.

Je fixe cette dernière avec insistance. Je ne sais pas pourquoi, d'ailleurs. Parce que je lui en veux d'avoir vendu la mèche auprès de ma famille ? Ou parce qu'elle a compris avant moi ce qui se tramait sous mes yeux ?

Ou bien simplement parce que je lui suis reconnaissant de m'avoir permis de comprendre que ma sœur était en danger ?

Elle soutient mon regard, mais sans l'éclair de dégoût qui luisait dans ses yeux tout à l'heure.

Mais putain, je n'en ai rien à battre. Qu'elle continue à m'imaginer comme un bâtard. La seule chose qui m'importe maintenant, c'est de savoir où est ce salaud pour pouvoir l'étrangler.

Et comme par un hasard miraculeux, mon téléphone choisit cet instant pour sonner. Je l'ignore dans un premier temps et laisse la vibration faire écho dans le silence de l'appartement, seulement troublé par les sanglots étouffés de ma maman. Mais quand l'appel reprend de plus belle, je le sors de ma poche en serrant les dents. Je vois le nom de Nolan s'afficher sur l'écran et raccroche sans même prendre le temps de décrocher.

Mais cet abruti rappelle une troisième fois et je décroche rageusement.

– Putain, Nolan ! C'est pas le moment !

– Ouais, mec, désolé. Mais il faut que tu viennes dans mon pub, répond-il sans piger que je n'ai pas le temps d'aller me taper une pinte de bière chez lui.

– Ce n'est pas le moment, reprends-je plus fermement.

Je suis sur le point de raccrocher quand il prononce la phrase qui m'immobilise.

– Mec, ton beau-frère est sur le point de tomber dans le coma chez moi, OK ? Je veux pas d'emmerdes avec les flics s'il crève sur mon parquet, alors viens le chercher, s'il te plaît.

Un flot d'adrénaline surgit dans mes veines. Il est là-bas. Un voile rouge descend sur mes yeux quand je réalise que je le tiens. Celui qui fait du mal à ma famille.

Celui que je vais tuer.

– Calvin est chez toi ?

Le son de ma voix provoque un silence tendu dans la pièce.

– Ouais !

– Je viens le chercher... réponds-je d'une voix sourde.

– Parfait !

– Nolan ?

– Oui ?

– Rends-moi un service, s'il te plaît.

– Ce que tu veux, mec.

– Ouvre-moi la porte qui donne sur l'arrière-cour. Et réveille-moi ce connard mais empêche-le de quitter ton bar.

Un hoquet de panique retentit dans l'appartement. Je ne sais pas à qui il appartient. Ma mère, ma sœur, peu importe...

– OK... répond Nolan après un léger silence. Est-ce que je peux au moins savoir pourquoi ?

Je mets quelques instants à répondre, juste le temps de regarder mon père. De le voir hocher la tête en signe d'assentiment. De façon presque imperceptible. Mais assez pour me donner la permission.

J'ai son feu vert.

– Parce que je viens le tuer.

Ma phrase déclenche une violente explosion dans la pièce, mais je l'ignore. Je raccroche et fonce vers la baie vitrée de ma sœur pendant que mon père bloque Lorenzo, Liz et ma mère. J'entends ma cousine se précipiter vers moi pour tenter de m'empêcher de sortir, mais je suis plus rapide. En deux mouvements, j'ai ouvert la porte et je suis sur le balcon.

J'aperçois furtivement le regard impassible de Leah alors que je saute en me retournant pour attraper l'échelle de sécurité comme j'ai l'habitude de le faire pour quitter rapidement le bâtiment. Je vois ma cousine courir pour me retenir, ma mère hurler en me suppliant de ne pas faire ça, ma sœur tenter de repousser mon père, Lorenzo pleurer, mon père lutter pour les retenir, et elle.

Immobile au milieu du chaos.

L'échange de regards dure moins d'une seconde mais je sens comme une connexion entre nous. Quelque chose qui me laisse penser qu'elle est d'accord avec ma décision. Ce qui tranche pourtant royalement avec sa personnalité. Qui est cette fille, putain ?

J'y réfléchirai plus tard. Pour l'instant, j'ai un objectif beaucoup plus important.

10

Leah

J'en ai le souffle coupé.

La détermination dans ses yeux était si puissante… Et cet instant entre nous où j'ai pensé tellement fort que je suis certaine qu'il a entendu ce que je lui disais.

Je lui disais de le tuer.

J'étais certainement la seule personne de cette pièce avec son père à l'encourager. À le regarder partir avec un sentiment de justice divine. Et ce constat me fait peur. Il n'a duré que quelques secondes mais assez pour me gifler mentalement et me rappeler que personne n'est au-dessus des lois. C'est la première fois que je me sens aussi différente de ce que je suis.

Comme si mon inconscient avait libéré une part sombre de mon âme, juste un instant, un court instant avant d'être rattrapé in extremis par mes principes et ma bonne conscience.

– Il va le tuer ! hurle Liz en réussissant à s'extirper des bras de son père.

Ce dernier ne cherche plus à la retenir et se laisse bousculer en réajustant sa chemise tandis que sa fille se précipite sur le balcon et crie désespérément à l'attention de son frère pour le faire revenir, en vain.

– *Lo spero.* (J'espère.)

Je relève les yeux vers M. Selvaggio en l'entendant murmurer. C'est la première fois que je le vois aussi sombre et ça me fait presque peur. Il assume visiblement cette partie de lui, alors qu'il est toujours tellement souriant. Il reste immobile et balaie la pièce du regard avant de se diriger sans bruit vers une commode. Liz quitte le balcon en criant tellement vite en italien que je ne saisis pas la totalité de ce qu'elle dit. Mais à en juger par le regard paniqué de sa cousine, que je connais désormais sous le nom de Maria, j'en déduis que l'heure est réellement grave. On ne parle pas d'un simple règlement de comptes. Jamie est vraiment capable de le tuer…

Elles parlent tellement vite que je ne comprends pas, et Maria compose un numéro pendant que Liz se précipite vers Lorenzo.

– Chéri, tu vas rester ici avec nonna. OK?

– Est-ce qu'oncle Jamie va tuer papa? demande-t-il d'une voix craintive.

Je manque de pleurer en le voyant vivre une épreuve aussi difficile. Personne ne devrait avoir à faire face à la violence aussi jeune, quelle qu'elle soit. Et j'en sais quelque chose. Liz rougit puis tourne rapidement le visage vers moi, honteuse. Je baisse précipitamment les yeux et m'efface dans le couloir pour me mettre en retrait. Ça ne me regarde pas. Même si je suis l'étincelle qui a mis le feu aux poudres, ça ne me regarde pas.

Je détourne le visage alors qu'elle tente de consoler son fils, mais un mouvement dans mon champ de vision m'interpelle. Je vois le père de Jamie et Liz fermer sans bruit un tiroir puis cacher quelque chose dans son dos. L'instant d'après, il fait passer sa chemise par-dessus et se redresse, fier.

Je n'ai aucun doute sur ce qu'il vient de glisser dans son jean.

Il remarque que je l'observe, le souffle court, et je rougis violemment en me faisant prendre sur le fait. Il me fixe avec dureté en me défiant de le dénoncer. Si durement que j'en perds la voix. Ce regard n'est plus celui d'un père attentionné ou d'un restaurateur cordial et sympathique. C'est celui d'un homme prêt à braver la loi pour protéger sa famille. Tout comme son fils.

– Lino et Colin arrivent ! s'écrie Maria en raccrochant.

– *Allora andiamo* (On y va alors), répond posément le père de Liz en désignant la porte d'entrée où je me trouve encore[1].

Liz et sa cousine se précipitent, inconscientes du danger que représente leur père et oncle, suivies de peu par M. Selvaggio, et je recule contre le mur pour les laisser passer. Le père de Jamie m'observe en coin en passant devant moi et je détourne le regard.

Ce n'est pas à moi de décider.

Mais je suis déchirée. Je suis contre la violence. Toute forme de violence. Mais je n'arrive pas à me défaire de l'idée que celle-ci est justifiée.

Je suis contre le port d'armes, mais je ne dis rien quand un homme passe devant moi avec un revolver caché dans son dos.

Je n'arrive pas à choisir un camp.

Je me mords la langue en luttant contre mes sentiments contraires. Une tempête se déchaîne en moi. Assez pour briser mes convictions ? Ou bien serais-je assez forte pour suivre le chemin que je m'efforce de suivre depuis si longtemps ? Pendant un instant, je me demande réellement qui je suis.

Est-ce que je suis Leah Robertson, l'institutrice ? Fille de bonne famille, bien élevée, avec des valeurs.

Ou bien cette femme que je refuse d'être ?

Les sanglots étouffés de Lorenzo dans le salon me sortent de ma transe et je reçois un uppercut en plein ventre en le voyant, le visage ruisselant de larmes. Non.

Ça ne me regarde pas.

Pourtant je décide de bouger et de suivre en courant les trois personnes qui viennent de rentrer dans l'ascenseur. Je dévale les marches des escaliers pour les rattraper, le cœur battant, l'adrénaline rugissant dans mon corps, portée par la peur de ne pas pouvoir empêcher l'inévitable. Après avoir

---

1. Je conseille d'écouter « Never Say Die » de Neoni en fond sonore.

expliqué à Maria ce que je venais d'annoncer à Jamie, le chaos a explosé autour de nous et j'ai suivi le mouvement sans m'en empêcher, en laissant mon compagnon seul dans la rue alors qu'il appelait la police.

Quand je sors enfin de la cage d'escalier, j'aperçois furtivement les trois personnes que je suis tourner à droite après la porte de l'immeuble. Je me rue après Liz, Maria et M. Selvaggio, mais ils sont rapides et j'ai du mal à suivre la cadence avec mes talons.

Merde ! Je retire mes bottes et décide de finir en collant. Le froid du bitume humide engourdit mes pieds mais je cours encore. Sans m'arrêter. J'entends vaguement dans mon dos la voix de Niall qui nous a suivis, mais je l'ignore. J'espère que je n'arriverai pas trop tard. Je n'ai rien pris, j'ai tout laissé à côté de lui. Mon sac, mon téléphone et sûrement ma raison au passage. Sinon pourquoi j'irais me fourrer dans un pétrin pareil ? Je ne connais pas cette famille, je ne sais rien de leurs limites. Si ça se trouve, je fonce droit dans le mur. Qui me dit que je ne risque pas de prendre une balle perdue ? Mais rien n'y fait. Mon corps me hurle de courir à leur suite pour essayer d'enrayer ce que j'ai déclenché en voulant juste être cruelle avec Jamie.

J'ai allumé la mèche.

Je suis à l'origine d'une suite d'événements que je ne contrôle plus et qui risque de finir dans un bain de sang si je n'arrive pas à arrêter Jamie. Je cours toujours derrière eux en sentant mes membres s'engourdir alors même que j'augmente la cadence, poussée par l'angoisse.

J'espère que je n'arriverai pas trop tard, j'espère que je n'arr…

Je m'immobilise brusquement, le souffle court, quand je vois un homme voler littéralement à travers la porte d'un pub irlandais dans la rue dans laquelle je viens de m'engouffrer. Des cris suivent sa sortie violente de l'établissement, et je reconnais Liz et Maria devant. Liz se précipite vers l'homme à terre, mais son père lui saisit le bras et la fait reculer de force. C'est lui. Ça doit être son mari.

C'est forcément lui, vu les cris paniqués de Liz.

Et quand Jamie sort tranquillement du pub, l'arcade sourcilière en sang et la bouche fendue, je comprends que je ne me suis pas trompée.

Il est l'incarnation même de la violence à l'état brut. Une aura d'agressivité l'entoure littéralement alors qu'il marche sans se presser, le torse bombé, comme un animal. Le regard noir vissé sur l'homme à terre qui essaie de se relever. Ce dernier n'en a pas le temps. L'instant d'après, il reçoit un coup de pied dans les côtes qui le fait hurler de douleur.

Je porte mes mains à la bouche, presque sur le point de vomir quand il crache du sang. Le liquide sombre tache le bitume et s'étale lentement en suivant le relief irrégulier de la route jusqu'à se confondre presque avec les restes de pluie. J'entends les cris de panique de Liz pendant que je suis le trajet de l'hémoglobine, presque hypnotisée. Mais personne ne prête attention à ses suppliques. Un groupe impassible se forme dans la rue alors que Jamie tourne autour de sa proie en se régalant presque de le voir souffrir.

Mais je n'arrive pas à bouger pour m'interposer...

Encore et toujours cette sensation infime qui me souffle que ce qu'il fait est juste. Mérité...

Le mari de Liz fait une nouvelle tentative pour se relever. Encore un échec. Puis sans crier gare, l'homme à terre se jette sur Jamie alors même qu'il semblait ne pas réussir à bouger. Je sursaute en voyant un éclat de métal dans sa main et cours pour rejoindre Maria et Liz.

Mon cœur manque de sortir de ma poitrine alors que Jamie évite de justesse un coup de couteau dans le flanc et frappe son assaillant dans le dos. L'homme s'écrase misérablement à ses pieds, emporté par le mouvement. L'instant d'après, Jamie lui écrase la main sous ses chaussures et je sens le duvet de ma peau se hérisser alors que le mari de Liz hurle de douleur et que le bruit des os de ses doigts qui se brisent semble éclater dans le silence religieux de la rue. Jamie lui sourit. De satisfaction. Mon sang se glace à cette vue. Je vais me sentir mal...

Je risque de tomber dans les vapes, alors je détourne les yeux. Assez pour apercevoir un flash de lumière bleue, puis rouge passer dans une rue au loin...

Mon souffle se bloque dans ma poitrine. Je devrais me taire. Laisser les forces de l'ordre intervenir et les embarquer tous les deux. Je le sais. C'est la meilleure solution...

Alors je ne comprends pas pourquoi je me retourne brusquement pour crier assez fort :

– La police est là !

Ma phrase provoque un temps de battement. Jamie relève les yeux vers moi et il fronce les sourcils, visiblement surpris de me voir ici. Liz sort de sa transe et réussit à quitter les bras de son père pour se précipiter vers son frère et le saisir aux épaules.

– Va-t'en, Jamie ! Sinon ils vont te mettre en taule ! s'écrie-t-elle en le secouant.

Il quitte mon regard et fixe sa sœur rapidement avant de baisser les yeux vers le salopard à ses pieds. Il hésite. Je peux sentir la brutalité émaner de son corps. Son visage se tord de frustration mais il crache une dernière fois sur lui avant d'accepter de reculer, emporté par sa sœur. Il ne dit rien de plus et quitte la rue d'un pas rapide. Il passe à côté de moi en me fusillant du regard et me bouscule de l'épaule au passage alors que sa sœur reste. Je ne dis rien et encaisse le choc en l'ignorant délibérément tandis qu'une odeur de sang m'emplit les narines à son passage.

Cette vague sensation fait surgir des souvenirs en moi et je me mords la langue pour les faire refluer.

Un grand blond disperse la foule dans la rue.

– Allez, le spectacle est fini. J'offre une tournée générale, les gars ! Rentrez dans le bar !

Je n'arrive pas à m'empêcher de regarder la forme allongée au sol. Sa respiration est laborieuse et je me fais violence pour ne pas aller l'aider. Mon premier réflexe est de lui porter assistance, mais derrière... derrière, il y a encore et toujours la satisfaction de me dire qu'il n'a que ce qu'il mérite.

Alors même que j'ai envie de vomir après avoir été témoin d'un tel déchaînement de violence.

Je déglutis difficilement, en ayant la sensation de ne pas être à ma place au milieu de cette débâcle. Je papillonne des cils pour retenir les larmes qui menacent de jaillir. Je ne dois pas pleurer, je dois être plus forte que ça… Je dois être plus forte… Je dois… Mon sang se glace quand j'aperçois le père de Jamie et Liz s'agenouiller juste à côté de l'homme à terre, alors même qu'il venait de réussir à se relever sur les genoux. Il ne va quand même pas…

Je saisis instinctivement le bras de Maria devant moi et elle sursaute en me découvrant dans son dos. Mais je ne dis rien quand elle m'interroge du regard et je désigne la scène en face de nous du menton, les yeux paniqués. Ce qu'elle voit semble provoquer le même élan d'épouvante et elle murmure en italien pour attirer l'attention de sa cousine, le visage blême, tandis que son oncle chuchote à l'oreille de son beau-fils.

Je ne sais pas ce qu'il lui dit mais il devient livide, et encore plus quand M. Selvaggio sort tranquillement le revolver et le pose sur son genou relevé en haussant un de ses sourcils.

– Oh, mon Dieu ! Papa, non ! s'écrie sa fille, la voix brisée.

Plus personne ne bouge alors que la scène semble se passer au ralenti, tandis que les sirènes de police deviennent de plus en plus fortes.

Le regard angoissé du mari de Liz oscille entre l'homme qui vient de le menacer et l'arme à feu. Et l'instant d'après, il trouve la force de se relever et de s'enfuir en boitant. Je relâche mon souffle, inconsciente d'avoir retenu ma respiration tout ce temps.

J'ai cru que j'allais voir un homme se faire tuer sous mes yeux… J'ai vraiment cru…

Les flashs de voitures de police illuminent les murs en brique autour de nous quand elles s'engouffrent dans la rue. J'ai à peine le temps de voir le père de Liz glisser l'arme dans son dos puis passer sa chemise par-dessus, imperturbable. Maria et Liz le rejoignent pour se blottir dans ses bras, et je me retrouve seule, hébétée par ce qui vient de se passer.

– Leah !

Niall sort en courant d'une des voitures de police et se précipite vers moi. Je sursaute quand il m'attrape la main et la retire aussi vite de son emprise. Je ne sais pas pourquoi mais le voir arriver avec la police me donne la même sensation de nausée que la violence physique dont je viens d'être témoin. Il fronce les sourcils à mon geste mais ne cherche pas à récupérer ma main, ce dont je lui suis reconnaissante. À la place, il me tend mon sac à main. Je le vois tiquer en avisant mes pieds, mais il ne dit rien.

Plusieurs officiers sortent des deux véhicules qui viennent de se garer et visent directement l'homme derrière moi. Le grand blond qui avait offert la tournée gratuite. J'ai la sensation de l'avoir déjà vu mais impossible de me souvenir où. Il sourit jusqu'aux oreilles et s'avance vers les policiers.

– Bonjour, messieurs !

– O'Connor… le salue un des hommes en uniforme. Pourquoi est-ce que c'est toujours autour de ton bar que je suis appelé ?

Il lève les mains en souriant de toutes ses dents.

– Je ne vois vraiment pas de quoi vous voulez parler, officier Brian, lui répond-il d'une voix enjouée. Il n'y a aucun problème !

Les policiers haussent les sourcils, manifestement peu convaincus par ce qu'il vient de dire.

– Vous voyez un problème ici ? reprend-il, toujours aussi jovial.

L'un des officiers désigne la tache de sang par terre.

– Et ça, c'est de la bière, peut-être ?

Le patron du bar soupire en souriant.

– Une histoire de femme entre deux poivrots il y a quelques heures… Mais rien de bien méchant, je vous assure.

– Le sang est frais, chef, le contrecarre un des officiers qui s'en est approché.

– Oh, mon Dieu ! Leah, tu n'as rien ? s'exclame Niall à

côté de moi. J'espère qu'il n'a pas osé te toucher sinon nous portons plainte !

Il me détaille de la tête aux pieds alors que sa phrase attire l'attention des policiers.

– C'est la jeune femme dont vous nous avez parlé ? demande l'un des hommes en uniforme en se rapprochant de moi.

Oh, non !

Je fixe Niall du regard en le suppliant de ne pas répondre, mais il ne comprend rien et s'écrie avec force :

– Exactement ! C'est elle qui s'est fait menacer ! Par le fils de l'homme là-bas, ajoute-t-il en désignant M. Selvaggio.

J'ouvre la bouche pour intervenir, mais la voix grave et sourde du père de Jamie m'en empêche.

– Je ne vois pas de quoi vous voulez parler. Mon fils est actuellement chez lui et pas dans cette rue, déclare-t-il posément en s'avançant de quelques pas pour passer devant sa fille et sa nièce.

Je les vois d'ailleurs se glisser derrière lui, se rapprocher l'une de l'autre et entrecroiser leurs doigts. Si fort que leurs jointures blanchissent.

Ma gorge se serre en repensant aux nombreuses soirées passées avec Laly, à nous serrer l'une contre l'autre, cachées sous les draps de son lit, en nous fixant du regard. À tenter de la faire rire tandis que les heures passaient, à tenter de lui changer les idées alors que j'angoissais d'entendre la porte de la chambre grincer… Je vois la même proximité entre elles. Ce même besoin de s'accrocher à ce qui peut nous aider à rester debout. Je suis hypnotisée par ces mains.

– Je peux vous confirmer que je n'ai pas vu le fils de monsieur ici de la journée, renchérit le grand blond. Quelqu'un a vu quelque chose ? demande-t-il ensuite à la ronde.

Les quelques personnes qui s'étaient pressées dans l'entrée du pub répondent par la négative tandis que Maria et Liz gardent le silence. Une omerta s'est créée toute seule, sans avoir besoin de l'ordonner. La loi du silence.

Ce quartier semble connaître les codes. Et moi, je me retrouve au milieu.

– C'est n'importe quoi ! Bon, Leah, dis-leur ce qui s'est passé maintenant !

Je sursaute à l'injonction de Niall à côté de moi. Non pas parce qu'il m'impressionne, mais parce que je sens la colère me gagner alors qu'il m'ordonne délibérément de parler sans même m'avoir demandé si j'avais l'intention de le faire.

– Mademoiselle, vous avez quelque chose à dire ? me demande doucement l'un des officiers.

– Tout à fait. Raconte aux policiers ce qui s'est passé ! reprend l'homme à côté de moi d'une voix autoritaire.

Une rage sourde me prend aux tripes et je plisse les yeux vers lui en me retenant de le gifler. Je ne suis pas un objet ni une poupée de porcelaine. Je n'ai pas besoin qu'on m'explique de nouveau les choses, et encore moins qu'on m'ordonne ensuite d'obéir comme un petit robot.

Mais au fond de moi, j'hésite à parler. Ce qui vient de se passer n'était pas normal ni légal… Alors pourquoi est-ce que je suis autant tiraillée ?

– Mademoiselle ? reprend le policier.

– Leah ! s'exclame Niall.

Je regarde honteusement Liz et Maria, M. Selvaggio, leur ami… Ils me supplient du regard. Ils me supplient de ne rien dire, de ne pas incriminer Jamie alors même qu'il a été effectivement violent envers moi un peu plus tôt. Et qu'il a passé un homme à tabac juste devant mes yeux, sans une once de pitié ou de remords…

– Je… je suis désolée… murmuré-je piteusement.

M. Selvaggio ferme les yeux alors que ses épaules s'affaissent et que le regard de Liz s'emplit de larmes.

– Je suis désolée, Niall, mais je ne vois pas de quoi tu parles, reprends-je un peu plus fort en me tournant vers lui.

Il semble choqué et ouvre ses yeux en grand alors que ma phrase provoque un silence. Je ne lui laisse pas le temps de répondre et je m'adresse directement au policier face à moi.

– Effectivement, j'ai croisé mon voisin dans le restaurant où nous sommes allés et nous avons eu quelques mots, mais rien de bien méchant. Nous nous chamaillons parfois, sans plus. De simples taquineries ! expliqué-je aux hommes de loi avec un grand sourire.

Ils ne semblent pas me croire tout de suite et l'un d'eux désigne mes pieds.

– Vous avez perdu vos chaussures ?

Je cligne rapidement des yeux, puis leur offre un nouveau sourire que j'espère éblouissant.

– Oh, ça ! ris-je. Rien de très intéressant. M. Selvaggio m'a invitée à venir boire une bière avec sa fille et sa nièce pour excuser le comportement un peu taquin de son fils. J'ai eu mal aux pieds de venir jusqu'ici en marchant et j'ai enlevé mes chaussures dans le pub de M.... bredouillé-je en désignant le grand blond.

– Nolan, me répond-il avec un clin d'œil.

– De M. Nolan. Voilà. J'ai oublié de les remettre en sortant quand j'ai entendu vos sirènes.

Je hausse les épaules en souriant comme une ravissante idiote.

– Je suis tellement tête en l'air, que voulez-vous !

– Mais… mais… mais pas du tout, enfin ! Leah, raconte ce qui s'est vraiment pass…

– Il ne s'est rien passé, Niall, le coupé-je d'une voix ferme et sèche alors qu'il y a deux secondes, je jouais l'ingénue. Ce que tu as vu ne te concernait pas, et je te saurais gré de ne plus te mêler d'autre chose que de tes affaires à partir de maintenant.

Il recule d'un pas, sonné, tandis que le policier informe le poste via sa CB.

– 10-101, officier Brian, fin du contrôle de sécurité, R.A.S. On remballe, ordonne-t-il à ses collègues en faisant signe de rentrer dans les voitures. Et toi, O'Connor, fais-moi le plaisir de tenir tes clients. Je ne veux pas de grabuge sur la voie publique quand ils sortent de chez toi.

Le principal intéressé sourit en croisant les bras.

– Je ne suis plus responsable d'eux quand ils quittent mon bar.

– Mouais… marmonne le policier en rentrant dans son véhicule. Circulez maintenant, nous ordonne-t-il avant de démarrer.

Je leur souris avec amabilité en ignorant délibérément Niall qui me fusille du regard.

– Non, attendez ! Vous ne pouvez pas partir, enfin. Vous ne pouv… s'écrie-t-il en se rapprochant des véhicules de police.

– Circulez ! lui notifie de nouveau l'homme en uniforme.

Je recule de quelques pas alors que Niall leur court littéralement après quand ils font marche arrière dans la ruelle. Il me jette un regard noir quand les voitures disparaissent et je lui réponds en haussant un sourcil de défi. Je crois que j'ai perdu une bonne occasion de bien m'entendre avec mes collègues de travail. Et que j'ai foutu irrémédiablement en l'air mon premier rencard dans cette ville.

Je comprends que j'ai raison quand il quitte la rue d'un pas furieux et disparaît derrière l'angle d'un bâtiment.

Oui. Je doute qu'il parle de moi en bien à nos collègues lundi. Mais je m'en fous. Parce que le regard de Liz, celui de son père, de Nolan et de Maria me confirment autre chose. Je pense que je me suis fait des amis.

Et quand Liz me murmure un simple « merci », le visage enfin libéré de toutes ses tensions, je réalise que j'ai sûrement fait le bon choix.

Du moins, je l'espère.

11

Jamie
Un mois plus tard

– Putain ! Pourquoi c'est à moi de faire ça ?! râlé-je en récupérant la pizza des mains de ma mère.

Cette dernière me file une savate derrière la tête et je pince les lèvres en baissant les yeux sans répondre.

– Parce que grâce à elle, nous avons su pour Liz, parce qu'elle accepte de donner gratuitement des cours à Lorenzo et qu'elle ne t'a pas dénoncé aux policiers, *ingrato* !

« Ingrat ».

Je vais devenir dingue. Depuis un mois, ma putain de voisine est devenue une sainte dans ma famille. Ma mère ne jure plus que par elle, mon père la reçoit dans le restaurant comme une star, mon neveu ne parle que de sa super maîtresse, et même Liz me soûle avec elle.

Elles sont devenues amies. Avec Maria aussi.

Elles sont déjà sorties toutes les trois prendre des putains de cafés ricains avec du lait végétal ou des conneries de sirops dedans. Alors qu'on sert le meilleur café du monde ici ! Un vrai café, avec du vrai goût de café, pas noyé dans des arômes à la con !

Elle les pervertit, merde ! Du coup, deux fois par semaine depuis quinze jours, je me retrouve à jouer le serveur pour la pizza gratuite que mes parents lui offrent alors qu'elle aide Lorenzo à faire des devoirs plus compliqués au restaurant. Et, sérieux, je me passerais bien de son sourire en coin quand je dois venir la poser devant elle. Je serre les dents parce que, effectivement, elle n'a pas porté plainte contre moi et a suivi la version de Nolan lors de la bagarre avec Calvin, mais ça me démange de lui écraser sa face victorieuse dans la mozzarella fondue. D'ailleurs, mon beau-frère a totalement disparu de la circulation. Liz n'a aucune nouvelle de lui, Lorenzo non plus, et ça me convient très bien. Qu'il dégage définitivement de leurs vies.

Putain, même Nolan me parle d'elle !

J'inspire profondément pour prendre sur moi et apporte cette putain de pizza sur la table à laquelle elle est occupée avec mon neveu. Je ne m'embarrasse pas à la servir correctement et jette carrément la pizza juste à côté d'elle en espérant secrètement qu'elle glissera et tombera sur sa robe de grand-mère. Mais c'est raté. Elle retient l'assiette in extremis et lève les yeux au ciel en se mordant l'intérieur de la joue pour ne pas me donner la satisfaction de la voir perdre son flegme habituel. Je l'ai énormément observée depuis trois semaines, au point d'en paraître presque obsessionnel tellement je la fixe.

J'observe tout, le moindre de ses gestes. J'ai appris à décoder ses expressions et je suis presque certain qu'elle est en train de me traiter mentalement de tous les noms d'oiseaux.

Je sais par exemple que lorsque sa mâchoire se crispe, elle baisse les mains sous la nappe à carreaux et serre le poing jusqu'à en faire blanchir ses jointures. Encore un détail insignifiant pour les autres, mais révélateur pour moi. D'abord elle soupire, ensuite elle lève ses yeux au ciel, et en dernier elle se mord l'intérieur de la joue.

Normalement, elle me lance une réflexion bien sentie juste après, ce qui me donnera l'occasion de répliquer et de laisser libre cours à mon envie de lui mettre la misère. Mais après ce qui s'est passé, je ne peux pas me permettre d'être le premier à l'agresser, alors j'attends impatiemment qu'elle le fasse à ma place. Sauf que je n'arrive pas à dépasser le stade du poing serré sous la table depuis octobre.

Et ça me gave.

J'adore provoquer des réactions physiques en elle, c'est

grisant de savoir que je la fais sortir de ses gonds. C'est même flippant pour moi de savoir à quel point j'aime ça quand j'y pense vraiment…

– *Guarda, zio!* (Regarde, tonton!) s'écrie Lorenzo en me montrant ses lignes de calculs.

Je fais mine de vérifier et hoche la tête d'un visage sérieux, alors qu'en vrai je ne cherche même pas à vérifier si c'est juste ou faux. Je prends la même tête que lorsqu'il me montrait ses dessins. Des dessins qui ne représentaient rien. Mais comme je suis un tonton sympa, je faisais mine de trouver ça hyper bien dessiné.

– C'est bieeeeeeen… acquiescé-je d'une voix grave.

– C'est Mlle Robertson qui m'a appris à utiliser cette formule!

– Génial… grincé-je en continuant de sourire, peu convaincu par l'intérêt de cette leçon.

– Tu as bien travaillé aujourd'hui, Lorenzo, intervient-elle d'une voix douce.

– Merci, mademoiselle Robertson… répond mon neveu en rougissant jusqu'aux oreilles.

Il en pince pour elle. Je l'ai remarqué depuis un moment parce qu'il devient rouge pivoine dès qu'elle lui fait un compliment et le félicite. Ce qui arrive souvent. Ça me fait chier de l'admettre, mais je dois bien avouer qu'elle a boosté sa confiance en lui. Elle range ses affaires alors que je réfléchis.

– Est-ce que vous pouvez me l'emballer? Je ne peux pas rester aujourd'hui, demande-t-elle poliment en enfilant son manteau.

– Mais bien sûûûûr… grincé-je de nouveau en reprenant la pizza avant de tourner les talons.

Sa politesse de façade me met hors de moi. Elle fait exprès de me vouvoyer, je le sais, parce que ça lui donne l'impression d'être plus intelligente. Mais elle m'a tutoyé. Pendant son accès de colère, le soir où j'ai cassé la gueule de Calvin. Donc je sais.

En revenant dans la cuisine, je jette sans ménagement la

pizza sur le plan de travail, mais, putain, elle reste encore sur le plat au lieu de se casser la figure. Je n'arrive même pas à lui pourrir la vie sans le faire exprès, merde ! Je rumine ma malchance du jour en montant la boîte en carton et pose sa putain de pizza sans champignons dedans. Je suis sur le point de refermer la boîte en me retenant de cracher dedans quand je vois la bouteille d'huile piquante juste à côté de moi.

Et si…

– N'y pense même pas.

Je sursaute à la voix menaçante de ma cousine depuis l'entrée de la cuisine. Merde !

– De quoi ? MOI ? me désigné-je en faisant semblant d'être vexé.

Je joue la carte de l'innocence à fond en lui faisant la moue, mais Maria me connaît trop bien et plisse les yeux en souriant en coin.

– C'est justement parce que c'est TOI que je me méfie. Laisse-moi finir d'emballer la pizza de Leah, ajoute-t-elle en me poussant et en l'emportant avec elle pour la lui donner quand elle a fini.

Je rumine ma défaite en la regardant quitter le restaurant sans prise de bec, mais retrouve vite le sourire quand mon neveu débarque dans la cuisine pour venir piquer des bouts de nourriture. Et je passe l'heure qui précède le service à sauver les condiments des pizzas de sa bouche vorace en éclatant plusieurs fois de rire quand mon oncle pète un câble. Les premiers clients arrivent et Lorenzo s'apprête à quitter la cuisine pour me laisser bosser tranquillement, quand ma mère descend de son appartement, le téléphone en main.

– Mais comment ça ? Pour combien de temps ?

Je tends l'oreille en surveillant Lorenzo du coin de l'œil pour qu'il s'habille. Liz ne va pas tarder à venir le chercher et ils rentreront à la maison.

– Encore absente ? Mais, chérie, tu viens tout juste d'enchaîner plusieurs heures à l'hôpital… Tu crois que c'est une bonne idée de faire un remplacement maintenant ?

Lorenzo s'immobilise quand il comprend comme moi ce qui vient de se passer. Liz ne rentrera pas, encore, et il devra rester. Ça fait trois fois cette semaine qu'elle dépasse sur ses heures de boulot pour pallier l'absence d'une de ses collègues et en attendant qu'une autre se présente.

Elle a repris des horaires en plus de ses horaires habituels, mais finit toujours par dépasser l'heure de retour. Je pince les lèvres face à la mine dépitée de mon neveu. Il en a marre. Il a beau avoir trouvé un équilibre depuis le départ de son père, je sais pertinemment que les horaires de taré de ma sœur le rendent malade. Je ne dis rien et viens ébouriffer ses cheveux pour le consoler, mais il dégage vite fait sa tête de ma main, le regard furieux.

Petit mec trop fier pour avouer qu'il est triste…

– Eh, gamin ! On dirait que tu vas devoir venir m'aider à manger les desserts en trop à la fin du service ! plaisanté-je pour tenter de lui redonner le sourire.

Il m'en offre un timide, mais reprend bien vite son visage fermé quand ma maman raccroche et vient lui expliquer qu'il dort chez elle ce soir. Il acquiesce en fixant ses pieds et enlève sa doudoune à contrecœur avant de quitter la cuisine pour foncer dans les escaliers alors que je l'appelle.

– Lorenzo !

En vain, il a déjà filé. D'habitude, il saute toujours de joie quand l'occasion de rester plus longtemps au restaurant se présente, mais pas ce soir. Ni cette semaine, d'ailleurs. Plus sa mère travaille, plus il le vit mal. J'abandonne mon emplacement et viens chercher plus d'infos.

– Il se passe quoi avec Liz ?

Ma mère soupire et secoue la tête.

– Une des aides-soignantes qui la remplace est absente. Elle s'est proposée pour la remplacer le temps qu'une autre collègue arrive, m'explique-t-elle en regardant vers les escaliers, là où Lorenzo a disparu.

– Encore ?! Mais, bordel, elle n'arrête pas de faire ça ! Ses autres collègues ne peuvent pas prendre le relais ? m'énervé-je. Lorenzo en a ras le cul de passer son temps ici !

– Qu'est-ce qui se passe ? Où est Lorenzo ? demande ma cousine en revenant dans la cuisine. Tiens, première commande pour la six.

Elle me tend un ticket et je viens le clipser sur le rail prévu à cet effet.

– Lorenzo est monté chez mes parents, réponds-je d'une voix hargneuse.

– Jamie… soupire de nouveau ma mère.

– Quoi ? aboyé-je presque.

Elle ne répond pas et me fusille du regard avant de désigner les escaliers.

– Il peut t'entendre, enfin !

Je me mords la lèvre inférieure en réalisant ma connerie quand elle part rejoindre Lorenzo. Quel con. Mon neveu n'a pas besoin que j'en rajoute une couche, mais je ne peux pas m'empêcher de me demander pourquoi ma sœur se met autant à merder ! Elle nous a caché le calvaire que lui faisait subir son mari, et maintenant qu'elle en est enfin libérée et qu'elle pourrait profiter de son fils sans craindre de se faire tuer en rentrant chez elle avec lui, elle ne rentre quasiment plus du tout chez elle. Elle préfère bosser…

– Tu ne comprends pas ?

Je lève le visage face à Maria, toujours face à moi. Elle hausse un sourcil et me fixe comme si elle parlait à un abruti.

– Comprendre quoi ? répété-je.

– Elle en a *besoin*.

– Qui a besoin de bosser autant ? ricané-je en retournant à mon ragù.

– Jamie, ne sois pas idiot…

Je jette presque la cuillère pleine de sauce et elle éclabousse le mur face à moi en heurtant le couvercle du faitout.

– Répète ! demandé-je d'une voix menaçante.

– Eh ! *Calmati !* (Calme-toi !) gronde Julio depuis le poste à pizzas.

Je l'ignore et avance d'un pas menaçant vers ma cousine pour la dominer, mais elle se contente de croiser les bras et de maintenir mon regard, peu intimidée, en rassurant son père d'un rapide geste de la main.

Maria me connaît depuis ma naissance et je sais qu'elle n'a pas peur de moi. Mais là, j'apprécie moyen de me faire traiter d'idiot, surtout venant de ma propre famille ! Elle ne s'était jamais permis de le faire ! Et bizarrement, elle le fait maintenant alors qu'elle fréquente cette connasse qui me sert de voisine. Je suis peut-être moins éduqué qu'une bonne partie de la population, mais loin d'être assez con pour ne pas remarquer que le comportement des membres de ma famille a changé et qu'ils ont tendance à se liguer contre moi depuis que ma voisine est entrée dans nos vies ! Coïncidence ? J'en doute...

– Arrête d'être aussi con, *microbo*. Tu as très bien entendu ce que je viens de dire, soutient-elle alors que je m'immobilise juste au-dessus de son visage.

Je fais deux têtes de plus qu'elle mais avec ses bottes à talons, elle arrive au niveau de mon menton.

– Mais vas-y, explique, vu que t'as l'air vachement plus intelligente que moi...

Elle sourit à ma voix sèche et me repousse des deux mains en appuyant sur mon buste.

– Je vais le faire, mais quand tu auras dégagé ton haleine de cendrier loin de mon nez délicat.

– « Délicat » ? Laisse-moi rire... ricané-je. Il n'y a rien de délicat chez toi.

– EH ! proteste mon oncle.

– *Va bene, papa* (Tout va bien, papa), le rassure Maria.

Il me fusille du regard un bon moment avant d'accepter de laisser sa fille gérer seule la situation. Autant parce qu'il sait qu'elle ne se laissera pas faire, mais aussi parce qu'il sait que j'ai beau la menacer, je ne toucherai jamais à un cheveu de sa princesse.

– Réfléchis, idiot, reprend-elle en me regardant. Ta frangine est seule depuis le départ de Calvin, non ?

– Je vois pas le rapport...

Elle lève les yeux au ciel et me regarde comme si j'étais l'idiot du village.

– À ton avis, ça fait quoi de passer de deux salaires pour tout assumer à un seul ?

Oh, putain...

Je recule d'un pas, sonné. Mais, bordel, oui ! Comment j'ai pu être aussi con ! Liz se retrouve avec moins d'argent et la charge de sa famille...

– Bien, maintenant que tu as *enfin* compris, je retourne bosser, assène Maria en tournant les talons.

Je ne réponds même pas, choqué par ma propre connerie. Je n'avais pas vu qu'elle se faisait battre et je n'ai pas vu qu'elle se noyait financièrement parlant... Mais merde ! Je suis carrément à chier comme frangin en ce moment !

– *Idiota...* murmure mon oncle dans mon dos.

Je ne réponds pas et me contente de lui faire un doigt discret en revenant à ma place. Je cuisine pendant ce qui me semble une éternité, comme un automate alors que je réfléchis à un million de possibilités pour soulager ma sœur. Mais je connais le morceau, elle n'acceptera jamais que je l'aide avec des grosses sommes. Pourtant, je sais exactement comment faire pour trouver de la thune rapidement... Mais je sais aussi qu'elle n'acceptera jamais de l'argent venant de ce genre de chose. Et pire, elle me tuera si elle l'apprend.

Pourtant, j'ai beau tourner la situation dans tous les sens, je ne vois pas d'autre moyen de lever des fonds aussi rapidement... Je pourrais me contenter d'une fois par mois, rien de bien violent et d'engageant...

Je dois appeler Nolan.

Mais avant, je dois m'assurer que Maria sera d'accord pour me couvrir et m'aider à filer l'argent en douce à Liz.

J'attends la fin du service pour lui tomber littéralement dessus alors que les derniers clients quittent enfin le restaurant. Elle sursaute alors que je la tourne sans ménagement vers moi en l'agrippant à l'épaule.

– Putain, mais tu m'as fait peur ! Mollo, Ja...

– J'ai besoin de ton aide, la coupé-je. Pour aider Liz.

Elle ferme la bouche aussi vite et se rapproche alors que je lui explique mon idée. À la fin, elle me frappe la tête. Mais ça va, je m'y attendais, alors je ne relève pas et me contente de la regarder plus intensément.

– Mais t'es pas malade ! chuchote-t-elle d'une voix colérique. Tu veux finir en taule ou encore à l'hôpital ?

– Tu connais un autre moyen ? Une autre façon d'avoir de l'argent rapidement ?

– Jamie, ça s'est mal fini la dernière fois et tu as atterri au bloc !

– J'étais jeune et j'enchaînais trop. Là, je vais y aller plus doucement… tenté-je de la rassurer.

Une nouvelle savate sur la tête, qui fait presque sauter ma casquette. Je ravale ma réflexion en renfonçant celle-ci sur mon crâne, mais regarde ma cousine avec insistance pour qu'elle comprenne bien que c'était la dernière fois qu'elle me frappait. Surtout si elle menace d'abîmer *mon Précieux*[1]. Elle répond en me faisant les gros yeux.

– Comme si ce genre de chose pouvait se faire avec *douceur* ! Tu me prends pour une conne ? *Sei lo stupido !* (C'est toi, l'idiot !) grogne-t-elle en me frappant le torse avec son index.

– Écoute, de toute façon, je le ferai, que tu m'aides ou non ! Sauf que Liz n'acceptera jamais l'argent provenant de Nolan ! Je n'ai pas besoin de ta bénédiction, mais juste que tu m'aides à étaler les gains pour lui faire croire qu'on lui file une partie de nos pourboires, chuchoté-je d'une voix grave en me rapprochant et en regardant autour de moi pour vérifier que personne ne nous écoute.

– Non !

– Mais merde, Maria ! J'ai besoin que tu me couvres sur ce coup-là !

– C'est trop dangereux ! Tu risques de finir en morceaux !

– Putain, merci de ta confiance, ça fait chaud au cœur… grincé-je en plissant les yeux.

1. Référence à la bague du *Seigneur des anneaux*, appelée comme ça par Gollum.

Elle lève la main pour une nouvelle tape, mais je la menace d'un doigt sous le nez pour qu'elle réfléchisse bien avant d'aller au bout de son geste.

– *Che passa?*

Nous sursautons tous les deux avant d'en venir aux mains et nous nous séparons quand la voix suspicieuse de la nonna retentit dans la salle, avant de reculer pour lui faire face, épaule contre épaule. Elle nous surveille d'un œil perçant depuis la porte qui donne sur les escaliers des appartements situés au-dessus.

– *Niente!* répond Maria d'une voix saccadée.

– On parle d'une commande, reprends-je à sa suite pour appuyer sa réponse.

Ma cousine hoche résolument la tête et j'enfonce le clou en posant mon bras sur ses épaules, un sourire gigantesque et faux plaqué sur le visage, avant de la serrer contre moi comme un bon petit cousin aimant. Elle suit le mouvement et pose sa tête sur mon épaule en souriant comme une malade mentale.

Mais nonna n'est pas dupe. Cette femme aurait dû être embauchée par la CIA ou le FBI. Elle détecte les mensonges comme personne… Elle nous fusille du regard et nous désigne ses yeux suspicieux pour nous faire comprendre qu'elle nous surveille, avant de quitter la pièce à reculons.

Nous soupirons de soulagement quand elle disparaît de notre vue. Maria en profite pour me filer un coup de coude dans les côtes droites. J'accuse le coup en retenant un juron et siffle entre mes dents serrées, la main plaquée dessus, alors que la douleur irradie dans mon flanc. Cette peste vient de viser mon talon d'Achille et elle le sait très bien! Suite à un combat, j'ai eu une côte de déplacée.

– C'est bien ce qui me semblait… crache-t-elle en s'éloignant pour finir de débarrasser les tables.

– *Puttana troia!* (Putain de merde!) grogné-je d'une voix basse pour éviter que ma grand-mère ne m'entende jurer. Espèce de garce!

Elle se contente de me souffler un baiser de loin en continuant de remplir son bac à vaisselle d'un rythme tranquille. Bordel, cette fille est malade ! Je ne sais pas comment Lino fait pour conserver ses couilles avec elle, parce qu'elle est du genre à s'éclater à les écraser sous ses talons aiguilles… Je le soupçonne d'aimer ça.

Lino est taré aussi.

Mais j'ai plus d'un tour dans mon sac. Et si elle sait viser les points sensibles, je connais aussi les siens. Maria est comme ma propre sœur. Fille unique, elle a un an de moins que Liz mais deux ans de plus que moi, donc elle s'est toujours comportée comme une autre grande sœur, et je sais qu'elle a un faible pour mon côté petit garçon. Même si elle le cache sous une mentalité dérangée.

– Très bien, si tu refuses de m'aider, j'irai toutes les semaines chez Nolan… annoncé-je d'une voix tranquille quand la douleur a disparu.

– QUOI ?!

Gagné.

Elle fait volte-face et fonce vers moi mais j'évite de justesse sa nouvelle attaque sur ma tête en reculant le buste.

– Tu veux crever avant 30 ans, idiot ?!

– Je les ai déjà… marmonné-je en secouant la tête.

– Non, Jamie ! Toi, tu as 14 ans d'âge mental ! Tu ne peux pas me faire un chantage pareil ! Pas après ce qui s'est passé il y a cinq ans ! Tu as fini dans le coma, merde !

– C'est exactement ce que je fais pourtant, ricané-je en souriant en coin.

Je suis en train de gagner. Elle sait très bien que je suis capable de tenir une promesse pareille, aussi conne et stupide soit-elle.

Elle bout et crispe les mains sur son tablier en me fusillant de ses yeux vert sombre avant de capituler :

– *Polentone fascista*[2] ! (Mangeur de polenta fasciste !)

2. Une gentille petite insulte des Italiens du Sud (réputés bouseux et idiots) contre les Italiens du Nord (réputés snobs et hautains).

– Moi aussi, je t'aime !

– Et moi, je te jure que s'il t'arrive la moindre chose qui mette ta vie en danger, je viendrai t'achever moi-même dans ton sommeil !

– *Tante promesse*… (Tant de promesses…) susurré-je en souriant jusqu'aux oreilles.

Elle grogne en me montrant presque les crocs et me fouette avec son torchon alors que je m'échappe en riant.

– Tu me le paieras ! me menace-t-elle alors que je fuis dans la cuisine.

Bien, maintenant que j'ai ma cousine dans la poche, je dois m'arranger du côté de Nolan. Je finis de nettoyer ma cuisine et d'étiqueter les produits frais avec Julio, et quitte le restaurant après avoir embrassé mes parents, accompagné de Maria qui rumine encore sa défaite d'il y a une heure.

Je marche d'un pas rapide en enfonçant mes mains glacées dans mes poches et rabats ma capuche sur ma casquette. Je souffle pour former un nuage de vapeur devant mon nez et secoue la tête en pressant le pas pour rentrer chez moi plus vite.

J'arrive enfin dans ma rue et ralentis en voyant une voiture que je ne connais pas garée juste devant l'entrée. Quel est le connard qui a posé sa caisse dégueulasse ici ? Je ricane en voyant le modèle, une Jaguar X-Type Estate.

Merde, quel est l'abruti qui peut acheter un modèle pareil ? Qui achète une Jaguar familiale qui a la même tronche que la vieille Ford Mondeo de mon oncle ?

Son seul avantage, c'est que personne ne viendra lui chourer sa caisse ici. Elle est trop moche pour ça.

J'entre dans l'immeuble en vitesse. Je ne prends pas la peine d'attendre l'ascenseur parce qu'il est tout en haut et monte en vitesse les escaliers avant d'arriver sur mon palier. Je pousse la porte qui donne sur le couloir et m'immobilise en découvrant un spectacle inattendu.

Ma voisine, avec un mec.

Enfin, « un mec »… Avec son manteau de daron et son sourire forcé, on dirait plutôt un loser en manque de cul. Et vu comment il se rapproche de Leah, j'en déduis qu'il espère bien rentabiliser son dîner au restaurant avec au moins une branlette. Mes poings se serrent instinctivement à cette idée et je les détends brutalement en réalisant ma réaction physique. C'est quoi ce bordel ? Je me gifle mentalement et reprends le contrôle de mon corps.

Plus besoin de chercher à qui appartient la daube garée devant l'entrée.

Ils sursautent à mon arrivée en fanfare, ce qui me fait sourire en coin. Je fais un rapide salut militaire ironique à ma voisine en passant devant elle, et ignore délibérément son visage embarrassé.

Elle cherche à se débarrasser du comptable, c'est plus que flagrant, mais l'autre est trop con pour s'en rendre compte. Ça peut être sympa d'observer ça… Peut-être que je vais prendre plus de temps pour rentrer chez moi finalement.

– J'ai passé une excellente soirée, Henry… entends-je ma voisine murmurer d'une voix trop polie pour être honnête.

– Moi aussi. Et si on continuait à l'intérieur pour un dernier verre ?

Je retiens un éclat de rire en arrivant devant ma porte. Ah ouais, carrément ? Le mec a tellement faim qu'il n'a plus d'amour-propre ! Merde, un minimum de subtilité au moins !

Par contre, je doute que Leah soit le genre de fille à se trouver des plans cul d'un soir en boîte de nuit. Et vu la dégaine du mec qui tente de squatter chez elle ce soir, il lui a sorti la totale dans un resto français bas de gamme en espérant qu'elle lui en donnera pour son argent.

Pas de chance, mon pote, elle ne t'offrira rien de plus ce soir.

– Je suis fatiguée…

Qu'est-ce que je disais ?

– Je peux te border si tu veux.

Je ris en cachant mon incrédulité dans une quinte de toux en arrivant devant ma porte. Ce mec est un chien, il ne lâche RIEN ! Je prends le temps de jouer avec mes clés en espérant en entendre un petit peu plus et je jette un rapide regard par-dessus mon épaule. Je sens que je les dérange, mais en même temps, je vois bien que Leah essaie de se débarrasser de lui et je n'ai pas envie de rater l'opportunité de la voir galérer.

Dépêche-toi, Duchesse, et sois franche, sinon il va continuer à te coller et essaiera de se frotter contre ta jambe…

– Non, vraiment, je préfère rester seule. C'était une très bonne soirée et le repas au restaurant était délicieux, mais je voud…

– Pourtant, on peut rendre cette soirée encore meilleure, la coupe-t-il.

Non mais là ce n'est plus un chien, c'est un charognard… Je lève les yeux au ciel. Elle t'a fait comprendre que c'était non, mec.

Sauve le peu d'amour-propre que tu as et va te payer une pute dans les bas quartiers de la ville au lieu de perdre ton temps.

Même moi, je sais reculer face à une défaite.

Je tourne carrément la tête pour voir un peu mieux ce qui se passe et je suis pris de pitié pour lui. Le mec s'avance trop près d'elle en espérant encore qu'elle le laissera entrer alors qu'elle recule, le visage fermé.

C'est mort, boloss, alors bats en retraite avant de te prendre le vent de ta vie.

– Je ne pense pas qu'elle puisse être meilleure, surtout de cette façon… grince-t-elle en essayant d'ouvrir discrètement la porte dans son dos. Restons sur une bonne impression, d'accord ?

Ouais, Harry, reste sur une bonne impression et va chercher une fille plus docile.

Mais ce con appuie sur le battant de la porte alors que Leah réussit enfin à l'ouvrir, et la referme en emprisonnant ma voisine entre ses bras.

– Pourtant, je suis convaincu du contraire… susurre-t-il.

Ah ouais, il va jusque-là ? On s'approche dangereusement de l'agression sexuelle. Et avec le #MeToo qui tourne sur tous les réseaux sociaux, c'est vraiment pas l'idée du siècle…

Leah semble beaucoup moins sereine et tourne un visage anxieux vers moi. Je détourne le regard et ouvre enfin ma porte d'entrée avant de m'engouffrer dans mon appartement.

Mais au moment de fermer totalement la porte, je la laisse ouverte. Un millimètre à peine, mais assez pour entendre ce qui se passe. Je reste derrière à écouter. Je me tends, en gardant un œil sur leurs silhouettes, prêt à intervenir si besoin.

– Henry, vraiment, je pense que tu devrais partir, explique-t-elle d'une voix ferme mais un peu tremblante.

Elle commence à avoir peur.

Je le sens.

– Et si je restais pour te montrer comment on peut améliorer cette soirée ?

Je secoue la tête, consterné par le manque d'intelligence de ce type. *Dégage. C'est pourtant clair, il me semble, non ?*

– Non, je suis vraiment fatiguée.

– Je t'emmène au lit alors…

OK, ça suffit.

J'ouvre la porte, mais au moment où je sors pour calmer le jeu, elle le repousse fermement des deux mains et il recule, le visage contrarié.

– Rentre chez toi, Henry, déclare-t-elle d'une voix autoritaire.

Assez pour que le mec réalise enfin qu'il n'aura rien de plus ce soir. Il était temps. En plus, mon arrivée le gêne, je le vois à son rapide coup d'œil vers moi. Ce qui me rend suspicieux. J'espère pour lui qu'il ne se demandait pas s'il pouvait forcer la porte de ma voisine.

OK, je suis un connard, mais pas au point de rester silencieux face à un potentiel violeur. Je fais mine de remuer ma porte en fronçant les sourcils et je leur souris à pleines dents quand ils m'observent.

– Les gonds grincent…

J'appuie ma déclaration en ouvrant et en fermant plusieurs fois le battant. Qui reste silencieux.

Je m'en branle. Au moins, il comprendra que je l'ai à l'œil. D'ailleurs, je le fixe un peu plus ouvertement en souriant en coin et je pense qu'il saisit enfin la menace, parce qu'il recule de quelques pas et murmure un vague « je t'appelle » avant de filer.

Ouais… Rentre chez toi, connard, ou va payer une pute qui assouvira tes pulsions en soupirant d'ennui au lieu d'agresser des femmes…

– Ça va ? Vous vous êtes bien rincé l'œil ?

Je sursaute presque à la voix grinçante de Leah et quitte des yeux les portes de l'ascenseur qui viennent de se refermer sur M. Violeur, pour la regarder, éberlué.

– Pardon ?

– C'était marrant, le petit spectacle ?

Elle est sérieuse ?

J'éclate de rire en voyant son visage en colère. L'absurdité de la situation est comique. Mais quel con… Moi, je sors pour l'aider, et elle, elle prend la mouche direct. Pourquoi ça m'étonne ?

– Ça vous fait rire, en plus ?

– Putain, ouais !

– Connard… murmure-t-elle en déverrouillant sa porte d'entrée.

– Eh, calme-toi, Duchesse, grogné-je en perdant le sourire. Tu faisais moins la maligne il y a cinq minutes avec ton « petit copain ». Alors la ramène pas en m'insultant.

– PARDON ?

Elle claque sa porte et avance d'un pas furieux vers moi. Je la rejoins à mi-chemin, pas impressionné du tout.

– Vous n'êtes qu'un voyeur ! Et pire que ça, vous vous ravissez de ce que vous voyez, mauvais ou pas ! s'écrie-t-elle en me crachant presque dessus.

Je croise les bras, serein, et souris en la regardant arriver à peine à mon menton. Elle est obligée de lever les yeux.

Et je kiffe ça. Elle me vouvoie, mais moi, je la surplombe.

– Tranquille, Duchesse. Moi, je rentrais peinard chez moi et c'est toi qui t'es mise à dragouiller sur mon palier.

– Je ne « dragouillais » pas !

– Ah oui, ça, c'était évident ! me marré-je.

– Épargnez-moi vos conseils en séduction, je pense que je m'en sortirai mieux sans eux…

– Ah ouais ? grondé-je d'une voix basse.

Là, je perds patience. J'ai renoncé à ma décision de ne pas m'en mêler pour l'aider à se débarrasser du mec qui voulait clairement plus que ce qu'elle voulait lui offrir et elle me traite comme ça ?

– C'est certain que j'aurais dû te laisser tranquille face à ton « monsieur », il avait clairement l'attitude d'un gentleman… murmuré-je sèchement.

Son visage perd ses couleurs l'espace de quelques secondes et je sens que j'ai tapé dans le mille. Je ne lui laisse pas le temps de répondre et recule vers ma porte en la fusillant du regard.

– Mais vas-y, Leah, continue à sortir avec des mecs aussi « bien éduqués ». Ça semble te réussir, les connards à diplômes…

Je tourne les talons et rentre dans mon appartement, mais avant que j'aie eu le temps de fermer la porte sur ma voisine, je l'entends murmurer distinctement :

– Au moins, ils ont un diplôme…

PUTAIN !

Je fais volte-face et lui fonce dessus alors qu'elle venait de rejoindre sa porte. Mon arrivée enragée la fait sursauter et elle recule. Je m'arrête juste devant elle, à quelques centimètres de son visage, et je lui crache presque dessus quand je reprends la parole.

– Va te faire foutre, Leah… murmuré-je d'une voix grave. Et laisse-moi t'expliquer un truc : ça a beau te faire croire que tu vaux mieux que moi, ça ne te protégera pas contre une agression…

Je fais exprès de tendre le bras contre la porte comme

l'autre connard tout à l'heure, pour qu'elle comprenne à quoi je fais référence. Mais contrairement à sa façon de réagir juste avant, elle ne cherche pas à s'enfuir et s'avance plus près en me défiant du regard.

– C'est une menace, Selvaggio ?

Je ricane.

– Non, c'est une simple mise en garde.

– C'est curieux, parce que ça ressemble à tout sauf à de la bienveillance…

– Qui a dit que j'étais bienveillant ?

– Certainement pas moi, réplique-t-elle. Mais pour une raison que j'ignore, tout le monde semble le penser alors que j'ai la preuve du contraire.

– C'est marrant, je pense la même chose de toi, Duchesse…

Nous restons immobiles, à nous affronter silencieusement.

– C'est fini maintenant ? Est-ce que je peux rentrer chez moi ou est-ce que je dois prévenir la police ?

Je souris méchamment avant de reculer.

– Rentre chez toi, Leah. Mais dis-toi bien que ce n'est pas fini. C'est même le début.

Je pivote pour rentrer sans lui expliquer plus en détail ce que je viens de dire, et je l'entends m'interpeller dans mon dos.

– Le début de quoi ?

Je prends le temps de m'arrêter dans l'embrasure de ma porte et de la dévisager sans aucune expression avant de sourire comme le diable en personne.

– Le début d'une nouvelle guerre.

Et je claque la porte de chez moi.

Je suis en rage quand j'enlève ma veste en cuir et la balance avec fureur contre le canapé.

Je lance une chanson bien riche en basses et guitares saturées pour me venger, tourne le volume au max, et mets des boules Quies pour supporter la musique, avant de m'affaler sur mon lit pour envoyer un message à Nolan.

Dis à Franklin que je reprends du service.

La réponse est quasi immédiate et je souris en voyant son texto s'afficher.

Tu as failli me faire attendre, mon salaud !

12

Leah

– Leah, tu dors ?

Je sursaute à la voix de Liz et réalise que j'étais effectivement en train de piquer du nez dans mon chaï latte… C'est devenu notre rituel avec Maria et Liz : une boisson chaude ensemble, une fois par semaine, et loin du North End, pour déconnecter.

– Pardon… bredouillé-je en me redressant sous leurs yeux amusés. J'ai du mal à dormir ces temps-ci.

Je fais l'impasse sur la raison qui perturbe mes nuits, parce que je ne veux pas lancer le sujet « Jamie » sur la table. Maria et Liz sont tiraillées entre nous deux et je refuse de les mettre dans cette situation, alors je ne dis rien et me contente de cacher l'énorme bâillement qui me décroche presque la mâchoire.

– Soit tu es narcoleptique, soit tu nous as caché quelque chose, toi… me titille Maria en souriant jusqu'aux oreilles.

J'adore cette fille, elle est tellement naturelle. Ses longs cheveux bouclés à la teinte chaude font ressortir ses yeux bleus et son visage est parsemé de taches de rousseur. On dirait une poupée de porcelaine ambulante, et c'est un vrai clown ! Elle a toujours le bon petit mot pour nous faire rire, et j'apprécie son naturel aussi charmant que séducteur. Bien qu'elle soit toujours souriante, je sais qu'elle essaie depuis des années de faire un enfant avec son mari, sans succès, et que ça la rend malheureuse à chaque test négatif. Mais elle ne se plaint jamais et garde toujours le moral. Je suis admirative de son caractère et de son sourire insubmersible.

– Tiens, tu ne nous as pas raconté la sortie avec le fameux mec que tu as rencontré en faisant les courses… Le… Mince, comment il s'appelait ? hésite Liz. Le comptable, là !

– Henry, réponds-je d'une voix neutre.

– Oui ! s'écrient-elles en chœur.

Une catastrophe.

Cet homme avait une très haute opinion de lui-même et la cachait sous une tonne de galanterie fausse et mielleuse. Il est venu me chercher pour m'emmener au restaurant à l'autre bout de la ville et j'ai dû attendre presque trois heures du matin pour pouvoir rentrer chez moi… Il a ignoré mes demandes de quitter le restaurant, alors même que les serveurs débarrassaient les tables et n'attendaient que notre départ pour pouvoir fermer. Et quand j'ai enfin pu rentrer chez moi, il a insisté pour me raccompagner à la porte, parce qu'il était soi-disant « inquiet », et a ensuite tenté de la forcer pour obtenir plus que mon simple « bonne nuit »…

Je connais ce genre de mecs, et je suis atterrée de ne pas avoir vu plus tôt qu'il était comme ça. Un pervers narcissique. Il a insisté pour me conduire afin de me rendre dépendante de son bon vouloir, et m'a forcée à rentrer tard pour possiblement me donner l'impression que j'étais seule, isolée et désespérée, et que je lui devais quelque chose. Au point de devenir presque violent quand je lui ai tenu tête et ai refusé de le laisser entrer.

Je suis pourtant plus intelligente que ça, je connais ce genre d'hommes, qui aiment tout contrôler et cherchent des personnes influençables pour les manipuler. On dit souvent qu'un pervers narcissique présente une faible confiance en lui et rabaisse les autres pour se sentir admiré et ainsi exacerber la sensation d'être supérieur. Mais je crois aussi que certaines personnes se croient naturellement supérieures, et s'amusent au jeu du prédateur et de la proie par plaisir malsain.

Les pervers narcissiques n'éprouvent pas d'empathie pour leurs victimes.

Tout comme les serial killers…

– Alors ? me presse Liz. Comment c'était ?

– C'était… sympathique, mais ça n'ira pas plus loin, expliqué-je succinctement.

Leurs visages dépités me feraient presque rire !

– Comment ça ? s'attriste Liz.

– C'est *tout* ?! Même pas un détail croustillant ? gémit Maria. Leah, tu ne peux pas me faire ça, je vis par procuration, là ! Je ne suis pas célibataire, moi !

– Ben et moi ? réplique Liz, piquée au vif.

– Toi, tu es encore en phase de déni du deuil. On verra ça quand tu rencontreras des comptables beaux gosses en achetant du papier toilette, la rembarre-t-elle d'un geste de la main.

– J'achetais des stylos, la corrigé-je en souriant.

– On s'en fout. Tu aurais pu acheter du fromage puant qu'il t'aurait quand même invitée, tandis que Liz n'attirera personne tant qu'elle continuera à acheter des culottes gainantes, explique-t-elle.

– Je n'achète PAS de culotte gainante ! éclate la principale concernée en devenant rouge pivoine.

Ce qui me laisse à penser qu'elle le fait réellement.

– Menteuse. Isabella t'a vue en prendre un chariot plein au Seven Eleven mardi dernier… la contredit sa cousine en lui tirant la langue.

– *Ma quanti pettegolezzi !* (Mais quelle commère !) s'écrie-t-elle. J'en avais pris *une seule*. J'avais rempli mon chariot avec de la nourriture par-dessus pour la cacher et cette garce a dû fouiner dedans quand je pesais les légumes !

– AH ! Tu vois, tu achètes des culottes gainantes ! s'écrie Maria d'une voix victorieuse.

– C'était juste pour essayer ! se défend Liz d'une voix stridente.

Elles switchent en italien et je perds le fil de leur conversation quand des mots d'argot que je ne connais pas se mêlent à leur débit verbal. Je les observe en souriant jusqu'aux oreilles. Elles passent leur temps à se chercher tout en s'adorant. Une vraie relation de sœurs qui me rappelle quand je vivais encore avec Laly. Penser à elle fait quelque peu vaciller mon sourire et Liz le voit immédiatement.

Liz remarque toujours tout. Un seul moment de mou alors qu'elle est dans les parages et elle vient me prendre à part pour me demander si ça va. Un véritable ange gardien.

– Pardon, Leah, on a recommencé, s'excuse-t-elle avec un sourire contrit.

– *Chi ha fatto cosa? Comunque non sono io!* (Qui a fait quoi? C'est pas moi en tout cas!) demande Maria sans même réaliser qu'elle parle encore en italien.

J'éclate de rire quand sa cousine lui jette une serviette en papier au visage et qu'elle répond en la menaçant d'un doigt et d'un regard sévère.

– Ne vous excusez pas, les rassuré-je en souriant. Ça me rappelle quand je vivais avec ma sœur.

Je leur ai déjà parlé d'elle, et des problèmes parentaux qui m'ont fait quitter le domicile familial. Et l'État, au passage.

Si j'avais pu trouver un emploi au Canada, ou en Alaska, histoire de mettre carrément un pays entre eux et moi, je l'aurais fait sans hésiter! Mais je n'aurais pas rencontré ces deux magnifiques jeunes femmes. Et elles me sont rapidement devenues indispensables.

– Des nouvelles de Laly? me demande Liz.

Mes mains tremblent légèrement à chaque fois qu'elle me pose la question et je les enroule autour de ma tasse brûlante pour calmer cette réaction involontaire.

– Pas de lettres depuis un mois…

Ma réponse semble un peu désespérée. Ma petite sœur me manque tellement que je me raccroche à ces petits instants. Ils étaient d'ailleurs les seuls rares moments de bonheur lors de mon emménagement à Boston. Mais je réalise, un peu confuse, que depuis que je me suis liée d'amitié avec Liz et Maria, je ressens moins cette sensation de détresse et de solitude quand j'ouvre ma boîte aux lettres et que je constate que je n'ai rien reçu. J'ai même oublié plusieurs fois d'aller récupérer mon courrier ces dernières semaines…

Le constat est étrange, aussi gênant et coupable que plaisant.

J'ai un peu l'impression de trahir ma petite sœur en devenant amie avec Liz et Maria, mais d'un autre côté, Laly serait sûrement contente de savoir que je me suis fait des amies. Que je ne suis plus seule ici.

– Je suis certaine que ça ne devrait plus tarder, me rassure Liz.

– J'espère, lui réponds-je d'un sourire poli. Et toi, au fait, comment ça se passe au travail ?

Je change délibérément de sujet. Je n'aime pas m'appesantir sur mon ancienne vie, surtout avec des personnes extérieures à mon cercle familial.

– Très bien, même si c'est la galère avec toutes ces absences. Je fais beaucoup d'heures supplémentaires en ce moment…

En témoignent ses yeux cernés et son teint fatigué. J'ai l'impression qu'elle ne dit pas tout. Et quand je surprends le regard rapide entre elle et Maria, j'en suis certaine. Mais que je le veuille ou non, elles sont cousines, elles auront toujours un lien indéfectible et des souvenirs communs que je n'aurai pas avec elles. Alors je passe au-dessus.

– Et toi ? questionné-je Maria pour dévier la conversation et soulager Liz de devoir le faire.

Je suis devenue tellement douée à ce jeu que c'en est presque une seconde nature chez moi. Détourner le sujet, répondre à une question par une autre, éviter les conflits… Enfin, presque tous.

Mettez-moi mon voisin en vue et je lui fonce dans le lard sans aucune retenue.

– Ça va, je ne me plains pas. À part les clients relou, mais il y en a chaque soir. Et pour ça, si besoin, j'ai Jamie pour les calmer !

Elle éclate de rire, suivie par Liz, mais avec un peu plus de retenue, tandis que je lève les yeux au ciel. Maria ne s'aperçoit de rien et continue en enchaînant avec une anecdote sur un client mécontent qui a fini avec son assiette de pâtes sur la tête parce qu'il avait osé se plaindre.

Je crois rêver…

Donc ça ne choque personne qu'il s'en prenne physiquement à quelqu'un qui a juste émis un avis contraire au sien, ou simplement critiqué sa cuisine. Apparemment, Jamie Selvaggio ne souffre aucun jugement de valeur… Liz remarque bien vite mon visage maussade et interrompt Maria dans sa description des pâtes dégoulinantes de sauce pesto sur le visage rubicond du client en comparant ça à une peinture contemporaine.

– Il s'était simplement plaint ?

Je l'observe du coin de l'œil alors qu'elle fait de même. Liz s'est mis en tête de me réconcilier avec son frère, et je sais qu'elle cherche à défendre sa cause. Sans succès de mon côté, malheureusement. Je pense déjà savoir tout ce qu'il y a à savoir sur ce sauvage.

– Ouais ! Il a demandé à voir le cuisinier. Jamie est allé lui parler et dix secondes plus tard, l'autre se prenait le contenu de son assiette sur la tête ! Franchement, c'était hilarant !

– C'était aussi peut-être un peu disproportionné comme réaction… ne puis-je m'empêcher de murmurer avant de prendre une gorgée de mon café.

– Honnêtement ? Vu de l'extérieur, oui, avoue-t-elle. Mais ce client était un connard fini. Il m'a pourrie pendant tout le service, alors ça m'a fait du bien de le voir se prendre un retour dans la figure. Même si j'aurais préféré qu'il vienne de moi. Si j'avais pu le faire, il se serait aussi pris la table dans la tronche…

Je pouffe en recrachant la moitié de ma gorgée. Maria a un visage tellement expressif que je succombe à chaque fois qu'elle plisse des yeux en grognant. J'ai l'habitude de rester neutre dans mes émotions et dans mon port de tête, alors j'adore l'observer. Je suis même fascinée par la palette d'émotions qui peuvent défiler sur elle en moins de cinq minutes. Liz est plus dans la retenue. Je dirais même qu'elle est un parfait milieu entre Maria et moi. Un pont entre nos deux rives finalement.

Ça ne m'empêche pas d'adorer Maria, mais j'avoue avoir

un plus gros faible pour ma voisine. Il y a une connexion entre nous.

Entre survivantes, on se reconnaît...

– BON ! Les filles, j'ai envie de danser ! s'exclame la rousse à côté de moi.

– Maintenant ?! m'étranglé-je.

Ma réponse a le mérite de la faire éclater de rire et il lui faut un bon moment avant de se reprendre.

– Mais non, *idiota* ! Demain ! Une sortie en boîte entre filles !

– Je suis de nuit demain, la contrecarre Liz.

Bien, affaire réglée. Je n'aime pas trop les boîtes de nuit ou les bars, je me sens toujours mal à l'aise au milieu de la foule...

– Bon, vendredi prochain alors ?

– Mais tu ne travailles pas vendredi et samedi ? la questionné-je.

– Si, mais de toute façon, personne ne va en boîte avant minuit ou une heure du matin. Alors peu importe. Si je finis à deux heures, vous irez sans moi, et quand je vous rejoindrai, normalement, vous serez déjà ivres mortes et la fête pourra enfin commencer !

J'éclate d'un rire tonitruant sans réussir à m'en empêcher et elle enchaîne, visiblement fière d'elle.

– Alleeeeeeez, Leah. Je me doute que c'est pas trop ton truc, les boîtes de nuit remplies de corps transpirants qui dansent et puent tous ensemble, mais promis, passé deux tequilas, tu n'y verras plus que du feu !

– Vraiment ? répliqué-je avec un grand sourire, encore secouée par des hoquets de rire.

– Je te JURE ! Écoute, il y a dix ans, j'ai rencontré Lino au Factory, et ce jour-là, il portait une chemise immonde avec un motif canards. Tu penses bien que si j'avais eu toutes mes capacités, JAMAIS je ne me serais arrêtée sur ce type !

– Je doute que cette histoire plaide en ta faveur... soupire Liz en riant discrètement.

– J'en doute aussi, confirmé-je dans un grand sourire.

– Mais siiii ! Avant, je regardais vachement les tenues des

garçons qui me proposaient à boire, et HEUREUSEMENT pour lui, j'avais deux cosmos en trop dans l'estomac, argumente-t-elle à grand renfort de mouvements de mains.

– C'est marrant. À peu de chose près, ça ressemble au début d'un épisode d'*Esprits criminels*… se moque Liz.

Maria fait une pause pour plisser les yeux vers elle et grogner, et je pouffe de nouveau alors que Liz sourit de toutes ses dents.

– BREF ! Connaissant mon snobisme des tenues, si j'avais été sobre ce soir-là, jamais je ne serais passée outre la tenue de Lino ! Et j'ai tellement bien fait ! En fait, il fêtait ses 25 ans et ses amis l'avaient forcé à mettre cette horreur ! Si je m'étais arrêtée à ça, je ne serais pas mariée aujourd'hui !

– Avec un mec qui recèle des trucs informatiques et qui porte encore régulièrement cette horrible chemise avec des canards parce qu'il a avoué des années plus tard que c'est lui qui l'avait choisie ! conclut sa cousine dans un éclat de rire.

Je la suis dans son hilarité et nous devenons rapidement le centre de mire du café alors que Maria croise ses bras, vexée, et boude en s'enfonçant dans son fauteuil.

– Vous êtes juste jalouse de ma vie sentimentale, voilà !

– Mais tellement… la taquiné-je.

Elle ignore ma pique et détourne les yeux, telle une reine. Liz et moi continuons gentiment de nous moquer d'elle, mais elle s'évertue à ne pas nous répondre.

– Laisse-la, va. Elle reviendra quand la conversation deviendra assez intéressante à ses yeux, la titille une dernière fois Liz avant de se tourner vers moi. Tu as réfléchi à la proposition de ma maman ?

Ah.

Ça.

La mère de Liz me harcèle pour que je passe Noël avec eux. Dans un tout autre contexte, j'aurais pu accepter, même si ça me met dans une position inconfortable car je ne veux pas déranger, et encore moins susciter la pitié. Mais là, passer un repas de Noël avec mon voisin est tout bonnement hors de question.

– Oui, et la réponse est toujours la même…

– Leaaaaaaah… geint-elle, déçue de ma décision. Tu ne vas pas rester seule pour Noël quand même ! Ma mère va me faire une dépression si tu ne viens pas.

– Je ne serai pas seule. J'ai prévu d'aller voir une de mes tantes qui vit dans l'État de New York.

C'est faux, mais elle n'est pas censée le savoir. J'ai dû inventer cette histoire suite à ses demandes incessantes. Mais elle plisse à peine les yeux, dubitative. Je détourne les miens en attrapant mon cookie non entamé et le pose entre Maria et moi. Le chocolat est son point faible. Mon geste a le mérite de la faire réagir. À peine, mais c'est quand même une réaction, et qui me fait sourire. Elle regarde du coin de l'œil ce que je viens de déplacer sans parler alors que Liz reprend :

– Une tante ? Quelle tante ? demande-t-elle, suspicieuse.

– Ma tante Margaret, du côté de ma mère. Elle a repris contact avec moi quand elle a su que je ne vivais plus à Montgomery, réponds-je d'une voix posée.

Je me suis entraînée un million de fois à répéter cette histoire pour être certaine de ne pas flancher ni bégayer, ce qui ruinerait tout. Je pousse tout doucement le cookie vers Maria, de quelques centimètres à peine, et ses yeux s'écarquillent tout aussi subtilement. Je vois même un infime sourire se dessiner sur le coin de sa bouche.

J'y suis presque…

– Grande sœur ou petite sœur ? questionne de nouveau l'inspecteur qui me sert aussi d'amie.

– En vérité, c'est l'ex-femme de mon oncle, le frère aîné de ma mère. Ils ont divorcé il y a quinze ans et je ne l'avais plus vue depuis.

Je pousse de nouveau le cookie de quelques centimètres vers Maria, telle une offrande, mais elle persiste à ne pas réagir, sans pour autant réussir à cacher son amusement face à ma tentative de réconciliation. Ce qui me fait sourire en retour.

– Et elle t'a contactée parce que tu es partie ? insiste Liz.

– Tu penses bien que l'entourage direct de mes parents ne prendrait pas le risque de fauter en me contactant…

Je parle d'une voix amère parce que ce que je viens de dire n'est absolument pas un mensonge. Dès l'instant où j'ai quitté l'État, j'ai aussi quitté le cœur et les pensées d'un nombre incroyable de personnes. Tous ceux qui se vantaient d'être mes amis ont coupé contact avec moi. La seule personne dont j'ai des nouvelles, c'est Laly, par le biais de Joan, notre gouvernante.

Je donne une ultime pichenette au cookie et Maria abandonne enfin son immobilité pour l'attraper en me tirant la langue.

– C'est bon, tu es pardonnée ! s'écrie-t-elle, me permettant de couper court à l'interrogatoire de Liz. Mais seulement parce que tu me donnes du chocolat !

– Ne te lance jamais dans la politique, Maria, *per favore*… Au premier pot-de-vin qui contient un peu de sucre ou de chocolat, on finira avec la mafia irlandaise sur le dos, plaisante Liz en ricanant.

– Comme si ça n'était pas déjà arrivé… marmonne sa cousine en croquant dans le gâteau.

Je tique à sa réplique et hausse les sourcils.

– Pardon ?

– Longue histoire, réplique Liz en rougissant et en détournant le regard. Et je n'ai pas le temps de te la raconter car je vais être en retard pour récupérer Lorenzo après son entraînement si je ne pars pas… il y a déjà cinq minutes !

Elle ramasse prestement ses affaires et enfile son manteau, tandis que Maria engloutit le reste du cookie dans un bruit de déglutition assez fort pour faire sursauter notre voisine de table.

– On t'abandonne, mais sache que je continuerai de te harceler pour Noël, me prévient-elle en agitant un doigt sous mon nez.

– Idem pour moi et la soirée entre filles en boîte de nuit ! renchérit Maria en déposant un baiser sonore sur ma joue avant de passer derrière moi pour rejoindre sa cousine.

– Et je continuerai à éluder les deux ! annoncé-je dans un grand sourire ironique.

Les réactions de mes amies ne se font pas attendre et j'éclate de rire face au gouffre entre elles : Liz secoue la tête en me fusillant du regard, tandis que Maria me fait un magnifique doigt d'honneur tout en souriant jusqu'aux oreilles.

Aussi folle que l'autre est posée.

Le yin et le yang.

– Pense au rendez-vous avec mes parents demain ! me rappelle Liz avant de quitter les lieux.

– Pour les infos sur l'héritage anticipé, je saiiiiiis ! ris-je en la voyant partir presque en courant.

Elles disparaissent dans la rue l'instant d'après et je me retrouve seule à table.

J'ai beau être au milieu de la foule, leur départ me rend profondément alerte. Je prends subitement conscience de ma solitude, surtout après la conversation sur le repas de Noël. J'ai réussi à éviter celui de Thanksgiving la semaine dernière en prétextant être malade avec de la fièvre, mais je sens que Liz et Mme Selvaggio ne me lâcheront pas aussi facilement cette fois-ci. Je vais donc devoir m'en tenir à cette histoire de tante Margaret, même si ça signifie me retrouver seule le jour de Noël.

J'espère secrètement recevoir une lettre de Laly d'ici là. Je la garderai précieusement et je l'ouvrirai le 25, comme un cadeau inestimable.

Mais si je n'en ai pas…

Plus j'y réfléchis et plus je me dis qu'il faudrait me trouver une activité à faire le jour de Noël pour éviter de ruminer sur ma solitude, aussi satisfaisante soit-elle. Peut-être qu'un peu de bénévolat dans un refuge pour sans-abri pourrait me rappeler à l'ordre et me permettre de me souvenir des privilèges dont je bénéficie au quotidien. Oui… C'est une bonne idée. Et je pense que c'est exactement ce qu'il me faut pour oublier qui je suis, et me rappeler qui je *veux être*.

Si en plus je reçois une lettre de Laly entre-temps, ce Noël sera sûrement plus beau que tous les Noëls que j'ai pu endurer les années précédentes. Je souris, soulagée d'avoir trouvé une mission personnelle qui me donne envie de passer les fêtes sans risquer la dépression, et finis ma boisson, satisfaite, avant de m'habiller pour quitter le café et rentrer chez moi.

Mon appartement est petit, mon immeuble n'est pas clinquant, mais j'y ai trouvé plus de réconfort en quelques mois qu'en plus de vingt ans chez mes parents. Je découvre le bonheur d'avoir envie de rentrer dans son chez-soi, d'avoir hâte de retrouver mon cocon.

Je vérifie l'heure, il n'est pas encore cinq heures du soir. J'ai rejoint les filles directement après la sortie de l'école et je me traîne encore mon sac avec les devoirs de mes élèves à corriger. Si je trouve rapidement un taxi, je pourrai profiter de ma petite baignoire et me détendre dans un long bain avant de finir mon livre. Je relis *Gatsby* une nouvelle fois. Cette histoire me fascine. J'y trouve tellement de similitudes avec ma propre vie. La détresse derrière le luxe, la solitude au milieu de la foule, l'envie d'en finir alors qu'on est censé tout posséder et n'avoir besoin de rien… J'ai beau trouver cette histoire triste et fataliste, le fait de pouvoir la comparer maintenant à ma nouvelle vie me conforte dans l'idée que j'ai bien fait de partir. Je suis enfin libre. Et ça n'a pas de prix. Je jubile d'avance à l'idée de ma soirée : un bain chaud, une soupe de poulet commandée chez le traiteur chinois et un bon livre sous ma couette. Le vendredi soir parfait.

Je réussis d'ailleurs à trouver rapidement un taxi alors que le soleil commence à décliner et je rentre chez moi en moins de quinze minutes. Mais à peine arrivée sur le trottoir, j'entends les basses insupportables de mon voisin et soupire.

Je vais encore devoir le supporter quelques instants avant de le voir déguerpir pour le travail. Je prends sur moi et entre dans l'immeuble en m'arrêtant à ma boîte aux lettres. Je tique en remarquant qu'elle est vide. Ça fait bientôt quatre jours que je n'ai rien reçu. Aucun prospectus ou facture, rien du tout. C'est assez étrange et inhabituel pour me faire plisser les yeux.

Il n'aurait pas osé ?

Mais je ne vois aucune trace d'effraction sur la porte récente de ma boîte aux lettres. La dernière fois, il l'avait carrément pliée pour réduire mon courrier en confettis. Tandis que là, la porte est comme neuve.

Je ravale mes doutes et prends l'ascenseur pour rentrer chez moi. Lorsque je sors sur le palier, le bruit est presque insupportable. Plus que d'habitude.

Il a décidé de me pourrir les rares instants de cohabitation « forcée » entre nous. Je me mords la langue pour ne pas rentrer dans son jeu et avance jusqu'à ma porte en ignorant délibérément la sienne. Mais quand j'ouvre ma porte d'entrée, un courant d'air fait bouger la sienne.

J'ai beau faire comme si je ne regardais pas, en fait, je guette sa future apparition. Il ne rate jamais une occasion de me narguer alors je me contracte, dans l'attente de son attaque.

Mais rien.

La porte est entrouverte, mais personne n'en sort…

Est-ce que…

Je sens mon cœur battre plus vite alors que je me rapproche tout doucement de son appartement.

– Eh ? Il y a quelqu'un ? prononcé-je d'une voix prudente.

Personne.

Un immense sourire machiavélique se dessine sur ma bouche.

C'est à mon tour de rire cette fois-ci…

13

Jamie

Je claque la porte derrière moi pour être bien sûr de faire trembler les murs de son appartement. Je l'imagine parfaitement en train de soupirer et de lever les yeux au ciel comme elle sait si bien le faire, et ça me fait largement sourire. Je prends un réel plaisir à la faire chier et c'est carrément jouissif quand je la vois réagir ! D'ailleurs, je sors mon téléphone pour lancer les Dropkick Murphys à fond et en rajouter une couche quand je réalise que la musique s'est arrêtée sur mon ordinateur. Je vais pouvoir la faire chier toute la soirée, car le restaurant est fermé exceptionnellement suite à un problème électrique. Le piano de cuisson est mort et le générateur de secours n'est pas assez puissant pour alimenter autre chose que la chambre froide. C'est une première en trente ans, mais ce soir, le Tony's est fermé. J'ai mon vendredi soir ! Je pense en profiter pour aller faire une partie de basket avec Nolan et sortir en boîte, mais avant, je vais faire chier ma voisine snob un petit peu plus que d'habitude !

Je souris jusqu'aux oreilles en lançant la chanson, mais mon sourire se fige quand la musique sort à faible intensité depuis le haut-parleur de mon téléphone. Qu'est-ce que…

Je tourne la tête vers la console où je pose mon enceinte et écarquille les yeux quand je constate qu'elle n'y est plus.

Le plateau est vide, plus d'enceinte.

Je tourne la tête dans tous les sens pour la retrouver, mais rien. Merde, je sais que j'ai laissé le son à fond en partant pour le resto ! Est-ce que Liz serait entrée chez moi pour la prendre ? Je stoppe la musique et compose le numéro de ma sœur.

– *Pronto ?*

– Liz, tu es rentrée chez moi entre seize heures trente et maintenant ? attaqué-je sans même la saluer.

– Et sinon, bonjour, petit frère ! ironise-t-elle d'une voix mordante.

– Ouais, ouais... Salut ! Liz, réponds s'il te plaît !

– Non, je ne suis pas rentrée chez toi, imbécile ! J'étais chez maman pour récupérer Lorenzo et je l'ai emmené à son rendez-vous chez le doc direct après !

Oh, putain... Je ne vois qu'une seule personne susceptible d'entrer chez moi, autre que ma propre famille. Elle n'aurait pas osé... Elle est beaucoup trop bien éduquée pour faire ça...

– Pourquoi tu me poses la question ? demande Liz, curieuse.

J'ouvre la bouche pour lui répondre quand le début d'une chanson d'Aretha Franklin résonne à plein tube de l'autre côté du mur. Oh, putain, la connasse !

– Je te laisse ! prononcé-je sèchement en raccrochant au nez de ma frangine.

Je fonce vers la porte mais me rends compte ensuite que la musique vient de l'extérieur, depuis la porte vitrée de mon salon.

– LEAH ! rugis-je en me précipitant sur le balcon.

Quand je sors, je la découvre de son côté. Elle me tourne le dos et pivote théâtralement avant d'articuler les paroles de « R.E.S.P.E.C.T. » en rythme.

– *What you want, baby, I got it !* (Ce que tu veux, je l'ai bébé !)

Sa main droite porte mon enceinte et elle me désigne de son doigt libre.

– *What you need ? You know I got it !* (Ce dont tu as besoin ? Tu sais que je l'ai !)

J'attrape la séparation en fer forgé pour sauter par-dessus, mais je me fige quand elle tend le bras qui tient l'enceinte au-dessus du vide.

– *All I'm askin' is for a little respect when you get home!* (Tout ce que je demande c'est un peu de respect quand tu rentres à la maison!)

Son regard m'indique qu'elle se fout clairement de ma gueule et que la situation l'amuse au plus haut point. Elle pousse même le vice jusqu'à faire semblant de lâcher l'enceinte par-dessus la balustrade. Je me retiens de lui sauter dessus pour la lui arracher des mains, parce qu'elle serait clairement capable de la jeter sur le trottoir.

– Ne fais pas ça, Leah, elle m'a coûté une blinde!

– Ah bon? C'est quoi déjà comme marque? demande-t-elle innocemment en tournant l'enceinte dans sa main.

Ce faisant, elle fait de nouveau mine de la lâcher et je retiens un juron.

– Bose?

Elle sourit et je me retiens de lui mettre une rouste. Je vous jure que je n'ai jamais, JAMAIS frappé une femme, c'est contre mes principes. Mais elle me met tellement hors de moi que j'hésite sérieusement à faire une entorse au règlement dans son cas et à lui filer la raclée de sa vie. Juste pour effacer le sourire goguenard qui me nargue de l'autre côté de la rambarde!

– C'est de la très bonne qualité, dis donc…

– Et ça coûte cher. Alors rends-la-moi!

– Une petite chute de rien du tout ne devrait pas l'abîmer alors. Non?

Je recommence à escalader la séparation mais elle recule en tendant encore plus le bras à l'extérieur.

– Ha ha ha! On reste sagement de son côté, sinon Jolie Enceinte va faire un vol plané.

– Si tu fais ça, je te le rendrai au centuple, tu peux me croire!

Elle fait la moue comme si elle parlait à un enfant capricieux.

– Un Selvaggio sans son enceinte, c'est beaucoup moins

ghetto-blaster[1]… Tu es nettement moins impressionnant comme cela…

Elle fronce les sourcils et penche la tête sur le côté, visiblement déçue.

– Tu vas me le payer !

– Tu veux ton enceinte ? réplique-t-elle du tac au tac en passant au tutoiement.

– OUI !

– Alors on négocie.

Je ricane. Mais c'est qu'elle pense sérieusement que je vais négocier avec elle ? Je vais lui dire ce qu'elle veut et dès que j'aurai récupéré mon enceinte, je lui mettrai la misère…

– Tu veux quoi ? lui demandé-je en croisant les bras sur mon torse.

– Des horaires de musique. À partir de dix-sept heures, tu ranges ton petit joujou et tu arrêtes de faire du bruit.

Je ris en la regardant, incrédule. Elle croit vraiment que je vais respecter ça ? Elle est folle, et sacrément conne.

– OK, réponds-je en souriant. J'accepte. Tu me la rends, maintenant ?

Un sourire fugace passe sur ses lèvres et elle se rapproche doucement de moi avant de me jeter l'enceinte. Vers le vide. Je la rattrape au vol en poussant un juron.

– Putain, tu l'as fait exprès !

– Peut-être, peut-être pas… Je vise terriblement mal.

Je secoue la tête en la regardant d'un air mauvais.

– Tu vas le regretter, Leah…

– Le contraire m'aurait étonnée.

Je rentre à grandes enjambées dans l'appartement pour calibrer de nouveau le Bluetooth et lancer la musique à fond en représailles. Mais alors que je monte le son au maximum, la lumière qui indique que la batterie est bientôt

1. Le ghetto-blaster est une radiocassette des années 1970-1980, connu pour sa taille démesurée et pour sa puissance conséquente. *To blast* signifiant « rugir », « exploser », « foudroyer », le ghetto-blaster avait en effet vocation à émettre avec puissance, et se portait sur l'épaule.

à plat se met à clignoter frénétiquement. Je suis en train de me pencher pour brancher le câble, quand je me fige en remarquant qu'il n'est plus là non plus.

Oh, la p…

– LEAH !

Elle est encore sur le balcon quand je me précipite dehors et me sourit en jouant avec le câble.

– Donne-moi ça tout de suite !

– Ah, non ! On a négocié la libération de l'enceinte, pas de ses accessoires.

Je plisse les yeux à son intention.

– J'irai en racheter un demain !

– Je sais.

Je la fusille du regard et elle continue de me sourire.

– Tu ferais mieux de profiter de ta musique encore un peu parce que je me suis assurée qu'il n'y ait plus beaucoup de batterie.

– Ça t'avance à quoi ? Demain, je recommence à mettre la musique à fond.

– Peut-être. Mais ce soir, je profiterai de ma soirée de calme jusqu'à ton départ au travail.

– Il n'y a pas de travail ce soir, le restaurant est fermé, souris-je cruellement. Je vais pouvoir rester ici pour te pourrir la vie !

Elle cille à peine et son sourire vacille légèrement, mais elle se reprend bien vite et plisse les yeux vers moi.

– Peut-être, mais sans musique assourdissante…

– Va te faire foutre, Leah !

– Après toi, je t'en prie.

Je grogne et me dirige à l'intérieur. Si elle croit vraiment que je vais me laisser faire, elle s'est adressée au mauvais Rital ! J'attrape la télécommande de ma télé, mais avant que je n'aie le temps d'appuyer sur les boutons, sa voix me parvient de l'extérieur.

– Si jamais tu cherches à te venger en allumant la télévision, sache que j'ai aussi pris le câble de branchement, et ton chargeur de téléphone.

J'inspire profondément pour me calmer et porte mon poing à la bouche pour étouffer le chapelet d'insultes qui menacent de sortir de ma bouche. Si Liz est rentrée, elle va l'entendre et ma mère viendra me faire la morale !

OK, Duchesse, tu veux jouer ? J'ai de quoi répondre, et de façon beaucoup plus violente qu'avec de la musique.

J'ouvre le tiroir de mon meuble télé et souris en trouvant ce que je cherche. Elle a fouillé mais pas assez pour tomber dessus.

Il te reste encore un peu de boulot avant d'exceller dans mon domaine, Duchesse…

Mon ventre se serre d'excitation en sortant sur le balcon une seconde fois, et je m'installe assez loin de notre séparation avant d'ouvrir l'enveloppe.

J'entame les premières lignes de la lettre d'une voix théâtrale :

– *Ma Lala…*

Je fais une pause délibérée pour lui laisser le temps de comprendre ce que je tiens entre les mains. Quelque chose d'important, que j'ai volé dans sa boîte aux lettres il y a deux jours. J'ai décidé que je ne me ferais plus avoir et j'ai donc pris le soin de crocheter la serrure sans abîmer l'extérieur, pour endormir ses soupçons. J'ai jeté les papiers sans intérêt, mais lorsque j'ai trouvé cette enveloppe, dont l'adresse était écrite à la main, j'ai compris direct que ça aurait de l'importance pour elle. Et j'ai visé juste.

J'ai lu cette lettre un million de fois en jubilant. J'en ai plus appris sur elle que depuis tous ces mois côte à côte. Duchesse a une petite sœur, et surtout un putain de passé familial assez tordu pour me permettre de taper là où ça fait mal.

Ça va être grandiose, putain !

– *Cela fait un moment que je ne t'ai pas écrit mais j'attendais la période entre Thanksgiving et Noël pour te faire parvenir cette lettre*, reprends-je d'une voix fluette pour imiter l'intonation féminine.

La réaction ne se fait pas attendre et ma voisine sort en courant presque depuis son appartement.

– Où est-ce que tu as trouvé ça ? s'écrie-t-elle, les yeux écarquillés.

– *Je sais déjà que tu dois te sentir triste, car tu passes pour la première fois les fêtes de fin d'année seule...* continué-je.

– Donne-moi ça ! crie-t-elle en tendant le bras.

J'éclate de rire en l'ignorant et continue ma lecture :

– *Mais tu ne dois pas l'être, car pour la première fois, tu passes de vraies fêtes, loin de notre famille toxique.*

– Jamie, arrête !

– *J'aimerais que tu me racontes ce que cela fait de passer Noël sans faux-semblants, sans silences malaisants et sans devoir jouer la comédie d'un simulacre d'amour familial devant des journalistes...*

– ARRÊTE !

Elle se met à hurler et tente d'escalader la séparation, mais je continue en lisant de plus en plus fort :

– *Souviens-toi que tu as eu raison de partir car ils ne te méritent pas. Tu as eu raison de partir car tu vaux mieux que tout ce que nos géniteurs t'ont fait croire...*

Je la regarde se débattre avec les pointes, ne pas réussir à enjamber la barrière sans filer son collant ou déchirer sa jupe de bonne sœur. Je ris à la voir galérer, même si une sensation furtive de culpabilité me traverse aussi vite qu'une flèche empoisonnée face à son visage en détresse. Reprends-toi, Jamie !

– *Et cesse de te dire que si tu avais été différente, ils t'auraient sûrement aimée. C'est faux, car ils n'aiment personne d'autre qu'eux.*

Je ne continue pas, car elle réussit à franchir la séparation et je suis surpris de la voir arracher sa robe au passage. Merde ! Donc, en vrai, elle est capable de se foutre de sa tenue et de son image ! Juste pour une putain de lettre !

Elle se précipite vers moi, mais je suis plus rapide et je saute par-dessus la rambarde pour attraper au vol l'échelle de secours, comme j'ai l'habitude de le faire. Sa main passe à quelques millimètres à peine de la lettre et je me grouille de descendre en vitesse les barreaux pour sauter lestement sur le trottoir qui donne sur la cour.

Quand je me redresse et lève les yeux, elle me regarde, le visage blême, les bras tendus vers moi depuis mon balcon.

Raté, Duchesse.

– ET ALORS ? ON SAUTE PAS ? gueulé-je en mettant mes mains en porte-voix.

Je crois voir ses yeux se mettre à briller, et pendant un court instant, une petite voix intérieure me dit que je suis allé trop loin. Mais je la fais taire en me rappelant toutes les fois où elle m'a descendu, toutes les fois où elle s'est sentie supérieure et n'a pas manqué de me le rappeler, toutes les fois où des gens comme elle ont pensé qu'ils valaient mieux que moi.

Et je sais que j'ai bien fait.

Un petit rappel à l'ordre ne lui fait pas de mal. Au contraire, elle arrêtera peut-être de péter plus haut que son cul la prochaine fois qu'elle me croisera. Et si jamais, j'aurai de quoi lui rappeler qu'elle ne vaut pas mieux que moi.

Au moins, mes parents m'aiment.

– Ciao, Duchesse ! crié-je une dernière fois en lui faisant un salut militaire.

Et je me casse en vitesse.

J'appelle Nolan quelques instants plus tard en riant comme un malade mental.

– Eh ! Qu'est-ce qui me vaut autant de bonne humeur ? me demande-t-il au combiné.

– *Niente !* Je suis juste content de ma journée !

Je passe sous silence l'événement qui vient juste de se dérouler parce que je sais que Nolan m'engueulerait.

– Nickel, frangin.

– T'es chaud pour un basket avant ton service ? demandé-je sans détour.

– Tu bosses pas ?

– Fermeture exceptionnelle pour cause de panne électrique.

– Putain, t'es sérieux ? Mais, poto, je bosse pas ce soir non plus ! Viens, on sort en boîte, mec ! C'est vendredi, entre les fêtes de fin d'année, et il y a une légion de meufs désespérées d'avoir été sermonnées par leur maman à Thanksgiving à cause de leur célibat qui vont tout tenter pour se choper un mec à ramener à leurs parents pour Noël !

Nolan dans toute sa splendeur.

Ce mec ne pense que par sa bite.

– Allez, va, je t'accompagne.

– PUTAIN, MERCI, MEC !

– Dans cinq minutes au parc de la plage ?

– Yep !

Je raccroche et je fonce rejoindre le terrain de basket qui donne sur l'océan. Je doute que ma voisine me trouve ici, elle ne connaît pas assez la ville pour savoir où je me planque.

***

– JAMIE !

Putain, mais qu'est-ce qu'elle fout là ?

Je rate mon *dunk* quand je sursaute à son cri et je jure comme un charretier en voyant arriver ma putain de voisine d'un pas furieux. Je ris comme un hystérique quand je réalise qu'elle ne s'est pas changée et qu'elle porte toujours la même robe déchirée et le collant filé à cause de son escalade.

– RENDS-MOI LA LETTRE ! ordonne-t-elle en fonçant sur moi.

Je recule de deux pas en ricanant quand elle arrive juste sous mon nez.

– Et alors, Duchesse ? Quelque chose ne va pas ? me moqué-je en souriant jusqu'aux oreilles.

– RENDS-MOI CETTE PUTAIN DE LETTRE !

– Dis donc, Leah, c'est pas beau de prononcer d'aussi vilains mots, la sermonné-je.

– FERME-LA ET RENDS-MOI LA LETTRE !

– Désolé, mais je ne vois pas de quoi tu parles… prononcé-je tranquillement en faisant tourner le ballon de basket sur mon doigt.

Elle essaie de le faire tomber, mais je suis plus rapide et je le fais sauter bien au-dessus de sa tête avant de le récupérer de l'autre main.

– Eh, Nolan ! Regarde, ma voisine veut se mettre au basket !

Ma phrase la fait sortir de sa transe et elle tourne la tête aussi vite qu'un robot en l'apercevant, avant de se précipiter sur lui.

– Nolan, où est la lettre ?

– Euh… bonjour Leah, répond-il, mal à l'aise face à son visage furieux.

– La lettre ? Où est-elle ?

Mauvaise pioche, Duchesse, je ne lui ai rien dit.

– Désolé, mais je ne sais pas de quoi tu parles…

– Personne ne sait de quoi elle parle !

Je rajoute une couche pour l'humilier encore plus. Parce qu'elle passe pour une vraie tarée à quémander sa pauvre petite lettre à tout le monde.

– S'il te plaît, Nolan, je tiens énormément à cette lettre… reprend-elle d'une voix tremblante.

Je tente de cacher mon rire victorieux quand Nolan me dévisage en fronçant les sourcils. Mais putain, c'est dur ! Je fais mine de ne rien comprendre quand il me lance un regard noir. Il secoue la tête et revient vers elle.

– Je te jure, Leah, je ne suis au courant de rien…

Elle reste immobile quelques instants, en le suppliant du regard, mais comprend vite à son air navré qu'il ne sait vraiment rien.

Je me mords la langue pour ne pas lui lancer une pique et la laisse tenter vainement de cacher ses larmes en secouant la tête avant de disparaître en courant vers la sortie du terrain.

– EH BEN ALORS, ON JOUE PAS FINALEMENT ? hurlé-je vers elle.

Elle ne me répond pas et file vers le grillage alors que Nolan me prend à part.

– Putain, mais tu fous quoi, mec ?

– Relax, No, je n'ai tué personne, grincé-je en le découvrant.

Il me juge du regard, l'air sévère, et je tique.

– Écoute, je ne sais pas ce que tu as fait, mais tu chies dans la colle, là !

– Quoi ?! m'énervé-je. Elle me prend tout le temps de haut et c'est moi qui devrais me rabaisser ?

Je m'éloigne d'un pas furieux et lance le ballon pour faire un panier.

– Tout ce que je te dis, c'est que cette meuf ne t'a pas balancé aux flics, mais qu'elle pourrait changer d'avis, reprend mon pote d'une voix plus calme.

– Elle ne le fera pas, le rassuré-je.

– T'en sais rien, crétin ! rétorque-t-il en me lançant le ballon dans le ventre.

Je retiens un juron quand je le prends en plein dans les abdominaux. J'étais pas prêt.

– Fais gaffe, bordel. Si tu me casses un truc, je ne pourrai plus combattre pour toi ! le grondé-je en souriant.

– Je n'ai besoin de rien faire. Ta propre mère se chargera de te mettre en pièces quand elle saura que tu t'en es pris à ta voisine !

Il n'a pas tort. Ma mère va me tuer quand elle l'apprendra. Mais cette peste le méritait.

– Peut-être… acquiescé-je, mais d'ici là, j'aurai passé un putain de bon moment !

Et je recommence à jouer en souriant comme un crétin. Nolan ne réagit pas tout de suite et soupire avant de m'arracher le ballon des mains pour marquer à son tour.

– C'est con, tu me manqueras… promet-il en souriant.

Je dribble et le dépasse avant de marquer un panier.

– Ça te fera une nouvelle technique pour mettre des meufs dans ton lit, le « mec effondré qui a perdu son meilleur pote » ! lui proposé-je.

– C'est pas con… Tu crois que je pourrai les baiser dans ton lit ? Comme un hommage ?

– Merde, t'es glauque, mec.

Je fais mine de gerber et la partie reprend alors qu'il peaufine son nouveau scénario de drague. Je passe le reste de la partie à rire de ses punchlines et au bout de quinze minutes de jeu, je lui fais signe d'arrêter.

– Je vais rentrer chez moi prendre des affaires pour ce soir et je viens me préparer chez toi, OK ? lui indiqué-je en buvant une gorgée d'eau dans sa bouteille d'eau.

Il acquiesce en me la prenant des mains quand j'ai fini, et j'attrape mon sweat et ma veste en cuir. Je crève de chaud. Il a beau faire presque zéro dehors, j'ai transpiré comme un porc alors j'ai fini torse nu. Je récupère mes affaires mais ne trouve pas ma casquette.

– Putain, mais elle est où ?

Je me penche sous le banc pour regarder par terre, mais toujours rien. Je suis arrivé avec, j'en suis certain, et je l'ai enlevée en même temps que mon sweat ! Je secoue mon pull pour vérifier qu'elle n'est pas coincée dans le tissu épais, mais que dalle.

– Tu cherches un truc ? me demande Nolan en buvant une gorgée de sa bouteille d'eau.

– Ma casquette, je l'ai enlevée tout à l'heure !

Je continue de tourner autour du banc, de regarder plus loin au cas où le vent l'aurait déplacée, mais je ne vois rien. Je commence à me sentir mal, j'y tiens à cette casquette. C'est sûrement le truc le plus vieux que j'aie jamais eu et elle a une valeur inestimable !

– T'es vraiment con, parfois… ricane Nolan dans mon dos.

J'ai un sursaut de lucidité en entendant son ton moqueur et pivote vers lui. Il sourit jusqu'aux oreilles et me fixe en se foutant clairement de ma gueule. Il sait quelque chose.

– Nolan… commencé-je d'une voix menaçante. Où est ma casquette ?

Il sourit un peu plus et croise les bras sur son torse.

– Tu es parfois tellement imbu de toi-même que tu ne remarques même pas ce qui se passe autour de toi…

– Nolan… grondé-je d'une voix plus sèche en m'avançant vers lui.

Mais il n'en a toujours rien à foutre et hausse les sourcils plusieurs fois d'affilée. Bordel, je vais lui faire bouffer mon poing s'il continue de jouer au con !

– Où est ma casquette, putain ?! éructé-je.

– Je ne l'ai pas.

– Alors elle est où ?! gueulé-je un peu plus fort en me collant front contre front avec lui.

Il rit, peu impressionné et claque de la langue comme un instituteur.

– Réfléchis bien…

Et la lumière fuse dans mon esprit quand je me rappelle qui était sur ce terrain de basket quelques instants auparavant. Oh, put…

JE VAIS LA TUER !

14

Leah

– LEAH[1] !

Je sursaute quand Jamie tambourine comme un acharné contre ma porte d'entrée. Bien, il a enfin remarqué que sa précieuse casquette avait disparu. Je ne retiens pas un sourire de satisfaction cruelle.

Bien fait pour toi, Selvaggio. Tu ne fais que récolter ce que tu as semé...

– JE SAIS QUE TU L'AS ! OUVRE CETTE PORTE !

– Je ne vois pas du tout de quoi tu parles ! chantonné-je en souriant jusqu'aux oreilles, mais assez fort pour qu'il m'entende de l'autre côté du battant.

Je sais à quel point Jamie tient à sa casquette. Quand je l'ai vue à ma portée, loin de son regard, je n'ai pas hésité une seule seconde à m'en emparer.

– OUVRE CETTE PUTAIN DE PORTE OU JE LA DÉFONCE !

Mes mains tremblent presque de rage alors que je range la casquette dans un des tiroirs de ma cuisine. Mais étonnamment, je suis calme et maîtresse de mes gestes. La colère a laissé place à une fureur sourde et glacée.

Il a pris la lettre de Laly.

Il n'avait pas le droit de me faire ça, alors j'ai frappé aussi bas que lui.

– LEAH !

Il frappe de plus en plus fort et je sursaute en voyant le battant bouger de quelques millimètres. Cet idiot est capable

---

1. Je conseille d'écouter «White Flag» de Bishop Briggs en fond sonore.

de faire céder ma porte d'entrée et je n'ai pas les moyens de la faire réparer. Pourtant, je reste immobile à observer la porte vibrer sous ses assauts. Je suis presque prête à la voir se fracasser contre le mur. J'en suis à un tel point de rage après ce qu'il m'a fait que je serais prête à déclencher une bataille sans merci, bien que je sois certaine de ne pas tenir face à lui. Physiquement parlant, s'entend. Je n'ai peut-être pas sa carrure et sa puissance musculaire, mais je n'ai pas peur de ce rustre. Et le plaisir malsain de le voir en rage parce qu'il s'est fait avoir comme un bleu prend le dessus. Ma bouche esquisse un sourire cruel alors que j'avance vers la porte d'entrée. Je vais entrouvrir pour me délecter du spectacle.

J'avance lentement jusqu'à atteindre la poignée qui tremble, j'ouvre la serrure mais je laisse la chaîne en place pour me protéger.

– Tu veux quoi, Jam…

Je n'ai pas le temps de finir ma phrase qu'il pousse ma porte d'un coup d'épaule et réussit à faire sauter ma chaîne en frappant par en dessous.

Putain !

Je recule à temps avant de le voir forcer ma porte sans aucun effort. Il l'ouvre d'un coup de pied et elle part heurter avec violence le mur en effritant le plâtre au passage.

Quant à moi, je n'en mène pas large. Il est furieux, je le vois bien à sa mâchoire contractée et à ses yeux qui lanceraient presque des éclairs. Et comme il ne porte qu'un pantalon de jogging après sa partie de basket de rue, je vois les veines de son cou se gonfler jusque vers ses omoplates. Je suis bien malgré moi le chemin de son corps et des réactions physiques que j'ai provoquées. Les poings serrés, la mâchoire crispée, les épaules tendues… Je me reprends et remonte vers son visage farouche.

Le *sauvage* n'est pas content. Définitivement pas content.

– Où est-ce qu'elle est ? murmure-t-il d'une voix sourde.

Je recule, mais je redresse le menton pour lui faire comprendre qu'il ne me fait pas peur.

Allez, Leah, tu as vu plus dur, plus violent et encore plus malsain. Ce n'est pas un voyou des quartiers nord qui va te faire peur.

– Je ne sais pas de quoi tu parles.

Je lui réponds avec un léger sourire, même si je le sens sur le point de perdre son calme. Je ne résiste pas à l'envie de l'asticoter. Ce qui est suicidaire. Parce que lorsqu'il s'avance d'un pas énervé vers moi, l'instinct de survie me frappe de plein fouet et ne m'indique qu'un seul ordre : fuis.

Je m'exécute en partant en courant vers ma salle de bains pour m'enfermer dedans. Mais manque de chance, il m'attrape sans difficulté en me ceinturant et me plaque rudement contre le mur, m'arrachant un cri de protestation au passage. Puis il me crache presque dessus quand il reprend la parole :

– OÙ ELLE EST !?

Il me broie les poignets en les clouant au mur et je me débats comme une furie en tentant de lui faire mal avec mes jambes.

– Lâche-moi ! hurlé-je en tentant d'atteindre son entrejambe.

Mais il me coince en se plaquant contre moi et resserre ses doigts sur mes poignets avant de coller son nez sous le mien.

– Je ne le répéterai qu'une seule fois, Leah : OÙ. ELLE. EST ?

– Tu rêves, pauvre con… murmuré-je avec dédain en relevant le menton en signe de défi.

Il me montre presque ses crocs quand sa lèvre supérieure se retrousse de rage et je respire de plus en plus fort et de plus en plus vite, coincée entre le mur et son corps tendu. Il est tellement près que je peux voir les nuances de gris dans ses iris.

Ça va du plus foncé à l'extérieur vers le plus clair à l'intérieur. Une couleur d'orage qui annonce clairement qu'il est sur le point de déclencher un ouragan.

– Tu vas le regretter, Duchesse…

– Tu m'en diras tant… le défié-je en retour.

Je ricane pour lui montrer que je n'ai pas peur de lui. Mon souffle balaie les cheveux sur son front – ce qui me rappelle à quel point il est proche de moi – et révèle au passage la veine gonflée entre ses sourcils. Et je réalise un peu plus les conséquences de ce que je viens de faire.

J'ai libéré le démon. Le vrai, cette fois-ci.

Et j'ai sûrement vendu mon âme au diable pour me réjouir de l'avoir mis dans cet état. Une sensation malsaine de puissance mais aussi de satisfaction toute féminine de jouer avec lui comme un jouet s'empare de moi et fait battre mon cœur un peu plus vite. Je suis galvanisée aussi bien par la fierté de m'être rebellée que par celle de ne pas faiblir face à lui.

– Où. Est. Ma. Casquette ? martèle-t-il d'une voix grave.

Je rapproche mon visage du sien alors qu'il me tient immobile et je colle mon nez contre son nez en soufflant presque contre sa bouche :

– Où. Est. Ma. Lettre ? réponds-je aussi bas.

Eh oui, Selvaggio, ce n'est qu'un retour de bâton. Ma réplique lui fait plisser les yeux et il avance le front pour me forcer à me plaquer contre le mur, entièrement cette fois-ci. Je suis prisonnière entre le mur et son corps. Il est tellement furieux qu'il dégage une chaleur incandescente. Je la sens qui traverse mes vêtements pour me brûler comme si le feu léchait ma peau nue. La colère gronde un peu plus fort en moi, je ne céderai pas, je ne baisserai pas les yeux devant les siens, je ne lâcherai rien ! Je préfère crever plutôt que de le laisser gagner dans ce duel. Je ne suis peut-être pas une sauvage comme lui, mais je suis mieux.

Je suis une survivante.

J'ai connu pire que lui, j'ai eu peur, j'ai eu mal et je suis sortie encore plus forte de tout ça. Alors ce n'est pas un crétin qui me fera plier…

Je soutiens son regard, sans faillir, et ses yeux me transpercent en retour. Le temps semble se figer entre nous, aucun de nous deux ne veut perdre le contact visuel. Et je me focalise tellement sur lui que j'en oublie de me débattre, comme si j'étais hypnotisée. Je sentirais presque sa poigne s'alléger autour de mes poignets. Sa prise se faire moins rude, plus subtile…

Et je réalise avec brutalité la situation. Je suis collée contre lui, le moindre millimètre de chair en contact avec la sienne. Sa bouche à quelques millimètres à peine de la mienne. Son odeur qui vient emplir mes narines. Ses cheveux qui volètent sous mon souffle saccadé. Son corps qui me cloue au mur. Mais je ne suffoque pas sous la pression. Au contraire, ma respiration s'accélère, mon cœur s'emballe et mes jambes deviennent faibles. Je sens mon esprit se battre contre mon corps qui s'alanguit malgré moi contre lui.

Je ne glisse pas et je ne m'effondre pas, car il me soutient. Ses doigts ne me broient plus les poignets. Au contraire, je sens ses pouces effleurer la peau de l'intérieur de ma paume, je vois ses coudes se poser contre le mur pour encercler mon visage. Je sens son cœur battre aussi fort que le mien contre ma poitrine et sa respiration devenir irrégulière.

J'ai beau le détester, sa chaleur me réchauffe de l'intérieur contre mon gré. Je me sens moins vide. Moins seule.

Moins…

– *Cosa sta succedendo ?* (Qu'est-ce qu'il se passe ?)

La voix de Liz provoque une réaction en chaîne et je manque de m'effondrer alors que Jamie me lâche brusquement et recule en instaurant une distance réglementaire entre nous. Je maintiens mon équilibre à temps pour rester debout et me redresse, le visage fier.

Maria et Liz nous observent, les yeux écarquillés, depuis l'entrée de mon appartement, dont la porte était restée ouverte. Et à leurs visages médusés, et surtout au léger sourire de Maria, je réalise qu'elles ont possiblement interprété de travers ce qui se passait.

– Alors… J'hésite à poser la question mais je me dois de le faire… Est-ce qu'on doit vous laisser seuls ? demande Maria d'une voix amusée.

– NON !

Mon cri du cœur ne couvre pas celui de Jamie. Il a répondu exactement la même chose et nous nous observons du coin de l'œil un court instant avant de dévier le regard aussi vite.

– Vous en êtes certains ? reprend-elle en souriant comme une illuminée. Parce qu'on peut revenir plus tard avec Li…

– Pas besoin, je me casse, l'interrompt sèchement son cousin.

Il avance d'un pas décidé vers la sortie, mais j'entends clairement son « tu t'en sors pour cette fois-ci » alors qu'il passe devant moi. Il quitte mon appartement en bousculant presque sa sœur et sa phrase me glace instantanément.

Je replonge dans mes souvenirs sombres… Le soir d'un gala de charité, lorsque j'avais renversé un verre de vin qui n'était pas à moi. Son regard froid et cette phrase murmurée d'une voix dénuée d'émotion.

« Tu t'en sors pour cette fois-ci. »

Il était resté de marbre et avait attendu plusieurs jours pour me « corriger ». Je me souviens de ses pas sur le parquet, qui se rapprochaient… Mon sourire vacillant alors que je quittais le lit de Laly où nous nous étions cachées sous les draps pour jouer aux exploratrices… Le bruit de la porte qui s'ouvrait… Sa voix sèche alors qu'il prononçait mon prénom. « Leah. »

Un ordre bref. Le couperet qui annonçait ce qui allait se passer. J'allais payer pour ce qui était arrivé quelques jours plus tôt.

Mes pas tremblants alors que je sortais de la chambre où je n'avais pas le droit d'être, mais où je me réfugiais chaque fois qu'ils s'absentaient. Il disait que je cherchais la punition, que je tendais le bâton pour me faire battre. Mais j'étais incapable de ne pas y aller. Ces rares instants de bonheur m'aidaient à garder la tête hors de l'eau.

Je me rappelle le bruit de la porte de ma chambre qui claquait dans son dos… La sensation que la nuit se refermait sur moi alors que je me retrouvais seule avec lui… Le bruit de la boucle métallique alors qu'il ouvrait sa ceinture en cuir, signe que j'allais être sanctionnée…

Ma vue se brouille et je chancelle en me retenant au mur.

– Et alors ? On est toute flagada, Leah ? plaisante Maria en me voyant trembler.

Son rire s'éteint aussi vite quand elle voit mon visage livide.

– Leah ! s'écrie Liz en se précipitant vers moi alors que ma respiration s'accélère.

Je glisse contre le mur et m'assois au sol alors que mes jambes me lâchent. Je m'enfonce dans le brouillard de ma vie d'avant. Je dois me battre contre ça, je dois sortir de cet état.

Liz prend mon visage en coupe et observe mes yeux révulsés.

– Elle fait une crise de panique. Va me chercher un torchon avec de l'eau !

Je l'entends vaguement continuer à parler mais je n'arrive pas à me focaliser sur sa voix pour rejoindre la sortie. Le bruit sourd du cuir qui mordait ma peau, les larmes brûlantes qui jaillissaient à chaque impact, ses abdominaux gainés quand il laissait tomber la ceinture pour enchaîner avec les pieds, la douleur que j'avais à respirer pendant des jours après chaque session…

Une sensation de fraîcheur sur mon visage me sort légèrement de ma torpeur et je sens mon corps lourd reprendre à peine sa place.

– Leah, écoute ma voix. Tout va bien, tu es en sécurité, OK ?

Je m'accroche à Liz alors qu'elle me parle.

– Respire lentement, tu dois te concentrer sur ta respiration, Leah…

Respire…

C'est ça que je dois faire. Respirer. Même si c'est douloureux…

– Tu es à Boston, Leah, tu n'es plus à Montgomery et ce monstre ne peut plus t'atteindre. Tu n'es plus là-bas…

Je suis sa voix, je la cherche dans la brume et lorsque je la trouve, je m'y accroche de toutes mes forces.

– Tu es plus forte que ça, tu es une survivante…

Ma main est lourde mais je lutte pour la bouger. Je force mes muscles à fonctionner pour amorcer un mouvement et j'arrive enfin à la soulever au prix d'un effort surhumain pour m'accrocher à son poignet. La sensation tangible de sa peau sous mes doigts me ramène à la réalité de plein fouet et j'ouvre les yeux en aspirant une bouffée d'oxygène salvatrice.

– C'est ça ! C'est bien, Leah. Tu y es presque ! Continue comme ça, respire avec moi. Allez, on compte ensemble. Remplis tes poumons pendant trois secondes : un… deux… trois… et on souffle !

Je la suis en récitant mentalement mon mantra, appris il y a des années.

Inspire sur trois temps… Souffle sur quatre temps…

Inspire sur trois… Souffle sur quatre…

Inspire… Souffle…

Inspire…

Mon corps reprend vie et je recommence à sentir ce qui se passe autour de moi. Je ne suis plus en train de tomber, je suis assise au sol. Je sens le parquet sous mes jambes, pas le vide, le mur en plâtre contre mon dos, la sensation du torchon humide et frais que Maria passe sans relâche sur mes joues surchauffées, les doigts apaisants de Liz dans mes cheveux, le tic-tac de l'horloge de mon vieux four, le bruit bourdonnant de la rue, la lumière qui provient de la porte-fenêtre de mon balcon…

Tous ces petits détails insignifiants mais qui me confirment que je suis chez moi, en sécurité. Tous ces détails qui me rassurent, qui m'ancrent dans la réalité.

J'y suis presque… Plus que quelques efforts et…

J'inspire une ultime fois, fort, profondément, en tremblant de tous mes membres, et j'y suis *enfin*.

Je suis revenue à moi.

Le contrecoup me saisit de plein fouet et je me mets à trembler de tous mes membres, sans réussir à me contrôler. Mes yeux se remplissent de larmes et je mords l'intérieur de ma joue en fermant les paupières sur la sensation de brûlure que laisse chaque sillon salé sur mes joues.

– Tout va bien, Leah, tout va bien… murmure Maria en s'asseyant à côté de moi à même le sol.

Elle entoure son bras autour de mes épaules et vient nicher ma tête dans le creux de son cou tandis que Liz continue de frictionner mes mains. Elles ne disent rien de plus. Elles se contentent d'être là, à côté de moi, alors que j'évacue mes angoisses.

Nous restons un long moment dans cette position, sans bouger d'un millimètre, sauf pour la main de Maria qui glisse le long de ma tempe, en un geste apaisant. Ça me brise le cœur d'y penser, mais elle serait une mère formidable si la nature lui en laissait la chance. Tandis que d'autres personnes, comme ma mère, enfantent en un claquement de doigts mais ne développent jamais d'instinct maternel…

J'inspire profondément alors que les tremblements refluent peu à peu, et Liz vient remettre une mèche de cheveux derrière mon oreille quand j'ouvre les yeux face à elle.

– C'est Jamie qui t'a fait du mal ? demande Maria.

Sa voix est incertaine, et je la sens clairement mal à l'aise. Elles adorent Jamie. L'imaginer me faire du mal semble inconcevable pour elles. Et autant je sais qu'il a dépassé les limites avec le vol de ma lettre, autant, à tête plus froide, j'avoue que j'ai aussi cherché cette confrontation en volant sa casquette.

– Non… Non, il ne m'a pas fait de mal, réponds-je d'une voix tremblante.

– OK… Tu en es certaine ? Parce qu'on a peut-être mal évalué la situation en arriv…

– Tout va bien, la coupé-je un peu sèchement.

Je ne veux pas m'étendre sur la situation et devoir trouver une excuse pour expliquer pourquoi je me trouvais dans cette situation avec mon voisin. Ça placerait mes amies entre deux camps et je ne suis pas encore certaine qu'elles me choisiraient si elles devaient prendre parti pour l'un ou pour l'autre. Alors pour l'instant, je préfère passer sous silence les raisons de mon affrontement avec Jamie. Maria n'insiste pas et j'inspire longuement pour retrouver enfin mes esprits et éclaircir mes pensées. Quand je suis calmée, je fronce les sourcils.

– Mais pourquoi vous êtes là, au fait ?

Liz sourit en regardant Maria avant de répondre à ma question :

– Le restaurant est exceptionnellement fermé et pour une fois Maria est disponible un soir. Comme Lino avait déjà prévu une soirée, on espérait te convaincre de sortir avec nous.

– Sortir ? Où ça ?

– Dans un resto-club : l'Amnesia.

OK, je ne suis pas vraiment le genre de personne à sortir en boîte de nuit ou dans des restaurants avec de la musique à fond, mais à l'instant T, ce nom me semble être une oasis de fraîcheur après la crise d'angoisse que je viens de subir. C'est peut-être ça qu'il me faut : sortir, et oublier, le temps d'une soirée, ma vie. En entier. Ma personnalité, mon passé, mes problèmes et mes angoisses…

Il suffit de dire oui.

De sauter le pas.

De faire un pas…

– Je n'ai rien à me mettre pour une sortie dans un endroit pareil, articulé-je comme un robot.

Elles éclatent de rire et Maria se lève d'un bond en filant vers mon placard, tandis que Liz reste à côté de moi.

– OK, plus sérieusement, qu'est-ce qui s'est passé avec Jamie ? chuchote-t-elle alors que sa cousine hurle en découvrant mes vêtements.

– MAIS ATTENDS, AVEC TOUTES CES FRINGUES DE MARQUE, ON VA TE TRANSFORMER EN BOMBASSE ! Oh, mon Dieu, c'est une jupe Ralph Lauren ? Tu veux la mettre ou je peux te la piquer pour ce soir ?

– Je te la prête, acquiescé-je en ignorant délibérément Liz à côté de moi.

– Leah…

– Il ne s'est rien passé, chuchoté-je en réponse, tout en continuant d'observer Maria qui met mes affaires sens dessus dessous.

– Pourtant, ça avait l'air de tout sauf de « rien »...

Je soupire en quittant sa cousine des yeux pour sonder les siens.

– Un léger « accrochage », rien de plus.

Liz se mord l'intérieur de la joue et baisse momentanément le regard avant de revenir sur moi.

– Ça avait l'air plutôt violent comme « accrochage ».

– Liz... soupiré-je. Entre ton frère et moi, c'est compliqué. Disons qu'il a dépassé les bornes, oui... Mais finalement, moi aussi. Il ne s'est rien passé de plus. Alors si on pouvait éviter d'en parler, ça m'arrangerait.

– Tu as quand même fait une crise de panique juste après... insiste-t-elle.

– Et justement, j'aimerais éviter de repartir dedans, alors si on peut arrêter de discuter de ça et se concentrer sur la soirée ?

Je la supplie du regard mais elle plisse les yeux, peu convaincue.

– S'il te plaît ? quémandé-je de nouveau.

Elle m'observe un long moment avant d'abdiquer en levant les yeux au ciel.

– *Va bene*... murmure-t-elle avec dépit.

– *Grazie mio Dio!* (merci mon Dieu !), m'exclamé-je, soulagée.

Ma réponse en italien la surprend et elle pivote brusquement la tête vers moi. Je me surprends à lui sourire d'un air énigmatique pour lui faire comprendre que j'en sais plus que ce que je ne veux laisser paraître. Un léger sourire se dessine en retour à la commissure de ses lèvres et j'en profite pour me lever pour rejoindre Maria qui m'appelle pour un défilé. Mais avant que je n'aie le temps de me redresser entièrement, j'entends Liz m'interpeller dans mon dos :

– *Leah ? Capisci l'italiano, vero ?* (Leah ? Tu comprends l'italien, pas vrai ?)

Sa voix provoque un silence immédiat dans la pièce. Même Maria s'arrête de piailler en écarquillant les yeux… Je ne peux m'empêcher de sourire et je me mords la lèvre inférieure pour ne pas éclater de rire en découvrant son visage éberlué et les rouages de son cerveau qui s'enchaînent pour vérifier tout ce qu'elle aurait pu dire de secret en italien juste à côté de moi. Heureusement pour elle, rien de très important.

– Leah ? reprend Liz un peu fort.

– *Forse…* commencé-je d'une voix amusée, *l'ho imparato a scuola…* (Peut-être… que je l'ai appris à l'école…)

Ma réponse déclenche une tempête de réactions et j'entends Liz éclater de rire derrière moi tandis que Maria pousse un cri scandalisé avant de me jeter le vêtement qu'elle tenait à la main !

– *Brutta bugiarda !* (Espèce de vilaine menteuse !) s'écrie-t-elle en riant aux éclats.

Je reçois la jupe en pleine tête et ris de bon cœur avec elles. Ça fait du bien de me soulager d'un de mes secrets, aussi infime soit-il.

– *Brucerai all'inferno con le sorelle Kardashian !* (Tu brûleras en enfer avec les sœurs Kardashian !) réplique Maria en me jetant un pull cette fois-ci.

– *Spero che no !* (J'espère bien que non !) répliqué-je en riant et en évitant le vêtement de justesse, si bien qu'il atterrit sur le nez de Liz derrière moi. *Preferirei bruciare con Caytlin Jenner*[2], *ha gusti migliori di te !* (Je préférerais brûler avec Caytlin Jenner, elle a de meilleurs goûts que toi !)

Ma phrase à peine finie, Maria se jette sur moi en poussant un cri scandalisé et je bascule avec elle, atterrissant à moitié sur les jambes de Liz, toujours assise par terre. La scène provoque un nouveau fou rire et je finis allongée, les larmes aux yeux et les abdominaux en feu tant je ris. Ça ne m'était

2. Femme transgenre, parent de Kylie et Kendall Jenner, les demi-sœurs de Kim Kardashian.

pas arrivé depuis des années et ça me provoque tellement de bien que je me demande comment j'ai pu me tenir éloignée des gens aussi longtemps. Liz et Maria sont des anges, et même si Jamie est le démon, je me dis que choisir cet appartement et cet emploi était la meilleure décision de ma vie. Je ne les aurais jamais rencontrées si je n'avais pas signé le début de ma nouvelle vie.

Nous finissons finalement toutes allongées par terre, en hurlant de rire comme des hystériques. Quand les derniers sanglots de joie se dissipent enfin, au terme d'un effort surhumain, Maria ouvre grand ses yeux.

– La tête que va faire Jamie quand il saura que tu comprends tout ce qu'il dit… chuchote-t-elle, le feu aux joues et le démon dans son regard.

– Ah…

Cette information me cloue le bec et je ne sais pas quoi répondre. Je n'ai pas particulièrement envie que Jamie sache que je parle italien. Heureusement pour moi, Liz prend les devants.

– Et si on ne lui disait rien ? propose-t-elle.

Maria fronce les sourcils à sa suggestion.

– *E perché ?* (Et pourquoi ?)

Je me garde bien de poser la question également, car ça m'arrange de conserver cette information secrète.

– J'adore mon frère, mais franchement, tu raterais une occasion de le voir se ridiculiser devant une fille ? explique-t-elle. Depuis le temps qu'il se pavane à utiliser l'italien pour exclure les gens d'une conversation, je veux profiter du spectacle de le voir le faire devant Leah sans le savoir ! finit-elle en éclatant de rire.

Maria semble peser le pour et le contre et je retiens ma respiration dans l'attente de sa réponse, tandis que Liz continue de rire à l'idée de piéger son petit frère.

– J'avoue… murmure-t-elle en plissant les yeux de malice. *Dai ! Acqua in bocca*[3] *!*

3. Expression qui signifie qu'on garde un secret.

Son accord provoque une salve d'applaudissements et je relâche ma respiration en me laissant tomber au sol, les yeux fixés sur le plafond, heureuse. Je suis bien, et rien ne pourrait venir gâcher cette soirée.

Une nouvelle Leah, qui sort, se confie, se fait des amies.

Une nouvelle Leah, pour une nouvelle vie.

– Bon, pour ce soir, je vote pour un look « jeune femme de bonne famille qui veut tomber du mauvais garçon ». C'est bon pour toi ? demande Maria en changeant de sujet comme de chemise.

– Euh…

Elle se redresse sur un coude et m'observe de ses yeux malicieux, consciente de mon hésitation.

– Je ne pense pas que ce soit une bonne id…

– Vendu ! me coupe-t-elle sans même prendre en compte mon avis. Liz, va chercher ton body col bardot et ton push-up, on va lui faire ressortir la poitrine !

– Je n'ai pas de push-up ! se scandalise l'intéressée.

– *OK, non hai uno… Ma vai a prenderlo comunque.* (OK, tu n'en as pas… Mais va quand même le chercher.)

– *Ma che troia !* (Mais quelle p*** !) s'exclame Liz avant de se relever et de sortir d'un pas énervé par la porte d'entrée.

– Euh… tout va bien ? questionné-je Maria, mal à l'aise en entendant les pas bruyants de Liz et le claquement de la porte dans la cage d'escalier.

Maria se lisse rapidement les cheveux d'un air absent, avant de me répondre en souriant :

– Tout va bien. D'ici dix minutes, elle va me maudire, moi et ma descendance, mais ne t'inquiète pas : elle va revenir avec son push-up !

15

Jamie

– Putain, Jamie, tu fais chier, grogne Nolan en retirant son casque. J'ai mis dix ans à discipliner mes cheveux et ton petit tour à moto vient de tout foutre en l'air ! On n'aurait pas pu prendre un taxi ?

Je ris en me foutant ouvertement de sa gueule. Je n'ai pas voulu prendre de taxi parce que je ne voulais pas laisser ma moto devant son immeuble.

– Nope ! réponds-je en secouant ma tignasse rebelle, avant de sortir la béquille pour garer mon bolide et l'enjamber.

Je grogne quand il pose le casque sur l'une des poignées.

– Quoi ? Il ne va pas s'envoler !

– Retire-le et prépare-toi à payer le vestiaire pour ça, me contenté-je de le prévenir.

– Sérieux, se mettre autant de pression pour un casque de scooter, ça me dépasse…

– Oh ! D'une, c'est pas n'importe quel casque, c'est un Hedon ! Et les deux m'ont coûté un bras et un rein alors hors de question de les laisser posés sur ma bécane. Et de deux, si tu compares encore une fois ma Triumph à un scooter, je te jure que je te tue et que je balance ton corps dans la baie du Massachusetts !

– C'est juste un putain de scooter un peu plus gros… insiste-t-il en souriant pour me provoquer.

– C'ÉTAIT LA MOTO DE STEVE MCQUEEN DANS *LA GRANDE ÉVASION*, BORDEL ! éructé-je, indigné.

– Pas étonnant qu'il se soit foiré alors…

– *Ma che rompicoglioni !* (Mais quel casse-couilles !)

soufflé-je en décidant de l'ignorer et en lui arrachant le casque des mains. Donne-moi ça !

Nolan est mon meilleur pote. Mais, putain, qu'il est casse-burnes parfois ! Et j'ai tout sauf envie de me prendre la tête ce soir avec un Irlandais aussi con qu'un Italien du nord ! Je veux juste boire avec mes potes et prendre du bon temps ! L'Amnesia est le club parfait pour ça.

Les filles qui viennent ici n'ont pas froid aux yeux. C'est exactement ce qu'il me faut pour soulager la tension qui s'est accumulée sur mes épaules depuis que je me suis pris la tête avec Leah, aka Miss Briseuse-de-couilles-en-chef !

Heureusement que ma sœur et ma cousine sont arrivées car je ne sais pas jusqu'où j'aurais pu aller… Et le pire, c'est que je ne sais pas non plus ce que j'aurais fait…

Je sens mon sang se remettre à bouillonner au souvenir de cet après-midi et je me mords une nouvelle fois l'intérieur de la joue, mais Nolan n'est pas dupe.

– Eh ! Zen, mec. N'oublie pas que c'est toi qui as commencé…

Je grogne pour toute réponse. Il est de son côté, et même si ça me fait chier de l'admettre, je dois reconnaître que j'ai volé en premier. Je ne m'attendais juste pas à ce qu'elle réplique aussi vite, et surtout en tapant dans le mille. Je tiens à cette casquette autant que je tiens à ma moto.

Nolan me fait un clin d'œil et je le suis jusqu'à l'entrée du club. Je n'ai jamais besoin de faire la queue avec Nolan. À peine arrivé devant les videurs, il leur tape un *high five* avant de rentrer comme un roi, en doublant les gens agglutinés en rangs d'oignons juste devant, ce qui provoque quelques cris de contestation. Je les ignore et suis mon copain qui pénètre dans la boîte comme s'il était le maître des lieux. Je vais d'abord déposer mes casques et ma veste en cuir au vestiaire avant de le rejoindre. J'en profite pour sourire et faire un clin d'œil à l'hôtesse qui fait pigeonner son décolleté sous mes yeux, puis je m'éloigne sans un regard en arrière. Elle est mignonne mais ce n'est pas mon style. Les basses se font de plus en plus sourdes et vibrent dans ma cage thoracique quand je retrouve Nolan devant la porte intérieure.

– Après vous, milady, plaisante-t-il en m'ouvrant l'un des deux battants tout en me faisant un geste du bras pour m'inviter à passer en premier.

Je lui fais un doigt d'honneur en le bousculant et entre enfin dans l'Amnesia[1]. L'électricité qui flotte dans l'air est la première chose qui me prend aux tripes. J'adore cette ambiance. Les corps dansent les uns contre les autres, en partie cachés ou illuminés par les stroboscopes, tandis que le bar est baigné d'une douce lumière chaude. J'aime ça. La chaleur corporelle, la sensation de liberté et d'ivresse des corps.

J'avance doucement, à côté de Nolan, en observant autour de moi si je réussis à créer un lien visuel avec une de ces jeunes femmes. Je sens les basses vibrer dans ma cage thoracique et j'ai l'impression de voir les corps bouger au ralenti sur la musique. Des fesses qui ondulent en rythme, des mains qui soulèvent des cheveux pour rafraîchir des nuques, des hanches sur lesquelles j'ai envie de laisser glisser mes mains… Putain, je vais devenir taré ici. J'en jubile d'avance !

Des blondes, des brunes, des rousses… J'observe les représentantes du corps féminin autour de moi et je récolte déjà plusieurs sourires, voire des invitations à les rejoindre. Ce soir, je ne rentrerai certainement pas seul… Il y en a pour tous les goûts. Je liste mentalement celles qui me plaisent le plus en espérant trouver celle qui sortira du lot. Je repère une petite brune à la peau mate un peu plus loin, juste à côté d'une jolie rousse. Oh, merde ! Non… J'ai un mouvement de recul en réalisant que j'ai malgré moi maté le cul de cette rousse-là.

– Eh ! Ce serait pas Maria, là ? En robe blanche ? hurle Nolan par-dessus la musique en me désignant la foule en mouvement.

1. Je conseille d'écouter «Diplomatico» de Major Lazer en fond sonore.

Je ris intérieurement et secoue la tête en reconnaissant ma cousine qui se déhanche sur la piste de danse en hurlant, mais j'esquisse un lent sourire en la voyant s'éclater. Si elle est là, alors Liz ne doit pas être loin. Bon, ça ne va pas m'aider si ma frangine se trouve dans le coin, et encore moins si elle et ma cousine se mettent en tête de me pourrir mes coups. Mais en m'éloignant des deux, je devrais réussir à passer ma soirée tranquille dans mon coin sans me faire emmerder. Bien, première mission : repérer ma sœur et aller à l'opposé de l'endroit où elle se trouve. Je balaie la foule du regard et la trouve rapidement du côté du b…

Non.

PUTAIN !

NON !

– Oh, bordel, cette soirée s'annonce encore plus grandiose que ce que je croyais ! s'écrie mon pote derrière moi en éclatant de rire.

Mais putain. De. MERDE !

De toutes les soirées !

De tous les putains de clubs de cette ville, de toutes les meufs présentes à Boston, je me retrouve à moins de dix mètres de ma connasse de voisine !

Mon corps se tétanise à sa vue et je bande les muscles de mes bras en serrant les poings tellement fort que je sens la peau de mes paumes se percer sous mes ongles. Ma mâchoire se contracte et je sens mes yeux se plisser en la fusillant du regard. Je dégage tellement de colère et de violence brute qu'elle doit le sentir et se retourne lentement avant de se figer en m'apercevant.

Eh ouais, connasse.

C'est bien moi.

J'ai la satisfaction de la voir rapidement écarquiller les yeux, avant de se reprendre et de remettre son masque de snob.

Ne me la fais pas à l'envers, Leah. Je sais très bien ce que tu caches derrière tes airs de grande dame : une garce.

Qui m'a volé quelque chose de très précieux.

– Jamie, non… Ne fais pas ç…

Nolan n'a pas fini de parler que je fonce sur elle, en ignorant les invitations légères sur mon passage. Je repousse même la main d'une fille qui tente de m'attirer pour me focaliser sur ma cible : *elle*. Je m'immobilise à quelques centimètres de son visage et elle se redresse face à moi, en essayant de prouver qu'elle n'est pas impressionnée.

– Jamie ! Stop ! claque la voix de Liz sur la droite de mon champ de vision.

Mais je ne daigne pas tourner la tête. Toute mon attention est focalisée sur Leah qui plisse les yeux en retour.

– Et alors, Duchesse, on vient frayer au milieu du bas peuple ? grincé-je en la fixant méchamment.

– J'hésite entre dire que cet endroit est devenu un lieu du bas peuple depuis ton arrivée ou m'étonner que tu connaisses le mot « frayer »… répond-elle d'une voix basse en me défiant.

J'inspire violemment en avançant un peu plus pour la surplomber et l'intimider mais une poigne de fer s'abat sur moi et me force à reculer alors que Liz se place entre nous deux.

– ÇA SUFFIT, VOUS DEUX ! s'écrie-t-elle alors que Nolan m'empêche d'avancer.

– Merde, Jamie ! Laisse tomber, putain… Ça ne vaut pas le coup de se flinguer la soirée ! grogne mon pote derrière moi.

Je serre un peu plus les dents sans répondre et fusille du regard la brune en face de moi. Et vu son visage tendu, elle n'en pense pas moins de moi. Je connais maintenant très bien son regard furieux, je l'ai longuement observé cet après-midi alors que j'étais collé contre elle. Une brusque tension dans mes reins me prend par surprise et je recule de quelques pas tout en continuant néanmoins à la fusiller du regard.

C'est fou de réussir à en vouloir à quelqu'un à ce point,

mais c'est exactement ça. Le simple fait de la voir me met hors de moi. Leah fait ressortir tous les aspects sombres de ma personnalité…

– Jamie… s'impatiente Nolan alors que Liz et Maria se postent en barrage devant Leah.

J'accepte à contrecœur de faire marche arrière, entraîné par mon pote, tout en lui faisant comprendre à travers mes yeux noirs qu'elle n'a pas intérêt à se trouver sur mon chemin ce soir.

Sinon, je ne réponds plus de rien.

16

Leah

Je bouillonne, assise depuis dix minutes dans les toilettes de la boîte de nuit. Mon pied tape non-stop sur le sol sale et collant de l'Amnesia alors que j'essaie de me calmer, en vain.

J'étais venue pour me changer les idées et je me retrouve encore face à ce crétin ! Je n'aurai donc jamais de répit ? Où que j'aille dans cette ville, quoi que je fasse, j'ai ce débile profond sur le dos !

Je suis hors de moi et je sens mon cœur battre comme un fou dans ma cage thoracique alors que je devrais être en train de m'amuser au lieu de venir me réfugier ici ! Je devrais être en train de danser, de profiter de ma jeunesse et de faire des rencontres, pas de finir cachée dans les W.-C. douteux d'un club, nerveuse et un peu chancelante.

Enfin, ça, c'est surtout à cause des deux verres que je viens de boire cul sec pour faire passer l'énervement de tomber sur lui… Un furtif souvenir de ma réaction physique cet après-midi à son contact s'insinue dans mon esprit et me fait légèrement douter, mais je le fais fuir bien assez vite.

J'inspire profondément pour faire passer l'envie de défoncer la porte devant moi.

Allez, Leah, tu es plus forte que ça. Tu vaux mieux que ça !

Je ne peux pas laisser ce connard avoir la satisfaction de gâcher ma soirée ! Alors je vais prendre sur moi, me calmer, sortir mon plus beau sourire et retourner danser pour lui montrer que son influence ne joue en aucun cas sur moi ! Je me lève et ouvre la porte pile au moment où un groupe de filles entre en riant dans les W.-C. J'ai un bref mouvement de recul et me cache derrière la porte entrouverte, sans aucune raison. Si ce n'est un stupide instinct de survie durement appris dans l'enfance.

– Vous avez vu le sourire qu'il m'a fait ? glousse l'une d'entre elles.

– Si ça se trouve, il a souri à quelqu'un derrière toi, se moque sa copine.

Sympa.

– Ne sois pas jalouse ! se défend la première en allant vérifier son maquillage dans le miroir. Ce n'est pas parce que Jamie Selvaggio m'a souri à moi et pas à toi que tu dois être vilaine !

SÉRIEUSEMENT ?

Même aux W.-C. ! Je ne suis tranquille nulle part en fait !

– J'ai entendu parler de lui un jour, chuchote l'une des filles. Il paraît qu'il peut faire ça plusieurs fois par nuit…

Elle finit en gloussant et je soupire derrière la porte de mes toilettes. Ça, pour le faire plusieurs fois… Et juste pour m'emmerder, j'en suis sûre.

– Kate a raconté que la voisine de sa cousine en était sortie avec les jambes en vrac, renchérit l'une d'entre elles en gloussant.

Je me retiens de lever les yeux au ciel et sors en fermant la porte des toilettes derrière moi, ce qui fait sursauter les filles. Elles ne m'avaient pas vue et mon arrivée provoque l'arrêt brutal de leur conversation. Je ne peux m'empêcher de sourire en les voyant rougir.

– Ne vous gênez pas pour moi… lancé-je d'un air détaché en sortant mon poudrier pour retoucher mon maquillage après m'être lavé les mains.

Ma remarque les fait rire et je me joins à leur bonne humeur avec un clin d'œil.

– Désolée, on parlait de la proie de ce soir de Nadia, se justifie une jolie petite blonde en désignant sa copine qui rougit de plus belle.

Je souris en la regardant et frotte ma houppette sur le fond de teint en poudre avant de l'appliquer par petites pressions sur mon visage en me regardant dans le miroir.

– Jamie Selvaggio, hein ?

Je réussis à prononcer son nom en entier sans grimacer. Bien. On s'améliore. Ma remarque leur fait tourner la tête et elles m'observent toutes avec de grands yeux ronds.

– Tu le connais ?

Je prends le temps de finir de me repoudrer le nez avant de les regarder. Une idée sublime vient de prendre forme dans mon cerveau. Et si tout se passe bien, je devrais peut-être enfin réussir à dormir tranquillement pendant un moment…

– C'est mon voisin de palier, réponds-je enfin d'une voix neutre.

Elles ouvrent la bouche en grand et l'instant d'après, je suis assaillie de questions et entourée d'une meute de jeunes filles curieuses.

– Est-ce que c'est vrai ce qu'on raconte sur lui ?

– Il peut vraiment faire ça dix fois par nuit ?

– Lauren Rezzatto a entendu dire qu'il avait un pénis énorme. Tu l'as déjà vu ?

J'éclate d'un rire forcé, accolée au lavabo, et lève les mains pour les calmer.

– Doucement, douuuucement… Une question à la fois : alors je ne l'ai jamais vu tout nu donc je ne peux pas confirmer la taille de son… enfin, de son « engin ». Et, oui, il peut faire ça plusieurs fois par nuit. De ce que j'ai entendu, en tout cas…

Ma réponse semble les ravir et elles trépignent sur place alors qu'un sourire mauvais se dessine sur mes lèvres.

Tu vas payer pour toutes ces foutues nuits blanches, Selvaggio…

Je me replace nonchalamment face au miroir quand elles s'éloignent en chuchotant, et je sors mon rouge à lèvres, avec un regard malveillant.

– Forcément, quand on dure moins de cinq minutes…

Le silence stupéfait qui suit ma petite phrase anodine est tellement jouissif que je dois me retenir de ne pas éclater de rire alors que j'applique consciencieusement une couche de rouge bordeaux sur ma bouche.

– De quoi ?

– Cinq minutes ? Mais cinq minutes de… de tout, ou bien…

Je me retiens de plus en plus difficilement en imaginant la rumeur de ses exploits se répandre comme une traînée de poudre. J'ai envie de rire comme une hystérique et une excitation malsaine prend vie dans mon ventre et se répand comme la lave d'un volcan en éruption dans le reste de mes membres.

– Moins de cinq minutes du début à la fin. Montre en main. J'ai déjà chronométré, confirmé-je d'une voix nonchalante en rebouchant mon rouge à lèvres et en le rangeant dans mon sac comme si je ne venais pas de balancer une bombe.

Comme si je ne venais pas de lancer une affreuse rumeur sur les exploits sexuels de mon bourreau.

J'en jubile d'avance… Je sens mes bras se couvrir de chair de poule et mes abdominaux se creuser d'anticipation. On pourrait presque croire que je suis sur le point d'avoir un orgasme tant l'idée de nuire à mon voisin me donne du plaisir.

Je passe la lanière de mon sac sur mon épaule en jetant un dernier coup d'œil à ma coiffure et me retourne vers les filles en faisant la moue.

– Après, si c'est ce que vous recherchez, la quantité au lieu de la qualité… ça, par contre, il est doué !

Avant de sourire de toutes mes dents de façon totalement hypocrite et de sortir d'un pas décidé en les laissant gamberger.

– Bonne soirée, les filles.

Je passe la porte des W.-C. et j'attends de faire quelques pas avant d'éclater d'un rire furieux en me retenant au mur. Nom de Dieu, celle-là était magistrale et elle m'est tombée en plein dans la main, servie sur un plateau ! Je prends le temps de souffler un bon coup pour me calmer avant de rejoindre la table où m'attendent les filles. Quand je m'assois sagement, un grand sourire plaqué sur le visage, Liz plisse les yeux.

– Qu'est-ce que tu mijotes ?

Je feins l'ignorance et ouvre de grands yeux en la regardant.

– Moi ? Mijoter quelque chose ? Je suis l'innocence même !

Ma réaction lui fait lever les yeux au ciel.

– À d'autres, Leah. À chaque fois que je te vois avec cet air satisfait, c'est que tu viens de faire une crasse à mon frangin.

J'éclate de rire en la voyant rouler des yeux.

– Mais non, ça va ! Rien de bien méchant.

En tout cas, de mon point de vue. Je lui fais un clin d'œil complice avant de conclure :

– Il s'en remettra.

***

– Donc, tu es institutrice, c'est bien ça ?

Je souris au bel homme face à moi et je pose mon menton sur mon poing, accoudée au bar, avant de lui répondre en souriant.

– Exactement. Et toi, qu'est-ce que tu fais, Kevin ?

Il sourit de toutes ses dents blanches et une nuée de papillons s'envolent dans mon ventre. Ça fait dix minutes que je suis assise avec lui à discuter après avoir reçu un verre offert de sa part et l'avoir rejoint, poussée par les filles. Il m'explique qu'il est directeur technique dans une agence de publicité et je l'écoute attentivement en touillant mon mojito gratuit. Je suis aux anges. Il respire la tranquillité et l'assurance sans être étouffant, pas comme mon voisin dont l'ego surdimensionné écrase tout sur son passage. Et il ne m'inonde pas non plus d'informations sur lui, comme Niall. Non, il prend le temps de me poser des questions et je vois qu'il écoute attentivement mes réponses, qu'il est sincèrement intéressé par moi, pas comme Henry. De plus, avec ses yeux verts et son aura de sérénité, il ressemble à s'y méprendre au gendre idéal, et donc à mon type d'homme parfait.

Je souris largement et rigole de bon cœur à l'une de ses blagues. Il est même drôle ! Que demander de plus ?

– Et si je te demandais ton numéro de téléphone, là, est-ce que tu accepterais de me le donner ? murmure-t-il, un léger sourire en coin en se penchant imperceptiblement vers moi.

Apparemment, on ne demande rien de plus, parce qu'il a tout pour être parfait. Séduisant, courtois sans être pressant, visiblement bien éduqué et gentleman. Je lui donne mon numéro de téléphone s'il veut, et même mon adresse, mon numéro de Sécurité sociale et mon corps aussi !

Enfin, après un délai légal de trois rendez-vous, bien évidemment. Ce qui semble être le style du bel homme en face de moi. Je souris jusqu'aux oreilles en rougissant un peu à sa demande et hoche la tête avec douceur.

– Avec plais…

– ENFIN !

Je sursaute à la voix bourrue dans mon dos et fais brusquement demi-tour quand une main chaude se pose comme par magie sur ma taille.

– Désolé d'être en retard, mon amour, le service au restaurant était dingue ce soir !

Je reste interdite quand Persécuteur-premier-du-nom, j'ai nommé mon très cher voisin Jamie Selvaggio, vient poser un rapide baiser sur ma joue et tend sa main à mon soupirant en lui souriant d'un air affable. Je recule comme si j'avais été piquée par une abeille, mais Jamie m'empêche de descendre du tabouret en me serrant de force contre lui.

– Bonjour. Je suis Jamie. Et vous êtes ? demande-t-il à Kevin, sans se soucier de me voir me débattre pour échapper à son bras.

– Euh… visiblement perdu… répond ce dernier en me regardant, les sourcils froncés.

– Lâche-moi, Jamie ! grincé-je d'une voix sèche en réussissant enfin à dégager sa main de ma taille.

Il ne s'en offusque pas et lève les paumes face à moi en signe de reddition.

– Pardon, j'avais oublié…

– Oublié quoi ? reprends-je plus hargneusement.

Que tu me détestes et que je te le rends bien ? Qu'on rêve mutuellement de s'entre-tuer ? Ce genre de choses ne s'oublie pas, espèce de connard ! Mais au lieu de me répondre, il se tourne vers mon possible rencard et sourit d'un air gêné.

– Certaines futures mamans n'aiment pas quand on leur touche le ventre et Leah en fait partie…

Je suffoque littéralement quand les yeux de l'homme en face de moi s'ouvrent comme des soucoupes.

– Quoi ? MAIS PAS DU T…

– Chuuuut, mon ange, tu te souviens de ce qu'a dit le docteur ? Pas de stress supplémentaire, c'est mauvais pour les jumeaux, me coupe-t-il en posant son gros doigt mal élevé sur ma bouche, en la tordant au passage.

Son contact me donne envie de vomir et je songe pendant un quart de seconde à le mordre, mais je me reprends en imaginant tous les endroits que ce fameux doigt a pu visiter dans la soirée. À la place, je gifle sa main pour la dégager de ma bouche avec une expression de dégoût.

– Retire tout de suite tes sales pattes de mon visage !

Mon cri du cœur le fait sourire de plus belle et il éclate presque de rire. Et, faisant de nouveau face à notre spectateur, il ajoute :

– Ah, les femmes enceintes et leurs hormones ! Un sacré cocktail, n'est-ce pas ?

Et il appuie sa déclaration en plantant ses doigts dans mon épaule et en me rapprochant de force contre son torse. Je manque de suffoquer à l'idée d'être aussi proche de lui et lui file un coup de talon dans le tibia. Je sens à son gémissement étouffé que je lui ai fait mal, mais il ne laisse rien paraître et continue de sourire comme un imbécile alors que j'essaie sans succès de me défaire de son emprise.

– Je crois que je me suis trompé… prononce faiblement l'homme en face de moi. Je vais vous laisser.

– Non, non, n…

Je gémis sourdement quand Jamie plante littéralement

ses ongles dans ma chair, et regarde mon homme parfait s'éloigner en secouant la tête de déception.

– Bonne soirée ! lui crie-t-il, sans aucun respect pour l'humiliation qu'il vient de lui infliger.

Dès qu'il a tourné les talons, je hurle – un véritable cri du cœur – et essaie de le griffer au visage alors qu'il me relâche enfin.

– Espèce de connard ! suffoqué-je presque en abattant ma main acérée sur sa petite gueule de con.

Mais il la saisit au vol et tire sans ménagement dessus pour me rapprocher de son visage, un rictus mauvais plaqué sur sa bouche. Je manque de dégringoler de mon tabouret et me retiens de justesse au bar à côté de moi.

– Un prêté pour un rendu, Duchesse… murmure-t-il en me fusillant du regard. Ça, c'était pour ta petite histoire des « cinq minutes »…

J'écarquille les yeux et reste interdite un bon moment avant d'éclater de rire. Un rire de malade mentale, encore. Un rire qui délivre une nuée de papillons dans mon ventre et me fait un bien fou ! Je l'ai eu. J'ai réussi ma mission, et maintenant, son image de tombeur est enfin détruite !

– Oh, mon Dieu ! C'est allé encore plus vite que dans mes rêves les plus fous ! réussis-je à prononcer entre deux hoquets.

OK, il vient de me faire possiblement rater l'homme de ma vie, mais la joie de savoir que cette rumeur s'est répandue comme une traînée de poudre est tellement puissante que j'en oublie Monsieur Parfait pour savourer l'instant et surtout son regard furieux. C'est extraordinaire comme sensation !

– Tu lances encore une rumeur de ce genre et je te ferai bien pire… me promet-il avec un regard terrible.

– Et tu vas faire quoi ? Est-ce qu'on en arrive encore aux menaces physiques, Selvaggio ? Finalement, tu ne vaux pas mieux que ton beau-frère… sifflé-je entre mes dents serrées.

Ma pique fait mouche parce qu'il serre les dents avant de répliquer :

– Ne me tente pas, Leah. Tu pourrais le regretter…

Avant de reculer pour disparaître dans la foule du club, me laissant seule et un peu perdue. Je frotte machinalement mon poignet, encore consciente de la chaleur de sa main dessus, et en regardant l'endroit d'où il vient de disparaître, les yeux plissés. Alors que je devrais jubiler d'avoir eu le dessus sur lui, tout ce que je ressens, c'est une flambée incandescente dans le creux de mon ventre.

Je finis mon verre d'un trait avant de rejoindre la table des filles. Mon retour seule ne passe pas inaperçu.

– Où est passé le beau brun ? me demande Liz.

– Il doit encore être en train de courir après ce que lui a balancé ton frère…

Ma réponse provoque un silence gêné à table et je commande une nouvelle tournée générale pour relancer l'ambiance, surtout quand je surprends plusieurs fois le regard transperçant de Liz.

***

Deux heures plus tard, je les abandonne sur la piste de danse, épuisée par une session intensive sur de la musique techno.

– Allez, Leaaaaah, reste avec nous, râle Maria en tentant de m'attraper et de m'attirer de nouveau au milieu de la foule.

Je m'esquive en riant et m'éloigne avec un mouvement des doigts pour leur signifier que je m'en vais pour de bon. Après l'épisode avec Jamie, je me suis tenue éloignée de lui et il a fait de même, ce qui m'a permis d'enfin passer une bonne soirée avec mes copines.

– T'es pas drôle ! s'écrie la belle rouquine.

– Sauf quand il s'agit d'emmerder mon frère ! contrecarre Liz.

– Là, je suis inépuisable, tu veux dire ?

Ma réponse les fait rire. Je leur envoie un baiser soufflé avant de récupérer mon verre sur la table pour le finir et de me faufiler au travers des corps en sueur vers la sortie. Je remarque Jamie dans un coin de la salle en train de chuchoter quelque chose à l'oreille d'une blonde en tenue légère.

Il croise mon regard et je détourne bien vite les yeux en feignant une ignorance blasée. Mais je vois dans la périphérie de mon champ de vision qu'il me sourit méchamment avant de revenir vers le mannequin qui lui tient compagnie. La vision de lui en train de chuchoter à l'oreille de cette fille fait monter une brusque flambée de colère teintée de jalousie. J'aurais pu aussi finir en bonne compagnie s'il ne s'en était pas mêlé…

Je suis certaine qu'il est heureux de me voir quitter la boîte seule pendant qu'il drague. Il va la ramener à l'appartement ce soir. Je grimace d'avance à l'idée de la nuit horrible que je vais passer. Il ne me laissera aucun répit, j'en suis certaine… Je rumine ma colère en patientant au vestiaire pour récupérer ma veste quand j'entends la conversation de deux vigiles à côté de l'entrée.

– Si tu vois des mecs en train de dealer, tu les fous dehors, ordre du patron. Il ne veut pas d'emmerdes après le scandale de la semaine dernière.

– Reçu.

Je cligne plusieurs fois des yeux en entendant leurs paroles. Est-ce que j'oserais ?

– Mademoiselle ?

Je sursaute à la voix de la jeune femme derrière le comptoir et je lui tends machinalement mon ticket pour qu'elle aille récupérer mes affaires.

– Même une suspicion de passage de drogue finit dehors. Le boss a eu les Stups sur le dos toute la semaine et il ne veut pas que ça se reproduise.

Je récupère mon manteau et mon sac d'un air absent tout en continuant d'écouter la conversation à côté de moi.

– Quitte à appeler les flics pour les foutre en taule pour la nuit.

Et là : BIM !

Illumination.

Quel est le moyen pour moi de passer une bonne nuit ?

Empêcher Jamie de revenir à l'immeuble avec une conquête qui poussera des cris d'orfraie pendant que j'essaierai lamentablement de dormir.

Je réalise dans un coin de ma tête que cette histoire commence à aller très loin, trop loin, d'ailleurs… Mais je suis dans un tel état de fatigue et de fureur que l'idée me paraît tout bonnement merveilleuse. Et même géniale ! Un petit tour en prison ne devrait pas lui faire de mal, non ? C'est un grand garçon après tout…

Je souris de façon machiavélique en prenant ma décision. Les papillons sont de nouveau là. Et ils me confirment que je fais quelque chose de bien et de mérité. J'enfile mon manteau en laine avant de m'avancer d'un pas décidé vers les vigiles.

– Excusez-moi, messieurs…

Mon arrivée leur fait relever la tête vers moi et je simule un visage gêné.

– Je ne veux pas vous déranger, mais j'ai cru voir quelqu'un vendre de la drogue dans un des coins de la boîte de nuit en sortant… Je ne sais pas si je devrais vous le dire…

– Au contraire, dites-nous qui et on se charge du reste, s'empresse de répondre le plus grand, celui qui monopolisait la conversation avant que je n'intervienne.

– Vous êtes sûrs ? Je ne voudrais pas non plus que ça me retombe dessus.

L'autre vigile, un grand métis baraqué, me sourit gentiment.

– Ne vous inquiétez pas, on ne dira pas d'où vient la source.

Parfait.

– OK… soupiré-je, faussement résignée. Vers l'une des alcôves, il y a un grand brun en train de draguer une blonde avec une mini robe rouge…

Le premier vigile jette un rapide regard vers l'intérieur.

– Celui avec une chemise blanche et les cheveux décoiffés ?

Bien joué, monsieur. Celui-là même.

– Oui. Quand je suis passée à côté, il me semble l'avoir vu sortir une pochette avec des pilules bleues dedans…

Ça pourrait aussi bien être de l'ecstasy ou du Viagra,

mais je les laisse faire leur propre opinion. Ils m'écoutent attentivement et j'enfonce le clou en reprenant la parole.

– Et la jeune femme lui a donné de l'argent en échange…

Voilà, c'est dit. Je viens de mentir à deux vigiles. Pour pouvoir dormir.

Si avec ça, je ne finis pas en enfer…

– Très bien, merci de nous avoir informés, mademoiselle. Et ne vous inquiétez pas, vous resterez anonyme.

– Merci beaucoup… soufflé-je, les yeux brillants.

Je simule très bien l'oie blanche. Mes années de congrès politiques forcés avec ma famille n'auront pas servi à rien.

– Gary, tu t'approches du mec pour éviter de le laisser filer, et moi, je préviens le reste du service de sécurité. Vous devriez rentrer chez vous maintenant, m'interpelle ensuite le premier vigile. Il risque d'y avoir un peu de grabuge.

Je hoche frénétiquement la tête avant de partir en courant vers la rue. Et comble du bonheur, un taxi s'arrête presque instantanément à ma hauteur quand je lève le bras. Je m'engouffre à l'intérieur et indique rapidement mon adresse au chauffeur pour qu'il parte au plus vite. Ce n'est qu'après que le taxi a tourné au coin de la rue que je souffle de soulagement.

Et que je réalise ce que je viens de faire. Je viens d'accuser Jamie de dealer de la drogue.

C'est définitif, j'irai brûler en enfer. Et avec la chance que j'ai, il sera encore mon voisin six pieds sous terre…

Je ris nerveusement à l'idée de devoir le supporter même en étant torturée éternellement, et je frotte mes yeux, indécise. Je ne sais pas si je dois m'en vouloir ou me féliciter.

Je déciderai demain.

Je me laisse bercer par le mouvement de la voiture et je suis presque endormie quand le chauffeur m'annonce que nous sommes arrivés. Je sursaute légèrement et me redresse bien vite en voyant la porte de mon immeuble. Déjà ? Je paie la course et sors en serrant mon manteau sur ma tenue légère. Quelle idée de se balader comme ça en plein hiver ! Mon gros manteau en laine me protège du froid, mais mes jambes nues me rappellent cruellement que les hivers à Boston peuvent être mordants. Je frissonne et avance vers la porte pour composer le code d'entrée. J'appuie sur le dernier bouton et entends le verrou se débloquer quand le bruit d'une moto dans mon dos hérisse les poils de ma nuque. Je tourne brusquement la tête et je n'ai pas besoin de réfléchir longtemps pour savoir qui arrive en trombe au bout de la rue.

MERDE !

Je me rue à l'intérieur et claque la porte dans mon dos avant d'appuyer frénétiquement sur le bouton de l'ascenseur.

– Vite, viiiite… le supplié-je presque en entendant la moto se garer devant la porte.

Si Jamie réussit à rentrer dans le bâtiment avant que je ne sois à l'abri dans l'ascenseur, je ne donne pas cher de ma peau. Et je cours moins vite que lui, alors je n'arriverai pas à lui échapper par les escaliers.

– LEAH !

Je crie presque de soulagement en voyant les portes s'ouvrir devant moi. Je me précipite à l'intérieur et appuie sur le bouton de mon étage et sur celui qui referme les battants quand le bruit du loquet de la porte d'entrée retentit. J'ai à peine le temps d'apercevoir son visage furieux se précipiter vers moi que les portes se referment devant lui.

Je me recule en panique contre la paroi dans mon dos, le cœur battant à cent à l'heure en réalisant que je ne suis pas passée loin de me faire étriper.

Et je connais le morceau. Il va grimper les marches des escaliers quatre à quatre pour me coincer. J'ai une fenêtre de dix, peut-être quinze secondes pour rentrer chez moi avant qu'il ne se précipite sur ma porte pour tenter de la défoncer.

Je sors en vitesse mes clés de mon sac, les mains tremblantes et l'esprit en ébullition. Mais quelle idée à la con ! Putain, Leah ! QUELLE IDÉE À LA CON, MERDE !

J'observe les étages défiler d'un regard anxieux, la peur au ventre, face à la porte, prête à bondir pour me cacher le plus vite possible dans la sécurité de mon appartement et de ma porte blindée.

Quand l'ascenseur me libère à mon étage, je bondis et tente d'enfoncer avec difficulté les clés dans les verrous. Je sens une sueur froide dévaler ma colonne vertébrale quand le bruit de ses pas furieux dans l'escalier se rapproche.

Merde, merde, meeeeeeerde…

Je déverrouille enfin ma porte et je plonge dans mon appartement, mais je sens une main s'abattre sur mon épaule. Je suis projetée en arrière pour revenir dans le couloir avant qu'un corps massif ne me bloque, une main sur ma gorge.

Mes yeux s'agrandissent de peur quand je croise les siens, presque aliénés. Il ferme la porte et je me retrouve seule avec lui dans le couloir.

À sa merci.

17

Jamie

– Alors comme ça, on s'amuse à balancer des fausses infos ? sifflé-je entre mes dents serrées.

Je sens le sang battre dans sa jugulaire contre ma paume alors qu'elle est captive entre mes bras. J'ai perdu tout contrôle quand j'ai réalisé ce qui s'était passé. Je vois passer Leah, et même pas deux secondes plus tard, je me retrouve plaqué contre le mur de la boîte avec une fouille en règle. Je n'avais rien, et les deux vigiles ont dû s'excuser auprès de moi en mentionnant que la jeune femme qui m'avait vu dealer avait dû se tromper. Il n'y avait qu'elle pour faire un coup aussi bas. J'ai vu rouge, j'ai perdu toute envie de draguer et complètement vrillé. Je n'ai pas réfléchi et je me suis élancé à sa poursuite en oubliant la fille et Nolan dans le bar.

Et j'ai réussi à la rattraper et à la coincer. Enfin !

– Tu sais ce qui me retient de te refaire la figure, là, tout de suite ? continué-je[1].

Elle ne répond pas mais lève le menton, en baissant à demi les paupières. Mais c'est qu'elle reprendrait du poil de la bête, la duchesse !

– Parce que je me tâte sérieusement à te montrer ce qu'un vrai dealer ferait aux petites balances dans ton genre…

Ma phrase déclenche un tsunami et elle bondit en se débattant pour s'extirper de ma prise. Je joue un peu en la maintenant quelques instants supplémentaires avant de la

1. Je conseille d'écouter «Sober» de G-Eazy et Charlie Puth en fond sonore.

lâcher et de lui saisir les deux poignets pour les maintenir sur sa poitrine.

– Et alors ? On veut jouer à la tigresse ? Désolé, Leah, mais tu as plus l'étoffe d'un chaton, me moqué-je.

– Les chatons aussi peuvent sortir les griffes ! Et souvent, ce sont eux qui réussissent à te faire saigner quand tu t'y attends le moins, persifle-t-elle.

– J'aimerais bien voir ça, tiens… Tu n'es qu'une putain de plaie sur mon chemin, Leah. Si tu continues à vouloir jouer au caïd, tu vas finir par terre à ramasser tes dents !

– On en revient aux menaces ? Bravo, apparemment ta maman ne t'a pas appris les bonnes maniè…

Je ne la laisse pas finir sa phrase et lâche un de ses poignets pour la saisir au menton. Elle fait exactement pareil et nous nous retrouvons comme deux imbéciles à nous tenir par la mâchoire.

– Ne t'avise surtout pas de parler de ma mère ! sifflé-je entre mes dents serrées.

– Ooooooh… Ça menace les filles et ça baise à tout va, mais ça ne veut pas qu'on touche à sa « mamma » ?

Elle commence à prendre le dessus et ça ne me plaît pas du tout ! Mais je connais ses faiblesses, je sais ce qui la ronge pour l'avoir découvert dans sa fameuse lettre.

– Au moins, la mienne m'aime… asséné-je calmement d'une voix basse.

Le coup est violent et son visage se décompose sous mes yeux.

– Tu n'es qu'un sale connard !

– Continue les mots doux, Leah, j'y prends beaucoup trop de plaisir… ricané-je en la voyant à court de mots.

– Salaud !

– C'est tout ce que tu as en réserve ?

Son sourire devient cruel.

– J'ai déjà utilisé « junkie » et « éjaculateur précoce » dans la soirée…

– Espèce de connasse… grondé-je. Et tu sais très bien que c'est faux.

– J'habite à côté de chez toi, alors je sais de source sûre que tu présumes de tes performances, Selvaggio.

– Est-ce qu'il faut que je te baise contre le mur pour te prouver que tu as tort ?

Elle inspire brusquement à ma menace et je me retiens de faire pareil. Parce qu'une image furtive de moi en train de la pilonner comme un sauvage dans ce couloir désert a surgi dans ma tête et a presque réussi à me brouiller l'esprit. Mon corps se réveille et je fais appel à toute ma volonté pour me calmer, mais notre position ne m'aide pas. Cet après-midi aussi, j'avais failli perdre le contrôle quand j'étais plaqué contre elle. J'étais furieux, en rage, puis je l'ai sentie s'alanguir contre moi et je…

Putain, j'ai eu envie de…

La lumière du couloir s'éteint brusquement et nous nous retrouvons plongés dans le noir. Je ne distingue presque rien, si ce n'est un mince halo orangé sur le mur à cause de l'éclairage de sécurité derrière moi. Mais je ne vois plus son visage qui est protégé de la lumière par ma propre tête.

La coupure de la lumière nous a plongés également dans le silence. Je n'entends plus que nos respirations dans l'obscurité. Un étrange duel vocal, mais sans paroles. Je suis toujours aussi tendu et prêt à me battre, alors je ne lâche pas ma position. Et elle non plus, car ses ongles s'enfoncent un peu plus dans la peau de mon visage.

Je ne vois rien mais je sens encore ses doigts serrés sur ma mâchoire.

Je ne parle pas mais je sens encore son corps collé contre le mien.

Son souffle haché et énervé qui balaie les cheveux sur mon front.

Ma poitrine enflée par la colère qui se presse contre la sienne et serre un peu plus son bras que je maintiens entre nous. Ma respiration devient d'ailleurs de plus en plus laborieuse, j'ai du mal à retrouver mon calme et la maîtrise de moi-même.

Je bénis l'absence de lumière car mes yeux doivent être

dilatés à cause du sursaut d'adrénaline, et par ma fureur contre elle. Je dois ressembler à un dément.

Elle remue légèrement et je m'appuie instinctivement contre elle pour l'empêcher de bouger. Je retiens ma respiration et mon ventre se contracte quand mes lèvres effleurent les siennes par accident.

C'était bien sa bouche, j'en suis certain. J'ai senti son hoquet de surprise vibrer contre ma commissure.

Ce n'était pas intentionnel.

Totalement accidentel…

Pourtant, ça déclenche un ouragan dans mes reins et mon bas-ventre. J'ai une érection monstrueuse et vu comment je suis placé, elle ne va pas tarder à le découvrir. Je devrais m'éloigner rapidement, immédiatement même. Mais je suis tétanisé.

Le nez collé contre le sien. Je réalise à quel point je suis en contact avec son corps. Le moindre millimètre soudé. Je tiens son visage et elle le mien. Mon bassin la pousse contre le mur, et l'une de mes cuisses est entre les siennes. N'importe quelle personne qui passerait à ce moment-là s'imaginerait que je suis sur le point de…

Une de ses cuisses réussit à se libérer de ma poigne et je me prends son genou de plein fouet. Je libère son poignet pour saisir sa jambe et la maintenir en place en grognant de douleur quand elle en profite pour agripper mes cheveux et tirer dessus. Je plante la pulpe de mes doigts dans sa peau nue et l'immobilise de nouveau en appuyant de tout mon poids pour l'écraser et l'empêcher de me frapper de nouveau. Je ne peux pas empêcher ses ongles de se planter dans mon crâne, mais je peux encore et toujours l'immobiliser et l'empêcher de fuir.

– Espèce de garce… grondé-je d'une voix sourde.

– Ordure… répond-elle tout aussi bas.

Je colle mon front contre le sien et la cloue un peu plus au mur. En réponse, elle griffe mon crâne et plante un de ses ongles sur ma lèvre.

– Petit chaton qui griffe… me moqué-je en chuchotant.

– Le chaton peut aussi mordre, me menace-t-elle.

– J'aimerais bien voir ça, tie…

Je n'ai pas le temps de finir qu'elle se jette sur ma lèvre et la mord violemment entre ses dents. Je jure sous l'effet de la douleur. Elle m'a sûrement fait saigner ! Quand elle me relâche, je sens le goût métallique du sang dans ma bouche, ce qui me donne envie de l'embrasser furieusement pour la recouvrir aussi d'une traînée rouge sombre. L'image de ma bouche contre la sienne provoque une envie si violente que je dois me retenir de ne pas céder à la tentation de forcer l'entrée de ses lèvres. Je me contente d'avaler la preuve de son attaque et de me venger en serrant la chair tendre de sa cuisse plus fort.

Elle répond en faisant pareil avec sa main dans mes cheveux.

Je recommence un peu plus fort.

Elle aussi…

Mon bassin l'écrase.

Le sien se venge, tentant de me repousser.

Je reprends le dessus.

Puis elle aussi.

Et je…

Putain, avant même que je réalise ce qui se passe, je me retrouve à onduler entre ses cuisses sans douceur. Et le pire ? Elle me laisse faire…

Je suis brusque et rude. Mais, bordel, la sensation est tellement bonne que je ne peux pas m'arrêter de la pilonner. Et sa respiration hachée me galvanise, me donne envie d'aller plus fort, plus profondément…

Mords-moi encore, chaton. Allez…

Mais elle ne le fait pas. À la place, ses ongles égratignent la peau de mon cuir chevelu pour glisser à l'arrière de ma tête et forcer mon front à se presser plus fort contre le sien. Pour une fois, je ne lutte pas et obéis à son ordre silencieux. Je remonte sa jambe plus haut et lâche enfin son visage pour soulever son autre cuisse et la hisser sur mes hanches. Elle suit le mouvement et ses pieds se verrouillent sur mes reins alors que la main qui tenait mon menton rejoint celle qui griffe mon crâne. Je recommence à me balancer contre elle, enfin libéré de toute entrave, et elle gémit dans un souffle, visiblement surprise par mon érection.

C'est justement ce bruit qui me réveille et me fait réaliser brusquement ce qui se passe.

Putain !

Je la lâche et recule brusquement contre le mur opposé en allumant la lumière pour briser le pouvoir de l'obscurité. Je ne sais pas ce qui a déclenché ça mais, clairement, nous retrouver dans le noir a engendré quelque chose qui ne devait pas arriver !

Je reste figé de l'autre côté du couloir en la fixant, les yeux écarquillés. Elle semble aussi sidérée que moi et respire fort en resserrant les pans de son manteau sur sa poitrine. Je déglutis, incertain de ce que je dois faire maintenant, vu ce qui vient de se passer.

Je me contente de plisser les yeux pour la fusiller du regard, encore furieux de ce qu'elle a fait dans le club.

– Ne recommence pas… l'avertis-je d'une voix gutturale.

De quoi ? De me faire passer pour un dealer ?

Ou bien de m'hypnotiser, presque au point de la déshabiller devant la porte de son appartement ?

Aucune idée, merde. Mais dans les deux cas, je ne veux pas. Je ne veux plus. Et je tourne les talons pour rejoindre la sécurité de mon propre appartement en claquant la porte dans mon dos. Je m'appuie ensuite contre elle, fixant le plafond, sonné par la tournure des événements. Je passe un long moment à me refaire le déroulé des événements pour essayer de comprendre ce qui a déclenché tout ça.

Et analyser, pendant ce qui me semble une éternité, comment j'ai bien pu en arriver là…

18

Jamie

Je m'arrose le visage d'eau glacée pour la dixième fois de la matinée. Je n'ai quasiment pas dormi de la nuit après l'épisode dans le couloir. Putain… Qu'est-ce qui a bien pu se passer là-bas ? Je serre les doigts sur la vasque en céramique devant moi et fixe mes yeux cernés dans le miroir de la salle de bains. Je ressemble à un zombie. Entre le manque de sommeil et la trique de malade que j'ai eue pendant plusieurs heures, on ne peut pas dire que je sois un homme reposé.

Le déroulé des événements revient dans mon esprit et je ne comprends toujours pas ce qui a pu déclencher tout ça. Comment est-ce que je me suis retrouvé dans cette position avec elle ? À quel moment notre bagarre s'est-elle transformée en… ça ?

J'ai cru que mes reins allaient prendre feu. Je me suis perdu en chemin et j'ai bougé contre elle comme un chien en rut avant de revenir à la raison. Puis j'ai paniqué et je me suis cassé en vitesse pour couper court à ce qui risquait de se passer.

Je frotte mes yeux d'une main pour la centième fois en une heure. Il va falloir que je me dépêche, la livraison de produits frais arrive tôt ce matin. J'ai reçu un message de mon père tard hier soir pour me dire que notre cousin Enzo avait réussi à changer la pièce grillée dans le piano de cuisson. Celui-ci est donc de nouveau fonctionnel. Je jette un regard à ma montre. Neuf heures trente. Je dois finir de me préparer. Je prendrai un café et un bagel sur le chemin.

Je frictionne mon visage et mes cheveux humides avec une serviette, et sors de la salle de bains vêtu de mon jean. La douche de ce matin n'a pas réussi à me détendre et je sens des tensions dans mes omoplates. Je tente de faire rouler mes épaules pour les dénouer mais tout ce que je réussis à faire, c'est me faire encore plus mal. J'enfile un tee-shirt à manches longues et un sweat en vitesse avant de chausser mes Caterpillar. Je vérifie l'heure sur ma montre, les plis de mon jean, que la porte du frigo est bien fermée…

En vrai, je fais tout ce que je peux pour ne pas penser à hier soir. Je refuse d'y penser.

C'était une erreur, il ne se passera jamais rien entre Leah et moi, plutôt crever.

Résolu à ne plus jamais me retrouver près de ma voisine, même pour l'emmerder, j'enfile ma veste en cuir, sors de chez moi et claque la porte en rabattant la capuche de mon sweat.

Mais je fais à peine deux pas sur le palier que j'ai un mouvement de recul.

Quelles étaient les chances de sortir en même temps qu'elle aujourd'hui ? Sérieusement ?

Nos regards se croisent brièvement avant qu'elle ne baisse très vite les yeux, tandis que je détourne les miens et enfonce un peu plus la capuche sur ma tête en la dépassant. Je ne la bouscule pas comme je l'aurais fait d'habitude. Au contraire, je fais un grand détour, jusqu'à raser le mur opposé.

Mais de toute façon, elle ne me regarde pas et je la vois même se crisper en se collant contre sa porte alors qu'elle ferme tous les verrous un par un en prenant son temps.

Bien, on est sur la même longueur d'onde.

Arrivé devant l'ascenseur, j'hésite à descendre par les escaliers, mais la fatigue de cette nuit pourrie me prend en traître. J'ai vraiment la flemme de prendre les escaliers. Alors j'appuie sur le bouton d'appel en espérant qu'elle va bien prendre le temps de fermer tous ses verrous et de les vérifier un par un. Quitte à les huiler au cas où.

Voire les changer.

Si elle pouvait même rentrer dans son appartement pour vérifier ceux de sa porte vitrée, ce serait pas mal aussi.

Mais pour mon malheur, ce putain d'ascenseur met des années à arriver et j'entends à l'absence de bruit de clé dans mon dos qu'elle a fini. Mais pas de pas vers moi. Je garde mon visage baissé et je fixe mes pieds, la mâchoire serrée.

Putain, Leah, prends les escaliers.

Ne monte pas dans cet ascenseur.

Les portes s'ouvrent enfin et je m'engouffre dedans en me collant contre la paroi du fond, le regard toujours vissé au sol et les mains enfoncées dans les poches de mon jean. Et quand je vois le bout de ses pieds franchir les rails des portes coulissantes, je retiens un soupir irrité.

Merde, quoi !

C'était si compliqué de prendre ces foutus escaliers ?

Je m'éclaircis la gorge, pris d'une brusque sensation de poids sur la poitrine alors qu'un effluve de parfum féminin atteint mes narines. Je me redresse légèrement, mal à l'aise. J'espère qu'elle ne prendra pas ça pour une invitation parce que, ce matin, c'est justement tout ce que je veux éviter avec elle. Mais heureusement pour moi, elle ne parle pas et je vois même ses pieds bouger pour se mettre dos à moi et se coller contre les portes qui se ferment devant elle.

Bien.

La descente semble durer une éternité.

Depuis quand cet ascenseur est aussi lent ?

Ma nuque raide commence à devenir douloureuse et je bouge mon menton de gauche à droite pour la détendre en me redressant à peine. Un mouvement inhabituel attire malgré moi mon regard.

Elle a une queue-de-cheval.

Une putain de longue queue-de-cheval…

Je n'avais pas vu que ses cheveux étaient aussi longs. Elle les porte toujours en chignon. Et je les vois pour la première fois « détachés », enfin, en partie.

Et je me retrouve comme un con, fasciné par le mouvement. Ils sont plus souples que ce que j'imaginais. Ils tombent en cascade dans son dos et les pointes viennent balayer sa chute de reins. Sous les lampes de l'ascenseur, ils me semblent même légèrement plus clairs que ce que j'ai l'habitude de voir. Je n'arrive pas à choisir entre châtain clair ou blond foncé…

L'unique moyen de savoir serait d'aller vérifier ailleurs…

Le bip de la cabine qui atteint le rez-de-chaussée me sort de mes pensées et je baisse les yeux en serrant les dents alors qu'elle me précède dans le hall d'entrée.

– Bonjour, madame Fisher, prononce-t-elle d'une voix aimable à notre voisine alors qu'elle revient de sa promenade matinale.

– Bonjour, ma petite Leah. Et bonjour, Ja… Jamie ?

La surprise de nous voir sortir d'une pièce confinée sans tenter de nous entre-tuer ou bien de nous insulter lui fait perdre sa contenance et elle s'immobilise, les yeux écarquillés. Je lui souris rapidement en hochant la tête avant de foncer pour dépasser Leah et atteindre la porte d'entrée avant elle.

Le froid mordant me frappe en plein visage et je me gifle mentalement en voyant comment j'ai laissé ma moto hier.

Sans la couvrir, le pneu à moitié sur le trottoir, et la béquille posée à l'arrache. Qu'elle soit encore debout tient du miracle, parce que dans une position pareille, elle aurait dû se renverser. Je marmonne de colère en l'enjambant.

Leah me dépasse d'un pas tranquille sur le trottoir alors que j'enclenche l'embrayage et positionne le piston, avant de démarrer, puis de lancer les gaz pour quitter la rue, sans même vérifier mes angles morts. C'est loin d'être intelligent mais je m'en fous, j'ai juste envie de quitter l'espace où Leah se trouve.

Le vent glacé finit de me réveiller totalement et je me sens plus serein alors que je m'éloigne d'elle, enfin ! Au bout de cinq minutes, je gare ma moto dans la ruelle qui jouxte la porte de service. J'accueille la chaleur de la cuisine avec soulagement quand je passe la porte, mais le répit ne dure que quelques secondes.

– *Sei in ritardo !* (Tu es en retard !)

Je grogne en vérifiant l'heure. Il est neuf heures quarante-sept, j'ai exactement deux minutes de retard et le camion de livraison n'est pas encore arrivé. Mais aux yeux de mon oncle, je viens encore de commettre un impair.

– *Basta zio, ho passato una brutta notte...* (Ça va, tonton, j'ai passé une mauvaise nuit...) marmonné-je en enlevant mon manteau.

Il ne répond pas et se contente de grogner en préparant le pétrin. Le klaxon du camion de livraison nous interrompt et pendant la demi-heure qui suit, j'enchaîne les allers-retours pour décharger et ranger les aliments dans la chambre froide sans parler, sauf pour aider mon oncle à trier les produits qui se rapprochent de la date de péremption. À dix heures trente, je ferme enfin la porte blindée et aperçois par le passe-plat ma cousine entrer dans le restaurant.

– *Eh, cugino !* (Eh, cousin !)

– *Ciao Maria !*

Elle entre dans le vestiaire qui jouxte la cuisine et retire son manteau pour le déposer dans son casier. Elle fait ensuite un détour dans la cuisine pour embrasser son père. L'un des seuls moments de la journée où il sourit. Elle lui claque un énorme bisou sur la joue et les yeux de mon oncle pétillent comme à chaque fois.

– *Ciao tesoro mio* (Bonjour, mon trésor), murmure-t-il en l'embrassant en retour.

L'instant ne dure que quelques secondes puis il reprend son air bougon et me fait les gros yeux pour me dire de regarder ailleurs. Je ricane et fais un rapide bisou à ma cousine en continuant de préparer les entremets.

– *Come stai ?* (Comment tu vas ?)

– *Stanca...* (fatiguée...) répond-elle en souriant.

– Moi aussi ! rétorqué-je en riant.

– Je te fais un café ?

Je grogne de plaisir à sa proposition. Heureusement qu'elle est ma cousine, et qu'elle est déjà mariée, sinon j'aurais pu l'épouser sur-le-champ ! Elle rit en me voyant la regarder comme un ange.

– Un ristretto bien corsé, c'est ça ?

– Mets-en deux dans la même tasse… ricané-je en désignant mes cernes.

Heureusement pour moi, elle pense qu'ils sont dus à la soirée d'hier en boîte de nuit, pas à cause de ce qui s'est passé avec ma voisine.

Non, Jamie, ne pars pas dans cette direction.

Je me suis interdit de penser à elle aujourd'hui. Et je compte bien tenir ma promesse.

– *Papà, vuoi un caffè ?* (Papa, tu veux un café ?)

Mon oncle marmonne quelque chose qui ressemble à un « c'est plutôt l'heure de travailler » en italien, mais hoche rapidement la tête sous le regard attendri de sa fille. Elle sourit avec douceur et revient quelques minutes plus tard avec trois tasses fumantes. Je quitte mon poste pour m'asseoir à la table qui nous sert pour manger avant le service, et elle s'y installe également, suivie de son père. Je savoure avec bonheur l'odeur de café avant d'engloutir le liquide brûlant. Il réchauffe ma gorge et mes tensions se dénouent peu à peu quand il trace un chemin incandescent le long de ma poitrine.

Je discute rapidement avec ma cousine et mon oncle en me détendant peu à peu. Rien de mieux que de savourer un café serré en famille avant le rush de la préparation.

– Où est mon père ? demandé-je en remarquant qu'il n'est toujours pas à son poste habituel alors qu'il commence chaque jour à dix heures trente pétantes.

Il arrive après mon oncle, mais s'occupe également de fermer le restaurant, donc il part plus tard.

– *Aveva un appuntamento* (Il avait un rendez-vous), répond mon oncle en finissant son café avant de se lever pour retourner à sa tâche.

– Un rendez-vous ? Sur quoi ?

– *Che ne so ?* (Qu'est-ce que j'en sais ?) se contente-t-il de répondre en haussant les épaules.

Je tourne le visage vers ma cousine et je tique quand je remarque que ses mains se sont crispées sur sa tasse. Elle me cache quelque chose.

– Toi, tu en sais plus que tu ne veux le dire… murmuré-je sournoisement en plissant les yeux vers elle.

– Je n'en sais pas plus que toi… répond-elle d'un air qui se veut détaché.

Mais je la connais par cœur, j'ai grandi avec elle, et je connais ses moindres tics. Quand j'étais petit et qu'elle avait fait une connerie, elle tentait toujours de la cacher à nonna Carlotta en agissant comme une petite fille modèle. Elle s'asseyait sur le canapé, telle une enfant parfaite, le dos droit, les pieds bien à plat sur le sol, les genoux légèrement penchés sur le côté et les mains sagement posées sur ses cuisses. Et elle regardait le soap opera de ma grand-mère comme si c'était le programme le plus intéressant du monde, alors que je sais qu'elle crevait d'envie de regarder les concerts unplugged de MTV.

Voilà pourquoi je vois très bien qu'elle me ment. Elle se redresse et porte la tasse à sa bouche en levant presque son putain de petit doigt !

– *Sputa il rospo !* (Crache le crapaud !)

Elle sursaute presque à ma voix moqueuse et je la vois se crisper un peu plus. Merde, il y a vraiment quelque chose d'important, et elle me le cache !

– Maria… la menacé-je d'une voix sourde.

– OK, OK ! Mais ne me tue pas, d'accord ? Ce n'était pas mon idée, c'est ta sœur qui a tout organisé ! dit-elle précipitamment en se relâchant totalement sur sa chaise.

Preuve qu'elle me dit enfin la vérité. Ma cousine se dégonfle comme une baudruche quand elle est prise sur le fait.

– Organisé quoi ?

– Je…

Elle ne finit pas sa phrase car la voix de mon père nous interrompt depuis la salle. J'entends ensuite celle de ma grand-mère et de ma mère, mais je n'ai pas l'impression qu'ils se parlent, plutôt qu'ils s'adressent à quelqu'un d'autre. Et je lâche presque la tasse de café vide que je tenais encore quand ils entrent dans la cuisine.

Non.

Pas ici.

Cette cuisine est mon sanctuaire.

Alors voir Leah Robertson le franchir ressemble à une violation de vie privée !

Je pose brusquement la tasse sur la table, et le bruit sourd fait sursauter Maria et met fin à la conversation entre mes traîtres de parents, ma grand-mère et la greluche qui me sert de voisine.

– Jamie, gronde mon paternel. Ne commence p...

– Qu'est-ce qu'elle fait là ? demandé-je sèchement.

Je ne la regarde pas. Je fixe mon père à la place. J'ai promis de ne plus poser les yeux sur elle et je le ferai. Coûte que coûte.

Surtout après ce qui s'est passé cette nuit.

Et surtout à cause de la réaction que son parfum, qui vient de flotter jusqu'à mes narines, provoque en moi. Je serre les dents à m'en briser la mâchoire et hausse les sourcils en attendant la réponse de l'homme en face de moi.

– Elle est là pour nous aider.

– Elle ne le fait pas déjà assez comme ça avec Lorenzo ? le coupé-je d'une voix sarcastique.

– Jamie ! s'exclame ma maman, scandalisée par mon ton mordant[1].

Sainte Leah, toujours là pour aider ma famille en détresse. Tout se passait bien avant son arrivée, tout allait bien et tout roulait parfaitement. Mais depuis qu'elle est entrée dans nos vies, bizarrement, il n'y a plus qu'elle pour résoudre les problèmes de ma famille. MERDE !

– Leah s'y connaît un peu en legs et héritage, explique ma cousine en voyant que mon père me fusille du regard et ne cherche pas à se justifier. Nos parents cherchent à nous éviter de payer des impôts sur la succession du restaurant... C'est tout, Jamie...

---

1. Je conseille d'écouter « You? » de Two Feet en fond sonore à partir de là.

Je consens à baisser le visage vers elle, et elle me supplie du regard de ne pas faire d'esclandre. Pourtant, l'envie me démange de foutre le feu à ce restaurant. C'est ma famille, MA famille ! Pas la sienne !

Et pourtant, maintenant, j'ai l'impression d'être le dernier au courant de ce qui s'y passe. Je me mords la langue pour ne pas leur hurler d'aller tous se faire foutre et me lève brutalement pour quitter l'espace exigu dans lequel je suis visiblement de trop.

– Jamie !

Je suis sur le point de quitter les lieux pour rejoindre mon poste en cuisine et oublier leur existence à tous quand le ton sévère de ma grand-mère m'immobilise.

– *Vieni nella sala da pranzo.* (Viens dans la salle de restaurant.)

– Nonna… grondé-je en serrant les dents.

– *Subito.* (Tout de suite.)

Son ton n'offre aucune échappatoire. Ma grand-mère crie souvent, mais quand elle parle sèchement, je sais que je n'ai aucune chance. Et j'ai beau être adulte, j'ai des principes de base. Autant je n'aurais aucun regret à envoyer chier mon père, autant jamais je n'aurais l'audace de le faire avec elle. C'est mon aînée, elle a survécu à la Seconde Guerre mondiale en Italie, à un déracinement total en émigrant aux États-Unis, elle a dû dire au revoir à toute sa famille et n'a jamais pu revoir ses frères et sœurs avant leur mort, elle a subi la faim, la peur, le manque d'argent, elle a vécu la perte d'un de ses enfants mort-né et celle de son mari.

J'ai un profond respect pour cette femme. Tellement profond que je sais qu'elle aura toujours droit à un traitement particulier, comme celui que je réserve à ma mère, et à ma sœur.

Et elle utilise cette putain de loyauté contre moi !

Je serre les poings jusqu'à m'en faire blanchir les phalanges, mais je ravale ma colère pour faire volte-face et la précéder dans la salle.

Comme prévu, Leah s'assoit en face de moi et pose

sagement les mains sur la table, le dos bien droit et le menton relevé. Je la vois faire dans le bord externe de mon champ de vision parce que je refuse encore de poser mes yeux sur cette menteuse.

– Jamie ? commence ma mère en s'installant sur une chaise en bout de table.

– *Che ?* réponds-je avec colère.

– *Non parlarmi così ! Sono tua mamma !* (Ne me parle pas sur ce ton ! Je suis ta mère !)

– *E sono tuo figlio, non un criminale !* (Et je suis ton fils, pas un criminel !) rétorqué-je en hurlant presque.

– Jamie ! tonne mon père. *Basta !* Si cette jeune femme ne t'avait pas protégé, tu serais en prison à l'heure actuelle, et Liz serait peut-être morte !

– Mais, putain, si on a découvert que Liz était battue, c'est seulement parce que ma voisine m'a accusé publiquement de frapper les femmes ! éructé-je, hargneux.

Leah ne bronche pas et reste muette en face de moi, alors que je pensais qu'elle saisirait l'occasion pour me rabaisser une nouvelle fois.

– Je sais, tente d'apaiser ma mère, mais tu n'as pas été tendre avec elle ! Depuis le début, tu es insupportable, et Mme Fisher m'a même dit que tu avais forcé sa porte ! C'est vrai ?

Mais comment est-ce qu'elle est au courant de ça ? Je ne me souviens pas de l'avoir vue dans le couloir quand c'est arrivé ! Ce quartier a des putains d'oreilles partout ! Oui, je l'ai fait, pour récupérer ma casquette. Mais même si je m'en sers comme justification, je sais pertinemment que ma famille prendra encore et toujours le parti de Leah et me fera passer pour le malpropre, le sale type qui a forcé la porte d'une pauvre jeune femme !

Je ricane d'une voix amère et ne cherche pas à répondre.

– *Dio…* murmure-t-elle, honteuse, en enfouissant son visage entre ses mains.

Derrière elle, c'est le chaos. Ma grand-mère s'emporte, se met à prier en italien pour le salut de mon âme alors que mon père me regarde, le visage tellement déçu que je sens une colère sourde naître dans mon ventre. Même mon oncle secoue la tête, dépité, depuis le passe-plat. Il n'y a que Maria qui se contente de pincer les lèvres, compatissante.

Mais pour qui ? Pour moi ou pour elle ?

– *Perché ?* (Pourquoi ?) demande enfin ma mère d'une voix triste.

Tellement triste que je sens la colère flamber en moi. C'est la première fois que je vois ma mère aussi déçue, et j'en suis la cause.

– *Qual è il punto ?*(À quoi ça sert ?) murmuré-je d'une voix acerbe. Vous m'avez déjà tous condamné…

Aucune réponse. Personne ne cherche à me défendre, pas même mes propres parents. Ni ma cousine ou ma grand-mère. Je suis acculé, mis au ban de la société par les miens, et ça me donne envie de gerber. Ils gardent tous le silence et je me lève, désabusé. Quoi que je fasse, quoi que je dise, je serai toujours le coupable.

– J'ai accusé votre fils de dealer de la drogue.

La voix de Leah me stoppe net dans mon élan et je la fixe, éberlué et immobile. Elle ne me regarde pas et baisse les yeux, visiblement honteuse, alors que les visages surpris convergent tous vers elle.

Putain, alors celle-ci, je ne l'ai pas vue venir…

– Pardon ? s'exclame mon père.

– J'ai raconté à des vigiles que j'avais vu votre fils en train de vendre de la drogue dans la boîte de nuit où nous nous trouvions hier, explique-t-elle en levant courageusement le visage vers mon père.

Et moi, j'en reste comme un con. Je me rassois lentement à ma place initiale en digérant ce qu'elle vient de dire. Elle vient de s'accuser et d'avouer m'avoir fait un sale coup. Alors que je pensais sincèrement qu'elle fermerait sa gueule pour me laisser prendre toute la faute sur le dos.

– C'est pour ça que tu t'es fait maîtriser hier soir ? s'exclame Maria.

– Ouep… croassé-je d'une voix rauque en plissant les

yeux vers la femme en face de moi, un sourire amer aux lèvres. Une fouille en règle devant tout le monde. Un joli cadeau de ma voisine…

Elle refuse de me regarder mais soutient le regard de mes parents, alors que des exclamations d'effroi éclatent autour de nous.

Ça me fait mal au cul de l'avouer, mais je lui reconnais une belle paire de couilles de faire face à mes parents après avoir lancé cette bombe.

– Mais… mais je ne comprends pas… bredouille ma mère en écarquillant les yeux vers elle.

– Vous avez fait QUOI ?! crache mon père, furieux.

Leah prend le temps de déglutir et de s'éclaircir la voix avant de répondre tandis que je savoure enfin de ne plus être le méchant de l'histoire. La seule chose qui perturbe cette sensation, c'est que jamais je n'aurais pensé que ce serait grâce à elle…

– J'admets que l'animosité entre nous est d'abord apparue à cause de votre fils…

– Ben voyons… ricané-je, en haussant les sourcils vers elle.

– … mais je reconnais également que j'ai ma part de culpabilité. Votre fils n'est pas le seul fautif de cette situation. Bien que je ne le porte pas dans mon cœur…

Sa bouche se retrousse presque de dégoût quand elle prononce le dernier mot et je renifle avec dédain.

– ... Je refuse de semer la pagaille dans votre famille sans admettre ma culpabilité.

Et elle me regarde enfin dans les yeux. Aucune trace de honte, juste le constat que nous sommes deux à foutre la merde dans cette pièce.

Et c'est une première pour moi. D'habitude, je suis celui qui se prend tout dans la gueule, mais aujourd'hui, je sens un puissant sentiment de justice enfler dans ma poitrine. Et ça fait du bien !

– Vous avez fait croire que mon fils était un dealer ?! tonne mon père.

J'ai le plaisir malsain de la voir vaciller à son ton hargneux.

Alors, Leah ? On fait moins la maligne maintenant, hein ?

– Oui, reconnaît-elle avant de baisser les yeux, honteuse. Et je dois admettre que je n'en suis vraiment pas fière…

– Vous avez de quoi… gronde-t-il en réponse, d'une voix sourde. Ça aurait pu aller beaucoup plus loin qu'une simple fouille !

– Cesare… tente de l'apaiser ma mère. Je pense que nous n'avons pas tous les éléments en main pour juger Mlle Robertson.

Je soupire en levant les yeux au ciel. Et allez… Ma mère reprend la défense de sainte Leah…

– Ni Jamie, finit-elle d'une voix douce.

À ma grande surprise.

L'instant d'après, mon père recule de quelques pas alors même qu'il s'était approché en hurlant sur ma voisine, tandis que ma maman croise les doigts sur la table.

– Bien, une mise au point semble s'imposer. Y a-t-il d'autres choses dont nous devrions être au courant ?

Le silence dans la salle devient religieux. Même Maria arrête de poser les couverts pour écouter attentivement. Mais je refuse de parler en premier. Merde, je me suis tout pris sur la figure depuis plusieurs mois alors j'ai droit à un moment de répit. Qu'elle commence avant moi.

– J'ai volontairement mélangé une de mes chaussettes rouges avec la lessive blanche de votre fils pour rendre ses vêtements roses.

Maria éclate d'un rire contenu dans mon dos et je me retourne pour la fusiller du regard. Elle serre les lèvres pour ravaler son hilarité, mais je vois bien qu'elle a du mal à se contenir. D'ailleurs, tout le monde autour de nous semble sur le point de rire. OK, donc même quand elle balance ses conneries, elle réussit à les faire rire ? Que le show commence, alors…

– J'ai fait croire à un de ses soupirants qu'elle était enceinte de jumeaux.

Maria éclate de nouveau de rire dans mon dos à mon aveu et je souris avec ironie, le bras confortablement installé sur le dossier de la banquette, quand Leah me regarde franchement dans les yeux en plissant légèrement les siens.

Eh oui, Duchesse, moi aussi je sais épater la galerie.

– OK… murmure ma mère, visiblement confuse par la tournure de la situation. Autre chose ?

– J'ai fait courir une rumeur sur ses performances sexuelles dignes d'Usain Bolt, rétorque-t-elle.

Avant de sourire en coin, le visage tout sauf amical. Chaton sort les griffes… Je distingue rapidement ma mère soupirer et se frotter les yeux en réalisant l'ampleur des dégâts entre nous, mais sûrement plus en voyant le plaisir que nous prenons à lister les sales coups qu'on s'est mutuellement faits.

Un partout, balle au centre. À moi de lancer le prochain service.

– Rumeur fausse car je demandais expressément à mes conquêtes de hurler le plus fort possible pour l'empêcher de dormir. Pendant des heures… finis-je en chuchotant, les yeux plissés.

Ma grand-mère pousse un cri horrifié avant de quitter la salle en implorant la Vierge Marie de me pardonner pour mon comportement indécent, alors que ma cousine soupire et que ma mère s'éclaircit la voix, gênée par la situation. Mais je sais que mon père sourit, fier de son fils. Leah ne lâche rien, se penche en avant, les avant-bras appuyés sur la table, les yeux rivés sur les miens, et je l'imite en la défiant du regard.

– Je l'ai traité d'organisme unicellulaire devant tout le monde, reprend-elle, parce que je savais qu'il ne comprendrait rien.

– J'ai volé son courrier, j'en ai déchiré une partie et je l'ai transformé en confettis, répliqué-je.

– J'ai volé son enceinte Bose en entrant chez lui par effraction…

– Parce que je faisais exprès de mettre la musique à fond pour l'emmerder…

– J'ai aussi volé sa casquette préférée.

Mon père étouffe un hoquet scandalisé à cet aveu, mais je l'ignore totalement, trop impliqué dans cette course à « celui qui aura le plus fait chier l'autre ».

Je veux gagner. Je *vais* gagner.

– J'ai défoncé sa porte pour la récupérer, relancé-je en la fixant droit dans les yeux.

– J'ai fait livrer des strings pour homme à son nom ici.

– C'était TOI ? s'exclame Maria dans un fou rire.

Putain, c'était elle ? C'était au tout début de notre guerre et je n'ai jamais compris d'où venait cette livraison. J'ai naïvement pensé que c'était une connerie de la part de Nolan. Je suis sur le cul mais je me reprends bien vite pour ne rien laisser paraître.

– Je l'ai menacée de lui montrer ce que faisaient les vrais dealers aux balances, déclaré-je en ignorant ma cousine.

– Oh, *Dio*... souffle ma mère, horrifiée.

– Je l'ai mordu, riposte Leah en se fichant tout autant que moi de notre public.

– Je l'ai plaquée contre un mur pour l'empêcher de bouger.

– Je lui ai donné un coup de pied dans l'entrejambe.

– Je l'ai immobilisée par la mâchoire.

– Je l'ai traité de connard.

– Et moi de plaie.

– De pauvre con, dit-elle un peu plus sèchement.

– De connasse, répliqué-je sur le même ton.

– D'ordure ! murmure-t-elle crûment.

– De garce... finis-je d'une voix sourde et menaçante, en lui montrant presque les crocs.

Puis j'inspire entre mes dents serrées, le souffle court, quand je réalise ce qui vient de se passer. J'ai laissé ma colère prendre le dessus.

J'ai fait exactement ce que je m'étais promis de ne pas faire.

Revivre ce qui s'était passé cette nuit.

Et je vois à la respiration hachée de Leah en face de moi qu'elle aussi vient de se souvenir brusquement de ce qui a suivi ces insultes.

La position, et surtout les réactions de nos deux corps…

Une brusque bouffée de chaleur me prend avec violence, et par surprise, alors que je reste fixé sur ses yeux et que je remarque que ses joues se colorent.

Ma mâchoire se serre…

Ses mains se crispent…

Mon dos se raidit…

Elle déglutit avec difficulté…

Et je serre les poings quand le duvet visible depuis son décolleté se hérisse.

MERDE !

Je baisse précipitamment les yeux et pivote vers ma famille pour mettre un terme à cette situation. Mais ce que je découvre en face de moi n'aide pas. Dans la salle, c'est la stupéfaction. Plus personne ne parle et même mon oncle nous regarde depuis le passe-plat, les yeux ébahis.

Bordel, j'en ai trop dit. Ou pas assez. Mais ce qui est certain, c'est qu'ils ont tous compris que notre relation n'était non seulement pas des plus amicales, mais qu'elle allait au-delà de la simple animosité entre deux adultes. Leah me rend taré. J'enrage quand elle est là. Elle fait ressortir les côtés sombres de ma personnalité, et pour une raison que j'ignore, je pense que j'agis de la même façon sur elle. Mais depuis cette nuit, et la réaction de nos corps, la ligne droite et précise qui pointait vers la haine est devenue floue et ça me fait flipper.

– Wow… souffle Maria en se laissant tomber sur une chaise à côté de ma mère. Je ne savais pas que c'était allé aussi loin…

Si seulement elle savait…

C'est allé encore plus loin que ce que j'avais prévu. Et j'ai beau lutter contre le flot d'émotions qui m'envahit, j'ai énormément de mal à me retenir. Parce que je pourrais toujours tenter de me persuader du contraire, le souvenir de son corps sous le mien vient de m'exciter.

Plus que ce que je ne veux l'avouer.

– Vous avez fini ? demandé-je d'une voix éraillée.

Ma maman me fusille du regard à cette question.

– Nous, oui. Mais vous ? nous désigne-t-elle d'un ton acerbe.

Je baisse les yeux, gêné, et fais mine de balayer une poussière imaginaire.

– Ça n'ira pas plus loin, dit Leah d'une voix timide.

Je relève le visage vers elle, interloqué. Parce que pendant un court instant, je ne sais pas si elle fait référence à cette guerre ou à ce qui s'est passé cette nuit.

Et si je me fie à son visage légèrement hagard, je crois qu'elle non plus n'en sait rien, en fait…

– Ça n'ira pas plus loin, répété-je comme un perroquet, en l'observant.

– Est-ce que je peux vous croire ? questionne ma mère.

Bonne question. Est-ce que je peux tout arrêter comme ça ? Sans sas de décompression ? J'ai pris mes habitudes depuis plusieurs mois : bosser, sortir avec des filles, baiser, jouer au basket avec mes potes, et emmerder Leah.

Je l'avais incluse dans ma routine, en me demandant chaque matin ce que j'allais pouvoir faire pour transformer sa vie en enfer.

Et réaliser qu'elle avait pris autant de place dans mon quotidien me fait flipper à mort.

– Oui, confirmé-je d'une voix sourde.

– Oui, affirme-t-elle aussi, d'une voix plus déterminée, les yeux brillants.

– Bien, confirmé-je sur un ton un peu plus agressif en plissant légèrement les miens.

– Bien ! ajoute-t-elle un peu plus fort.

Je n'attends pas de réponse ou une quelconque tentative d'apaisement de ma mère et me lève en trombe, sans même un « merde » ou un « au revoir », pour filer vers la cuisine. Je bouscule presque mon oncle qui jure en italien à mon contact, mais je l'ignore et vise ma seule issue : la porte de service.

Je dois fumer une cigarette pour tenter d'évacuer ce mélange de rage et d'excitation qu'elle a déclenché en moi – que toute cette situation a déclenché en moi. Je sors dans le froid hivernal sans même prendre la peine d'enfiler ma veste en cuir, et je me retiens de foutre un coup de poing au mur en brique.

À la place, je m'adosse contre celui-ci et sors une clope d'une main presque tremblante. Ça doit être le froid… Ça doit être ça.

Je m'y prends à plusieurs reprises avant de réussir à maintenir le briquet allumé et aspire comme un drogué en manque quand le bout s'enflamme enfin, à mon grand soulagement. Je coince le filtre entre mes doigts et ferme les yeux quand la fumée âcre envahit ma gorge et descend le long de ma trachée. J'enchaîne les bouffées en fermant les yeux, le visage levé vers le ciel, et sens ma tension redescendre quand mes idées deviennent plus claires.

Mais putain, qu'est-ce qui s'est passé?

Qu'est-ce qui a bien pu changer la donne à ce point-là? Je n'ai rien vu venir. Que dalle…

Je continue de chercher ce que j'ai fait qui aurait pu merder. Peut-être que c'est lorsque j'ai insinué qu'elle avait besoin d'être baisée? Ou quand la lumière s'est éteinte? Ou bien quand j'ai…

La sensation d'être observé m'interrompt brusquement dans mes pensées et j'ouvre brutalement les yeux en serrant les dents.

Je sais qu'elle est là.

Je n'ai qu'à tourner le visage avec lenteur pour la découvrir au coin de la rue, immobile, le regard indéchiffrable.

Elle m'observe et je m'empresse de faire pareil.

Je la découvre enfin alors que j'évitais de la détailler depuis ce matin. J'avais déjà remarqué la queue-de-cheval, ses cheveux souples qui oscillent entre le raide et le bouclé, mais je n'avais pas vu sa tenue.

Et je remarque avec surprise que c'est la première fois que je la vois en jean.

J'avoue avec regret qu'elle fait beaucoup plus jeune que d'habitude. Son long manteau beige cache un pull basique, avec un col en V, et la toile Stretch de son pantalon galbe une putain de paire de jambes. Et je réalise comme un con que tous les mecs de mon entourage l'avaient remarqué avant moi.

Je la scrute de la tête aux pieds, en passant de ses longs cheveux châtains qui tombent presque sur ses reins à sa poitrine qui se soulève sous la laine, puis le long de ses jambes interminables et jusqu'à ses bottines en cuir à talons.

Et je remonte enfin jusqu'à ses yeux.

Deux billes insondables qui ne me donnent aucun indice sur son état d'esprit. Mais j'imagine que si elle m'observe, c'est sûrement pour la même raison que moi.

Je coince ma cigarette entre les lèvres et me tourne d'un quart à peine, pour m'appuyer d'une épaule contre le mur en brique. Je me redresse et lève le menton pour la regarder presque sous mes cils, avant de reprendre ma clope d'une main nonchalante. J'aspire une longue bouffée et recrache la fumée sans la quitter des yeux.

Je la fixe.

Je l'analyse.

Nous nous dévisageons pendant ce qui me semble durer une éternité, jusqu'à ce qu'elle baisse les yeux et quitte précipitamment la rue.

Je la suis du regard jusqu'à ce qu'elle disparaisse dans l'angle, le souffle court et la mâchoire crispée. Les effets de ma clope viennent de se dissiper. Je suis de nouveau contracté.

J'ai besoin de quelque chose de plus fort. De *beaucoup plus* fort.

Je sors mon portable d'une main fébrile et compose le numéro de Nolan.

– Ouais, mec ? répond-il après la première sonnerie.

– Cale-moi un combat. Ce soir, articulé-je d'une voix presque éraillée.

– Pardon ?

– Tu m'as compris. J'ai besoin de casser la gueule de quelqu'un. Et vite.

– OK… Encore ton beau-frère ?

Forcément, la dernière fois que je l'ai appelé dans un tel état de rage physique, j'étais sur le point de tuer Calvin.

– Non.

– Est-ce que je dois m'inquiéter ? demande-t-il d'une voix prudente.

Bonne question.

J'avais dit que je ne voulais pas combattre plus d'une fois par mois pour éviter de retomber dans les travers de l'argent facile, mais là, c'est une putain de question de survie. Je ne fais pas ça pour la thune. Je fais ça parce que j'ai besoin d'exorciser.

Exorciser le mélange de rage et de transe qu'une certaine voisine a déclenché en moi.

Et rien ne vaut une bonne dose de violence brute pour ça.

– Non.

19

Leah

Je me réveille en sursaut, le souffle court et couverte de sueur.

Minuit quinze.

Je n'ai quand même pas… rêvé de Jamie ? J'essaie de calmer les battements de mon cœur en remettant en ordre les bribes de souvenirs de mon rêve. Je me rappelle le couloir… Un visage sombre… Ses sensations…

Oh, merde.

J'ai rêvé de Jamie. Et pas un cauchemar. Non, là, c'était bel et bien un rêve érotique. En témoignent les restes de l'orgasme nocturne qui m'ont réveillée. C'est comme si mon inconscient avait voulu finir ce qui a été brusquement stoppé dans ce couloir.

Mais… avec *Jamie ?*

Ce crétin est beau, je dois l'admettre même si ça m'arrache la gorge. Mais de là à rêver de lui ? Je dois avouer que je l'ai regardé un peu plus que la normale hier quand je suis sortie du restaurant, et il en a joué. Il m'a observée.

Même si au fond de moi, je sais que c'est une réaction animale et binaire d'un homme. Et si j'avoue qu'il est beau, c'est totalement factuel. Rien ne m'attire chez lui, ni son physique, ni sa personnalité. Et pourtant, je ne peux pas m'empêcher de repenser à cette soirée, à cet instant hors du temps dans le couloir. J'étais furieuse contre lui, je refusais de me laisser faire. Et je n'ai finalement rien fait quand ça a basculé. Je n'ai pas cherché à le repousser. Je me suis même accrochée à lui et j'ai croisé les jambes dans son dos. Je rougis jusqu'aux oreilles en repensant à cet instant. Mon Dieu…

J'ai *besoin* d'en parler à quelqu'un. Je prends machinalement mon téléphone et compose le numéro de Laly, mais comme d'habitude l'appel n'aboutit pas.

« Le numéro que vous demandez n'est pas attribué… »

Bla bla bla… Je coupe la communication d'un doigt rageur, un arrière-goût amer dans la gorge. J'aurais tellement aimé entendre sa voix, même sur son répondeur. Lui laisser un message aurait suffi à m'apaiser.

Ils ont coupé son abonnement. Je n'ai plus aucun moyen de lui parler, de lui raconter ma vie. À part les lettres. Mais même si je reçois les siennes, je sais qu'elle ne recevra pas les miennes. Joan, notre gouvernante – enfin, ancienne gouvernante dans mon cas – réussit à poster les siennes, mais je ne sais pas si elle réussira à lui passer les miennes. Je ne perds rien à essayer… Non ?

Je me lève d'un bond, revigorée. J'ai mis trop longtemps à le faire. Beaucoup trop longtemps. Je me rassasiais de ses lettres comme une droguée en manque, mais je ne lui répondais pas. Je pensais comme une idiote qu'elle ne les recevrait jamais.

Mais Joan, elle, elle pourrait les lui donner ! Les poser à côté d'elle, cachées dans un bouquet de fleurs, peut-être ? Dans n'importe quoi, je m'en fiche tant que ma sœur reçoit ma lettre et sait que je pense à elle, tous les jours, que je l'aime encore, que je ne l'ai pas oubliée.

Je me sens plus sereine quand je m'assois sur la table de ma kitchenette, à peine éclairée par la lumière de la hotte. Je m'emmitoufle dans un gilet bien épais et je commence à écrire. J'ai tellement de choses à lui raconter. Je commence par mon emménagement, mon nouveau travail, Lorenzo, les casse-tête qu'elle m'a donnés avant mon départ, ce qu'ils m'ont permis de déceler chez lui, puis la rencontre avec sa mère, l'accident avec son père, la famille Selvaggio, et enfin, lui…

J'en parle, j'en noircis des pages et des pages.

Il m'énerve tellement !

Je ne comprends pas comment c'est arrivé, parce que je ne ressens rien pour lui, à part de la colère.

Parfois, j'ai envie de lui arracher les yeux.

Ils sont gris orage, comme une tempête furieuse qui se trouve constamment sur mon chemin…

Si tu le voyais en vrai, je serais certaine que tu le trouverais à ton goût malgré tout…

Tu vois toujours le bon chez les autres, mais je t'assure qu'il n'y a rien de bon chez Jamie Selvaggio.

Alors pourquoi j'ai fini dans cette position ?

J'ai tellement de choses à exorciser que je réalise que j'écris depuis plus de trois heures lorsqu'un bruit sourd dans le couloir me fait sursauter. J'en lâche mon stylo de surprise et tourne machinalement la tête vers mon réveil.

Presque quatre heures du matin.

Un nouveau bruit, mais différent.

Ça ressemblerait presque à… un râle ?

Une sueur froide dévale le long de ma colonne vertébrale. Je pense tout de suite à Liz et Lorenzo, mais me reprends quand je me rappelle qu'elle travaille cette nuit et que son fils dort chez sa grand-mère.

Alors si ce n'est pas Liz…

Je soupire. Il ne va quand même pas directement commencer dans le couloir, non ? Un bruit sourd et un gémissement ?

Devinez qui a ramené une nouvelle invitée ce soir ? Cet abruti de Jamie Selvaggio. Et dire que je parlais de lui dans ma lettre… Je me sens ridicule. Je pensais que quelque chose s'était passé entre nous, mais il reste ce bon vieux connard imbuvable, rien n'a changé.

Une quinte de toux me fait tourner la tête vers la porte. Je fronce néanmoins les sourcils.

De la toux ? Et pas une toux sèche… Plutôt une quinte de toux douloureuse…

Puis un silence.

Et un nouveau gémissement.

Je me lève d'un bond, peu rassurée de ce que je vais découvrir dehors. Mais je ne peux pas rester là sans vérifier. Si quelqu'un est en train d'agoniser dans mon couloir, je dois aller vérifier. C'est peut-être quelqu'un d'autre. Et si j'apprends demain matin qu'un inconnu est mort derrière ma porte, mais que je ne suis pas allée le voir en pensant que c'était mon voisin, je m'en voudrais jusqu'à la fin de ma vie.

Je prends néanmoins une poêle avec moi au cas où je me retrouve face à quelqu'un de dangereux. Et je regarde par le judas avant d'ouvrir. Le couloir est encore allumé et semble désert. Je colle mon oreille contre le battant de ma porte d'entrée à la recherche d'un quelconque son. Peut-être que j'ai rêvé ?

Nouvelle quinte de toux et un grognement.

Non. Je n'ai pas rêvé.

J'inspire un grand coup et déverrouille mes loquets avant d'ouvrir avec prudence pour sortir dans le couloir. La lumière s'éteint à ce moment-là et je panique en cherchant frénétiquement l'interrupteur. Merde, merde, merde…

Je soupire presque de soulagement en le retrouvant et cligne des yeux quand le plafonnier m'éblouit. Je me redresse avec la poêle que je tiens à deux mains, prête à me défendre, quand je balaie le couloir des yeux et…

Oh, non.

Dites-moi que je rêve.

Je baisse les bras, en inspirant profondément de dépit.

Mon voisin est là, ivre mort, allongé sur la moquette du couloir.

J'aurais mieux fait de rester chez moi.

– Crétin… chuchoté-je en pivotant sur mes talons pour rentrer chez moi.

Mais un nouveau gémissement m'immobilise. Un gémissement de douleur. Pas un bruit d'homme alcoolisé. Mais franchement, j'hésite : si finalement je me trompe et que ce débile est juste imbibé d'alcool ?

La seconde d'après, je lève les yeux au ciel, en me maudissant d'être une bonne samaritaine, et m'avance vers lui à pas prudents. Il est allongé sur le ventre, la tête tournée de l'autre côté.

– Jamie.

Pas de réponse.

– Jamie !

Toujours rien.

Je soupire fortement et regarde autour de moi. On ne sait jamais, peut-être qu'un de ses potes va apparaître comme par magie et prendre le relais ? Mais je suis seule avec lui. Je ferme les yeux, irritée à l'idée de devoir gérer la situation. Je souffle, exaspérée, et reviens vers lui pour le secouer du bout du pied.

– Jamie, allez, réveille-toi !

Le mouvement de mon pied provoque un sifflement aigu et je le vois se contracter instinctivement sous la douleur. Oh, misère… Je retire mon pied bien vite en réalisant ce qui se passe et le contourne avec précaution pour voir son visage. La lumière choisit cet instant pour s'éteindre et je peste en cherchant l'interrupteur à côté de la porte de l'appartement de Jamie quand, enfin, j'arrive à voir ce qui se passe. J'ai un mouvement de recul.

Son visage est tuméfié.

Je crois même voir un filet de sang s'échapper de sa bouche.

Mais qu'est-ce qui s'est passé, nom de Dieu ?

– Jamie ! crié-je presque en tombant à genoux devant lui et en lâchant mon arme de fortune.

Il réagit à peine quand je dégage les cheveux de son visage pour mieux saisir l'ampleur des dégâts. Il a une vilaine coupure à l'arcade, la joue bleuie et enflée et la lèvre supérieure déformée par une ecchymose.

– Jamie, tu m'entends ?

Je le pousse avec précaution sur l'épaule pour tenter de le basculer sur le dos, mais le mouvement le fait grogner de douleur. Je pince les lèvres en réalisant qu'il se recroqueville sur le flanc droit. Ça sent mauvais, ça…

– OK, OK, on va faire ça de l'autre côté.

Je tourne délicatement sa tête dans l'autre sens pour éviter de lui tordre le cou et repasse au-dessus de lui pour le basculer avec prudence sur le dos. Il se laisse faire mais il est trop lourd pour moi, et je n'arrive pas à le retenir alors qu'il tombe avec rudesse sur le dos.

– Putain… siffle-t-il entre ses dents serrées en se réveillant d'un coup, sous la brûlure vive de la douleur.

– Eh, on se calme, OK ? C'est bon, je suis là.

– Que… qu'est-ce que…

Il papillonne des cils et plisse les yeux quand la lumière du plafonnier l'éblouit. Puis il tourne son regard autour de lui, l'air hagard, avant de me voir enfin.

– Leah ?

– En personne, réponds-je un peu plus sèchement que prévu. Tu peux m'expliquer ce qui t'est arrivé ?

Une quinte de toux l'empêche de répondre et son visage se contracte sous la souffrance engendrée par cette dernière. Il doit être touché au niveau des côtes. Et ça, ce n'est pas bon.

– Ça suffit, j'appelle les urgences.

– NON ! grogne-t-il en tendant la main vers moi.

– Tu veux que je fasse quoi ? Que je te regarde mourir sur mon palier ? éructé-je avec colère.

Il ne répond pas et déglutit difficilement en cherchant quelque chose dans sa veste en cuir. Je suis ses mains des yeux et décide de prendre le relais en voyant qu'il veut atteindre quelque chose dans la poche intérieure. Je soulève le pan et trouve rapidement l'objet de ses convoitises : son portable.

– Tu veux que j'appelle quelqu'un ? demandé-je plus calmement. Liz ? Tes parents ?

– Non… murmure-t-il.

À ma grande surprise.

– Qui alors ? Le pape ?

– No… No…

– Sans déconner. Je n'allais pas tenter d'appeler le pape

pour toi, Selvaggio. Il ne peut plus rien faire pour ton âme… rétorqué-je d'un ton morne.

Je n'en suis pas certaine, mais je crois que ma réplique le fait rire. Mais les spasmes qui le secouent se mélangent dans une quinte de toux, alors j'hésite. Peut-être qu'il a juste toussé.

– No… Nolan… réussit-il enfin à articuler après avoir avalé difficilement sa salive.

– Tu veux que j'appelle Nolan ? Ton copain Nolan ?

Il a à peine le temps de me regarder avec insistance, comme lorsqu'on s'adresse à un abruti, avant de tomber de nouveau dans les pommes. Et je me retrouve seule dans le couloir. Enfin… « Seule »… Un bien grand mot si on considère le poids mort à mes pieds. Jc fais la moue et décide d'accéder à sa demande. Même si ça me fait royalement chier. Sans vouloir être vulgaire. Même si je réalise, à force, que je le deviens de plus en plus, et ce bien malgré moi. Je jette un regard intrigué sur mon voisin évanoui. Je n'arrive pas à décider si je change à force de les côtoyer, lui et sa grossièreté, ou simplement parce que je suis loin d'eux… Peut-être le mélange des deux ?

Et surtout je n'arrive pas à me décider si ça m'effraie ou si ça me ravit… Il faudra que je l'ajoute dans ma lettre à Laly, elle serait heureuse de savoir que je m'affranchis.

Enfin.

Je retiens avec difficulté un sourire triomphant et allume le téléphone de Jamie pour découvrir qu'il est verrouillé. Évidemment… Génial. Comment je fais maintenant ? Je le tourne et découvre un capteur d'empreinte digitale dans son dos.

Bon. À la guerre comme à la guerre. Je m'accroupis et attrape la main droite de Jamie sans même qu'il fasse le moindre mouvement, preuve qu'il est bien dans les vapes. J'appuie son index sur le capteur et le téléphone s'allume enfin. Je cligne des yeux, surprise. Je m'attendais à une photo de profil basique, ou alors à une fille en petite tenue, connaissant un peu le phénomène. Mais à la place, je fais face à une photo de Lorenzo et lui, tout sourire.

Ils devaient être à la plage parce qu'ils sont tous les deux en maillot de bain, sur le sable, et posent fièrement devant un château à moitié écroulé. Ils semblent pourtant ravis de leur travail et je souris de nouveau sans réussir à m'en empêcher. La posture de Jamie est particulièrement intéressante à décrypter : il est penché en avant et retient Lorenzo d'un bras passé sur son buste. On dirait qu'il essaie de l'empêcher de fuir pour le forcer à se faire prendre en photo, et en même temps il l'enveloppe. Ils semblent tous les deux morts de rire…

Je m'éclaircis la gorge et me reprends en me rappelant que je dois appeler Nolan. Je recherche dans la liste de ses contacts et trouve rapidement le numéro de téléphone. J'appuie sur « appeler » et attends deux sonneries avant d'entendre une voix répondre.

– T'en as pas eu assez ? s'exclame-t-il, mort de rire. Pourtant, t'as ramassé ce soir, mec !

– Euh… Nolan, c'est ça ?

Silence au bout du fil.

– C'est qui ? demande-t-il d'une voix méfiante.

– C'est Leah, la voisine de Jamie. On s'est déjà rencontrés.

– Ah, oui ! souffle-t-il, visiblement soulagé. Mais je ne comprends pas. C'est bien le téléphone de Jamie, là, non ?

– Alors… En parlant de Jamie justement…

– Oui ?

– Il est dans les vapes juste devant la porte de son appartement.

Voilà. Clair, direct, concis et précis.

– Quoi ?!

– Il semble bien amoché et il a refusé que je prévienne sa famille. Il m'a demandé de t'appeler juste avant de s'évanouir.

– Oh, merde…

– Est-ce que tu pourrais venir ? OK, je ne le porte pas particulièrement dans mon cœur, mais j'aimerais éviter d'être accusée de non-assistance à personne en danger s'il finit par mourir d'une hémorragie interne devant mon appartement.

– Quoi ?

Et il éclate d'un rire sonore, ce qui me surprend et me choque. Je viens de lui dire que son copain est probablement en train de mourir et il éclate de rire ? Mais dans quel quartier je vis ?

– OK… OK… reprend-il après s'être calmé. J'arrive d'ici cinq minutes et je rentre le bébé chez lui. Tu peux rester à côté en attendant ?

– Est-ce que j'ai le choix ?

– Pas vraiment… prononce-t-il avec un sourire évident dans la voix.

– Bien… Je t'attends, me résigné-je d'un ton morne.

– Parfait. Je suis là dans cinq minutes max ! À tout' !

Et il me raccroche au nez.

La lumière s'éteint pile à ce moment-là et je la rallume alors que l'écran du téléphone de Jamie m'éblouit dans l'obscurité. Quand ma vue s'ajuste de nouveau à la luminosité, je me retrouve de nouveau face à sa photo de fond d'écran. Et j'hésite.

Je regarde en coin l'homme allongé par terre. Son ami n'arrivera que dans cinq minutes. C'est assez pour regarder en douce… Le meilleur moyen de décoder quelqu'un, c'est d'aller faire un tour dans son téléphone.

Mais est-ce que j'oserais ?

Encore un regard hésitant vers lui.

Et je décide de fouiner. Je vais d'abord voir ses derniers appels : Nolan, sa maman, Liz, le restaurant, une certaine Lina… Rien de vraiment intéressant. J'abandonne le journal d'appels pour aller regarder dans ses photos. Et je suis encore plus perturbée.

Alors que je pensais qu'il aurait une tonne de photos de lui en mode « selfie », je réalise qu'il y a beaucoup de photos de ses amis, de sa famille. Voire aucune de lui seul.

Et sûrement un million de Lorenzo…

Il y a même un album à son nom. Je souris en tombant sur des photos de lui bébé, dans les bras d'une Liz plus jeune et souriante, en train de bâiller dans son couffin, dans les bras de son oncle qui fait la grimace alors qu'il vient de lui vomir sur l'épaule, son premier anniversaire devant un gâteau gigantesque, dans la cuisine du restaurant, sûrement ses premiers pas avec Liz qui rit aux éclats derrière lui en le suivant les bras tendus, encore un anniversaire, plusieurs photos de Noël, des photos de Lorenzo en été, en hiver, à différents âges, en train de jouer, avec une dent cassée, en train de bouder, en train de faire des pâtes avec Jamie, dans les bras de sa grand-mère, en train de danser avec la nonna…

Mes épaules s'affaissent quand je réalise l'ampleur de l'amour qu'il porte à son neveu. On dirait ma propre galerie, remplie de photos de Laly.

Alors pourquoi autant de haine envers moi ? Je ne veux que l'aider.

Je ne comprends pas… Je ne comprends vraiment pas pourquoi il m'a prise en grippe…

Le bruit de l'ascenseur qui s'enclenche me fait sursauter et je verrouille le téléphone en vitesse avant de le glisser dans la poche du manteau de Jamie. Dix secondes plus tard, les battants s'ouvrent et le grand blond tout sourire sort de la cabine.

Il s'immobilise en me découvrant assise par terre en tailleur, appuyée contre le mur, et Jamie allongé sur le dos, puis éclate de rire en se pliant en deux.

– Putain, le con…

Ouais, enfin, *le con* est sûrement en train d'agoniser, alors je ne sais pas vraiment si le moment est judicieux pour se moquer de lui.

– Allez… reprend-il après s'être calmé, mais toujours un grand sourire plaqué sur son visage. Je lui avais bien dit de ne pas enchaîner aussi vite, mais ce crétin ne m'a pas écouté…

– Enchaîner quoi ? demandé-je, la curiosité piquée au vif.

Nolan ne répond pas, mais me sourit en coin en sortant les clés de la poche de pantalon de Jamie. Il déverrouille la porte avant de soulever son ami comme s'il ne pesait rien et de le balancer sur son épaule comme un vulgaire sac de pommes de terre.

– Allez, mon pote, au dodo !

Jamie grogne et gémit en contractant le visage sous la douleur quand son flanc heurte l'épaule de son soi-disant copain.

– Attention ! m'exclamé-je, choquée. Il est blessé aux côtes !

– Ben avec le revers qu'il s'est pris, tu m'étonnes qu'il douille ! rétorque-t-il en entrant dans l'appartement.

Je le suis et allume la lumière du salon alors qu'il avance sans hésiter vers la chambre. L'appartement est toujours aussi bien rangé que la dernière fois où je suis entrée par effraction et ça m'énerve de ne pas le trouver en désordre. Ça ne correspond pas vraiment à l'image de lourdaud un peu bête et sauvage que j'ai de lui... J'aime décrypter les gens autour de moi, mais avec Jamie, je me demande encore sur quoi je me suis trompée.

Un bruit étouffé, suivi d'un long gémissement, me sort de mes pensées et je me précipite dans la chambre pour découvrir que Nolan a littéralement balancé son pote sans aucun ménagement.

– Mais tu n'es pas sérieux ! Et s'il était en train de faire une hémorragie interne ?!

– Hein ? s'étonne-t-il en fronçant les sourcils à mon intention. Noooooon... Il est solide, le type !

Et il ponctue son affirmation en filant une claque sur la cuisse de Jamie qui sursaute et se plie en deux.

– OK, ça suffit, éloigne-toi de lui ! ordonné-je d'une voix sèche. Et va me chercher de quoi désinfecter ses blessures.

– Désinfecter les blessures... OK !

Il file sans demander son reste et revient quelques instants plus tard avec une bouteille d'alcool à quatre-vingt-dix degrés et un rouleau de papier essuie-tout. Je l'observe, lui et ses trouvailles, d'un regard que j'espère assez désabusé pour qu'il comprenne lui-même. Mais aucune réaction.

– C'est tout ce que tu as trouvé ? Vraiment ?

– Ben y a bien une bonne bouteille de Chivas, mais si je

m'en sers pour nettoyer son visage, il me le fera payer plus tard ! répond-il en éclatant de rire.

– Oh, pitié…

Je lui prends la bouteille d'alcool des mains et l'observe de plus près : le liquide a quasiment tourné au jaune, et quand je vérifie la date de péremption, ma première impression se confirme. Ce truc est périmé depuis au moins quatre ans.

– Hors de question que j'utilise ça, je risque d'aggraver ses blessures.

– Ben désolé, mais c'est tout ce que j'ai trouvé dans la salle de bains.

Je soupire.

– Surveille-le et essaie de lui enlever son tee-shirt, ordonné-je avant d'aller vérifier par moi-même dans le petit placard au-dessus du lavabo.

Mais effectivement, je ne trouve rien. Bien.

– Je reviens ! crié-je d'une voix forte en quittant l'appartement pour aller dans le mien dont la porte est toujours grande ouverte.

Bien joué, Leah, n'importe qui peut entrer pendant que tu joues au docteur dans l'appartement d'à côté. Je ramasse la poêle que j'avais laissée par terre pour la poser sur mon plan de travail et pars récupérer ma propre trousse de secours, avant de sortir pour rejoindre mon voisin, en prenant soin de claquer la porte cette fois et en maudissant Jamie de me foutre en l'air ma nuit et de me forcer à jouer à l'infirmière. Je rentre d'un pas rapide dans la chambre et pose mon matériel sur le lit.

– Alors… commencé-je en ouvrant la trousse.

– Wow ! Mais c'est une vraie pharmacie là-dedans ! s'exclame Nolan d'une voix étonnée.

Tu m'étonnes. J'ai pris l'habitude d'avoir toujours de quoi guérir toutes les blessures, de la plus légère à la plus grave. Même si je sais que les blessures profondes ne se soignent pas avec du sérum physiologique et des compresses de désinfectant…

Je sors d'ailleurs des gazes stériles, une pipette de sérum

et un flacon d'antiseptique avant de me tourner vers le corps sur le lit. J'ai un mouvement de recul en le découvrant torse nu. Le bleu sur son abdomen est assez moche à regarder.

– Ouais, il ne s'est pas raté, hein? marmonne Nolan en se grattant le haut du crâne.

Je me reprends et ouvre la pochette qui contient les compresses, avant d'en arroser une avec la pipette et de la poser sur les blessures de son visage. Il sursaute légèrement mais ne se débat pas quand je prends le temps de bien nettoyer les traces de sang séché pour découvrir l'étendue des entailles en dessous. Ce n'est pas joli, mais ce n'est pas profond.

– T'as l'air de savoir ce que tu fais, je me trompe?

– J'ai passé mon brevet de secourisme… éludé-je rapidement.

– C'est ce qu'on dit…

Je ne réponds pas et passe doucement une nouvelle compresse imbibée sur la coupure de sa lèvre supérieure.

– Est-ce que j'ai le droit de savoir comment il s'est fait ça? demandé-je d'une voix calme, tout en continuant mon travail d'asepsie.

– Je sais pas…

Parfait.

Donc, non seulement je joue les infirmières, mais sans savoir pourquoi. Le beurre et l'argent du beurre.

– Bien. Puisque c'est comme ça…

J'arrête ce que je fais et range tout le matériel avant de sortir de la chambre sous les yeux effarés de Nolan.

– Wow, wow, WOW! Tu vas où?

– Je rentre chez moi, expliqué-je posément.

– Mais pourquoi? C'est pas fini, non? La désinfection, tout ça!

– En effet. Mais comme je n'ai pas le droit de savoir pourquoi je le soigne, j'estime ne pas être obligée de le faire.

Et je repars vers la sortie en croisant les doigts.

Trois… deux… un…

– OK, attends!

Je souris, victorieuse.

– Il sort d'un combat de boxe.

Je fronce les sourcils et me tourne vers lui alors qu'il se tient dans l'embrasure de la porte de la chambre.

– Un combat de boxe ?

– Ouais.

J'avance de quelques pas en réfléchissant à toute allure.

– Légal, le combat ? demandé-je de nouveau.

Nolan me sourit de toutes ses dents et croise les bras en s'appuyant sur le chambranle. Je dois remarquer qu'il est assez charmant à observer, mais il semble tout prendre à la légère et ça a le don de me refroidir. Je le range immédiatement dans la catégorie « joueur ».

– Pas vraiment, non… me confirme-t-il.

– Est-ce que je risque de me retrouver face à la mafia italienne de Boston si je le soigne ? le questionné-je, légèrement anxieuse.

– La *mafia italienne* ?

Il éclate de rire et se plie de nouveau en deux.

– Putain, elle est bonne, celle-là !

– C'est hilarant, en effet… grincé-je d'une voix sèche.

Je suis sérieuse. Je ne sais pas dans quoi cet abruti s'est fourré, mais je refuse d'y perdre ne serait-ce qu'un petit doigt si j'ai le malheur d'accepter de le soigner. Nolan rit toujours face à moi et j'inspire profondément, irritée, en attendant qu'il daigne enfin répondre honnêtement à ma question.

– Alors… Alors… attends, je dois reprendre mon souffle, hoquète-t-il entre deux crises de rire.

– J'attends.

– Pfiuuuuu… OK !

Il s'éclaircit la voix et se rapproche de moi, tout sourire, alors que je le fixe d'un regard furieux.

– Il n'y a aucun mafieux italien là-dedans, chérie. Juste quelques combats de boxe clandestins dans un sous-sol pour parier entre potes… Et gagner un peu d'argent rapide…

– Et manquer de se faire tuer au passage ? le cinglé-je.

– Les aléas du métier…

Je lâche un hoquet en secouant la tête, stupéfaite par leur imbécillité. Ces gens ne respectent rien. Ni la loi ni même le bon sens.

– J'ai encore moins envie de le soigner… marmonné-je en pivotant sur mes talons pour quitter l'appartement.

– Eh, Duchesse, te braque pas !

– Ne m'appelle pas comme ça ! crié-je presque en faisant volte-face.

Il recule d'un pas en levant les mains devant lui en signe de soumission.

– OK, OK ! J'arrête de t'appeler comme ça… promet-il d'une voix apaisante. Mais s'il te plaît, finis ce que tu as commencé. Je risque de lui provoquer une septicémie avec le peu qu'il a de matos médical.

– Pourquoi je ferais ça ?

Je pose très sérieusement la question. À lui, mais aussi à moi.

Nolan semble lutter intérieurement et jette un regard anxieux dans la chambre avant de se tourner vers moi, la bouche plissée.

– Bon, écoute, il va me tuer si je le dis mais…

– Dire quoi ? m'énervé-je.

Je perds patience. S'il ne lâche pas le morceau dans les prochaines secondes, je m'en vais. Définitivement.

– L'argent des combats… c'est pas pour lui, admet enfin l'homme en face de moi d'un air gêné.

Je reste silencieuse, perdue, alors qu'il se gratte la nuque, visiblement mal à l'aise.

– Je ne comprends pas…

– C'est pour sa sœur, explique-t-il enfin. L'argent qu'il gagne en boxant, il le file à Liz. Pour qu'elle boucle ses fins de mois.

J'en suis scotchée.

– Liz a des soucis d'argent ?

– Et pas qu'un peu, apparemment. Son ex ne donne plus aucun signe de vie et elle doit tout assumer seule depuis son départ.

Je suis tellement surprise que je suis obligée de m'asseoir sur le canapé, les jambes soufflées par la découverte de ce qui se passait sous mon nez. J'ai pourtant du mal à croire la totalité de ce que je viens d'apprendre.

– Et Liz le laisse faire ?

Ça m'étonne énormément d'elle. Elle a tellement eu peur pour son frère après la bagarre dans le pub que je doute qu'elle accepte aussi facilement de l'argent provenant de combats de boxe clandestins.

– Ouais… Alors, en fait… commence-t-il, hésitant. Elle ne sait pas vraiment d'où vient l'argent…

– Pardon ?!

– Ils lui font croire que c'est une partie de leurs pourboires, avec Maria…

– Maria aussi est au courant ?!

– Écoute, franchement, ne lui dis rien. Jamie n'en fait qu'un par mois habituellement et il s'en sort super bien, d'habitude…

– D'habitude…

– Ouais, ce soir, c'était pas sa soirée, éclate-t-il de rire.

Alors que son pote est potentiellement en train de mourir dans la pièce d'à côté. Cet homme me perturbe. Je ne sais pas s'il est gentil ou plutôt du genre à éviter. Je pencherais pour la deuxième solution : un bel emballage mais avec un cadeau douteux à l'intérieur…

– Allez ! Je dois retourner au bar pour recevoir une livraison. Tu t'occupes de lui ? assène-t-il en claquant dans ses mains, me faisant sursauter au passage.

Mais je reprends rapidement contenance et le fixe en souriant hypocritement.

– Ben non.

Qu'il se débrouille seul avec son copain. Je n'ai pas demandé à être incluse dans cette histoire, alors rien ne m'oblige à jouer les bons samaritains avec lui.

– Quoi ? NON, ATTENDS !

Je ne l'écoute pas et lui fais un vague signe de la main avant de sortir de l'appartement voisin, pour franchir les quelques mètres qui me séparent de ma porte et rentrer chez m…

Je fronce les sourcils en essayant d'ouvrir la porte, mais elle ne se déverrouille pas.

Je tente une nouvelle fois d'actionner le loquet, mais rien. Il reste inébranlable.

Oh, non…

Je n'ai quand même pas été aussi stupide ?

– Il semblerait que quelqu'un soit à la porte de chez soi… chantonne une voix moqueuse sur ma gauche.

J'ai fermé ma porte d'entrée. Avec les clés à l'intérieur… Mais quelle CONNE !

Je lâche la poignée et inspire en étudiant toutes mes possibilités. Je pourrais essayer de passer par le balcon de Jamie. Il me suffirait de casser la porte-fenêtre pour entrer chez moi !

Et mourir ensuite de froid grâce aux températures négatives de cette ville de malheur…

Les serruriers de nuit vont me coûter un bras mais il ne me reste que ça ! Je dois juste emprunter un téléphone.

– Ne cherche pas, personne ne viendra déverrouiller ta porte.

– Pardon ?

Je n'ai quand même pas parlé à voix haute ?

– Je connais tout le monde ici, chérie, et crois-moi, tu ne trouveras pas de serrurier de nuit.

Je plisse les yeux en le dévisageant.

– C'est une information ou une promesse ?

– Tu choisis ce que tu préfères, répond-il en souriant jusqu'aux oreilles.

Je rêve ! Il est capable de me laisser seule sur le palier juste pour me forcer à faire du baby-sitting auprès de son copain !

– Je peux aussi rester et dormir dans le couloir, répliqué-je en le défiant.

– Tu peux aussi… Mais ce serait dommage de rater le canapé de Jamie. Franchement, j'y ai dormi plusieurs fois et il est vachement confortable !

– Donc, maintenant, je sais également qu'il est sûrement infecté par une maladie vénérienne… murmuré-je en grimaçant.

Nolan éclate de rire une nouvelle fois. Ce type ne fait que ça : rire. C'est à la fois déstabilisant et glaçant. Je ne sais pas comment l'expliquer mais il donne confiance tout en me mettant sur la défensive.

– Putain, t'es pas possible comme meuf ! C'est génial que Jamie soit tombé sur toi, ça me permet de me taper régulièrement des barres de rire dès que vous vous faites des crasses !

– J'en suis ravie…

– Écoute, je te propose un marché : tu surveilles bébé Jamie le reste de la nuit, et tout à l'heure, à sept heures trente pétantes, ta porte sera déverrouillée.

– Pardon ?

– Gratuitement ! En remerciement du service rendu. Tout à l'heure, sept heures trente, serrure changée, et j'ajoute un système plus costaud pour éviter que ce crétin ne défonce une nouvelle fois ta porte ! finit-il en désignant la chambre dans laquelle Jamie ronfle. Il le fera bientôt pour récupérer sa précieuse casquette. *Remember ?*

Sa proposition éveille mon attention. Je ne serais pas contre une nouvelle serrure plus robuste gratuitement. Surtout alors que j'ai effectivement encore son Précieux en ma possession. Je pourrais taper dans mes économies, mais je ne veux pas m'y résoudre. Pas encore…

Alors, cette proposition me semble plus qu'intéressante. Si je reste quelques heures à dormir sur un canapé en vérifiant régulièrement qu'un abruti notoire est toujours vivant, je réalise une belle économie et gagne la possible assurance qu'il ne rentrera plus chez moi par effraction.

Ça se réfléchit…

– Alors ? demande-t-il une nouvelle fois en souriant.

J'inspire un bon coup en pesant le pour et le contre une ultime fois.

– Vendu ! acquiescé-je en tendant ma main vers lui.

Il pousse un discret cri de victoire et me serre vigoureusement la main au point de me faire grimacer de douleur.

– Génial ! Je te laisse le colis, je dois aller bosser ! J'ai une livraison à réceptionner.

– À quatre heures du matin ? le questionné-je d'une voix ironique.

– Le travail ne s'arrête jamais dans les pubs irlandais ! élude-t-il en enfilant la veste qu'il avait retirée.

Je croise les bras en plissant les yeux vers lui, pas dupe pour un sou.

– Surtout chez les bootleggers[1]...

Ma remarque le fait s'immobiliser quelques secondes, puis il pivote vers moi en finissant tranquillement d'enfiler son blouson, un sourire de bandit aux lèvres.

– Sauf qu'ici, ce n'est pas la prohibition, le problème, répond-il en se rapprochant dangereusement de moi.

– Qu'est-ce que c'est alors ? demandé-je tout aussi innocemment en restant droite sur mes pieds.

Il s'arrête à quelques millimètres et se penche pour répondre en murmurant :

– Les institutrices un peu trop curieuses...

Je hausse un sourcil comique, peu impressionnée. Je sais très bien faire la différence entre une réelle menace physique et une tentative d'intimidation. Et malgré tous ses efforts, il ne me fait pas peur.

– Et vous en avez vu dans le quartier dernièrement ? déclaré-je d'une voix innocente, en papillonnant presque des cils.

Ma phrase provoque un léger rire chez lui et il secoue la tête en s'éloignant enfin.

– Je dois reconnaître une chose, Leah : t'as une sacrée paire de couilles pour une petite *lass*[2].

– Je vais prendre ça pour un compliment.

---

1. Aux États-Unis, contrebandier d'alcool, pendant la prohibition.
2. Terme signifiant « fille », « demoiselle », en usage dans le nord de l'Angleterre, en Écosse et parfois en Irlande.

– C'en était un.

– J'en suis ravie.

Un dernier sourire et il s'échappe avant que je n'aie le temps de cligner des yeux. Je me retrouve seule dans l'appartement de Jamie. Enfin, « seule »…

Je jette un regard vers la porte de sa chambre et soupire en récupérant la compresse que j'avais abandonnée sur l'accoudoir du canapé. Je n'ai pas fini ma mission…

Je pénètre de nouveau dans la chambre et décide d'éteindre le plafonnier central pour allumer la petite lampe de chevet, ne serait-ce que par respect pour ses yeux si la douleur le réveille en sursaut. Je tire une chaise à côté du lit. Je refuse de m'asseoir sur ce dernier, au risque de choper des morpions. Quand je suis bien installée, j'humidifie de nouveau une compresse avec du sérum physiologique et essuie les ultimes traces de sang séché.

La réaction ne se fait pas attendre et il se réveille en sursaut, en immobilisant mon poignet dans sa main, sans ménagement. Je grince sous la douleur, mêlée à la surprise, et tente de me défaire de son emprise. En vain. Il cligne plusieurs fois des yeux, le visage hagard, en regardant partout autour de lui, sans comprendre ce qui lui arrive.

– C'est quoi ce bordel ? bafouille-t-il en m'avisant à côté de lui.

– Jamie, tu me fais mal… grogné-je en désignant ma main immobilisée.

Il cligne encore des yeux puis comprend qu'il me maintient immobile, avant de me lâcher subitement.

Nous reculons immédiatement, chacun du côté opposé. Lui sur le lit, moi en sautant de la chaise pour aller me réfugier contre le mur en massant mon poignet endolori.

– Tu fais quoi ? grogne-t-il en contractant son visage de douleur à cause de son flanc blessé et du mouvement qu'il vient de faire.

Je soupire en regardant la porte. C'était une mauvaise idée. Je n'aurais jamais dû accepter… Je dois quitter cette chambre immédiatement. Je préfère dormir sur la moquette du couloir et payer moi-même pour une nouvelle serrure plutôt que de me retrouver à baby-sitter un homme aussi buté et violent que lui…

– Leah, tu fous quoi ici ? répète-t-il plus fort.

– Je te soigne, crétin ! éructé-je sans me retenir.

Ma phrase provoque un silence stupéfait et il fronce les sourcils, perdu.

– QUOI ?

Je lève les yeux au ciel à son ton incrédule.

– Tu t'es évanoui sur le palier devant chez moi, et tu m'as demandé d'appeler Nolan ensuite. Ça te rappelle vaguement quelque chose ?

Il cligne plusieurs fois des yeux, en cherchant des bribes de souvenirs dans sa mémoire.

– ET TU L'AS FAIT ? s'exclame-t-il.

J'en suis complètement pantoise. Et je ne retiens pas l'éclat de rire qui surgit de ma poitrine, autant suscité par le ton scandalisé de sa voix que par l'absurdité de la situation.

– J'en suis la première étonnée ! réussis-je à articuler entre deux éclats de rire.

Le fou rire qui me prend est difficile à enrayer et je n'arrive plus à me retenir au point de glisser le long du mur contre lequel je m'étais retranchée ; sans jamais réussir à arrêter les hoquets douloureux qui me secouent de la tête aux pieds.

Parfait, maintenant je deviens carrément hystérique. Après la colère, la violence, les insultes qui surgissent en sa présence, je vire vers la déviance mentale.

Il ne manquait plus que ça.

20

Jamie

Il va falloir m'expliquer la situation. Parce que je suis encore dans le cirage après l'uppercut de bâtard que cet enfoiré m'a balancé dans les côtes, et j'ai du mal à saisir comment je me retrouve à moitié nu dans ma chambre alors que je ne me rappelle pas être rentré chez moi, avec ma voisine qui manque de s'étouffer tellement elle rit…

Je suis dans une autre dimension, c'est ça.

Ou alors je suis mort et je suis en enfer. Et je vais devoir la supporter jusqu'à la fin des temps.

Même si j'avoue que son rire n'est pas aussi énervant que je le pensais. Il deviendrait même contagieux. Je pensais qu'elle riait comme une dame de la haute, en cachant sa bouche et en évitant de se faire remarquer, mais là elle rit tellement fort que les larmes coulent de ses yeux et que je suis certain qu'elle pourrait réveiller ma voisine. Alors que Mme Fischer est sourde comme un pot.

Je continue à l'observer, les yeux écarquillés. J'hésite entre sourire et attraper un crucifix pour me protéger, parce qu'elle est aussi fascinante que terrifiante à cet instant précis.

Mais alors que mon cerveau turbine encore sur la marche à suivre, mon corps prend le dessus et je sens la commissure de mes lèvres se retrousser malgré moi. J'essaie de lutter, mais ça devient de plus en plus compliqué alors qu'elle glisse le long du mur pour finir assise en tailleur sur le sol de ma chambre, le souffle court et les joues inondées de larmes hystériques. Et je reconnais avec réticence qu'elle semble, de nouveau, plus jeune que d'habitude. Elle ne porte pas son chignon habituel mais une tresse qui s'est légèrement défaite alors que des mèches rebelles entourent son visage. Ça lui crée un halo auburn autour du visage, dans la lumière de ma lampe de chevet. Je suis encore une fois surpris par la longueur de ses cheveux. La tresse passe par-dessus son épaule et descend presque au niveau de sa taille. Pourquoi porter les cheveux aussi longs si c'est pour les attacher ? Je ne comprends pas le principe…

Un hoquet de rire me prend par surprise alors qu'un nouvel éclat s'échappe de sa bouche et qu'elle se plie en deux en tenant son ventre probablement douloureux. D'ailleurs, le mien réagit aussi rapidement et je siffle entre mes dents serrées, en me pliant sous la brûlure. Ma réaction provoque un silence stupéfait et je relève les yeux pour découvrir les siens : ouverts en grand, qui m'observent, sa bouche immobilisée entre le sourire et la surprise.

Une pause.

Et elle repart dans un éclat de rire alors que je l'accompagne en hoquetant de douleur entre chaque rire. Merde, ça fait mal mais je n'arrive pas à me retenir. Je suis allongé dans ma chambre, en train de me marrer avec ma voisine. C'est juste impossible à décrire. Je ne sais pas pourquoi je ris, pourquoi *elle* rit, mais le fait est là : on se marre comme deux abrutis sans aucune raison.

Après ce qui me semble un moment interminable, les spasmes ralentissent, autant de mon côté que du sien, et je peux enfin souffler quand la douleur dans mes côtes reflue et que je m'allonge en soupirant de soulagement. Les derniers hoquets disparaissent petit à petit sur ma gauche alors que je fixe le plafond, les yeux légèrement humides de m'être poilé comme un crétin. Elle souffle longuement quand elle se calme enfin, et je tourne le visage vers elle. Elle a les yeux fermés et la tête renversée. Mon estomac fait un mini looping et je suis une nouvelle fois frappé par son allure. Elle porte un bas de pyjama en flanelle à carreaux, un tee-shirt blanc basique et un gros gilet en laine par-dessus. Pas de chaussures ni de chaussons, juste des chaussettes aux pieds. Je lui donnerais à peine 25 ans à cet instant précis. Alors que le reste du temps, on dirait une vieille fille de 35 piges.

– Qu'est-ce que tu fous là, Leah ? demandé-je plus calmement.

Elle baisse le regard vers moi et m'observe un long moment avant de répondre :

– Je n'en sais rien.

– Tu aurais pu me laisser comater dans le couloir. Pourquoi tu m'as aidé ?

– Je n'en sais rien... répète-t-elle d'une voix calme en secouant la tête, visiblement perdue. Ma conscience, peut-être ?

– Quelle conscience ? Celle qui t'a fait rentrer chez moi par effraction ou celle qui t'a soufflé l'idée de me balancer aux flics comme dealer ?

Elle sourit sans pouvoir se retenir, sans me regarder, et je l'imite. Même si ma phrase semblait accusatrice, je l'ai prononcée avec humour. Parce que j'admets que Leah est un sacré adversaire. Je me redresse sur le lit et arrange tant bien que mal les oreillers dans mon dos pour m'asseoir. Elle me regarde agir sans parler et quand je réussis enfin à me caler dans une position qui atténue la douleur, elle prend la parole :

– Tu as encore du sang sur le visage.

– Bah... Je suis un voyou, non ? éludé-je en essuyant ma bouche enflée.

– Arrête, tu risques de faire rentrer des microbes dans la coupure, me sermonne-t-elle.

– Et avec un peu de chance, ça va s'infecter et je ne pourrai plus jamais parler, répliqué-je aussi sec en souriant en coin. Tu raterais une opportunité pareille, Duchesse ? Vraiment ?

Un léger rire, un mouvement dans le coin externe de mon champ de vision et un instant plus tard, elle s'assoit sur la chaise positionnée à côté de mon lit.

– Laisse...

Elle repousse ma main trop sale pour elle et attrape une compresse sortie de nulle part avant de l'arroser copieusement d'une pipette inconnue.

– Wow! m'exclamé-je en reculant quand elle veut me la poser sur le visage. C'est quoi, ça?

Elle plisse les yeux et soupire en me regardant de travers.

– Du pipi de licorne sauvage, grince-t-elle avec ironie. À ton avis, abruti?

– Eh, Duchesse, te connaissant, et connaissant ton goût pour les coups foireux, ça pourrait tout aussi bien être de l'acide pour abîmer pour toujours mon beau visage!

– Comme si je n'avais que ça à faire…

– Qui sait? Possiblement une tentative pour m'empêcher de ramener de nouvelles conquêtes la nuit…

Elle fait mine de réfléchir en faisant la moue, et hoche la tête, convaincue.

– J'avoue que ce serait une possibilité… Mais non. Je préfère te laisser te détruire seul le visage. Visiblement, tu y arrives très bien par tes propres moyens, non?

Et bam! Dans ta face, Selvaggio.

– Bien joué, Duchesse, ris-je, à moitié vaincu par sa réplique. Mais je suis au regret de t'informer que ce sera l'effet inverse: les filles adorent les bad boys. Un œil au beurre noir et j'aurais plus de chance de choper une meuf qu'une cystite dans les toilettes d'un bar miteux.

Ma phrase provoque une envie de vomir chez elle et elle lâche un hoquet de dégoût alors que je souris jusqu'aux oreilles, triomphal.

Victoire par K.-O.

– Tu es répugnant…

Je lui fais un clin d'œil, fier de moi. Même si j'ai promis à ma famille d'arrêter de lui faire des sales coups, je n'ai jamais promis d'arrêter de l'asticoter. Et honnêtement, c'est presque naturel chez moi. Ça vient tout seul, avec Leah. Elle se contente de lever les yeux au ciel et applique avec rudesse la compresse froide et humide sur la coupure de mes lèvres, m'empêchant presque de parler.

Je sursaute quand ça pique et elle sourit en coin.

– Ça t'amuse de me faire souffrir, hein ? marmonné-je, la bouche en partie immobilisée.

– Si peu…

Je ricane comme je peux, avec la bouche déformée, et ferme les yeux pour la laisser nettoyer les traces de sang séché sur mon visage. Je dois admettre que la fraîcheur de la compresse me fait du bien, surtout sur les bleus. Alors que je pensais qu'elle passerait sur mes hématomes sans ménagement, elle fait tout l'inverse et nettoie avec douceur toutes les blessures de mon visage en changeant régulièrement de compresse, dans un silence presque solennel.

– Fini, indique-t-elle.

Je grognerais presque de dépit tellement c'était agréable. Je la regarde ranger le matériel en me demandant vaguement d'où elle sort tout ça. Ça ne vient sûrement pas de ma salle de bains. Je dois avoir trois pauvres pansements qui se battent en duel à côté d'une bouteille d'alcool à moitié vide et qui date de mon emménagement dans cet appartement.

– Tu devrais survivre, reprend-elle en se relevant.

– Je pourrai utiliser tous mes membres ?

Elle s'immobilise un court instant sans me regarder, en étudiant ce que je viens de demander ; et elle a raison parce que je l'ai fait exprès pour la taquiner. Je peux presque voir son cerveau réfléchir à toute allure en cherchant quelle réponse adopter. Connaissant Leah, elle trouvera un moyen poli et bien élevé de répondre à cette perche, en évitant de tomber dans le panneau.

– Si tu parles de tes jambes, et j'espère que c'est le cas, oui, tu devrais pouvoir marcher de nouveau, réplique-t-elle en avançant prudemment vers la sortie sans même me regarder.

Bingo.

– Bah, les jambes, je m'en fous, raillé-je en souriant jusqu'aux oreilles. Je parlais surtout de ma qu…

– Tu es obligé d'être toujours aussi grossier ?

J'éclate de rire alors que ses joues deviennent cramoisies.

– Comme si ça t'étonnait ? raillé-je en repliant volontairement la jambe gauche pour que la partie entre mes jambes lui saute aux yeux.

Elle recule, écœurée.

– Tu n'es qu'un porc immonde !

– J'espère bien !

– Tes objectifs de vie me surprendront toujours… grince-t-elle entre ses dents serrées tout en finissant de ranger la pharmacie de secours sortie de nulle part. Sur ce, maintenant que je sais que tu ne vas pas mourir d'une septicémie dans ton sommeil, tu peux te rendormir.

– Et rater l'occasion de t'énerver ?

– C'est une occasion à saisir, vraiment.

Je fais mine de réfléchir, assez longtemps pour qu'elle plisse les yeux en m'observant, peu rassurée par mon silence inhabituel.

– La prochaine fois sûrement. Est-ce que je t'ai déjà raconté la fois où j'ai baisé une fille dans le couloir, contre ta porte d'entr…

– Mais tais-toi, Selvaggio, merde ! s'écrie-t-elle, écœurée, tout en se levant.

J'éclate d'un rire sonore. C'est tellement facile de la faire sortir de ses gonds. Mais je me reprends bien vite quand la douleur dans mes côtes me rappelle à l'ordre.

– Le karma.

Je la fusille d'un regard en coin et elle sourit, ravie de me voir souffrir. J'avale péniblement ma salive en attendant que la brûlure diffuse qui vrille mon flanc se calme enfin. Je vais peut-être dormir tout compte fait…

– Tu as de la chance, Duchesse, je ne suis pas en état de t'asticoter ce soir.

– Si seulement cette situation devenait permanente.

– Demain est un autre jour, promets-je d'un clin d'œil. Là, je vais dormir pour essayer de me remettre.

– Jusqu'à la prochaine fois ?

Je soupire. Elle doit avoir une idée bien personnelle de ce qui a pu me mettre dans cet état. Mais je m'en balance.

Ce qu'elle pense de moi me passe au-dessus de la tête.

– Sûrement, confirmé-je laconiquement. Avec un peu de chance, je m'en sortirai mieux.

– Ou bien tu y resteras, contrecarre-t-elle.

J'ouvre les yeux pour la regarder de côté en souriant.

– Ça te ferait plaisir, hein ?

– Moi, oui. Mais Liz risque de mal le prendre…

Je me redresse comme un ressort.

– Laisse ma sœur en dehors de ça, la menacé-je sourdement.

Elle ne se démonte pas et croise les bras en me fusillant du regard.

– C'est toi qui l'as impliquée là-dedans, bien malgré elle.

– Tu ne sais même pas de quoi tu parles… grogné-je en luttant contre la brûlure que mon mouvement brusque a de nouveau provoquée.

– Nolan m'a tout raconté.

Je vais le tuer.

Cet abruti a tout balancé et maintenant, ma voisine va se faire un plaisir de tout raconter à ma sœur ! Je n'avais vraiment pas besoin de ça, merde ! Je m'en sortais bien, Maria m'aidait et ça passait totalement inaperçu auprès de Liz. Maintenant, elle va péter un câble en l'apprenant et je vais devoir tout arrêter. Et ma sœur sera dans la merde de nouveau !

– Écoute, commencé-je en roulant tant bien que mal sur mon flanc meurtri. Tu…

– Je ne dirai rien à Liz.

J'en perds la parole.

Littéralement. Je ferme la bouche dans un claquement sonore, sonné par sa phrase.

Elle ne dira rien ? Elle qui se targue d'honnêteté et de vérité absolue ? C'est suspect. Je l'observe, peu convaincu par sa promesse.

– Pourquoi ? demandé-je, suspicieux.

Elle ne répond pas et me regarde. Enfin, pas vraiment. C'est comme si elle regardait à travers moi. Ce qui me fait flipper d'autant plus.

– Tu veux quoi en échange ? la questionné-je de nouveau.

Cette belle promesse cache quelque chose. Un truc aussi vicieux que mauvais, surtout venant d'elle. Ma demande la fait revenir à elle et son regard plonge dans le mien.

– Rien.

J'écarquille brièvement les yeux.

– Pourquoi alors ? insisté-je.

Une ombre triste passe dans ses yeux. Sa vision se perd de nouveau et elle touche machinalement un endroit de son crâne, ce qui m'intrigue et provoque une curiosité incontrôlable. Pourquoi est-ce qu'elle se perd dans ses souvenirs ? C'est bien une des rares fois où je la vois absente, et presque… vulnérable.

Leah est bien plus complexe que ce que l'on voit. Elle me rappelle un de mes amis qui s'est suicidé il y a quelques années après être revenu d'Irak. Il n'avait pas réussi à oublier. Parfois, il se perdait dans ses souvenirs. Comme elle. Et je savais qu'il était de nouveau sous le feu des tirs ennemis.

Ma conscience me gifle mentalement. Je déglutis avec difficulté quand je réalise l'ampleur de ce qu'elle cache. Mais c'est évident. Ma voisine est traumatisée.

Et le puzzle s'assemble enfin, sous mes yeux ébahis.

Sa colère contre moi quand elle pensait que je fermais les yeux sur le calvaire de Liz.

Son regard entendu quand tout le monde a compris que j'allais tuer Calvin.

Sa panique quand son connard de rencard essayait de forcer sa porte d'entrée.

Son dégoût de toute violence.

Ses piques récurrentes sur ma façon de traiter les femmes.

Je baisse les yeux sur la trousse de secours dans ses mains.

Qui possède autant de médicaments ? Je pense avoir vu que des bandages, antiseptiques, pansements, points américains, cachets contre la douleur. Je n'ai pas vérifié en détail mais ce ne sont clairement pas des médocs contre le mal de ventre…

Mon estomac se révulse alors que je comprends enfin le puzzle qui compose ma voisine.

Elle est comme ma sœur. C'est pour ça qu'elles s'entendent si bien.

Les traumatismes communs vous rapprochent.

J'ai un bref sentiment de culpabilité qui me coupe la respiration, mais je me reprends bien vite. S'il y a quelque chose que j'ai rapidement compris sur Leah, c'est qu'elle sait renvoyer les coups. Et je doute qu'elle apprécie mon regard de pitié, et encore moins de savoir que j'ai compris.

Je ne peux pas encore dire s'il s'agissait d'un ancien mec qu'elle fréquentait, ou bien un autre homme de sa vie d'avant, mais je peux dire avec certitude que ma voisine balade des fantômes avec elle.

Elle se reprend enfin et me regarde droit dans les yeux.

– Parce que tu fais ça pour la protéger. Et même si elle le cache, elle a besoin d'aide. Alors je ne lui dirai pas que je suis au courant que vous lui donnez de l'argent, Maria et toi, et je tairai encore plus l'origine de cet argent.

Je reste silencieux, à l'observer. Elle sourit malicieusement et croise les bras en penchant la tête.

– D'autant plus que je ne suis pas contre l'idée de savoir que quelqu'un te démolit régulièrement…

Je ris la bouche fermée, en me retenant au maximum pour ne pas trop souffrir des côtes. Elle vient de me détruire d'une seule phrase.

– Oh, putain, Duchesse, ricané-je en me frottant les sourcils d'une main. T'es pas possible…

Elle a l'audace de me faire un clin d'œil complice et je souris comme un abruti.

Avant de perdre aussitôt mon sourire.

Autant je peux assumer d'avoir eu parfois des pics d'attirance sexuelle en la regardant – après tout, elle est quand même plutôt bien gaulée au final, et loin d'être totalement moche –, mais là…

Elle était belle.

Et c'est ma poitrine qui a sursauté face à son sourire…

Je me racle la gorge pour dénouer ce nœud dans mon ventre et me rallonge doucement sur le dos.

– Je vais dormir, je pense, croassé-je d'une voix peu assurée. Pour me remettre avant que quelqu'un d'autre ne me détruise au prochain match…

Son rire cristallin résonne sur ma gauche et je serre mes paupières pour les garder fermées et résister à la tentation de l'observer quand elle rit.

– Bien, je vais me coucher sur le canapé, annonce-t-elle avant de quitter la chambre.

J'hésite à lui lancer une petite pique en lui annonçant le nombre de culs qui ont vu ce canapé mais je me retiens. Il ne manquerait plus qu'elle s'installe dans le fauteuil de ma chambre ou, encore pire, à côté de moi.

Je ne suis pas certain d'être aussi fort que ça ce soir…

***

Je me réveille en sursaut. Il fait toujours nuit et je ne sais pas quelle heure il est. Merde, je suis même troublé au point de ne pas vraiment me rappeler ce qui s'est passé, mais la douleur vive dans mon abdomen me remet rapidement les idées en place ; match foireux, mon retour compliqué à l'appart et… Leah qui me soigne.

Une nouvelle vague de douleur me fait grincer des dents. Il me faut un antidouleur. Je tourne la tête vers la table de chevet mais la trousse à pharmacie de ma voisine a disparu. Merde ! Je réfléchis à vive allure et me souviens que je dois avoir une boîte d'antidouleurs dans le tiroir de ma cuisine.

Je soupire de fatigue et de dépit.

Peut-être que j'arriverai à tenir sans avoir à me lever ?

Une brûlure intense et je change d'avis.

Ouep, je vais me lever.

Je me redresse en retenant plusieurs jurons.

Putain, ce connard ne m'a pas loupé. Ce petit merdeux devait avoir à peine la vingtaine et il a visé direct dans le foie, ce bâtard ! Aucune décence.

J'arrive à basculer mes jambes hors du lit pour poser les pieds au sol et m'appuie d'une main sur le matelas pour me stabiliser.

OK, une petite pause…

J'inspire profondément et me décide enfin à me lever.

Quand je suis enfin debout, je me retiens à la table de chevet parce que je vois presque des étoiles.

Je renverse la lampe qui était posée dessus et jure entre mes dents au bruit provoqué par ma maladresse. Merde, non ! Je ne veux pas réveiller Leah ! Je remets rapidement la lampe en place et me redresse en utilisant le mur comme appui.

Je regarde la porte de ma chambre avec désespoir. Ma cuisine est tellement loin…

J'hésite sincèrement pendant deux secondes à appeler ma voisine.

Et puis, après, je me souviens de ma dernière réaction… Mouais, non. Je vais serrer les dents et marcher comme un grand vers la boîte de médocs. Je contracte comme je peux mes muscles et réussis à avancer d'un pas, puis d'un autre. Je chancelle un peu mais passé les premières hésitations, j'arrive enfin à enclencher le mouvement de marche de plus en plus naturellement, ce qui me soulage. Si j'arrive à marcher, ça ne doit pas être aussi grave, après tout. Je n'aurai peut-être pas à prévenir le restaurant demain que je suis mal et ça m'évitera des questions indiscrètes de la part de la famille. Et je ne veux surtout pas attirer l'attention sur mes activités « extrascolaires ». J'en ai déjà assez de Maria qui m'engueule régulièrement pour l'avoir mise dans ce pétrin, il ne manquerait plus que mes parents s'en mêlent…

J'ouvre la porte de ma chambre le plus silencieusement possible avant d'oser passer la tête pour regarder ce qui se passe dans mon salon. Il fait sombre mais je distingue assez rapidement Leah, recroquevillée sur mon canapé.

Profondément endormie. J'entre à pas de loup dans le salon et avance lentement jusqu'au comptoir de ma petite cuisine. J'ouvre le tiroir et soupire de soulagement quand je vois la boîte d'antidouleurs. Oh, merci mon Dieu… Pas besoin de farfouiller et de faire du bruit pendant dix minutes, au risque de réveiller Leah. Je jette un regard furtif vers elle par-dessus le plan de travail et retiens ma respiration quand elle remue à peine dans son sommeil. Je la vois serrer ses bras autour d'elle et se pelotonner. Elle doit avoir froid… Je recommence enfin à respirer quand elle s'immobilise de nouveau et qu'une profonde inspiration soulève sa poitrine.

Bien, pour l'instant, tout se déroule comme prévu…

Je tends le bras pour attraper un verre et le remplis au robinet le plus faiblement possible, en n'ouvrant qu'un filet d'eau. Je pince les lèvres au bruit du papier aluminium qui se froisse quand j'extrais le cachet de la plaquette. J'ai l'impression d'être au cinéma et d'essayer d'ouvrir le sachet de friandises le plus doucement possible pour ne pas déranger les autres spectateurs. Sans succès…

J'arrive enfin à sortir le cachet et le jette sans ménagement dans ma bouche avant de le faire glisser à l'aide d'une longue gorgée d'eau glacée. En hiver, les canalisations de Boston sont plus froides que le côté nord du mur de Westeros[1], mais la fraîcheur m'apporte un bien-être immédiat. Elle irradie dans ma gorge et ma poitrine, me donne enfin l'impression d'être vivant. Je remplis de nouveau mon verre faiblement et l'engloutis en trois gorgées à peine, avide et assoiffé. Un frisson me prend et je tremble brièvement. La sensation est agréable et je me sens nettement mieux, rien qu'avec ça. Le temps que le cachet agisse et je pourrai enfin dormir.

Je ferme le tiroir de la cuisine et pose mon verre dans l'évier avant de rejoindre ma chambre tout aussi lentement qu'à l'aller. Je me concentre sur ma porte en passant à côté de Leah. Hors de question que je la regarde. Ça part en vrille dès que je pose les yeux sur elle… Donc, non, je ne la regarderai pas ! Je ne la regarder… eh merde.

La curiosité est plus forte et je baisse les yeux quand

1. Référence à la série *Game of Thrones*.

j'arrive à la hauteur de sa tête. Je la vois à peine dans la faible luminosité qui provient des réverbères de la rue, mais je distingue ses traits. Endormie, Leah semble plus douce… Ses traits sont moins durs, ses lèvres moins pincées. Et, put… Je n'avais jamais vraiment fait attention à sa bouche, mais elle est magnifique. Pulpeuse et joliment boudeuse, quand elle ne passe pas son temps à me remettre à ma place ou à me juger. Des lèvres pareilles… Pourquoi l'univers a-t-il doté Leah d'une bouche aussi sensuelle si c'est pour passer sa journée à la pincer de mépris ? Mystère…

Je continue d'observer son visage. Elle a la mâchoire bien dessinée et le nez droit, presque agressif, mais finalement sa bouche et ses cheveux équilibrent l'ensemble. Elle devrait lâcher ses cheveux plus souvent, ça la rendrait moins cul serré. Je suis certain qu'elle aurait plus de succès si elle se sapait moins comme une nonne et plus comme une femme fatale.

L'idée de la voir en robe moulante dirige mon regard vers le reste de son corps. Je l'observe en entier, et je me surprends même à avancer de quelques pas pour suivre la courbure de sa hanche, la longueur de sa cuisse jusqu'au bout de ses pieds. D'en bas, je remonte les yeux vers son ventre et son buste. Ce dernier est en partie dissimulé par ses bras. Je sais qu'elle n'a pas trop de poitrine, mais honnêtement, ce n'est pas forcément quelque chose qui me dérange, tant que les seins sont naturels. Je penche la tête en l'étudiant. Leah n'est clairement pas un standard de beauté actuel, elle a des formes discrètes et des atouts non négligeables. Mais à côté d'une Italienne en forme de bouteille de Coca-Cola, elle fait pâle figure. Et pourtant, elle a quelque chose.

Je m'accroupis à côté de son visage alors qu'elle respire doucement. Un souffle plus poussé que les autres entrouvre sa bouche et mon estomac fait un looping quand une de ses mèches volète devant son visage et vient se poser dans le creux de sa lèvre inférieure.

Cette bouche, bordel…

Ma respiration accélère un peu alors que je la fixe sans ciller. Je ne sais pas ce que j'espère voir ou découvrir. Un autre mouvement de ses lèvres ? Une autre mèche de cheveux qui bouge ? Aucune putain d'idée… Je sais juste que je la regarde comme un drogué, dans l'attente d'un nouveau shoot qui fera twister mes intestins…

Je sursaute quand elle bouge et fronce les sourcils en se recroquevillant un peu plus. Je me redresse bien vite et recule de quelques pas, stressé à l'idée de me faire choper.

OK, ça suffit, Selvaggio.

Je fais volte-face et retourne avec précipitation dans ma chambre avant de fermer la porte, soulagé d'avoir réussi à ne pas me faire prendre en flagrant délit.

Je m'adosse au mur, la respiration rapide. C'était quoi ça ?

Une GROSSE erreur ! Voilà ce que c'était !

Je ne peux pas me permettre de commencer à fantasmer sur elle. C'est ma voisine, la copine de ma sœur, et surtout : je suis censé la détester !

Mon cerveau me renvoie aussitôt un peu plus tôt dans la soirée, quand j'ai réalisé ce qu'elle avait vécu. Non. C'est faux. Je ne la déteste plus…

Ce constat me flanque une gifle.

Quand est-ce que c'est arrivé ?

Quand j'ai pigé qu'elle avait été battue ?

Quand elle ne m'a pas jugé sur mes combats ?

Quand elle a pris le temps de soigner mes blessures ?

Ou plus tôt, quand elle a pris la responsabilité de ses actes auprès de ma famille en me défendant ?

Ou bien un mix de tout ça ?

Je ne sais pas, mais maintenant j'en suis sûr : je ne la déteste plus. Je n'irai quand même pas jusqu'à dire que je l'apprécie, mais je ne ressens plus de haine à son égard.

Je soupire de soulagement. Cette guerre entre nous était épuisante. Savoir que je n'ai plus vraiment de raison de l'entretenir m'enlève un poids que je ne savais même pas que je portais.

Ce constat en entraîne un autre. Je peux aussi être gentil

avec elle. Peut-être qu'en éliminant ce regard prétentieux, j'arriverai au passage à éteindre le début de flamme qu'il a allumé. Je ne suis pas super convaincu de ce que je viens de penser, mais ça se tente.

Après les coups bas, place aux coups de main ? Improbable.

J'en éclaterais presque de rire, mais je me retiens pour ne pas la réveiller.

Autant mettre en action dès maintenant ces bonnes résolutions et faire ce que j'ai mentalement refusé de faire un peu plus tôt. J'ouvre le placard de ma chambre et en sors une couverture. Je ressors de ma chambre et avance à pas discrets vers le canapé, avant de recouvrir Leah le plus doucement possible pour éviter de la réveiller.

À peine la couverture posée, Leah se pelotonne dedans et soupire de plaisir.

Un petit sourire étire mes lèvres en remarquant que, étrangement, ça me fait plaisir…

Même si la chercher va me manquer, mais l'un n'empêche pas l'autre. On pourrait presque devenir potes, elle et moi.

Je l'observe une dernière fois alors que ses traits se détendent un peu plus quand son corps se réchauffe enfin.

Dors bien, Duchesse.

Demain est un nouveau jour.

21

Leah

J'ouvre un œil difficilement. La fatigue plombe mon corps entier, mais la lumière du jour qui illumine petit à petit le salon de Jamie m'empêche de continuer de dormir. J'ai tellement envie de dormir… Je retombe dans les bras de Morphée quelques instants quand un bruit sourd et régulier me réveille pour de bon. Oh, non, je suis tellement bien, là… Le bruit s'arrête, puis reprend plusieurs fois, me sortant peu à peu de ma phase de sommeil profond. Non sans me contrarier, parce que je dormais d'un sommeil très lourd après m'être couchée tard. J'aimerais vraiment rester endormie… Et je suis bien, au chaud… Hein ?

Je me réveille totalement en réalisant que la couverture sous laquelle je suis pelotonnée n'était pas là cette nuit quand je me suis allongée sur le canapé.

Qu'est-ce qui s'est passé ? Je me souviens parfaitement de m'être endormie en serrant les bras contre mon ventre en position fœtale car j'avais un peu froid mais je n'avais aucune envie de réveiller Jamie pour lui quémander un plaid. Le bruit sourd qui vient de l'extérieur continue plusieurs fois avant de finalement s'arrêter, chassant les dernières brumes de sommeil de mon corps et de ma tête.

Hier était surréaliste, j'ai encore du mal à comprendre ce qui s'est passé. J'ai été infirmière de fortune, littéralement retenue contre mon gré, victime de chantage pour finir par rire avec mon voisin.

Que je suis censée détester.

Et qui visiblement s'est levé cette nuit pour me couvrir.

Je regarde machinalement ma montre : presque sept heures du matin.

Et Nolan m'a promis que ma serrure serait changée à sept heures trente.

Je repousse la couverture et me lève le plus silencieusement possible. Je meurs d'envie de boire mais je ne sais pas où sont rangés les verres. Je pourrais peut-être boire au robinet ? Je me dirige à pas feutrés vers l'évier et remarque un verre vide à l'intérieur. Parfait, ça fera l'affaire. Je le remplis et bois rapidement en songeant à ce qui s'est passé cette nuit. Je serais bien incapable d'expliquer en détail, mais j'ai presque eu l'impression de… rire avec lui ? D'avoir été complice ? Non. C'est impossible. La douleur a sûrement baissé sa tendance naturelle à être insupportable. Je m'appuie contre le plan de travail et observe la porte de la chambre en face de moi. Ces dernières vingt-quatre heures sont sûrement les plus étranges depuis mon emménagement. J'ai la sensation d'avoir vécu un ascenseur émotionnel aussi violent qu'un grand huit. Comment expliquer être passée d'un vol à une quasi-agression, à une situation physique gênante suivie d'une séance d'aveux puis d'une prise en charge médicale, pour finir par rire avec lui cette nuit ? Je dois devenir folle… Cette ville me rend cinglée.

J'observe le décor de son appartement. Rien de bien folichon. On reste dans une ambiance somme toute bien masculine : un canapé en cuir marron, des affiches de sport vintage pour toute décoration. Le moindre objet est placé au millimètre. Pas une seule trace de poussière non plus. Jamie doit être un maniaque du ménage. Je finis le verre d'eau et le repose doucement à sa place avant de saisir ma trousse de secours pour quitter l'appartement. J'atteins presque la porte d'entrée quand un réveil strident sonne dans la chambre et me fait bondir. Je me rue hors de l'appartement et fonce dans le couloir, le cœur battant.

Merde, merde, meeeeerde !

Je referme la porte de mes mains tremblantes en évitant de la claquer pour ne pas que Jamie comprenne que je suis en train de fuir et fais volte-face pour aller me réfugier chez Liz, à défaut de pouvoir rentrer chez moi, quand je suis stoppée net dans mon élan.

– Bonjour !

– Euh… bonjour.

L'homme en bleu de travail me sourit en retour en mâchouillant son cure-dent et continue ce qu'il était en train de faire, c'est-à-dire injecter visiblement du dégrippant dans la toute nouvelle serrure de ma porte d'entrée, laquelle est déjà ouverte.

Mais comment ? Je contrôle l'heure sur ma montre. 7 h 02.

Nolan a tenu sa promesse.

Il est parti à quatre heures du matin. Qui a assez de ressources pour faire changer une serrure chez quelqu'un un samedi à sept heures du matin, soit à peine trois heures plus tard ?

– Et c'est fini ! annonce l'homme en face de moi en se mettant debout. C'est bien chez vous, ma p'tite dame ? Nolan m'a décrit une jolie brunette en pyjama avec une tresse.

Il fait mine de regarder sur sa droite et sur sa gauche avant de revenir vers moi en souriant de toutes ses dents.

– Et vous êtes la seule qui correspond à la description ici !

Son sourire est sincère et teinté de gentillesse paternelle. Il me donne vraiment confiance.

– Oui, c'est bien moi, confirmé-je en récupérant la clé qu'il me tend sans même vérifier mon identité.

– Génial. Z'allez voir, c'est du matos de pro, tout ça ! Celui qui arrivera à forcer votre porte n'est pas encore né, avec ce que je viens de vous installer !

Je jette un regard vers la tranche de la porte et découvre un nouveau système en métal qui descend presque tout le long, avec plusieurs loquets.

– C'est de l'acier trempé à triple verrouillage. Les tiges qui tiennent le tout font presque cinquante centimètres de chaque côté. Ça a dû vous réveiller quand je les ai vissées !

Maintenant, je comprends mieux mon réveil matinal.

– Ça vous mettra en sécurité, ma p'tite. Par les temps

qui courent, il vaut mieux vous équiper, hein ? Une jolie demoiselle comme vous a besoin de se sentir en sécurité chez elle, conclut-il en finissant de ranger ses outils dans sa large trousse usée jusqu'à la moelle.

– Vous n'avez pas idée à quel point c'est vrai, marmonné-je en serrant la clé contre mon plexus.

– Ah, ça, je m'en doute. J'ai une fille de votre âge, et j'aim'rais pas qu'elle se retrouve avec une serrure en aussi mauvais état que la vôtre ! Allez, bonne journée, mad'moiselle, me salue-t-il en ôtant galamment sa casquette en toile. Faites attention à vous !

Je lui souris en retour et le regarde quitter le palier en sifflotant une chanson de Sinatra avant de regarder ma porte, miraculeusement ouverte un week-end avant huit heures. Nolan doit vraiment connaître énormément de monde à Boston…

Un bruit dans l'appartement d'à côté me sort de mes pensées et je me précipite chez moi avant de refermer la porte dans mon dos. J'observe d'un air perdu les engrenages qui relient la serrure centrale et les deux autres loquets. Comment est-ce que ça peut bien fonctionner ? Je rentre la clé dans la serrure centrale et la verrouille, sans remarquer de grande différence, avant de visser les deux loquets supplémentaires en tournant la molette. Un bruit sourd résonne de part et d'autre de ces pièces en métal et j'entends plusieurs cylindres glisser et venir se loger dans le mur dans un raclement métallique. Je teste rapidement la solidité de l'ensemble et souris jusqu'aux oreilles. Avant, ma porte tremblait légèrement, mais maintenant, elle ne bouge pas d'un seul centimètre !

La simple idée de savoir que Jamie ne pourra plus forcer ma porte aussi facilement me soulage d'un énorme poids !

Enfin une chose qui fonctionne en mon sens.

Je soupire profondément et recule pour poser ma trousse de secours sur la table de ma petite kitchenette. J'en profite pour m'affaler sur la chaise juste à côté. La fatigue revient à la charge et j'hésite entre aller me coucher, ou bien me faire un café très serré et prendre une bonne douche. J'opte pour la seconde option et pars allumer le chauffage de ma petite salle de bains ainsi que l'eau chaude avant de préparer la machine à café, le temps que la pièce se réchauffe. En ouvrant le tiroir où je range mes dosettes de café, je tombe sur la casquette de Jamie. J'ai un moment d'hésitation en la voyant. Est-ce que je devrais la lui rendre ? J'ai promis à sa maman de ne plus créer d'ennuis avec lui… Mais d'un autre côté, il a encore la lettre de Laly.

Je referme le tiroir d'un geste sec et pars dans la salle de bains en me déshabillant. Je laisse mes vêtements tomber au fur et à mesure sans chercher à les plier et à bien les poser sur mon lit, je n'en ai pas le courage. Je défais ma tresse et brosse rapidement mes cheveux en caressant machinalement la plaque de pelade à l'arrière de mon crâne comme je le fais habituellement, et ne peux m'empêcher de repenser à ce que j'ai entendu lorsque Jamie a eu la méchanceté de lire ma lettre à voix haute pour me narguer ; la curiosité de savoir ce qu'elle contient se mêle à la tristesse de ne pas pouvoir la lire tout de suite. J'entre dans la douche, le cœur lourd, et laisse l'eau chaude glisser sur mes membres endoloris et fatigués, se mélangeant aux larmes qui s'échappent de mes yeux.

Laly me manque tellement… Un an déjà.

Et pourtant elle a pensé à m'écrire une lettre pour les fêtes.

Peut-être que si je demande gentiment à Jamie, il accepterait de me la rendre en échange de sa casquette ? Après ce que j'ai fait cette nuit, l'idée me paraît moins stupide. J'ai réussi à discuter avec lui, pour de vrai. Pendant un court instant, mais assez longtemps pour espérer voir l'étincelle d'une vraie négociation qui ne finisse pas en pugilat.

Je me savonne vigoureusement et lave mes cheveux en souriant presque, un peu rassérénée à l'idée de pouvoir bientôt récupérer ma lettre. J'ai tellement hâte de la lire, de glisser la pulpe de mes doigts sur les courbes de l'écriture manuscrite de Laly. Je sors de la douche un peu plus réveillée et un peu plus enjouée. Je me sèche rapidement et enroule mes longs cheveux en turban avant d'enfiler un pantalon de yoga et un gros pull.

Je rêve d'un bon petit déjeuner et prends le temps d'en cuisiner un gargantuesque. Quand tout est enfin prêt, je m'installe confortablement à table et soupire de bonheur en buvant une gorgée de café brûlant.

La sensation de chaleur se diffuse dans mon corps encore un peu engourdi, et je me laisse aller contre le dossier de ma chaise.

Ce matin, étonnamment, je me sens bien.

La guerre avec mon voisin est finie.

Je vais bientôt récupérer la lettre de Laly et pouvoir finir celle que je compte lui envoyer.

J'observe la ville se réveiller petit à petit par la grande porte-fenêtre de mon balcon, en savourant mon copieux petit déjeuner.

Oui, ce matin est un autre jour. Je ne sais pas pourquoi, mais je le sens bien.

J'allume même la télé pour regarder une série télévisée sans grand intérêt alors même que je me refusais à le faire avant. Ce matin, je n'ai pas envie de me forcer à être parfaite. Je compte profiter de mon petit déjeuner avant d'aller faire un peu de shopping pour les fêtes. Je veux trouver un cadeau de Noël pour Liz, Maria et Lorenzo. Je soupire de satiété en finissant mes plats, repue, et quitte la table pour aller me pelotonner dans l'unique fauteuil de mon minuscule appartement, enroulée dans un plaid. Je ris aux bêtises des présentateurs et m'assoupis quelques instants, bien au chaud et le ventre plein. Quand je me réveille, le soleil est bien plus haut dans le ciel. Je vérifie l'heure. 9 h 45. J'ai presque dormi deux heures, tout compte fait.

Je me lève tranquillement en dénouant ma nuque, quelque peu malmenée par ma longue sieste assise, et pars sécher mes cheveux, m'habiller correctement et me maquiller avant de sort…

Je suspends mon geste devant le placard.

Pour quelle raison ?

Nous sommes samedi, je n'ai pas classe, je n'ai pas prévu d'aller voir qui que ce soit, je ne suis attendue nulle part et personne ne cherchera à me prendre en photo ici. Je regarde le contenu de mon dressing : des tenues formelles, des habits classiques et élégants, pour être toujours propre et modeste au cas où un photographe ne vienne me prendre en photo à l'improviste. La belle-fille du sénateur se doit d'être présentable, quelle que soit l'occasion.

Même pour aller acheter de l'aspirine.

Mais je ne suis plus à Montgomery.

Je pourrais très bien sortir comme je suis, en tenue décontractée et sans maquillage, comme une personne lambda. Cette sensation crée une excitation dans mon ventre et fait fourmiller un vent de révolte dans mon cerveau.

J'étais tellement formatée que même en arrivant ici, j'ai continué à me comporter comme la gentille « fille de »... Alors que je voulais m'affranchir, j'ai continué à m'enfermer dans le même carcan. Mais maintenant, je suis libre. Libre de pouvoir faire ce que je veux sans avoir peur de me faire juger.

Un sourire enfantin se dessine lentement sur mes lèvres alors que je prends la décision ferme de ne mettre qu'une paire de chaussures de randonnée pour sortir. Je les enfile avant de m'observer dans le miroir en défaisant le turban en éponge qui gardait mes cheveux à l'abri. Je pouffe en m'observant. J'ai l'air d'un sac à patates. Mais je me sens vraiment confortable dans cette tenue improbable.

Nouvelle résolution : je vais m'acheter plus de vêtements confortables aujourd'hui. Des leggings, des baskets, des sweats, tout l'inverse de ce qui compose ma garde-robe.

Je file me sécher les cheveux en vitesse et consens à appliquer une crème de jour comme unique protection sur mon visage. J'hésite même à laisser mes cheveux lâchés. Je les aime tellement. Ils sont longs et étonnamment faciles à entretenir, mais la petite plaque de pelade sur mon crâne me retient encore et toujours. Je me mords la lèvre en réalisant que je ne suis pas encore totalement prête à assumer cette part de fragilité face au monde entier,

Un pas à la fois, Leah…

Rome ne s'est pas faite en un jour.

Je coupe la poire en deux et fais un chignon avec la moitié haute de mes cheveux, afin de cacher la peau dénuée de pilosité, mais laisse le reste flotter librement sur mes épaules et quelques mèches encadrer mon visage.

Sans chignon serré et sans maquillage, je fais beaucoup plus jeune.

Plus libre.

Je souris, ravie de mon reflet, et quitte la salle de bains pour enfiler mon gros manteau, une écharpe épaisse, et prends mon sac à main et mes lunettes de soleil avant d'ouvrir la porte.

Je prends un petit moment avant de réussir à tout déverrouiller. Il va falloir que je trouve le truc pour le faire plus vite…

Je marmonne quelques jurons en réussissant enfin à ouvrir le loquet. Être en sécurité, OK, mais pas au point d'être enfermée chez moi !

J'ouvre enfin le battant et la vue de quelque chose posé sur mon tapis me fige.

J'en ai le souffle coupé et je retire mes lunettes de soleil d'une main tremblante avant de me baisser lentement pour saisir l'enveloppe. L'écriture manuscrite n'est pas celle de Laly, mais je pense reconnaître celle de Joan, la gouvernante.

J'ouvre l'enveloppe, déjà ouverte par Jamie, et en sors les feuilles, pliées en trois, le cœur battant.

Je déplie la première page. La douce écriture de Laly y apparaît et une larme silencieuse roule sur ma joue.

Il me l'a rendue. Sans rien demander en retour.

Jamie m'a rendu ma lettre.

Je la serre sur mon cœur en laissant les pleurs strier mes joues nues, la poitrine soulevée de sanglots de joie.

J'ai enfin ma lettre…

Je ne vais pas la lire tout de suite, je la garde pour le

jour de Noël. Je replie correctement le papier avant de tout remettre dans l'enveloppe et essuie mes joues humides d'une main en allant poser mon précieux butin sur ma table à manger. Je ne peux m'empêcher de la regarder comme un enfant admire un sapin illuminé qui croule sous les cadeaux le matin de Noël. Une douce sensation de chaleur prend forme dans ma poitrine et réchauffe mes derniers organes encore un peu endormis. Je souris comme une imbécile et avance de quelques pas pour ouvrir le fameux tiroir.

Je saisis la casquette usée du bout des doigts et renifle, en regardant une ultime fois le trésor récupéré à l'instant sur le pas de ma porte. Je papillonne des cils pour chasser les quelques larmes qui s'y accrochaient encore et réajuste mon sac en sortant de l'appartement.

Je vérifie bien que j'ai les clés avant de fermer la porte, et le million de cadenas qui la composent maintenant, puis avance de quelques pas pour déposer mon cadeau de remerciement sur le palier de Jamie.

Il trouvera sa casquette bien-aimée en rentrant chez lui après le service de midi.

Je souris jusqu'aux oreilles en prenant l'ascenseur et enfile mes lunettes de soleil pour affronter le soleil lumineux en quittant l'immeuble. Le froid me gifle les joues malgré le beau temps mais rien ne pourra briser mon sourire aujourd'hui.

Car aujourd'hui est un nouveau jour.

Définitivement.

22

Jamie

Parfois, je suis surpris.

Je l'ai beaucoup été ces derniers jours mais, putain, là, je suis sur le cul. S'il y a bien une chose à laquelle je ne m'attendais pas, c'était à trouver Leah ici.

Et si j'en crois ses yeux écarquillés, elle non plus.

Je reste immobile dans l'entrée de la salle réquisitionnée par l'association pour les sans-abri. Chaque 24 décembre au soir, nous empaquetons les restes du restaurant proprement pour les amener le 25 au matin afin de participer aux distributions de nourriture, en en profitant pour ajouter une dose de plats frais et cuisinés spécialement pour l'occasion.

Nonna est très impliquée dans ces événements. Elle a souvent eu du mal à joindre les deux bouts en Italie lors de sa jeunesse. J'ai reçu pas mal de taloches derrière le crâne de sa part quand je me plaignais, en me rappelant qu'à une époque elle n'avait rien, et que je devais être reconnaissant d'avoir eu la chance de manger tous les jours à ma faim. Le restaurant est connu pour offrir des repas à quelques sans-abri du quartier qui le désirent. Je les connais pratiquement tous dans un rayon de trois pâtés de maisons. La plupart demandent à faire quelque chose en échange, comme nous aider à décharger les caisses du camion ou bien jeter proprement les cartons en les compactant dans les poubelles. Mais si un jour une personne le désire, elle mangera sans rien donner. Lors des épisodes de grand froid, nous distribuons régulièrement des soupes, et nous faisons également don des aliments proches de la date de péremption aux banques alimentaires.

– Eh, Jamie ! m'apostrophe Madison en tendant les bras vers la caisse de plats emballés que je tiens toujours dans les mains.

Je cligne des yeux et sors de ma transe pour la regarder, elle, et non plus ma voisine au fond de la pièce.

– Salut Maddie, réponds-je en souriant et en la laissant prendre la caisse pour retourner dans la camionnette.

Madison est une amie d'enfance. C'est la cousine de Nolan et elle est aussi blonde que lui, avec de grands yeux marron et un million de taches de rousseur sur le nez et les pommettes. J'adorais l'embêter quand elle était enfant, avec l'aide de son cousin. Je la considère comme la petite sœur que je n'ai jamais eue. C'est bien une des rares filles de mon entourage, hors famille directe, à laquelle je n'ai jamais fait d'avances.

Enfin, avec Leah.

Non.

NON !

Je secoue la tête et cligne rapidement des yeux. Ne commence pas, Jamie. Merde !

Je l'évite soigneusement depuis un petit moment, plus précisément depuis la nuit où elle a soigné mes blessures, parce que je me suis foutu une frousse monumentale à la regarder différemment.

– Vous avez encore apporté de quoi nourrir un régiment ! s'exclame Maddie dans mon dos.

– Tu connais nonna, réponds-je en déchargeant une nouvelle caisse que je lui tends depuis l'intérieur du véhicule. Elle se met en tête chaque année que le nombre de sans-abri a doublé. Bientôt on pourra nourrir tout Boston le jour de Noël !

– Non pas que ça nous dérange ! répond-elle en riant.

Je lui rends son sourire et continue de sortir les caisses en laissant les bénévoles les attraper à tour de rôle pour les emporter dans l'espace dédié à la cuisine. Tout en évitant délibérément de regarder vers l'endroit où j'ai aperçu Leah. Et si je ne me trompe pas, bien différente de d'habitude. Je pense avoir vu un legging et un pull basique. Bien loin des tenues propres et chics qu'elle a l'habitude de mettre. Ou alors j'ai rêvé et ce n'était pas elle ?

Ça ne lui ressemble pas, maintenant que j'y pense. Autant de s'habiller comme si elle allait faire du yoga que de traîner dans une soupe populaire le jour de Noël. D'autant plus que Liz a raconté à mes parents qu'elle avait refusé leur invitation de se joindre à nous le 25 à midi car elle allait fêter Noël dans sa famille, à mon grand soulagement.

Une journée entière avec elle ? Sur mon territoire ? Surtout après ce qui s'est passé ? Un suicide mental. J'étais prêt à prétexter une gastro fulgurante pour éviter de subir ça.

J'ai quand même eu le bonheur de retrouver ma casquette devant ma porte d'entrée. J'avais pris sur moi et lui avais rendu sa lettre en premier, comme pour la remercier d'avoir pris soin de moi, et tout en espérant secrètement récupérer mon couvre-chef en échange. Le message avait été reçu cinq sur cinq.

J'avais hésité à frapper à sa porte pour la remercier mais j'ai finalement renoncé, de peur de lui balancer une vacherie sans réussir à m'en empêcher. D'où mon soulagement quand Liz a confirmé son absence pour cause de repas familial.

Ouais, j'ai dû rêver. Duchesse doit être en train de boire une coupe de champagne dans sa famille issue des premiers colons du Mayflower au lieu de servir à la soupe populaire. Elle ne ferait pas ce genre de choses, non ?

– Bonsoir, Jamie.

Mon corps se fige à sa voix dans mon dos alors que je soulève la dernière boîte de petits pains au fond de la camionnette. Mes mains se crispent sur les planches de bois et je serre les dents en faisant appel à toute ma volonté pour garder un visage vide d'expression avant de faire volte-face.

Je n'ai pas rêvé.

C'était bien elle.

En legging noir et sweat beige. Des chaussures de randonnée aux pieds et ses longs cheveux attachés en chignon rapide sur le haut de son crâne.

– Bonsoir Leah.

Simple, poli, froid.

Mais à l'intérieur de moi, mon sang bout. Quant à elle, elle semble visiblement gênée de me trouver ici. Elle pince les lèvres et se dandine d'une jambe sur l'autre en triturant les manches trop longues de son pull. Je m'avance jusqu'à descendre de la camionnette. Elle tend les bras et s'empare de la boîte que je tiens en murmurant un furtif « merci » avant de prendre la fuite. Je la suis du regard alors qu'elle s'éclipse vers la cuisine de fortune.

– Tu la connais ?

Je fais un bond à la voix de Madison, pris en flagrant délit.

– Oh, putain, Maddie ! grogné-je en posant la main sur mon cœur battant sous ses éclats de rire.

– Doucement, Selvaggio. Je posais une simple question, se moque-t-elle face à mon visage furieux. C'est une nouvelle cette année et tu connaissais son prénom, d'où ma question.

Elle me fait un clin d'œil complice mais je l'ignore.

– C'est ma voisine, grogné-je pour toute réponse, en remettant de l'ordre dans le coffre avant de fermer les portières.

– OK. Comme personne ne la connaît vraiment au sein de l'association, on se pose des questions.

– Depuis quand vous triez la main-d'œuvre gratuite ? raillé-je en la toisant du regard.

– Ah ! Mais toute personne volontaire est la bienvenue ! se justifie-t-elle en levant les mains face à moi, sur la défensive. Mais on ne sait pas d'où elle sort…

– Demande à ton cousin, la coupé-je. Il lui a changé sa serrure gratos en échange d'un service.

Le sous-entendu est assez gros – et faux – mais efficace. Elle ferme sa bouche dans un claquement sonore. Nolan traîne avec des personnes peu recommandables et n'accorde ses services et remerciements qu'à une poignée de gens qui peuvent lui être utiles. Après la soirée baby-sitting/infirmerie, Leah a eu droit à une serrure renforcée en remerciement.

De là à insinuer que Leah est active dans la mafia, c'est un mensonge aussi gros que le mont Rushmore – et ce n'est pas ce que j'ai dit –, mais c'est visiblement ce qu'a compris Maddie.

– OK, si Nolan lui fait confiance, alors moi aussi.

Banco.

Elle n'ajoute rien et s'éloigne, elle aussi, vers la cuisine. J'en profite pour saluer quelques connaissances, des habitués de cet événement, aussi bien des bénévoles que des sans-abri, juste cinq minutes histoire de ne pas partir comme un voleur après avoir livré mes colis. Mais je regrette ma décision quand je me retrouve face à Leah en allant rejoindre la portière du côté conducteur.

J'ai un mouvement instinctif de recul, mais je me retiens de partir en courant et ralentis le pas jusqu'à la rejoindre devant la vitre encore ouverte. Le silence est lourd et inconfortable pour nous deux, si j'en crois son regard fuyant. Je l'observe du coin de l'œil, attendant qu'elle commence à parler en premier.

Si elle m'attendait ici, c'était bien pour une raison. Personnellement, j'avais prévu de partir rapidement pour éviter de devoir lui parler de nouveau, mais elle ne m'en a pas laissé l'occasion.

– Écoute, Jamie… lâche-t-elle enfin. Si ma présence ici pouvait rester entre nous…

Traduction : j'ai délibérément menti à ta sœur et je ne veux pas que tu me balances.

Pendant un court instant, le Jamie d'avant revient en force et l'envie spontanée de la mettre dans la merde frappe à la porte de mon cerveau. Mais une autre part de moi tient cette porte fermée à double tour. Est-ce que c'est parce qu'elle ne m'a pas balancé à Liz pour les combats ? Parce qu'elle s'est occupée de moi quand j'allais mal ?

Ou bien parce que je suis fasciné par ses grands yeux verts et suppliants qui me fixent enfin ?

– Je ne dirai rien à Liz. Ni au reste de ma famille.

Elle soupire profondément en fermant les yeux, sûrement soulagée de ne pas avoir eu à se justifier plus. Elle souffle un « merci » silencieux avant de reculer de quelques pas pour me laisser rentrer dans le véhicule. Je ne me fais pas prier et saute dans la camionnette pour démarrer. Mais une envie plus forte me pousse à ne pas partir immédiatement et je serre les doigts sur le volant pour lutter contre la volonté de la regarder une dernière fois.

En vain.

Je tourne le visage vers elle alors qu'elle m'observe, impassible. Le courant d'air fait voleter de longues mèches devant son visage et je me surprends à les suivre des yeux, la poitrine légèrement plus lourde quand l'une d'entre elles se coince entre ses lèvres. Elle la dégage vite, trop vite pour moi, et la coince derrière son oreille tout en me rendant mon regard.

Aucun mot échangé, ni même d'expression faciale. Nous nous observons, neutres, et pourtant je pourrais presque croire que le bruit autour s'éteint petit à petit, comme un bourdonnement lointain. Ses longs cils battent, laissant de légères ombres se créer sur le haut de ses pommettes, alors qu'elle cligne des yeux au ralenti. Du moins je pense qu'elle cligne normalement, mais mon cerveau enregistre chaque microseconde et me les repasse comme un film plus lent.

– ET ALORS !

Je fais un bond violent quand Madison hurle de l'autre côté de la cabine et frappe du plat de la main sur le capot en riant fort quand je pose une nouvelle fois la main sur mon cœur battant.

– PUTAIN ! MADDIE !

Je bifurque tout aussi vite sur ma gauche mais Leah a disparu. Eh merde !

Moi qui voulais l'éviter, finalement je suis dégoûté de l'avoir perdue de vue. Je fusille Madison du regard mais ça ne fait qu'augmenter son large sourire.

– Est-ce que j'ai cassé ton coup, Jaminounet ?

– Arrête de m'appeler comme ça, grincé-je entre mes dents serrées. Et, non, tu n'as rien cassé, mais j'avais un truc à lui dire.

– À d'autres, Selvaggio ! Vous étiez en train de vous dévorer du regard quand je suis arrivée !

– PAS DU TOUT ! réfuté-je en sentant mes joues s'échauffer.

– Oh, que siiiiii ! jubile-t-elle en hochant la tête et en me désignant d'une main victorieuse. Jamie a un *cruuuuuuuush* ! chantonne-t-elle. Quand je vais raconter ça à Nolan, il va partir en vrille et te pourrir la vie !

– Si tu fais ça, je lui raconte que je t'ai chopée en train de rouler des galoches à Steven Barriot l'année dernière et que c'est pour cette raison que tu as chopé la mononucléose, susurré-je d'une voix douce mais menaçante.

– Tu avais promis ! s'insurge-t-elle en devenant aussi rouge qu'une tomate.

Je lui souris faussement et fais démarrer la camionnette avant d'attacher ma ceinture de sécurité. Je chausse ensuite mes lunettes de soleil et la regarde enfin en fendant mon visage d'un sourire Ultrabrite, tout en lui disant :

– J'ai menti.

Et je démarre en trombe sous ses hurlements outrés. Il ne faut pas me chercher, Maddie mini ! Je rejoins la circulation encore étonnamment fluide pour cette période de l'année et passe récupérer les commandes listées par ma mère. Pas de nourriture, mais du vin chez le caviste, un pandoro dans sa boulangerie italienne préférée, frais du jour, que mon neveu se chargera d'engloutir en cinq minutes, et des struffoli. Je grince des dents en les récupérant. Normalement, ceux de ma grand-mère sont mille fois meilleurs, mais avec l'âge, elle n'a plus la force d'en faire en grande quantité pour toute la famille. Et elle a toujours refusé de transmettre sa recette à ma mère.

« Non finché sono vivo ! » (« Pas tant que je serai vivante ! »)

Je souris. Sa fierté est tellement mal placée qu'elle préfère conserver sa recette secrète de son vivant. Je suis même persuadé qu'on découvrira qu'elle est gardée dans un coffre-fort ou chez le notaire lorsque l'on ouvrira son testament. Je cale tout ça proprement dans l'arrière du véhicule et fais un rapide détour chez moi pour me changer.

Autant je m'habille confortablement tous les jours, autant je sais faire un effort quand il le faut. Après une douche rapide, j'enfile une chemise ajustée, un jean propre et sans trou puis un pull bleu marine. J'ajuste le col de ma chemise amidonné à la perfection ainsi que les manchettes. Les Italiens savent se saper lors des grandes occasions. Je chausse mes plus belles chaussures de ville en cuir, fabrication italienne bien sûr, et dompte mes cheveux avec de la cire. Je me suis rasé de près mais je vérifie quand même si je n'ai pas besoin d'une petite retouche. À la moindre sensation de barbe naissante sur son visage quand je l'embrasserai, nonna saura me faire la peau.

Je mets ma plus belle montre, la chevalière offerte par mes parents pour mes 18 ans, et je me parfume avant de vérifier le résultat final dans le miroir.

À chaque fois que je me sape correctement, je ressemble à un mannequin Armani. Ce n'est pas pour me vanter, mais je sais que je suis beau gosse et quand je fais un effort, le résultat est toujours à la hauteur.

Un rapide clin d'œil à mon reflet et je file dans l'entrée pour enfiler mon unique manteau habillé. Je me saisis également de mes gants en cuir et quitte l'appartement pour rejoindre la camionnette.

En passant devant la porte de Leah, j'ai un furtif moment de déception. Pour une fois que je suis habillé comme un gentleman, c'est dommage qu'elle ne puisse pas me voir. Elle qui passait son temps à me traiter de paysan, j'aurais aimé voir sa tête face à ma classe du jour. Mais ça ne sera pas pour aujourd'hui malheureusement. Je sors d'un pas rapide dans le froid matinal et rentre dans l'habitacle encore légèrement chaud. Je conduis jusqu'au restaurant quelques mètres plus loin et me gare sur la place habituelle dans l'arrière-cour. Je laisserai la camionnette ici et rentrerai à pied après le repas.

J'attrape les différents paquets et passe par la porte de la cuisine pour monter les marches qui mènent à l'appartement de mes parents. Je prends soin de cacher les cadeaux pour les enfants dans le placard du couloir et quand j'ouvre la porte, une sensation de chaleur immédiate, des bonnes odeurs de cuisine et des éclats de voix m'accueillent.

– Aaaaaah ! *Ma che bello che sei !* (Mais que tu es beau !) s'exclame ma tante en venant m'embrasser.

Elle m'a sûrement laissé une belle trace de rouge à lèvres, comme chaque année depuis que je suis né.

– *Ciao zia Asunta* (Bonjour, tante Asunta), souris-je quand elle saisit mon visage entre ses mains.

J'ai la joie de ne plus la voir me pincer la joue comme elle le faisait avant. Je n'aurais rien dit mais, putain, ça fait sacrément mal. Donc je me réjouis d'être passé dans la catégorie des « non-pincés ». Lorenzo n'a visiblement pas la même chance que moi, si j'en crois son regard apeuré quand il la voit en arrivant dans le couloir, avant de faire demi-tour en vitesse pour se cacher dans les jupes de sa mère. Je lui fais un clin d'œil de loin, complice. Je souris également à Liz, qui y répond faiblement.

Pas bon, ça.

Je hausse un sourcil à son intention, mais elle me fait un geste qui signifie « plus tard ». Mon ventre se tord un peu, mais je ne dis rien et hoche la tête. Quoi qu'elle veuille me dire, je dois attendre avant de passer sur le bûcher. Je pense à tout, mais surtout aux combats de boxe que je fais en douce. J'espère qu'elle n'est pas au courant, parce que si c'est le cas, elle va me faire ma fête…

Je rejoins la cuisine en évitant mon beau-cousin Lino, qui en sort avec mon oncle, en grande conversation sur le foot italien. Pas le football américain, mais le calcio, le vrai foot, celui qui se joue avec les pieds. Ils sont visiblement en désaccord car leurs mains dansent dans l'air et ils me disent bonjour d'une voix unanime avant de reprendre leur débat à grand renfort de *che vuoi*[1].

Je ricane et viens déposer les commandes de ma mère sur la table déjà surchargée de nourriture. Je n'ai pas assez de place et dois déposer le pandoro à même le sol. J'ai à peine le temps de me délester de mes colis que ma mère vient m'embrasser de façon sonore sur chaque joue en essuyant les traces de rouge à lèvres de ma tante au passage.

– *Ciao, piccolo mio* (Bonjour, mon petit), murmure-t-elle en me couvant du regard.

Je la serre dans mes bras en inspirant son odeur. J'ai beau la dépasser d'une tête, je serai toujours « son petit », ce qui me va parfaitement. Il n'y a rien de mieux que de se fondre dans l'odeur rassurante de sa maman.

– *Buon Natale, mamma* (Joyeux Noël, maman), murmuré-je dans son cou en l'embrassant.

Elle me rend mon étreinte et je me retourne pour serrer la deuxième femme de ma vie dans mes bras, ma nonna, assise au bout de la table, le regard fier, la main posée sur sa canne, visiblement en train de superviser la préparation du repas pour être certaine que tout sera à la hauteur.

– *Buon Natale, nonna*, répété-je en l'embrassant tendrement sur la joue.

Elle sourit et me fait signe de me pencher pour pouvoir m'embrasser également. Je m'exécute avec plaisir, puis elle ajuste le col de ma chemise, visiblement ravie de me voir si bien habillé.

– *Ecco un bell'uomo ! Dovresti vestirti così ogni giorno.* (En voilà un bel homme ! Tu devrais t'habiller tous les jours comme ça.)

J'opine du chef, comme chaque année, en sachant pertinemment ce que je vais répondre.

– *Si, lo farò un po di più.* (Oui, je le ferai un peu plus.)

C'est faux et elle le sait aussi bien que moi, mais c'est notre rituel chaque année à Noël : elle me complimente

1. Geste iconique de la culture italienne, paume vers le haut et doigts regroupés.

sur ma tenue, je lui promets que je m'habillerai mieux et je reviens dès le lendemain à mes sweats et mes vieux pantalons de jogging. Elle rit, pas dupe pour un sou, et me fait signe de filer. Je rejoins le reste de la famille dans le salon, où nous sommes tous serrés comme dans une conserve de sardines, mais impossible de faire autrement que de tous se rassembler. Ma famille, celle de la mère de Maria, la famille de Lino – à part la famille de ma mère qui habite trop loin –, nous sommes au complet. Les hommes en train de se disputer à propos du sport, les enfants qui courent dans tous les sens et les mamans en train de préparer le repas pour nourrir toute cette joyeuse troupe. Je me joins à mon oncle et mon père, lequel m'accueille en me serrant brièvement contre lui, et prends part au débat.

Une bonne heure et demie plus tard, nous sommes tous invités à nous asseoir les uns collés aux autres à table, les hommes d'un côté, les femmes de l'autre. Par tradition chez nous, les hommes parlent entre eux et les femmes aussi, de sujets bien différents. Ça nous évite les conversations croisées. Les plats se succèdent à table. Comme toute bonne famille originaire de l'Italie du Sud, le soir du réveillon, les plats de poisson sont privilégiés. Et le jour de Noël, les viandes blanches sont présentées à foison. Je me remplis l'estomac, ravi de ne pas être derrière les fourneaux pour une fois. Les conversations vont bon train, mais sont toutes interrompues par ma cousine Maria qui se lève et fait tintinnabuler son couteau sur son verre à la fin du repas.

– Merci à tous pour votre attention, commence-t-elle en reposant son verre, les joues rouges. Je profite de votre présence en nombre aujourd'hui pour… pour vous annoncer que…

Sa voix se brise et des larmes jaillissent de ses yeux alors qu'elle saisit la main de Lino, qui la rejoint, et pose l'autre sur son ventre. Toutes les femmes de notre table poussent des hoquets de stupeur. Ma tante se lève pour la serrer dans ses bras, suivie par la mère de Lino. Ma mère et ma grand-mère remercient Dieu, ma sœur se met également à pleurer et… les hommes ne comprennent rien.

Je regarde mon père et mon oncle, dubitatifs.

– Vous comprenez quelque chose ? demandé-je en coin.

– *Niente*, confirme mon père.

Liz nous fusille du regard.

– Vous êtes sérieux ? Mais enfin, c'est évident ! s'exclame-t-elle en désignant Maria.

Nous nous observons en silence, sans rien comprendre encore une fois.

– *È incinta !* (Elle est enceinte !) explique-t-elle enfin en nous regardant comme une bande d'abrutis.

La surprise nous cloue le bec et nous regardons Maria à l'unisson, en quête d'une confirmation. Elle hoche la tête, souriant entre ses larmes, et le chaos reprend de plus belle alors que mon oncle se lève en hurlant ; je suis cloué car ça doit bien être la première fois que je le vois aussi bruyant. Il se précipite sur sa fille et l'embrasse sans s'arrêter. La famille entière fait d'ailleurs la queue pour féliciter les futurs parents. Quand mon tour vient, je serre ma cousine fort dans mes bras.

– Je suis très heureux pour toi, Maria, même si je suis triste que tu quittes le cercle très fermé des adultes qui peuvent faire la grasse matinée.

Elle me tape gentiment l'épaule avec son poing et je ricane.

– J'ai encore quasi huit mois devant moi à dormir et à me faire masser les pieds, morveux, réplique-t-elle.

– Encore huit mois ? Mais c'est encore très tôt alors. Vous le savez depuis combien de temps ? la questionne Liz à côté de moi.

En quoi c'est important ?

– Je sais, je sais, normalement on doit attendre trois mois. Mais on savait qu'on ne tiendrait pas Noël sans lâcher le morceau. Ça fait quinze jours qu'on tient bon, mais c'était impossible de tenir plus, confirme-t-elle en embrassant la joue de son mari qui l'enlace par-derrière.

– Je comprends, répond Liz. Fais bien attention à toi pour les deux prochains mois et pas de stress, OK ? Jamie, tu viens deux secondes avec moi ?

Je laisse Lino et Maria se faire inonder de félicitations par le reste de la famille et suis ma sœur dans le couloir entre le salon et la cuisine. Je n'en mène pas large. Vu son ton autoritaire, je vais me prendre un sacré savon, alors je la rejoins la tête baissée. Avec un peu de chance, l'annonce de la grossesse de Maria atténuera ses envies de meurtre. Pour sa cousine du moins. Moi, en revanche…

Mais au lieu de me filer une savate sur l'arrière du crâne comme je m'y attendais, Liz me tend son téléphone. Je fronce les sourcils en saisissant l'appareil et écarquille les yeux au fur et à mesure que je lis les messages. La colère naît violemment dans mes tripes et je me retiens de ne pas quitter le domicile de mes parents sur-le-champ pour aller traquer ce connard.

– *Figlio di puttana* (Fils de p***), grondé-je en rendant son téléphone à Liz d'une main tremblante. Il est où ?

– Je ne sais pas… répond-elle d'une voix lasse.

– Depuis quand il te menace ?

Elle baisse les yeux, honteuse.

– Depuis trois semaines… avoue-t-elle.

– TROIS SEM… hurlé-je presque.

– Chuuuuut, m'interrompt-elle en regardant vers la famille, angoissée. Je ne veux pas qu'ils soient au courant et encore moins après l'annonce de la grossesse de Maria !

Je me retiens en mordant mon poing. Son salaud d'ex lui envoie des messages avec des menaces depuis presque un mois ! Lui promettant de lui enlever son fils, de lui faire perdre son travail, de la traîner dans la boue. Et elle n'avait rien dit !

– Liz ! Putain !

– Je sais…

– Pourquoi tu ne le dis que maintenant ?!

– Je… je croyais que c'était anodin, qu'il devait avoir envoyé le premier en étant bourré. Puis j'en ai reçu un autre quelques jours plus tard. Et plus les jours passaient, plus les messages étaient proches, jusqu'à devenir quasiment quotidiens. Je ne savais plus quoi faire et c'est Leah qui m'a conseillé de te le dire.

– Leah est au courant ?

– Moins fort, putain, Jamie ! siffle-t-elle en jetant des regards anxieux vers la table. Oui, elle est au courant ! Je lui en ai parlé parce qu'elle...

Elle s'interrompt brusquement, consciente d'en avoir sûrement trop dit.

Parce que Leah l'a déjà vécu. Pas besoin de chercher bien loin. Je connais déjà la fin de sa phrase, mais hors de question de le lui avouer. Ça reste encore assez flou de mon côté. Je ne connais pas tous les détails et je n'ai pas envie de rentrer là-dedans. Ce qui m'intéresse, là, tout de suite, c'est de savoir où se cache ce sombre connard pour aller lui péter toutes les dents.

– Oublie ce que j'ai dit. L'important, c'est que je t'en parle maintenant, reprend-elle. J'aimerais que tu...

Elle jette un coup d'œil rapide vers le salon et se rapproche de moi pour finir à voix basse :

– J'aimerais que tu fasses jouer tes... *relations*, finit-elle d'un air entendu en me fixant. Pour lui filer la frousse et le forcer à me laisser tranquille.

Message reçu cinq sur cinq.

– Je m'en occupe.

Ce soir même. Hors de question de laisser ce salaud passer de bonnes fêtes de fin d'année. Elle soupire, visiblement délestée d'un poids, et me sourit faiblement.

– Merci, Jamie.

Je prends sur moi pour dénouer les tensions dans mes muscles et la serre contre moi en lui embrassant le front. Elle se laisse aller et m'enlace en retour.

– Tu sais que je suis là pour toi, Liz.

– Je sais.

– Tu as bien fait de m'en parler.

– Je sais, répète-t-elle comme un perroquet.

Une dernière étreinte et je la relâche, un peu moins tendu qu'il y a cinq minutes. Elle se détache, mais je la garde quand même en partie dans mes bras, et elle observe les parents un peu plus loin.

– Ne leur dis rien, s'il te plaît. Ni aux parents, ni à Maria. Surtout pas à Maria. Le stress peut provoquer une fausse couche.

J'inspire profondément, peu enclin à ne pas les mettre dans la confidence, mais je finis par acquiescer, vaincu.

– Je ne dirai rien.

– Merci, Jamie.

– Mais en échange, tu dois me promettre de me tenir au courant *dès le début* si ça recommence !

Elle sourit, gênée.

– Je te le promets.

– Vraiment, Liz. Je ne veux pas te retrouver encore une fois couverte de bleus. C'est compris ?

Elle hoche vigoureusement la tête.

– C'est promis, Jamie.

– Bien. File maintenant, j'ai hâte de savoir quels cadeaux pourris je t'ai offerts.

– Ne me dis pas que tu as encore commandé un colis abandonné de chez Amazon ! s'insurge-t-elle en se dégageant totalement de mes bras.

– Surprise…

Elle lève les yeux au ciel et s'éloigne en grommelant. Je souris. Je voulais l'éloigner rapidement et ça a fonctionné. Quand elle est assez loin de moi, je laisse tomber le masque et saisis mon téléphone dans la poche de mon pantalon. Je compose le numéro de Nolan et vais m'enfermer dans mon ancienne chambre pour pouvoir parler plus librement.

– Et joyeux Noël, mon gros chaton ! chantonne-t-il en décrochant. Qu'est ce qui me vaut un appel en ce jour de fête ?

– Salut No. J'ai besoin d'un service.

Pas la peine de tourner autour du pot. Nolan comprend immédiatement à ma voix sérieuse le type de service que je lui demande et je l'entends s'excuser auprès de sa famille pour s'éloigner. J'entends une porte se fermer avant qu'il ne parle de nouveau.

– Qui ?

– L'ex de ma sœur.

– Calvin est revenu à la charge ? s'exclame-t-il, stupéfait. Je pensais que cet abruti avait compris la leçon !

– Pas assez, apparemment… grogné-je. Ça fait trois semaines qu'il harcèle ma sœur avec des textos menaçants. J'ai besoin qu'il comprenne que s'il lui envoie ne serait-ce qu'un seul émoji encore une fois, il finira enchaîné à des parpaings au fond de Charles River.

– Entendu, je m'en occupe personnellement. Ce connard s'est mis pas mal de personnes du réseau à dos mais visiblement, il n'a aucun instinct de survie. Je vais me faire un plaisir de le lui rappeler.

La voix de Nolan est dure mais juste.

– Merci, mec.

– De rien, mon gars. Besoin d'autre chose ?

Mon cœur accélère un peu alors que je songe enfin à passer à l'acte. Quelque chose qui me trotte dans la tête depuis un moment mais que je n'avais jamais finalisé. L'occasion est trop belle pour ne pas en profiter.

– Tant que tu y es, est-ce que tu penses que ce serait possible de demander à Valerian de me récupérer une bagnole ?

– Toi en bagnole ? Va t'en acheter une tout seul, pauvre loser ! Mais je rachète ta moto, OK ?

– Ce n'est pas pour ce genre d'utilisation. Je cherche une voiture bien spécifique. C'est pour offrir une « session » à quelqu'un.

– Ooooh, OK, Monsieur le Rebelle. Et est-ce qu'on peut avoir la plaque d'immatriculation de cette voiture en particulier ?

Ce que j'adore avec mon copain, c'est qu'il pige tout de suite tous mes sous-entendus.

– Aucune idée.

J'entends son grognement de dépit à travers le combiné.

– T'es sérieux, mon gars ? Tu veux que je fasse comment, là ?

– T'inquiète. Je n'ai pas la plaque d'immatriculation, mais le modèle est tellement claqué que tu le trouveras sans problème : une Jaguar X-Type Estate.

L'éclat de rire de l'autre côté du téléphone me fait sourire jusqu'aux oreilles.

– Oh, putain, mon gars ! OK, celle-ci est géniale ! Je te promets que si je chope cette bagnole, je me ferai une joie de la détruire avec toi ! Une petite idée du propriétaire ?

– Je crois qu'il s'appelait Harry. Ou Henry… Un truc dans le genre. Un connard de petit employé *corporate* bien sous tous rapports mais avec un sens douteux des droits des femmes, si tu vois ce que je veux dire…

– OK. Il y a moyen que je le localise facilement dans des dépôts de plainte. Écoute, c'est mince, mais ça peut marcher. Comme tu dis, ce genre de modèle est tellement dégueulasse que ça ne doit pas courir les rues. Je vois ce que je peux trouver et je te rappelle, OK ?

– Merci. T'es le meilleur !

– Comme si je ne le savais pas déjà. Allez, fini ! J'ai encore un pudding qui attend que je lui fasse sa fête !

Je fais semblant de vomir en entendant son dessert de Noël favori. Ce truc est juste dégueulasse et marine dans du mauvais alcool depuis presque deux mois. Je ne comprends toujours pas comment il peut raffoler de ça.

– Ta gueule, connard, répond-il à mes bruits de dégueulis. Va bouffer tes mini couilles au miel et laisse le pudding pour les vrais hommes !

– Bouffe tes propres couilles, abruti, ricané-je.

– Ah, putain ! Si seulement je savais faire ça !

Il raccroche alors que j'éclate de rire. Nolan serait capable de se faire retirer des côtes juste pour pouvoir se faire un jour une auto-fellation !

Ma mission effectuée, je reviens dans le salon et observe les enfants ouvrir leurs cadeaux en hurlant presque. Le salon est recouvert de papiers cadeaux et ma nonna se retrouve avec un énorme morceau sur la tête quand le neveu de Lino brandit une console de jeux en hurlant comme un possédé. Je pouffe en voyant ma grand-mère galérer à dégager son visage, le regard outré. Je me rapproche de Liz et lui adresse un clin d'œil entendu. Elle semble étonnée que la situation soit aussi vite en cours de règlement mais sourit en frictionnant les cheveux de Lorenzo, assis sagement entre ses jambes.

Bien sagement d'ailleurs… Beaucoup trop pour mon neveu le jour de Noël. Je me rapproche d'eux et m'accroupis pour voir ce qu'il fait. Il tient une boîte sur ses genoux et je devine très vite ce qui l'accapare. Elle est remplie de casse-tête. Je ris intérieurement. Il est vraiment accro à ça !

– Tu kiffes, mon grand ?

Il lève un regard surpris au son de ma voix, mais heureux.

– Oui ! confirme-t-il en me montrant sa nouvelle collection. Tu as vu ? Il y en a de toutes les formes et dans plein de matériaux différents !

– Je vois ça. Babbo Natale t'a sacrément gâté, dis donc.

Il me regarde en biais. Bien entendu qu'il ne croit plus au Père Noël, mais on garde tous le secret pour la petite Aura de 4 ans, qui y croit encore. Elle suce son pouce au milieu des jouets, visiblement épuisée mais encore avide de savoir si un autre cadeau pour elle se cache quelque part sous les montagnes de papiers dorés. Et avec l'arrivée du bébé de Maria et Lino bientôt, il faudra encore jouer le jeu un moment. Je commence d'ailleurs à me lever pour aller chercher les cadeaux que j'ai laissés dans le placard du couloir, quand Lorenzo se penche vers moi d'un air de conspirateur.

– C'est de la part de Leah, chuchote-t-il.

Je hausse les sourcils, surpris, et jette un bref regard à ma sœur, qui confirme par un simple hochement de tête.

– C'est super, bonhomme, réponds-je face à son regard ravi, et me lève pour m'éloigner.

Encore plus troublé que ce matin.

23

Leah

Le soleil se couche presque quand j'atteins enfin la rue de mon immeuble[1]. Je suis épuisée mais heureuse. Faire du bénévolat le jour de Noël était la meilleure idée possible.

Je n'ai pas eu à raconter ma vie aux autres, je n'ai pas eu à mentir sur de la possible famille, personne ne m'a demandé de me justifier, et les personnes venues pour recevoir un repas chaud étaient tellement concentrées sur ce qu'elles allaient manger qu'elles ne m'ont rien demandé non plus. C'était mille fois mieux que de rester seule comme hier soir à broyer du noir. J'aurais pu accepter l'invitation de Liz mais j'ai tenu bon et j'ai gardé ma version, de peur de passer pour une pauvre fille isolée. Je sais que j'aurais passé un bon moment au sein de sa famille, même avec Jamie présent, mais je n'ai pas réussi à passer au-dessus de cette sensation d'être encore et toujours une étrangère.

Aujourd'hui, la mauvaise humeur s'est heureusement dissipée et j'ai pu profiter de la journée. Même si l'arrivée surprise de Jamie m'a quelque peu inquiétée. Mais comme je n'ai reçu aucun appel de Liz dans les heures qui ont suivi son départ, j'en ai déduit qu'il a tenu parole et n'a rien dit.

J'avance d'un pas lent et rêveur sur la rue enneigée, en observant les intérieurs illuminés. J'arrive à voir des familles encore réunies malgré l'heure tardive, des embrassades en ombres chinoises, des sapins, certains monochromes, et d'autres débordant de couleurs diverses. Je marche le nez en

1. Je conseille d'écouter «Can We Kiss Forever?» de Kina en fond sonore.

l'air, comme une touriste dans ma propre rue, en m'emplissant les yeux et le cœur de cette joie rayonnante, pour en rapporter assez afin d'illuminer mon petit appartement sombre.

Lorsque j'atteins la porte d'entrée, je remarque un homme qui arrive sur ma gauche alors que je sors machinalement les clés de ma poche de manteau. Un manteau en « moumoute », tout neuf, absolument importable lors de grandes occasions, mais tellement doux que je n'ai pas résisté en le voyant il y a quelques jours. J'ai fait le plein de vêtements plus simples, et ne plus me prendre la tête à me maquiller le matin me fait un bien fou depuis le début des vacances scolaires. Je fais encore un peu attention à l'école, mais j'ai définitivement troqué les mocassins vernis pour une belle paire de tennis blanches, et porte plus souvent des jeans lâches que des pantalons en toile depuis ma session shopping. Le maquillage aussi s'est considérablement réduit et j'arrive à porter mes cheveux de façon plus simple. Tous mes collègues m'ont d'ailleurs fait remarquer que je faisais plus « jeune », plus « fraîche » même.

Bien loin de l'homme en manteau qui arrive bientôt à ma hauteur, je ne distingue pas son visage mais je remarque le col de sa chemise parfaitement ajusté, les gants en cuir, les chaussures de ville et le manteau droit en laine, impeccablement posé. Je souris en me rappelant à quel point je ressemblais à ça il y a encore peu de temps et déverrouille la porte d'entrée du vestibule. Je vérifie rapidement ma boîte aux lettres – pas de courrier – puis appelle l'ascenseur.

J'ai un sac plastique qui sent bon les tacos suspendu au poignet alors que je fourre les mains dans les poches de mon manteau en attendant que les portes de l'ascenseur daignent s'ouvrir. J'entends des pas derrière moi et une forme s'arrête sur ma droite. Je jette un rapide coup d'œil avant d…

Hein ?

Je m'y prends à deux fois avant de réaliser qui se trouve

à côté de moi. Sans son éternelle casquette, je ne l'avais pas reconnu. Je cligne des yeux, stupéfaite.

Mon voisin en personne, habillé comme pour un défilé Ralph Lauren.

Il ne me regarde pas mais je le vois sourire en coin alors qu'il retire ses gants de cuir pour les ranger dans la poche de son long manteau.

Alors, ça !

Il pousse même le bouchon jusqu'à ajuster un de ses boutons de manchette de façon ostensible, mais je ne suis pas assez bête pour ne pas comprendre la manœuvre. Il est bien habillé et me le montre. Et si je suis honnête avec moi-même… j'observe ce nouvel homme un peu plus que la normale… Les habits sont choisis avec un goût certain car ils tombent parfaitement sur ses épaules carrées, et j'ai un léger pincement au ventre en baissant les yeux sur le pull en cachemire qui met en valeur sa taille svelte et son ventre plat sous les pans du manteau entrouvert. Pour l'avoir vu plusieurs fois torse nu, je sais ce qui se cache en dessous mais… il y a un côté extrêmement érotique à observer des vêtements bien posés sur le corps d'un homme. Parfois, la suggestion est beaucoup plus efficace. Et normalement, je n'aime plus trop les hommes en costume à cause de mon beau-père. Mais Jamie avec une chemise ? Je valide…

Je fixe les portes qui s'ouvrent devant nous. Nous nous observons du coin de l'œil pour savoir qui va entrer en premier, et après quelques secondes d'hésitation, il me fait signe de le précéder. Je pénètre dans la cabine, l'air un peu benêt de faire face à cette version 2.0 de Jamie.

Silencieux, galant et bien habillé ?

Qui a commencé une partie de *Jumanji* ? Parce que ça ne peut signifier qu'une chose : la fin du monde.

Je m'appuie contre le mur de la cabine et il s'installe dans la même position en face de moi. OK, on cherche à se faire admirer, M. Selvaggio ? Très bien. Je ne vais pas bouder mon plaisir.

Je mets de côté ma timidité subite pour l'observer franchement. Il est impeccable. Le pull qui tombe bien, le col immaculé parfaitement amidonné, le manteau en laine de bonne facture. Ses chaussures de ville sont cirées à la perfection et pour une fois, les cheveux qui lui tombent habituellement dans les yeux quand il n'a pas sa vieille casquette sont domptés en vagues souples sur le haut de son crâne.

Je ne vais pas me voiler la face, il est sublime. Il plisse les yeux tandis que je l'étudie et je souris malgré moi. Si j'étudie sa tenue parfaite, l'inverse est plus compliqué car je suis emmitouflée jusqu'aux oreilles. Pourtant, son regard intense me ferait presque rougir. Je baisse d'ailleurs le mien un peu précipitamment quand je sens mon cœur battre un peu plus vite que la normale.

Il croise les mains devant lui, et je remarque qu'il tient également un sac, sûrement rempli de restes emballés dans des boîtes en plastique.

Je hausse les sourcils à son intention, un sourire en coin, et il sourit plus franchement en m'observant sous ses paupières à demi baissées.

– Impressionnée ? demande-t-il, en rompant le silence.

J'ai un petit rire silencieux à sa provocation. Ben voyons…

– Étonnée, tout au plus… le contredis-je.

– Je prends quand même.

Je ris un peu plus franchement, et il me fait un clin d'œil.

– Tradition italienne ? On s'habille en roturier trois cent soixante-quatre jours par an et on garde les vêtements royaux pour le jour de Noël ?

Il hausse une épaule, sans répondre à ma pique, et se redresse quand nous arrivons à notre étage.

– Ma sœur s'appelle bien Elizabeth… murmure-t-il quand les portes s'ouvrent.

Je ricane avant de le provoquer de nouveau.

– C'est donc lord Jamie, en fait, qui vit à côté de moi, énoncé-je en le suivant quand il quitte l'ascenseur.

Ma réponse le fait rire et il s'avance de quelques pas avant de me faire face.

– Presque, madame la duchesse. Permettez-moi de me présenter…

Il attrape ma main libre et j'ai un mouvement de recul involontaire. Mais comme il ne tente pas de la prendre de force, j'accepte de la lui rendre après quelques secondes d'hésitation. Et mes yeux s'écarquillent quand il se penche et la porte galamment à sa bouche, en l'effleurant à peine. La sensation de ses lèvres chaudes qui survolent ma peau provoque des fourmillements et je me retiens de la retirer en vitesse pour la cacher dans la poche de mon manteau. À l'abri de toute réaction épidermique.

– *Commander* James Selvaggio, de la Royal Naval Reserve, au service de Sa Majesté.

Il ponctue sa déclaration d'un nouveau clin d'œil avant de libérer ma main, et la lumière se fait dans mon cerveau.

– C'est en référence à James Bond ? Ton prénom ? m'exclamé-je en souriant.

Je m'étais toujours demandé pourquoi ils n'avaient pas de prénoms italiens, sa sœur et lui !

– Coupable, avoue-t-il en haussant les épaules. Ma mère est fan de la famille royale britannique et je ne dois mon sauvetage de prénom que grâce à l'intervention de mon père. Comme 007 est au service de la reine, ma mère a accepté de ne pas m'appeler Charles…

J'éclate de rire alors qu'il lève les yeux au ciel en soupirant.

– Pardon, mais c'est génial, expliqué-je entre deux hoquets. Savoir que tu m'as appelée Duchesse pendant tout ce temps alors que tu as failli porter le nom du roi d'Angleterre, c'est juste tordant !

– Ouais, ne t'emballe pas trop, j'ai quand même le permis de tuer, hein ?

Je le regarde de biais en souriant, pas impressionnée pour un sou.

– Mais bien sûr. Si tu penses avoir autant appris des films d'espionnage que des films pornos, je n'ai aucun doute sur ma survie, le provoqué-je délibérément.

Et bim ! Dans ta face, Selvaggio. James Selvaggio.

– Pourtant, jamais personne ne s'est plaint des petites morts que j'ai données… susurre-t-il d'une voix grave.

L'allusion à l'orgasme me fait perdre mes moyens et je sens mes joues s'échauffer sous ses yeux moqueurs. Je me redresse instinctivement et déglutis en luttant contre l'embarras que sa réponse rauque a provoqué en moi. Entre autres.

Et bim ! Dans ta face, Robertson. Leah Robertson… Tu l'as bien cherchée, celle-là.

Mais je ne me laisse pas abattre et je penche la tête sur le côté pour lui répondre avec provocation :

– Parce qu'elles étaient toutes encore « vivantes »…

J'appuie volontairement sur le dernier mot. Ses yeux s'assombrissent et son sourire vacille, mais il ne le perd pas pour autant et je le sens inspirer pour ne pas entrer dans le jeu, tout en se mordant l'intérieur de la joue. À la place, il s'avance de quelques centimètres et se penche vers moi, comme pour me murmurer un secret :

– J'ai promis à la reine d'Angleterre de ne plus t'embêter, mais tu ne me facilites pas la tâche, Duchesse. Tu as de la chance que ce soit Noël et que j'aie encore plus peur du Seigneur que de Liz pour oser être méchant ce jour-là, susurre-t-il en souriant en coin.

– Le jugement divin ? le questionné-je. C'est trop tard pour toi, Jamie…

Je comble les quelques centimètres qui nous séparent pour finir ma phrase directement dans son oreille :

– Tu finiras en enfer… chuchoté-je.

Son parfum flotte jusqu'à moi quand il secoue la tête en riant. Une odeur boisée et masculine qui ressemble presque à du cuir. J'inspire un peu plus fort pour m'en imprégner et mes cils papillonnent quand il tourne le visage vers moi, à quelques centimètres à peine du mien. Je plonge dans ses yeux gris et patiente, immobile, dans l'attente de son prochain mouvement.

Nous sommes extrêmement proches et le souvenir de cette soirée dans le couloir me revient en mémoire de plein fouet. La dernière fois que je me suis retrouvée aussi proche de lui, dans le même lieu, j'ai bien failli le laisser obtenir beaucoup plus qu'une simple victoire de joute verbale. Je l'ai laissé prendre plus, toucher plus… Un furtif sentiment de peur m'envahit et je recule de quelques centimètres à peine, pas assez pour signifier un rejet, mais suffisant pour mettre de la distance entre nous. Je jurerais presque voir ses iris s'obscurcir, mais je dois rêver car il se redresse comme si de rien n'était en s'éloignant de quelques pas.

– J'espère bien, rétorque-t-il avec un clin d'œil et un sourire diabolique.

Mon estomac fait un sursaut à son air démoniaque, et je recule pour m'éloigner de lui. Habillé comme il est, avec ses paroles provocantes et son sourire satisfait, il ressemble à s'y méprendre à un ange déchu. Et la vision est… hypnotisante. Bien plus fascinante que ce que je veux avouer…

Je déglutis, légèrement mal à l'aise, et me gratte le crâne avant de sortir mes clés pour me diriger vers ma porte d'entrée. Je suis gênée. Par la situation, par mes réactions physiques. J'ai envie de me réfugier à l'abri de mon appartement. Alors que je craignais de m'y retrouver seule, j'en ressens maintenant le besoin impérial. Celui de m'éloigner de lui.

Non pas parce qu'il me répugne comme avant, mais au contraire… parce qu'il m'attire comme un aimant.

C'est ridicule. Une jolie tenue et je bascule ? Il est vraiment temps de rentrer se coucher.

– Bonne nuit, Jamie, coupé-je court à la discussion.

Il acquiesce et me fait un petit salut militaire tout en reculant sans me quitter du regard. C'est moi qui romps le contact visuel et ouvre ma porte en vitesse pour me cacher dans l'obscurité de mon appartement, loin de ses yeux. Je m'adosse à la porte, le souffle un peu plus court que d'habitude.

C'était quoi ça ?

Ça, c'est mauvais, *très* mauvais. Je ne peux pas me permettre d'avoir un coup de cœur pour lui, surtout pas après tout ce qui s'est passé entre nous. Je me secoue le visage pour tenter de m'éclaircir les idées et allume la lumière avant de déposer mes affaires sur la petite table. Je retire aussi la grosse épingle en métal qui retient mes cheveux à elle seule et les laisse cascader en soupirant de bonheur.

En un peu plus de trois semaines, j'ai fait plus de progrès qu'en un an. J'allume la télévision pour regarder les bêtisiers des fêtes de fin d'année tout en engloutissant mon repas.

J'avais sacrément faim et je savoure le mélange de saveurs en riant devant les cascades des vidéastes amateurs. Plus jeune, Joan nous laissait souvent regarder ce genre d'émissions en cachette quand les parents partaient en soirée, tout en nous donnant du pop-corn. Ce sont parmi les rares souvenirs joyeux que j'ai de mon enfance. Joan et son mari, Peter, étaient des anges descendus sur terre. Ils n'habitaient malheureusement pas dans la même maison que nous, mais dans une dépendance, à l'autre bout du domaine familial. Assez loin pour ne pas entendre les cris dans la nuit…

Je me gifle mentalement pour ne pas retomber dans mes travers et me lève pour jeter les emballages dans la poubelle après avoir fini. Mais le mal est fait, je repense à *lui*.

Et ça, je le refuse.

Je ne vis plus là-bas, je ne suis plus prisonnière de sa tyrannie, je suis libre et je ressens de nouveau la joie d'être en vie, d'exister tout simplement. Il ne peut plus m'atteindre. Je secoue la tête, résolue, et décide enfin de lire la lettre de Laly. Je l'avais gardée pour aujourd'hui, et ce petit retour en arrière dans mes mauvais souvenirs est l'occasion parfaite. Je la récupère, à l'abri dans le tiroir, et reviens m'installer confortablement dans le fauteuil avant de l'ouvrir.

Ma Lala,

Cela fait un moment que je ne t'ai pas écrit mais j'attendais la période entre Thanksgiving et Noël pour te faire parvenir cette lettre. Je sais déjà que tu dois te sentir triste, car tu passes pour la première fois les fêtes de fin d'année seule. Mais tu ne dois pas l'être, car pour la première fois, tu passes de vraies fêtes, loin de notre famille toxique. J'aurais tellement aimé les passer avec toi, j'aimerais que tu me racontes ce que cela fait de passer Noël sans faux-semblants, sans silences malaisants et sans devoir jouer la comédie d'un simulacre d'amour familial devant des journalistes. J'espère que tu portes les chaussettes rouges que je t'ai offertes !

Je souris en baissant les yeux vers mes chevilles, avec les fameuses chaussettes aux pieds. Toujours aussi pertinente, ma Lili…

Si tu ne le fais pas, pose immédiatement cette lettre et va les mettre, s'il te plaît, sinon je le prendrai très mal !

Et souviens-toi surtout que tu as eu raison de partir car ils ne te méritent pas. Tu as eu raison de partir car tu vaux mieux que tout ce que nos géniteurs t'ont fait croire. Et cesse de te dire que si tu avais été différente, ils t'auraient sûrement aimée. C'est faux, car ils n'aiment personne d'autre qu'eux.

Mais moi, tu sais que je t'aime plus que tout, ma Lala adorée. Tu as toujours été là pour moi, surtout quand maman nous laissait seules. Nous avons hérité d'une famille dysfonctionnelle et cruelle, mais dans mon malheur, j'ai eu la chance de t'avoir, toi. Et c'est sûrement le plus beau cadeau que la vie aurait pu me faire.

Je regrette de ne pas pouvoir te donner de cadeau cette année. Je suis certaine que j'aurais encore réussi à fabriquer un truc immonde comme d'habitude, juste pour te regarder faire semblant de l'adorer en le découvrant.

Je ris franchement en me remémorant les créations hideuses de ma sœur. Tout a commencé quand elle était petite et souhaitait m'offrir quelque chose pour Noël, sans moyens. Elle avait fabriqué un collier de pâtes sèches et colorées. J'avais adoré le recevoir de ses petites mains potelées et tachées de l'encre des feutres qu'elle avait utilisés quand elle avait 5 ans. Elle était tellement fière d'elle. Si fière qu'elle a recommencé l'année suivante, et finalement tous les ans, même quand nous avons eu une carte bancaire. Elle a toujours préféré me fabriquer quelque chose, bien que ce soit à chaque fois particulièrement hideux, que de m'acheter quoi que ce soit.

Mais je n'ai pas dit mon dernier mot. Je devrais réussir à trouver le temps de te faire un petit quelque chose, donc attends-toi à recevoir une création plus ou moins catastrophique dans ton courrier très prochainement si je réussis à demander à Joan de la poster à temps ! Bon, en revanche, je ne promets pas qu'elle arrive en entier, surtout connaissant mes talents artistiques…

J'éclate de nouveau de rire et mon cœur se gonfle en sachant que je vais bientôt recevoir un colis, car Laly ne promet jamais rien à la légère. Si elle l'a écrit, c'est qu'elle est déjà décidée à le faire. Et ce que Laly décide de faire, Laly le fait !

Je te laisse à tes occupations, j'ai un nouveau projet en tête (chanceuse…).

Mon cœur se serre à cette phrase. Je suis chanceuse. Tellement. De l'avoir comme petite sœur, d'avoir réussi à fuir, de pouvoir recommencer une vie normale…

Je t'embrasse fort, ma Lala. Pense à moi si tu vois la neige tomber de chez toi.
Je t'aime,
Ta Lili

Une larme roule sur ma joue à la fin de ma lecture et je serre la feuille sur mon cœur, les épaules secouées de sanglots silencieux. Elle me manque tellement. La liberté a un prix, celui de ne plus voir ma petite sœur… J'ai payé ce prix avec son accord, mais il n'y a pas un seul jour où je regrette de ne plus pouvoir la voir, de ne plus pouvoir rire avec elle…

J'inspire un bon coup et décide d'aller sur le balcon pour m'aérer l'esprit. Je m'enroule dans un plaid et sors dans le froid de décembre. J'inspire à pleins poumons l'air frais et vivifiant de cette soirée de Noël pour me réveiller totalement. Je laisse le vent glacé gifler mes joues et les faire rougir, les yeux fermés, le nez levé vers le ciel. Quelques flocons volètent dans le ciel, et je souris en repensant à la lettre de Laly. Il a effectivement commencé à neiger il y a deux semaines et depuis, certains épisodes viennent nourrir les tas de neige glacée qui s'accumulent le long des trottoirs et font le bonheur des enfants qui continuent les batailles de boules de neige sans faiblir. Nous avons même organisé une grande bataille à l'école pour le dernier jour avant les vacances. Les enfants étaient ravis, frigorifiés et grelottants, mais heureux comme des papes !

Je souris au souvenir de leurs petits visages rouges et radieux. S'il me faut retenir un souvenir de ces fêtes de fin d'année, ce serait celui-ci. Leur joie communicative.

Cette dernière a pénétré mon cœur glacé et m'a réchauffée de l'intérieur. Je me pelotonne avec bonheur dans ces souvenirs doux en me berçant lentement, le visage rêveur, et ne sors de ma transe que lorsque le bruit d'une exhalation sur ma gauche se fait entendre. Je descends de mon petit nuage avec lenteur et ouvre les yeux en fixant l'horizon devant moi.

Je sais qu'il est là, à fumer son éternelle cigarette du soir.

Inconsciemment, peut-être que c'est ce que je voulais quand je suis sortie sur le balcon ?

Le voir de nouveau…

– En pleine contemplation ? me questionne-t-il d'une voix basse.

Je souris en fixant encore et toujours devant moi. Les flocons se font de plus en plus nombreux mais pas de façon assez forte pour me forcer à rentrer. Juste assez pour adoucir le paysage et l'ambiance de cette fin de journée. Un hurlement d'enfant dans la rue me fait sourire et je baisse les yeux pour voir Lorenzo entamer une bataille de boules de neige avec Liz, puis tenter d'attraper les flocons avec la langue. Je recule légèrement pour ne pas me faire voir, comme je suis censée être avec ma famille, et me colle au mur du bâtiment, contre la rambarde métallique qui sépare nos deux balcons.

Jamie est de l'autre côté, dans la même position. Il rit en entendant Lorenzo hurler de plus belle et Liz lui répondre un « chuuuuuuuuuut » mêlé de rire.

– Il s'est gavé de sucre toute la journée, explique Jamie. Il ne va jamais réussir à s'endormir.

Je me joins à son rire calme.

– Tout le monde a été gâté ? lui demandé-je, curieuse malgré tout, en tournant enfin le visage vers lui.

Grave erreur.

Il est encore plus fascinant que tout à l'heure.

Il a enlevé son pull et ne porte que sa chemise déboutonnée un peu plus que la norme ne l'exige, sortie de son pantalon. Les manches sont retroussées sur ses bras et ses cheveux dociles de tout à l'heure ont repris leur chemin normal, en partie sur ses yeux. Les éclairages de la ville font ressortir ses pommettes et les traces de barbe qui naissent sur ses joues.

Il est sublime. Et sombre. Un cocktail dangereux, surtout dans mon état de ce soir. Je ne peux m'empêcher de le fixer, sans chercher à me cacher.

Il m'observe en retour. Un léger sourire étire ses lèvres et il approuve.

– Oui, beaucoup trop même. Les enfants étaient tous hystériques.

Je cligne des yeux, en comprenant qu'il répond à ma question. J'avais totalement oublié que je lui en avais posé une.

– Qui peut leur en vouloir ? réponds-je en me raclant la gorge, troublée.

– Personne.

Il fait une légère pause avant de reprendre :

– Lorenzo a adoré la boîte de casse-tête.

Mes yeux s'illuminent à cette information.

– C'est vrai ? demandé-je, enchantée.

Il fait « oui » de la tête.

– Il y a joué tout l'après-midi. Ces trucs le rendent taré mais aussi super concentré.

– Le pouvoir du cerveau en fonctionnement, confirmé-je.

Ma phrase le fait rire et il finit sa cigarette avant de l'écraser dans un cendrier posé à même le sol.

– Ouais, on va dire ça... murmure-t-il en se redressant. Merci pour lui, d'ailleurs.

Je fais un petit geste qui signifie « ce n'est rien ».

– Et les autres ?

Jamie réfléchit et m'énumère rapidement les découvertes et déconvenues de la soirée. Visiblement, Liz n'a pas apprécié de recevoir un colis surprise de chez Amazon, mais Jamie a réussi à se faire pardonner grâce au bon pour un massage en institut caché dessous. Je pouffe en l'imaginant ouvrir un colis douteux, le regard noir, fusillant des yeux son petit frère.

– Et Maria... Disons que Maria a reçu un beau cadeau aussi, mais il ne sera livré que plus tard.

Je souris jusqu'aux oreilles au sous-entendu. J'ai parfaitement compris que Maria était enceinte.

– Dans huit mois, précisé-je, mutine.

Il hausse un sourcil, visiblement étonné que je sois au courant.

– Pour quelqu'un qui ne vit que par le café, commander subitement du décaféiné m'a semblé suspect, expliqué-je en riant. Et sa passion pour le chocolat est devenue bien trop débordante pour être honnête...

Jamie éclate de rire, et je suis assez fière de moi. J'ai deviné toute seule.

– J'attends l'annonce officielle pour feindre la surprise, continué-je. J'ai déjà pratiqué devant le miroir de ma salle de bains pour être certaine que ça fonctionne.

– Liz, elle, n'a rien vu venir!

Je l'observe en coin. Je ne sais pas encore s'il est au courant de la situation actuelle de sa sœur.

– Liz était un peu débordée dernièrement, éludé-je en fixant de nouveau l'horizon.

Les flocons continuent de tomber sur nous en silence.

– Je sais...

Je risque un regard dans sa direction, et lui m'observe franchement.

– Merci.

– De quoi? demandé-je, peu certaine de savoir de quoi il parle.

– De lui avoir dit de me mettre au courant cette fois-ci.

Bien. Elle lui a dit. Ça me soulage de ne plus porter ça sur mes épaules.

– Nolan et moi, on s'en charge.

– Parfait.

Nous redevenons silencieux, à observer la neige voleter devant nous, danser dans les légères bourrasques, virevolter sur elle-même et finir par atterrir avec légèreté à nos pieds, sur la balustrade, ou bien continuer sa chute en douceur vers la rue.

– Joyeux Noël, Leah.

Je pivote pour observer mon voisin. Son visage est neutre. Aucune trace de malice ou de méchanceté. Il n'attend pas forcément de réponse, car il quitte mon regard pour regarder devant lui.

– Joyeux Noël, Jamie, réponds-je doucement.

Je sens que la conversation est finie et je commence à avoir froid. Mes pieds sont gelés. Je me redresse pour rentrer mais le plaid que j'avais enroulé autour de moi se coince dans une volute en fer forgé et je le perds. Il tombe à mes pieds, en corolle.

– Ah, mince, m'agacé-je en le récupérant au sol.

Ce faisant, je sens le froid passer sur la peau de mon crâne et je me relève bien vite en réalisant que ma pelade doit être visible. Je réarrange rapidement mes cheveux en en basculant une partie de gauche à droite, du côté de la pelade, pour être certaine de la cacher. Heureusement pour moi, Jamie ne me regardait pas et tourne seulement la tête quand je me relève avec le plaid dans les mains. Ses yeux font un aller-retour rapide avant de se fixer sur moi.

Avec intensité.

J'ouvre les miens en grand, circonspecte. Qu'est-ce qu'il y a ? J'ai un énorme bouton sur le visage ?

Le silence et son expression fixe commencent à me faire peur et je déglutis faiblement en ne sachant pas quoi faire. Je me dandine presque d'un pied sur l'autre.

– Bien… commencé-je, gênée.

– Tes cheveux sont super longs…

Et je comprends. C'est sûrement la première fois qu'il les voit détachés. Ils sont effectivement très longs et descendent presque jusqu'à la naissance de mes fesses.

– Ah, oui, réponds-je en riant à peine. Raiponce mais en châtain !

Laly s'amusait à me comparer à cette héroïne de conte, disant que mon prince charmant viendrait bientôt me sauver de ma jolie cage dorée et se servirait de mes cheveux pour y monter. Vu ma pelade, je lui répondais qu'il ne fallait pas trop s'attendre à ce qu'ils tiennent sur mon crâne et qu'il valait mieux qu'il prévoie une corde, ce qui la faisait rire.

– Est-ce que c'est grâce à ça que tu as réussi à quitter ta prison ? demande Jamie d'une voix rauque.

Mon sourire s'évanouit petit à petit. C'est presque comme s'il avait lu dans mes pensées.

Et c'est perturbant.

Je me racle la gorge, mise à nu, et je recule de quelques pas tout en continuant de le fixer.

– Il commence à faire froid…

Aucune réponse. Juste ce regard fixe, focalisé sur les longueurs de mes cheveux qui cascadent par-dessus mon épaule. Je sentirais presque la chaleur incandescente de son regard sur moi. Elle me réchauffe de l'intérieur et pendant un bref instant, j'hésite à rentrer chez moi. J'hésite à rester un peu plus longtemps sur ce balcon, avec lui…

– Bonne nuit, Jamie.

Ma voix le sort de sa transe et il relève les yeux pour les planter dans les miens. Nous restons un long moment à nous observer en silence, jusqu'à ce qu'il le brise.

– Bonne nuit, Leah.

24

Jamie

Ce qui devait arriver arriva.

J'ai perdu la boule quand j'ai découvert la longueur des cheveux de Leah hier soir. Je suis fan des cheveux longs, ça m'a toujours fasciné de voir des longueurs dévaler les courbes du corps des femmes. Les cacher en partie, puis les dévoiler d'un simple mouvement, la douceur de leur texture... Je dois être fétichiste mais ça me rend dingue.

Ça doit venir de mes premiers émois avec Brooke Shields dans *Le Lagon bleu*. Les scènes d'elle, à moitié dénudée, en partie cachée par ses longs cheveux... Les souvenirs de ce film ont longtemps nourri mes nuits adolescentes. Et depuis, j'ai développé une addiction pour les cheveux longs. Plus ils sont longs, plus ils m'attirent. J'avais compris que les cheveux de Leah étaient longs lorsque je l'avais vue avec une queue-de-cheval. Et quand elle est sortie hier, une partie de ses cheveux étaient cachés par le plaid. Et plus j'y réfléchis, plus je réalise que j'aurais dû le remarquer avant, comme lorsqu'elle s'était occupée de moi et qu'elle les avait tressés, mais je n'avais pas fait attention.

Hier soir, je les ai vus, quand la couverture est tombée.

Et j'ai dû lutter contre l'envie de tendre la main pour prendre une de ses mèches et la faire glisser entre mes doigts. J'ai vraiment lutté. Elle a dû me prendre pour un fou parce que tout ce que j'ai réussi à faire, c'est l'observer en bandant tous mes muscles pour rester immobile. Quand elle a disparu, j'ai réussi à respirer de nouveau. Il m'a fallu un long moment, et une autre cigarette, pour me remettre de mes émotions. Mais ça n'a pas suffi. J'ai pris une douche, plutôt froide, j'ai fait quelques pompes, j'ai maté des matchs de MMA sans grande conviction pour réussir à sortir l'image de Leah avec ses longs cheveux de mon esprit.

Sans résultat.

J'ai lutté, j'ai vainement tenté de résister pendant plusieurs heures mais j'ai abandonné. Cette nuit, j'ai joui en pensant à elle. C'était intense, vibrant. Et pourtant, j'ai été le plus silencieux possible. Je ne voulais surtout pas qu'elle m'entende de l'autre côté du mur. Après ce moment royal, j'ai enfin pu dormir.

Ce matin, j'ai la gueule en vrac d'être resté éveillé aussi tard à repenser à leah, à cette connexion entre nous. J'essaie de noyer mon esprit troublé dans un lac de café, mais j'ai du mal à ne pas revenir sur la vision de ses cheveux et l'image qu'ils donneraient sur son corps dénudé…

Je me gifle mentalement, et physiquement aussi au passage, en secouant la tête. Purée, il va peut-être falloir que je me trouve un plan cul rapide pour changer de sujet mental. La sonnerie de mon téléphone me sauve et je décroche.

– Ouais ?

– Jamie, mon gars, devine qui a trouvé la bagnole que tu cherchais ? déclare Nolan d'une voix euphorique.

– Aussi vite ?

Merde, ça ne m'arrange pas, ça…

– Ben étonnamment, il n'y en a qu'une dans tout Boston. Ce mec est vraiment un loser, explique-t-il en éclatant de rire.

– Le boloss… murmuré-je en secouant la tête.

– D'ailleurs, c'est qui, ce gars ? Pourquoi on veut défoncer sa bagnole ?

Je lui explique rapidement l'histoire du *date* de Leah, et les tentatives poussées du gars de s'inviter chez elle. Pour moi, ce mec est un violeur en puissance, un type qui force l'entrée des appartements pour ensuite prendre ce qui lui plaît et réussir à s'en sortir en suggérant que la demoiselle ne demandait que ça. Comme je m'y attendais, Nolan ne réagit pas et son silence est plus que menaçant. Une amie d'enfance s'est fait violer il y a quelques années par son ancien petit ami, et il a fallu beaucoup de force et de persuasion pour empêcher Nolan de le tuer.

– Je vais me faire un plaisir de vous accompagner… gronde-t-il.

Putain, voilà ! La solution ! Si Nolan est là, je risque moins de baver devant elle. C'est une idée parfaite, ça !

– On peut aussi lui péter les jambes si jamais, propose-t-il en plus.

– Je trouve l'idée tentante mais je doute que Leah accepte d'aller aussi loin. On va y aller petit à petit.

– Dommage.

Nous discutons quelques instants de plus et je raccroche enfin. Savoir que Nolan va nous accompagner m'a soulagé d'un poids. Le restaurant sera fermé cette semaine, comme tous les ans entre Noël et le Nouvel An, ce qui me laisse mes soirées de libres. Le téléphone sonne de nouveau et je regarde la personne qui m'appelle, intrigué. Un grand sourire étire mes lèvres.

– Mais qui voilà de retour dans la belle ville de Boston ? chantonné-je en décrochant.

– Jamie, mon chou, répond Sofia d'une voix mutine. Qui a dit que j'étais de retour à Boston ?

– L'odeur de ton excitation.

Elle éclate de rire à ma réponse.

– Sérieux, je la sens jusque chez moi, continué-je, fier de moi.

– Bien joué, beau gosse. Je suis effectivement de retour chez mes parents pour la semaine. Y a moyen qu'on se voie, toi et moi ? Pour célébrer mon retour ?

Invitation claire et précise. Un soupçon d'excitation prend vie dans mon ventre et je saute sur l'occasion, trop heureux d'avoir trouvé une solution pour me sortir Leah de la tête sans même avoir à chercher.

– Quand ?

– Aujourd'hui ? Mes parents seront absents tout l'après-midi. Je peux te rejoindre chez toi.

Je lève les yeux vers le mur en face de moi, celui qui est mitoyen avec l'appartement de Leah. Un mélange d'émotions me prend à la gorge. D'un côté, j'ai envie de voir Sofia et de m'offrir une partie de jambes en l'air facile et sans prise de tête pour ne plus penser à ma voisine, mais d'un autre côté, je n'ai pas envie qu'elle nous entende. Et Sofia est tout sauf discrète pendant l'acte.

– Jamie ? me relance-t-elle. Je viens chez toi ?

Je déglutis en réfléchissant à toute allure. Qu'est-ce que je veux ? Qu'est-ce que je veux, merde ! Je ne dois rien à Leah. Ni à elle, ni à Sofia, et pourtant je réfléchis comme un mec infidèle qui ne veut pas se faire gauler.

– Jam…

– On peut faire ça chez toi ? capitulé-je enfin. Ma piaule vient juste d'être lavée et je n'ai pas envie d'avoir à repasser derrière toi si tu squirtes[1].

– Ha. Ha. Ha. Pourtant, ça t'avait jamais dérangé avant, connard !

– Ouais, mais là, c'est différent. J'ai même brossé les joints du carrelage, expliqué-je piteusement en essayant de virer sur l'humour.

– T'es sérieux, là ?

Je commence à paniquer. Je dois trouver une excuse pour ne pas la faire venir chez moi, et vite ! Je regarde autour de moi en quête d'une raison valable pour me déplacer chez ses parents quand la solution me tombe enfin devant les yeux, avec le cadre de Lorenzo et moi.

– Écoute, Sof', Lorenzo est en vacances et Liz aussi. Aujourd'hui, ils restent à la maison et je ne veux pas qu'ils t'entendent hurler… Ma sœur va me tuer sinon, mens-je honteusement.

C'est faux. Liz m'a déjà tué plusieurs fois et ça ne m'avait jamais dérangé avant.

1. Éjaculation féminine.

– Il commence à grandir et à comprendre, et il a sorti des trucs à l'école qui ont posé quelques soucis à ma frangine, reprends-je pour appuyer mon argument.

– Ah… OK, je comprends. Chez moi cet aprèm alors ! Pas avant quatorze heures trente, OK ?

Et elle raccroche sans même attendre de réponse de ma part. Je soupire de soulagement. Je ne suis pas passé loin de la catastrophe. Encore pire que Leah m'entende en pleine partie de jambes en l'air ?

Que Sofia comprenne que j'ai un *crush*.

***

Quand je reviens à l'appartement en milieu d'après-midi, je me sens épuisé et bizarre. Sofia était en furie. J'étais à peine arrivé qu'elle m'arrachait presque mes vêtements. J'ai eu du mal à entrer dans son délire, mais finalement, il n'a pas fallu longtemps à mon corps pour réagir. Quelques caresses bien placées et je la culbutais comme un acharné sur son lit d'enfance avec ses peluches qui nous mataient. Après avoir fini, je me sentais mieux, vidé de toutes pensées cohérentes, et serein.

Nous avons partagé une clope sur son lit, la fenêtre ouverte, en nous gelant parce que nous étions encore à poil, et aussitôt la cigarette terminée, elle a voulu remettre le couvert. Cette fois-ci ne s'est pas aussi bien passée que prévu. Il m'a fallu un long moment pour retrouver de la vigueur et Sofia l'a mal pris. J'ai prétexté une fatigue générale, mais son regard acéré m'a mis mal à l'aise. J'ai trouvé une excuse de merde et j'ai fini par l'envoyer bouler avant de me bagarrer avec elle. L'énervement a sauvé la situation et j'ai enfin retrouvé un semblant de dignité. J'ai réussi à lui donner ce qu'elle voulait pour la deuxième fois, mais après ça, j'ai pris la fuite.

Je rentre seul à l'appart, en ayant la sensation que quelque chose ne tourne pas rond chez moi. Une fille magnifique avec une bouche de malade vient à moi, et il me faut quinze putains de minutes pour bander dignement ? Je rumine en enfonçant la tête dans mes épaules. Il caille aujourd'hui et je suis crevé.

Toute cette semaine m'a épuisé. Ce mois m'a épuisé. Cette fin d'année m'a épuisé.

La vibration de mon téléphone dans la poche me sort de mes pensées. C'est Nolan qui m'appelle.

– Ne me remercie pas, attaque-t-il direct sans me laisser le temps de parler.

– OK, je ne le ferai pas.

– J'ai réussi à faire ramener ta voiture de boloss en douce dans la casse de Bruce.

Je pile sur le trottoir.

– DÉJÀ ?! m'exclamé-je en criant presque.

– Yes !

– Mais comment c'est possible ?

– Il se trouve que son connard de propriétaire a des démêlés avec la justice.

– Quel genre de démêlés ?

– Accusation de viol.

Tiens donc…

– Il cherche de la thune pour payer ses frais d'avocat, alors il l'a mise en vente.

Oh, putain, le con.

– J'ai juste eu besoin de demander à l'essayer en lui laissant ma… « carte d'identité ».

J'éclate franchement de rire. Si je m'appelle James comme l'agent 007, c'est Nolan qui aurait pu être espion. Le gars a tellement de cartes d'identité avec de faux noms qu'il peut disparaître à n'importe quel moment. Et il a même poussé le bouchon jusqu'à modifier sa photo dessus. Pas assez pour que ça ne soit pas flagrant au premier abord quand on la regarde, mais suffisamment pour dire « ce n'est pas moi ! » et prétexter un sosie s'il se fait choper.

Mon pote est un génie.

– Du coup, elle est prête pour la session. Tu t'organises avec Leah et je viens profiter du spectacle !

La simple mention de son nom me tord l'estomac. Si, au début, j'étais super fan de mon idée, après l'épisode de Sofia et mes fantasmes de cette nuit, je ne suis plus si certain que ce soit judicieux…

– Putain, j'ai tellement hâte de la voir détruire la caisse de ce connard ! jubile Nolan au bout du fil sans savoir ce qui se passe dans mon crâne. Ça va, mec ?

– Hein ?

– Je te trouve bien silencieux pour un gars qui adore organiser des sessions chez Bruce. D'habitude, tu aurais sauté au plafond.

Trouve une excuse, merde ! Trouve une excuse, vite !

– Je… En fait, je ne sais pas trop si Leah va apprécier l'idée… plaidé-je piteusement.

Ce qui n'est pas totalement faux, car Leah est Leah. Bien élevée, respectueuse des règles et des bonnes manières. Lui proposer un *date* en soirée dans une casse pour exploser la caisse d'un de ses ex ne fait sûrement pas partie de ses goûts.

Et je n'arrive pas à croire que j'ai pensé au mot « *date* »…

– Arf… Ouais, je comprends… Mais en même temps, tu ne le sauras jamais si tu ne le lui proposes pas, argumente-t-il.

– C'est vrai…

– Sinon, tu inventes une fausse excuse et tu l'emmènes sans rien lui dire.

– Et tu crois *vraiment* qu'elle acceptera de me suivre sans raison après tout ce qui s'est passé entre nous ? ricané-je.

– Merde ! Tu marques un point.

Leah est loin d'être bête. Elle risque de sentir le coup fourré depuis le coin de la rue si je lui propose de me suivre quelque part.

– OK, c'est moi qui vais l'emmener ! assène Nolan d'une voix décidée.

– Pardon ?

– Je vais l'emmener ! Je prétexte un truc par rapport au bar et aux flics qui sont intervenus pendant ta bagarre avec Calvin, je propose de venir la chercher, et hop, une légère embrouille sur la localisation du poste de police et on débarque à la casse !

– Et tu te seras fait taser avant même de mettre le frein à main, mon gars ! me marré-je en imaginant Leah paniquer et se défendre.

– Ce ne serait pas la première fois…

– Tu es un grand malade.

– Je suis le cerveau de notre duo, avoue-le.

– *Sei proprio un fottuto Monaciello*[2] *!* (Tu es juste un putain de Monaciello !) me fous-je de sa gueule en italien.

Nolan déteste quand je parle italien parce qu'il ne comprend pas tout. Quelques phrases, mots ou notions, mais vraiment rien de plus.

– Je sais pas ce que t'as dit, mais va te faire foutre, au cas où !

J'éclate de rire. Piqué au vif, l'Irlandais !

– Et sur ce, je vais inviter Leah pour défoncer la bagnole du connard. Si jamais t'es sympa et que t'arrêtes de te comporter comme un gros trou du cul, peut-être même que tu auras le droit de te joindre à nous !

Il raccroche avant même ma réponse. Je ricane en rangeant mon téléphone pour entrer dans le bâtiment. J'en profite pour faire un détour par chez ma frangine, pour voir si elle n'a pas des trucs à bouffer. Mon frigo est vide et j'ai la dalle après la session chez Sofia. Je me rends par l'ascenseur à l'étage de ma sœur et frappe à sa porte. C'est Lorenzo qui l'ouvre avec un grand sourire en me découvrant, la bouche recouverte de chocolat.

– *Zio !* s'exclame-t-il en se jetant sur moi.

Et en tachant mon sweat au passage. Je ris en lui ébouriffant les cheveux.

– Eh ! Tu vas ruiner mes vêtements !

Alors qu'en fait, je m'en fous.

– *Vieni !* Leah a apporté des Moon Pies[3] faits maison !

---

2. Nain du folklore napolitain. Vêtu d'habits de moine rouges, il sait se montrer facétieux, bon vivant et irresponsable.

3. Cracker fourré à la meringue et recouvert de chocolat. Snack sucré typique des États du Sud en Amérique du Nord.

Je me tends quand il prononce le nom qui me fait frémir, mais je n'ai plus la possibilité de me défiler car il hurle à l'attention de sa mère :

– MAMMA ! *Zio* Jamie est là !

Je le suis bien malgré moi dans le salon de ma sœur. Son appartement est à peu près identique au mien, sauf qu'elle a une chambre de plus et une décoration totalement différente de la mienne. Son foyer respire la parentalité. Il y a des jouets qui traînent un peu partout, des dessins approximatifs accrochés au mur, des photos de famille encadrées et éparpillées dans le salon, un étendoir à linge toujours rempli, une odeur de gâteau qui flotte constamment dans l'air… et Leah assise à table.

Je déglutis en la voyant et me redresse sans dire un mot. Lorenzo se précipite pour venir prendre un gâteau recouvert de chocolat et me le tend.

– Viens ! Ils sont trop bons !

– Lorenzo… râle Liz en le voyant surexcité par mon arrivée.

J'attrape le gâteau du bout des doigts et Liz me fusille du regard. Je comprends la consigne : on mange à table. Je viens m'asseoir bien malgré moi sur la seule place libre : entre Lorenzo et Leah.

Super.

Génial. Vraiment.

Je retiens une grimace en me glissant sur la chaise. Il y a une assiette remplie de petits gâteaux recouverts de chocolat sur la table, et à en croire la bouche de Lorenzo, il y en avait sûrement plus mais ils ont déjà été dévorés. En parlant de lui, il m'observe, les yeux brillants, et m'invite du menton à goûter celui que je tiens dans la main. Je m'exécute pour lui faire plaisir. Je ne suis pas un grand fan des Moon Pies mais ceux-ci sont faits maison, donc ça se tente. Je croque à pleine bouche dedans et souris à Lorenzo pour qu'il soit satisfait. Mission accomplie. Il m'abandonne du regard et se jette pour en prendre un nouveau.

– Doucement Lorenzo… soupire Liz en le voyant s'empiffrer.

Leah pouffe à ma droite et je l'observe en coin. Elle porte un pull bleu clair, lâche, qui tombe de l'une de ses épaules.

Ses cheveux sont attachés pour moitié sur le haut de son crâne et le reste flotte en ondulations dans son dos et sur ses épaules. Ces cheveux…

J'en ai rêvé cette nuit. Et pour être tout à fait honnête, je les ai aussi imaginés cascader sur la chute de reins de Sofia à la place de ses mèches blondes cet après-midi…

Leah a le menton qui repose sur une main, et ses yeux pétillants se régalent de voir Lorenzo savourer les pâtisseries au point de se recouvrir presque tout le visage de chocolat. Je baisse rapidement les yeux pour voir le reste de sa tenue. Un legging noir tout simple et une paire de tennis blanches et immaculées. Eh ben… Je n'irai pas jusqu'à dire qu'elle est sexy, mais… le legging moulant laisse peu de place à l'imagination. Mes yeux glissent sur ses jambes fuselées et remontent ensuite vers ses hanches moulées à la perfection sous le tissu extensible. Une nouvelle image maintenant de Leah dans ce pantalon moulant, sans rien en haut à part ses longs cheveux qui habillent son corps… Merde, je me reprends et reviens bien vite sur mon gâteau.

– Leah les a faits avec sa tante pour Noël et nous en a rapporté parce qu'il y en avait trop, explique Liz. Il y avait aussi du gâteau aux noix de pécan mais Lorenzo a déjà tout mangé, le houspille-t-elle.

Je me fige en entendant son explication.

Enfin… le *bobard* de Leah.

Parce qu'on sait tous les deux qu'elle n'était pas chez sa tante. Je la vois d'ailleurs se tendre dans mon champ de vision, mais l'ignore volontairement.

– Mais c'était trop bon ! plaide mon neveu.

Son petit air coupable me laisse penser qu'il y en avait pas mal mais qu'il s'est bâfré de ça aussi. Je rigole doucement.

– T'inquiète, bonhomme. Je suis sûr que Leah en rapportera la prochaine fois qu'elle ira chez sa tante et j'en goûterai à ce moment-là.

Son petit visage rassuré s'illumine d'un grand sourire et il tend le bras pour reprendre un nouveau gâteau, mais ma sœur l'en empêche.

– *No, basta. Altrimenti, non mangerai a cena.* (Non, ça suffit. Sinon, tu ne mangeras pas ce soir.)

Il souffle de dépit et se rassoit dans son siège pour grappiller les miettes éparpillées sur la table en les collant sur la pulpe de ses doigts humides. Je souris. Je faisais pareil avec ma maman quand elle m'empêchait de manger. Je raclais les miettes pour avoir un dernier goût de bonheur sucré.

– En plus, tu es tout sale. Va te laver le visage, assène-t-elle de nouveau.

Il lève les yeux au ciel, visiblement excédé à l'idée de devoir marcher jusqu'à la salle de bains pour se débarbouiller.

– *Vai avanti !* (Vas-y, avance !), s'impatiente Liz en se levant pour l'entraîner à sa suite.

Elle prend quand même le temps de se tourner vers nous avant de quitter la pièce.

– Je peux vous laisser ensemble sans avoir peur de déclencher une guerre ?

Je lève les yeux au ciel comme mon neveu, tout aussi irrité que lui à son ton moralisateur.

– Ça devrait aller, ne t'inquiète pas, répond Leah d'une voix douce.

Liz plisse les yeux à notre intention et, après avoir évalué la situation, reprend le bras de son fils qui attendait patiemment en comptant les mouches au plafond. Ils disparaissent dans le couloir et je me retrouve seul avec ma voisine. Dans un silence embarrassant. On pourrait presque entendre les mouches voler. Je me racle la gorge, gêné.

Non pas par la situation, mais parce qu'il y a quelques heures, je me branlais en pensant à elle.

Et ça, *c'est gênant*.

– Merci, me dit-elle dans un souffle.

Je consens enfin à la regarder franchement.

– Pour n'avoir rien dit ? Au sujet de Noël chez ta « tante » ?

Elle acquiesce doucement en baissant les yeux, honteuse, et croise les bras sur sa poitrine en se calant plus profondément dans sa chaise.

– Liz aurait compris, tu sais ?

Elle tourne la tête vers moi et ses iris s'illuminent dans un rayon de soleil qui provient de la baie vitrée. J'en ai le souffle coupé. Je pensais que ses yeux étaient marron, mais en fait ils brillent d'un million de paillettes vertes et dorées dans la lumière déclinante du jour. Elle fait la moue, visiblement peu convaincue par ma déclaration.

– Peut-être… élude-t-elle.

Je n'argumente pas plus. À elle de faire ses choix. Si elle veut se confier un jour à ma sœur, ce sera sa décision, pas la mienne.

Lorenzo interrompt mes pensées et revient en courant dans la pièce principale pour se jeter sur le canapé avant d'allumer la télévision sur un dessin animé. Liz le suit, en soupirant de lassitude.

– Laisse-le, plaidé-je en sa faveur. Ce sont les vacances, non ?

– Ça dépend pour qui… marmonne-t-elle en se rasseyant.

Je les vois alors : les cernes autour de ses yeux, les marques de fatigue et les premiers cheveux blancs qui encadrent son visage. Ma sœur est épuisée. Elle gère tout toute seule, et les vacances scolaires ne doivent pas être de tout repos, surtout pour une maman solo.

– Eh, Lorenzo ! Ça te dirait de passer quelques jours avec moi cette semaine ? interpellé-je le gamin affalé sur le canapé.

– Jamie, tu n'es pas obligé… murmure Liz.

Je l'ignore superbement et siffle pour que Lorenzo m'écoute enfin.

– Eh ! Alors ?

Il enregistre enfin ma question et son sourire coupe presque son visage en deux.

– On irait au Fenway Park ? Ou au musée du sport ? Ou on irait au zoo ? s'écrie-t-il.

– Tout ce que tu veux, gamin, confirmé-je en souriant.

Il hurle de joie et se précipite dans mes bras.

– Je viendrai te chercher demain matin après le petit déjeuner et je te ramènerai en fin de journée à maman. Et idem après-demain. Ça te va ?

Il hoche la tête, ravi, et m'embrasse avec bruit sur la

joue, puis repart voir son dessin animé. Je regarde quand même ma sœur pour confirmer avec elle d'un regard. Liz me murmure un « merci » silencieux. Je lui fais un clin d'œil complice, fier de moi.

Et je dois l'avouer, assez content que ça soit arrivé devant Leah. Je ne suis pas parfait, mais je ne suis pas non plus un connard fini.

Pas totalement, du moins.

– Du coup, finalement, je peux venir manger avec Maria et toi demain midi, annonce-t-elle à Leah.

– Tu es sûre ?

Liz m'observe une dernière fois, en quête d'une ultime confirmation. Je lui souris, rassurant. Je m'occupe de son fils et elle peut aller se détendre avec ses amies. Son regard chaleureux me rend heureux et je saisis en retour la main qu'elle pose sur la mienne, reconnaissante.

– *Grazie Jamie... Quindi domani a mezzogiorno in centro città ?* (Merci Jamie... Du coup demain midi en centre-ville ?) demande-t-elle à Leah en tournant la tête vers elle.

J'ouvre la bouche pour lui faire remarquer qu'elle a parlé en italien, mais la réponse de ma voisine me coupe le sifflet et celui de mon neveu.

– *Perfetto, farò sapere a Maria che ci sarai anche tu.* (Parfait, je vais prévenir Maria que tu seras là aussi.)

Je pivote la tête tellement vite que je manque de me briser la nuque. Et les regards amusés de Liz et Leah ne laissent aucun doute : elle parle italien elle aussi. Donc toutes les fois où j'ai parlé italien en croyant l'isoler de la conversation, elle comprenait ce que je disais !

Toutes les fois où je me suis foutu de sa gueule en italien, elle comprenait.

Toutes les fois où je pensais être plus malin qu'elle parce que je parlais deux langues, elle aussi les parlait.

Eh merde.

25

Leah

Mais qu'est-ce qui m'a pris de dire oui ?

Je panique de plus en plus quand je vois la ville s'éloigner et les entrepôts se suivre, de plus en plus fréquemment. Nolan m'a demandé de témoigner à propos de l'incident entre Jamie et Calvin qui s'est passé il y a plusieurs mois dans son bar. J'ai trouvé ça étrange, étant donné que pas mal de temps s'est écoulé, mais il a prétexté une histoire de paperasse oubliée dans un coin. Il a même proposé de m'y emmener quand je lui ai demandé l'adresse exacte du poste de police.

– On arrive bientôt ? demandé-je d'une voix que j'espère posée, alors que je glisse la main dans mon sac pour attraper ma bombe au poivre.

J'ai aussi un couteau dissimulé dans un stylo et un mini Taser, cadeaux de Maria pour les fêtes de Noël. Elle m'a officiellement annoncé sa grossesse hier midi pendant notre repas entre filles avec Liz et nous a offert un kit de sécurité pour femme qu'elle avait vu sur une vidéo TikTok. Ça nous a fait rire, mais ce soir, je la remercie mentalement. Car j'ai effectivement deux des gadgets qu'elle m'a donnés dans mon sac. Je ne pensais juste pas devoir m'en servir aussi vite.

Être une femme est vraiment naze.

– On y est presque… élude-t-il en me souriant de toutes ses dents.

Je panique de plus en plus. Je pensais vraiment que Nolan était honnête… Enfin, « honnête », c'est un bien grand mot. Il organise toutes sortes d'activités illégales dans son bar, mais je ne pensais pas qu'il serait du genre à mentir aux femmes pour les emmener dans un coin perdu de Boston. Mon cœur bat de plus en plus fort, et mon cerveau tourne à toute allure. Poussée par la peur et l'instinct de survie, j'analyse mon environnement et cherche toutes les options possibles pour sortir vivante de cette voiture :

- Lui vaporiser la bombe direct dessus alors qu'il conduit. Mais je risque l'accident, donc non.

- Attendre qu'il s'arrête et l'attaquer. Mieux, mais qui me dit qu'il ne me bloquera pas dans la voiture ? Et l'habitacle restreint risque de me porter préjudice. Je n'ai pas pensé à prendre le brise-vitre offert par Maria et je m'en mords les doigts en jurant intérieurement. Il aurait pu m'être utile.

- Attendre qu'il s'arrête et trouver un prétexte pour sortir de la voiture avant de l'attaquer et partir en courant. Validé.

Il gare enfin le véhicule le long de la route et je me tends, le plus discrètement possible, en sondant l'environnement. Nous sommes garés à côté d'une casse de véhicules. Première option : ne pas entrer dedans. Ne surtout pas aller dans un endroit clos et loin des passants. Je distingue des lumières un peu plus loin. Avec un peu de chance, il y a une présence humaine… Je respire lourdement, dans l'attente de ce qui va suivre, quand une moto s'arrête devant le capot de notre véhicule, en sens inverse.

C'est pas vrai… Je connais ce modèle.

Le motard sort la béquille et descend du véhicule avant d'ôter son casque. Une rage sourde prend naissance dans mon ventre. Je n'imaginais pas que ce connard de Jamie irait aussi loin ! Je pensais la hache de guerre enterrée, mais visiblement, je me suis trompée…

– Alors, avant que tu utilises l'objet de défense que tu tiens dans ton sac à main, je tiens à préciser qu'il ne s'agit pas d'un guet-apens.

Je sursaute à la voix de Nolan sur ma gauche et l'observe, méfiante. Il s'est éloigné le plus possible de moi dans la voiture et tient ses deux mains en l'air en signe de reddition. Je plisse les yeux, peu convaincue, et il me fait signe du menton de regarder Jamie. Ce dernier se tient dans la même position, hoche le menton d'un air entendu. Je les observe l'un après l'autre : Nolan dans l'obscurité de l'habitacle et ensuite Jamie, illuminé par les phares de la voiture.

– Tu peux descendre si tu veux, on t'expliquera juste après…

Je ne leur fais pas encore totalement confiance… Jamie semble lire dans mes pensées car il recule du côté conducteur en me laissant beaucoup d'espace pour sortir. J'extrais la bombe au poivre de mon sac et la montre à mon traître de chauffeur. La vue du spray le fait plus sourire qu'autre chose.

– Le moindre mouvement déloyal et je m'en sers… le menacé-je.

Il sourit de plus belle et hoche la tête. Je déverrouille la portière sans le lâcher du regard et sors à reculons de sa voiture. Quand je suis assez éloignée du véhicule, il baisse les mains et sort tranquillement de son côté, comme s'il n'avait jamais été menacé.

– Qu'est-ce que je t'avais dit… ricane Jamie quand il le rejoint.

– Ouais, mais elle n'a pas de Taser ! argumente son copain.

– Tu ne sais pas tout ce qu'il y a dans son sac.

Bien vu, Jamie. Mais je me garderai bien de leur révéler ce que j'ai…

– Écoute, Duchesse, commence mon voisin. Te braque pas, on ne te veut rien de mal.

– Ça reste encore à prouver, réponds-je, sur la défensive.

– On veut t'offrir un cadeau, renchérit Nolan.

– Pardon ?

Elle est bien bonne, celle-là.

– En m'emmenant dans un coin paumé, loin de toute civilisation ? rétorqué-je en reculant doucement.

Je m'avance le plus lentement possible du côté de la rue où j'ai aperçu des lumières. S'il faut courir vite, c'est par là que je partirai en premier.

– Disons que l'activité qu'on t'a préparée ne peut pas se faire ailleurs qu'ici, explique Jamie en désignant la casse dont l'entrée se situe dans mon dos.

Je regarde succinctement par-dessus mon épaule.

– Je te promets qu'il n'y a aucun coup fourré, reprend-il.

– Laisse-moi en douter…

Nolan éclate de rire en nous voyant argumenter et se plie en deux d'hilarité.

– Oh, putain, c'est génial ! J'adore ! Je t'adore, Leah !

Ha ha ha… Je suis morte de rire aussi.

– OK, explications rapides : je viens t'offrir une chance de te venger.

– De qui ? De toi ?

Jamie me regarde d'un air torve et Nolan repart de plus belle dans son hilarité.

– Henry.

Le nom de mon ancien rendez-vous m'intrigue et je baisse légèrement la main qui tient la bombe de poivre. Jamie remarque le subtil changement d'attitude et sourit en coin.

– Tu te souviens de lui ? Celui qui a tenté de forcer l'entrée de ton appartement ?

– Lorsque tu appréciais le spectacle ? réponds-je hargneusement.

Son visage se durcit.

– Alors je vais te rafraîchir la mémoire parce que, apparemment, tu n'as rien pigé à ce qui s'est passé ce soir-là. D'un, je n'appréciais pas le spectacle, j'observais. De deux, je n'ai jamais totalement fermé la porte pour entendre ce qui se passait. Et de trois, si je suis sorti de nouveau, c'était pour le dégager mais tu as réussi à t'en débarrasser juste avant.

Je cligne des yeux, surprise par sa véhémence. Il semble vexé par mon accusation. Je fronce les sourcils en tentant de me remémorer cette soirée. Effectivement, je ne me souviens pas d'avoir entendu le clic de sa porte qui se fermait mais je ne pourrais pas l'affirmer. Par contre, je me souviens qu'il l'a rouverte très vite au moment où je réussissais à repousser Henry… Est-ce que… Est-ce qu'il aurait vraiment guetté la situation pour venir m'aider au cas où ?

– Et la lumière se fait… chantonne Nolan.

Oh, purée, je n'avais jamais réfléchi à la situation dans ce sens. Je pensais aveuglément que Jamie voulait juste me voir galérer au point de me laisser me faire agresser. Mais, en fait… c'était peut-être l'inverse.

– Je suis peut-être un gros con parfois, mais je ne suis pas un connard au point de laisser une femme se faire violenter sous mes yeux, gronde Jamie.

J'en détends le bras de stupéfaction et l'observe, perdue. Il en profite pour avancer enfin vers moi et je ne cherche plus à le menacer. Tout ce temps, il n'a jamais voulu me faire réellement du mal ? J'ai des difficultés à le croire… Une partie de mon cerveau se rebelle mais l'autre… l'autre a désespérément envie de lui faire confiance malgré tout ce qui s'est passé entre nous. Et c'est cette partie-là qui gagne quand Jamie se poste devant moi, le regard empathique.

– Je te propose de te venger de lui ce soir.

– Tu l'as kidnappé ? le questionné-je, peu rassurée par la situation.

– J'aurais bien aimé… marmonne Nolan un peu plus loin.

Jamie rit doucement et me fait « non » de la tête.

– Alors comment ?

– Ça, c'est une surprise. Et pour ça, il va falloir que tu me suives dans cette casse, répond-il en désignant l'entrée de nouveau. Aucun piège, parole de scout.

– Tu n'as jamais été scout, le contredit son pote.

– Ouais, mais j'aurais pu ! rétorque-t-il en le regardant par-dessus son épaule avant de revenir vers moi. Tu me suis ?

Il tend la main vers moi et j'ai un dernier élan d'hésitation, qui meurt bien vite. Je n'ai plus peur. Toute pensée rationnelle a déserté ma tête. Je range le spray au poivre dans mon sac et tends une main prudente vers lui. Il la saisit en souriant comme le diable en personne et avance à reculons vers l'entrée en me forçant à le suivre. Nolan nous emboîte le pas et nous pénétrons dans la casse.

Jamie finit enfin par faire demi-tour et à avancer d'un pas sûr vers la destination, sans pour autant lâcher ma main. Sa paume me tient chaud dans ce froid sibérien de décembre. Et si je suis tout à fait honnête, son sourire de démon a aussi provoqué une chaleur dans mon abdomen. Si soudaine qu'elle m'a prise par surprise et a détruit toutes mes barrières. Je me laisse guider en observant les alentours. Nous dépassons des rangées de voitures et rejoignons ce qui semble être un cimetière de véhicules à ciel ouvert. Je ne saisis toujours pas la situation et continue de regarder autour de moi, si bien que je rentre dans le dos de Jamie quand il s'immobilise.

– Tout doux, chaton, s'amuse-t-il en me rattrapant de sa main libre.

« Chaton » ? Il a déjà utilisé ce surnom avant pour se moquer de moi, mais l'intonation qu'il a employée pour le prononcer n'a rien de sarcastique. C'était même… affectueux.

Je dois être dans la quatrième dimension. Je ne vois aucune autre explication cohérente à cette situation surréaliste. Il me tire par le bras pour que je le rejoigne et je me fige en voyant l'objet de son attention.

Une voiture hideuse. Conduite par une personne encore plus laide.

– Qu'est-ce que…

– Cadeau.

Je cligne plusieurs fois des yeux en observant la voiture devant moi. Je ne comprends pas vraiment le principe de base. Il ne l'a quand même pas volée pour me l'offrir ? Jamais je ne conduirais une voiture pareille. Je m'approche prudemment en l'observant de plus près, les yeux plissés. Je me penche pour regarder à l'intérieur, mais avec l'obscurité, je ne distingue rien de particulier.

– Attends…

Deux secondes plus tard, Jamie ouvre la porte et le plafonnier intérieur illumine les sièges avant. Je cligne des yeux, éblouie par la luminosité, mais je repère tout de suite quelque chose de familier. Le logo du Boston College suspendu au rétroviseur intérieur. Et je me rappelle la soirée avec plus de précision.

Il s'était vanté d'avoir fréquenté cette université lorsque j'avais eu l'idée stupide de mentionner son joujou ridicule. Une colère sourde prend naissance dans ma poitrine et je plisse les yeux en fixant avec intensité le rappel de cette soirée, de ce pervers narcissique qui a tenté de m'agresser…

– Je crois qu'elle bascule enfin, ricane Nolan dans mon dos.

– Je pense aussi… murmure Jamie à côté de moi.

Il est si proche que mes mèches de cheveux libres bougent sous son souffle, mais je reste fixée sur la voiture et je serre mes poings jusqu'à planter mes ongles dans mes paumes.

– Pourquoi ?

J'ai parlé d'une voix rauque, sans même tourner le visage vers eux.

– En remerciement de l'aide pour le soir de mon combat, répond-il sobrement, sans plus d'explications.

– Comment ?

– J'ai des relations.

– *Mes* relations, renchérit Nolan en se rapprochant de nous.

Je ne parle plus et scrute la voiture en me mordant l'intérieur de la joue, tandis qu'ils m'observent tous les deux, de chaque côté. Surtout Jamie. Je sens presque son regard sur moi. Je le sens chauffer ma joue et pénétrer à travers ma tempe pour tenter de déchiffrer mes pensées. Mais je me barricade et croise les bras en reculant de quelques pas, ce qui le fait rugir d'une voix sourde.

– Non, certainement pas, Duchesse !

J'ai à peine fait un mètre en arrière qu'il saisit mon coude et me tire vers lui. Je me dégage avec colère et il ne cherche pas à me récupérer.

– Écoute-moi bien, Duchesse, grogne-t-il en rapprochant son visage du mien. Il est hors de question que tu recommences.

– Que je recommence quoi ? tiqué-je, piquée au vif.

– À te cacher derrière ton putain de savoir-vivre ! Ce mec est un connard, un salaud qui aurait sûrement tenté de te violer si tu ne l'avais pas repoussé. Alors tu vas oublier tes bonnes manières et me faire le plaisir de te venger de ce connard et de tous les autres connards qui ont croisé ta vie ! Oublie tes principes à la con et explose, merde !

– Comment ?! crié-je, hors d'haleine face à sa leçon de morale[1].

Il sourit lentement en me voyant répondre avec colère mais ne réagit pas et s'écarte, sans me lâcher des yeux.

Je l'observe, lui et ses yeux gris, son aura de bad boy des mauvais quartiers et son sourire goguenard faire le tour de la voiture. Il rompt le contact visuel l'instant d'après, regarde rapidement autour de lui et va saisir une barre de fer qui traînait un peu plus loin. Je fronce les sourcils en le voyant sauter sur le capot et monter ensuite sur le toit du véhicule.

– Comme ça, répond-il simplement.

Et l'instant d'après, il abat la barre de fer sur la voiture en créant un impact tellement énorme que je me demande comment le pare-brise a fait pour ne pas exploser en mille morceaux sous la force de son assaut. Je sursaute et m'écarte vivement, pour me protéger s'il recommence et si des éclats de verre se transforment en projectiles. Mais il ne fait rien de plus et m'observe, fier de lui. Puis il s'accroupit et me tend la barre.

– Comme ça.

Deux mots. Une réponse simple et concise. Dans le monde de Jamie, tout a toujours l'air si simple, alors que dans le mien, tout est toujours plus compliqué. J'envie son aisance, sa légèreté de vivre, sa capacité à envoyer bouler les codes de la société pour faire ce qui lui plaît. Je n'ai pas été moulée de la même façon. Je passe mon temps à respecter les règles par instinct de survie, par traumatisme même, si j'y réfléchis

1. Je conseille d'écouter « Song 2 » de Blur en fond sonore.

bien. Alors que lui ne se soucie pas de blesser les gens, et encore moins s'il estime qu'ils le méritent.

Je ne sais pas qui de nous deux a raison. Lui, qui vit selon ses propres règles, ou bien moi, qui suis les normes aveuglément ? Je n'en ai aucune idée, et la situation ne se prête pas à la réflexion.

J'hésite. Je suis tiraillée entre l'envie naturelle, instinctive, de respecter scrupuleusement les règles, et l'autre… Cette petite voix derrière ma tête qui me susurre de lâcher prise et de me venger. De briser cette voiture, morceau par morceau. De frapper fort, jusqu'à en avoir des douleurs dans les membres…

– Je crois qu'elle y est presque… murmure Nolan derrière moi.

– Je pense aussi, confirme Jamie en souriant malicieusement.

Il ressemblerait presque à un corbeau, accroupi comme il est, son manteau sombre et les lumières blafardes qui viennent uniquement souligner les angles de son visage. Son ombre s'étale autour de lui sur le capot du véhicule, comme une aura malfaisante. Et bigrement attirante… J'ai envie de le rejoindre du côté sombre. De me lover dans cette obscurité rassurante, celle qui cache les péchés et permet de libérer les démons sans être jugé par la lumière…

J'inspire profondément, les bras encore croisés sur ma poitrine, dans une dernière et vaine tentative de refuser ce qu'il me propose. Mais la tentation est trop forte et je dois me forcer pour les décroiser, petit à petit, par à-coups, comme si ma conscience luttait contre l'envie irrépressible qui a pris possession de mon corps.

– Voilà, chaton…

Je ne regarde pas Jamie lorsqu'il me parle. Je me contente d'observer le véhicule, comme si j'allais réussir à le faire brûler d'un seul regard. J'avance de quelques centimètres et, sans le réaliser, je suis maintenant pratiquement collée à la vitre côté conducteur. Jamie me tend une main et je l'aperçois dans mon champ de vision périphérique. Je la saisis tout en continuant à scruter les reliefs du tableau de bord ; Jamie me soulève presque et je dois enfin détourner les yeux pour réussir à suivre mon bras et monter sur le capot. Un élan me prend par surprise. C'est Nolan qui me soulève comme une plume, et sans même dépenser le moindre effort. Je me retrouve à côté de Jamie, sur le capot.

Il me tend la barre de fer et saute après que je m'en suis saisie pour descendre avec souplesse de la voiture. Je suis maintenant seule sur le véhicule avec, pour public, deux hommes qui me fixent avec délectation, en attendant que je craque et donne le premier coup.

Je respire profondément en observant le pare-brise déjà fissuré sur ma gauche. J'étudie le capot déformé par mon poids et celui de Jamie avant moi, le toit, encore parfaitement lisse, et c'est cette perfection qui libère mes dernières défenses. Une colère sourde monte dans ma poitrine. Un arbre destructeur qui déploie ses ramifications dans tous les membres de mon corps, qui prend possession de mon bras quand mes muscles se bandent, de mes doigts quand ils se serrent sur la barre de métal, de ma mâchoire quand elle se contracte, et finalement de mon souffle, quand je lâche une ultime expiration.

Avant de basculer.

Le bruit de la tôle malmenée quand j'abats la barre de fer dessus est libérateur et vrille dans mon crâne. Des hurlements de joie accueillent ma frappe et je cligne des yeux en voyant Nolan et Jamie crier des insanités contre le propriétaire de ma victime.

– DÉTRUIS-LE, DUCHESSE !

– DÉMONTE-LUI SA CAISSE DE MERDE, LEAH !

J'éclate de rire et souris en reprenant la barre métallique. Je bande mes muscles et abats une nouvelle fois mon arme de fortune sur un espace encore parfait et droit. Une fois… Deux fois… Trois fois…

Je hurle quand je frappe, je ne m'arrête plus et attaque maintenant toutes les parties à ma portée. Le capot, le pare-brise déjà fissuré que je finis de briser. Et je rugis de victoire quand la vitre vole en éclats. Je sens une puissante montée d'adrénaline, comme une jouissance furtive qui me donne envie de continuer, d'aller plus loin dans les recoins de mon côté sombre. J'ai envie de tout détruire.

Tout ce qui représente ce que je déteste. Les hommes violents, les démons. Ceux qui se pensent au-dessus des lois, ceux qui se croient mieux que les autres, plus intelligents, plus forts, et qui pourtant cachent un monstre intérieur sous des façades d'homme poli et parfait.

Ceux qui sourient au public mais dont le sourire n'atteint jamais les yeux ; ces sourires effrayants, éclatants d'une blancheur factice, comme des lumières pour attirer les insectes et les soumettre à leur perversion.

Cette voiture cristallise tout ça. Mes traumatismes, leurs conséquences, mon angoisse à l'idée de faire confiance à quelqu'un, mes barrières émotionnelles, mon absence de réaction, mon immobilité affective… Il a tout détruit. Il m'a brisée…

Alors c'est à mon tour de le détruire.

Je saute du véhicule et je m'attaque ensuite au rétroviseur. Je le frappe sans relâche en serrant les dents, en transpirant. J'en ai mal aux bras tant je frappe.

Je le détruis, lui, ses faux-semblants, toutes ces nuits où il est venu me punir. Pour le bruit métallique de sa boucle de ceinture qui se détachait dans le silence de ma chambre et signifiait que j'aurai de nouveau des traces le lendemain matin, pour la douleur cuisante de la partie métallique quand elle heurtait ma peau et me brûlait, pour tous ces cris que j'ai retenus de peur d'effrayer Laly, tous ces pleurs étouffés dans le drap de peur qu'elle ne vienne s'interposer entre lui et moi et prenne un coup par inadvertance, pour ces nuits de terreur, de douleur, pour toutes ces années de torture physique et mentale, pour cette partie qu'il a bousillée en moi, pour tout ce que j'aurais pu être s'il n'était pas entré dans ma vie, pour le sentiment de culpabilité qui accompagnait immédiatement cette pensée en me disant que sans lui, Laly n'aurait jamais existé, pour tout ce qu'il a tué en moi, pour tout ça…

Je crie, je rugis, je n'arrête pas, j'explose dans un tourbillon de violence brute et primitive, qui me drogue, me donne envie d'en avoir plus, encore plus, qui me nourrit et m'encourage à continuer, encore et encore, jusqu'à ce que le petit morceau de tôle se détache, dans une détonation assourdissante.

Quand la partie touche le sol, mes bras perdent toute force et je laisse tomber la barre de fer alors que Jamie et Nolan hurlent à m'en percer les tympans.

Je suis vidée, sans énergie et je tente de retrouver mon souffle alors qu'ils se mettent à courir, Nolan en cercle autour du véhicule comme lors d'un touchdown, et Jamie vers moi.

Je suis littéralement soulevée du sol dans ses bras. Mes pieds battent dans le vide et je m'accroche à ses épaules alors qu'il me secoue comme un cocotier.

– Tu l'as fait, putain ! Tu l'as fait, Duchesse !

Je ris alors que je suis valdinguée dans tous les sens, me tenant tant bien que mal à lui jusqu'à ce qu'il cesse de remuer. Nos regards s'accrochent alors que je ris encore et je perds mon sourire quand ses yeux plongent dans les miens. Je suis encore dans ses bras. Mes pieds ne touchent plus terre. Et c'est exactement ce que je ressens : une sensation de chute dans le vide.

Je suis en apesanteur quand je suis avec lui. Comme si je n'avais plus aucun contrôle sur mon corps. Quoi que je fasse, et depuis la soirée après le club, mes terminaisons nerveuses s'échauffent invariablement quand il est près de moi. Et là, je suis très… très proche de lui…

Je sens les reliefs de son torse sur mon ventre, la fermeté des muscles de ses épaules sous mes doigts. Je vois les ombres de ses cils sur ses joues et la tentation de ses lèvres entrouvertes sur un sourire vacillant.

Nolan continue de courir autour de nous, inconscient du jeu silencieux en train de se dérouler entre Jamie et moi, puis passe son tee-shirt sur sa tête en continuant de gambader les bras écartés. Si bien qu'il ne voit pas le camion garé à côté et rentre dedans de plein fouet. Jamie et moi éclatons de rire et je dégringole de ses bras, brisant l'instant, alors qu'il s'effondre au sol, les yeux remplis de larmes hilares. Je me précipite vers Nolan et lui dégage le tee-shirt du visage pour vérifier qu'il est toujours conscient. Il secoue la tête et cligne plusieurs fois des yeux, légèrement sonné par le choc.

– Ça va ? demandé-je, soucieuse, malgré mon envie de rire.

Il fronce les sourcils et me regarde, comme s'il essayait de faire le point. Il doit me voir en double.

– Ça va ? le questionné-je de nouveau, un peu plus inquiète.

Il secoue de nouveau la tête alors que Jamie rit dans mon dos.

– Laisse, Leah. Nolan a eu tellement de chocs frontaux qu'il a développé une tête encore plus solide que du béton armé.

– Ça doit être un truc du coin, ça… marmonné-je en le regardant par-dessus mon épaule. Il a peut-être une commotion.

Jamie soupire derrière moi et je l'entends se lever. Il saisit le bras de son ami et le force à se relever d'un geste brusque. Nolan suit le mouvement en tanguant, puis écarquille les yeux quand mon voisin lui frappe l'arrière de la tête.

– JAMIE ! crié-je, scandalisée.

– Allez, mon poto ! Réveille-toi !

Nolan cligne plusieurs fois des yeux puis semble enfin se réveiller. Il m'observe, puis Jamie, et sourit de toutes ses dents avant d'éclater de joie en levant les bras en l'air.

– COMMENT ELLE A DÉMONTÉ LE RÉTROOOOOOOOO !

26

Jamie

Bienvenue dans une autre dimension.

J'essaie encore d'analyser comment nous avons bien pu finir dans ce bar. Après avoir détruit le reste de la voiture à la barre de fer avec Leah et Nolan qui a, comme par hasard, trouvé deux battes de base-ball dans le coffre de sa voiture, nous avons fini en utilisant l'aplatisseur de voiture. Nolan sait très bien s'en servir et s'est fait un plaisir de compresser le véhicule jusqu'à le transformer en tas réduit de tôle.

Leah était tout sauf Leah. Je ne l'avais jamais vue aussi libérée, aussi peu soucieuse du regard des autres, aussi démoniaque même. Comme si un barrage s'était levé et qu'un torrent de liberté avait surgi pour la submerger.

C'est d'ailleurs la même énergie qui l'habite encore maintenant alors que je danse avec elle et Nolan au milieu de la piste[1].

Une chose en entraînant une autre, nous avons fêté cette victoire en allant prendre un verre. Leah n'a pas beaucoup bu au début, puis elle a goûté au long island de Nolan avant d'accepter d'en commander un. Sans même savoir ce qu'il y a dedans[2]. Un cocktail, puis un détour pour manger dans une pizzeria, encore un bar, des bières, une glace en plein mois de décembre, et nous avons fini dans ce bar/club. Je vois légèrement trouble à force de sauter dans tous les sens. Je danse comme lorsque j'étais gamin,

1. Je conseille d'écouter «Cheyenne» de Jason Derulo en fond sonore.
2. Cocktail traître qui contient cinq alcools forts différents.

en riant comme un imbécile. Nolan et Leah aussi. J'observe cette dernière alors qu'elle secoue ses longs cheveux attachés en queue-de-cheval. Elle avait un chignon mais a préféré enlever l'épingle pour les laisser libres. Je dois être un peu ivre parce que je vois tout au ralenti, comme si mes yeux ne suivaient pas le mouvement de ma tête. Et dans la semi-obscurité de la salle, je vois le corps de Leah se dessiner en ombres chinoises, subitement dévoilé par un rai de lumière quand un spot l'illumine. Elle a les yeux fermés et un sourire rêveur embellit son visage. Ses traits sont tellement plus doux quand elle n'est pas sérieuse. Je lui souris comme un imbécile en remuant la tête en rythme et elle rit, visiblement soûle.

J'en profite pour la faire tournoyer. Elle se laisse faire et éclate d'un rire contagieux quand je la soulève par la taille pour la faire virevolter. J'en perds presque l'équilibre.

Je fais un rapide signe à Nolan pour lui indiquer que je reviens et avance vers le bar pour commander une bouteille d'eau minérale. Je la vide d'un trait et en profite pour engloutir le bol de cacahuètes à disposition. C'est sûrement rempli de microbes, mais je m'en balec. J'ai besoin d'absorber l'excès d'alcool. Je rentre à moto et je ne dois pas conduire en étant éméché.

Je commande une nouvelle bouteille d'eau et la bois plus lentement cette fois-ci. Je sens la fraîcheur irradier dans mon corps et petit à petit, je commence à retrouver mes facultés mentales. Je profite du départ d'un client à côté de moi pour m'installer sur le tabouret, dos au bar et face à la piste de danse. Je ris en voyant Nolan tenter de danser un tango avec Leah. Elle rit et se laisse guider. Ils finissent par se séparer de nouveau et Leah recommence à danser seule. Je l'observe sans rien dire, la tête basculant en rythme avec la musique alors que mes doigts tapent en rythme sur l'assise en bois du tabouret.

Son corps qui ondule en toute liberté. Ses mains qui jouent avec ses cheveux et dégagent de temps à autre quelques mèches qui se coincent entre ses lèvres. Ses yeux qui se ferment. Ses bras qui se redressent au-dessus de sa tête. Ses dents qui se dévoilent par instants quand elle sourit, sûrement par simple plaisir d'être là. Ses longs cils qui laissent des ombres sur ses pommettes. Ses paupières traîtres qui me cachent la couleur de ses iris. Ses hanches qui se balancent en rythme… Je suis chaque détail de sa silhouette, je l'observe évoluer au milieu de la foule, comme si elle était seule. Je suis presque en transe, et les gens autour d'elle disparaissent petit à petit tandis que mon regard se focalise sur elle, au point de ne voir plus qu'elle.

Elle.

Mon sourire disparaît lentement. C'est mort. Il va falloir arrêter de se voiler la face. J'ai succombé.

Je ne sais pas quand c'est arrivé, mais c'est déjà trop tard. Je déglutis quand le creux dans ma poitrine se serre. Cette envie qu'elle me voie bien habillé, l'impression d'être sur des œufs quand je suis à côté d'elle. Et ce cadeau, pour qu'elle se venge. Je n'ai pas fait ça par bonté d'âme, mais parce que j'en avais envie.

Vraiment envie.

J'avais envie de lui faire plaisir.

À bien y réfléchir, je réalise que ça remonte à beaucoup plus loin que la nuit où elle m'a soigné. Cette obsession pour elle, pour lui faire du mal, pour attirer son attention. Elle a toujours provoqué un remous d'émotions en moi. De la colère, de la haine et maintenant… de l'envie. Je la veux. Tellement que j'en crève, putain.

Depuis cette nuit dans le couloir, je la veux.

Depuis que j'ai eu un avant-goût de ce qui peut se passer entre nous. Je sais que ce serait explosif…

Mais j'ai un passif avec elle. À quel moment elle accepterait de me regarder autrement que comme l'abruti qui lui sert de voisin ? La pensée que j'ai tout foutu en l'air avant même de réaliser que je voulais avoir une chance me laisse un goût amer. Je baisse les yeux, déçu.

Bien joué, Selvaggio.

L'amertume me fait dégriser très vite. Je suis con. Je suis débile.

Mais je suis loin d'être un lâcheur. Je redresse le menton, déterminé. S'il y a la moindre chance que Leah accepte qu'un mec comme moi s'approche suffisamment d'elle pour tenter sa chance, alors je la prendrai. Je finis ma bouteille d'eau et me lève, l'objet de mes convoitises en vue. J'avance d'un pas lent et mesuré, comme un prédateur qui observe sa proie. Mais cette fois-ci, je ne cherche pas à lui faire du mal. Au contraire, le seul qui risque d'y récolter des cicatrices, ce sera moi.

Nolan la fait tourner une nouvelle fois et je profite du mouvement pour la récupérer dans mes bras quand il la lâche. Elle agrippe mes épaules et ses yeux font le point sur mon visage. Elle sourit légèrement, confiante, et mon cœur fait un sursaut.

J'ai encore une chance.

Je lui rends son sourire et glisse mon bras autour de sa taille pour la rapprocher de moi. Pas assez pour la coller, mais suffisamment pour la retenir le plus longtemps possible. Si elle cherche à s'éloigner, je ne la retiendrai pas.

Elle ne le fait pas et passe ses bras autour de mon cou en fermant les yeux, le visage renversé en arrière. L'envie de poser mes lèvres sur la peau diaphane de son cou est tentante. Mais s'il y a bien une chose que je dois faire maintenant, c'est d'éviter de lui sauter dessus. Je me retiens et la fais rouler de gauche à droite, sans jamais coller mon corps au sien. Sa tête dodeline en rythme et je penche la mienne pour tenter de sentir son parfum.

Sa nuque exhale une odeur subtile de fleurs blanches. Quelque chose de délicat, comme elle. Quand elle se redresse, je l'imite pour éviter tout contact de nos visages. Je serais capable de me laisser aller et je veux vraiment éviter ça.

Mon cerveau tourbillonne à toute vitesse. Je lutte contre l'envie irrépressible de sentir ses courbes contre les miennes et le plaisir de profiter du peu que je peux goûter pour l'instant. Nolan me vole ma partenaire d'une pirouette, et je la laisse glisser hors de mes doigts et de ma portée. Au lieu de danser, je l'observe sourire et rire aux bêtises de mon ami.

Je sais que Nolan ne tentera rien si je lui dis que j'ai des vues sur elle. J'ai déjà partagé avec lui, mais là, je n'ai pas envie.

J'avance d'un pas résolu vers eux au moment où il la relâche. Je veux être seul avec elle. Il y a trop de monde, trop de bruit, trop de tout.

– Je me casse avec Leah, articulé-je dans l'oreille de mon ami.

– Hein? Ah, OK. Je vais chercher ma veste... bredouille-t-il, ivre.

– Non. Toi, tu restes ici.

Ma phrase le fige et il relève un regard intrigué vers moi. Je le fixe droit dans les yeux. Pour lui faire comprendre. Il n'en faut pas plus, car il sourit avec lenteur.

– Mieux vaut tard que jamais... ironise-t-il.

Je ne relève pas et hoche seulement la tête.

Je fais demi-tour et viens saisir le coude de Leah qui dansait encore derrière moi.

– On s'en va?

Elle acquiesce en souriant et je l'entraîne à ma suite. Elle secoue la tête, perdue, et regarde par-dessus son épaule.

– Nolan? demande-t-elle.

– Il a trouvé de la compagnie.

Elle murmure un « ah bon » et n'insiste pas plus. Je la guide comme une poupée de chiffon dans mes bras vers la sortie. Je récupère nos affaires au passage et sors dans la nuit noire. L'air frais finit de me réveiller tout à fait. J'inspire à pleins poumons. Je me sens assez clair et maître de mes réflexes pour prendre ma moto. Si j'avais eu des doutes dans le club, ils se sont envolés. À l'inverse, je suis conscient des moindres mouvements autour de moi, surtout ceux de Leah... Je ne la laisserais pas prendre des risques si je n'étais pas certain d'être en état de conduire, et c'est heureusement le cas. Elle a un mouvement de recul en voyant mon moyen de locomotion, son manteau serré contre elle. Je lui souris, en espérant la rassurer.

Ça n'a pas l'air de fonctionner, mais je ne m'avoue pas vaincu. Je prends le temps de saisir sa veste pour l'aider à l'enfiler, pour lui laisser enregistrer mentalement ce qui va se passer. J'enfile ma propre veste et ouvre l'unique casque que j'ai emporté. Je n'avais pas prévu d'inviter qui que ce soit à monter avec moi ce soir. Échec.

Je l'invite du regard à venir vers moi pour que je le lui mette.

– Je ne sais pas... murmure-t-elle, encore incertaine.

Je n'essaie pas de répondre. À la place, je m'avance vers elle en tenant le casque. Une dernière invitation du regard. Elle plonge ses grands yeux de biche dans les miens et semble me sonder pour savoir si elle peut me faire confiance. Je ne sais pas ce qu'elle y trouve, mais ça semble lui suffire. Elle hoche la tête de façon infime et je m'engouffre dans la brèche. Je positionne le casque sur sa tête et fais glisser sa longue queue-de-cheval derrière son dos. J'ajuste la sangle sous son menton et elle le relève docilement pour me faciliter la tâche. Je suis tellement proche de la peau de son cou que je pourrais presque y poser les lèvres. Mais je ne le fais pas. Je fais glisser la visière sur son visage et tapote gentiment du poing sur le casque, signe qu'elle est parée pour la virée.

J'enjambe la moto et lui tends la main pour qu'elle s'installe derrière moi. Elle obéit avec grâce et s'assoit dans mon dos. Je lui serre d'office les bras autour de ma taille en lui donnant les consignes de base :

– Tu restes collée à moi. Quand je me penche d'un côté, tu dois aussi te pencher. Ne fais surtout pas l'inverse, ça nous déséquilibrerait.

Elle hoche la tête. Je lui relève les pieds du talon pour qu'elle les pose sur les emplacements prévus à cet effet.

– Garde tes pieds ici. Si tu as un souci, tapote-moi, lui indiqué-je en posant ma main sur les siennes, croisées sur mon ventre.

Je sors mes lunettes de soleil de la poche de ma veste. À défaut de casque, elles me protégeront du vent. Je mets le contact et remonte la béquille. Après avoir tiré sur l'embrayage, je démarre le moteur. Leah se tend légèrement dans mon dos et je caresse ses mains dans un geste apaisant. Elle serre un peu plus les bras autour de ma taille et j'inspire profondément, en appréciant ce contact prolongé. Je vérifie les environs avant de m'élancer sur la route.

Le vent glacé me fouette le visage et je conduis prudemment. Je n'ai pas envie de lui faire peur alors j'adapte la conduite à son absence d'expérience et me dirige vers le nord de la ville.

Je sais déjà où je veux aller.

27

Leah

J'observe en silence le mouvement des vagues de l'océan devant moi[1]. Le sable est glacé et je ne sens presque plus mes pieds ni même mes fesses, mais je ne bouge pas, les genoux pliés et serrés contre mon torse alors que le vent balaie mes cheveux qui ont décidé de vivre leur propre vie. En temps normal, je les aurais remis dans le droit chemin mais depuis hier soir, je ne fais rien comme avant.

Je ne pensais pas finir un jour en train de détruire une voiture avec une batte de base-ball, ni même boire et danser toute la nuit sans me soucier de voir quelqu'un me prendre en photo pour vendre le cliché à prix d'or dans le but de discréditer mon beau-père.

C'était… libérateur.

La voiture, la soirée, l'absence de responsabilité…

Et ce lever de soleil sur l'océan ce matin vient conclure avec émerveillement cette nuit de première fois. Il a fallu rouler un peu pour atteindre cette plage, mais le spectacle grandiose en valait la peine. La plage longe la route et forme une mince bande de sable entre le continent et la presqu'île de Nahant. On aperçoit encore les lumières de Boston derrière nous, mais ce qui me fascine, c'est le spectacle de l'autre côté.

Et j'apprécie d'autant plus de ne pas avoir à parler.

Jamie est assis quelques mètres plus loin. Aucune intimité ni même tentative de discussion de sa part. Il a

1. Je conseille d'écouter «Edge of the Ocean» d'Ivy en fond sonore.

simplement marché devant moi et m'a indiqué où m'asseoir avant de se laisser tomber sur le sable à son tour. Et depuis, c'est le silence complet.

Les quelques nuages qui obstruent l'horizon ne m'empêchent pas de voir les reflets rougeoyants réchauffer l'environnement. Et au contraire, les rayons qui coupent à travers eux donnent un effet encore plus surréaliste à la scène. Mon esprit s'est réveillé d'un coup et je me retrouve assise sur ce sable, les bras serrés autour de mes genoux, attentive au moindre mouvement du soleil devant moi. Je regarde la lumière monter petit à petit le long de mes membres engourdis par le froid, réchauffer mon corps et soulager ma fatigue. J'aurais presque envie de pleurer… J'aimerais que Laly puisse voir ça, qu'elle puisse vivre ce genre d'expérience au lieu d'être prisonnière.

J'essaie de passer au-dessus de ce bref sentiment de culpabilité et de déloger la boule qui pèse sur ma poitrine. Elle s'allège un peu à force d'inspirer profondément, mais ne disparaît pas complètement. C'est suffisant pour me permettre de finir d'apprécier ce que je vois.

Du rouge intense, de l'orange lumineux, des tons roses et dorés dans les nuages, des millions d'éclats scintillants sur l'océan et cette sensation de calme environnant. C'est tellement agréable de regarder tout ça sans réfléchir, d'apprécier simplement ce spectacle. Depuis quand je n'ai pas fait ça ?

Je connais la réponse : trop longtemps. Voire presque jamais.

La dernière fois que je me rappelle avoir été aussi émerveillée par la nature, c'était avec ma mère lors de vacances à deux. J'étais encore jeune et je me souviens d'avoir été scotchée par la vue d'une cascade. Impossible de me souvenir de son nom ni de l'endroit précis, mais l'image est restée ancrée en moi. Puis nos vies ont radicalement changé. Plus rien n'était comme avant. Cette relation fusionnelle que j'avais eue avec elle pendant des années avait disparu. Je me sentais si seule… Puis

Laly est née, et l'espoir était revenu avec elle. Je n'étais plus seule. Nous allions devenir les meilleures amies du monde. Et je ne m'étais pas trompée. Laly a illuminé mon enfance morose avec son rire, sa joie de vivre et son rire communicatif. Puis tout s'est de nouveau assombri.

Mais elle était toujours là, et je me raccrochais à elle à chaque fois que je manquais de sombrer définitivement. Elle est comme ce lever de soleil : elle me réchauffe et me ramène doucement à la vie.

Depuis que je suis partie, sa présence me manque. Heureusement que j'ai trouvé Liz et Maria. Je souris sans pouvoir m'en empêcher. C'est tout nouveau pour moi de vivre ça. Avoir des amies, des vraies amies rien qu'à moi.

– Pourquoi t'es devenue prof ?

Je sursaute à la question abrupte que vient de me poser Jamie. Je ne m'y attendais pas et j'étais tellement perdue dans mes pensées que je l'avais complètement oublié.

– Pardon ? balbutié-je, peu certaine de comprendre d'où vient cette question sortie de nulle part.

– Ton boulot ? Pourquoi tu le fais ?

– Pourquoi cette question ? rétorqué-je en plissant les yeux vers lui.

Il s'allonge à moitié dans le sable en s'appuyant sur les coudes et croise nonchalamment les jambes en m'observant avant de répondre :

– Pourquoi pas ?

– Ça t'intéresse vraiment ? demandé-je, surprise.

– Ça t'étonne tant que ça ?

– Pourquoi j'ai l'impression que tu te fiches de moi ?

– Pourquoi tu réponds à une question par une autre question ?

Je ris presque, incrédule de le voir aussi sûr de lui. C'est fascinant et énervant à la fois. Tout ce que fait Jamie provoque un mélange d'émotions contraires chez moi. Je détourne le regard et observe le soleil, beaucoup plus haut dans le ciel à présent, en cherchant la réponse.

Elle vient instantanément.

– Pour changer leur vie. Celle des enfants.

Mais prononcée à voix haute, je réalise que ça peut être mal interprété, surtout par lui, alors j'enchaîne aussitôt :

– Ne te méprends pas. Je ne me pense pas supérieure aux autres.

– Tiens donc... marmonne-t-il, un sourire en coin.

Je soupire intérieurement, mais soutiens de nouveau son regard.

– Quand j'étais à l'école, j'avais l'impression d'être invisible, expliqué-je enfin. J'avais l'impression que mes enseignants ne me voyaient pas, ne cherchaient pas à en savoir plus sur moi ou sur les autres élèves...

Ma confession provoque un changement d'attitude chez lui et il se redresse pour s'asseoir, le visage soudain sérieux. J'en profite pour regarder l'océan, mal à l'aise de le sentir aussi attentif.

– Ma vie n'a pas toujours été rose. Je ne dis pas qu'elle a été aussi difficile que pour d'autres, mais elle n'a pas été facile. Mon beau-père...

Je m'interromps, prise de court par l'émotion que sa mention provoque.

– Mon beau-père était un homme politique reconnu, apprécié. Il a épousé ma mère quand j'étais toute petite et m'a adoptée.

Jamie ne dit rien et se contente de m'écouter.

– J'avais 4 ans quand il est officiellement devenu mon père légal. Mais il a beau avoir porté le titre de père, il n'en a jamais eu l'attitude...

Ma voix devient grinçante quand je parle de lui, comme à chaque fois. Et pourtant, je n'ai dû l'évoquer que très peu de fois avec des personnes étrangères à mon entourage.

– Je devais être parfaite. Une enfant modèle. Avoir de bonnes notes, me tenir bien en public pour ne pas risquer de ternir son image. Et ses méthodes pour me former ont été... peu conventionnelles.

J'essaie de garder une certaine distance par rapport à

ce qu'il m'a fait. J'essaie de trouver les mots pour ne pas en dire trop.

– Et ça a fonctionné. J'étais une enfant exemplaire. Pas un cheveu de travers, jamais une seule tache sur mes vêtements, des A dans toutes les matières, des éloges de mes professeurs sur mon comportement en classe, la petite fille modèle… Mais à l'intérieur… je hurlais.

Mes lèvres tremblent alors que j'exprime tout haut ce que je vivais tout bas à l'époque. Mes jambes et mes bras se mettent à convulser et je serre mes genoux plus fort pour endiguer la réaction de mon corps.

– J'appelais désespérément à l'aide, continué-je en sentant mes yeux s'emplir de larmes. J'essayais d'attirer le regard de tous les adultes qui croisaient mon chemin. J'essayais de capter leur attention, de leur faire comprendre que j'étais en danger, que j'avais besoin d'aide, que j'avais besoin qu'on me protège… Mais personne ne m'a vue.

Je tremble et inspire plus fort pour me ressaisir.

– Ils ont tous fermé les yeux. Ils n'ont fait que regarder à travers moi, sans chercher à en savoir plus. J'étais transparente. J'ai espéré tellement longtemps que quelqu'un me voie enfin, mais ça n'est jamais arrivé. Et je rentrais tous les soirs chez mon bourreau, avec les encouragements de mes professeurs.

Je ris d'amertume en me frottant le front. J'ai autant honte de cette petite fille naïve qui croyait qu'un adulte était censé la protéger, que de la peine pour elle.

– Je me suis juré de ne jamais laisser ça se produire de nouveau. Quand j'ai cherché à savoir ce que j'allais faire de ma vie, j'étais totalement perdue. Je ne savais pas ce que j'allais faire, qui j'allais être… Et un jour, ma sœur m'a suggéré d'être l'adulte que j'aurais voulu rencontrer. Ça a été comme une explosion dans mon crâne, et j'ai compris que je devais être l'adulte qui aurait dû me protéger.

Je mime une détonation avec mes mains et enchaîne sans respirer :

– C'est pour ça que j'ai choisi ce métier. J'aurais pu être assistante sociale, mais j'ai décidé d'être institutrice, pour être celle vers qui les enfants se tourneraient en cas de problème, pour être un rocher pour eux, une personne de confiance. Je veux être celle qui les *verrait*. Celle qui pourrait changer leur vie s'ils en avaient besoin. Je ne veux plus être cette petite fille désespérée, je veux être l'adulte qui l'aurait protégée, l'adulte dont elle a eu besoin et qui n'est *jamais* arrivé !

J'ai du mal à reprendre mon souffle et il me faut un long moment avant de réussir à respirer correctement. Mon cœur tambourine si fort dans ma poitrine que j'ai presque l'impression qu'elle va s'ouvrir en deux, et il résonne de façon assourdissante dans mes tympans, au point de me troubler la vue. Je ferme les yeux et ravale l'amertume que cette explication a réveillée, en serrant les dents si fort que je me fais mal à la mâchoire. Je ne pensais pas que raconter tout ça serait aussi difficile, autant physiquement que mentalement.

J'ouvre la bouche pour essayer de parler, de combler le silence lourd qui suit mes paroles, mais Jamie me devance.

– Tu l'as été.

Je cligne des yeux et tourne mon visage hagard vers lui.

– Tu l'as été, reprend-il. Pour Lorenzo. Et Liz.

J'ai un moment de doute en l'entendant évoquer sa sœur.

– Non. Lorenzo n'avait pas besoin de moi. Il était déjà protégé, murmuré-je en détournant les yeux.

– Pardon ? s'exclame-t-il, visiblement en désaccord avec moi.

Je secoue la tête et l'observe. Il fronce les sourcils et ses cheveux indisciplinés volètent dans la brise matinale qui vient de l'océan.

– Il vous avait, vous, expliqué-je enfin, en souriant à peine. Sa maman qui prenait les coups à sa place, et toi et ton père, qui vous êtes chargés d'éloigner définitivement la menace.

Je baisse le regard et inspire profondément avant de prononcer la fin de ma phrase :

– Ma mère ne m'a jamais protégée. Elle a préféré détourner les yeux. Elle fermait la porte de ma chambre quand mon père venait me punir et allait dans l'autre aile de la maison pour ne pas m'entendre hurler…

Le silence lourd qui suit ma phrase me tombe dessus comme une chape de plomb. Les larmes jaillissent avec force, de façon tellement inattendue que je sursaute et essuie mes joues d'une main tremblante avant de froncer les sourcils, incrédule, en observant mes doigts humides.

Je n'avais plus pleuré à cause d'elle depuis si longtemps… Je croyais m'être sortie de cette spirale, je pensais avoir enfin laissé derrière moi mes espoirs d'enfant de voir ma maman prendre soin de moi. Je croyais avoir fait une croix sur elle, définitivement. Apparemment, le chemin est encore long. Je pensais avoir trouvé la fin, alors que j'étais juste bloquée dans une impasse.

J'éclate d'un rire nerveux en me passant une main dans les cheveux, détruisant un peu plus ma coiffure, autrefois si parfaite.

– C'est con, hein ? prononcé-je d'une voix tremblante en me forçant à sourire.

Tout pour éviter son regard de pitié.

Je ne serai plus jamais une victime, plus jamais du mauvais côté de la barrière. Et pour ça, j'ai besoin d'être forte. Et puissante.

Laisser mes émotions prendre le dessus serait comme abandonner et donner la chance au destin de me briser.

Et il en est hors de question.

– Ouais… très con, murmure-t-il en réponse.

Il a l'intelligence de ne pas approfondir le sujet et je lui en suis reconnaissante.

– Bon, c'est pas tout ça, mais je me caille, déclare-t-il en se levant et en époussetant le sable sur son jean. On rentre ?

J'exhale discrètement de soulagement. Je ne vais pas

avoir à changer de sujet et à feinter pour parler d'autre chose. Je déplie mes jambes pour me redresser mais sa main surgit dans mon champ de vision. Je l'observe, attentive à son visage. Est-ce qu'il va exprimer de la pitié ?

Rien. C'est comme si ce que je venais d'avouer n'avait jamais existé.

Je saisis sa main. La mienne paraît si petite à côté. Et il m'aide à me relever d'un geste souple. Je perds un peu l'équilibre en me levant et je tiens à peine sur mes pieds, mais visiblement assez pour que Jamie me stabilise en posant la main sur mon épaule. Je redresse les yeux pour le remercier machinalement et je croise les siens. Gris orageux. Aussi gris que la couleur de l'océan en pleine tempête.

Et je m'immobilise.

À cet instant même, je la sens. Cette connexion. Et je sais exactement ce qui se passe.

Il me voit.

Différemment.

Et après cette soirée, peut-être que moi aussi…

Mon estomac twiste rapidement en rivant mon regard au sien. Je reste stoïque et le fixe alors qu'il fait de même. Puis il caresse ma main du bout des doigts avant de la lâcher et se retourne pour rejoindre sa moto. J'observe le dos de ma main, sur lequel le passage de ses doigts a provoqué des picotements, incrédule. Puis je lui emboîte le pas sans dire un seul mot.

Il enfourche l'engin, me tend le casque sans parler et je m'installe derrière lui après qu'il l'a ajusté sur ma tête.

Il démarre d'un geste sec du pied et je me cramponne à lui pour suivre le mouvement du trajet.

Il me dépose devant l'immeuble, toujours aussi silencieux, et repart sans même un seul regard après que je lui ai rendu son casque. Je me retrouve comme une idiote devant l'entrée, encore un peu perdue par le déroulé des dernières heures, et surtout cet échange de regards.

Qu'est-ce qui a bien pu se passer ? Hier, je pensais faire

une déposition au poste de police. Au final, j'ai passé la nuit à casser une voiture et j'ai dansé non-stop avant de regarder le lever du soleil sur une plage avec lui.

Je ne comprends plus rien.

Encore moins cette certitude que j'ai eue quand il a vu en moi. C'est comme s'il cherchait à me faire comprendre qu'il n'était pas comme les autres. Qu'il m'avait vue, en entier.

Ce n'est pas la première fois qu'il le dit. Plus souvent pour me faire comprendre qu'il sait que je suis une garce qui cache son jeu derrière une image lisse. Mais tout à l'heure, c'était différent.

Inhabituel.

L'instant n'aura duré que quelques secondes, mais la sensation de chaleur qui a envahi ma poitrine juste après, elle, brûle encore. Je remonte chez moi comme un zombie et fonce sous la douche. L'eau chaude réveille mes membres engourdis et je la laisse de nouveau laver mes larmes. Je continue de pleurer sous la douche quand les souvenirs de ma vie heureuse, ma vie avant *lui*, avant qu'il n'épouse ma mère, défilent dans mon cerveau comme dans un kaléidoscope. Quand je sors, je me sens mieux. Vidée de nouveau.

Mais vivante.

Je m'enroule dans une serviette épaisse et enfile mon peignoir en éponge par-dessus. Je ne cherche pas à m'habiller ou me sécher les cheveux. À la place, je me glisse sous la couette et laisse la fatigue m'assommer.

Quand je me réveille, le soleil est haut dans le ciel. Je regarde machinalement l'heure. 14 h 30.

OK, j'avais sommeil. J'avale rapidement quelques restes dans mon réfrigérateur, assise à table en regardant la télé d'un œil absent. Je ne sais pas trop quoi faire de cette journée déjà bien entamée. Je tourne machinalement la tête vers le mur mitoyen, celui qui me sépare de Jamie. Je sais qu'il ne travaille pas cette semaine mais qu'il est sûrement parti en vadrouille avec Lorenzo.

Donc il n'est pas chez lui.

Une pointe de déception traverse mes pensées. Bientôt

suivie par une chaleur localisée dans mes joues. Non mais qu'est-ce que j'espérais ?

Je rougis comme une tomate en réalisant que je me serais bien vue le rejoindre chez lui pour discuter de la soirée d'hier… Ou bien seulement continuer à étudier cette relation étrange qui s'est créée entre nous.

Je suis perdue. Il y a un mois, je le détestais. Il y a quelques jours, je riais avec lui. Et aujourd'hui ?

Aujourd'hui, je me languis de le revoir.

Oh, misère…

Je laisse tomber mon visage dans la paume de mes mains, dépitée. Autant être honnête : je commence à avoir des sentiments pour lui, et pas qu'un peu.

Si je veux même être totalement franche, ça fait un petit moment que je le regarde différemment. Et que mon ventre papillonne quand je le vois. Mais ce qui a commencé comme une attirance physique après le rapprochement dans le couloir s'est mué en autre chose.

Son regard perçant quand je lui ai demandé de ne rien dire au sujet de ma présence en tant que bénévole.

Quand il était bien habillé le soir de Noël.

Quand il a spontanément proposé à Liz de garder Lorenzo.

Quand il me souriait en m'invitant à monter sur la voiture d'Henry.

Quand il me prenait dans ses bras pour danser hier soir.

J'y étais tellement bien. Du moment où j'ai décidé de lui faire entièrement confiance, tout était tellement plus agréable. Sa présence, son rire, son regard de tempête, son parfum… Je me suis gavée de toutes ces sensations hier soir.

Ou même avant ?

Je ne sais plus, je n'arrive même pas à réfléchir correctement.

Tout ce que je sais, c'est que mon cœur, mes pensées et mon corps me hurlent d'aller frapper à la porte de son appartement. De nouveau, j'observe intensément le mur qui nous sépare, avec l'envie intense de le détruire brique par brique. J'ai envie d'en savoir plus sur lui, de connaître cette version de Jamie que j'ignore encore…

La sonnerie de mon téléphone me fait sursauter et je rougis de plus belle en voyant le nom qui s'affiche. Je me racle la gorge et réponds d'une voix que j'espère normale :

– Salut, Nolan.

– Eh, Leah ! Bien rentrée hier ? demande-t-il d'une voix enjouée.

Il n'a même pas l'air fatigué. Cet homme est increvable.

– Tout à fait, confirmé-je. Jamie m'a déposée tôt ce matin devant le bâtiment.

– Nickel. Dis, juste pour te rappeler, aucun mot sur ce qui s'est passé hier chez Bruce, hein ?

– Bruce ? le questionné-je sans savoir de qui il parle.

– Le propriétaire de la casse.

– Aaaaah, je comprends. Non, bien sûr, je ne dirai rien, promis.

Il souffle de soulagement à l'autre bout du fil.

– OK, super ! C'est cool. Merci, Leah ! Parce que avec les combats, si Jamie se fait choper, ça pourrait partir en live pour nous deux !

La mention des combats illégaux de Jamie allume une ampoule dans mon esprit ! Putain, mais oui !

– En parlant de ça… C'est quand son prochain combat ?

Silence.

– Pourquoi tu veux savoir ? demande-t-il, suspicieux.

– Je veux y assister, avoué-je d'une voix que j'espère neutre.

Nouveau silence.

– Je ne pense pas que ce soit une bonne idée…

– Et moi, je pense que je peux aussi tout balancer pour hier soir.

Oui, c'est de l'intimidation, et je l'assume. Il faut savoir jouer de ses atouts quand on veut gagner.

– Tu me fais chanter, là ? s'exclame-t-il d'une voix estomaquée.

– Oui, monsieur.

Ma voix ne tremble pas. Je suis certaine de moi et ça me donne un sentiment de puissance très agréable. Je sais pourtant à qui je m'attaque. À Nolan. Il connaît une partie de la pègre de Boston, mais à force, j'ai appris à le connaître, lui, et je sais qu'il m'apprécie. Je ne risque rien non plus avec lui.

– Oh, putain! éclate-t-il de rire. Tu sais que je traîne avec des mecs qui sont capables de te faire disparaître dans l'océan avec des blocs de béton?

– Je sais et j'espère que vous avez d'autres sujets de conversation que vos sorties de pêche quand vous prenez le thé ensemble.

L'hilarité provoquée par ma réponse me fait sourire. Il rit d'une voix forte et spontanée. C'est agréable à entendre parce que ce n'est pas contrôlé ou feint.

– Jamie va me tuer… ricane-t-il après s'être calmé. Mais l'idée de voir sa tronche s'il t'aperçoit dans le public est tentante, je dois l'avouer…

– Alors? insisté-je de nouveau.

Il réfléchit encore quelques secondes avant de lâcher le morceau:

– Ce soir, vingt-trois heures dans mon pub. Passe par la ruelle à droite de l'entrée et frappe cinq fois à la porte. Tu dis que tu me connais et je viendrai te chercher.

Un sourire victorieux étire mes lèvres.

– Mais PAS UN MOT pour ça non plus, OK? Et c'est deux cents dollars le droit d'entrée.

– Quoi?!

– Bon, OK, cent dollars.

Je reste silencieuse un instant. Il me rappelle certains de mes élèves qui essaient de me raconter des mensonges quand ils n'ont pas fait leurs devoirs. Le mieux, c'est de ne rien dire et d'attendre qu'ils avouent d'eux-mêmes.

– OK, OK! Cinquante dollars…

Mieux.

– Vingt-trois heures ce soir, confirmé-je. Je serai à l'heure. Tenue correcte exigée?

Il ricane à ma question ironique.

– Je dirais plutôt l'inverse. Je ne sais pas à quoi tu t'attends, Leah, mais je préfère te prévenir : tu ne vas pas côtoyer la crème de la crème de Boston ce soir…

– Un conseil sur la conduite à tenir ?

Il semble réfléchir un instant.

– Fais-toi discrète mais n'aie pas peur de hurler si on t'emmerde. Je viendrai t'aider si tu as besoin.

– C'est noté. À ce soir.

– À ce soir, Leah. J'ai hâte de voir ce que ça va donner…

Et moi donc.

28

Leah

22 h 59.

Je frappe cinq fois à la porte arrière du pub. Il fait froid et je grelotte dans mon manteau. Je ne suis pas encore totalement certaine d'avoir pris la bonne décision et pourtant, je me trouve devant la porte dérobée du bar de Nolan, à l'heure. Elle s'ouvre dans un fracas qui me fait sursauter et je fais face à un immense molosse.

– C'est pour quoi ? aboie-t-il d'une voix peu accueillante.

– Pour le combat. Je connais Nolan.

J'ai répondu sans trembler et la tête haute. J'espère montrer que je sais ce que je fais et que je ne suis pas là par hasard. Il hoche la tête en s'effaçant pour me laisser entrer.

– Je vais le chercher. Restez là, m'ordonne-t-il.

J'obéis sagement et me colle contre le mur, légèrement en retrait. Il disparaît par un couloir et cinq minutes plus tard, le visage souriant de Nolan me fait face.

– Eh ! Prête à entrer dans l'arène ?

– Tant que je ne sers pas de pâture aux lions… grincé-je en réponse.

– Ça, je ne peux pas le promettre… répond-il avec un clin d'œil.

Parfait. Je le suis docilement quand il me fait signe. Le gorille à l'entrée me bloque néanmoins le passage et je comprends sans avoir besoin d'explications. Je sors les cinquante dollars en espèces de mon sac et les lui tends. Il s'en empare dans ce qui ressemble à un grognement et hoche la tête après avoir vérifié le montant.

Nolan se met en marche et je lui emboîte le pas. Nous avançons dans le couloir opposé jusqu'à une porte. Plus je me rapproche et plus le bruit ambiant devient puissant. C'est comme si une rave-party se déroulait derrière. Nolan s'immobilise et me retient par l'épaule.

– OK, Jamie ne passe pas avant deux autres combats. Si tu veux parier, tu dois aller voir Franklin. C'est le blond avec une balafre qui est assis à une table dans le fond de la salle. Mais je serais toi, j'éviterais de le faire, sauf si tu es certaine de ta victoire. Si tu n'as pas de quoi payer tes dettes, il saura venir te voir mais ne sera pas aussi sympa que moi.

– OK, c'est noté. Personne ne me mettra dehors si je ne parie pas ?

– Non, t'inquiète. Beaucoup viennent juste pour voir le spectacle et des mecs se faire détruire.

– Charmant… marmonné-je.

– Bienvenue dans les bas-fonds de Boston, Leah, chantonne-t-il en ouvrant la porte devant moi.

Le bruit explose dans mes oreilles, et une odeur âpre de fumée de cigarette vient brûler ma gorge et piquer mes yeux. Je retiens une grimace tant bien que mal et avance dans la salle comble. J'observe les lieux avant de m'enfoncer dans la foule quand Nolan ferme derrière moi. Il n'y a pas d'arène à proprement parler, juste une sorte de piste, délimitée par des parpaings au sol, au milieu de laquelle deux hommes se battent. L'un est en short de boxe et chaussures de sport tandis que l'autre se bat directement en jean et pieds nus. Tout autour se presse une assemblée totalement disparate. Des ouvriers encore en tenue de travail, des hommes d'affaires en costume, des femmes en minijupe, d'autres en tenue décontractée… Je suis ébahie par la multitude de profils présents dans la même pièce. Je pourrais aussi bien croiser une mère de famille qui hurle, la bave aux lèvres, qu'un requin de la finance qui balance des billets comme s'il jetait des cacahuètes aux singes d'un zoo.

C'est fascinant. D'un point de vue anthropologique et social. Je m'attendais à un groupe assez défini, et je suis ébahie de voir autant de personnalités différentes. J'aperçois bien vite le fameux Franklin au fond, assis derrière une table. Son regard noir et menaçant ne m'inspire pas et je comprends bien qu'il faut rester loin de lui. Je fais le tour de la pièce en m'éloignant de sa table pour trouver une place d'où je pourrai observer les combats plus facilement. J'arrive à me glisser entre deux jeunes femmes qui hurlent en brandissant des liasses de billets pour encourager le poulain sur qui elles ont parié. Elles portent encore leur tenue de travail si j'en crois le badge épinglé sur leur veste bleu marine. Je réussis à éviter de justesse deux spectateurs qui s'empoignent par le col et basculent au sol dans un déferlement de violence. Je recule et me colle au mur en les voyant se battre avant d'être maîtrisés par deux molosses, identiques à celui de l'entrée, qui les sortent manu militari de la salle dans l'indifférence générale.

Mon cœur bat fort et vite, sous l'effet de l'adrénaline. Mon cerveau s'est mis en mode « survie » et la présence d'autant de personnes galvanisées par l'agressivité ambiante n'aide pas à réfléchir correctement. J'inspire un bon coup pour me remettre en mouvement et réussis à trouver un spot assez bien placé et en retrait. Je retire mon manteau. Il fait très chaud dans la salle et je regrette d'avoir mis deux couches en dessous. Je garde mon sac en bandoulière et suspends mon manteau par-dessus pour le cacher aux yeux de mes voisins.

Quand je suis enfin installée, je continue d'étudier les environs. L'homme en short au milieu est visiblement en train de perdre, si j'en crois son regard hébété et le nombre de coups au visage qu'il reçoit. Il tombe enfin à terre sous des hurlements, pour moitié surexcités et pour d'autres, dépités. Ce qui semble être un arbitre se précipite pour empêcher son assaillant de continuer de le rouer de coups au sol avant de vérifier l'état du pauvre quidam et de valider sa défaite sous les acclamations de ceux qui avaient eu le nez de parier sur l'homme en jean. Un fourmillement s'opère alors qu'on vient déplacer le corps inerte du perdant et que le vainqueur se voit offrir une bouteille d'eau pour boire et nettoyer les plaies ensanglantées de son visage. Une sueur froide dévale ma colonne vertébrale à la vue de ses plaies. Il sourit à travers les traînées rouge foncé et mon estomac twiste. Je sais reconnaître les personnes malsaines et celui-ci en fait définitivement partie.

Leur sourire de malade, après un déchaînement de violence pure, est un indicateur sans faille. Mon beau-père soufflait toujours après m'avoir frappée. À chaque fois, je me sentais souillée. Il n'a jamais abusé sexuellement de moi, mais il prenait clairement son pied à me frapper, et ça semblait lui suffire pour ne pas passer à l'acte. Ce souvenir fait remonter la bile dans ma gorge et je dois user de toute ma force pour ne pas vomir. Le gagnant rit et se permet même de donner un dernier coup de pied dans les jambes de l'homme à terre alors qu'il est évacué. Je détourne les yeux, écœurée.

Un malade mental... Un psychopathe... Comme celui qui m'a élevée.

En moins de deux minutes, un nouveau participant entre en scène et l'arbitre signe le début d'un nouveau combat contre l'homme en jean quand je daigne enfin regarder de nouveau.

Je ne saisis pas trop comment s'organisent les combats et j'interpelle une des jeunes filles en tenue de travail.

– Eh ! Désolée de te déranger, c'est ma première fois ici, annoncé-je d'entrée. Pourquoi l'homme en jean continue de se battre ?

– Il continue tant qu'il gagne. Et celui qui reste jusqu'au bout aura le droit de se battre contre le champion, m'explique-t-elle en hurlant presque.

– Le champion ? demandé-je, interloquée.

Ses yeux pétillent à ma question.

– Il est revenu dans l'arène il n'y a pas longtemps. C'est une des légendes du coin dans les combats clandestins. Il n'a aucune limite et peut détruire un mec en trois crochets !

La description me semble familière et j'ai peur de demander le nom du fameux champion. Bien que je pense avoir deviné…

– Et il a lieu quand, le combat avec le champion ?

Elle sourit jusqu'aux oreilles.

– C'est le prochain !

Une alarme s'allume dans ma tête. Nolan m'a prévenue que Jamie passait dans deux combats. S'il comptait déjà celui en cours, dans ce cas… Jamie est bien le champion[1].

Mon rythme cardiaque s'accélère à cette mention tandis que les deux filles discutent avec animation du « champion » en question. Mes yeux se rivent sur le combat en cours. J'observe les deux assaillants, espérant voir une trace de fatigue chez celui en jean. Son acharnement sur le précédent combattant m'a glacé le sang. On voyait clairement qu'il prenait du plaisir à continuer de le frapper alors que l'autre était déjà K.-O.

J'espère sincèrement qu'il sera battu et que Jamie n'aura pas à l'affronter. Malheureusement pour moi, ce combat se finit bien vite par une nouvelle victoire. Le combattant qui venait d'entrer se prend un crochet dans les côtes suivi d'un uppercut qui lui fait cracher du sang. La vue d'une nouvelle giclée de liquide pourpre provoque un raz-de-marée d'encouragements. Je suis des yeux la flaque de sang qui s'agrandit quand l'homme tombe à terre, inconscient. L'homme en jean est de nouveau retenu alors qu'il continue de s'acharner sur son adversaire.

J'ai l'impression d'être une alien au milieu du public. Je reste immobile, le visage neutre face à la fureur qui s'étale devant moi, dégoûtée de ce dont je suis témoin, alors que le public saute et hurle, galvanisé par cette atmosphère putride.

Je n'ai clairement rien à faire ici. J'ai vécu une bonne partie de ma vie dans la violence et les sévices. J'ai tout fait pour y échapper et les gens, ici, viennent pour ça. Ils recherchent ça.

1. Je conseille d'écouter « Holy Water » de Zayde Wolf en fond sonore.

C'est immoral.

Je suis sur le point de reculer. Mon pied amorce un premier pas en arrière, puis un second, puis…

Je m'immobilise quand Jamie sort de derrière la foule, sous un tonnerre de rugissements autour de moi.

Mon cœur manque un battement en l'apercevant et je me recule un peu plus pour m'effacer dans l'ombre. Assez loin pour ne pas être vue, mais assez près pour le voir, *lui*.

J'avais peur de ce que j'allais découvrir. Est-il comme ce taré qui prend son pied à faire souffrir les autres ? Il y a quelques mois, j'aurais répondu « oui » sans hésiter, mais aujourd'hui… Je rive mes yeux à son visage et ce que j'y lis me rassure. Il exprime un profond dégoût. Je le vois suivre du regard l'homme qui est évacué et serrer la mâchoire avant d'enfin s'abaisser à faire face à l'homme en jean. Ce dernier rit comme un hystérique et défie Jamie en mimant une masturbation.

Une grimace de répulsion tord ses lèvres et il ferme les yeux en étirant sa nuque. Je peux entendre jusqu'ici les jurons italiens défiler dans sa tête. Une douce chaleur court dans ma poitrine quand je vois enfin celui qu'il est : il ne le cache pas, il sait user de sa force. Mais Jamie n'use de la violence que lorsqu'il la juge justifiée.

J'ai été malgré moi la cible de sa colère, assez pour en souffrir, mais pas assez pour me blesser. Et maintenant que nos relations sont enfin apaisées, c'est une tout autre tension qui s'est invitée. Mes yeux le dévorent. Je me nourris de la vue de son corps musclé et bandé, prêt à en découdre. Il porte son éternel pantalon de jogging gris pâle. La casquette vissée à l'envers sur sa tête et le torse nu. Son visage grave n'émet pas d'autre émotion que de la pitié pour celui qui lui fait face.

Nolan le saisit par l'épaule alors que l'arbitre rejoint la piste. Jamie lui confie sa casquette et son ami lui murmure quelque chose à l'oreille en désignant l'homme en jean de la tête. Je vois mon voisin hocher la tête avant de s'avancer.

Je retiens mon souffle alors que le combat est imminent.

Je sursaute quand l'une des filles me saisit par le bras.

– C'est lui ! C'est le champion !

Sa voix est surexcitée et ses yeux brillent d'euphorie. Je comprends que je ne suis pas la seule à me repaître de la vue. Je balaie la foule du regard. Les hommes hurlent d'exultation, et les femmes… Les femmes s'embrasent. Une fièvre s'est répandue dans l'assemblée à son arrivée, comme une traînée de poudre.

C'est comme si les hommes voulaient être lui et que les femmes le voulaient en elles. Une pointe de jalousie me tord l'estomac à la vue de la passion qu'il provoque. Une femme se jette sur lui pour coller son opulente poitrine à son bras et tente de l'embrasser de force. Mais Jamie la repousse gentiment et Nolan s'occupe de l'éloigner, malgré ses gémissements dépités.

Ma salive reste bloquée dans ma gorge. Pendant un court instant, je me demande de nouveau ce que je fais ici.

Je ne sais pas ce à quoi je m'attendais. Qu'est-ce que j'y gagne ?

Je sursaute quand l'homme en jean se rue sur Jamie avant même que soit sifflé le début du combat. Mes yeux s'écarquillent et ma respiration se bloque jusqu'à ce que Jamie évite l'attaque et riposte par un coup de genou dans le ventre de son assaillant. Je lâche un souffle haché, rassurée de le voir prendre le dessus dès le début. Mais rien n'arrête le psychopathe en face de lui et le combat recommence, plus violemment.

Jamie n'évite pas tous les coups mais en donne plus qu'il n'en reçoit, ce qui me rassérène. Je l'admire, lui, sa force brute et tranquille, parer, frapper et riposter. L'un de ses uppercuts fait vaciller son ennemi d'un soir, ce qui entraîne une nuée de papillons dans mon ventre. Mon esprit enregistre tout, réfléchit à l'issue du combat. Mais mon corps ?

Mon corps se liquéfie.

Ma poitrine se soulève avec difficulté, autant par angoisse que par délectation.

Je prends du plaisir à le voir se battre. À le voir détruire le dépravé en face de lui, petit à petit, comme s'il détruisait tous ceux qui lui ressemblent. Mon beau-père, Henry…

Je ressens la même satisfaction que le soir où j'ai fracassé la voiture avec lui. Il le broie, morceau par morceau, et avec lui les mauvais souvenirs qui y étaient attachés.

Je ne sais plus si je l'observe se battre contre l'ignoble inconnu qui me révulse ou contre mon beau-père. Mon persécuteur personnel. Les images se chevauchent dans mon esprit et ce n'est plus un crâne rasé à blanc qui se prend des coups, mais la chevelure blanche éclatante de celui qui m'a autrefois brisée. C'est son corps empâté avec l'âge qui reçoit une dérouillée sous mes yeux. Ce sont ses yeux bleu acier, qui ne reflétaient aucune émotion à part quand il me frappait, qui sortent littéralement de leurs orbites quand le poing de Jamie le plie en deux et qu'il l'achève au point de le mettre à terre.

Ma respiration s'accélère, le sang rugit dans mes veines et j'avance sans même m'en rendre compte vers la piste, un pas après l'autre, attirée par le spectacle comme un insecte par la lumière. Je suis hypnotisée par lui. Je n'entends plus les spectateurs qui s'égosillent, les billets qui volent alors que Jamie est encore debout, la lèvre ouverte, mais debout.

Il l'a vaincu.

Mon cœur bat tellement fort qu'un bourdonnement s'empare de mes oreilles et ma vision s'étrécit pour ne plus voir que lui.

Il tourne autour de son adversaire et l'observe alors qu'il a du mal à se relever.

Je suis maintenant en pleine lumière, au bord de la piste de fortune.

C'est là qu'il me voit.

C'est comme s'il avait senti ma présence.

Ses yeux gris orage, en partie recouverts par ses cheveux humides de sueur, s'accrochent aux miens et je peux y voir la surprise quand ils s'écarquillent à peine. Le temps semble se suspendre pendant un court instant. Je vois ses pensées tourner à plein régime. Il se demande sûrement ce que je fais là, la raison de ma présence, ce que je peux bien penser de lui après cette démonstration de puissance brute et gratuite.

Je serais bien incapable de lui répondre.

Je suis encore en train de digérer tout ce que je viens de voir, et d'accepter d'avoir été physiquement éveillée par le spectacle. Beaucoup plus que tout ce que j'ai pu ressentir.

Et si finalement j'étais vraiment consciente ?

J'ai l'impression d'avoir été endormie, anesthésiée pendant tant d'années. Ce soir, les moindres récepteurs de mon corps sont en alerte maximale. Sa présence, les gouttes de sueur qui ruissellent sur ses joues et chutent depuis la falaise de sa mâchoire pour venir s'écraser sur le haut de son torse.

Son odeur.

Le mouvement de sa respiration saccadée, assez profonde pour soulever ses épaules athlétiques.

Les sillons de son ventre qui suivent les angles saillants de ses abdominaux.

Tout, je mémorise tout.

Pour m'en souvenir plus tard.

Pour l'enregistrer à tout jamais. L'imprimer sur ma rétine et pouvoir me le repasser mentalement quand je serai seule et en manque de lui…

Un mouvement dans mon champ de vision me sort de ma léthargie et je n'ai pas le temps de prévenir Jamie. L'homme en jean l'attaque par-derrière, profitant de son inattention pour le prendre en traître. Il le frappe violemment dans le bas du dos et Jamie s'effondre à genoux en jurant de douleur devant moi, impuissante. J'essaie de crier mais je n'y arrive pas. Tout ce que je réussis à faire, c'est ouvrir la bouche de stupeur et reculer d'un pas quand son agresseur lui tombe dessus en profitant de la surprise pour lui marteler le flanc de coups de pied.

Je reste pétrifiée en le voyant se protéger tant bien que

mal alors que son adversaire le roue de coups en hurlant d'une joie malsaine.

Relève-toi ! Relève-toi, bon sang !

Je ne sais pas si j'ai hurlé cet ordre et si Jamie m'a entendue, mais l'instant d'après, il saisit le pied de son assaillant à deux mains et le tord dans un angle anormal. L'homme en jean hurle de douleur et s'effondre à son tour. Mon champion en profite pour se relever rapidement et s'asseoir sur lui avant d'enchaîner les coups de poing au visage.

Je vois des gouttelettes de sang éclabousser son visage déformé par la fureur. Il jure et frappe, encore et encore, jusqu'à ce que la tête de l'homme en face ne puisse plus se redresser.

Ça y est. Il l'a mis K.-O.

Mais contrairement à lui, au lieu de continuer, il suspend son geste quand il remarque enfin que sa tête dodeline en arrière quand il la soulève. À la place, il le lâche et se penche pour lui murmurer d'une voix méprisante :

– T'as perdu, connard…

L'instant qui suit est irréel. L'arbitre siffle la fin du combat, la foule transgresse la règle implicite de ne pas entrer sur la piste et tous se ruent sur Jamie en le secouant pour le féliciter alors qu'il se lève. Je suis noyée dans l'attroupement et Jamie disparaît de mon champ de vision. C'est comme si on m'avait réveillée d'un claquement de doigts. Il ne m'appartient plus, il est maintenant à l'assemblée. Si pendant un court instant je ne voyais plus que lui, je réalise à présent que nous ne sommes pas seuls.

J'en profite pour m'éclipser.

J'ai vu ce que je voulais voir.

Je sais qu'il va me chercher du regard. Voire me chercher tout court. Mais je préfère rentrer. Je passe par la porte d'où je viens, remonte le couloir et fais un signe rapide au mastodonte quand il m'ouvre la porte pour sortir.

L'air froid me gifle.

Je m'arrête pour inspirer à pleins poumons et m'appuie

contre le mur en brique. J'étais presque en apnée là-bas. La multitude d'odeurs, le mélange des parfums, la sueur, la cigarette, l'odeur du sang…

Tout ça s'est mélangé et m'a embrouillé l'esprit.

Je pose une main fébrile sur mon cœur battant en récupérant mon souffle petit à petit.

Je l'ai fait.

J'étais terrifiée à l'idée de faire face à tant de violence et de partir en crise de panique. J'avais même hésité à venir, incertaine de la façon dont j'allais réagir.

Mais j'ai résisté.

Je n'en sors pas indemne mais je n'ai pas eu besoin de faire d'exercices de respiration.

J'ai tenu bon.

Une larme roule sur ma joue. Je ne sais pas si je suis heureuse, triste, rassurée, soulagée ou en proie à un maelström d'émotions qui me bouleversent. J'accueille juste la sensation, les bras grands ouverts.

Je ne suis plus un zombie.

Je ne suis plus amorphe.

Je ne suis plus une survivante.

Je suis vivante.

29

Jamie

Je marche seul dans la rue déserte[1]. Il est presque trois heures du matin et je ne croise personne. De toute façon, avec ma dégaine, je ne risque pas de me faire emmerder. Je porte ma veste en cuir par-dessus mon gilet à capuche. J'ai rabattu la capuche sur ma tête pour masquer un peu la vue de ma pommette bleuie et de ma lèvre fendue. Le bâtard ne m'a pas raté. J'ai été distrait un quart de seconde quand j'ai aperçu Leah, et il en a profité pour me refaire le portrait. Je rentre le menton dans mon pull quand une voiture de police passe pas très loin. Je n'ai pas envie de devoir me justifier sur mon état. Les gardes à vue sur délit de sale gueule, j'ai déjà donné.

Je suis encore perturbé par son regard. Elle était là. Pourquoi ? Je n'en ai aucune idée. Leah n'est pas le genre de fille à finir dans un tournoi de boxe illégal. Elle détonnait tellement au milieu des parieurs surexcités. Ils hurlaient tous avec la bave aux lèvres et les billets dans les mains, alors qu'elle se tenait très droite et digne, sans me quitter des yeux. Je n'arrive pas encore à déchiffrer ce qu'elle ressentait. Du dégoût ? De l'indifférence ? Elle m'étudiait, ça, j'en suis sûr. Mais impossible de savoir ce qu'elle pensait vraiment. Elle me regardait sans ciller, sans sourire, sans grimacer. Quand j'ai finalement mis le mec au tapis, la première chose que j'ai cherchée, ce sont ses yeux. Ils brillaient un peu plus mais je n'arrive pas à savoir si c'était

1. Je conseille d'écouter « The Whole 9 » de Marina Kaye en fond sonore.

d'excitation ou de déception. Puis elle a disparu, engloutie par la foule.

Je ne sais toujours pas ce que j'ai provoqué chez elle. Et honnêtement, je n'ai pas non plus vraiment envie de savoir. Ou peut-être que si ? Pourquoi est-ce que je suis aussi pressé de rentrer si ce n'est pas pour espérer la voir ou la croiser ? Elle dormira sûrement mais, putain, je… Je ne sais pas… J'espère peut-être la croiser pour savoir ce qu'elle a pensé de mon combat. Je l'ai cherchée après avoir quitté le ring mais elle avait disparu, et ensuite j'ai été embarqué par les bookmakers. Ça fait déjà quarante bonnes minutes qu'elle a dû rentrer, alors je me fais peu d'illusions, elle doit déjà dormir.

Alors que je rentre chez moi, légèrement amoché, mais les poches pleines. En arrivant devant l'immeuble, je lève les yeux vers son balcon mais aucune lumière ne filtre par les fenêtres. Je renifle et entre dans le hall de l'immeuble. Je m'arrête rapidement devant la boîte aux lettres de Liz et glisse l'enveloppe pleine dedans. Je sais qu'elle me hurlera dessus demain mais je m'en fous. J'attends que l'ascenseur arrive pour y monter. Je m'appuie contre la paroi en métal. Putain, il m'a foutu plusieurs crochets dans le flanc qui me font sacrément douiller. Je dois avoir un énorme bleu au niveau des côtes. Heureusement que c'est de l'autre côté. S'il m'avait frappé à droite, je me serais peut-être pété la côte déjà fissurée. Heureusement qu'il était droitier. Nolan m'avait rassuré là-dessus en m'assurant que je risquais moins de me faire perforer un poumon avec un droitier. Il avait raison, ce con.

Je ris doucement en grimaçant quand la douleur irradie. Je deviens trop vieux pour ces conneries. Je soupire en posant l'arrière de mon crâne contre la cloison. Je ferme les yeux un quart de seconde en sentant la fatigue m'envahir. Finalement, je ne suis pas mécontent de rentrer dormir… Le sursaut de l'ascenseur en arrivant à mon étage me réveille et je me redresse pour sortir. Le palier est plongé dans l'obscurité et l'immeuble entier est silencieux. J'avance doucement sur la moquette qui recouvre le sol et m'arrête en arrivant devant la porte de Leah.

J'hésite à sonner… Putain, j'hésite vraiment.

À la place, je me penche en avant pour tenter d'écouter ce qui se passe à l'intérieur. Un son quelconque, un mouvement, n'importe quoi qui me permettrait de savoir si elle dort et si je dois rentrer chez moi, ou si elle est réveillée… Là, je m'autoriserais peut-être à frapper contre le battant…

Mais je n'entends rien. Pas un seul bruit. Le silence absolu.

Je pose la paume de ma main sur sa porte sans rien dire. Je soupire puis baisse les yeux. Rentre chez toi, mec. Ça vaut mieux. Je repars vers ma porte et sors mes clés en jouant avec avant de les insérer dans les verrous. Je les déverrouille, tourne la poignée et ouvre la porte sur un millimètre quand un bruit dans mon dos me fige.

Je reste immobile, la main sur la poignée.

Un bruissement de tissu.

Une respiration.

Mais pas un seul mot.

J'ose enfin regarder par-dessus mon épaule et la découvre, appuyée contre le chambranle de la porte, en train de m'observer.

Et l'uppercut est plus violent que prévu.

Parce qu'elle a détaché ses cheveux…

Je reste comme un con à l'admirer. Ça la change radicalement. Elle apparaît plus douce.

Et mille fois plus hypnotisante.

J'observe les longues mèches qui cascadent jusqu'à sa taille. Putain, ses cheveux sont tellement longs… Je me suis tourné à moitié sans m'en rendre compte et je la regarde alors qu'elle fait pareil. Aucun de nous ne parle. Son visage ne trahit aucune émotion, comme tout à l'heure. Je fais pareil. Du moins, je pense. Je ne suis pas certain d'ailleurs qu'elle puisse voir mon visage alors je rabats ma capuche sur ma nuque. Ses yeux s'écarquillent à peine quand les traces de mon combat apparaissent à la lumière.

Nous restons à nous observer en chiens de faïence, sans parler, jusqu'à ce que la minuterie du plafonnier ne s'arrête et plonge le couloir dans l'obscurité. Je m'avance à grands pas, par réflexe, vers l'interrupteur à côté de sa porte, et lorsque la lumière se rallume, je suis juste devant elle.

Elle lève le visage et me regarde du haut de sa petite taille sans sourciller. J'avance encore, doucement, sans la quitter des yeux, assez pour la forcer à lever le visage si elle veut continuer à me regarder en retour.

Elle agit exactement comme je veux et je m'immobilise à quelques millimètres à peine d'elle. À tel point que je peux sentir la chaleur de son corps à travers mes vêtements. Elle ne bouge pas et m'observe sous ses longs cils alors que je fais de même. J'ai une vue panoramique sur son décolleté de là où je suis et mes yeux dévient bien malgré moi vers la lisière de son débardeur en coton, là où le renflement de ses seins se devine.

Mais ce qui accapare le plus mes yeux, ce sont les mèches de cheveux qui y reposent. Je ne me retiens pas et tends la main pour en prendre une du bout des doigts. J'effleure à peine sa peau au passage. Je suis plus intéressé par le ruban que je viens de capturer. Je le frotte entre la pulpe de mon index et de mon pouce. Ses cheveux sont plus doux que ce que j'imaginais…

Mon geste lui fait légèrement baisser le regard, mais elle remonte bien vite vers mon visage pour m'observer intensément. Surtout ma joue. Je me rappelle alors que ma pommette doit avoir pris une couleur bien moche après le coup de poing que j'ai reçu.

Ses yeux se posent ensuite sur la coupure de ma lèvre inférieure et je me lèche la plaie inconsciemment.

Un éclat dans son regard.

Mais toujours aucun putain de mot.

Leah qui ne parle pas ? Ça me perturbe. Plus que ce que je veux bien admettre.

Je fronce légèrement les sourcils en essayant de décrypter le peu de signaux qu'elle m'envoie quand elle recule doucement et disparaît dans son appartement.

Je reste interdit. Qu'est-ce que…

J'avance prudemment pour la voir de nouveau et j'appuie

mon épaule contre sa porte d'entrée quand je l'aperçois en train d'entrer dans sa petite salle de bains. Sans fermer sa porte d'entrée.

Est-ce que c'est une invitation ?

Vingt secondes plus tard, elle en sort, avec une petite trousse dans les mains. Elle la pose sur la table minuscule qui trône devant sa kitchenette et l'ouvre avant de me regarder de nouveau. La trousse de secours qu'elle avait déjà utilisée pour me soigner. J'aperçois les gazes de coton, les bandes et le désinfectant éclairés par le plafonnier de sa hotte de cuisine.

– C'est pour moi ?

C'est la première phrase depuis qu'elle a ouvert sa porte, et c'est moi qui la prononce d'une voix enrouée. Je m'attends à ce qu'elle réponde mais elle se contente de pencher le visage pour m'observer de biais, et donne un léger coup de tête pour m'inviter à entrer. J'obéis en souriant intérieurement quand je réalise que c'est la première fois que j'y suis officiellement invité.

Elle tire une chaise vers elle et s'éloigne pour se laver les mains. Je prends ça pour un ordre et je retire ma veste avant de la suspendre au dossier, puis m'assois avec docilité. Je tire un peu sur la fermeture Éclair de mon gilet pour libérer ma gorge et pose un bras sur la table en la regardant s'appliquer. Quand elle a fini, elle revient vers moi en s'essuyant avec de l'essuie-tout et le jette dans la poubelle avant de me rejoindre.

J'observe son corps bouger sous son pyjama. Elle porte un pantalon en flanelle à carreaux assez classique et un tee-shirt blanc avec des boutons sur le décolleté, sous un gilet fluide. C'est basique, simple et pas très sexy.

Pourtant, sous la lumière tamisée de sa cuisine, le moindre mouvement de ses courbes et des ombres qui se projettent sur sa peau prend une autre dimension. Ou alors c'est la situation qui me fait prendre conscience de ses moindres faits et gestes. Nous ne parlons pas, alors je la décrypte d'une autre façon. J'examine le grain de sa peau et le mouvement de ses cheveux alors qu'elle se penche au-dessus de moi en attrapant des produits.

L'instant d'après, elle ouvre une unidose de sérum physiologique et en verse sur la coupure de ma bouche en posant une gaze en dessous. Je sursaute à la fraîcheur du produit mais reste sage et immobile. Je la sens m'épier sous ses longs cils et tâche de rester tranquille alors qu'elle tamponne la plaie avec une gaze imbibée de désinfectant. Je grimace quand même alors que l'alcool me brûle à peine. Je la vois sourire, de façon infime. Elle se moque de moi…

Je souris en retour quand elle finit de tamponner la plaie puis applique une noisette de gel sur ma pommette enflée. La sensation de fraîcheur me fait du bien et je ferme les yeux en renversant légèrement la tête en arrière alors qu'elle masse ma joue endolorie. J'y prends même une certaine satisfaction. Et encore plus alors que je la sens se rapprocher peu à peu de moi. Mon corps se tend immédiatement en réponse. Un effluve de son gel douche et mes poings se serrent. La sensation de son souffle qui balaie les cheveux sur mon front et ma mâchoire se contracte. Un effleurement de ses cheveux sur mon cou et mes abdominaux tressautent d'anticipation. Si bien que je grimace sous la douleur dans mon flanc gauche. Je pose une main dessus par instinct en retenant un juron et je la sens se tendre.

– Qu'est-ce que…

– Rien de grave, la coupé-je. Juste un bleu.

J'ouvre les yeux pour la découvrir, sourcils froncés et penchée vers la partie de mon corps que je cache.

– J'ai vu ce qui s'est passé… Montre-moi ça, ordonne-t-elle d'une voix basse mais douce.

Là, c'est mon corps en entier qui réagit. Violemment.

Je ne suis pas prêt pour ça. Si je commence à me déshabiller devant elle, je ne suis pas certain de rester galant. Je me recule en m'appuyant un peu plus sur le dossier de la chaise mais elle le remarque et dévie le regard vers le mien, le visage autoritaire.

– Jamie. Retire ton gilet.

Je lui lance un regard noir pour lui faire comprendre qu'on est en train de rentrer sur un terrain dangereux et truffé de mines. Elle prend des risques. Mais ça ne semble pas la perturber dans sa mission d'aide-soignante improvisée car elle soupire, exaspérée, et tend les mains vers la fermeture Éclair de mon gilet.

Je les saisis juste avant qu'elles n'atteignent leur but. Il est encore moins question que ce soit elle qui me déshabille, putain ! C'est pire que de le faire moi-même.

Elle s'immobilise quand je lui serre les poignets et ouvre ses grands yeux de chaton perdu.

Tu n'as donc aucune idée de l'effet que tu me fais, Duchesse…

Je sens mon sang bouillir dans mes veines à l'idée qu'elle me mette à nu. Aussi bien physiquement que mentalement. Ma respiration s'alourdit alors qu'elle humecte ses lèvres sans même réaliser ce qu'elle fait. J'ai envie de lui sauter dessus, et il me faut toute la volonté du monde pour gentiment repousser ses mains avant de me lever.

Elle me suit des yeux quand je la surplombe. Les miens doivent être noirs. Je l'observe intensément, à la recherche du moindre indice qui me permettrait de savoir qu'elle est dans le même état que moi. J'épie le mouvement de ses iris, celui de sa respiration ou bien la veine qui pulse à son cou. Mais rien. Elle reste stoïque et attend sans parler que je me décide à obéir à son ordre. C'est déstabilisant, putain…

Je me secoue mentalement. Elle veut simplement m'aider. J'ai déjà fini évanoui devant sa porte sous la douleur, pas étonnant qu'elle veuille s'assurer que je ne vais pas recommencer. Je contracte ma mâchoire et descends lentement la fermeture Éclair de mon gilet avant de l'enlever avec précaution pour éviter de raviver la douleur dans mes côtes. Je ne porte rien en dessous, je me suis servi de mon tee-shirt pour éponger le sang sur ma lèvre et la sueur sur mon torse parce que je ne trouvais pas de serviettes. J'ai préféré le jeter ensuite et mettre directement mon gilet à même la peau.

J'étais pressé de partir, de toute façon.

Je baisse les yeux en déposant le gilet par-dessus ma veste en cuir sur la chaise et me redresse face à elle. Je relève le menton et la regarde sous mes paupières à demi baissées. J'ai l'air de faire le fier mais ce n'est pas le cas. Je suis tendu, prêt à subir son jugement. Je ne me fais pas de faux complexes, je sais que je suis gaulé, mais ce soir, je veux qu'elle soit impressionnée. Bien qu'elle m'ait déjà vu torse nu.

Mais là, c'est différent.

C'est la nuit.

Et la nuit, les relations entre Leah et moi sont à part. Le rapprochement dans le couloir, le fou rire dans mon appartement… L'obscurité nous rend plus proches d'une certaine manière. Et à la vue de ma peau, j'ai la satisfaction de la voir déglutir un peu plus difficilement. Une décharge remonte dans mon bassin et booste mon ego à mort quand j'aperçois enfin un signe de déstabilisation.

Chaton… Est-ce que tu aimes ce que tu vois ?

Je baisse le menton et retiens difficilement un sourire quand elle tend une main nerveuse vers le tube de gel à l'arnica. Elle évite volontairement mon regard, ça, j'en suis certain. Je penche la tête sur le côté en l'étudiant, un demi-sourire satisfait plaqué sur le visage.

Je vois presque son cerveau chauffer alors qu'elle verse une noisette de gel dans sa main.

Est-ce que tu vas oser aller plus loin, jolie Leah ?

J'espère tellement… Sa paume s'avance enfin vers moi et je perds mon sourire. Elle va me toucher, à un endroit qui est beaucoup moins sage que ma joue, et je ne sais pas si je vais réussir à garder mon calme. J'ai l'air serein en apparence mais, putain, je suis en train de lutter contre moi-même à l'intérieur !

J'avance à tâtons, dans la pénombre, sans même savoir où je pose les pieds. C'est perturbant. Mais, bordel, ça me grise. J'ai rarement eu autant de sensations sans rien faire. À la simple idée que sa paume se pose sur mon corps, je sens mon duvet se hérisser et le sang fourmiller sous ma peau, prendre possession de toutes mes terminaisons nerveuses.

Elle appuie enfin sa main et je siffle entre mes dents.

J'étais en apnée, presque en transe même, dans l'attente qu'elle me touche. Elle interprète mal ma réaction, retire sa main et lève des yeux anxieux vers moi.

– Je te fais mal ? demande-t-elle.

Je respire avec lourdeur en baissant mon regard vers elle. Je pourrais facilement masquer ma réaction et lui faire croire que c'est de la douleur. Mais je n'en ai pas l'envie.

– Non... réponds-je d'une voix rocailleuse.

Je l'observe plisser les yeux, incertaine. Ce n'est pas le moment pour hésiter, chaton. Je suis trop impatient pour ça, crois-moi... Je décide de reprendre le contrôle de la situation et je lui prends la main d'autorité pour la reposer avec lenteur sur mon corps. Le contact était trop bon pour arrêter maintenant. Elle se laisse faire mais ses prunelles s'assombrissent.

Elle ne me quitte pas des yeux alors que je la relâche, et sa paume reste immobile contre mon épiderme pendant ce qui me semble une éternité. Puis elle bouge... Enfin...

Je déglutis avec difficulté alors qu'elle m'observe franchement en décrivant des cercles lents sur mes côtes. La douleur se mêle à la sensation de plénitude que me procure son contact et ma respiration s'alourdit un peu plus.

La sienne aussi.

Je ferme un instant les yeux en relevant le visage vers le plafond et je la sens baisser les siens vers notre contact quand la pointe de ses cheveux effleure mon ventre.

La chair de poule court sur ma peau et je ne retiens plus rien, pas même la réaction monumentale qui tend mon pantalon. Elle l'a forcément vue. Et elle continue de masser mon flanc. De plus en plus lentement, avec des cercles de plus en plus larges, en s'égarant peu à peu vers mon ventre. Mon nombril sursaute quand elle l'effleure et je baisse les yeux vers elle, le souffle court.

Mais elle ne noue pas de contact visuel avec moi et se contente d'observer les réactions de mon corps alors que je respire avec difficulté. La veine qui tend mes biceps alors que je contracte les poings, ma poitrine qui se soulève à chaque respiration difficile, mes abdominaux qui roulent sous la peau quand elle les survole du bout des doigts…

Putain, Leah…

Regarde-moi…

Mais j'ai beau supplier dans ma tête de toutes mes forces, elle n'obéit pas. Je me mords l'intérieur de la joue pour ne pas lui hurler de tourner le visage vers moi. À la place, je viens poser le dos de mes doigts calleux sur sa main libre. Elle se fige et cesse ses mouvements quand je remonte doucement le long de son bras, en soulevant le tissu, provoquant une réaction épidermique qui me fait réagir encore plus fort. La chair de poule recouvre sa peau nue et suit le trajet de mes doigts alors que j'avance de plus en plus haut, jusqu'à rejoindre son épaule par-dessus son gilet, puis le creux de son cou, là où le coton ne cache plus sa peau.

Le silence de la nuit n'est troublé que par nos respirations. La mienne, lourde, et la sienne, haletante.

J'attends un signe de sa part me permettant de continuer, et j'obtiens enfin ce que j'espère quand elle penche à peine la tête, quelques millimètres tout au plus, mais assez pour m'autoriser l'accès au reste de son corps. Alors j'abandonne le dos de mes doigts pour englober délicatement sa nuque et remonter sur le bas de son crâne. Elle ferme les yeux à mon contact et s'approche instinctivement. Je sens maintenant le tissu de son pyjama contre mon torse, pourtant je ne la serre pas contre moi. Les reliefs de son corps n'épousent pas encore les miens et ça suffit quand même à me faire monter en puissance. Je n'ai pas le souvenir d'avoir été aussi excité un jour en glissant mes mains dans le cuir chevelu d'une fille…

Putain, ses cheveux me rendent fou… Ils sont soyeux et tombent souplement sur sa chute de reins. Je l'imagine encore une fois entièrement nue, seulement vêtue de ses longues mèches sombres qui cascaderaient sur sa poitrine…

Je retire ma main de sa nuque et viens glisser quelques mèches derrière son oreille avant de remonter les doigts sur le côté de sa tête, au travers de la masse soyeuse.

Elle se tend subitement et je m'immobilise quand je sens quelque chose d'inhabituel sous mes doigts.

Il me faut un moment pour saisir ce que je sens. C'est… lisse.

Elle tente de retirer ma main, mais je suis plus rapide qu'elle et lui bloque le bras en la pressant contre moi. Elle ne peut plus bouger mais se débat en respirant fort et nerveusement. Je réalise ce que je fais et l'état de stress que ça pourrait lui provoquer. Merde, quel con ! Je desserre légèrement ma poigne mais je ne la lâche pas pour autant. Elle arrête de remuer impatiemment et me fusille du regard, toujours immobilisée.

J'en ai autant pour toi, Duchesse. Si tu crois que tu es la seule à passer ta vie à retenir des réactions épidermiques au contact de l'autre dans cette pièce, tu te trompes…

Je soutiens ses yeux colériques sans m'incliner. Elle pourrait facilement se libérer… Mais elle ne le fait pas.

Nous restons immobiles à nous observer encore une fois, sans prononcer le moindre mot. Elle se détend petit à petit et j'attends bien une bonne minute avant de bouger de nouveau d'une main hésitante. Je tends ma main libre en l'interrogeant du regard. Est-ce que j'ai le droit ?

Ses lèvres se pincent imperceptiblement mais elle n'esquisse aucun mouvement pour dégager mon bras. Je repousse ses cheveux de ma main libre pour apercevoir ce que je viens de deviner sous mes doigts. Je fronce les sourcils en découvrant une plaque lisse, totalement dépourvue de cheveux, en plein milieu de son cuir chevelu.

Je la sens exhaler avec rudesse quand je mets à jour son petit secret. C'était pour ça, putain… Voilà pourquoi Leah ne lâche jamais ses cheveux. Elle a une pelade. Et je sais parfaitement ce que c'est, mon oncle Julio en a régulièrement.

Putain, c'était juste pour ça ? Je ne pige pas… On s'en fout, merde !

Mais je me reprends bien vite quand je réalise que pour une femme, perdre ses cheveux doit être plus traumatisant que pour un homme déjà à moitié chauve comme mon oncle. Je la sens se débattre à peine et remets ses cheveux en place pour cacher la plaque de peau nue. Elle se détend quand je le fais et j'accepte de lui lâcher le bras.

Elle en profite pour reculer bien vite mais se retrouve bloquée par la table dans son dos.

Putain, quel con ! Je viens de foutre en l'air ce qui avait commencé entre nous. Du moins pour elle. Parce que, en ce qui me concerne, je suis toujours aussi excité qu'il y a cinq minutes. Mais je ne tente rien et la laisse se calmer, à moitié assise sur la table. Elle se tient d'une main sur le plateau en bois derrière elle et serre le col de son gilet de l'autre, en geste de défense. Sa respiration rapide trahit son état nerveux, mais je la laisse fermer les yeux pour contrôler sa respiration. Je ne m'éloigne pas non plus. Je pourrais le faire mais je ne veux pas qu'elle interprète ça comme un rejet.

Je m'en balance qu'elle ait une plaque sans cheveux sur son crâne. Ça ne m'empêche pas de continuer à la désirer comme un taré. Je suis tendu comme un arc, prêt à exploser tant j'ai envie d'elle… Alors j'attends patiemment qu'elle se calme seule, non sans puiser dans toute ma putain de volonté. Parce que si ça ne tenait qu'à moi, je la déshabillerais avant de la posséder, mais d'une force… Qu'elle comprenne que ce n'est pas un détail insignifiant comme celui qu'elle cache depuis si longtemps qui m'empêchera de vouloir la faire crier et de la faire jouir si fort que le bâtiment en entier s'en souviendra pendant des années.

Mais je ne suis pas non plus assez stupide pour ne pas comprendre qu'après ce qu'elle a vécu, la violence est loin d'être la meilleure tentative d'approche.

J'attends tranquillement que sa respiration revienne à la normale et quand elle est de nouveau sereine, après quelques minutes à se reprendre, ses deux grands yeux noisette s'ouvrent pour rencontrer les miens. Je ne sais pas exactement ce qu'elle voit dans mon regard, mais son léger sursaut interloqué m'indique qu'elle ne s'attendait pas à trouver ça.

À trouver quoi, Leah ? Un homme toujours aussi excité ?

Un homme tellement attentif à tes moindres gestes qu'il est à deux doigts d'exploser? Parce que c'est exactement ce que je suis en cet instant: sous pression.

Mes yeux semblent parler pour moi parce qu'elle fronce légèrement les siens et m'observe de la tête aux pieds, en s'arrêtant un instant sur la réaction physique qui lui prouve que je n'ai pas changé d'état émotionnel. Je la laisse m'inspecter, sans parler, sans bouger, mais en retenant de plus en plus difficilement ma respiration. Je souffle de plus en plus fort sous l'effort surhumain que je suis en train de faire et elle le voit. Elle ne peut pas rater ça...

La main qui retient son débardeur se détend enfin peu à peu, et quand elle lâche définitivement le tissu, je ne me retiens plus et glisse une main sur l'arrière de son crâne pour la ramener en hâte contre moi.

Sa bouche atterrit à quelques millimètres de la mienne, mais je ne l'embrasse pas. Je la laisse exhaler de surprise entre mes lèvres en inspirant son souffle alors qu'elle heurte mon corps. Elle est enfin collée contre moi et je manque de lâcher la bête en sentant sa poitrine s'écraser contre mon torse et mon érection appuyer sur son ventre. Putain, c'est bon... Et ce n'est qu'un avant-goût de ce qui m'attend si elle me laisse faire. Je patiente quand même quelques secondes pour lui laisser le temps de fuir si elle en a envie.

Je la laisserai partir s'il le faut, même si ça me demandera une force surhumaine...

J'attends fébrilement qu'elle réagisse, qu'elle me repousse si elle le veut, en exhalant dans sa bouche, si proche d'écraser mes lèvres contre les siennes.

Est-ce que j'ai déjà autant eu envie d'embrasser une fille? Je ne m'en souviens pas...

Je ne ressens plus aucune douleur, ni aux côtes ni contre mes lèvres déjà tuméfiées. Elle pourra me mordre si elle veut, je prendrai tout. Je veux la prendre *elle*, la dominer, puis la laisser prendre le contrôle, me soumettre à ses envies, et l'absorber dans mon propre corps jusqu'à ne plus sentir où je commence et où elle finit...

Elle est immobile contre moi, sans chercher à s'enfuir, mais sans vraiment se rapprocher non plus. Et ça me rend dingue ! Putain, Leah... Donne-moi un signe, n'importe quoi...

Elle me laisse en suspens pendant un long moment. J'ai l'impression d'être au-dessus du vide depuis des heures, à attendre qu'elle se décide sur ce qu'elle veut faire de moi.

Allez, chaton... Tu es en train de me tuer...

J'explose presque quand une de ses mains tremblantes vient *enfin* se poser sur mes hanches, bientôt suivie de la deuxième. Je respire bruyamment dans sa bouche et elle gonfle la poitrine en avalant mon souffle. Tout s'enchaîne très rapidement. Ses mains sont à peine posées sur moi qu'elle appuie ensuite son bassin contre le mien alors que je n'y croyais plus.

Putain de merde ! Je la force à reculer un pas après l'autre, sans me presser, pour la bloquer entre la table et moi, et glisse ma deuxième main dans ses cheveux. Je sens que j'effleure la plaque de peau nue au passage, mais cette fois-ci, elle ne réagit pas et me laisse l'explorer comme je le désire. Je glisse mes doigts dans ses mèches soyeuses, encore et encore, en me pressant contre elle.

Mais je ne l'embrasse pas encore, pas tout de suite... Je veux faire monter la pression en elle, qu'elle me retrouve enfin tout en haut de l'échelle de l'excitation. Qu'elle soit dans un état de transe aussi violent que le mien. Et elle me rejoint doucement. Je le sens à ses ongles qui s'enfoncent petit à petit dans ma peau et à son bassin qui prend part à la danse que j'ai imposée.

Je le sens à sa bouche qui cherche la mienne alors que je la tiens volontairement à distance, mais tellement proche qu'il me suffirait d'avancer à peine la tête pour nous soulager tous les deux...

Elle y est presque... Encore un peu... Quand sa main furieuse et impatiente me griffe franchement, je fonds comme un affamé sur sa bouche.

Le contact est explosif. Je sens une déflagration dans

mes reins et mon bas-ventre quand j'investis enfin le trésor de sa bouche.

Je grogne contre sa langue et quitte son crâne pour la soulever sous les cuisses afin de l'asseoir sur la table derrière elle. Je ne m'embarrasse plus de fausses galanteries, j'ai eu le feu vert et je m'empare de tout ce qui me fait envie depuis si longtemps. Je baisse les manches de son gilet sur ses bras pour libérer la peau au-dessus de sa poitrine avant de me jeter dessus. Je la goûte, la découvre tout en lui retirant ce qui fait obstacle à notre soulagement mutuel.

Pas de préliminaires, je n'ai pas le temps pour ça. J'ai tenu trop longtemps avant d'obtenir ce que je voulais. Je lui en ferai après, je me le promets mentalement, mais là… je veux juste la posséder.

Enfin.

Elle n'oppose aucune résistance et lève légèrement son bassin en s'appuyant sur ses mains pour me faciliter le retrait de son pantalon et du reste de ses vêtements de mes mains pressées. Je passe le tee-shirt par-dessus sa tête et la vision de ses cheveux qui cascadent comme j'avais rêvé de les voir me met un uppercut dans l'estomac. Putain, c'est encore plus beau que ce que j'imaginais… Elle est encore plus belle que ce que j'imaginais. Je reste comme un con à l'admirer un court instant, le cœur en miettes…

Je suis définitivement foutu…

Je reprends le fil de ce que nous avons commencé. À peine le temps de saisir mon portefeuille dans la poche arrière de ma veste et de trouver ce qu'il faut qu'elle a déjà baissé la toile de mon pantalon sur mes hanches.

On est enfin sur la même longueur d'onde…

Je me couvre rapidement, sans perdre de temps, et la ramène vers moi en glissant le bras dans son dos, tout en me guidant d'une main. Et Leah m'accorde ce que je veux sans résister. Je cambre les reins d'un mouvement souple et laisse sortir un juron quand je suis enfin enfoui en elle.

Il me faut un moment pour retrouver ma lucidité alors que la chaleur de son corps engourdit toute pensée cohérente.

Je suis dans un brouillard de plaisir intense, je vois des étoiles derrière mes paupières fermées et j'appuie mon front contre le sien en cherchant mon souffle. Mon bras libre me soutient difficilement sur la table et je manque de m'effondrer quand elle bouge à peine et ravive le plaisir en explosant la moitié de mes neurones au passage. Je la coince contre moi et la force à patienter le temps que je retrouve mes esprits.

Elle semble comprendre et ne bouge plus, sauf pour déposer des baisers aussi légers qu'une plume sur ma tempe et sur le haut de ma joue encore intacte. Jusqu'à descendre millimètre par millimètre sur ma bouche. J'accueille son baiser avec bonheur et la laisse jouer avec ma langue tandis que le bourdonnement dans mes oreilles reflue. Quand je ne suis plus sur le point d'exploser, je me redresse et glisse de nouveau la main dans ses cheveux pour guider notre danse.

Elle me suit dans le ballet de nos langues et de nos bassins, et j'y prends un plaisir aveuglant. Leah qui me laisse enfin diriger… C'est tellement grisant que je la force à pencher la tête en arrière et à me regarder dans les yeux alors que je la prends plus intensément, plus profondément. Jusqu'à déplacer la table contre le comptoir de sa cuisine, en renversant les chaises autour de nous, en provoquant des coups sonores contre les meubles, en admirant ses iris qui se dilatent sous l'effet du plaisir.

Je la possède. Je veux tout prendre, son corps, son âme… Je veux l'aspirer.

Et elle me laisse faire. Elle me laisse la faire s'envoler petit à petit.

Ses gémissements augmentent en intensité au même rythme que mon bassin qui vient heurter le sien, son corps devient désarticulé alors qu'elle ne sait plus où elle est, son dos s'effondre et elle s'allonge sur la table alors que je soutiens sa taille. Ses yeux se ferment sous la montée du plaisir, son dos se cambre et je sais que c'est le bon moment. Je lâche alors son flanc droit pour venir appuyer mon pouce à la jonction entre nos deux corps, sur l'endroit qui la fera basculer.

Il ne lui faut que quelques secondes, quelques pressions pour se mettre à hyperventiler, pour que sa poitrine se couvre de plaques rouges, pour que les mouvements saccadés de ses hanches se précipitent jusqu'à tendre son dos en un arc quasiment parfait.

J'arrête de bouger quand elle atteint l'orgasme en retenant sa respiration, les joues écarlates, les membres bandés, les ongles plantés dans mes avant-bras et la bouche ouverte en un cri muet.

Je ne l'ai pas fait crier.

Mais, putain, la vision d'elle en train de basculer est aussi grisante qu'un shot d'alcool pur ! J'observe la moindre parcelle du corps tendu face à moi, le moindre centimètre de peau qui se recouvre de chair de poule sous mes yeux, ses doigts de pied qui se recroquevillent sur mes cuisses, sa respiration bloquée dans la poitrine puis, enfin, l'inspiration profonde et brusque qui suit l'explosion de ses sens.

Je n'ai pas fini, mais je sens mes jambes aussi faibles qu'après l'orgasme. C'est comme si je vivais le sien par procuration. Et si je me fie à ses yeux injectés de sang et à l'expression choquée de son visage quand elle ouvre de nouveau les yeux et me regarde, je pense avoir vécu en direct le premier vrai orgasme de ma voisine…

Merde… J'en suis aussi sidéré qu'elle.

Je suis à bout de souffle, et je respire difficilement en l'observant sans vraiment réaliser ce qui vient de se passer. Son expression hébétée, ses lèvres qui se mettent à trembler et ses yeux qui se remplissent de larmes.

– Eh… murmuré-je en me penchant sur elle.

– Je…

– Je sais. Tout va bien, Leah. Tout va bien.

Elle pince la bouche et ferme les yeux quand les larmes menacent de s'enfuir. Je prends son visage entre mes mains en l'observant lutter contre ses émotions. Putain… Mais qui sont les losers qui ont bien pu te faire croire que c'était ça, prendre du plaisir ? Mes émotions se bousculent : je me sens honoré de lui avoir fait découvrir ça, mais furieux de réaliser qu'elle a dû attendre aussi longtemps !

Quand les tremblements qui la secouent semblent s'estomper, je l'embrasse doucement. Sans appuyer, juste pour lui faire comprendre que je suis encore là. Elle inspire par saccades et déglutit avant d'oser enfin ouvrir les yeux et me regarder. Je ne souris pas. Je suis en rage.

Leah n'est pas pour moi. Je le sais. Je ne suis qu'un putain de petit Rital sans grandes ambitions alors qu'elle vient de sphères plus hautes que je ne l'aie jamais imaginé.

Son travail est plus important que le mien. Sa vocation, c'est de faire évoluer les enfants, de leur apprendre, de les rendre plus intelligents.

Je ne tiens pas la distance avec ce genre de fille. Et je ne serai jamais l'homme qu'il lui faut.

Mais Leah est aussi mille fois trop bien pour tous les mecs qui ont croisé son chemin et n'ont pas été assez intelligents, malgré tous leurs diplômes à la con, pour réaliser qu'elle méritait de ressentir elle aussi du plaisir !

Même si je sais que je ne serai jamais qu'une escapade dans sa vie, pour cette nuit, elle est à moi.

Et cette fois-ci, ce sera moi le professeur, et elle l'élève.

Je me redresse pour me débarrasser du jogging qui entrave mes mouvements, en dégageant mes chaussures et chaussettes au passage, puis saisis le reste des préservatifs dans mon portefeuille en bénissant ma vie dissolue qui m'a appris qu'il fallait toujours en avoir plusieurs. Elle ne dit rien et m'observe faire à travers ses yeux encore embués. Quand je suis enfin prêt, je la redresse en saisissant ses mains, sans parler, puis croise ses jambes délicates dans mon dos avant de la soulever pour aller l'allonger sur son lit.

Je m'allonge sur elle pour lui montrer ce que ses connards d'ex n'ont pas été foutus de lui donner.

Jusqu'à l'aube.

Jusqu'à ce que nos corps épuisés s'endorment l'un contre l'autre alors que le soleil perce à l'horizon.

30

Leah

Je me réveille en sursaut.

Seule.

Je cligne plusieurs fois des yeux à la vue du soleil qui m'éblouit par l'interstice des rideaux encore ouverts. Je regarde rapidement l'heure : midi moins le quart. J'ai encore un peu de mal à émerger de ma courte nuit. Je n'ai pas réussi à me coucher en rentrant. À la place, j'ai guetté son retour. Je l'ai vu arriver et surtout, lever les yeux vers mon balcon. Ça m'a sacrément retournée. À tel point que lorsque j'ai entendu l'ascenseur arriver à notre palier commun, j'ai longuement hésité à ouvrir. Je l'ai écouté marcher, s'arrêter devant ma porte, puis avancer. Ce n'est que lorsque je l'ai entendu jouer avec ses clés, comme il le fait à chaque fois, que j'ai réussi à trouver la force d'ouvrir la porte.

Mais pas celle de parler.

Je l'ai juste regardé de dos. Il avait l'air de porter le poids du monde sur ses épaules et, pendant un instant, j'ai voulu le prendre dans mes bras pour alléger sa charge. Mais quand il s'est retourné, je l'ai reconnu. Le démon.

Un visage magnifique, mais tuméfié, caché en partie par une capuche comme le voyou qu'il sait si bien jouer.

Pourtant, quand il a baissé sa capuche, je l'ai vu. Vraiment vu.

Lui. Pas les cicatrices et cette armure de sale type qu'il balade constamment avec lui. Pas de sourire enjôleur pour finalement me balancer une vacherie à la figure. Pas de sourire en coin, signe qu'il vient de me faire un sale coup.

Non, c'était trop tard. Je l'avais vu.

Je savais maintenant ce que cachait cette armure de mec mal élevé.

Un frère prêt à se briser en deux après le travail pour aider financièrement sa sœur. Un oncle prêt à tuer pour sauver son neveu, un fils qui, même s'il a beau brûler la vie par les deux bouts, ne raterait jamais l'ouverture du restaurant.

Un homme avec un complexe d'infériorité si évident que je me demande encore comment ça ne m'a pas sauté aux yeux.

Je l'ai porté tellement longtemps, ce manteau, et je le porte encore.

Cette envie de montrer au monde entier qu'on compte, qu'on ne veut pas juste jouer sur le bord de la route parce que la société nous dicte de rester en sécurité. Mais où est vraiment la sécurité ? Chez nous ? Là où la porte se ferme et cache au reste du monde les cris et les bleus. J'ai porté les miens en secret, tandis qu'il exhibe les siens. J'avais tendance à fuir la violence, mais la violence apparaît souvent derrière un joli masque de politesse et de bonne éducation.

Je me suis rappelé le soir où tout a basculé. Le soir où il m'a fait sortir de mes gonds, mais aussi celui où j'ai compris que je ne faisais que chercher encore et encore le bourreau qui avait fait de ma vie un enfer dans tous les hommes que je rencontrais. J'avais pensé le trouver chez lui, dès la première confrontation. Jamie est sanguin, impulsif et incontrôlable. C'est ce que je voulais éviter : de la violence brute.

Alors j'avais cherché la sécurité chez des hommes plus doux, bien éduqués et galants. Comme mon « beau-père ».

Je ne faisais que répéter le même cycle que ma mère : chercher la stabilité à tout prix, peu importe les conséquences. Et il est arrivé. Comme une tornade dans ma vie. Il a renversé mes principes et ébranlé mes convictions. Je pensais devoir l'éviter, finalement c'est vers lui que j'ai avancé peu à peu. Il m'a permis de m'affirmer, de me défendre enfin. De ne pas chercher à me cacher derrière une fausse figure de protection. Ma mère avant, mes amants après. Et hier soir, sur le ring, j'étais fascinée par lui. Il se tenait droit et fier au milieu du ring, à me dévisager. Il n'a pas cherché à

« paraître ». Il n'en avait rien à foutre. Il s'est battu, acclamé par des dizaines de personnes assoiffées de violence.

Tout ce que je déteste.

Pourtant, j'ai vu qu'il n'aimait pas ça. Il se battait pour une cause. Pour plusieurs causes même, si j'y réfléchis bien : aider sa famille et prouver au monde entier qu'il existe. Et quand bien même ce n'est pas flagrant, il ne se cache pas, il assume.

Alors quand il s'est retrouvé juste devant moi, la seule pensée qui m'a traversée, c'était de le soulager de son poids.

En lui permettant d'alléger le mien.

Je m'assois pour me réveiller un peu plus, et à la lumière du jour, mes cicatrices ressortent.

Merde !

Il a dû les voir ce matin. Il les a forcément vues. Peut-être même cette nuit quand il a exploré mon corps. Je rougis en me rappelant les événements et remonte le drap sur ma poitrine en me recroquevillant. Une violente bouffée de panique surgit en me rappelant la découverte de ma plaque sur le crâne. Je la touche machinalement, comme je le fais à chaque fois.

Et comme à chaque fois, j'ai la sensation que je suis hideuse.

Pourtant, ça ne l'a pas rebuté.

Bien au contraire…

Ma main quitte lentement mon crâne pour me poser sur mes lèvres au souvenir de notre baiser. Mon Dieu, cet homme sait embrasser…

Pas de baiser doux ni poli. Ce n'était pas non plus sauvage et irrespectueux. C'était intense.

Il embrasse comme il vit. Sans gamberger.

J'ai parfois l'impression d'avoir une longueur d'avance sur lui, et parfois, c'est l'inverse qui se produit, comme hier soir. On ne jouait clairement pas dans la même catégorie. Il savait parfaitement ce qu'il faisait et comment faire vibrer mon propre corps alors que j'étais larguée. Je l'ai laissé nous mener, sans même chercher à prendre le contrôle.

Hier, c'était lui qui dominait.

Eh merde… Qu'est-ce que c'était bon…

La sonnerie de mon téléphone me fait sursauter et je me rue dessus.

– Allô ? crié-je presque dans le combiné.

– Eh ! Mollo sur le volume, râle Maria.

Une vague de déception s'abat sur moi. Je n'ai pas regardé le nom de l'appelant et j'ai bêtement espéré que ce serait lui… Alors que je ne sais même pas s'il a mon numéro de téléphone.

– Désolée…

– T'inquiète, va. Je vais devoir m'y habituer, bientôt j'aurai un bébé qui me hurlera non-stop dans les oreilles. Dis, tu viens pour quelle heure ce soir ? J'ai besoin d'aide pour choisir une tenue. Mes seins ont explosé avec le début de la grossesse et j'ai l'impression d'être vulgaire dans tout ce que j'essaie.

– Absolument pas ! hurle Lino dans un cri étouffé par la distance, de l'autre côté du combiné.

– *Zitto, stupido ! Hai dei gusti schifosi !* (Tais-toi, idiot ! Tu as des goûts de chiottes !) lui répond sa femme.

J'entends un éclat de rire pour toute réponse et souris avec tendresse. Les deux passent leur temps à se chercher mais ils sont fous l'un de l'autre.

– Alors ? reprend-elle. Ce soir, quelle heure ?

– Ce soir ? demandé-je, perdue.

– Leah… C'est le réveillon du Nouvel An ! On avait dit qu'on le passait ensemble vu que Liz travaille !

Je gémis comme une imbécile. Bien sûr !

– Désolée, je viens à peine de me lever. Je suis encore à moitié endormie, bafouillé-je pour tenter de m'excuser.

– Seulement levée ? À presque midi ?

– Nuit compliquée… éludé-je.

– Encore des cauchemars ? demande-t-elle d'une voix compatissante.

– Oui, mens-je.

– Ma chérie, ils partiront un jour, j'en suis certaine.

Je souris. Maria est un ange. Un ange rempli d'espoirs un peu vains parfois, mais un ange. Mes cauchemars ne sont pas près de s'arrêter mais son optimisme est toujours agréable à entendre.

– J'espère.

– Tu viens toujours ce soir ?

– Bien sûr, confirmé-je. Quelle heure t'arrange ?

– Quand tu veux. Tu peux venir maintenant et on passe l'après-midi ensemble, si tu veux ! s'exclame-t-elle, surexcitée de nouveau.

Sa joie est communicative et je ne peux pas résister à sa bonne humeur, malgré mon réveil un peu morose.

– Sauf si tu as déjà prévu quelque chose ? demande-t-elle tout de même.

Je regarde instinctivement vers le mur mitoyen entre mon appartement et celui de Jamie.

– Non. Rien du tout.

– Eh ben banco alors ! Tu viens ! Et si ça te dit, on peut aller faire du shopping ensemble, je n'ai rien à me mettre de toute façon.

– C'est faux, tu as une armoire entière de fringues ! crie la voix étouffée de Lino.

– Ignore-le, m'ordonne Maria. Et viens me délivrer de cet abruti pour l'après-midi, s'il te plaît.

– Je peux faire ça. Je nous prends à manger en venant ?

– Tu es mon héroïne !

– Pad thaï ? Avec un iced coffee au chocolat ? proposé-je en connaissant pertinemment les goûts de mon amie, et encore plus depuis qu'elle est enceinte et mange toujours la même chose.

– Épouse-moi !

J'éclate de rire à sa déclaration et surtout à l'exclamation outrée de son mari en fond sonore. Je lui confirme que je me prépare pour partir et raccroche en l'entendant vociférer sur Lino et le fait qu'il ne va jamais lui chercher du thaï. Une douche rapide, je m'habille confortablement puis je rassemble mes cheveux en queue-de-cheval et m'immobilise au dernier moment, avant de mettre un élastique. Des flashs de cette nuit, et surtout de l'absence de réaction de Jamie à ma pelade, me font douter. J'ai passé tellement d'années à la cacher, parce que j'avais honte… Ou bien… est-ce que c'est moi qui avais honte ou ma mère ? J'essaie de me rappeler la première fois que je m'en suis rendu compte. Cela devait faire assez longtemps car la plaque était déjà assez grande, et ma mère l'avait remarquée lors d'un gala de bienfaisance. Elle avait été horrifiée et m'avait traînée dans les toilettes pour tenter de la cacher avec des épingles de son propre chignon. Le lendemain, j'étais chez un médecin pour tenter de comprendre, le surlendemain chez un coiffeur pour vérifier comment masquer ça, et depuis, je porte des chignons. Invariablement.

J'avais 13 ans quand c'est arrivé.

Et avant de la découvrir, je vivais très bien. Je n'avais même pas remarqué qu'elle existait. Je lâche mes cheveux d'une main tremblante.

Et si…

J'hésite longuement devant mon miroir.

Est-ce que j'aurai le courage ?

Est-ce que…

Non.

Pas encore, une chose après l'autre. J'attache rapidement mes cheveux en queue-de-cheval, enfile mon manteau et mon écharpe avant de sortir dans le couloir. Je ne peux m'empêcher de regarder vers la porte de l'appartement de Jamie en verrouillant le mien. Est-ce qu'il est chez lui ?

Si oui, pourquoi est-ce qu'il est parti ce matin sans rien dire ?

J'essaie de me raisonner. Peut-être qu'il y a d'autres raisons que j'ignore…

Mes pieds amorcent un chemin vers chez lui, mais le bruit des portes de l'ascenseur me fait sursauter et je me dépêche de revenir sur mes pas pour entrer dedans. Mon cœur bat la chamade quand les battants s'ouvrent devant moi, puis une chape de déception prend le relais quand je découvre une jolie blonde à l'intérieur.

Eh non ! Pas mon voisin.

– Bonjour ! prononce-t-elle gentiment avant de m'étudier en plissant les yeux. La voisine, c'est ça ?

Elle me désigne du doigt et il me faut bien cinq bonnes secondes pour me rappeler l'avoir déjà vue. Mais quand ma mémoire se remet enfin en place, je me prends une gifle monumentale.

C'est la jeune femme blonde que j'ai rencontrée lorsque j'ai emménagé ici. Celle qui était à moitié nue sur le balcon de Jamie, celle avec qui il venait justement de passer du bon temps.

Mais quelle conne…

– Oui, c'est ça, confirmé-je d'une voix que j'espère neutre en lui souriant à peine. Leah.

– Leah, c'est ça ! Je m'en souviens maintenant ! Jamie est là ? me demande-t-elle en retenant les portes qui se ferment et en me laissant la place pour entrer dans l'habitacle.

Je me glisse à l'intérieur et elle sort en continuant de m'observer.

– Je… je ne sais pas, réponds-je en tentant de ne rien laisser transparaître.

À l'intérieur, c'est un torrent d'émotions contradictoires. Elle ne semble pas savoir s'il est là. Sa venue n'est peut-être pas prévue alors ?

– On va bien voir. Salut ! conclut-elle en avançant d'un pas rapide avant de tambouriner sur la porte au fond du couloir. JAMIE ! OUVRE, C'EST SOFIA !

Je me recule dans l'ascenseur et m'adosse au fond. En fermant les yeux et en priant intérieurement pour qu'il ne réponde pas, qu'il ne soit finalement pas là, qu'il soit parti pour une bonne raison pour…

– Putain, Sof', je dormais…

Mon estomac prend un uppercut violent quand les portes se referment sur la voix rauque de Jamie provenant du couloir.

Et sur les restes de ma dignité.

31

Jamie

Les basses assourdissantes me vrillent le cerveau. J'essaie de participer à l'ambiance générale quand, en fait, je ne rêve que d'une chose : m'échapper pour retrouver Leah.

Ce matin, j'ai eu la frousse.

Une putain de trouille monumentale qui m'a fait fuir comme un abruti sans la prévenir. J'ai vu ses cicatrices, je l'ai regardée dormir paisiblement et je me suis senti comme un con. Parce que j'ai eu la sensation d'avoir abusé d'elle pour mon propre plaisir. Elle a subi des traumatismes que je ne pourrai jamais comprendre. Et qu'est-ce que je fais ? Je la fais rentrer dans un monde de violence.

Jamais Leah ne serait venue dans un combat clandestin avant de me connaître. J'ai des cicatrices aussi, mais je les ai choisies. Elle, elle a encaissé les siennes contre son gré.

Je me sens comme le dernier des connards. Je jongle entre l'envie de la fuir pour ne pas la souiller et celle de revenir comme un pauvre clebs.

Je suis un drogué en manque. Un shoot d'elle et je suis déjà accro… Je ne sais pas où elle est ni ce qu'elle fait mais j'épie les environs. N'importe qui pourrait penser que je cherche une fille avec qui coucher ce soir mais je scanne la salle dans l'espoir de voir Leah. Elle fête le réveillon du Nouvel An avec Maria et ses amis car Liz travaille, et Lino m'a confirmé qu'ils pensaient tous sortir en boîte. J'ai réussi à motiver tout le monde pour venir ici car je sais que ma cousine et son mari y ont leurs habitudes. Sofia est en forme. Elle est venue chez moi à l'improviste aujourd'hui et a tenté plusieurs fois de me traîner dans la chambre pour un coup rapide. J'ai réussi à esquiver en prétextant des douleurs suite au dernier combat. Alors que ça ne m'a posé aucun problème pour courir dans les bras de Leah cette nuit. À la place, je l'ai emmenée dans le pub de Nolan. On a passé l'après-midi à boire avec lui et des copains du collège qui étaient présents. C'est là que j'ai proposé d'aller en boîte ce soir. Sofia a accepté sans hésiter, ce qui m'a beaucoup aidé à convaincre la bande de potes de nous suivre. Seul Nolan nous rejoindra plus tard.

Mais pour l'instant, aucune trace de Leah. Ma duchesse n'est pas là. J'ai un moment de doute en réalisant qu'avec sa grossesse, Maria n'est peut-être pas assez en forme pour sortir. Mais je m'accroche à l'espoir de la voir. J'ai l'habitude de rouler des pelles à Sofia à minuit pour la tradition du baiser du Nouvel An. Mais ce soir, c'est Leah que je veux sentir sur ma langue. Même si après mon coup d'éclat de ce matin, je ne sais pas si elle acceptera de me parler de nouveau un jour.

Sofia bondit sur moi en quittant la piste de danse et me cache la vue. Je fronce les sourcils et tends le cou pour continuer à observer la foule, mais elle s'installe d'office sur mes genoux.

– Oh, Jamie, tu fous quoi, là ? C'est le réveillon, merde ! hurle-t-elle à quelques centimètres de mon visage.

Son haleine sent l'alcool. Je cligne des yeux et me dévisse la nuque pour réussir à voir derrière elle mais elle insiste :

– Allez, bouge-toi !

– Fous-moi la paix, Sof'... grogné-je. J'ai pas envie de danser.

– Tu veux qu'on aille baiser dans les toilettes ?

Sa proposition me sort de mes pensées et je tourne enfin le visage pour la regarder dans les yeux. Elle est quasi ivre. Je le vois à ses pupilles dilatées. Je suis presque certain qu'elle a sûrement pris plus que de l'alcool. En temps normal, j'aurais sauté sur une proposition pareille, encore plus en sachant qu'elle est dans un état de désinhibition totale. Sofia devient possédée quand elle a pris quelque chose, et j'adorais la suivre, aussi bien sexuellement que dans la prise de stupéfiants. Mais ce soir, non, je n'en ai pas envie. Son regard vitreux, les traces de maquillage sous ses yeux, sa voix incertaine… Je n'irais pas jusqu'à dire qu'elle me dégoûte mais… je ne suis plus attiré.

Sofia est une fille géniale mais elle a des démons intérieurs qui la poussent à brûler la vie par les deux bouts. Et si avant je m'en amusais, étonnamment, je les vois transparaître sous sa peau avec inquiétude ce soir. Je n'ai pas envie de la suivre, mais je n'ai pas non plus envie qu'elle aille proposer ça au premier inconnu, qui serait capable de profiter d'elle et de lui faire du mal. Elle reste ma pote avant tout.

– Si on allait boire un peu d'eau et prendre l'air ? lui proposé-je.

Elle lève les yeux au ciel, visiblement déçue de ma proposition.

– T'étais plus drôle avant… râle-t-elle en tentant de se lever.

– Avant quoi ? la questionné-je, intrigué.

Elle réussit à se mettre debout difficilement et lisse sa minuscule robe blanche, qui ne cache presque rien de ses atouts féminins. Elle daigne enfin me regarder quand elle est de nouveau stable.

– Avant de t'amouracher de ta voisine, crache-t-elle d'une voix dédaigneuse.

Pardon ? Je me redresse, surpris, et viens me poster devant elle.

– Qu'est-ce que tu racontes ?

– Nolan m'a tout raconté cet après-midi. Que tu t'es trouvé une petite copine. Pas étonnant que tu aies eu du mal à me sauter la dernière fois. Je l'ai croisée ce matin en arrivant chez toi. On joue visiblement pas dans la même catégorie… énonce-t-elle d'une voix incertaine.

Mon estomac fait un looping. Merde… Elle a croisé Leah. Je prie intérieurement pour qu'elles se soient vues de loin sans se parler, ni même sans se reconnaître. Mais ce serait trop beau pour être vrai… Sofia continue de me fixer avec insistance. Je soupire et l'observe, elle et ses grands yeux perdus.

– Sofia…

Elle m'empêche de continuer en levant une main devant moi.

– Chhhh… Je savais bien qu'on allait pas passer notre vie ensemble, connard, mais tu aurais pu au moins me prévenir la dernière fois, m'engueule-t-elle en secouant un doigt colérique sous mon nez. Je suis peut-être une fille facile, mais je suis pas stupide !

– Je n'en ai jamais douté, Sof'. Tu es sûrement la plus intelligente de nous tous ici, la rassuré-je d'une voix douce.

– Alors pourquoi ? Je croyais qu'on était potes, toi et moi !

Je passe une main hésitante dans mes cheveux pour les remettre en place avant de botter en touche.

– Je suis désolé.

Elle fronce les sourcils, peu convaincue par ma réponse évasive.

– C'est tout ? Pas même un petit « viens, je vais te sauter dans le couloir pour me faire pardonner » ?

Je souris et hausse les épaules, désabusé.

– Une prochaine fois ? lui proposé-je pour clore la conversation.

Ce sujet me met mal à l'aise. J'ai du mal à parler à voix haute de ce que je ressens pour Leah. C'est nouveau et encore troublant pour moi. Je n'arrive pas encore à tout saisir moi-même alors l'expliquer à mon plan cul habituel, merci mais… non.

– OK, va te faire foutre alors. Je dois me trouver un pénis pour ce soir vu que tu n'es plus disponible.

Elle tente de s'éloigner en titubant mais je la retiens.

– Et si on allait plutôt prendre l'air tous les deux ? proposé-je en passant un bras autour de sa taille.

Elle râle et se débat mollement, mais se laisse finalement faire quand je l'emmène jusqu'à l'entrée du club. Elle passe les bras autour de mon cou et niche son visage dedans. Je serre un peu plus mon bras autour de sa taille pour la soutenir et souris alors qu'elle grogne contre ma peau. Nous rejoignons enfin la sortie après avoir évité la foule surexcitée par l'ambiance du réveillon. Le videur nous tamponne le dessus de la main quand nous sortons et…

Merde[1].

Mon cœur manque un battement quand je me retrouve nez à nez avec Maria et Leah. Ses yeux s'écarquillent légèrement à ma vue et je pense que les miens réagissent exactement pareil. Puis son regard dévie bien rapidement sur Sofia qui est pendue à moi et pose de légers baisers dans mon cou alors que je la soutiens.

Re-merde.

Je réalise très vite que la situation prête à confusion. Et la façon dont Leah détourne le regard et se concentre sur Maria, en m'ignorant, me confirme que j'ai raison. Putain !

– Jamie ! s'écrie ma cousine en me voyant.

Elle et Lino viennent me serrer dans leurs bras, mais Leah… non. Elle reste en retrait et regarde partout sauf vers moi. J'embrasse ma cousine en retour et dois lutter pour la regarder, elle, et non sa copine. Mais mon corps entier se tend, mon sang pulse dans mes veines et mon attention entière est dirigée bien malgré moi vers Leah. La confrontation n'a duré que quelques secondes mais j'ai eu le temps de voir. De voir à quel point elle était belle ce soir… Et, bordel, j'en ai le ventre douloureux. J'ai reçu un putain de coup de poing.

Elle est habillée d'une robe portefeuille noire, plus courte que ce qu'elle porte habituellement. L'ourlet arrive à peine à mi-cuisse et le décolleté plongeant me rappelle avec précision que j'ai eu le plaisir d'embrasser cette partie de son corps avec avidité la nuit dernière…

– Qu'est-ce que… marmonne Maria en voyant mon visage tuméfié. Jamie…

Elle saisit mon menton et me force à pivoter pour observer

1. Je conseille d'écouter « Good for You (feat. A$AP Rocky) » de Selena Gomez en fond sonore.

le bleu de ma pommette, m'obligeant à regarder vers celle qui m'évite. Ma volonté faiblit un quart de seconde et je lève les yeux, assez rapidement pour voir les siens se détourner. Je contracte mes abdominaux en réaction à ce flagrant délit. Je suis taré. La moindre miette qui vient d'elle me rend fou et fait réagir mon corps en entier… Je dois ressembler à un junkie. Puis ma cousine me force à la regarder de nouveau et je lui obéis, en espérant donner le change.

– Tu vas finir par te faire tuer…

Je souris à son visage anxieux. Depuis qu'elle est enceinte, elle me couve encore plus qu'avant.

– Tu aurais vu la tête de l'autre, plaisanté-je.

Ma blague fait un bide. Elle ne rit pas et m'étudie, perplexe.

– Je fais attention, lui promets-je.

– Tu as intérêt, parce que comme tu es célibataire, personne ne viendra te ramasser quand tu seras en morceaux si tu te fais détruire, me gronde-t-elle. Et tu mourras seul comme un imbécile dans ton lit !

Je dois user de toutes mes forces pour ne pas regarder Leah sur le côté gauche de mon champ de vision mais, putain, ça me démange !

Les images de cette nuit défilent en cascade dans mon esprit et je me rappelle avec précision ses iris dilatés, l'odeur de sa peau, la douceur de son corps contre le mien, ma faim insatiable d'elle et le plaisir aveuglant que j'ai eu à lui faire voir des étoiles…

Justement parce qu'elle avait pris soin de moi après mon combat.

– Tu hériteras du restaurant seule, me moqué-je de nouveau.

Elle fait la grimace et fait mine de me taper, mais avec douceur. Je me détache de ses mains et rattrape Sofia qui manque de s'effondrer.

– Oulaa… s'inquiète Maria en la voyant à demi consciente.

– Ouais… Elle n'est plus trop en état de fêter le réveillon, je pense. Je vais la ramener chez elle.

– Nooon… marmonne la principale intéressée avec les yeux à demi clos. Je veux faire la fêêête…

Je la retiens de nouveau in extremis et la redresse tant bien que mal contre moi avant d'interpeller ma cousine :

– Son sac et sa veste sont à la table avec Darren et Jonah à gauche du bar. Est-ce que tu pourrais aller me les chercher le temps que je trouve un taxi ?

Maria acquiesce immédiatement et rentre dans la salle pour aller chercher ce que j'ai demandé, me laissant avec Lino, Leah et les amis de ma cousine. J'en salue plusieurs d'une main rapide en soutenant Sofia, mais j'ignore délibérément Leah. Je n'ai pas le courage de lui faire face… Et notre animosité étant connue de tous, ça ne choque personne de me voir faire comme si elle n'était pas là. Si seulement ils savaient la vérité… C'est tout l'inverse. Je fais semblant mais je suis conscient du moindre de ses gestes. Je vois ses cheveux voleter dans le coin externe de mon champ de vision. J'ai remarqué direct qu'elle les avait lâchés. Une partie est relevée afin de cacher sa pelade mais le reste tombe en vagues souples autour de ses épaules et sur le renflement de sa poitrine. J'ai aussi noté les pointes qui frôlaient sa taille marquée et la naissance de sa chute de reins…

Je sens les effluves de son parfum flotter jusqu'à moi, au point de serrer la mâchoire quand l'odeur de fleurs sauvages me rappelle cette nuit, quand j'exhalais, la bouche collée contre son cou… J'avais inspiré à pleins poumons la senteur de sa peau, celle de ses cheveux… J'avais littéralement avalé avec cupidité l'arôme de son corps lascif collé au mien, qui ondulait au même rythme…

Je me gifle mentalement quand je repars encore dans mes souvenirs de cette nuit. Putain, tiens-toi, merde !

Sofia grommelle quelque chose contre moi et je penche le visage vers elle pour tenter de comprendre ce qu'elle dit, mais sans succès. Je la déplace légèrement pour qu'elle me fasse face et je la soutiens de mon bras gauche pour dégager les cheveux devant son visage blême.

– Sof', ça va ?

Elle fait la moue, mais ne répond pas et appuie sa joue sur mon buste à la place. Je la serre dans mes bras et pose le menton sur le sommet de son crâne alors qu'elle se love contre moi. Je fixe au-dessus de sa tête mais je sens le regard de Leah me brûler sur le flanc droit. Je lutte pour continuer de regarder droit devant moi. Je lutte vraiment…

– Eh… T'es la voisine, toi !

La voix pâteuse de Sofia provoque un rush d'adrénaline dans ma poitrine. Merde !

– C'est à cause de toi… continue-t-elle en la désignant d'une main molle et en tentant de se dégager de mes bras.

– Sofia… la menacé-je en essayant de l'éloigner d'elle.

– Mais c'est *elle* ! insiste-t-elle. C'est à cause d'elle que tu veux plus baiser avec mo…

PUTAIN !

Je la bâillonne prestement en la fusillant du regard et bénis le ciel quand Maria choisit cet instant pour ressortir avec les affaires de Sofia. Je l'attrape et balance Sofia par-dessus mon épaule malgré ses gémissements, tout en couvrant l'arrière de ses fesses d'une main pour éviter de l'exposer à la foule et en promettant à ma cousine de revenir après l'avoir ramenée saine et sauve chez elle. Je bouillonne intérieurement en m'éloignant de l'entrée du club à cause de la scène qui vient de se dérouler, mais tout en me félicitant de ne pas avoir cédé à l'envie de voir la réaction de Leah quand Sofia a décidé de tout balancer.

– Jamie, je vais vomir… se plaint une voix nauséeuse dans mon dos.

Je la fais basculer en vitesse et la positionne à temps face au mur, avant qu'elle ne régurgite son repas et les douze shots avalés ce soir sur le trottoir. Je lui dégage les cheveux tout en lui frottant doucement le dos, heureux de ne pas avoir à lui mettre des doigts dans la gorge pour la faire dégueuler avant de la coucher plus tard. Ce n'est pas la première fois que je ramène Sofia chez elle, ivre morte. Et j'avais déjà dû l'aider à évacuer avant de la coucher. Je ne laisse pas un ami bourré au lit sans m'être assuré qu'il ne crèvera pas étouffé dans son vomi quand je serai parti. J'attends patiemment qu'elle finisse avant de la redresser pour passer un bras sur mes épaules. Elle s'effondre de nouveau et perd ses chaussures au passage. Je les ramasse avec difficulté en essayant de stabiliser ma copine et soupire en me redressant.

C'est un bon début de soirée de merde, ça.

– Allez, Cendrillon, soupiré-je en me rapprochant de la route. Je t'emmène au lit…

Je trouve miraculeusement un taxi en moins de cinq minutes, qui accepte de nous emmener malgré l'odeur de Sofia. J'ai même droit à un interrogatoire de la part du chauffeur qui essaie de s'assurer que je ne kidnappe pas une jeune fille pour la violer. Je lui promets que je suis clean et lui demande de m'attendre pour le retour quand nous arrivons devant chez elle. Heureusement pour moi, ses parents sont présents et son père me voit sortir de la voiture avec sa fille depuis la fenêtre de la cuisine de leur petite maison. Il ouvre la porte et prend le relais alors que je monte les marches qui mènent au porche en la soutenant tant bien que mal avec ses chaussures dans une main, tout en marmonnant sur la capacité de sa fille à finir dans un état déplorable. Je fais un signe à sa maman en robe de chambre dans l'entrée, et rentre de nouveau dans le taxi.

Le chauffeur, visiblement soulagé que je ne sois pas un violeur, me propose gentiment de faire un détour pour changer de vêtements. Je renifle ma chemise et remarque que je pue effectivement, grâce à ma super copine. J'acquiesce et lui donne l'adresse. En dix minutes, je monte en courant, jette la chemise dans le panier de linge sale, passe une serviette humide sur mon torse, mes bras et mon cou, avant d'enfiler un tee-shirt noir ajusté et d'ajouter un peu de parfum pour dissimuler les dernières traces d'odeur nauséabonde au cas où.

Quinze minutes plus tard, je suis enfin de retour au club, dix minutes à peine avant minuit. J'entre sans refaire la queue grâce au tampon et plisse les yeux quand le bruit des basses et les flashs des stroboscopes me replongent avec brutalité dans l'ambiance de la fête. J'ai complètement dégrisé. Mais pas assez pour oublier que l'objet de toutes mes attentions et de ma convoitise se trouve toujours ici. C'est d'ailleurs elle que je cherche d'emblée en avançant dans la salle bondée. J'évite les corps dénudés au milieu de la piste de danse en regardant autour, en étudiant les tenues, les coiffures des brunettes présentes, jusqu'à ce que je repère enfin Leah.

Je stoppe en la trouvant au milieu de la foule, en train de danser, les yeux fermés, un sourire doux sur ses lèvres pleines.

J'ai une réminiscence de la soirée avec Nolan après avoir détruit la voiture. Je l'avais regardée danser aussi. Je pensais faiblement qu'en couchant avec elle, le désir de l'avoir pour moi diminuerait. Mais c'est faux. J'ai le même putain de coup au cœur que ce soir-là… Je reste immobile à l'admirer, en profitant du fait qu'elle ne me voie pas, pour m'enivrer de sa vue. Pour l'observer onduler en rythme. Je me déplace enfin, en dessinant un cercle autour d'elle comme un prédateur, assez large pour ne pas me faire repérer par Maria et son mari, attablés un peu plus loin, mais assez proche pour ne pas la perdre de vue. Je rétrécis même la distance entre nous en resserrant le cercle autour d'elle et me fonds dans la pénombre de la piste de danse. Je ne la lâche pas des yeux et contemple l'aura qui émane d'elle.

Les flashs qui révèlent sa peau dorée par à-coups, les lasers qui dessinent des dessins abstraits sur le rideau sombre de ses cheveux libres, le tissu léger de sa robe qui flotte autour de ses cuisses galbées, son visage heureux qui bascule en arrière… Je prends tout.

Si, tout à l'heure, je luttais pour ne pas la regarder et m'approcher d'elle dans l'éclairage de la rue, dès que l'obscurité revient, je ne contrôle plus rien. C'est comme si Leah ne m'appartenait que la nuit. Lorsque les lumières et les regards s'éteignent, je m'autorise à la tenir contre moi, à imaginer qu'elle n'est plus qu'à moi, à moi seul et à personne d'autre.

Quand la nuit arrive, je m'autorise à penser que je suis assez bien pour elle.

La musique s'interrompt abruptement et un compte à rebours apparaît sur l'écran géant de la salle. La foule hurle et entame le décompte dans la salle encore noire mais illuminée par des flashs. Leah sursaute et reprend ses esprits en regardant autour d'elle, retenue captive par l'assemblée compacte. Elle doit réfléchir à rejoindre Maria mais avant de réussir à se repérer dans la salle, c'est moi qu'elle voit.

Enfin.

Elle s'arrête, stupéfaite.

Son visage est incertain.

Le mien est résolu.

Je brise les barrières, enfin sûr de ce que je veux : elle. Je romps la distance entre nous en bousculant sans ménagement les personnes sur mon chemin. Ses grands yeux de biche s'ouvrent et m'observent la rejoindre. Elle est visiblement confuse, mais elle ne s'enfuit pas. Encore un ultime pas, et le club explose en hurlant la nouvelle année juste au moment où je glisse une main sur sa nuque et l'attire à moi pour fondre mes lèvres sur les siennes.

Elle ne m'oppose aucune résistance et ses doigts graciles enserrent ma taille alors que sa bouche s'ouvre pour me laisser absorber son souffle. Mon bras libre se glisse sur sa chute de reins et je la presse plus fort contre moi, aveugle et sourd aux éclats de joie autour de nous.

Je ne vois pas les flashs, les confettis, je n'entends pas les gens qui crient.

Je ne fonctionne plus que par le toucher, le goût et l'odeur.

Ses lèvres douces, sa langue sucrée, son parfum envoûtant.

Je la sens fondre entre mes bras et je me retiens de gémir comme un drogué en manque quand elle noue ses bras autour de mon cou en se collant contre moi. Elle prend autant qu'elle me donne et je me noie dans notre baiser. Je laisse ma main remonter dans ses cheveux et presse son visage plus fort contre le mien en serrant le tissu de sa robe contre sa hanche. Elle ne peut plus fuir, je la tiens captive. Mais elle fait tout l'inverse. Elle s'abandonne contre moi et ça me fait monter à une vitesse vertigineuse.

Combien de temps j'ai attendu ça ? Trop longtemps, des heures, depuis que je suis parti ce matin, depuis que j'ai quitté le cocon de son corps pour m'éloigner, persuadé que j'arriverai à passer au-dessus de ce coup de cœur.

Je me suis menti à moi-même.

Ses ongles griffent mon crâne et je suis sur le point d'exploser quand elle saisit ma lèvre inférieure entre ses dents. Putain, elle me rend fou…

– LEAH ! BONNE ANNÉÉÉÉÉÉÉÉE !

Le cri abasourdi de Maria rompt le contact entre nous et nos lèvres se séparent enfin. Il me faut quelques instants pour reprendre mes esprits et je continue de la fixer, à moitié assommé par le plaisir. Elle me fixe aussi pendant quelques secondes, le regard perdu, puis nous tournons enfin les yeux vers l'origine de la voix.

Maria nous fixe, les yeux grands ouverts, encore figée avec les mains tendues, prête à serrer Leah dans ses bras dès qu'elle l'aurait trouvée.

La situation est beaucoup trop explicite pour tenter de mentir. De toute façon, je n'en avais pas l'intention. J'ai cessé de me battre contre mon envie quand nos yeux se sont croisés. Je savais pertinemment qu'en l'embrassant comme un enragé dans le club, je courais le risque de me faire surprendre. J'en suis presque soulagé. Plus besoin de mentir ou de lutter contre mes véritables envies.

– Je… Est-ce que je dois partir ou rester ? demande Maria nerveusement.

Elle fait référence à la dernière fois où elle nous a surpris dans une position qui prêtait à confusion. Ce jour-là, mes intentions étaient tout sauf bienveillantes, et je me suis pris une soufflante familiale après. Mais ce soir, il est hors de question qu'on m'éloigne d'elle. Leah amorce d'ailleurs un pas en arrière, mais je saisis sa taille pour la ramener doucement contre moi en abandonnant Maria du regard. Il n'en est pas question…

– Leah ? insiste-t-elle, inquiète que la situation dégénère.

Leah est troublée. Ses yeux oscillent entre ma cousine et moi. Je reste suspendu à sa décision.

Ne me fais pas ça maintenant, chaton. Je n'y survivrai pas…

– C'est bon, Maria…

Je respire enfin. Elle a parlé tout bas, presque dans un souffle, à tel point que je ne pense pas que sa copine l'ait entendue. Mais la réponse de son corps est suffisante. Elle ferme les yeux et pose son front contre le mien en serrant mes biceps de ses longs doigts fins.

– OK… abdique Maria d'une voix peu rassurée en s'éloignant. Je m'en vais… Mais je ne suis pas loin, hein ?

Je l'ignore totalement et fais glisser mes mains sur les flancs de ma partenaire, le long de sa colonne vertébrale, sur la rondeur de ses épaules puis vers sa nuque. Elle noue les siennes autour de mon cou, les yeux toujours clos, alors que je la dévore du regard, insatiable. Je finis les doigts entremêlés dans sa longue chevelure et cimente un peu plus notre position.

Je l'entraîne dans un mouvement lent, sur un rythme alangui, qui ne suit absolument pas celui de la musique. Je ne respecte pas le tempo, je me suis enfermé dans une bulle avec elle.

Elle m'y a rejoint et suit le balancement de mon bassin, ses hanches vissées aux miennes, son souffle mélangé au mien. Nous sommes tellement près l'un de l'autre qu'une feuille de papier ne pourrait pas passer entre nous. Je sens ses cuisses contre les miennes, le renflement de son bas-ventre sur la fermeture Éclair de mon jean, le creux de son nombril contre le tissu qui recouvre mes abdominaux, les rondeurs de sa poitrine pressée sur mon torse haletant. Je suis chevillé à son corps, captif de ses moindres mouvements.

Je pensais mener la danse, mais je ne suis qu'un pantin entre ses mains.

Je romps la dernière barrière et plonge dans la douceur de sa bouche tendre en m'emplissant les sens.

Ce soir, elle est de nouveau à moi.

Seulement à moi.

32

Leah

Je le laisse me guider à travers le parking en sous-sol du bâtiment, comme une poupée de chiffon[2], après nous avoir ramenés à moto du club. Je n'arrive plus à regarder autour de moi ou à réfléchir correctement, alors je le suis tandis qu'il tient ma main, en observant intensément l'arrière de sa tête.

Je lui en voulais tellement de m'avoir abandonnée ce matin. J'étais ivre de colère quand je suis tombée sur lui devant le club, avec son amie dans les bras en train de l'embrasser dans le cou. J'étais blessée quand j'ai vu qu'il ignorait délibérément mon regard, je me suis sentie flouée, trahie…

Je me fustigeais mentalement d'avoir succombé, d'avoir capitulé entre ses bras la nuit précédente pour finalement être de nouveau bernée par lui. Et il a suffi d'une phrase, prononcée d'une voix pâteuse par celle qu'il tenait dans les bras : il ne couche plus avec elle.

J'aurais pu ne plus y prêter attention, mais le regard triste de Sofia quand elle m'a vue, sa colère face à ma présence et la façon dont Jamie l'a subitement empêchée de parler plus, tous ces détails ont semé des graines insidieuses dans mon esprit, des mauvaises herbes de doute qui ont grandi alors qu'il était parti avec elle.

Est-ce que… est-ce que mes sentiments pour lui seraient réciproques ?

---

1. Je conseille d'écouter « Valentine » de Måneskin en fond sonore.

Je ne sais même pas ce que je ressens pour Jamie. Tout se mêle. La colère, le désir, le ressentiment, la tendresse, l'énervement, mais par-dessus tout… le manque.

J'ai passé la journée dans un état second, à revivre cette nuit avec lui. À crever d'envie de fondre de nouveau dans ses bras alors que je lui en voulais toujours autant.

Puis il est revenu. Je pensais qu'il ne reviendrait pas, mais il était là. Encore plus beau que ce que je veux bien admettre. Je dansais seule, j'avais été désinhibée par les shots de Maria qui me les filait en douce en plus des miens, pour ne pas que leurs amis découvrent sa grossesse encore trop récente. Je dansais comme si j'étais seule au monde, comme le soir où j'ai détruit la voiture d'Henry.

Et quand j'ai ouvert les yeux, dans un état de béatitude quelque peu alcoolisée, je l'ai vu. Au milieu de la piste. Et il n'a fallu qu'une seconde pour que je capitule de nouveau. Il a franchi la distance entre nous. Mon corps en entier s'était préparé à sa rencontre, trop heureux de prendre une dose de son contact, un rail de son odeur. Des étoiles ont jailli derrière mes paupières quand il m'a embrassée, enfin… Plus rien n'existait. La foule, Maria, Lino, ma colère envers lui… Tout a disparu en un claquement de doigts. J'étais vaincue. Il avait de nouveau réussi à me faire plier.

Nous rejoignons l'ascenseur et les portes s'ouvrent à la seconde où il appuie sur le bouton d'appel. J'ai l'impression de marcher au ralenti quand il m'attire dans la cabine. Je m'installe docilement au centre et fais face à la porte automatique qui se referme, me piégeant avec lui dans un endroit restreint.

Mais aucune peur, pas de sensation d'étouffer ou d'être écrasée, juste l'impatience de ce qu'il va faire… Il est dans mon dos et le reflet brouillé de sa silhouette sur les battants en métal ne m'indique rien. Je ne sais pas ce qu'il va faire, je sens juste le souffle de sa respiration qui fait voleter les mèches de mes cheveux.

Puis un contact.

Sa main qui dégage doucement les mèches sur le creux gauche de mon cou.

Puis qui glisse sur le haut de mon buste pour emprisonner ma joue opposée.

Et enfin la chaleur de sa bouche sur ma peau.

Je ferme les yeux sous la sensation, et penche la tête pour lui faciliter l'accès, ivre de ce qu'il fait naître en moi.

Mon corps se couvre de chair de poule et mes lèvres laissent échapper un soupir tandis que les siennes déposent des traînées brûlantes sur ma peau.

Il semble me retenir mais en fait il ne fait qu'envelopper mon visage, sans appuyer. Je pourrais me délivrer d'un simple mouvement d'épaule. Mais je n'en ferai rien…

L'ascenseur s'immobilise à notre étage et je sens un courant d'air glacé quand ses lèvres quittent le creux de ma clavicule. Je dois me forcer à ouvrir les yeux pour le suivre de nouveau hors de l'habitacle en métal. Ma tête tourne encore un peu et j'ai l'impression de me mouvoir avec lenteur. Nos pas se suivent le long du couloir illuminé, et je continue de fixer son dos, sa silhouette en entier. Il est tellement sûr de lui. Il nous guide sans hésitation vers la porte de mon appartement, avant de pivoter pour enfin me faire face. Deux pas et je le rejoins enfin.

Nos doigts s'entremêlent devant la porte et je tourne légèrement la tête pour regarder le numéro affiché sur le battant en bois avant de l'observer de nouveau.

Non.

Il ne me faut qu'un court instant pour prendre ma décision.

Je détache mes doigts des siens et recule pour le dépasser. Je continue mon chemin avec nonchalance, sans regarder derrière moi pour vérifier s'il me suit, jusqu'à mon objectif : la porte de son appartement. Quand j'y suis enfin, je me retourne et appuie mon dos sur le seuil encore inaccessible.

Jamie est toujours au niveau de mon appartement et il tourne à peine la tête pour m'étudier, les yeux à demi clos, le regard interrogateur quand je le défie en retour en posant les mains sur sa porte.

Oui.

Cette fois-ci, je veux que ce soit chez toi…

Aucune chance que tu puisses t'enfuir demain matin.

Je pourrais mollement me dire que je veux aussi changer de décor, mais non. Je veux que ce soit chez lui. Je veux conquérir son territoire, laisser la trace de mon passage, mon odeur dans ses draps. Je veux qu'il m'appartienne enfin, je veux exorciser toutes les filles qui sont passées dans son lit, je veux le marquer au fer rouge, qu'il ne pense plus qu'à moi quand il rentrera dans sa chambre.

Qu'il nous voie ensemble dès qu'il fermera les yeux pour dormir, nos corps enchevêtrés sur le matelas. Qu'il soit autant obsédé par moi que je le suis par lui.

J'ai passé un long moment à enfouir mon nez dans les draps en coton, à la recherche d'une ultime trace de son parfum.

C'est à mon tour de poser les fondations chez lui.

Il me rejoint enfin, avec lenteur et assurance, le regard sombre. Je dois relever le menton pour garder le contact visuel quand il arrive à mon niveau et s'immobilise à quelques millimètres de moi. Il est plus grand, plus imposant et pourtant, à cet instant, j'ai le plaisir malsain de sentir que je dirige la danse, pour une fois.

Je le laissais me guider, mais ce soir, je veux prendre le contrôle.

Il continue de me fixer et je ne réalise pas immédiatement qu'il a sorti les clés de sa veste et déverrouillé la porte. Un sourire victorieux étire mes lèvres et je n'attends pas qu'il appuie sur la poignée, je le fais moi-même et recule pour pénétrer dans son appartement sans allumer la lumière. Je connais les lieux et je me dirige vers la chambre dans l'obscurité. Les lumières de la rue illuminent assez les pièces pour me permettre d'avancer sans encombre. Je sais que Jamie me suit, j'ai entendu le claquement quand il a refermé la porte derrière nous.

Je laisse glisser ma veste au sol et abandonne mon sac devant le seuil de sa chambre.

Quand je vois enfin le lit, je m'arrête en fixant le sommier.

Du bois, du linge de lit soigneusement plié, un couchage somme toute banal et impersonnel. Un lit qui m'a souvent offert des nuits blanches quand il était occupé par une autre.

Mais ce soir, c'est moi qui vais y graver mon passage.

Jamie me rejoint et s'arrête derrière moi. Ses doigts s'aventurent de nouveau dans mes cheveux. Je penche la tête, obéissante, pour que sa bouche retrouve le chemin de ma peau, sans pour autant lâcher des yeux mon objectif.

Je le laisse dessiner des sillons incandescents avant de me dégager doucement en penchant le visage vers l'avant. Il ne me force pas à revenir et patiente sagement que je me décide à bouger. Je reprends le chemin de ma quête et lui fais face quand mes genoux heurtent le montant en bois. Il a ôté sa veste, mais il est encore sur le seuil et m'observe, visiblement intrigué de savoir ce que je compte faire.

Je saisis le cordon qui retient ma robe et défais lentement l'unique nœud qui empêche les pans de tissu de s'ouvrir. Ses yeux orageux suivent le mouvement de mes doigts et son regard devient ardent quand j'écarte enfin ce qui couvrait pudiquement mon corps. L'ensemble en coton et dentelle de couleur noire, simple pourtant, que j'ai choisi de porter dessous semble faire son effet car Jamie comble la distance qui nous sépare pour saisir délicatement ma taille de ses deux mains.

J'inhale à quelques millimètres de ses lèvres, surprise par sa poigne sur mes hanches. Mais pas de panique provoquée. Au contraire, c'est l'impatience qui prend le dessus. Il me tient, mais je vois à ses bras bandés et à sa mâchoire crispée qu'il se retient et mesure sa force pour ne pas m'affoler.

Ce soir, je ne veux pas de douceur, je veux qu'il bascule. Mes ongles glissent sur la peau nue de ses avant-bras pour le tourmenter en l'observant sous mes cils. Je suis fascinée par les réactions de son corps, par la puissance qu'il met en œuvre pour ne pas sombrer, quand c'est tout l'inverse que je souhaite. J'abandonne ses bras et glisse mes mains sous son tee-shirt pour effleurer la peau nue de son ventre. Je sens ses abdominaux se contracter et rouler sous la pulpe de mes doigts quand je fais remonter le tissu. Il abandonne ma taille et se laisse faire quand je le lui ôte. Ses doigts retrouvent bien vite le chemin de mon corps et il fait glisser à son tour la robe sur mes épaules. Je me laisse faire et ferme brièvement les yeux quand il suit le mouvement en s'agenouillant devant moi. Je glisse une main dans ses cheveux alors qu'il saisit mon pied pour baisser la fermeture Éclair de ma botte en le posant sur sa cuisse. Un furtif baiser sur mon genou nu quand il l'enlève me fait frissonner, et je le sens sourire contre ma peau.

Tricheur...

Mon bas, la seconde botte suivie du deuxième bas disparaissent également, et il se relève lentement devant moi. Il a encore son jean et je ne suis plus qu'en sous-vêtements. Il est plus habillé que moi mais étonnamment, je me sens puissante.

Je le sens à ma merci et la sensation est grisante.

Je saisis sa ceinture et fais glisser la boucle qui la retient en déposant des baisers aussi légers qu'une plume sur sa mâchoire contractée, en l'effleurant à peine. Je suis submergée par une vague de confiance en moi quand je le surprends, les yeux clos, à déglutir avec difficulté.

Je te tiens, Selvaggio...

Je le fixe, en souriant avec nonchalance, tandis qu'il lutte pour ne pas se ruer sur moi. Je le vois au tic de sa mâchoire, à ses poings qui se serrent... Ses yeux gris sombre s'ouvrent de nouveau et se posent sur moi quand je déboutonne son jean et le fais glisser sur ses hanches avec son boxer. J'en perds mon sourire. Son regard n'est plus doux, il est possédé.

On y est enfin...

Je m'assois sur le lit en faisant glisser la toile sur ses jambes et recule ensuite sur le matelas quand elle tombe sur ses chevilles.

Il m'observe depuis le bord du lit en dégageant le reste de ses vêtements, impudiquement nu. J'atteins l'oreiller et m'allonge en l'admirant. Dans la nuit, les reliefs de son corps sont taillés par les lumières de la rue, lui conférant une allure de statue de dieu grec. Je souris intérieurement. Je devrais plutôt parler de dieu romain vu ses origines italiennes.

Apollon, le dieu de la beauté masculine, l'un des seuls dieux qui a le même nom en grec et en romain.

Je l'admire en personne ce soir.

Seul son flanc gauche est illuminé. Je détaille les vallons lumineux, les collines de ses pectoraux, les proéminences de ses abdominaux, la courbe de son bras, l'os de son aine et devine ce qui se cache dans l'ombre juste à côté.

Mon cœur sursaute quand il décide enfin de me rejoindre. Il se penche et s'appuie sur ses mains pour ramper jusqu'à moi. Je suis prise au piège. Et la prison n'a jamais été aussi attirante… Je suis l'éclat furtif de ses yeux quand ils sont embrasés par un rai de lumière et inspire profondément quand il me surplombe finalement. Il s'abaisse avec lenteur pour venir de nouveau souder nos corps et pose les coudes de part et d'autre de mon visage. Mes jambes trouvent naturellement le chemin de ses hanches et se verrouillent sur ses reins.

Si je suis prise au piège, lui aussi.

Je fais remonter l'une de mes mains sur son dos pour agripper son épaule et glisse la seconde entre nous, jusqu'à son visage. Nous ne prononçons aucun mot, mais les corps parlent d'eux-mêmes. Il se retient, il attend jusqu'à ce que je lui donne la permission de lâcher la bête intérieure qui s'impatiente. Je le laisse tanguer au bord du vide encore un moment, en glissant mon pouce sur sa bouche. Je savoure ces derniers instants où je maîtrise la situation, où je le dompte. Quand je donnerai enfin le signal, je ne serai plus qu'une marionnette désarticulée par le plaisir entre ses bras.

Une dernière caresse du pouce, en appuyant sur sa lèvre inférieure…

Puis je me rue sur lui et la saisis entre mes dents sans ménagement pour le mordre.

L'explosion ne se fait pas attendre et il répond avec fureur. Le reste de mes vêtements vole dans la chambre et nos corps se mélangent avec frénésie et férocité, dans un enchevêtrement de membres déchaînés et de bouches affamées.

Je ne contrôle plus rien, ni son corps, ni le mien.

Il ne se contrôle plus.

Nous nous laissons basculer dans les abîmes du plaisir sans retenir la chute.

Et le plongeon est spectaculaire.

33

Jamie

Je suis réveillé depuis un moment et je l'observe[1]. Elle dort paisiblement, un sourire doux sur ses lèvres pleines. Mon regard dérive vers les traces de ses hanches. Des cicatrices laissées par ce qu'elle a vécu enfant. Ça me démange d'en tracer le contour du bout des doigts mais je ne veux pas la réveiller. Elles dessinent comme du marbre sur le bas de son dos et en partie sur ses flancs. Je serre les dents en réalisant l'ampleur du mal qui lui a été fait.

Si je me fie à ce qu'elle m'a confié à demi-mot, ça a commencé quand elle était encore petite. À l'idée que Lorenzo subisse ça, j'ai envie de vomir. Comment sa mère a-t-elle pu la laisser souffrir ? Ça me dépasse. Je ne viens pas d'une famille parfaite, mais jamais ce genre de choses ne serait arrivé chez moi. Les Selvaggio se protègent. J'ai refait le portrait de mon beau-frère parce qu'il a osé lever la main sur ma sœur.

Personne n'a protégé Leah du monstre qui vivait avec elle.

Une rage sourde brûle en moi. Je m'imagine déjà prendre la moto et partir dans son Sud natal pour buter le connard qui l'a terrorisée toute sa vie. Plus j'en apprends sur elle, plus je la regarde différemment. Son besoin pathologique de suivre les règles, sa répulsion pour la violence et, derrière cette façade de jeune femme bien sous tous rapports, le côté plus sombre et secret, celui qui a validé ma vendetta envers Calvin.

1. Je conseille d'écouter «Ceilings» de Lizzy McAlpine en fond sonore.

Leah est un puzzle, et j'assemble les pièces petit à petit.

Elle bouge dans son sommeil et ses cils papillonnent, signe qu'elle est en train de se réveiller. Une flèche de plaisir brut à l'idée qu'elle me voie encore avec elle dans le lit ce matin traverse ma poitrine. Je sais pertinemment pourquoi elle a choisi mon appartement : pour m'éviter de fuir comme hier matin. Comme un lâche. Ça m'a pris quelques secondes avant d'accepter de la rejoindre à ma porte, mais mon destin était scellé à l'instant où j'ai arrêté de lutter contre l'attirance que j'éprouve pour elle. Quand je l'ai embrassée dans le club. Quand j'ai continué de l'embrasser après que Maria nous a surpris ensemble, quand j'ai passé les heures suivantes à danser avec elle. Mes potes ont bien tenté de nous déloger, mais je les ai tous envoyés chier. J'avais Leah pour moi, plus rien ne comptait.

Et elle s'est laissé faire. Enfin… jusqu'à ce que je rentre avec elle. Après ça, je suis devenu une marionnette. Elle m'a rendu fou, possédé. J'ai essayé de tenir bon, de rester calme, je ne voulais pas la brusquer, mais c'est tout l'inverse qu'elle a demandé. Ses yeux qui me défiaient, ses sourires séducteurs, la façon dont elle m'a violemment mordu la lèvre. Les barrages ont cédé juste après et elle m'a rendu autant que je lui ai donné.

C'était phénoménal.

Ses grands yeux noisette s'ouvrent et elle cligne des paupières en s'habituant à la lumière. J'attends qu'elle se réveille totalement pour réaliser que je suis encore là. Je saisis l'instant où son cerveau sort de la brume quand ses prunelles se fixent sur moi. Le temps semble se suspendre entre nous et j'ose un léger sourire pour la rassurer. Ses lèvres s'entrouvrent à peine sous la surprise mais elle ne dit rien, et je ne résiste pas à l'envie de venir caresser sa bouche du pouce. Je m'approche lentement pour y déposer un léger baiser. Cette sensation de ne plus avoir à retenir quoi que ce soit est étrangement grisante et apaisante à la fois.

Je me sens enfin à ma place.

Elle y répond en soupirant et je viens coller mon corps

contre le sien, chaud et accueillant. Je ne m'étais jamais réveillé avec personne le matin. J'avais toujours réussi à me débarrasser de mes plans cul ou à me lever avant celles qui s'attardaient pour leur faire comprendre qu'elles devaient quitter les lieux. Je découvre la douceur du matin dans les bras de Leah. Le soleil de janvier inonde la chambre à travers les rideaux, le ciel est dégagé ce matin et mon esprit l'est tout autant. Le dicton « nouvelle année – nouveau moi » n'a jamais été aussi vrai. Je commence le mois de janvier en imaginant toutes les premières fois que je veux vivre avec elle. Je ne sais pas encore ce qui nous attend, mais j'ai décidé de laisser une chance au destin. Et quand ses bras fins m'enlacent et qu'elle s'ouvre à moi avec paresse, je me noie une nouvelle fois en elle. Sans plus chercher à savoir si je suis à la hauteur de cette course. Je prends juste ce qu'on m'offre, sans chercher à comprendre ce que j'ai bien pu faire pour mériter d'avoir une chance pareille.

***

Deux heures plus tard, je la laisse se doucher. J'ai longuement hésité à la rejoindre mais j'ai aussi vraiment envie de lui préparer le petit déjeuner. Je suis cuistot et s'il y a quelque chose que je peux faire correctement et me la péter, c'est bien ça !

Enfin, vu l'heure, on parlera plutôt de déjeuner, mais les détails sont inutiles. Je lance une fournée de pancakes maison, seulement habillé de mon pantalon de jogging. J'espère bien la faire rêver quand elle sortira de la salle de bains… Peut-être même assez pour me permettre de remettre le couvert et de faire d'elle *mon* petit déjeuner ? Un sourire grivois accompagne les flashs qui défilent dans ma tête à l'idée de tout ce que je veux faire d'elle.

Des coups à la porte me font sortir de mes pensées et je fronce les sourcils en voyant Nolan à travers le judas.

– Eh, poto ! T'es parti avant que j'arrive hier, annonce-t-il quand je lui ouvre la porte.

– Ouais, je sais… Désolé, mec, réponds-je en faisant amende honorable.

– Pas grave. Tu m'offres le café ?

Il ouvre la porte sans prendre le temps d'attendre la réponse et j'ai un instant de panique. Ce n'est pas vraiment comme ça que j'avais prévu la journée et je ne sais pas comment Leah va le prendre si elle trouve Nolan dans l'appartement. Le bruit de la douche s'est d'ailleurs arrêté, ce qui signifie qu'elle ne va pas tarder.

– Attends… tenté-je vainement en le retenant par le bras.

Mais sans succès car il remarque bien vite la table mise pour deux personnes et s'immobilise avec un sourire machiavélique.

– Tu m'attendais, mon cochon ? demande-t-il en se foutant clairement de ma gueule.

– Ha ha ha… Dégage, loser. Je ne suis pas seul ce matin.

– Ça, je m'en doute. Jonah m'a dit que tu t'étais trouvé un petit lot à emballer hier soir. Du coup, je suis venu voir la marchandise !

– Putain, je *savais* que tu ne venais pas gratuitement, connard ! m'écrié-je en lui jetant à la tête le torchon que je tiens.

Il éclate de rire et l'évite en chipant un pancake.

– Non, plus sérieusement, dégage, Nolan, reprends-je, en espérant le faire déguerpir sans poser trop de questions.

– Pourquoi ? rétorque-t-il en prenant ses aises et en s'installant sur une des chaises autour de la table.

Son sourire goguenard commence à m'énerver et je prends sur moi pour ne pas le foutre dehors manu militari.

– Parce que j'aimerais être seul avec elle, consens-je à lui avouer sans plus m'étaler.

En espérant que ce soit assez pour le faire dégager. Mais ce connard sourit en retour et ose même croiser les pieds en les posant sur ma table.

– Eh ! Dégage tes pieds dégueulasses !

– Sinon quoi ? me défie-t-il.

– Sinon il te refait le portrait.

La voix de Leah nous interrompt et nous tournons simultanément la tête vers l'entrée de ma chambre, où elle se tient. Elle a remis sa robe mais m'a piqué un sweat pour l'enfiler par-dessus. Elle est magnifique avec ses cheveux lâchés et ses pieds nus. Elle ressemblerait presque à une adolescente frêle dans mon pull trop grand pour elle.

– Tu ferais mieux de l'écouter. Je l'ai déjà vu détruire un mec dans un combat clandestin, ajoute-t-elle d'une voix amusée en plissant le nez vers Nolan.

J'observe mon pote et son visage surpris vaut tout l'or du monde. Il retire ses pieds et se redresse lentement sur la chaise avant d'éclater d'un rire tonitruant.

– Putain, bande de salauds ! J'ai perdu deux cents dollars à cause de vous, reprend-il après s'être calmé en sortant son téléphone.

– Pardon ?

Leah et moi avons parlé en même temps, mais Nolan ne nous répond pas et passe un appel.

– Putain, t'avais raison ! Eh ! s'écrie-t-il quand je lui arrache le combiné des mains et regarde le numéro.

Lino.

Je lève les yeux au ciel et montre l'écran à Leah qui s'est rapprochée. Elle sourit, mutine, en voyant le prénom du mari de Maria s'afficher.

– Bande de branleurs… marmonné-je en rendant son téléphone à Nolan.

Ce dernier sourit de toutes ses dents et se lève pour laisser la place à Leah, tout en reprenant sa conversation. Je ne les écoute plus et m'assois en face d'elle.

– Bien dormi ? lui demandé-je en me penchant en avant pour m'appuyer sur mes genoux.

Je crois bien que c'est la première phrase que j'ai prononcée à son attention depuis ce matin. Nous n'avons pas du tout discuté, juste communiqué avec nos gestes et nos corps. Et ça me semble encore bizarre de lui poser une question aussi banale. J'imagine que je finirai bien par m'y faire… Elle me sourit et quitte son siège pour s'asseoir sur mes genoux. Je l'accueille avec plaisir et enroule mon bras autour de sa taille en m'affalant sur le dossier de la chaise. Je ne résiste pas à l'envie de poser ma main libre sur ses cuisses nues et lisses. J'y laisse glisser paresseusement la pulpe de mes doigts en l'observant, dans l'attente de sa réponse. Elle dépose un léger baiser sur mes lèvres avant d'enfin me répondre, quasi collée à ma bouche :

– Très bien. Peu, mais ce peu était très agréable… chuchote-t-elle d'une voix complice.

Je souris comme un abruti à sa réponse et glisse ma main dans les cheveux sur sa nuque pour l'embrasser plus profondément.

– Ah, putain, c'est dégueulasse… Ils n'arrêtent pas de se bouffer la gueule. Ça me donne envie de gerber, autant de bonheur venant de Jamie…

Leah éclate de rire et je sens les vibrations de sa joie sur ma langue. Je n'ai jamais goûté quelque chose d'aussi appétissant.

Une femme nue ? Bandant.

Léah nue ? Encore plus bandant.

Leah qui rit sur ma bouche ? Putain, c'est jouissif.

J'ai hâte de la sentir exploser de plaisir sur ma langue. Ça doit être le paradis…

L'idée même me file une érection monumentale et Leah ne peut pas la rater. Bien, il est temps de transformer ce rêve en réalité mais pour ça, je dois foutre Nolan hors de mon appartement. J'embrasse une dernière fois la déesse sur mes genoux et la repousse gentiment pour me lever. Elle obéit et s'assoit à ma place pour nous faire face et ne rien rater du spectacle qui se prépare. Elle ne sera pas déçue.

J'ai des trucs prévus avec elle aujourd'hui et le grand blond en face de moi m'empêche de les mettre à exécution, donc le choix est fait : il doit disparaître.

– Je crois que ça y est, j'ai atteint les limites de sa patience, s'amuse ce dernier en me voyant débarquer vers lui, le regard sérieux.

Il continue de parler à Lino au téléphone et je fais craquer les articulations de mon cou avant de frapper l'intérieur de ma paume avec le poing, résolu.

Game on.

– Je te rappelle ! hurle Nolan en jetant son téléphone dans sa veste avant de sauter sur le canapé en hurlant de joie alors que je me lance à sa poursuite.

Il me faut bien cinq bonnes minutes pour réussir à le coincer et à tenter de le foutre au sol, mais ce connard se défend super bien et refuse de se laisser faire. Je lui coince la tête sous mon aisselle et le menace en riant.

– Tu vas partir maintenant ?

– Pourquoi ? répond-il en riant malgré mon bras qui l'étouffe.

Il est malade. Je le savais, mais là, je confirme qu'il a aussi des tendances suicidaires.

– Parce que tu n'étais pas convié, réponds-je en retenant difficilement un rire.

– Putain, t'es vraiment pas cool comme pote !

Il réussit à se dégager et recule vers l'entrée. J'espère vainement qu'il va partir de lui-même, mais il se met à couvert dans la cuisine à la place et me jette un pancake.

– Tu recommences ça et je te jure que tu vas le payer, grondé-je en le bloquant de l'autre côté du plan de travail.

J'entends la chaise de Leah se déplacer dans mon dos pour échapper au deuxième pancake jeté dans notre direction. Putain, mais il commence à sérieusement me taper sur le système.

– Nolan, tu te casses, oui ? le menacé-je un peu plus sérieusement.

– Je sais pas. C'est quoi, le plat principal ? me nargue-t-il en jetant un troisième pancake.

Je dévie la trajectoire de celui-ci d'une main et m'apprête à lui répondre qu'il peut aller se faire enculer quand la voix de Leah m'en empêche :

– J'espère bien que c'est moi.

Sa réponse nous prend tous les deux de court et je fais volte-face pour l'observer avec de grands yeux. Non pas que je ne sois pas d'accord sur le principe, mais l'entendre de sa bouche d'habitude si bien élevée est… perturbant. Et orgasmique au possible.

Elle a changé de place et nous fait face de nouveau. Son regard noisette me fixe et je vois à ses pupilles dilatées qu'elle est dans le même état que moi. Un sourire démoniaque fleurit sur ses lèvres puis elle se penche pour regarder Nolan derrière moi, qui a les yeux écarquillés par la spontanéité de sa réponse.

– Sauf qu'il n'y en a pas assez pour deux, désolée…

Elle mime un sourire embêté et hausse les épaules. Je n'en reviens pas ! Et Nolan non plus, car il recule, les mains en l'air, vaincu.

– Je m'incline… obéit-il en rejoignant la porte d'entrée.

Je soupire de soulagement quand il l'ouvre enfin et passe le seuil. Je me précipite pour lui fermer la porte au nez mais il la retient d'une main et s'adresse à Leah :

– Leah, juste… Est-ce que tu penseras quand même un petit peu à moi ?

Mais quel putain de pote en carton ! Je lève les yeux au ciel mais je ris intérieurement face à son culot.

– Absolument pas, rétorque-t-elle d'une voix calme en secouant la tête.

– Raté… déplore-t-il en claquant des doigts.

Leah pouffe à sa réponse et je profite du fait qu'il ne tient plus la porte pour appuyer sur sa tête et le pousser dans le couloir.

– À plus, boloss ! lui jeté-je en souriant avant de lui claquer la porte au nez.

J'entends son rire étouffé dans le couloir et souris en pivotant pour regarder l'objet du diable devant moi. Aussi tentante qu'un péché et pourtant aussi vibrante qu'un aller simple au paradis…

– Où est-ce qu'on en était ? murmuré-je.

Son sourire ensorcelant me promet plus qu'un vol aller simple. C'est un vol en première classe que je viens de gagner.

34

Leah

Je me redresse avec lenteur en fixant Jamie[1].

– Pourquoi est-ce que tu provoques ça en moi, Duchesse ?

Je souris en coin et j'avance encore de quelques centimètres tout en soutenant son regard. Je ne lâcherai pas, je n'ai pas peur de lui, et je ressens une puissance phénoménale à l'idée d'être capable de le faire tomber à genoux alors qu'il y a peu, il me toisait sans aucune pitié. Je voulais aussi le faire basculer, mais pas pour les mêmes raisons. Aujourd'hui, je veux tomber avec lui.

Je veux chuter, indéfiniment.

J'ai recherché la sécurité pendant tant de temps que je suis encore étonnée de savoir que c'était l'inverse que je voulais. Je voulais quelque chose de vrai, de fantastique, au point de briser toutes mes chaînes. Jamie a l'air dangereux mais c'est faux. Avec lui, je n'ai plus peur. Je n'ai plus peur de montrer ma personnalité, ma face sombre. Jamie ne se cache pas, et avec lui je ne me cache *plus*.

– Recule, chaton, murmure-t-il, les yeux sombres. Tu ne sais pas dans quoi tu t'embarques quand tu me regardes comme ça…

Je ne retiens pas un sourire amusé, et ses iris gris pétillent en retour. Le jeu du chat et de la souris. Mais qui est qui ? Je ne sais même plus si je suis la proie ou le prédateur.

1. Je conseille d'écouter « Experience » de Ludovico Einaudi et Daniel Hope en fond sonore.

Mais honnêtement, qui s'en soucie ? J'avance vers lui alors qu'il se tient droit et immobile et m'observe sous ses paupières à demi baissées, un sourire en coin. Mon cœur bat fort, comme à chaque fois que je réduis la distance physique et émotionnelle entre lui et moi. Je lève enfin la main quand je suis assez près de lui et je…

Un cri déchirant nous fait sursauter et je suspends mon geste, les yeux écarquillés. Je reconnaîtrais ce genre de cri entre mille.

Ce n'est pas un cri de joie ou de surprise.

C'est de la peur. Une véritable peur.

Mon estomac se tord immédiatement en réponse. Le sang se précipite dans mes veines et mon cerveau doit faire face à un millier de souvenirs qui se déversent comme un torrent déchaîné. Le goût du sang métallique dans ma bouche, la brûlure des coups sur ma peau, l'angoisse qui me coupe le souffle.

Jamie est aussi immobile que moi, les yeux exorbités, ma main suspendue entre nous. Aucun de nous n'ose bouger, de peur de briser cet instant léger et de devoir assimiler ce qui se passe. Mais un second cri et des bruits de lutte à l'étage sous nos pieds font rugir un flot d'adrénaline dans nos veines et j'ai à peine le temps de prononcer son nom qu'il se rue hors de l'appartement.

– Jamie !

Je le suis en courant, la tête vacillante, encore sous le coup des souvenirs qui me donnent envie de vomir. Il est déjà sur le palier de Liz quand j'arrive à mon tour. J'atteins enfin la dernière marche quand des coups se font entendre sur le palier. Mes oreilles bourdonnent et je me retiens au chambranle de la cage d'escalier avant de réussir à atteindre le couloir où des voisins se rejoignent, tous plus effrayés les uns que les autres. La scène est chaotique. Jamie se jette sur la porte d'entrée de l'appartement de Liz en hurlant de rage, alors que les bruits de lutte, les cris de sa sœur et les pleurs de Lorenzo nous glacent tous le sang.

– OUVRE, ESPÈCE DE SALE BÂTARD ! *APRIMI !*

(OUVRE-MOI !) hurle-t-il en tentant désespérément de défoncer la porte d'entrée.

La scène me donne de nouveau envie de vomir et je me retiens au mur pour ne pas renvoyer l'intégralité du contenu de mon estomac. Je pensais tellement en avoir fini avec cette peur, mais elle s'était sagement cachée dans mon inconscient pour ressurgir sans pitié. J'ai vécu cette scène tellement de fois…

Mais je n'étais pas dehors, j'étais à l'intérieur, et personne ne tentait d'ouvrir la porte pour me défendre. Seule Laly pleurait. Elle pleurait tellement fort. Elle suppliait son père de m'épargner, sans résultat.

– J'appelle le 911 ! crie un des voisins.

Nolan surgit des escaliers et rejoint Jamie pour tenter d'ouvrir la porte alors que Liz est en train de se faire tuer derrière les murs. Ils sont assez fins pour ne pas retenir ses hurlements, mais assez épais pour nous empêcher d'entrer.

Non… Je ne peux pas revivre ça… Ce n'est pas moi… Pourtant, je ressens la connexion entre nous deux, cet instant de désespoir où l'on pense que c'est fini, qu'on va bientôt mourir. Le corps qui lutte mais l'esprit qui pleure, qui réalise que c'est vain, qu'il est plus fort que nous.

Les secours n'arriveront pas à temps.

Jamie n'arrivera pas à ouvrir cette porte.

C'est déjà trop tard… Personne ne les sauvera à temps et nous devrons tous vivre avec le souvenir d'avoir entendu Liz mourir sous les coups de son bourreau. Les larmes jaillissent de mes yeux alors que je réalise l'horreur de ce qui est en train de se produire.

– *CAZZO !* (PUTAIN !) hurle Jamie. Continue de forcer ! hurle-t-il à Nolan.

– Jamie, qu'est-ce que…

Je n'ai pas le temps de finir ma phrase qu'il me bouscule sans ménagement en passant en coup de vent à côté de moi et remonte les marches de l'escalier quatre par quatre. Le balcon… Je comprends immédiatement ce qu'il veut faire. Il veut sauter par le balcon pour atteindre celui de Liz, comme il a l'habitude de le faire. Mon cerveau se réveille brutalement quand l'espoir renaît.

Il va y arriver ! Il peut la sauver. Mes jambes retrouvent leur fonction et je me lance à sa poursuite si vite que j'atteins notre palier alors qu'il entre dans son appartement. Je me précipite sur mes affaires pour sortir mon trousseau de clés et le petit objet jaune fluo que j'ai ajouté après la virée dans la casse avec Nolan et Jamie : le briseur de vitre offert par Maria.

– JAMIE ! hurlé-je quand il s'apprête à sauter sur le balcon de Liz.

Il lève les yeux et attrape au vol l'outil. Nos regards se croisent l'espace d'un instant et je revis la même scène que le jour où il a découvert les marques sur les bras de sa sœur. Je le somme de faire ce qu'il faudra. *Tout* ce qu'il faudra…

Jamie saute souplement sur le balcon et j'entends le verre rebondir sous son premier assaut. Je n'attends pas de savoir s'il réussit à briser la vitre et je ressors de mon appartement pour descendre en quatrième vitesse à l'étage du dessous.

– LIZ ! hurlé-je en arrivant dans le couloir. TIENS LE COUP, JAMIE ARRIVE !

Je tambourine sur le mur et la porte en continuant de hurler, pour qu'elle m'entende, pour que son corps se réveille, pour que l'espoir renaisse dans le sien comme dans le mien à l'instant.

Elle doit comprendre que ce n'est pas fini. Pas encore. Qu'elle doit tenir. Elle *doit* tenir !

Nolan continue de tenter d'enfoncer la porte et je me jette sur elle en même temps que lui pour doubler nos efforts.

Le sang se rue encore dans mes membres et je tape à m'en faire mal, à me briser les os de l'épaule. Je hurle à m'en briser la voix. Je continue inlassablement lorsqu'un ouragan se déchaîne et interrompt toute action sur le palier.

Un bruit de verre qui se brise, puis un coup de feu.

Et le silence.

Puis un second coup de feu.

Je recule, comme si le bois de la porte m'avait brûlée.

Personne n'ose parler, ni même respirer. Chacun de nous joue tous les scénarios possibles dans sa tête et aucun de ceux que j'imagine ne réussit à me redonner espoir. Liz ? Jamie ? Lorenzo ?

La bile remonte dans ma gorge quand j'entends le verrou se débloquer. Nous reculons tous, et je suis terrifiée de découvrir ce qui s'est passé derrière.

Mon premier réflexe est de pleurer quand le visage sombre de Jamie apparaît dans l'embrasure de la porte. Son visage est vide quand il l'ouvre un peu plus et que les pieds d'un corps étendu par terre apparaissent dans mon champ de vision et me soulèvent le cœur. Je me précipite et remarque au même moment un détail plus que signifiant qui me stoppe en plein mouvement.

Jamie a un revolver dans la main.

Non…

Je relève les yeux vers lui et son visage neutre est édifiant.

Il a fait ce qu'il fallait faire.

Les pleurs de Lorenzo me réveillent et je réussis à détourner le regard de l'homme devant moi pour retrouver assez de force afin de me précipiter dans l'appartement.

Rien ne me préparait à ce que je découvre, le cœur au bord des lèvres. Liz gît dans une mare de sang, en partie recouverte du corps inerte de son ex-mari. Tandis que Lorenzo est prostré dans un coin de la pièce, le corps pris de convulsions. Je ne sais pas vers qui me précipiter en premier, jusqu'à ce que j'entende Liz tousser dans un gargouillis inquiétant.

Elle est vivante ! Je me rue sur elle et pousse sans vergogne le corps immobile pour la dégager de son emprise.

J'entends vaguement la porte se refermer dans mon dos, et les hommes parler à voix basse alors que je dégage les cheveux de son visage. Il est tuméfié et ouvert à plusieurs endroits. Elle tente d'ouvrir les yeux mais l'une de ses paupières est tellement enflée que c'est impossible.

– Ne bouge pas, s'il te plaît. Reste immobile, les secours arrivent, chuchoté-je pour essayer de la rassurer et de la calmer.

Mais c'est peine perdue. Elle essaie de bouger en cherchant désespérément autour d'elle.

– Lorenzo… murmure-t-elle, en proie à la panique de ne pas voir son fils.

– Il va bien, il est juste là…

– Lorenzo ! crie-t-elle un peu plus fort en tentant de se relever.

J'essaie de l'en empêcher, mais elle est plus forte que ce que je pensais malgré son état physique.

– Mamma…

Lorenzo sort de sa transe pour s'approcher enfin d'elle, en trébuchant presque. Il a les yeux vides et s'agenouille à côté de sa maman alors qu'elle lui attrape la main pour l'attirer vers elle.

– Tout va bien se passer… Tout va bien se passer…

Elle n'arrête pas de lui murmurer cette prière, mais Lorenzo reste immobile, les yeux fixes, la tête posée sur sa poitrine.

Son état me bouscule intérieurement. Il est en état de choc. Ce qu'il vient de voir l'a traumatisé. C'est seulement à cet instant que je prends le temps d'analyser la situation autour de nous.

Liz est allongée sur le sol et pleure en palpant son fils. Lorenzo est immobile et fixe d'un regard vide le corps à côté de moi. Je comprends enfin pourquoi quand le visage figé dans la mort de son père est tourné vers nous. Mon Dieu… Ce n'est pas la première fois que je vois un cadavre, mais cette vue me hantera jusqu'à la fin de ma vie. Je me déplace à quatre pattes et m'assois entre Lorenzo et les yeux froids et inhabités pour lui cacher la vue. Je ne peux pas le laisser regarder ça. Et je réalise que c'est ce qu'il observait sans relâche depuis que je suis entrée. Le visage de son père, mort.

Ses cils papillonnent alors et il fond en larmes, en tremblant de tout son corps, alors que Liz le serre plus fort dans ses bras. Elle doit sûrement avoir des côtes fracturées, peut-être même un poumon touché, mais elle le serre fort pour le réanimer, pour le réchauffer de l'intérieur alors qu'il vacille et convulse de nouveau. Mes yeux se remplissent de larmes à la vue de cet amour maternel. C'est à ce que ça ressemble. C'est à ça que ça doit ressembler…

Je détourne le visage mais reste à ma place pour empêcher Lorenzo de revoir le visage de son père. Je retiens une nausée en découvrant de nouveau le visage blafard de l'homme allongé à côté de moi. Ses mains ensanglantées d'avoir frappé sa femme sans relâche, son dos, où deux impacts témoignent de la cause de sa mort.

Je tourne le visage pour découvrir Jamie, immobile, face à moi, l'arme toujours dans sa main. Il me regarde, sans parler, alors que Nolan observe la scène, le visage grave. C'est probablement la première fois que je le vois aussi sérieux. Les sirènes des secours se font entendre au loin et Jamie relève la tête pour regarder par la fenêtre. Il se tourne alors vers son ami, fébrile :

– Tu sais ce que tu dois faire, murmure-t-il.

Nolan acquiesce, et je fronce les sourcils en le voyant avancer vers Lorenzo. Il s'agenouille à côté de lui et se penche pour murmurer des paroles à l'oreille de Liz. Ses larmes redoublent alors qu'elle serre son fils plus fort, mais brièvement, pour laisser Nolan l'emmener, aussi inerte et malléable qu'une poupée de chiffon.

– Où est-ce qu'il l'emmène ? demandé-je, déstabilisée.

– Se laver les mains.

Je cligne des yeux, confuse.

– Mais pourquoi ?

Jamie avale difficilement sa salive alors que le bruit des voitures de police qui se garent dans un crissement de pneus sous les fenêtres du salon me hérisse le poil des bras.

J'ai un mauvais pressentiment.

– Pour effacer les traces de poudre.

Et je comprends tout.

La scène se déroule de nouveau devant mes yeux. Le fracas de verre, presque immédiatement suivi du coup de feu. Le tiroir ouvert sur le buffet de l'entrée, Liz qui éclate en sanglots derrière moi, Lorenzo et son regard vide.

Puis le deuxième coup de feu après le silence.

Ce n'est pas Jamie qui a tiré le premier.

C'est Lorenzo.

35

Jamie

Je suis dans la merde[1].

Vraiment.

Pas une simple entourloupe avec possiblement une amende à payer. Mais je sais que j'ai fait le bon choix. J'ai beau savoir ça, je crève de peur en entendant les sirènes se rapprocher. Et quand je réponds sobrement à la question de Leah, j'entends les voitures se garer.

Je garde la main serrée sur le revolver que mon père avait laissé chez ma sœur, au cas où.

Celui que mon neveu a saisi, dans un élan de désespoir, pour sauver sa mère. Je l'ai vu faire à travers la vitre, et j'ai tout tenté pour réussir à la briser avant qu'il ne tire, mais je suis arrivé trop tard.

Une seconde trop tard.

Il l'a tué sous mes yeux.

Ce n'était pas à lui de faire ça. Et j'ai vu dans son regard l'horreur défiler quand il a compris ce qu'il avait fait. Liz a à peine eu le temps de voir ce qui s'était passé avant de s'évanouir sous le choc. Alors je n'ai pas hésité, j'ai saisi le revolver de ses mains, j'ai essuyé les traces de mon neveu comme j'ai pu en le frottant sur mon pantalon, et j'ai tiré encore une fois dans le dos de ce connard.

Il était déjà mort. Mais il me fallait une trace de poudre sur la main pour rendre ma version crédible. Il est hors

1. Je conseille d'écouter «Walk Through the Fire» de Zayde Wolf et Ruelle en fond sonore.

de question que mon neveu aille en établissement correctionnel et qu'il porte le fardeau de ce qu'il vient de faire toute sa vie. Il n'a même pas 10 ans, merde ! Il n'aurait jamais dû avoir à choisir de voir sa mère ou son père mourir. Il est intelligent, gentil, il a encore toute sa vie devant lui. Alors que moi ? Je végète dans le restaurant de mes parents. Quand je sortirai de prison, je reprendrai ma vie exactement au même endroit.

Si jamais j'arrive vivant en prison.

Et Leah le sait aussi bien que moi. Les bavures policières sont légion dans le coin, les arrestations houleuses qui finissent en drame aussi. Je ne serai pas le premier ni même le dernier. Mais je sais que j'ai fait ça pour une bonne raison.

Même si, à l'instant, j'en doute. Surtout quand je vois Leah qui se lève et s'approche doucement de moi pour coller son front contre le mien. Je ferme les yeux à son contact. S'il y a bien quelque chose qui peut faire vaciller la certitude que j'ai fait le bon choix, c'est ça…

– Recule… murmuré-je en frottant malgré moi mon nez contre le sien.

– Non.

Elle risque d'être blessée et il est hors de question que ça arrive. Je bande tous mes muscles pour ne pas la serrer dans mes bras et me penche uniquement pour l'embrasser. Mes lèvres ne sont pas tendres. Elles sont contractées par le rush d'adrénaline et par le goût amer de ce dernier baiser. Car ça risque bel et bien d'être le dernier… Quand nos bouches se séparent, je la repousse fermement d'une main, les yeux fuyants, même si tout mon corps me hurle de la garder contre moi et de me lover dans sa chaleur et son odeur pour me réconforter une dernière fois.

Elle se laisse faire, non sans me fixer, les yeux humides et les joues striées de larmes douloureuses.

Les pas se rapprochent dans l'escalier et des cris se font entendre. Mon ventre se tord. J'ai peur, putain. Et je vérifie rapidement que Nolan garde bien Lorenzo hors de la pièce. Si je dois mourir, je ne veux pas que ce soit devant lui. Je ne me sacrifie pas pour qu'il soit de nouveau traumatisé par une deuxième mort en direct.

– Dis aux parents que je les aime, demandé-je à Liz.

Elle tente de se lever et de m'empêcher de me rendre à la police en pleurant de plus belle, mais Leah s'interpose entre nous.

– NON ! crie-t-elle en tendant le bras vers moi.

Elle essaie de se débattre et d'échapper aux mains douces de Leah qui la retiennent, mais en vain. Elle est dans un état lamentable et la simple vue de ce que ce connard lui a fait me donne envie de lui tirer une autre balle dans la tête. J'entends les policiers à notre étage.

– *Ti amo*, Liz.

Je n'ose pas dire la même chose à Leah mais je la regarde alors que je me poste face à la porte.

– Je te déteste, murmure-t-elle.

Je souris tristement. Je sais exactement ce qu'elle veut dire, ce qu'elle cache derrière ses paroles dures. J'aurais tellement voulu vivre plus, passer plus de temps avec elle. Mais c'était voué à finir, tôt ou tard. Jamais je n'ai mérité quelqu'un comme elle de toute façon. C'était un beau rêve de croire que j'aurais la chance de partager sa vie. J'imaginais juste la fin autrement que celle-ci.

– Pas autant que moi, Duchesse…

Un premier coup sur la porte, qui provoque des sanglots et des inspirations hachées dans mon dos, et j'inspire fortement en bombant le torse et en stabilisant ma position face à la porte.

Un deuxième coup, des pleurs et des bruits de lutte. Je me concentre sur le bois foncé de la porte d'entrée encore fermée et je relève le menton, en serrant le revolver plus fort dans ma main, la mâchoire crispée et le goût métallique du sang qui s'amplifie dans ma bouche alors que je mords ma langue au point de la transpercer…

La porte s'ouvre dans un fracas gigantesque et une horde de policiers armés jusqu'aux dents fait irruption dans la pièce en me hurlant de poser mon arme. Merde, j'ai peur pour Leah et Liz maintenant. Et si un coup partait dans la mauvaise direction ? Je lève les mains au-dessus de ma tête, le revolver bien en vue.

– À GENOUX ! POSE TON ARME ! me hurle un policier en visant directement ma tête.

J'ai beau jouer le dur en toutes circonstances, rien ne me prépare à l'horreur de possiblement mourir d'une balle dans la tête, de voir un revolver aussi près de mes yeux, aussi près de m'ôter la vie. Je serre les dents et garde le regard droit tout en me mettant à genoux. Je tends lentement le bras pour poser l'arme au sol. L'instant d'après, elle est dégagée d'un coup de pied, et un policier se jette sur moi pour m'aplatir au sol. Son genou dans mon dos me coupe la respiration, et son bras sur ma nuque m'écrase contre le sol, si bien que je n'arrive plus à respirer.

Je suis en pleine terreur, je vais mourir étouffé. Je lutte pour respirer mais le poids du policier m'empêche de bouger la tête. Les poils du tapis sur lequel ma bouche est écrasée rentrent dans ma gorge et me bloquent encore plus la respiration. Je tousse et je râle alors que j'essaie de dégager ma tête pour la tourner sur le côté, mais on m'en empêche.

– BOUGE PAS !

J'entends vaguement quelqu'un me lire mes droits tandis qu'on me passe les menottes aux poignets en les tordant cruellement dans mon dos, mais tout ce que je veux faire, c'est respirer. Je me tords pour tenter d'aspirer de l'air sur le côté, mais plus je me débats, plus la poigne sur moi se resserre.

Mon cerveau commence à être en manque d'oxygène et je vois des points noirs danser sur la périphérie de mon champ de vision. C'est sans issue. Plus je me débats pour survivre, plus le policier m'empêche de respirer. C'est fini…

Ils sont trop nombreux et trop forts pour moi.

Je vais mourir.

Je me revois enfant, en train de me noyer dans les vagues.

J'entends les cris de Liz. Je me rappelle ce sentiment que c'est trop tard, qu'on a fait les mauvais choix…

Une succession de mauvais choix pour moi, d'erreurs, de stratégies foireuses et ironiques. J'ai frôlé la mort trop de fois aujourd'hui, pour finir étouffé comme un con sur un tapis…

– Il n'arrive plus à respirer ! hurle Leah dans mon dos.

Mes yeux se ferment de plus en plus alors que je perds conscience de ce qui m'entoure petit à petit. Alors que je bascule dans l'obscurité, en entendant seulement le bourdonnement dans mes oreilles et le bruit de mon cœur qui ralentit de plus en plus…

– IL N'ARRIVE PLUS À RESPIRER !

L'instant d'après, je suis soulevé manu militari et ma tête dodeline comme un mannequin désarticulé alors que j'étais sur le point de m'évanouir. Une grosse claque dans mon dos me réveille et mon corps aspire une bouffée d'air salvatrice, comme un désespéré. La tête me tourne, je suis encore vaseux et je n'arrive même plus à tenir debout alors qu'on me soulève. Mes jambes vacillent et je m'écrase lamentablement au sol, le souffle court et rauque, mais je respire. Je respire enfin !

– Jamie !

J'entends vaguement la voix de Leah se rapprocher de moi, mais un homme lui répond d'une voix sévère.

– Reculez !

Je suis traîné de force dans le couloir alors que je marche avec peine. Mes pieds ne me soutiennent pas et je trébuche plusieurs fois. Je me sens nauséeux et je lutte pour ne pas vomir. Ma vision est encore troublée et je n'arrive pas à bien voir ce qui se passe devant moi. Tout ce que je distingue, c'est une foule qui s'écarte devant nous.

– S'il vous plaît, attendez !

Non, Leah, ne dis rien… Par pitié. Je n'ai pas la force de la fixer pour lui faire comprendre de se taire.

– Je vous ai dit de reculer !

– Il est torse nu et il fait moins cinq dehors !

Je sens qu'on m'immobilise et je suis retourné sans ménagement. Mon cou craque dans le mouvement et je retiens un gémissement de douleur. J'ai encore assez d'énergie pour redresser les yeux et observer la forme floue de Leah dézipper le gilet qu'elle porte et s'approcher de moi pour le jeter sur mes épaules. Je sens une mèche de ses cheveux frôler ma joue et son parfum venir voler jusqu'à moi. Je ferme les yeux en humant une dernière fois son odeur et fronce les sourcils de désespoir quand elle en profite pour caresser mes joues. C'était la goutte de trop.

Une larme roule sur ma joue. J'ouvre les yeux quand elle est arrachée à moi et reculée sans délicatesse vers la porte. Ma vue se précise de nouveau et j'ai le temps de voir ses joues striées de larmes, avant d'être embarqué de nouveau.

Elle disparaît de ma vue et ma vie bascule définitivement.

36

Leah

Je fixe le sol de la salle d'attente de l'hôpital devant moi.

Je ne ressens aucune émotion. Je suis anesthésiée.

J'ai suivi le mouvement sans trop comprendre. Quand les secours sont venus chercher Liz, Lorenzo n'a pas pu les suivre étant donné son statut de mineur. Nous avons tous été interrogés. J'ai un souvenir flou de ce qui a été dit, du retrait de mes vêtements et de ceux de Lorenzo car ils étaient tachés de sang, de mon explication quand j'ai avoué avoir déplacé le corps de Calvin pour soulager la respiration de Liz.

Quand tout a enfin été fini après ce qui m'a semblé une éternité et que nous avons eu le droit de quitter les lieux, les parents de Liz attendaient devant le bâtiment, en larmes. J'avais eu le droit de me changer et j'avais demandé à aller chercher des affaires pour Lorenzo aussi. L'état de santé de Liz et le flagrant délit de Jamie avec une arme à la main nous ont permis d'éviter le poste. On nous a signifié l'autorisation d'aller au chevet de Liz avec une convocation au poste le lendemain.

Depuis, je suis dans la salle d'attente des urgences avec sa famille. Lorenzo s'est endormi sur les genoux de sa grand-mère, qui pleure en silence, tandis que son mari est immobile à côté d'elle, le regard perdu. J'ai mal pour eux. Ils viennent de voir leur vie voler en éclats. Leur fille est en soins intensifs, leur fils vient d'être arrêté et leur petit-fils… Lorenzo n'a plus parlé. Les policiers ont bien tenté de lui poser des questions mais son mutisme a eu raison de leurs efforts. Lorsqu'il a été rendu à ses grands-parents, il leur a été demandé de revenir au poste avec lui afin de l'interroger de nouveau le lendemain, en espérant qu'il accepte enfin d'ouvrir la bouche.

Je me tourne vers Nolan, assis à côté de moi, le visage sombre. Il sent mon regard et se tourne pour m'observer en retour en tentant de sourire faiblement. J'ai enfin le courage de lui poser la question qui brûle mes lèvres.

– Qu'est-ce qu'il risque ? prononcé-je faiblement.

Il doit savoir exactement ce qu'il risque. Les gens qui frayent avec les hors-la-loi connaissent généralement très bien les lois et les peines de l'État dans lequel ils jouent avec le feu. Il soupire et baisse les yeux pour fixer ses mains nerveusement croisées. Je les observe également se tordre dans un sens puis dans l'autre, comme un étrange ballet neurasthénique, avant qu'il ne me réponde.

– Au Massachusetts, on n'applique pas la loi du *stand your ground*[1] mais la loi du château[2] qui permet d'éviter le retrait si on est chez soi en cas d'attaque, sauf que…

– Donc il peut invoquer la légitime défense… Sauf que… reprends-je faiblement quand il se tait.

Il ferme les yeux et je sens le poids du monde s'abattre sur lui.

– La légitime défense n'est prise en compte que lorsqu'on utilise une force identique à celle utilisée pour nous attaquer, finit-il d'une voix abattue.

– Et là, un revolver a été utilisé…

– Exactement, souffle-t-il. Si Jamie avait eu le temps de dégager Calvin et de le rouer de coups, ça serait recevable devant un jury. Mais là…

– C'est disproportionné, conclus-je d'une voix étouffée[3].

Une vague d'abattement me submerge. Et je ne me fais pas de fausses illusions. Je sais que Jamie va plaider coupable

1. Cette loi permet de ne pas se défiler en cas d'attaque et de se défendre sans opérer un retrait en premier lieu.
2. Cette loi autorise la victime à se défendre sans retrait si on l'attaque chez elle.
3. Je conseille d'écouter « Les Étoiles » de Louane en fond sonore.

pour éviter une enquête. Il ne prendra pas le risque que Lorenzo soit suspecté, alors il va tout prendre sur lui. Il n'aura pas le temps de passer devant un jury, et s'il plaide coupable, il sera jugé pour homicide volontaire. Pas pour homicide en état de légitime défense. Nolan sourit faiblement en me voyant comprendre l'étendue de la situation et passe un bras autour de mes épaules pour me serrer contre lui. Je me recroqueville en posant la tête sur son épaule. Je refuse de pleurer, je ne m'en sens pas le droit. Quand je vois Lorenzo, mutique, sa mère en train d'être opérée, ses grands-parents qui ont peur de perdre leur fille et ne savent pas ce qui va advenir de leur fils, et Nolan qui va aussi perdre son meilleur ami pour plusieurs années... Je ne suis personne pour ces gens-là. Je suis arrivée dans leur vie il y a quatre mois. Je suis certes proche de Liz mais Maria l'est mille fois plus. Elles sont sœurs de cœur, et je ne suis proche de Jamie que depuis quoi... deux jours ?

Je n'ai pas le droit de craquer.

– Ça va aller, me souffle Nolan.

J'en doute... Mais je ne réponds pas. Des bruits à l'entrée de la salle nous font sursauter et Maria entre en trombe, suivie de Lino et de ses parents. Elle se jette dans les bras de sa tante. S'ensuit un vacarme de conversations en italien, et nous restons à l'écart, Nolan et moi, sans oser nous approcher de ce noyau familial qui se resserre inconsciemment autour de Lorenzo, à présent réveillé. Mon cœur se serre en le voyant, le regard vide. Il va devoir vivre avec un poids gigantesque sur les épaules pour le reste de sa vie.

Maria me voit enfin et ses épaules s'affaissent quand elle croise mon regard épuisé. Elle me rejoint en quelques enjambées et s'accroupit devant moi.

– Comment tu vas ? me demande-t-elle.

Je me redresse et secoue la tête en souriant, pour la rassurer.

– Ça va, ça va. Retourne avec ton oncle et ta tante, ils en ont plus besoin que moi.

Elle me sourit faiblement en retour et prend mes mains dans les siennes.

– Je n'en suis pas certaine après ce que j'ai vu hier… me contrecarre-t-elle d'une voix douce.

Son regard compatissant affaiblit mes barrières et je manque de fondre en larmes, mais je me refuse à le faire. Je retiens difficilement l'envie de pleurer qui me submerge et retire mes mains des siennes avant de me lever.

– Ça va… Je vais juste aller prendre l'air.

Je réussis à me lever sans faiblir et avance d'un pas normal jusqu'à l'ascenseur. Quand j'entre dedans et que les portes se referment, je manque de basculer. Je me recule brusquement contre la paroi en plaquant mes mains sur ma bouche pour tenter d'empêcher un sanglot de sortir. Je ferme les yeux sur les larmes amères qui jaillissent de mes yeux et je crie intérieurement. Si fort que les jointures de mes doigts deviennent blanches. Mon cri vibre dans mon corps, en silence, me tord les entrailles et me coupe les jambes sous la violence de son assaut. Il érode mes barricades, il détruit les murs de mes châteaux de sable. Je les pensais solides, ils sont en fait toujours aussi friables. Je trébuche et me tiens difficilement debout, mais j'arrive enfin à passer au-dessus de son attaque mesquine et pernicieuse.

Quand les battants s'ouvrent devant la sortie, je suis à peu près normale, comme s'il ne s'était rien passé. À part mes yeux rouges, rien n'indique que j'ai failli voler en éclats dans la cabine. J'inspire profondément et sors devant l'hôpital. La nuit est déjà tombée et le vent glacial me gifle. Je me laisse tomber sur un banc et dois me soutenir en plaquant mes mains de part et d'autre de mes genoux. Ma tête s'affaisse et je soupire.

Pourquoi rien ne va jamais ?

Je pensais avoir un père, j'ai hérité d'un bourreau.

Je pensais avoir une sœur, finalement je suis toujours aussi seule.

Je pensais tomber amoureuse…

Tout ce que je voulais dans la vie, c'était appartenir à une famille, à quelqu'un. Je voulais trouver mon ancre.

Quelque chose vers qui aller spontanément quand ça n'allait pas. Un noyau. N'importe quoi.

Je ne l'ai jamais eu. J'ai parfois goûté au bonheur d'espérer le trouver, mais à chaque fois, la vie m'a tout enlevé. Mes lèvres se pincent et je retiens la nouvelle vague de tristesse qui me submerge. La peine est toujours là, cachée, et prête à me tirer vers le bas, à me noyer dans ses profondeurs. Si je sais nager en eaux troubles, elle plante ses griffes dans ma peau et m'empêche encore et toujours de remonter à la surface pour respirer…

– Leah ?

Je sursaute à la voix à côté de moi. Je relève la tête pour découvrir le père de Jamie et Liz qui me sourit gentiment, assis à côté de moi.

– Monsieur Selvaggio, réponds-je en essuyant rapidement une larme qui s'était égarée sur ma joue.

– *Chiamami Cesare.* (Appelle-moi Cesare.)

Je souris à son injonction et hoche la tête. Je le ferai la prochaine fois, peut-être.

– Maria m'a dit que Jamie et toi étiez devenus proches ces derniers temps.

Je me mords l'intérieur de la joue. Il ne s'embarrasse pas de faux-semblants. À quoi bon mentir de toute façon ? J'acquiesce d'un simple mouvement de tête. Ma réponse le fait sourire et il pose une main sur mon épaule.

– J'en suis heureux.

Sa voix tendre est comme une nouvelle tentative de me faire craquer. Mais je tiens bon. Nolan nous rejoint dehors et s'allume une cigarette. Il me sourit faiblement, conscient de mes efforts pour ne pas m'effondrer.

– Dites-moi…

Nous tournons tous les deux le visage vers Cesare qui a repris la parole. Il semble chercher une façon de formuler ce qu'il s'apprête à dire. Je le vois à son front qui se barre de rides d'inquiétude et à ses sourcils qui se froncent.

– J'aimerais comprendre… Vous étiez tous les deux présents quand les tirs ont eu lieu, c'est bien ça ?

Nolan se tend dans la périphérie de mon champ de vision. Il tire un peu plus fort sur sa cigarette et j'ose un regard incertain vers lui. Ses yeux me confirment de ne rien dire.

– Jamie… Jamie n'aurait jamais pris le revolver.

Je baisse les yeux et fixe mes pieds. Je n'ose plus le regarder. Aucun de nous ne le peut.

– Je connais mon fils. Il est impulsif. Jamais il n'aurait pris le temps d'aller chercher le revolver dans le buffet au risque que Liz se fasse tuer avant. Il se serait jeté sur Calvin. Il l'aurait sûrement tué à mains nues, mais pas à l'aide d'une arme… Et encore moins en tirant deux fois d'affilée.

Sa perspicacité me frappe en plein cœur, comme une fléchette empoisonnée.

– Il n'y avait que Calvin, Liz et Lorenzo avant que Jamie ne réussisse à rentrer, n'est-ce pas ?

Je ne peux pas m'empêcher de basculer la tête en arrière, puis sur mon épaule, gênée.

– C'était Lorenzo, c'est ça ? Le premier coup de feu.

Je ne parle pas, et Nolan non plus. Mais notre silence est éloquent. Il a compris seul. Il sait comment Jamie fonctionne. Je pense même qu'il a compris car il aurait fait exactement la même chose à sa place. Tout ce que je réussis à faire, c'est articuler un silencieux « je suis désolée… » en réussissant enfin à le regarder. Je ne vois pas de tristesse dans ses yeux. Au contraire, c'est de la fierté qui en émane, et du soulagement. De savoir que son fils n'est pas un tueur, et qu'il a protégé sa famille.

Je sais qu'il a fait ce qu'il faut. Je le sais.

Alors pourquoi j'ai l'impression de mourir à l'intérieur ?

37

Jamie

L'officier me fait entrer dans une salle isolée avec un téléphone posé sur une table au centre[1].

Le coup de fil, celui qu'on voit dans tous les films.

Sauf qu'aujourd'hui, la réalité a rejoint la fiction et c'est moi qui prends place sur la chaise froide, dans cette pièce sombre sans fenêtre. Pas un acteur de seconde zone.

– Dix minutes, pas plus, m'indique le policier en prenant place devant la porte d'entrée après avoir détaché ma main droite.

Je soupire en observant le vieux téléphone filaire. Hier matin, j'étais heureux, je me sentais bien, enfin serein… Après plusieurs heures de garde à vue et d'interrogatoire, je suis épuisé. J'ai l'impression d'avoir pris vingt ans dans la gueule. Je suis avachi sur le dossier, écrasé par la fatigue. Je me fais violence pour me redresser et saisir le combiné. Je compose le numéro que je connais par cœur. Nolan décroche presque instantanément.

– Eh.

– Salut.

On a tellement déconné là-dessus pendant l'adolescence, quand on faisait les quatre cents coups. Sur ce fameux coup de fil au poste, chacun jurant d'être le destinataire de l'autre s'il se faisait arrêter. Je ne pensais pas avoir à le faire un jour pour de vrai. Nolan a dû rester accroché à son portable depuis mon arrestation.

1. Je conseille de continuer à écouter « Les Étoiles » de Louane en fond sonore.

– Lino est sur le coup pour ton avocat, commence-t-il. Il ne devrait pas tarder. Et Liz est sortie du bloc il y a deux heures, elle va s'en tirer.

Mes yeux s'emplissent de larmes et je les ferme, soulagé. Je presse mon visage sur mon avant-bras en abandonnant temporairement l'écouteur. Juste quelques secondes, assez pour me ressaisir et répondre d'une voix stable :

– Lorenzo ?

Silence.

– Il n'a pas parlé depuis hier, avoue-t-il enfin.

C'était prévisible.

– Mes parents ?

– Ils ont compris. Et ils te soutiennent.

Nouvelle vague d'émotion et de culpabilité. J'inspire le plus fort possible pour retenir ce qui manque de se déverser. Je ne poserai pas la dernière question, je n'y arriverai pas.

– J'ai plaidé coupable, annoncé-je en changeant délibérément de sujet.

– Je m'en doute.

Nouveau silence. C'est drôle, c'est sûrement l'une des premières fois où j'ai une discussion sérieuse avec Nolan, et qu'aucun de nous deux ne la fait dérailler avec une connerie.

– L'avocat de Lino est un ténor du barreau, apparemment. Il lui a expliqué la situation et il va essayer de te négocier une remise de peine pour circonstances atténuantes.

– J'ai plaidé coupable, Nolan.

– Je sais.

Si j'avais invoqué la légitime défense, il y aurait eu une enquête. Je ne voulais pas risquer qu'ils découvrent que Lorenzo avait tiré en premier. J'ai signé les aveux pour homicide volontaire. Je suis foutu quoi qu'il arrive.

Mais Liz est en vie.

Et Lorenzo ne sera pas inculpé.

Je ne regrette rien.

– Leah est à côté de moi, prononce Nolan d'une voix basse.

Presque rien.

Est-ce que j'aurai le courage de lui parler ? Je n'en sais rien…

Mais je lui dois bien ça. Pour l'avoir entraînée malgré elle dans cette galère.

– Passe-la-moi.

J'entends le téléphone changer de main et sa voix douce juste après.

– Jamie…

Putain… C'est tellement plus dur que ce que je pensais. Il me faut une bonne minute pour réussir à lui répondre. Pendant ces soixante secondes, je revis en accéléré tout ce que j'ai vécu avec elle. En me maudissant d'avoir perdu autant de temps. Si j'avais su avant. Si j'avais compris avant… J'aurais pu avoir plus de temps avec elle. Mais c'était juste un aperçu du bonheur. Comme quand on perd conscience pendant une chute et qu'on se sent en apesanteur, juste avant le choc, celui qui vous brise les os.

– Salut, Duchesse.

Elle ne me répond pas. J'imagine que ma voix provoque le même tourbillon d'émotions en elle. J'espère… Mais je n'ai pas le droit de lui demander de ressentir tout ça pour moi. La chute était vertigineuse, et belle. Mais l'impact a eu lieu. Je me maudis d'avoir à lui dire ça. Je me mords l'intérieur de la joue en me forçant à sortir les mots qui me brûlent la gorge comme de l'acide.

– Ne m'attends pas, Leah.

Aucune réponse.

– Je ne veux pas que tu viennes me voir en prison non plus.

– Pourquoi ?

Sa question, prononcée d'une voix douce mais ferme, fait vaciller mes certitudes.

Pourquoi ?

Parce qu'elle mérite mieux que ce que j'ai à lui offrir. Si, hier, je pensais pouvoir mériter une femme comme elle, aujourd'hui, je n'ai plus rien. Pas de perspective d'avenir, plus de projets. Tout ce que j'ai à lui offrir, c'est la solitude. L'attente. L'érosion des sentiments.

Elle n'est pas digne de ces miettes de vie.

– Duchesse…

– Pourquoi…

Sa voix n'est plus qu'un faible souffle et je manque de flancher face à sa tristesse évidente. Je la rejette. Hier matin, je la vénérais, aujourd'hui, je lui dis de dégager. Ça n'a aucun sens pour elle, je le comprends.

– Leah, s'il te plaît, ne me force pas à faire ça…

– Alors ne le fais pas…

– Si.

Il le faut. Et je ne pourrai jamais me regarder dans un miroir si je ne prends pas mes responsabilités.

– Il le faut, parce que c'est une décision que j'ai prise seul. J'en assumerai les conséquences seul. Tu ne peux pas m'attendre pendant des années. Tu peux continuer ta vie et, je sais pas… trouver un mari avec un super diplôme et lui faire des enfants avec des QI de génie, plaisanté-je faiblement.

Silence.

– Et si ce n'est pas ce que je veux ?

Je fixe le plafond, heureux de ne pas être en face d'elle pour lui dire tout ça. Elle aurait vu à mon visage que je ne crois pas un mot de ce que je lui dis.

– Je refuserai tes visites.

Silence.

– Si tu demandes à obtenir une validation pour visite, je la refuserai, reprends-je plus fermement.

Elle ne répond pas mais j'entends son souffle haché, en partie disloqué par les sanglots qu'elle retient. Je m'en veux tellement de lui faire subir ça.

– Connard un jour, connard toujours, c'est ça ? murmure-t-elle d'une voix brisée.

Je souris faiblement. Mon chaton sort encore les griffes malgré la situation misérable.

– On ne change pas une équipe qui gagne… réponds-je sur le même ton.

Un signe sur le côté. C'est la fin de mon coup de fil.

– Je dois raccrocher. Dis à Nolan que j'attends l'avocat.

– Jamie…

– Oui ?

J'attends bien cinq secondes avant qu'elle ne se décide à parler.

– Je te déteste…

Et je flanche. Comme un gamin.

Parce que je sais exactement ce qu'elle veut dire de sa voix enrouée de larmes. Et je ressens exactement la même chose. Je la déteste de tous les pores de ma peau.

Je la déteste à en crever.

Je la déteste à en regretter de ne pas avoir compris avant.

Que je la déteste.

Autant que je l'aime.

– Pas autant que moi…

38

Leah

– Je reviens te chercher lundi soir ?

J'acquiesce à la demande de confirmation de Maria et l'embrasse sur les joues, en évitant d'appuyer sur son ventre qui commence à s'arrondir.

Mi-février. Jamie est en prison, il n'y a pas eu de procès. Son avocat a su négocier une sentence de cinq ans, étant donné les circonstances du drame. C'est une excellente nouvelle. Sa famille était paniquée à l'idée qu'il soit enfermé pour les trente prochaines années. L'agression de Liz et le traumatisme de Lorenzo ont permis à son avocat de plaider des circonstances atténuantes. En moins d'une semaine, il était transféré au centre pénitentiaire de Shirley.

Il refuse toujours que je vienne le voir. Je n'ai de ses nouvelles qu'à travers sa famille. Je mange avec eux chaque semaine. Ils ont tous le droit de lui rendre visite. Nolan aussi. Mais pas moi. Je les entends régulièrement se plaindre de son entêtement à me maintenir hors de sa vie, mais je ne lui en veux pas. Je ne sais pas si j'aurais survécu à une visite en prison.

À la place, je me contente d'aller parfois dormir dans son appartement. Nolan m'a laissé les clés. Certains soirs, le manque est trop fort. La première semaine après son arrestation, j'ai dormi tous les soirs dans son lit, apathique, emmitouflée dans un de ses sweats. Je fixais le plafond, sans bouger ni même laisser transparaître quoi que ce soit. J'étais vide.

Puis après quelques jours, j'ai décidé d'avancer et d'abandonner mon état léthargique. L'attitude de Lorenzo m'y a aidée. J'étais une enfant brisée. Il l'est lui aussi maintenant. Liz est restée un long moment à l'hôpital et son fils refusait de la laisser. Je venais tous les jours après l'école pour lui faire une petite classe en accéléré et éviter qu'il ne perde le rythme. Il a enfin recommencé à parler, quand sa maman a repris ses esprits, et a pu communiquer avec nous. Le soulagement de voir sa mère vivante et réactive l'avait enfin sorti de sa léthargie.

Il leur a fallu beaucoup de temps, beaucoup de force. Depuis deux semaines, Liz est sortie de l'hôpital et vit chez ses parents avec son fils. Lorenzo est enfin revenu en classe. Mais son comportement a radicalement changé. Le petit garçon insouciant a disparu.

Ça me fait tellement mal au cœur…

J'étais une petite fille qui riait tout le temps. « Mon rayon de soleil », c'était comme ça que ma mère m'appelait avant de se marier. Cette enfant a disparu aussi.

Penser à ma mère me remet les idées en place. L'aéroport.

– Fais attention à toi, me demande Maria en me serrant dans ses bras.

– Promis.

Je saisis mon sac à dos et recule pour entrer dans le terminal. Mon vol décolle dans deux heures. J'ai le temps de m'enregistrer, de passer les contrôles de sécurité et de grignoter un peu avant de décoller. Je passe toutes les étapes sans encombre car je n'ai pas grand-chose comme bagages. Je n'ai qu'un sac de voyage et mon sac à main. Je ne reste pas longtemps, de toute façon…

Quand je suis enfin devant la porte d'embarquement avec un sandwich acheté dans un distributeur automatique, je me pose pour vérifier mon itinéraire. Je dois faire un changement à Atlanta. Je n'ai qu'une heure et demie entre les deux vols, donc c'est serré.

En comptant les deux heures quarante de vol depuis Boston et l'ultime heure de vol depuis Atlanta, j'arriverai à Montgomery dans six heures, soit vers une heure du matin. Je vérifie encore une fois l'hôtel dans lequel je vais dormir.

Il se trouve à quinze minutes de l'aéroport, et à six minutes à pied de ma destination finale.

Je ris jaune à l'utilisation de ce terme. C'est on ne peut mieux trouvé…

Quand j'ai fini mes vérifications, je mange mon repas improvisé et observe les gens autour de moi. Je reconnais les habitants du Sud entre mille. Les maillots de football à l'effigie de l'université d'Alabama, l'accent traînant typique… Je ne suis pas originaire du Sud. Je suis née dans l'Iowa, mais ma mère a quitté ma ville natale quand j'avais 2 ans. Nous avons vécu toutes les deux dans un petit appartement pendant quelque temps avant qu'elle ne rencontre son actuel mari. Le changement a été brutal. De trente-cinq mètres carrés, nous avons déménagé dans une immense bâtisse coloniale. Je me souviens de mon émerveillement en voyant les colonnes blanches qui entouraient l'entrée majestueuse. J'avais eu l'impression d'être une princesse qui entrait enfin dans son château tant mérité. Mais le château n'était qu'un leurre pour cacher la prison dorée qui allait se refermer sur moi.

Et ma maman, qui était tout pour moi, est devenue une autre femme.

L'émotion me submerge de nouveau. Je n'arriverai jamais à lui pardonner de m'avoir abandonnée. Aussi bien physiquement que mentalement.

Mais un jour, j'arriverai peut-être à me pardonner moi-même pour avoir fui.

Pour avoir laissé Laly avec eux.

Mais c'est bientôt fini.

Parce que je viens la chercher.

***

Quand je ferme la porte de la chambre d'hôtel derrière moi, la fatigue me tombe dessus. Il est tard. Et je suis épuisée aussi bien physiquement que mentalement.

J'ai hésité à ne pas traîner et à venir la kidnapper directement en arrivant, mais mon état n'est pas optimal pour une opération aussi délicate.

De plus, j'ai besoin de matériel que je ne pouvais pas emporter en avion. J'irai donc l'acheter demain et je le laisserai dans la chambre d'hôtel. Je vérifie encore une fois les papiers que Joan m'a envoyés par mail, nécessaires au retour en avion toutes les deux. Je souris en voyant la photo souriante de Laly sur sa pièce d'identité scannée en secret.

Grâce à Joan, j'ai aussi su que demain soir ma mère et mon beau-père avaient un gala à partir de vingt heures. J'ai donc une belle fenêtre de tir pour extraire Laly de sa prison et la ramener avec moi à Boston. Et pour préparer tout ce qu'il faut. Je décide de me coucher en m'allongeant à même le lit dans la tenue que je porte, mais j'ai beau être fatiguée, mon cerveau qui tourne en rond et répète inlassablement le même protocole depuis plusieurs jours m'empêche de fermer l'œil avant un long moment. Quand je me réveille le lendemain, je suis dans la même position et le soleil est levé depuis longtemps.

Il me faut du temps pour émerger. Je pars m'asperger le visage à l'eau fraîche dans la salle de bains miteuse, et après avoir aperçu l'état de la douche, je décide de faire l'impasse. J'ai choisi cet emplacement car il est très proche de l'endroit où je vais agir cette nuit. Peu importe l'état d'insalubrité. Je me fais une petite toilette de chat et sors pour aller chercher à manger. Je fais bien attention à rabattre la capuche du sweat de Jamie sur ma tête coiffée de sa casquette et de glisser mes lunettes de soleil sur le nez. Je doute d'être reconnue vu ma tenue, mais on ne sait jamais.

S'il y a bien une chose que je veux éviter, c'est d'être suspectée de quoi que ce soit. Je m'arrête dans un café lambda pour prendre à boire et à manger et m'installe au fond de la salle, dos au mur et face à la porte d'entrée, pour ne pas être prise de court par qui que ce soit. J'ai gardé la casquette de Jamie sur ma tête. Je suis tombée dessus dans son dressing avant de partir et je l'ai embarquée sur un coup de tête. J'avais la sensation qu'elle allait me donner du courage pour avancer et être aussi audacieuse que lui pendant mon voyage express. Je la ramènerai à Lorenzo dès mon retour, mais pour l'instant, je savoure de l'avoir juste pour moi. Je plonge mon nez dans le sweat de Jamie. Il était propre donc il sent la lessive, à défaut de sentir comme lui. Mais j'ai pris la liberté de le parfumer avec la bouteille que j'avais trouvée dans sa salle de bains pour avoir un peu de son odeur.

Parfois, j'ai l'impression d'être une psychopathe et d'agir comme une harceleuse, à trouver toutes les occasions de me glisser dans son souvenir, que ce soit en dormant dans son lit, en enfilant ses vêtements ou bien en utilisant son parfum. Comme si j'avais mué et pris son identité en oubliant la mienne. Mais j'essaie de me détacher peu à peu de tout ça. Quand j'aurai récupéré Laly, je pourrai enfin le laisser partir. Je pourrai enfin guérir totalement.

J'espère.

Jamie était mon plongeon dans l'inconnu, le pari sur l'avenir. Mais comme tout enjeu risqué, la chute est souvent inévitable. J'ai compris que ce n'était pas moi qu'il devait sauver, mais sa famille. Je n'étais qu'une étape. Une merveilleuse étape, une étape aussi difficile à vivre qu'à laisser partir. J'aurais voulu plus, plus longtemps, plus vite… Les larmes menacent une nouvelle fois de me submerger mais je me reprends. C'est à mon tour de faire comme lui : sauver ma famille.

Après avoir mangé, je trouve une petite quincaillerie pas loin ouverte le dimanche pour acheter ce dont j'ai besoin. Le caissier me regarde de travers à la vue des outils et accessoires que je pose sur sa caisse, mais je le fixe sans sourciller en attendant qu'il daigne les scanner pour que je puisse payer. J'achète de quoi grignoter sur le chemin du retour et je rentre dans la chambre d'hôtel afin de patienter jusqu'au soir. Je zappe de chaîne en chaîne sur la télévision de la chambre, tourne en rond et observe le plafond pendant ce qui me semble des heures, avant d'enfin atteindre l'horaire de départ[1].

Je m'attache les cheveux en une longue tresse. Ils étaient restés détachés pendant toute la journée. Après ce qui s'est passé, je n'ai plus peur de laisser ma pelade apparaître. Ça me semble être le dernier de mes soucis désormais.

Tant d'années à me soucier du regard des gens pour réaliser qu'en fait, tout le monde s'en fout…

Je passe un legging noir et enfile le sweat de Jamie, noir également. Je glisse ce dont j'ai besoin dans un sac de sport foncé et sors dans le froid de février. Il fait nuit depuis longtemps quand je sors et les températures sont plus douces que celles de Boston, mais je frissonne sans pouvoir m'en empêcher. J'imagine que c'est le rush d'adrénaline qui prend le dessus.

Je marche d'un pas assuré vers ma destination, la capuche sur la tête et les mains enfoncées dans les poches. J'ai pris mon mini Taser au cas où. Il ne manquerait plus que je me fasse agresser sur le trajet, mais j'en doute. Mon regard peu commode ne doit pas donner envie de m'aborder.

Alors que je me rapproche de l'entrée en marbre blanc qui précède le domaine arboré, mon cœur manque un battement quand une berline noire en sort et que je reconnais le profil du chauffeur par la fenêtre baissée. Je me rue dans l'angle d'un bâtiment pour ne pas me faire repérer. Je doute que Silvas, le chauffeur de mes parents, m'ait vue. Et à travers les vitres teintées, je ne pense pas que quiconque ait remarqué ma présence. Mais mon cœur bat tellement fort à la simple idée de les sentir aussi proches de moi… Mon menton se met à trembler. Quoi que je fasse, je reste une petite fille avide de retrouver sa maman. Avide d'avoir de nouveau l'amour dont j'ai tellement manqué pendant toutes ces années. Et le constat fait mal…

L'amour me fuit.

Et je continue de lui courir après, désespérée.

1. Je conseille d'écouter «Lovely» de Billie Eilish et Khalid en fond sonore.

Je plaque la base de mes paumes sur mes yeux pour enrayer le flot d'émotions qui me submerge en réalisant qu'elle était juste à côté. Je pensais qu'ils étaient déjà au gala depuis longtemps, mais j'avais oublié qu'ils la visitent toujours avant de partir.

Quand le flux sanguin se calme enfin et que je peux de nouveau respirer normalement, je souffle un bon coup avant de reprendre mon chemin.

Je me glisse discrètement le long des grilles qui bordent la propriété et vérifie bien que l'entrée est libre avant de me faufiler à l'intérieur. Le portail n'est jamais fermé et je savais que je pourrais m'y glisser sans encombre. J'avance dans le noir, le long du chemin goudronné à travers les arbres centenaires. Mon corps se met de nouveau à trembler convulsivement au fur et à mesure que j'approche. Je marche un long moment avant d'atteindre enfin la zone historique du parc. Je suis seule mais j'ai la désagréable sensation d'être épiée.

J'avance comme un automate. Je connais ce chemin par cœur pour l'avoir tant de fois parcouru. J'en connais chaque aspérité, je sais où tourner sans même réfléchir, et quand je lève enfin les yeux, la bâtisse blanche est juste devant moi.

Une étrange sensation d'être chez des inconnus me prend à la gorge. Pourtant, cet endroit appartient aux Robertson depuis des centaines d'années. J'ai été adoptée, je devrais m'y sentir « chez moi », mais c'est tout l'inverse. Le poids de ces générations qui me méprisent, moi, la pièce rapportée, celle qui était « de trop ». La mère de mon beau-père ne m'a jamais aimée. Elle m'ignorait à chaque fois et ne s'intéressait qu'à Laly, sa « vraie » petite-fille. Je n'étais qu'une mouche malvenue dans sa soupe. Si elle avait pu m'écraser sur la table pour me faire disparaître, elle n'aurait pas hésité.

Je m'apprête à entrer chez elle par effraction et je pourrais presque sentir son regard désapprobateur brûler ma nuque.

J'ajuste l'anse du sac de sport sur mon épaule et secoue

la tête pour faire fuir ces pensées malveillantes. Je suis venue pour plus important. J'avance vers la porte massive et appuie doucement sur la poignée.

Elle s'ouvre sans souci et fait refluer des souvenirs malheureux. Mais certains étaient quand même heureux... Je repense à Joan et Peter, son mari. Ils étaient mon refuge dans cet enfer. Joan était un ange, elle nous considérait comme ses propres petites filles avec Laly. Mais ils n'habitaient pas avec nous. Ils logent dans une dépendance. Et ils n'entendaient jamais mes hurlements et mes pleurs quand le monstre me tombait dessus.

Je suis persuadée qu'ils se doutaient de quelque chose. Mais qui aurait pu mettre la parole du sénateur en doute ? Ils risquaient de perdre leur emploi, leur logement... Avec leur propre enfant handicapé en établissement spécialisé, grassement payés par mon beau-père, les chances pour qu'ils s'interposent étaient minces.

Je ne leur en veux pas. Ils ont fait ce qu'ils ont pu pour alléger ma souffrance par leur présence, par les câlins secrets que me faisait Joan quand elle me trouvait les yeux rouges de larmes le matin, au réveil. Par cette présence réconfortante qui aurait dû venir de ma propre famille.

Je n'étais pas battue tous les jours. Parfois, il se passait plusieurs semaines, voire un ou deux mois avant qu'il ne recommence. Ces trêves étaient salvatrices. Pendant un court instant, je pensais enfin respirer, mais ensuite il recommençait. C'est comme s'il sentait que je me relevais. Il revenait alors, pernicieux et démoniaque, la nuit, pour assouvir ses besoins de brutalité sur moi...

Une larme silencieuse roule sur ma joue. Elle y trace un sillon incandescent. Qui passe à travers mon épiderme et vient réveiller ma propre bête que je garde cachée en moi, celle qui me hurle d'entrer et de prendre ce qui m'appartient de plein droit.

Je me glisse silencieusement dans la bâtisse et referme la porte sans faire de bruit. Je n'ai pas à marcher longtemps avant d'atteindre l'endroit où je veux aller.

Mon cœur bat un peu plus fort quand je réalise que je suis enfin près d'elle. Mes yeux s'élargissent quand je vois enfin son beau visage. Une larme de joie roule sur ma joue quand son doux sourire réchauffe mon cœur.

Elle est tellement belle. Elle m'a tellement manqué.

Son visage rieur brille dans la pénombre et me ferait presque oublier l'inscription impitoyable qui se trouve sous sa photo :

Laly Robertson
Fille, sœur et petite-fille bien-aimée
Elle vit avec nous dans notre mémoire
et y sera pour toujours.

39

Laly
Il y a un an
Le 30 novembre

J'attends que mes parents quittent la pièce pour faire signe à l'infirmière[2]. Depuis le temps que je suis hospitalisée ici, Esther connaît mon histoire familiale par cœur. Je sais qu'elle attend dans une autre chambre vide. L'équipe de nuit nous aide à organiser nos visites secrètes depuis plusieurs mois. Voir Leah me remplit toujours autant de joie. Elle est ma lumière dans l'obscurité.

J'ai une mère, mais l'amour qu'elle m'a apporté n'est rien comparé à celui de ma grande sœur. C'est elle qui me faisait des bisous magiques, qui m'habillait le matin quand je n'arrivais pas à mettre mon gilet correctement, qui m'a appris à faire du vélo, à me brosser les dents, qui me faisait des tresses le soir pour que mes cheveux ne s'emmêlent pas la nuit. Et c'était encore elle qui se glissait dans mon lit quand je faisais des cauchemars…

Je n'ai pas réussi à la protéger des siens. Mais je le pourrai bientôt. Je sens mon corps lâcher de plus en plus. Le cancer a repris de nouveau ses droits et cette fois-ci, il a décidé de gagner la bataille.

Je suis en phase terminale à 19 ans.

Après de nombreuses rémissions. À chaque exploit, les médecins y croyaient, mais après chaque victoire, il revenait, inlassablement, peu de temps après.

1. Je conseille d'écouter «Hands» d'Orkid en fond sonore.

J'ai vu tous les spécialistes du monde. Aucun n'a trouvé de cure à ma maladie. Un cancer généralisé. C'est comme si tous les organes de mon corps s'étaient ligués contre moi. À chaque fois, les cellules cancéreuses trouvaient un nouvel endroit où s'épanouir. À peine détruites par chimio et radiothérapie, elles déménageaient dans une autre partie de mon corps affaibli par les traitements pour recommencer leur mission funeste.

J'ai fait mon deuil depuis longtemps. Depuis le premier diagnostic. Pour moi, ce n'était qu'une question de temps avant de partir. Mais il me fallait absolument tenir encore quelques années, alors je me suis battue.

Et j'ai réussi. J'ai eu 18 ans, puis 19. J'ai tenu un an de plus. Assez longtemps pour mettre ma vie et mon futur décès en ordre.

La porte s'ouvre doucement et son visage d'ange apparaît enfin. Je souris malgré les tubes qui sont collés sur mon visage pour m'aider à respirer. Elle me sourit en retour mais je la vois, la peine qui barre son front et rougit ses yeux. Je m'en veux tellement de lui faire du mal. C'était l'inverse que je souhaitais… Elle a eu tellement d'épreuves dans sa vie… Je suis une nouvelle pierre sur son chemin.

On parlait de s'enfuir. Elle construisait des cabanes improvisées avec des chaises et des draps la nuit et illuminait l'intérieur avec sa torche électrique. Elle me lisait des histoires extraordinaires d'aventuriers qui exploraient le monde, et me promettait de vivre tout ça avec moi quand nous serions plus grandes. Je buvais ses paroles, fascinée par cet être humain qui me promettait tellement de bonheur à venir.

Elle aurait donné sa vie pour moi. Elle l'a fait tellement de fois. Je n'ai jamais souffert physiquement tandis qu'elle encaissait les coups, en silence, pour éviter de me faire peur. Mais je savais… J'ai pleuré tellement de nuits en silence en suppliant Dieu, les saints, les fées, les princesses, n'importe qui en fonction de mon âge, en priant pour qu'un héros vienne la sauver de ses griffes. Mais jamais personne n'est venu.

Je savais ce qu'elle vivait. Je le voyais aux traces rouges qu'il laissait sur son corps. Je le voyais à son corps qui se tendait quand il arrivait. À son angoisse quand elle l'entendait monter les escaliers. Elle quittait notre cabane, me demandait de faire semblant de dormir, et se précipitait dans sa chambre pour que je ne sois pas grondée.

J'étais une des raisons pour lesquelles elle se faisait battre, car elle refusait de partir et de me laisser seule. Elle avait peur qu'il s'en prenne à moi si elle s'en allait, si elle fuguait. Alors elle a tout enduré à cause de moi.

Leah a survécu au monstre et a réussi à quitter l'enfer dans lequel elle vivait, mais ne m'a jamais abandonnée. Quand j'ai finalement été hospitalisée pour de bon en soins palliatifs, elle a accepté de quitter la maison en sachant que je ne risquais pas de revenir seule dans la prison de notre enfance. Mais elle est restée en ville pour être avec moi.

Je vais bientôt mourir. Je serai libre, et elle aussi. Elle sera libérée de ses responsabilités. Libérée du poids de devoir me protéger. J'en suis heureuse. Elle va pouvoir vivre. Elle aurait donné sa vie pour moi, mais c'est finalement moi qui vais le faire.

Je suis heureuse de lui offrir ça, mais je suis terrifiée. J'ai peur de l'après. De ce vide qui m'attend… Mais je ne dis rien. Je ne veux pas qu'elle s'inquiète pour moi alors je me tais. C'est à mon tour de la protéger.

Le notaire a finalisé mon testament. Il aura fallu trouver de nombreux stratagèmes pour réussir à mettre au point ma succession sans que mes parents ne soient au courant, sans que Leah ne soit au courant. J'ai hérité d'une belle fortune au décès de ma grand-mère paternelle. Celle qui détestait Leah. Elle ne lui a rien laissé alors que celle-ci avait été légalement adoptée par son fils. Elle avait prévu une assurance pour ses petits-enfants à venir, mais l'a modifiée pour exclure Leah des héritiers. Tout m'est revenu. Je n'avais pas le droit d'y toucher avant mes 18 ans. Et dès que j'ai pu en bénéficier, j'ai demandé à Joan et Peter de m'aider. Je me savais déjà condamnée, et il était hors de question que cet argent soit récupéré par mes parents. Alors je lui lègue tout. J'ai réussi à finaliser les papiers avant de partir en soins palliatifs.

À ma mort, elle sera riche. Elle ne devra plus jamais rien à personne. C'est mon ultime cadeau pour ces années de sacrifice qu'elle a endurées. J'aurais voulu faire plus, mais je suis déjà heureuse d'avoir réussi à faire ça.

J'ai aussi prévu des lettres, que Joan enverra selon ce que j'ai demandé, selon des dates clés de l'année à venir. Je veux qu'elle reçoive un message d'espoir de ma part après mon départ.

– Eh, Lala… murmuré-je à son arrivée, en utilisant le surnom que je lui donne depuis mon enfance.

Leah me sourit et s'approche doucement du lit pour venir m'embrasser sur le front. J'inspire son parfum au passage. Mon corps me lâche de plus en plus. Je ne sais pas si je pourrai la voir avant mon grand départ alors je me nourris au maximum d'elle à chaque visite.

– Eh, Lili… murmure-t-elle en retour.

Je souris de plus belle quand elle arrange les couvertures sur moi. Elle fait toujours attention à ce que je sois bien installée. Ça a toujours été elle, ma vraie maman… Une brusque vague de chagrin me prend à la gorge à l'idée de la quitter pour toujours. Je n'en ai pas envie, je voulais tellement plus. Je voulais parcourir le monde avec elle, voir de mes propres yeux ce qu'elle me décrivait dans les livres quand j'étais petite et que j'écoutais le moindre mot qu'elle prononçait. Mais je n'ai jamais pu partir. Et je ne le pourrai jamais.

Je réussis à ravaler tant bien que mal la boule coincée dans ma gorge et je pense qu'elle ne remarque rien d'anormal.

– Tu as mangé aujourd'hui ?

Je lui désigne d'un rapide coup d'œil la poche suspendue à côté de mon lit et reliée par un tube à mon bras.

– Le plat du jour, plaisanté-je d'une voix affaiblie.

Elle rit et son large sourire illumine son visage et ses yeux brillants. Elle est magnifique quand elle laisse tomber les barrières, quand elle abandonne son masque de sérieux pour laisser entrevoir la vraie Leah, celle qui brille de mille feux.

– Chanceuse. J'ai dû me contenter d'un sandwich…

Je plisse le nez à sa petite pique, et elle me fait un clin d'œil. J'essaie de lui prendre la main mais mon bras n'arrive pas à bouger. Aujourd'hui est plus dur. C'est comme si mes forces m'avaient subitement abandonnée. J'ai peur de comprendre ce que ça veut dire…

Elle remarque mes doigts qui bougent à peine et comprend sans un mot. Elle glisse sa main dans la mienne et la serre. Je ne sens presque pas la pression de ses doigts. Mon bras est engourdi, comme le reste de mon corps. Mes pensées aussi s'embrument peu à peu depuis ce midi. J'ai l'impression de chuter dans un nuage cotonneux d'heure en heure.

Leah va ensuite chercher une chaise et l'apporte près de mon lit. Elle sort un livre de son sac après s'être installée confortablement, comme à chaque fois qu'elle vient me voir. Et elle me raconte des aventures, comme lorsque nous étions enfants. Elle prend le soin de placer mon visage vers elle quand elle remarque que je n'arrive plus à bouger correctement, et je la dévore du regard pendant qu'elle lit.

Je ris faiblement à ses mimiques, j'écarquille les yeux aux nombreuses péripéties du personnage principal et je l'observe intensément. Les moindres détails de son visage. Ses yeux noisette, sa bouche qui bouge au son de sa voix, ses cheveux brillants, l'arête de son nez, le contour de sa mâchoire, tout… Je m'en imprime la rétine, je le grave dans ma mémoire.

Mon corps me fait défaut mais mon esprit, lui, fonctionne encore assez pour engranger le plus possible de souvenirs. À la fin du livre, je lutte pour rester éveillée. Leah le remarque et ferme doucement le roman pour le ranger.

– Je vais te laisser dormir, je reviens demain.

L'angoisse me prend à la gorge. C'est ce soir. Je le sens de plus en plus.

Je suis terrorisée à l'idée de partir seule. Un ultime effort et j'arrive à attraper sa main quand elle se lève en rassemblant ce qui me reste de vitalité. C'était mes dernières forces.

– Non…

Elle sursaute à mon geste et me regarde, inquiète.

– Ne pars pas, s'il te plaît…

Esther entre dans la chambre à la vue des appareils qui bipent sous mon petit rush d'adrénaline. Mon rythme cardiaque se calme enfin peu à peu et elle renonce à intervenir mais reste dans la pièce.

– J'ai peur des cauchemars, Lala…

Les larmes jaillissent de mes yeux à cet aveu. Je ne verrai pas le lever du soleil, j'en suis maintenant certaine. Et elle le sait aussi bien que moi. Je le vois à ses yeux qui brillent, aux larmes qu'elle retient difficilement, à son menton qui tremble à peine. Elle ravale tout. Elle est tellement forte… Je voulais être forte pour nous deux, mais ce soir, je suis de nouveau la petite fille effrayée qui l'appelait dans l'obscurité de sa chambre.

Je pensais avoir fait mon deuil, je pensais avoir fait la paix avec mon destin, mais je suis terrassée par la peur.

Leah jette un regard rapide à l'infirmière qui hoche la tête, consciente de ce qui se joue. Quand ma sœur est enfin sur le lit, étendue sur le flanc, Esther vient me déplacer pour nous permettre de nous enlacer.

Cette femme est un ange. Personne n'aurait accepté de laisser quelqu'un venir me voir la nuit, au risque de subir les foudres de mon père. Mais elle n'a peur de rien. Sans elle, je serais partie seule et angoissée. Grâce à elle, je suis dans les bras de celle que j'aime le plus au monde.

Leah me serre contre son cœur et je sens sa poitrine secouée par les sanglots silencieux. L'émotion est trop puissante. Même elle, qui est pourtant mon roc, n'arrive plus à la tenir enfermée. Je pleure au même rythme qu'elle.

On dit que lorsque la mort vient, on s'apaise enfin, mais j'ai tellement, tellement peur…

J'aurais voulu…

J'aurais souhaité…

Je ne pourrai jamais…

– J'ai peur, Lala…

– Je sais.

Elle caresse doucement mes cheveux et me serre un peu plus fort. J'entends les battements de son cœur, pelotonnée contre sa poitrine. Je sens les tremblements de ses mains qui m'agrippent plus fort. L'humidité de ses larmes qui atteignent mon visage.

– Et s'il n'y a rien après ? demandé-je d'une voix chétive.

Je l'entends tenter de parler, se raviser quand un sanglot étouffé l'en empêche, inspirer en tremblant, puis enfin réussir à me répondre :

– Alors je te garderai et je t'emmènerai.

– Où ça ?

– Partout, mon cœur. Je t'emmènerai découvrir le monde. Je t'emmènerai sur les plages de sable blanc, dans les montagnes enneigées… Je…

Elle ne finit pas, brisée par les larmes. Je souris à sa promesse vaine. Je ne quitterai pas cette chambre. C'est là qu'aura lieu mon dernier voyage. Et je dois le faire seule. Mais savoir que je le fais dans ses bras me rassure un peu.

– J'ai hâte alors…

La fatigue m'assomme un peu plus et alors que j'arrête de lutter contre les ténèbres qui m'engloutissent peu à peu, une sensation de sérénité m'envahit enfin.

C'est *le* moment.

Je ferme les yeux et inspire son odeur une ultime fois.

Je la laisse m'étreindre un peu plus fort.

Je laisse ses larmes réchauffer mon visage froid.

Et je souris.

Heureuse d'être entre ses bras.

Ma sœur.

Mon ange.

Mon héroïne.

Ma vraie maman.

Le poids de mon corps me quitte et la douleur s'apaise enfin alors que j'expire pour la toute dernière fois.

Et alors que je sens mes pensées devenir aussi légères qu'une plume, je le vois.

Un homme.

Aux yeux gris orage.

Je comprends tout.

Et je pars enfin.

Rassurée de savoir qu'elle sera finalement heureuse.

Je ne pouvais pas rêver d'un meilleur ultime cadeau.

40

Leah
Retour au présent

Ma main tremblante caresse la photo de ma petite sœur[1]. Le dernier vestige de son existence sur terre, cette épitaphe bien trop courte qui ne lui rend pas justice.

Comment résumer en une seule phrase dix-neuf ans sur terre ?

Elle était ma lumière. Ma raison de vivre.

Quand elle est partie dans mes bras, j'ai pleuré tellement longtemps. J'ai songé à la rejoindre. J'étais restée debout sur le pont au-dessus de l'autoroute à regarder le vide et les voitures qui défilaient sous mes pieds après avoir quitté l'hôpital. Je n'en pouvais plus de souffrir encore et encore…

Je ne l'ai pas fait. Elle rêvait de vivre, je n'avais pas le droit de décider de mourir alors qu'elle n'avait pas eu le choix.

J'ai assisté à ses funérailles de loin. Je n'étais pas au premier rang avec mes parents. Je n'étais pas la bienvenue après avoir quitté la maison sans les prévenir quand Laly avait été hospitalisée pour de bon. Mais j'étais là, je voulais l'accompagner jusqu'au bout. Et ce jour-là, Joan a glissé une enveloppe dans mes mains. La première de ses lettres. Je l'ai tellement lue que mes larmes ont coulé sur l'encre et ont fait baver l'écriture. Mais je n'ai pas besoin de la relire, je la connais par cœur. C'est en partie cette lettre qui m'a sauvée. Elle m'a donné la force nécessaire pour reprendre

1. Je conseille d'écouter « Where's My Love [French version] » de SYML feat. Lily Kershaw en fond sonore.

ma vie en main et déménager à l'autre bout du pays.

Mes yeux s'emplissent de larmes. J'ai attendu trop longtemps pour venir la chercher.

Je m'en veux de ne pas avoir pris la décision plus tôt.

Mes doigts glissent sur son sourire et mes jambes se coupent quand les émotions que j'ai trop longtemps refoulées refont surface.

Quand toutes les épreuves subies se télescopent dans mon cœur meurtri.

La souffrance infligée par mon beau-père.

L'abandon de ma mère.

La douleur de perdre Laly.

Puis Jamie.

Je m'effondre au sol en pleurant. J'ai retenu si longtemps ce traumatisme qu'il s'exprime enfin à la vue de la tombe de ma sœur. Cette prison a créé une faille dans mon cœur endurci et la douleur en a profité pour s'échapper. Je reste un très long moment à évacuer les dernières années. À détruire finalement les murailles, à enterrer mes barrières.

Puis je m'appuie contre le mur du mausolée et observe la petite porte qui cache l'urne avec les cendres de Laly. Ils l'ont enfermée. Mais moi, je m'imaginais qu'elle avait pu s'enfuir dans la fumée qui s'était échappée par la cheminée du crématorium.

Tandis qu'une partie de moi s'était enfermée dans ce tombeau avec elle.

Elle était ma sœur, ma confidente, celle qui m'avait permis de tenir. Mais elle était bien plus. Parfois, j'ose penser qu'elle n'appartenait qu'à moi, que j'étais sa maman et que j'allais réussir à la prendre avec moi pour partir loin. Ce n'est jamais arrivé.

Mais ce soir, je vais enfin tenir ma promesse. Celle que je lui ai faite le soir de sa mort alors que je la serrais dans mes bras. Je vais l'emmener en voyage.

Après sa mort, j'ai eu la surprise d'hériter d'une fortune venant d'elle. Je n'étais pas au courant, et la fureur de ma mère et de mon beau-père quand ils ont compris que le legs de sa grand-mère me revenait m'avait confirmé que je ne leur manquerais jamais.

Ils avaient « aimé » Laly, mais pas moi.

Cet argent dormait sur un compte que je n'utilisais pas. Je n'y arrivais pas. Mais maintenant, je sais enfin comment m'en servir.

Je vais voyager, avec elle.

Je vais l'emmener sur des plages sublimes, répandre ses cendres dans l'océan bleu profond, la faire voler au-dessus des montagnes immaculées, la laisser dormir au creux d'un arbre dans des forêts luxuriantes. Pour ça, je dois d'abord la libérer. J'ai un regain de vigueur et je me lève pour attraper le pied-de-biche que j'ai acheté un peu plus tôt. J'observe la petite porte. Elle ne semble pas scellée mais je doute qu'elle s'ouvre facilement. Je plante la barre de fer dans l'interstice de la porte et appuie pour faire levier, en vain. Je recommence, un peu plus fort, mais rien ne bouge.

Je me maudis de ne pas avoir pensé à apporter d'autres outils, au cas où. Mais je recommence, en usant de toutes mes forces. Elle bouge légèrement et je reprends espoir. Un peu plus… Et rien.

Toujours rien.

Je soupire, dépitée. Comment je vais bien pouvoir faire ? Je ne sens plus mes bras, tellement je force dessus. J'étudie les environs. Si je trouve une pierre assez grosse pour pouvoir taper sur la serrure, je pourrai agrandir l'entrée. Mais je cours le risque de laisser des traces, et surtout que ses parents comprennent que sa tombe a été vandalisée… Alors que je réfléchis à toute allure en étudiant les possibilités qui s'offrent à moi, une ombre entre dans le mausolée et me fait sursauter. Je recule précipitamment, prise de panique.

J'ai fait trop de bruit. C'est sûrement le gardien qui m'a entendue. Bien que le cimetière soit ouvert vingt-quatre heures sur vingt-quatre, vandaliser une sépulture n'est autorisé ni le jour, ni la nuit…

Une torche électrique m'éclaire et je lève la main pour me protéger de son éblouissement.

– Pitchoune ?

Le soulagement m'envahit quand je reconnais la voix et l'expression familière. Je laisse tomber mon bras, rassurée.

– Peter ! m'exclamé-je d'une voix enrouée.

La torche électrique se dirige vers lui et je le reconnais. Le mari de Joan. Avec son visage tanné et sa moustache poivre et sel. Je me précipite dans ses bras et il me serre contre lui. Mes larmes coulent sur son éternelle chemise à petits carreaux et j'enfouis mon visage dans sa veste en polaire.

– Comment tu vas, princesse ? baragouine-t-il en caressant maladroitement mes cheveux d'une main.

– Mieux.

Que ce soit maintenant ou depuis la dernière fois que je l'ai vu. Joan et lui étaient mes grands-parents de substitution. Les quitter a été un nouveau déchirement dans ma vie, mais ils connaissaient les raisons de mon départ et m'ont toujours soutenue. Je renifle et essuie mes larmes en me libérant de ses bras.

– Qu'est-ce que tu fais là ? demandé-je.

– Joan m'a prévenu de ta venue quand elle a scanné les actes de décès et de crémation de Laly, et sa pièce d'identité.

Il soulève une énorme caisse à outils qu'il tient dans sa main gauche et sourit.

– On s'est dit que tu aurais peut-être besoin d'aide.

J'expire bruyamment en fermant les yeux, heureuse d'avoir de l'aide.

– Tu arrives au bon moment, la porte refuse de s'ouvrir…

– Je m'en doutais. Ils l'ont scellée.

– Même dans la mort, ils ont tout fait pour la garder prisonnière… marmonné-je, furieuse.

Laly voulait voyager. Elle a supplié nos parents de nous emmener en voyage quand elle était plus petite, mais ils ont toujours refusé. Ils partaient à deux pour profiter de paysages paradisiaques et nous laissaient avec Joan et Peter. Je profitais de ces semaines de liberté pour recréer des aventures avec elle, dans la chambre, dans le jardin immense du domaine centenaire. Tout pour lui faire oublier la peine d'être bloquée ici à cause de son état de santé.

À 8 ans, elle a eu son premier diagnostic. Avant, j'avais une petite sœur enjouée, pleine d'espoir. Après ce jour, je n'avais plus que l'ombre d'elle-même. J'ai toujours su qu'elle se savait condamnée depuis le premier jour. J'ai gardé espoir pour nous deux, jusqu'à la fin.

Mais l'espoir ne suffit pas à garder les êtres aimés avec nous pour toujours.

Peter sort un marteau et une sorte de lime plate. Il l'insère entre la porte et la pierre, et frappe dessus, sur chaque centimètre autour de cette porte de prison, pour désolidariser le métal. J'exhale de bonheur quand la porte bouge. Il la décoince avec habileté et elle apparaît enfin.

L'urne de ma sœur.

Peter se pousse pour me laisser la place et j'avance mes mains tremblantes pour la saisir. Mes doigts touchent le marbre glacé du dernier de ses vaisseaux et je sors délicatement l'objet avant de le serrer contre mon cœur. Je ferme les yeux sur des larmes de bonheur.

Je t'ai enfin retrouvée, petite sœur…

Je ne te quitterai plus jamais.

J'entends Peter farfouiller dans la valise métallique qui lui sert de transport pour ses outils et écarquille les yeux quand je regarde enfin ce qu'il sort. Une urne, identique à celle que je tiens.

– Joan est allée acheter la même. On l'a remplie avec la litière du chat, explique-t-il, un peu gêné.

Je reste hébétée un instant en regardant ce qu'il tient, puis éclate de rire entre mes larmes. Il sourit, rassuré de savoir que je ne le prendrais pas mal, et place l'urne de substitution dans le caveau. Je m'écarte pour le laisser travailler. Il pousse même le souci du détail jusqu'à poser un joint pour sceller de nouveau la porte et éviter tout soupçon. Si elle tombe un jour, personne ne saura que les cendres de Laly sont parties avec moi. Je ramasse le pied-de-biche et range l'urne dans le sac que j'ai ramené en prenant soin de l'enrouler dans une couverture prise en prévision, pour la protéger.

Quand Peter a fini, nous sortons discrètement du mausolée. Il marche vers la sortie avec moi et nous discutons comme si de rien n'était. Je lui raconte ma vie en tant qu'institutrice, mes nouveaux amis, je parle de ma rencontre avec un homme, sans mentionner son incarcération. Il me raconte les nouveaux aménagements du cottage, les avancées de leur fils en maison de soins, le dos coincé de Joan à Noël et sa hanche qui se bloque quand il fait humide. Après cette avalanche d'émotions, ça me fait du bien de retrouver la sérénité et d'agir normalement, sans faire attention à ce que je dis, de peur de laisser transparaître ce que j'ai vécu. Joan et lui savent tout.

– Au fait, m'interpelle-t-il quand nous sommes sortis du cimetière, en vérifiant que le gardien regarde ailleurs, Joan devait te poster ça pour Noël mais avec ses soucis de santé, elle n'a pas eu le temps…

Il fouille dans la poche de sa veste et en sort une boule de tissu. Je reconnais immédiatement le petit lapin rose, son doudou.

– Lolo… soufflé-je en le prenant.

– Laly voulait te l'offrir pour Noël. Lolo attendait de te rejoindre.

Je serre le lapin en partie décousu contre mon cœur, heureuse. Le voilà, son ultime cadeau. Pas une sculpture approximative ou un collier de nouilles comme je m'y attendais, mais le troisième larron de notre trio : Lala, Lili et Lolo.

Aujourd'hui est un nouveau jour. Je le sens enfin.

– Merci, murmuré-je en le serrant une nouvelle fois dans mes bras.

– De rien, Pitchoune. Tu nous manques, tu sais. Pense à nous donner des nouvelles plus souvent, me réprimande-t-il avec gentillesse.

– Vous me manquez aussi. Je vous écrirai plus régulièrement, promis.

Il m'empoigne un peu plus fort, très brièvement, et s'éloigne enfin. Je le regarde marcher, en boitant presque, le corps plié par l'âge et les soucis, me laissant seule dans la rue. Mais c'est faux. Je ne serai plus jamais seule. J'ai enfin retrouvé la seconde moitié de mon âme. Je suis complète. J'ai le cœur brisé, mais il va guérir. J'en suis certaine.

Jamie m'a permis de prendre confiance en moi, de me battre au lieu de fuir. Si j'ai pu récupérer Laly, c'est en partie grâce à lui. Je me croyais faible et lâche, mais je suis forte et prête à tout affronter. Pour autant, je sais que je ne l'abandonne pas. Mais c'est le bon moment pour moi pour tenir la promesse faite à Laly. D'abord ça, et pour la suite… je verrai en temps voulu.

Maintenant, c'est à moi de faire ce qu'il faut pour me reconstruire.

41

Jamie
Quatre ans plus tard

– Prêt à reprendre ta vie ?

Je souris à Darius, le garde qui me fait signer le registre et me tend mes effets personnels. Je regarde avec incrédulité la liste : « sortie. » Je sors enfin de prison, putain.

J'ai encore du mal à réaliser, après quatre années ici. J'ai dit au revoir à mes compagnons de cellule, ceux que j'appréciais. Je ne suis pas devenu pote avec tout le monde, mais dans l'ensemble, je ne m'en suis pas trop mal sorti. J'ai encore tous mes membres, pas de tatouages, ni de vilaine cicatrice. Et l'avantage d'avoir eu autant de temps à disposition, c'est que j'ai pu retourner sur les bancs de l'école. Je suis désormais diplômé en travail social. Je ne sais pas vraiment encore ce que je vais faire de ça, vu que je suis censé reprendre mon travail au restaurant, mais bon… L'idée de végéter pendant tant d'années sans rien faire m'avait paru insurmontable, alors j'ai jeté un œil au programme scolaire disponible par correspondance et j'ai choisi cette option. Plusieurs mois de classes virtuelles et un examen plus tard, j'ai un bachelor. Ce qui est fou. Moi qui n'ai jamais voulu passer de diplôme, il aura fallu que je finisse en taule pour enfin faire des études.

Je signe enfin sur la feuille de papier et récupère mes affaires. Darius relève un de ses sourcils à mon intention, dans l'attente de ma réponse. Je l'aime bien. Il fait partie des gardes qui font leur job par vocation. Je réponds en haussant les épaules, incertain :

– On verra si elle m'a attendu.

En prononçant cette phrase, je pense à la « fameuse vie », pourtant mon esprit dérive immédiatement vers elle.

Je sais qu'elle ne m'a pas attendu. Et c'est exactement ce que je lui avais demandé. J'éteins la minuscule étincelle d'espoir qui subsiste encore en moi car je sais ce que je vais trouver dehors. Et je sais aussi qu'elle n'en fera pas partie. La vie est ainsi. Je salue une dernière fois les employés carcéraux et passe les derniers contrôles de sécurité. Et je sors.

Enfin.

Je cligne des yeux en dépassant l'enceinte de la prison. Le soleil est éblouissant et je n'ai pas de lunettes de soleil, mais j'inspire à pleins poumons le nouveau sentiment qui s'offre à moi : celui de la liberté.

Après quatre ans enfermé, je savoure cet instant. Libéré sous conditionnelle pour bonne conduite. Un comble venant de moi, le sale môme.

– JAMIE ! hurle la voix de Liz de l'autre côté du portail.

J'ouvre les yeux et souris en les voyant tous, à m'attendre dehors. Liz et Lorenzo, qui fait maintenant sa taille, Nolan, mes parents, Maria et Lino. Même ma grand-mère a fait le déplacement, malgré son état maintenant trop dégradé pour marcher. Elle est dorénavant en fauteuil roulant. Mon cœur se gonfle de les voir. Je vais pouvoir les serrer tous dans mes bras, sans gardien qui surveille, sans limite de temps… Je marche d'un pas rapide pour les rejoindre. Je ne peux m'empêcher de regarder rapidement autour si elle est là, mais je ne la vois pas, comme prévu.

Après avoir refusé de la voir pendant presque huit mois, elle a abandonné. Liz m'a dit qu'elle avait quitté la ville à la fin de l'année scolaire pour voyager. J'ai reçu des livres régulièrement, avec à chaque fois une carte postale d'un pays dans le monde. Je n'y ai jamais répondu. Puis les envois se sont espacés, jusqu'à s'arrêter définitivement il y a un an à peu près.

Je l'ai ignorée, alors il n'y a aucune raison qu'elle soit présente aujourd'hui.

Je rejoins enfin ma tribu, tout sourire, et ils se jettent sur moi quand je suis à leur niveau. J'en tombe presque à la renverse.

– Doucement, râlé-je en riant quand ils se battent presque pour me serrer dans leurs bras chacun leur tour.

Ma maman d'abord, qui fond en larmes, puis Liz, qui réagit à l'identique, suivie de mon père, Maria et ma grand-mère qui me force à me baisser pour l'embrasser sur la joue. Lino et Nolan attendent sagement leur tour quand ma famille a fini de m'accaparer. Je leur serre la main et on se fait une accolade masculine avant de regarder celui qui m'observe en retrait.

– Eh, gamin, l'appelé-je. Viens par ici…

Lorenzo est visiblement en proie à un mélange d'émotions. Le soulagement, la joie, mais aussi la culpabilité de me voir sortir de prison pour un crime qu'il a commis. On en a longuement parlé tous les deux, lors de ses visites ou bien par courrier. Il s'en veut encore. L'hésitation se lit sur son visage, ses yeux brillent de larmes contenues et il n'ose pas s'avancer vers moi, alors je le fais à sa place. Je parcours les quelques pas qui nous séparent et je le serre dans mes bras sans même lui demander son avis. Il éclate en sanglots contre mon torse et me serre fort, alors que je lui embrasse le crâne.

– Je suis désolé… gémit-il contre mon tee-shirt.

– Je ne regrette rien… murmuré-je contre ses cheveux. Pas une seule seconde.

Son étreinte se resserre et je suis surpris par la force qu'il a prise. Il a maintenant presque 14 ans. Ce n'est pas encore un ado car il n'a toujours pas mué, mais ce n'est plus un enfant. Liz m'a dit qu'il était devenu très sérieux et était dorénavant le premier de sa classe. Il n'a pas sauté de classe finalement, à sa demande, mais il excelle dans chaque matière et travaille d'arrache-pied pour obtenir une bourse. Autant dire que je suis fier comme pas possible. C'est pour cette raison que j'ai plaidé coupable à sa place, pour qu'il s'en sorte. Pour qu'il puisse vivre une meilleure vie que la mienne. Je ne sais pas combien de temps je reste immobile, à le laisser pleurer dans mes bras, mais personne ne nous interrompt, jusqu'à ce qu'il s'écarte de moi, les yeux encore rougis. Je lui souris et lui ébouriffe les cheveux, comme j'avais l'habitude de le faire avant. Ce geste me permet d'obtenir un vrai sourire, le premier depuis longtemps.

– T'as trop grandi, microbe. Maintenant, tu fais presque ma taille, plaisanté-je en lui écrasant la tête contre mon torse.

Je n'ai pas pu le serrer contre moi depuis un moment, et je m'étonne toujours de le voir aussi grand maintenant. Où est passé mon petit neveu ?

– *Basta, zio*... (Arrête, tonton...) proteste-t-il mollement en me forçant à le lâcher, avant de jeter la tête pour remettre sa mèche en place.

Je pouffe en le voyant faire. Mais quel beau gosse...

Je me retourne enfin vers ma famille et me rapproche des deux poussettes tranquillement rangées sur le côté. Je m'accroupis devant et saisis l'une après l'autre les mains des deux princesses qui y sont installées et me regardent avec attention.

– Coucou vous... murmuré-je.

Maria vient se poster à côté de la petite fille la plus âgée, fière de me laisser rencontrer sa progéniture ailleurs que dans un parloir.

– *Guarda Bianca, è il cugino Jamie !* (Regarde Bianca, c'est cousin Jamie !) annonce-t-elle en caressant les cheveux roux flamboyant de la plus grande.

Cette dernière m'observe avec attention mais ne réagit pas. Quand je me tourne vers la plus petite, encore bébé, elle se met à pleurer et tend les bras vers sa maman.

– Oh, Sorcha... se désole Liz en s'approchant.

Mais Nolan s'interpose et s'avance pour libérer la petite blonde aux grands yeux bleus qui hurle de peur en me voyant.

– Laisse, je m'en charge, annonce-t-il en la soulevant dans ses bras.

Elle s'arrête de pleurer instantanément et niche sa tête dans le cou de son père en m'observant de loin, visiblement encore angoissée par ma présence. Je me redresse et observe mon pote en biais. Lui sourit comme un abruti.

Je lui ai demandé de veiller sur ma sœur quand j'étais en prison, mais ce connard a pris la consigne un peu trop au pied de la lettre…

– On doit encore discuter de cette… « situation », l'avertis-je en désignant ma sœur qui passe un bras autour de sa taille et dégage les cheveux de leur fille d'un geste maternel.

Ma menace le fait sourire de plus belle.

– Quand tu veux, mon pote !

Je secoue la tête, dépité. Nolan et ma sœur… Celle-ci, je ne m'y attendais pas. Le pire, c'est que ce con est visiblement amoureux et fidèle comme un bon petit toutou. Il a même adopté légalement Lorenzo l'année dernière, à la demande de ce dernier qui l'appelle « papa » et le considère comme son père. La main de ma grand-mère me sort de mes pensées et je me baisse vers elle.

– *Quello, invece, è brutto…* (Ça, par contre, c'est moche…) ronchonne-t-elle en désignant mes cheveux et ma barbe.

Je ris à sa franchise. Je n'ai pas coupé mes cheveux depuis mon transfert en prison, et ils sont assez longs pour que je les attache en chignon rapide sur le haut de mon crâne. Tandis que le rasage était quelque chose de non nécessaire, ces derniers temps, j'ai laissé les poils de mon visage vivre leur propre vie.

– *Li taglierò presto, promesso* (Je vais bientôt les couper, promis), lui certifié-je en l'embrassant sur la joue de nouveau.

Je me redresse et vois Nolan soulever mon sac, Liz ayant repris leur petite fille d'un an et demi dans ses bras.

– C'est tout ce que tu as ?

Je n'avais pas grand-chose de toute façon, en prison. Quelques affaires de toilette, ma tenue pour sortir… Je n'ai pas gardé les livres de Leah. Je les ai tous lus, puis j'en ai fait don à la bibliothèque de la prison. Mais j'ai gardé les cartes postales. Je les avais accrochées dans ma cellule, et j'essayais de reconstituer son périple en fonction de chaque pays illustré. Elle a presque fait le tour du monde. Je me suis demandé pendant un temps comment elle finançait un tel voyage, jusqu'à ce que Liz m'avoue tout. Sa sœur, son décès, l'héritage… Je m'en suis voulu d'avoir été une nouvelle peine sur son chemin, mais je suis heureux de savoir qu'elle a enfin récupéré les cendres de sa sœur et qu'elle l'a emmenée découvrir le monde comme elles en rêvaient toutes les deux. Je mentirais si je disais que je n'ai pas pensé à elle pendant ces quatre années. Elle occupait toutes mes pensées, puis le temps a finalement fait son œuvre et elle a disparu petit à petit. Même si j'espérais secrètement la voir aujourd'hui, son absence me fait moins de mal que ce que je pensais.

Je suis sincèrement heureux pour elle. Qu'elle ait réalisé son rêve.

– C'est tout, confirmé-je.

***

Une heure plus tard, je passe la porte de mon appartement. Comme j'étais propriétaire, j'ai pu le garder. Mes parents ont payé le crédit immobilier. J'ai promis de le leur rembourser mais ils ont fermement refusé. Il n'était pas énorme car j'avais eu le temps d'économiser pendant des années en vivant chez eux, mais je me sens mal de savoir qu'ils ont payé à ma place. Et revenir ici me semble… étrange.

C'est comme entrer chez un inconnu, et pourtant, tout m'est familier. Il rutile car ma mère et Liz venaient régulièrement faire le ménage. J'avance dans la pièce principale, ne sachant pas trop comment réagir. En temps normal, je me serais jeté sur le canapé, mais je n'ose rien toucher, comme si je n'étais pas chez moi. Ma famille me suit et ne parle pas, de peur de me perturber alors que je retrouve mes marques.

– On t'a fait des courses avec maman, m'informe Liz en ouvrant le réfrigérateur pour me montrer le contenu.

Je hoche la tête en souriant faiblement. Je me décide enfin à poser le sac qui contient le peu d'affaires que je possédais en prison et j'observe autour de moi. Le salon, la cuisine… J'ai un flash en revoyant Leah, seulement vêtue de mon sweat trop grand pour elle, ses longs cheveux cascadant sur ses épaules. Je me secoue mentalement et reprends mon sac pour entrer dans la chambre.

Erreur. La vision du lit me rappelle la dernière fois que j'y ai dormi. J'évite volontairement de le regarder et ouvre le placard. Tout y est comme si je n'étais jamais parti.

– On est venu aérer régulièrement pour éviter que ça moisisse, m'explique ma maman. Ta casquette est chez Liz. Lorenzo a demandé l'autorisation de l'avoir pendant ton… ton absence.

Je me tourne vers elle et souris.

– Mon *incarcération*, maman. Tu peux le dire, ce n'est pas une honte.

Elle acquiesce doucement mais je vois bien qu'elle lutte contre l'envie de pleurer. Je me permets de la prendre dans mes bras pour l'embrasser doucement.

– Merci pour tout ce que vous avez fait, murmuré-je.

Elle balaie l'air de la main, une façon de dire « bah ce n'est rien », et je lui souris franchement pour la rassurer.

– On va te laisser reprendre tes marques, intervient mon père en entrant dans la pièce. Pour l'instant, l'intérimaire peut encore travailler jusqu'à la fin de la semaine, voire plus, mais Julio t'attend de pied ferme au restaurant lundi au plus tard.

J'éclate de rire. Mon oncle ne changera jamais.

– Il ne vient pas à ma sortie de prison mais, par contre, il me donne déjà des ordres, plaisanté-je.

Maria passe la tête dans l'encadrement de la porte.

– Il ne l'aime pas, le cuisinier, m'annonce-t-elle en souriant. Il est trop gentil et n'ose pas lui répondre.

Je secoue la tête en souriant. Ils ont eu la chance de

trouver un chef cuisinier quelque temps après mon arrestation, qui avait prévu d'économiser pour ouvrir son propre restaurant dans sa ville natale. Il a accepté de travailler jusqu'à ce que je sorte de prison. Je reviens donc dans ma vie comme si rien n'était arrivé.

Mon appartement, mon job, rien n'a changé.

– Il regrettera mon retour bien vite, lui réponds-je, ironique.

Elle me fait un clin d'œil complice et disparaît, suivie de mes parents. Liz et Lorenzo viennent m'embrasser.

– Je te rapporte ta casquette demain, me promet mon neveu.

– Tu peux la garder si tu veux.

– *No, è tuo* (Non, c'est à toi), insiste-t-il, très sérieux.

Je ne veux pas le contredire et me rendre cette casquette semble lui tenir à cœur, alors j'acquiesce. Nolan attend leur départ et vient me voir en me tendant discrètement un objet sorti de sa poche. Je prends le paquet de cigarettes, mes préférées, en lui souriant en coin.

– Ne le dis pas à ta sœur, sinon elle va me tuer, marmonne-t-il en jetant un regard anxieux par-dessus son épaule.

– Espèce de toutou… me moqué-je.

Il ne répond pas et me fait un doigt d'honneur en reculant prestement quand ma sœur l'appelle pour quitter l'appartement. Je me marre en le voyant détaler comme un lapin. Je ne sais pas ce que lui a fait ma frangine, mais il lui obéit au doigt et à l'œil. J'attends d'entendre la porte se refermer sur eux avant de sortir de la pièce.

Je suis enfin seul.

C'est perturbant comme sensation. Après plusieurs années à être constamment surveillé, même pour me laver ou aller aux toilettes, me retrouver vraiment seul est comme irréel.

Je me sens mal à l'aise, comme si je n'avais pas le droit d'être ici. Il fait une chaleur à crever en ce mois de juillet et ça ne m'aide pas à me détendre. Je décide d'enlever mon tee-shirt et d'aller m'installer sur le balcon pour fumer une cigarette, la première depuis ma sortie. J'avais de quoi fumer en prison mais j'ai radicalement baissé ma consommation. Faire entrer des cigarettes était mission quasi impossible, et la contrebande coûtait un bras. J'ouvre la porte-fenêtre et m'installe sur la petite chaise en métal qui n'a pas bougé. Elle est même encore plus propre qu'avant. Je suspecte mes parents de l'avoir nettoyée, voire de l'avoir changée… Quand je m'installe dessus, elle grince à gauche, comme avant.

OK, elle n'a pas été changée alors.

Je m'allume une cigarette et prends une très longue inspiration en m'affalant contre le dossier. Je ferme les yeux en savourant la sensation étrange de la solitude et de l'autonomie.

Je peux m'asseoir quand je veux.

Je peux fumer quand je veux.

Je peux sortir, rester à l'intérieur, dormir, me branler même si j'en ai envie. Sans personne pour me surveiller, me menacer, se foutre de ma gueule.

Mon incarcération ne s'est pas trop mal déroulée. J'étais en centre médium. Mes colocataires n'étaient pas des grands bandits. Principalement des délinquants, des mecs qui dealaient, des braqueurs ou des pauvres gars qui s'étaient retrouvés au mauvais endroit au mauvais moment. Ce n'était quand même pas des anges et il fallait regarder où on posait les pieds parce qu'il y avait des gangs au sein de la prison, mais aucun tueur en série ou pire, des mecs qui s'en seraient pris à des enfants. L'avocat de Lino était effectivement doué. Malgré mes aveux pour homicide volontaire, il a réussi à démontrer l'urgence de la situation et grâce à la présence de ma sœur et mon neveu dans la pièce, qui avaient déjà porté plainte contre Calvin, je n'ai écopé que d'une petite peine comparée à d'autres. Je m'estime heureux d'avoir payé une dette minuscule à la société. Au final, je n'ai perdu que quatre ans de ma vie, pas plus…

Mon regard dévie malgré moi vers le balcon collé au mien. L'appartement est maintenant loué par un mec célibataire.

J'ai quand même perdu plus que ce que je veux bien admettre.

Comme par enchantement, la porte-fenêtre s'ouvre à l'instant même où je la fixe, et mon cœur s'emballe alors que je m'attends à voir Leah sortir me hurler de mettre la musique moins fort.

– Oh… bonjour ! Vous devez être Jamie !

Je ris nerveusement quand un grand chauve me fait face et sourit en tendant une poignée de main amicale vers moi.

Douce déception…

Je me redresse quand même et lui serre la main.

– Effectivement, c'est moi… confirmé-je, légèrement soupçonneux qu'il connaisse mon prénom. Et vous êtes ?

– Désolé, je m'appelle Byron ! répond-il en serrant ma main vigoureusement. Et pardon pour l'intrusion, mais je croisais régulièrement vos parents quand ils venaient entretenir l'appartement. Et votre maman m'a invité un jour à prendre un café au restaurant quand je les ai aidés à porter des cartons lourds. C'est elle qui m'a parlé de vous.

Je soupire en riant, peu étonné.

– C'est bien ma mère, ça. Se faire des amis n'importe où et en profiter pour raconter ma vie au passage… murmuré-je en secouant la tête.

– Oui. Elle m'a expliqué la situation. Comment ça se passe ? Je veux dire, le retour à la vie normale ?

Il est très avenant, un peu trop même comparé à ce que j'ai connu avant. Mais ça ne fait pas de mal de discuter avec quelqu'un qui n'a pas été incarcéré.

– C'est… étrange, avoué-je. J'ai l'impression d'être chez moi, sans être chez moi…

– Je comprends, compatit-il. J'ai été hospitalisé pendant des mois il y a quelques années. Revenir à la maison a été un chamboulement. On perd vite tous ses repères.

Je lui souris. Il a l'air sympa malgré tout. Un peu bavard mais pas méchant. Et j'aime sa franchise et la façon dont il m'a serré la main, avec fermeté mais sans chercher à dominer. Peut-être qu'on deviendra potes, qui sait ?

– C'est un peu ça, oui.

Il me sourit avec sincérité et récupère le linge qui séchait sur son balcon, avant de me saluer.

– Ça reviendra, me promet-il avant de rentrer dans son appartement.

Je lui souris gentiment en retour et me rassois pour finir tranquillement ma cigarette en observant autour de moi.

Les immeubles autrefois familiers, qui sont toujours pareils mais me semblent différents. Les cris des enfants qui jouent sur le terrain de basket. Le soleil qui illumine mon visage. Le bruit des voitures au loin. L'horizon brillant de l'océan Atlantique entre deux bâtiments.

Tous ces détails coutumiers, auxquels j'étais habitué.

Je dois recommencer à les apprivoiser.

Je dois juste retrouver mes marques. Ça ne devrait pas prendre bien longtemps.

J'espère.

42

Jamie
Quatre mois plus tard

Je fais signe à mon père et à mon oncle en enfilant mon manteau quand je quitte le restaurant[1]. Je croise le regard inquiet de mon père, alors je lui souris gentiment pour ne pas l'inquiéter.

Quatre mois que je suis sorti. J'ai repris le travail, j'ai coupé mes cheveux, rasé ma barbe, retrouvé un semblant du « Jamie d'avant ». Physiquement, du moins.

À l'intérieur, c'est le bordel.

J'étais tellement heureux en sortant, prêt à reprendre ma vie, et tout s'est dégradé au fur et à mesure. Mes bonnes résolutions, mon sourire, mon envie de revenir à celui que j'étais. Tout a disparu, centimètre par centimètre, gratté par la sensation de n'être nulle part.

Je me sens encore un inconnu au milieu de ma famille. Je connais les lieux, les personnes, les mouvements... Mais je n'arrive plus à me sentir chez moi. C'est comme si j'avais perdu la petite vis qui me permettrait de tout faire tenir ensemble. Je compartimente tout ce que je sais faire, qui je suis, mais sans réussir à assembler les pièces du puzzle. Je fais mine d'aller bien mais mon père n'est pas dupe. Personne ne l'est. Moi qui étais si expressif en cuisine, maintenant je cuisine en silence.

Même quand Maria se fait emmerder. Avant je réagissais en insultant copieusement celui ou celle qui s'en prenait

1. Je conseille d'écouter « Light Me Up » d'Ingrid Michaelson en fond sonore.

à ma cousine, là, je ne parle plus. D'ailleurs, je n'en ai plus besoin. Il me suffit de sortir de la cuisine en fusillant du regard ma cible. Ma réputation a fait le tour du quartier.

Ils savent que j'ai « tué » un homme.

Je ne m'en formalise pas, je m'en fous même. Au moins, plus personne ne s'en prendra aux Selvaggio grâce à ça. C'est une maigre consolation.

J'avance d'un pas rapide dans la rue déserte. Il est tard, et je suis crevé. Je resserre les pans de mon manteau sur moi parce que je frissonne et je bascule la capuche de mon sweat sur la tête comme j'ai l'habitude de le faire. J'ai beau connaître le chemin par cœur et l'avoir fait un million de fois, je ne peux m'empêcher de regarder par-dessus mon épaule. En prison, il fallait être conscient des moindres mouvements en cas d'attaque ou d'émeute. J'en ai vécu une et ce n'était pas beau à voir. Des mecs se sont fait démolir le portrait pour une simple histoire de clopes. Je rejoins ma rue assez rapidement en marchant les mains hors des poches, juste au cas où. Même si je risque moins de me faire agresser ici qu'en prison, la vigilance ne m'a toujours pas quitté.

Quand j'entre dans le bâtiment, une sensation de fatigue générale m'envahit et je m'appuie contre la paroi de l'ascenseur en fermant les yeux le temps de rejoindre mon étage.

Je suis épuisé. Je suis sorti mais j'ai l'impression d'être encore enfermé. Je suis resté dans cette prison, même après ma libération. Et ça fait quatre mois que je me bats intérieurement pour enfin quitter ma cellule mentale, sans succès. J'ai songé à tout abandonner. À tout balancer pour partir en voyage, comme *elle*. Ou bien à utiliser ce fameux diplôme pour bosser ailleurs que dans le restaurant. Mais je n'ai pas eu les couilles de le faire. J'ai peur de faire de la peine à ma famille. Ils sont aux petits soins avec moi, mais je sens bien qu'ils marchent tous sur des œufs quand je suis dans les parages.

Le souvenir de Leah allume une maigre flamme en moi. C'est bien la seule chose qui parfois me rappelle que je suis vivant. J'ai revu Sofia qui a fini son internat et est venue me voir en septembre. Forcément, nos retrouvailles se sont soldées par une tentative de sa part de me sauter dessus. J'ai tenté, mais je n'ai pas pu. J'étais éteint.

Totalement inerte et insensible.

J'y arrive parfois, quand je suis seul, mais mécaniquement. Au final, je ne ressens plus tellement le besoin. C'est juste pour soulager la pression. Mais le plaisir, lui, il s'est déjà barré à l'autre bout du monde, en voyage.

C'est comme si quelqu'un avait appuyé sur l'interrupteur et depuis, je suis dans le noir et je galère à le retrouver pour allumer la lumière.

Je ne suis qu'une coquille vide, un automate qui avance sans vraiment sentir ce qui se joue autour de lui. On m'avait prévenu du risque de dépression à la sortie de prison, mais je n'y croyais pas trop. J'étais persuadé que j'allais au contraire exulter de joie. Quelle belle merde… Liz m'a conseillé d'aller consulter le psy qu'elle et Lorenzo voient régulièrement depuis la mort de Calvin. J'ai fait deux séances mais je n'y ai trouvé aucun intérêt. J'y suis surtout allé pour faire plaisir à ma sœur. En vérité, je ne sais pas vraiment ce que je veux. Si je veux sortir de cet état léthargique ou bien m'y endormir pour toujours…

L'ascenseur arrive à mon étage et je sors en allumant la lumière du couloir. J'avance jusqu'à la porte de mon appartement, je passe devant celui de Byron. Ce dernier est effectivement sympa, et Nolan et moi sommes devenus potes avec lui. Un souvenir furtif d'un soir où je rentrais chez moi passe dans mon cerveau, comme à chaque fois que je longe ce couloir de nuit. Le soir où j'ai fini dans le noir avec elle. Puis celui où j'ai enfin été invité à entrer chez elle… Je joue avec mes clés jusqu'à atteindre ma porte d'entrée et je me rappelle l'instant précis où j'avais entendu le déclic de sa porte dans mon dos.

Je pourrais presque l'entendre de nouveau ce soir, et ressentir la même fébrilité que j'avais eue en réalisant qu'elle était dans le couloir derrière moi. Je regarde machinalement par-dessus mon épaule.

Mais rien. Le couloir est toujours aussi vide…

Je reprends mes clés et les insère dans les verrous en secouant la tête, dépité. Quel con… Et je me fige quand je me rends compte que la porte n'est pas verrouillée.

Mes réflexes reviennent en force et je me crispe sur la poignée alors que la porte s'ouvre de quelques millimètres sans même faire de second tour. La vue d'une lumière dans mon salon par l'interstice renforce mon mauvais pressentiment.

Il y a quelqu'un chez moi.

Je saisis le poing américain que je transporte tout le temps avec moi dans la poche de ma veste et l'enfile sur ma main droite avant d'ouvrir un peu plus la porte pour observer l'intérieur. Je ne vois personne dans la cuisine.

J'ouvre un peu plus, toujours rien.

Encore quelques centimètres et je…

L'uppercut.

Celui qui coupe la respiration et nous fait voir un million d'étoiles.

La porte finit de s'ouvrir seule alors que je reste immobile, hébété, sur le palier de chez moi. Tandis qu'elle se contente de me sourire, assise sur une chaise en face de la porte.

Mon cœur s'emballe. Le sang rugit dans mes veines. Si fort que je commence à avoir un bourdonnement dans les tempes et qu'un million de picotements se répandent dans les membres de mon corps inerte. Une brusque montée de chaleur me prend à la poitrine et ma respiration s'affole de plus en plus.

Je dois rêver.

Il n'y a pas d'autre explication à cette situation.

Sinon, comment Leah pourrait-elle bien se trouver assise tranquillement sur une de mes chaises, face à la porte de mon appartement, pieds nus et vêtue d'un de mes sweats ?

J'ai un flash du jour où tout a basculé. Elle était exactement dans la même position quand j'avais foutu Nolan dehors. Dans la même tenue. Les cheveux lâchés comme aujourd'hui. Et elle me souriait aussi, confiante.

Est-ce que j'ai fait un bond dans le passé ? Je suis tombé dans les vapes et j'hallucine peut-être… Mais à bien y regarder, quelques détails sont différents. Elle porte un legging au lieu d'avoir les jambes nues. Je devine un tatouage sur sa cheville alors qu'avant, elle n'en avait pas. Ses cheveux ne sont pas exactement pareils. Elle a une sorte de frange sur les côtés du visage et certaines mèches sont plus claires. Et son visage… Il n'est pas pareil.

Elle est plus bronzée et ses yeux sont brillants. Beaucoup plus expressifs que dans mes souvenirs.

Et je comprends enfin que je ne fantasme pas.

Leah est bien chez moi.

Je recule d'un pas, incertain de la suite des événements. Pourquoi ? Pourquoi être revenue ? Je réussis enfin à quitter son visage des yeux et baisse les miens, hésitant. Je ne sais pas quoi faire, alors je baisse la capuche de mon sweat, d'une main tremblante, et je retire le poing américain pour le remettre dans ma poche, discrètement. Quand je la regarde de nouveau, elle s'est redressée et m'observe sous ses longs cils, les bras appuyés sur ses genoux, en souriant toujours, mais sans parler. Je décide de prendre les devants.

– Qu'est-ce que tu fais là, Leah ?

Elle hausse les sourcils à ma question un peu rustre, mais sourit un peu plus.

Je ne peux m'empêcher de regarder autour d'elle, à la recherche d'un indice, n'importe quoi. Un sac, un mari, des enfants…

– Où est ta famille ?

Elle reste silencieuse et fait mine de regarder autour d'elle pour me faire comprendre qu'elle est bien seule, comme je peux le voir par moi-même. Ce silence est assourdissant. Il s'abat sur moi et me fait perdre tous mes moyens. Je me sens comme un gamin incapable d'aligner trois mots… Avant, j'étais tellement plus réactif. Je ne suis plus celui qu'elle a connu, malheureusement. Si elle s'attend à retrouver celui qu'elle a quitté, elle sera déçue. Je me dis qu'il vaut peut-être mieux que je lui demande de partir, de ne pas rester ici, dans ce piège sans fond que je suis devenu.

Puis elle bouge enfin et se lève. J'inspire brusquement quand elle amorce un pas dans ma direction et je redresse le menton, un peu plus éveillé.

J'étais amorphe mais je me ranime. À peine.

Mes doigts picotent et mon ventre se contracte quand elle avance d'un nouveau pas.

Ma mâchoire se serre quand elle en fait encore un.

Ma poitrine se soulève frénétiquement sous ma respiration affolée quand elle avance de nouveau. Je suis terrifié…

À chaque pas, une partie de mon corps se réveille un peu plus.

À chaque centimètre parcouru, mon corps sort du brouillard.

À chaque avancée, mon esprit se rallume.

Une étincelle à la vue de ses lèvres roses.

Puis un brasillement quand les mèches devant son visage se coincent dans sa bouche.

Une lueur quand ses doigts caressent sa joue pour les remettre en place.

Puis un éclair.

Un rayonnement…

Et quand elle est enfin près de moi, c'est tout mon être qui brûle.

Elle brille de mille feux et je n'arrive pas à décrocher mes yeux des siens, pétillants.

– Qu'est-ce que tu fais là, Leah, chuchoté-je de nouveau quand nous ne sommes plus qu'à quelques centimètres l'un de l'autre.

Mon corps entier lutte contre l'envie de s'élancer à son contact, mais je tiens bon. Je me bats contre moi-même et la lutte est terrible. Je flanche presque quand elle se décide enfin à parler.

– Je suis revenue à la maison…

J'inspire profondément à sa réponse.

« La maison. »

Je la cherche depuis quatre mois. Quatre mois que je végète dans cet appartement dans lequel je me sens comme chez un inconnu. Et il me faut quatre minutes avec elle dans la même pièce pour enfin ressentir ce que je poursuivais désespérément depuis ma libération : le sentiment de revenir enfin chez soi. Mais je suis pris de panique. Et si c'était juste un feu de paille ? Et si tout se consumait trop vite ? Si je m'éteins de nouveau, je ne suis pas certain de ne pas vriller et devenir complètement taré…

– Je ne sais pas si c'est une bonne idée… murmuré-je de nouveau, la voix enrouée par l'émotion.

Je brûle d'envie de tendre les bras vers elle, de m'emparer de sa nuque et de la serrer contre moi pour qu'elle finisse de me réchauffer et de me réveiller totalement, mais je n'arrive pas non plus à franchir les dernières barrières qui me retiennent…

Elle ne répond pas et me sourit doucement en faisant un nouveau pas.

Elle est maintenant quasiment collée à moi, mais ne me touche pas. Il y a à peine quelques millimètres entre nous. Un dernier barrage invisible.

Avant de basculer dans la douce folie…

Mes dernières résistances s'effritent et je plonge dans ses grands yeux noisette. Je la sonde. Qu'est-ce que tu veux, Duchesse ?

Son regard me scrute en retour et tout ce que je vois, c'est le reflet de mes propres émotions. La peur, l'inquiétude, l'envie, l'espoir, le désir… Et le plus important : le soulagement. Cette sensation d'avoir retrouvé le chemin de son foyer après s'être perdu pendant si longtemps. C'est ce dont je rêve aussi, c'est ce que je cherche depuis mon retour ici. Et je succombe à nouveau, comme si quatre ans n'avaient pas eu lieu entre cette rencontre et la dernière. Je ne veux plus me battre contre ça. J'abandonne la lutte.

Elle était inutile de toute façon…

– Je te déteste… chuchoté-je quand je bascule enfin.

Son sourire lumineux bousille mes dernières défenses.

– Pas autant que moi… souffle-t-elle.

Je ne lui laisse pas le temps de reprendre sa respiration et je fonds sur elle, dans un mouvement symétrique au sien. Mes doigts plongent dans ses cheveux alors que les siens s'entrelacent sur ma nuque et que nos bouches impatientes se retrouvent enfin.

Je la colle contre moi quand les larmes menacent de jaillir de mes yeux, alors que je goûte les siennes sur mes lèvres fiévreuses. Je lâche la bête, je libère enfin tout ce que je gardais enfermé, parce que j'ai compris ce qui me manquait.

La pièce manquante de mon puzzle.

La petite vis qui fait tout tenir.

La clé qui m'a enfin fait sortir de la prison dans laquelle je m'étais enfermé.

Je l'ai retrouvée. Et je refuse de la lâcher de nouveau. Elle fait renaître tout mon corps. Je n'écoute plus mon cerveau en berne. Je me laisse seulement guider par ce corps qui s'anime enfin. J'en veux plus, je prends plus et la soulève prestement pour l'emmener dans la chambre. Nos lèvres ne se séparent plus, sauf peut-être pour enlever les vêtements qui gênent nos retrouvailles.

Quand j'inspire, c'est son souffle que je cherche.

Quand j'expire, c'est elle qui m'absorbe.

Jusqu'à la connexion totale, celle des sens, des corps. Quand je l'ai enfin autour de moi, je l'immobilise à peine, juste assez pour vérifier que je ne rêve pas. Que je suis bien avec Leah. Elle accepte de me laisser la détailler. Je dois avoir l'air d'un ahuri à la regarder comme ça, incertain de ce qui m'arrive. Mais elle ne dit rien et se contente de glisser une de ses mains dans mes cheveux, avec tellement de douceur que j'en ferme les yeux.

À peine une seconde avant de fondre de nouveau sur elle, pour récupérer tout ce que j'ai perdu pendant ces quatre ans.

Elle.

Moi.

Je ne sais plus.

43

Jamie

Je joue avec sa main dans le rai de lumière du matin. Le soleil illumine ma chambre et ses rayons font ressortir les micrograins de poussière qui flottent dans l'air, mais ils réchauffent nos mains qui dansent ensemble[1].

Je redécouvre chaque partie de son corps, ses doigts graciles, la finesse de ses poignets, la douceur de sa peau… Je remonte avec légèreté vers son épaule découverte en souriant de voir sa peau se hérisser d'un million de petits points. Je dépose un tendre baiser dans le creux de son cou. Je ne vois pas son visage, mais je peux la sentir sourire, allongée contre moi.

Et je suis bien.

Mieux que je ne l'aie jamais été depuis ma sortie. Je me sentais « à part ». J'ai enfin l'impression d'être revenu sur terre. Peu de mots ont été échangés hier soir. Je l'ai redécouverte avec mes sens, mes lèvres, mes mains, j'ai inspiré son odeur comme un drogué, j'ai dessiné et redessiné ses courbes inlassablement, j'ai repris possession d'elle et en le faisant, j'ai repris possession de mon propre corps. Ce matin, quand je me suis réveillé dans le même lit comme depuis plusieurs mois, ce n'était pas le vide qui s'est réveillé avec moi. Je la tenais dans mes bras, et elle dormait paisiblement, lovée au creux de mon corps.

J'ai eu un peu de mal à réaliser ce qui se passait. C'était comme se réveiller un matin de Noël, enfant, quand on

1. Je conseille d'écouter « Those Eyes » de New West en fond sonore.

a le cœur léger de voir le jour se lever. Chaque jour était machinal. Les mêmes gestes, jour après jour. Le cœur inerte, les pensées désertes, la sensation de ne pas être « là ».

Ce matin, j'ai la poitrine gonflée. Mes bras ne sont plus vides. Et ça fait tellement de bien…

J'ai attendu de la voir remuer doucement avant d'entrelacer mes doigts aux siens. Elle s'est laissé faire et mes caresses se sont peu à peu transformées en ballet inopiné. J'ai savouré la sensation de ne pas être atone, parce qu'elle a rempli le néant.

Elle se tourne lentement vers moi et je vois enfin ses yeux dans la lumière du jour. L'admirer dans le soleil rend tout plus réel. Elle est vraiment là…

– Bonjour, murmure-t-elle.

Je reste comme un con à la regarder, encore abasourdi d'être avec elle. Leah hausse ses sourcils en souriant, visiblement dans l'attente de ma réponse. Je me reprends et réponds enfin :

– Bonjour…

Elle finit de pivoter totalement et replie ses bras pour poser sa joue sur ses mains jointes en m'observant. J'ai l'impression qu'il se passe une éternité avant que l'un de nous ne brise l'instant. Je l'admire sans omettre le moindre détail de son visage. Son nez, ses pommettes légèrement rouges, la trace de l'oreiller sur l'une d'elles, ses sourcils un peu en bataille, ses lèvres douces et charnues… Je m'enivre de tout.

Je pensais avoir guéri d'elle. Je pensais qu'elle m'avait oublié et qu'elle avait guéri aussi. Quelle connerie… Je me suis juste mis en pause. Dans l'attente de reprendre là où mon cœur s'était arrêté.

Elle lève l'une de ses mains pour remettre en place une mèche de cheveux qui s'était égarée sur mon front et je retiens doucement son poignet pour poser mes lèvres dessus en fermant les yeux. Est-ce que je me lasserai un jour de pouvoir le faire ? Sûrement pas… Quand j'ouvre les yeux, elle m'observe, soucieuse. Ses doigts viennent se poser sur ma joue et elle fronce un peu plus les sourcils.

– Où est-ce que tu étais ?

Je rirais presque. C'est elle qui me pose la question ? J'étais au même endroit pendant quatre ans, et elle était par monts et par vaux… Mais à son regard attentif, je comprends qu'elle ne parlait pas de localisation géographique. Je ne sais pas où j'étais. Nulle part.

– Et toi ? demandé-je pour dévier la conversation.

– Je t'attendais.

Elle répond du tac au tac, sans même hésiter. Et je soupire.

– Je t'avais dit de ne pas m'attendre, la sermonné-je gentiment.

Elle sourit largement.

– Qui a dit que j'allais t'obéir ?

Un point pour elle. Je ris doucement. Est-ce que je lui en veux ? Absolument pas. Si elle m'avait écouté, je serais encore une coquille vide chez moi. Qui sait ce qui aurait pu arriver après encore quelques mois de cet état émotionnel ? Je ne dis pas que je suis guéri. J'ai encore cette sensation de ne plus être à ma place, mais pas quand je suis dans ses bras. Je sais que j'appartiens à cet endroit-là.

– Tu aurais pu te marier et faire un million d'enfants… la contrecarré-je, juste pour la forme.

– En quatre ans ? T'es pas super doué en biologie, toi…

Elle rit et son sourire réchauffe un peu plus la pièce. Je ne peux m'empêcher de sourire comme un abruti à ce son. L'emmerder était jouissif, mais la faire rire… c'est inexplicable.

– Est-ce que Liz et Maria savent que tu es rentrée ?

Elle papillonne des cils, amusée.

– Qui est venu me chercher à l'aéroport à ton avis ? me taquine-t-elle.

Je me mords la joue. Quel con. Tout s'est déroulé dans mon dos et je n'ai rien vu venir.

– Depuis combien de temps c'est prévu ? la questionné-je, encore sonné.

– Depuis ta sortie.

Je fronce les sourcils. Je suis sorti de prison il y a plusieurs mois. Elle semble comprendre mon étonnement car elle reprend :

– J'étais en mission humanitaire en Afrique, je ne pouvais pas partir avant.

Ça lui ressemble bien, ça.

– Tu as visité combien de pays ? la questionné-je, curieux.

– Beaucoup.

Elle ne s'étale pas plus sur la question.

– Avec Laly ?

La mention de sa petite sœur fait briller ses yeux. Ils sont un peu plus tristes qu'avant, mais ils ne sont plus aussi sombres que lorsqu'elle la mentionnait avant mon séjour en prison. Liz m'a finalement avoué sa mort. J'en étais sur le cul. Quand je l'ai appris, tout s'est mis en place. Sa distance, même avec Liz et Maria. Elle avait peur de souffrir de nouveau en perdant quelqu'un de cher. Et au final, c'est arrivé par ma faute. Elle me sourit finalement.

– Avec Laly, confirme-t-elle.

Je lui souris à peine en glissant mon pouce sur la ligne de cils d'un de ses beaux yeux noisette. Ils sont humides de retenir les larmes pour sa petite sœur, alors je me permets d'éponger sa peine. Elle se laisse faire et je m'émerveille de la voir si sereine dans mes bras. Rien à voir avec notre relation des débuts. Quand elle avait peur de moi, quand je la rendais folle, quand elle ne savait pas sur quel pied danser après notre première nuit ensemble.

Cette matinée toute douce est un peu hors du temps et de la réalité.

– Et maintenant ? demandé-je. Qu'est-ce qui se passe ?

Je lance un pavé dans la mare, mais il faut bien poser la question. Elle se pelotonne un peu plus et m'observe, pensive.

– Je ne sais pas, avoue-t-elle. Peut-être apprendre à se connaître ?

Je plisse les yeux, amusé. J'ai passé la nuit à goûter le

moindre centimètre carré de sa peau. Je suis certain de la connaître déjà, au sens biblique du terme.

– Je ne suis plus la même qu'il y a quatre ans… souffle-t-elle en baissant les yeux et en jouant avec un pli du drap.

Je sens une pointe d'angoisse dans sa voix, comme si elle redoutait de me déplaire aujourd'hui. Ce serait plutôt à moi d'être anxieux. Je ne suis plus le Jamie d'avant non plus. Je dirais même que je suis une version beaucoup moins drôle, voire une version plus grossière.

– Ça tombe bien, moi non plus, rétorqué-je doucement en glissant mes doigts sous son menton pour qu'elle me regarde de nouveau.

Et je plonge dans ses yeux pendant un long moment, comme suspendu. J'ai le ventre qui se tord encore une fois de savoir qu'elle est avec moi, dans ce lit. Je pourrais y passer le reste de ma vie, à l'observer sans me lasser. Elle m'observe aussi, perdue dans ses pensées, puis tend la main pour saisir la mienne. Pas pour jouer avec mes doigts, mais pour me donner une poignée de main. Je l'observe faire en haussant un sourcil, amusé.

– Enchantée. Leah Robertson. Je suis… enfin, *j'étais* la nouvelle voisine.

Je ris silencieusement mais j'accepte de lui serrer la main en retour et de la secouer à peine.

– Jamie Selvaggio. Enchanté également.

– Vous êtes du coin? demande-t-elle innocemment.

– Depuis toujours, mais je viens seulement de réemménager il y a quelques mois, répliqué-je très sérieusement.

Elle souffle un « ooooh… » très sérieux et hoche la tête en m'observant en coin.

– Un déplacement professionnel? questionne-t-elle de nouveau.

Je plisse les yeux vers elle, le regard torve. Bien tenté, chaton.

– Un engagement familial, réfuté-je.

Ma réponse la fait sourire largement.

– Et vous? Qu'est-ce qui vous a éloigné du coin? quémandé-je.

Elle prend le temps de m'observer sous ses longs cils.

– La même chose, un engagement familial…

Nos mains arrêtent de se serrer de façon formelle et je pivote ma paume pour entrelacer de nouveau nos doigts et venir poser le dos de sa main contre mon cœur. Elle doit le sentir battre dans ma poitrine. Il cogne fort à l'idée de toutes les nouvelles possibilités qui s'offrent à moi aujourd'hui. À la longue liste de choses que j'ai de nouveau envie de faire : rire, cuisiner, danser avec elle, l'emmener partout, voire peut-être repartir avec elle autour du monde, je ne sais pas trop…

Je ne suis pas encore dans l'optique de me marier, d'acheter une maison ou de faire des enfants, loin de là. Je ne lui ai jamais vraiment dit « je t'aime » et je ne suis pas encore prêt à ça. Mais la connaître de nouveau ? Ça, j'en ai vraiment envie.

De savoir tout ce qui fait Leah Robertson. Ses envies, ses peurs, ses démons, ses espoirs… Je veux tout savoir.

Et j'ai enfin la possibilité de le faire.

ÉPILOGUE

Leah

J'inspire à pleins poumons l'odeur iodée de la mer devant moi[1]. La Méditerranée est recouverte d'un million de scintillements qui brûlent mes yeux, sous le soleil éclatant de la Sicile. Je couvre ma vue de la paume de la main et observe les bateaux dans le port sur ma gauche. La vue est magnifique et l'accordéoniste qui joue un peu plus loin sur les pavés rend l'image encore plus surréaliste. Je note mentalement tout ce que je vois avant de me tourner pour retrouver l'objet préféré de mon regard au milieu de la foule.

Jamie est en pleine discussion avec un groupe de retraités attablés en terrasse. Je ris intérieurement. Il ne peut pas s'empêcher de discuter avec tout le monde. Dans chaque pays visité ensemble, il a réussi à se faire des amis. Beaucoup plus facilement que moi.

Nos retrouvailles ont été intenses, mais après le rush, il a fallu construire de nouvelles bases. C'était perturbant. Nous avions beau nous connaître, nous étions comme des inconnus l'un pour l'autre. Le Jamie si insouciant des débuts avait laissé place à un homme plus sombre, renfermé. Il a fallu un long moment avant de briser sa carapace. Elle était habilement cachée sous des sourires de façade. Tandis que la jeune femme qui autrefois se barricadait avait enfin laissé tomber les barrières.

Nous avions presque échangé nos places. Mais la même flamme nous animait, les mêmes valeurs. La famille, la loyauté, la protection. Finalement, nous avions toujours été identiques. Mais j'avais besoin de briser mon armure et lui avait besoin de construire la sienne.

1. Je conseille de continuer avec «Those Eyes» de New West en fond sonore.

Cela fait presque un mois que nous sommes partis à deux. Le fruit d'une longue réflexion. Jamie a eu du mal à laisser sa famille. Il se sentait un devoir envers eux, alors que c'était l'inverse. Ses parents, Liz, Maria, tous ont compris qu'il avait besoin de changer d'air et l'ont poussé à partir avec moi. Le cuisinier engagé pendant son séjour en prison a accepté avec joie l'opportunité de travailler plus longtemps. Cinq ans comme initialement prévu, et non quatre. Car j'ai prévu de refaire le tour du monde avec lui pendant les prochains mois.

L'héritage de ma sœur est important, mais je m'en suis finalement peu servie pendant ces années. J'ai préféré prendre part à des missions humanitaires. J'étais bien souvent payée une misère, mais dans les pays concernés, je gagnais largement plus que les locaux. J'ai aussi beaucoup travaillé bénévolement, tant que le gîte et le couvert étaient fournis. Je payais les transports mais le reste, je m'en fichais. J'avais un sac de vêtements en tout et pour tout. Le reste de mes affaires attend encore dans un box à Boston. J'y reviendrai, je le sais. Pour enseigner de nouveau. Et j'essaie de convaincre Jamie de quitter le restaurant. Je suis soutenue par sa famille, qui a bien senti qu'il n'était plus heureux. Je lui ai parlé des travailleurs sociaux en milieu carcéral ou bien en soutien après les sorties de prison. Il a d'ailleurs fait appel à l'un d'entre eux afin de parler de sa dépression post-sortie. Rien n'est totalement guéri mais ça lui a fait du bien, et depuis notre départ, je le sens plus léger. Comme s'il réalisait enfin qu'il n'avait pas à redevenir exactement celui qu'il était avant. Personne ne lui demande de recommencer comme si rien ne s'était passé. Il a juste besoin de le réaliser lui-même, mais j'ai bon espoir. J'ai vu une étincelle dans ses yeux quand je lui ai dit qu'il pourrait aider d'autres détenus après leur sortie pour les accompagner pendant leur réinsertion s'il le souhaitait.

Peut-être que j'ai titillé son intérêt ? Je ne peux pas l'affirmer mais il est resté silencieux un bon moment après cette discussion et j'ai senti qu'il étudiait cette possibilité un peu plus longtemps que les autres. Nous verrons ce que nous ferons à notre retour. Mais pour l'instant, je veux profiter de cette année de pause avec lui. J'ai rencontré des milliers de personnes, j'ai été marquée par beaucoup d'entre eux, je veux qu'il vive la même chose.

Notre premier arrêt a été l'Italie. Jamie a eu un peu de mal à l'idée de me laisser payer l'essentiel des frais, d'autant que les premières semaines ont été à cent pour cent touristiques. Nous avons commencé par le Nord, pour descendre jusqu'en Sicile. Mais ensuite, il sait que nous allons travailler donc ça a apaisé ses scrupules.

De plus, demain, nous prenons le ferry pour la Tunisie. Ensuite, nous allons rejoindre l'une des ONG pour laquelle j'ai travaillé, qui construit des écoles au Tchad. Pour cela, il va falloir traverser le Sahara, et c'est ce qui motive le plus Jamie. Cette passion des hommes pour les grosses voitures et l'idée de rouler dans des bosses me dépasse, mais il avait l'air tellement enjoué que j'ai accepté de signer pour cette aventure avec lui. Pour l'instant, nous profitons des derniers jours en Italie à jouer les touristes.

Jamie quitte enfin la table de locaux en riant et me rejoint d'un pas tranquille. Je ne peux m'empêcher de sourire en le regardant arriver. Il se fond dans le paysage avec son teint bronzé, ses cheveux rebelles, son tee-shirt blanc et son sourire éclatant sous ses lunettes de soleil. Je suis encore et toujours prise de court par sa beauté et le magnétisme qu'il dégage. Et encore plus à l'idée qu'il soit avec moi.

Six mois se sont écoulés depuis mon retour à Boston. Nous ne nous sommes pas quittés pendant cette période. J'ai eu l'occasion de passer mon premier Noël en famille avec les Selvaggio. C'était sûrement le plus beau. Parfois, je culpabilise en me disant que ceux passés avec Laly étaient tout aussi beaux, mais je sais également qu'elle ne m'en veut pas.

Je la sens toujours avec moi depuis que j'ai enfin récupéré ses cendres. Depuis que j'ai accepté de faire mon deuil et de vivre. J'ai laissé un peu d'elle partout où je suis allée, mais j'en ai gardé une petite partie pour faire un diamant synthétique via une entreprise spécialisée. Je la porte autour de mon cou. Une pierre jaune, dorée comme ses cheveux. Elle ne me quittera plus jamais. Et je l'imagine me suivre partout dans mes aventures. Je la sentais près de moi le 24 décembre quand j'observais, émerveillée, la table familiale. Les enfants qui jouaient, les parents qui se disputaient sur le dernier score de football, les regards bienveillants des femmes de la famille. J'ai dû lutter longtemps pour retenir mes larmes, en vain.

Je le sentais enfin, ce sentiment d'appartenir à quelque part. Les Selvaggio m'ont ouvert leur porte, leurs bras. J'étais enfin à la maison parmi eux. J'étais enfin à la maison dans les bras de Jamie. Il m'a offert le plus beau des cadeaux : l'amour et une famille. Et aussi le soutien dont j'avais besoin.

Je me suis reconstruite seule, mais avoir quelqu'un pour nous porter parfois fait tellement de bien.

Le soir même, j'ai pleuré dans ses bras en lisant les lettres de Laly avec lui. Surtout celle de Noël. Il n'a rien dit et m'a juste serrée dans ses bras en embrassant mon front quand j'avais du mal à continuer de lire à voix haute. Il m'a simplement encouragée. Et j'ai tellement aimé lui faire découvrir un peu plus la personne qu'était ma petite sœur.

Je lui parle souvent d'elle et il m'écoute à chaque fois avec attention, en me posant plus de questions sur elle. Des questions qui parfois me forcent à fouiller dans ma mémoire. Comme son dessert préféré, la coiffure qu'elle aimait le plus, des petits détails qui me stimulent et ravivent de merveilleux souvenirs que j'avais sagement rangés dans un coin de mon cerveau. Il ouvre à chaque interrogation une boîte de Pandore magique qui me réchauffe le cœur au lieu de le meurtrir. Et pour ça, je lui serai éternellement reconnaissante. Il m'a appris à parler d'elle en souriant essentiellement.

Mon cœur s'emballe en le regardant s'approcher. Je n'ai pas encore osé lui dire « je t'aime » pour de bon, mais l'envie est de plus en plus forte et me provoque des papillons dans le ventre à l'idée de prononcer ces mots à voix haute.

– *« Il serait peut-être temps… »* souffle la voix moqueuse de Laly dans mon esprit.

Je l'ignore en souriant. À chaque pays, je l'imagine différemment. Aujourd'hui, elle porte une robe verte à fleurs et ses longs cheveux blonds volent dans la brise qui vient de la mer. Elle se moque toujours quand j'admire l'homme en face de moi. Mais je ne peux pas m'en empêcher. J'étais tombée pour le Jamie d'avant. J'ai chuté encore plus fort pour le Jamie d'aujourd'hui. Je sais pertinemment que c'est plus que de l'attirance. Je suis complètement amoureuse de cet homme. Il m'aura fallu plusieurs mois pour me l'avouer enfin. Si j'étais certaine d'avoir des sentiments pour lui avant mon retour, j'avais aussi cette peur que ça ne fonctionne plus. Que les quatre années de séparation aient brisé ce qui nous avait rapprochés à l'époque. Mais je suis rassurée aujourd'hui. Jamie n'a jamais été de passage dans ma vie. Il y est entré pour rester. Et malgré les épreuves et les séparations, nos chemins étaient destinés à se retrouver, j'en suis persuadée.

– *« Moi aussi… »* confirme ma petite sœur en le regardant avancer vers nous. *« Et puis il faut avouer qu'il a son charme… »*

Je ris à sa remarque et Jamie fronce les sourcils en me rejoignant.

– Pourquoi tu ris ?

– Pour rien, réponds-je en me glissant dans ses bras.

Il les referme autour de moi pour poser sa bouche chaude sur la mienne et des frissons naissent sur ma peau comme à chaque fois qu'il m'embrasse. Laly disparaît et il ne reste plus que lui et moi sur le quai. Je glisse mes mains sous ses bras, et les remonte sur ses omoplates pour saisir ses épaules. Je suis accro à lui, à son odeur, au son de sa voix et au moindre geste qu'il fait. Il s'éloigne enfin et remet une mèche de mes cheveux derrière l'oreille. Il adore les toucher et je sais qu'il devient fou quand je les laisse libres, alors je le fais tous les jours, juste pour surprendre son regard rêveur quand il glisse les doigts dedans.

– J'ai trouvé un restaurant pour ce soir, conseillé par des gens du village, m'informe-t-il.

– OK.

Il rit face à mon accord. Il a tellement l'habitude de me voir le contredire que j'adore le déconcerter en n'opposant aucune résistance parfois. Je ne dis pas que nous n'avons plus d'accrochages. Pas plus tard que ce matin, il a râlé parce que je prenais trop de temps dans un magasin et une dispute a éclaté entre nous. J'ai fait la tête dans mon coin en marchant dans les rues du village, et il boudait également de l'autre côté. Mais l'avantage de notre relation actuelle, c'est que nous sommes bien trop conscients que rien n'est acquis.

Dix minutes plus tard, nous nous étions inconsciemment rapprochés l'un de l'autre sans nous regarder, et quand sa main a trouvé la mienne, je me suis précipitée dans ses bras. Pas de discussion majeure sur la brouille. Notre credo, c'est d'avancer. Alors j'ai simplement dit « pardon » et lui aussi, avant de nous embrasser et de reprendre notre promenade dans les bras l'un de l'autre, comme si rien ne s'était passé. Je ne sais pas si c'est la bonne façon de faire, mais nous commençons à peine notre relation et il faudra du temps avant de poser les bases solides et durables. Alors nous apprenons au jour le jour. Il y aura encore des différends, des querelles… Mais il y aura encore aussi des câlins, des mots tendres, des nuits fiévreuses et des éclats de rire. Je suis plus que disposée à tout recevoir avec impatience.

Je l'admire encore une fois et me laisse bercer par ses mouvements tandis qu'il nous fait danser au son de l'accordéon. Est-ce que je me lasserai de cette sensation de plénitude un jour ? J'en doute. Mon cœur me hurle de lui dire enfin les mots que mes lèvres brûlent de prononcer. Pas maintenant, en tout cas.

Mais ce soir, peut-être. Ou demain. Je ne sais pas encore. Je me laisse porter. Je ne veux plus contrôler. Je pensais pouvoir éviter de souffrir en maîtrisant ma vie et son déroulement, mais finalement, c'est encore mieux de se laisser surprendre. Et Jamie me surprend tous les jours.

Je ne sais pas de quoi demain sera fait. Mais je sais déjà que vivre cette aventure avec lui sera merveilleux. Un jour, je lui dirai les trois petits mots que je veux lui confesser.

Est-ce qu'il me dira pareil ? Je n'en sais rien. J'espère. À sa façon de toujours me ramener à lui quand je m'éloigne un peu pour me serrer dans ses bras, de m'embrasser toutes les cinq minutes, de me chercher constamment du regard, de tendre sa main pour attraper la mienne, de vénérer mon corps comme il le fait et de m'avoir suivie les yeux fermés sur un autre continent, j'imagine que oui.

Seul l'avenir nous le dira. Et l'avenir a été plus que généreux avec moi, ces derniers mois. Alors je le laisse prendre les rênes.

Et j'ai hâte de découvrir la suite.

REMERCIEMENTS

Il y a toujours trop de monde à remercier, et j'ai constamment peur d'oublier des personnes. Alors je commence par les plus importantes de ma vie et ensuite, je ferai global.

Mon mari, mon premier fan et soutien de toujours. Je t'aime. Désolée pour le bordel quand je travaille et pour les tasses de café vides oubliées dans la maison.

Mes trois merveilleux enfants, que j'aime heureusement beaucoup plus que je n'ai envie de les jeter par la fenêtre (même si on est de plain-pied). Merci d'avoir fait de moi une meilleure personne.

Mes amis, celles et ceux qui m'encouragent à écrire, me lisent en exclusivité, prennent des nouvelles de mes romans sans jamais me pousser et se battent dans un restaurant pour recevoir le fichier fini en premier et pour avoir leur nom dans les remerciements (vous vous reconnaîtrez...)

Ma famille, qui s'en fiche totalement que j'écrive ou non, mais qui est toujours là pour me rappeler qu'elle est fière de moi.

Mon éditrice, humain supérieur doté d'une patience hors norme car elle aura attendu quatre ans pour recevoir ce manuscrit enfin fini... (Désolée, Maud...)

Et à toutes les lectrices (et lecteurs, peut-être ?) qui ont patiemment attendu que je me décide à écrire de nouveau (désolée, le combo troisième enfant + reprise du travail à temps plein m'a un peu chamboulée). Heureusement que vous êtes là pour me rappeler à l'ordre !

Pour ne rien manquer
des éditions Addictives, suivez-nous
sur les réseaux sociaux.

Autrice : Margot D. Bortoli

Edisource – Éditions Addictives
1 bis, avenue de la République – 75011 Paris
Imprimé par CPI Firmin Didot
16, rue Firmin Didot – 27650 Mesnil-sur-l'Estrée
Dépôt légal : juin 2025 – Achevé d'imprimer : mai 2025
N° d'impression : 183067
ISBN : 978-2-37126-714-5
Contact sécurité produit : conso@edisource.fr
Réf. contrat : ZEND_001